# 中國語言文字研究輯刊

二 三 編

許 學 仁 主編

## 第13冊

# 劍閣、南部縣相鄰山區方言音系調查及其歷史比較

陳 鵬 著

花木蘭文化事業有限公司

國家圖書館出版品預行編目資料

劍閣、南部縣相鄰山區方言音系調查及其歷史比較／陳鵬 著
-- 初版 -- 新北市：花木蘭文化事業有限公司，2022〔民 111〕
序 4+ 目 4+272 面；21×29.7 公分
（中國語言文字研究輯刊 二三編；第 13 冊）
ISBN 978-626-344-027-2（精裝）
1.CST：方言 2.CST：語音學 3.CST：比較語言學
802.08　　111010179

ISBN-978-626-344-027-2

中國語言文字研究輯刊
二三編　第十三冊　ISBN：978-626-344-027-2

# 劍閣、南部縣相鄰山區方言音系調查及其歷史比較

作　　者 陳 鵬
主　　編 許學仁
總 編 輯 杜潔祥
副總編輯 楊嘉樂
編輯主任 許郁翎
編　　輯 張雅淋、潘玟靜、劉子瑄　美術編輯　陳逸婷
出　　版 花木蘭文化事業有限公司
發 行 人 高小娟
聯絡地址 235 新北市中和區中安街七二號十三樓
電話：02-2923-1455／傳真：02-2923-1452
網　　址 http://www.huamulan.tw 信箱 service@huamulans.com
印　　刷 普羅文化出版廣告事業
初　　版 2022 年 9 月
定　　價 二三編 28 冊（精裝）新台幣 96,000 元　

# 劍閣、南部縣相鄰山區方言音系調查及其歷史比較

陳鵬 著

## 作者簡介

陳鵬，男，1988 年 1 月生於四川省安岳縣清流鄉，2014 年獲四川師範大學中國古代文學碩士學位（域外漢學方向），2020 年獲四川師範大學漢語言文字學博士學位（音韻學及方言學方向），同年又考入復旦大學語言學及應用語言學專業繼續攻讀第二博士學位（漢藏語言學方向）。通曉 C ／ C++ 及 Python 等編程語言，立志將新技術用於語言學研究。

曾參編《岷江流域方音字彙—— 20 世紀四川方音大系之一》（2019），獲四川省第十九次社會科學優秀成果獎三等獎；合譯白一平（William H. Baxter）《漢語上古音手冊》（2021）；在《民族語文》《語言歷史論叢》《漢語史與漢藏語研究》等雜誌上發表過學術論文。

## 提　要

周及徐教授根據其近十年來的方言調查和移民史兩方面的資料，提出了四川方言（除方言島外）總體分為「湖廣話」和「南路話」兩大格局的觀點，刷新了大家對四川方言形成歷史的認識——不再簡單地認為「四川話即湖廣話」。「湖廣話」與「南路話」在四川的大致分布情況已基本清楚，特別是四川盆地的西部、南部以及中部地區，但在整個四川的東部、北部地區尚存部分「空白」，比如廣元、巴中、達州等地。本書即以四川東部、北部部分地區為代表，考察這些「空白」地區的方言格局。本書主要選取劍閣和南部兩縣相鄰山區 13 個鄉鎮作為調查點，原因是這一地區為兩大入川通道之外的山區，地理位置特殊，其方言分布情況對於體現整個四川東部、北部地區的方言分布，可見一斑。本書對這一地區的方言調查數據進行了深入的分析，除歸納各方言點的語音系統外，本書還給出了每個方言點的重要語音特徵語圖、單元音舌位圖、聲調曲線圖和聲韻調配合表等，詳細呈現了各方言點的語音面貌。本書還運用語音特徵加權計算模型、數學相關性矩陣計算模型和機器學習分類模型三種方法計算並歸納方言點音系之間的異同和距離，均得到了比較一致的結論：四川方言中存在兩大方言格局——「南路話」與「湖廣話」，劍閣、南部縣相鄰山區方言屬於「南路話」一類。這證實了在四川東部、北部存在「南路話」方言島，而「這些在今天四川湖廣話區域中存在著的南路話方言島，在證明著整個四川地區在 400 年前曾是古代南路話的天下」。

## Abstract

The traditional consensus that the *Sichuan* dialect developed from *Huguang* dialect has been challenged by the view that the modern *Sichuan* dialect developed from both *Huguang* dialect and *Nanlu* dialect, which is proposed by Zhou Jixu according to the dialect survey data and the immigration history in the past ten years. Overall, the general distribution of *Huguang* dialect and *Nanlu* dialect in the west and south of *Sichuan* basin and the central region is clear; however, the distribution in the northern and eastern parts of *Sichuan,* such as *Guangyuan, Bazhong* and *Dazhou* yet to be explored, due to the limited dialect survey data. Further investigation in this area is needed for understanding the distribution and formation history of modern *Sichuan* dialect. In recent years, some sporadic surveys have been conducted under the guidance of Zhou Jixu, which reflect that the distribution of dialect in the eastern and northern parts of *Sichuan* is complicated, and the influence of *Huguang* dialect brought by immigrants in this area is also complicated. To clear up this complicated situation and explore its causes, we conducted more detailed fieldwork in this area and obtained sufficient dialect data.

We chose the adjacent mountain area of *Jiange* and *Nanbu* county as the survey area because its relatively complex terrain that is a triangle area located between two roads into *Sichuan*. The special geographical location may greatly influence the development of dialect, thus the distribution of dialect in this area may reflect the overall distribution of dialect in eastern and northern *Sichuan*.

We conducted a comprehensive field survey and a historical comparison of the dialect in 13 villages and towns in the triangle area (the adjacent mountain area of *Jiange* and *Nanbu* county).

This book is divided into six sections. The first section introduces the current situation and the trend of the study of *Sichuan* dialect, and introduces the research object, methods, ideas, and the sources of materials. The second section summarizes the dialect phonology of each survey point in this area, lists out the initial, final and tone, and provides a synchronic description. The third section compares and analyzes the synchronic distribution features of the dialect phonology in this area. The fourth section compares and analyzes the historical phonetic features of the dialect in this area. The fifth section further discusses the historical level of the dialect in this area under the background of the whole *Sichuan* dialect based on the results in the fourth section. In section six, we conclude as follows:

1. It is shown by the traditional calculation model that: (1) the similarity between *Nanlu* dialect in the west of *Sichuan* and the dialect in the adjacent mountain area of *Jiange* and *Nanbu* county is higher than that between *Nanlu* dialect in the west of *Sichuan* and *Chengdu* dialect. That is, the dialect in the adjacent mountain area of *Jiange* and *Nanbu* county is more closely related to Nanlu dialect in the west of Sichuan at the historical level. (2) The similarity between these dialects have not reached 100%, indicating that both *Nanlu* dialect in the west of *Sichuan* and the dialect in the adjacent mountain area of *Jiange* and *Nanbu* county have changed in varying degrees. (3) The similarity of the dialect among the adjacent mountain area of *Jiange* and *Nanbu* county has not reached 100%, indicating that the dialect among the adjacent mountain area of *Jiange* and *Nanbu* county has also changed in varying degrees.

2. It is shown by the mathematical correlation matrix calculation model that: (1) the similarity of the phonetic feature in the dialect among the adjacent mountain area of *Jiange* and *Nanbu* county is relatively high, indicating that the dialect in the triangle area belongs to the same dialect area. (2) The dialect in the adjacent mountain area of *Jiange* and *Nanbu* county is not so similar with *Chengdu* dialect and *Beijing* dialect, indicating that they belong to three different dialect areas.

3. It is shown by the classification model of naive Bayesian classifier based on Gaussian distribution and the SVM (Support Vector Machines) based on RBF (Radial Basis Function) that the dialect in the adjacent mountain area of *Jiange* and *Nanbu* county (except *Bailong* town ) belongs to *Nanlu* dialect, while *Bailong* town is located on the dividing line between *Nanlu* dialect and *Huguang* dialect.

In summary, as for two dialect patterns of Sichuan dialect——'*Nanlu* dialect' and '*Huguang* dialect', the dialect in the adjacent mountain area of *Jiange* and *Nanbu* county belongs to '*Nanlu* dialect'.

# 序

周及徐

這是一部認真撰寫、內容充實並且有新發現的四川漢語方言研究專著。此書之所以做到這樣，有三點：一是深入實地進行了點對點的音系調查，二是對調查所得數據進行了深入的歸納和分析，三是在上述基礎上有新的發現。

有人曾說「官話方言內部是高度一致的」，我們不同意這種看法。且不說整個官話方言，就是範圍小得多的西南官話的四川方言內部也不是一致的。十多年來，在四川的方言調查給了我們太多的經驗：在四川各地，我們聽不懂、難以通話的方言比比皆是，而這些方言大多是官話方言。僅僅以成都話、重慶話去理解四川方言，真是太狹隘了。

我們近十多年來研究四川方言的一個重要的發現，就是四川方言並不是從前認為的那樣是一個歷史層面的成渝話（即「湖廣話」）及其分支（如岷江以南的有入聲的方言），這些分支不過是同一來源的方言演變、分化的結果。我們的研究得出了不同以往的結論：現在的四川方言，大致以岷江為界分為兩個歷史層次：岷江以北的「湖廣話」和沿岷江以西以南的「南路話」（見本書第 9 頁圖 1.2）。「湖廣話」是明清移民從湖北省西部帶來的，「南路話」則是明代以前存留下來的四川本地方言。這個認識有一個社會歷史背景，就是明清兩代的「湖廣填四川」移民運動。由於元末明初和明末清初四川長期大規模的戰亂，發生過酷烈空前的戰亂和屠殺，在很多地區甚至造成了人口空白。所以，四川地區的方言不是從唐代到清代一條線走到今天的，大部分地區經歷了截斷、清空和移民再填充的過程。但是語言學結論的作出，必須基於語言學的材料、基於方言學的語音特徵的判斷，這才是一個語言學的結論，歷史移民的資料只是背景參考和印證。關於我們的上述結論，我們有十多篇文章和多篇碩博士論文進行了論證。〔註 1〕

問題還不止於此。近些年來，我們還發現在入川的通衢大道（多是「湖廣話」地區）之外，川北山區也存在一些語音特徵近於「南路話」的方言，例如在劍閣縣南邊的金仙話、川北和川中的鹽亭、西充、射洪話。繼而在川北的旺蒼、蒼溪和巴中等地也有類似的方言發現（見本書第 6 頁圖 1.1）。為了更詳細的查明方言的特徵和分布情況，本書作者選擇了川北通向成都的兩重要的通道之外的一片山區（見本書第 12 頁圖 1.4），即現在的升鍾水庫地區，這裡交通不便、生活相對艱難、移民罕至。調查這裡的方言情況，或可證實、補充或修改我們的結論。名人有言：「地理是孕育歷史的子宮」，我從語言學的角度比照著改為「地理是孕育方言的子宮」，自認為也是合理的。地理環境是方言形成的重要因素：地理通道引來移民，地理封閉阻絕移民，方言也因之改變或保存。以上就是本書作者陳鵬選題劍閣、南部縣相鄰山區方言音系調查的原因。

做方言研究，最重要的語言材料應來自於田野調查。陳鵬在讀研期間，學習了語言學理論和田野調查方法，並且在 2016 年開始的「國家語言資源保護工程」中做了大量的調查工作，積累了方言調查實踐的經驗。2018 年夏秋，陳鵬自己親赴劍閣、南部縣相鄰山區各鄉鎮進行了為期 18 天的田野調查，與當地發音人合作，收集了 13 個鄉鎮的方言語音材料。這些工作，收集了豐富的第一手材料，是本書課題研究的基礎。為了看清這些材料所反映的語言事實，作者又對調查所得數據進行了深入的分析。除了歸納各方言點的語音系統外，作者還做出了每一個方言點的重要語音特徵的語圖、單元音舌位圖、聲調曲線圖和聲韻調配合表，以詳細地呈現各方言點的語音面貌。為了歸納方言點音系之間的異同和距離，作者還從語音特徵加權計算模型、數學相關性矩陣計算模型和機器學習分類模型三種方法進行了比較，均得到了比較一致的結論：四川方言中

〔註 1〕主要文章有「南路話和湖廣話的語音特點——兼論四川兩大方言的歷史關係，《語言研究》，2012 年第 3 期；從語音特徵看四川重慶『湖廣話』的來源，四川師範大學學報，2012 年第 3 期；從移民史和方言分布看四川方言的歷史，《語言歷史論叢》第五輯，巴蜀書社，2012 年」等，其餘論文可見本書內的引證。

存在兩大方言格局——根據傳統稱之為「南路話」與「湖廣話」，劍閣、南部縣相鄰山區方言屬於「南路話」一類。（見本書 5.3 和 6）

方言研究總是以活的語言材料為基礎，語言事實為大，不迷信權威。所謂「理論總是灰色的，方言之樹常綠」〔註 2〕。方言事實的揭示，往往突破已有的認識，更加接近真理，這應是方言研究的常態。這也是語言學作為一門實證科學的引人入勝的地方。從書中可以看到，作者並沒有盲從前人提出的結論（包括自己的老師的意見），而是用充分的方言田野調查材料和科學的數據分析，來證明或者修正已有的結論，這正是語言科學的精神。

本書還介紹了田野調查所見方言點中的許多特殊的語音現象。例如：木馬鎮話見系蟹攝一、二等部分字聲母讀 tʂ-，如：届 tʂai4、皆 tʂai1、揩 tʂhai1（4.1.9.2）。保城鄉話在-i 韻母的音節中有成套的聲母 pʐ-、phʐ-、mʐ-，如：閉 pʐʅ4、屁 phʐʅ4、米 mʐʅ3（2.13）；古影云以母在-i 韻母的音節中聲母讀 ʐ-，如：醫 ʐʅ1、矣 ʐʅ3、以 ʐʅ3（2.13）；見系細音字部分讀 Tʂ-組，如：計 tʂʅ4、奇 tʂhʅ2、喜 ʂʅ3（2.13）。蘇維村話在細音前來母讀 n-、泥母讀 tɕ-，如：連 nie2、女 tɕy3、牛 tɕiəu2、年 tɕie2（2.8.1）。等等。這些官話中少見語音現象不僅為四川方言研究，而且為整個漢語方言研究提供了更加豐富的語言材料。

此書是陳鵬在博士論文的基礎上修改而成的。陳鵬本科讀的是日語專業，碩士階段考在四川師範大學文學院攻讀古代文學。陳鵬對語言學中的音韻學尤其入迷，便在博士階段轉而跟我學習語言學。陳鵬勤奮好學，對音韻學和方言學多用工夫。凡於學問有用之事，總是不畏煩難地去做。讀博期間，又自學了計算機課程，獲得了專業證書。所以他能用 Python 機器學習算法，對各方言點的語音特徵數據進行分析，使研究更加地客觀、準確。博士畢業後，他毅然放棄就業謀職的機會，再次考博，現在復旦大學中國語言文學系語言學專業攻讀第二博士學位，足見他對語言學的鍥而不捨。未來的路還很長，祝願陳鵬事業有成。

我國的高校內部沒有獨立的語言學院（也叫語言學系），語言學專業是附屬於文學院（過去叫中文系）的。這與國際上的大學普遍有獨立的語言學院／系、並且招收本科語言學專業學生的格局不一樣。我國的文學院以文學課為主，語

〔註 2〕這是仿「理論總是灰色的，生命之樹常綠」。（歌德《浮士德》）

言學專業課很少。在這樣的情況下，連一級學科語言學的方向都不瞭解，選擇語言學專業繼續深造的本科生更是鳳毛麟角。我們的學生是在碩士階段才開始系統學習語言學課程的。這導致了我們的語言學博士比起國外的語言學博士來，在語言學專業課程的學習上，整整少了三四年。同時，他們在從事語言學專業的年齡上，比起國外同行也要晚了四年。而這四年恰恰是人的一生中精力最為旺盛的黃金時期。我國高校院系體制上的這種侷限，長期以來阻礙了我國語言學人才隊伍的培養和語言學的發展。什麼時候才能改變這種局面，使我國和國際高校的語言學教育體制接軌，讓我們的語言學隊伍有更強的實力參與國際競爭？

還有幾天就是 2022 年的春節了。秦嶺以南的民居建築內不設暖氣（據說這是我國建築設計的常規），成都平原的冬天比北方暖和，但是這裡的室內比北方的室內更冷。正所謂：劍南臘月，北風苦寒。歲暮鮮歡，長夜漫漫。孤燈長明，心存期盼：「冬天來了，春天還會遠嗎？」

周及徐

2022 年 1 月 26 日

於成都西郊清水河畔

# 目次

# 1 緒　論

## 1.1 四川方言的調查與研究

經過幾代學者的努力，四川方言的調查研究工作已經取得了很大的成就。特別是四川師範大學周及徐教授及其所帶領團隊近十年來的研究成果，這些成果使得四川方言的調查材料日漸豐富，且具有較高的質量。從當前四川方言源流的研究成果來看，對四川內部方言的總體結構以及地域分區的認識已經大致成形，並逐漸取得共識。從目前四川諸市縣方言調查與研究成果來看，我們對四川盆地成片的調查幾近尾聲，這是件很振奮人心的事，這基本上完成了「從現代四川方言的調查研究做起，全面掌握方言特點和地區分布」（周及徐 2013b）這一地基似的材料工作。有了如此豐富的材料，我們就有了能在此基礎上「利用漢語古音系統和各方言點音系，從歷史比較的角度進行縱向和橫向的分析，由此去觀察方言形成的歷史過程」（周及徐 2013b）的一個更全面的視野。從這一視野出發，已經有了不少相關的研究，比如《從語音特徵看四川重慶「湖廣話」的來源——成渝方言與湖北官話代表點音系特點比較》（周及徐 2012a）、《南路話和湖廣話的語音特點——兼論四川兩大方言的歷史關係》（周及徐 2012b）、《從移民史和方言分布看四川方言的歷史——兼論「南路話」與「湖廣話」的區別》（周及徐 2013b）、《四川青衣江下游地區方言語音特徵及其歷史形成》（周及徐 2015b）、《從明代〈蜀語〉詞彙看四川方言的變遷》（周及徐 2016a）、《〈蜀語〉與今四川南路話音系——古方言文獻與當代田野調查的對應》（周及徐 2017）等論文。

至於「同時參考近古以來的四川移民史」（周及徐 2013b）這方面的研究主要集中在歷史文獻上的研究與徵引，而從方言分布的角度去考察移民史，並在此基礎上再證方言歷史層次的相關研究還不夠。鑒於此，本書即以近古以來的四川移民路線，特別是移民入川的兩大路線（特別是金牛道）及其周邊為線索，並以鄉鎮為基本單位，進行了較細緻的方言田野調查，以期以語言學的材料來補證移民史，並結合前人的調查與研究探討四川方言的歷史層次。

### 1.1.1 四川方言研究現狀

對四川方言歷史層次的研究，周及徐認為可分三步逐一進行，即「研究四川方言的歷史形成，可靠的辦法是從現代四川方言的調查研究做起，全面掌握方言特點和地區分布，再利用漢語古音系統和各方言點音系，從歷史比較的角度進行縱向和橫向的分析，由此去觀察方言形成的歷史過程。同時參考近古以來的四川移民史」（周及徐 2013b）。實際上，一直以來，研究者們也是這樣做的。四川方言研究現狀也可以從這三步（方面）來進行總結。

一、第一步（方面），即「從現代四川方言的調查研究做起，全面掌握方言特點和地區分布」。

關於四川方言的調查與研究，崔榮昌（1994）曾總結為三個時期：「一、從古代有關蜀語的零星記載到明清兩代有關蜀語詞彙的搜集整理，是四川方言的詞彙研究時期；二、二十世紀四十和五十年代開展的兩次全省方言調查，是四川方言語音的普查時期；三、八十年代以後，在對四川官話的語音、詞彙、語法進行全面研究的同時，開展了對四川方言源流的探討和對四川省西南官話以外漢語方言的調查和研究，是四川方言全面研究時期。」本書此處主要討論其第二、第三時期，即「四川方言語音的普查時期」和「四川方言全面研究時期」（包含二十一世紀以來的研究情況）。

（一）四川方言語音的普查時期

1. 20 世紀 20 年代至 40 年代，在趙元任、羅常培等學者的倡導下，對漢語方言作過幾次較大型調查，並出版了部分方言專著。

2. 20 世紀 40 和 50 年代，有過兩次對四川方言的普查。一是，由中央研究院歷史語言研究所組織進行的，共查 182 處，涉及 134 縣，整理出版《四川方言調查報告》（楊時逢 1984）。二是，由四川大學、西南師範大學、四川師範學院組成的四川方言調查工作組進行的，共查 150 個縣（市），整理出版《四川方言音系》（甄尚靈、郝錫炯、陳紹齡 1960）。

這兩次普查，雖然調查了 332 點，遍及 160 個市縣，但由於「調查方式（即多半通過在大學學習的青年學生進行調查的方式）的侷限」，其成果最後「也就只能算作是四川官話的史料了」（崔榮昌 1994），即使被算作「史料」，但它們對後來的四川方言調查與研究依然具有較大的參考價值，依然被後來的文章所徵引。

（二）四川方言全面研究時期

1. 20 世紀 80 年代後，開始了對四川個別方言點的語音、詞彙、語法進行全面深入研究的進程，並取得了不少成果。例如，黃尚軍的《蜀方言、麻城話與成都話》（1992）、《四川民俗與四川方言》（1994a）、《四川話部分詞語本字考》（1994b）、《〈蜀語〉所反映的明代四川方音的兩個特徵》（1995）、《湖廣移民對四川方言形成的影響》（1997）、《四川話民俗詞語舉例》（1998）等。

另外，四川境內除西南官話外，還有客家話、湘方言等方言島的存在。早在 20 世紀 40 年代，董同龢《華陽涼水井客家話記音》即對成都市郊的客家話作了記錄。20 世紀 80 年代以來，四川境內因移民帶來的客家話和湘方言等得到了進一步的調查和研究。如黃雪貞《成都市郊龍潭寺的客家話》（1986），崔榮昌《四川達縣「長沙話」記略》（1989）、《四川樂至縣「靖州腔」音系》（1988）、《四川湘語記略》（1993）、《四川境內的「老湖廣話」》（1986）、《四川境內的客方言》（2011）、《四川邛崍油榨方言記》（2010），左福光《四川省宜賓「王場」方言記略》（1995）等。

以上調查與研究不僅豐富了描寫四川方言的內容，而且為社會語言學、語言接觸等學科的研究提供了更多更具體的資料，為後來的調查研究做出了巨大貢獻。但歷史經驗告訴我們，任何科學研究都不可能一蹴而就，對真理的追求也不可能一步到位，任何研究成果也都是階段性的，而非終極性的。四川方言研究也是如此，由於調查手段、發音人選取等各方面的因素，使得此前的調查還存在其侷限。由於這些侷限，自然就會影響到對四川方言形成的認識。這一時期的研究普遍認為四川話即「湖廣話」。這一認識在近十年來的研究中已得到了突破。

2. 21 世紀，特別是近十年以來，對四川方言研究貢獻比較突出的，如四川師範大學周及徐及其所帶領團隊的田野調查與研究、四川師範大學周及徐、袁雪梅作為首席專家主持並負責的國家語言保護工程四川項目各點的調查與研究，等等。

由周及徐近十年來指導完成的四川方言調查研究方面的碩士論文有 30 來篇，博士論文 1 篇〔註 1〕。這些論文，從題目看，其調查範圍基本涵蓋了整個四川盆地；從內容看，其調查及音系總結都十分細緻，同時也涉及到了部分方言島的研究；從調查手段來看，顯得越來越先進、越來越科學，體現了現代科學技術對方言學研究的影響。

二、第二步（方面），即「利用漢語古音系統和各方言點音系，從歷史比較的角度進行縱向和橫向的分析，由此去觀察方言形成的歷史過程」。

在以上調查與研究的基礎上，周及徐對四川方言內部結構進行了新的審視與總結。如：

（一）周及徐（2012a）通過「用現代湖北和四川官話的 31 條語音特徵」進行逐一比較，得出「今成渝地區操『湖廣話』的人群主要來自於三峽東部地區和相鄰的江漢平原地區」的結論，進而否定了「湖廣填四川」主要源於「麻城孝感」說。這篇文章有力地告訴了我們語言研究與歷史研究的關係，特別提示我們利用語言學證據去考察移民史的重大意義。

（二）周及徐（2012b）通過「21 條語音特點比較」，從語言學內部將四川話分為了「南路話」與「湖廣話」兩大方言系統。據此提出「南路話應是元末以前四川本地漢語方言在當地的後裔」。

（三）周及徐（2013b）從移民史的角度再次證明了四川兩大方言的劃分，並給出了「南路話」與「湖廣話」的地理分布——「大致以岷江為界，以東以北地區是明清移民帶來的方言」，即「湖廣話」；「以西以南地區則是當地宋元方言的存留」，即「南路話」。

以上兩篇文章對四川方言的歷史層次，做出了新的劃分，為這一時期四川

〔註 1〕該篇目數量統計時限截止到 2020 年，到本書出版時（2022 年），周及徐指導的關於四川方言調查研究方面的博士論文已有 3 篇。

方言研究最重要的成果之一。

（四）周及徐（2013a）指出：自貢宜賓的平翹舌音系分布與廣韻基本對應，而與北京話有別，自是一個系統。西昌話的系統雖與自貢等一致，但從來源看，則當別論。

（五）周及徐（2014）在提出「南路話」的基礎之上，通過與周圍方言語音特點的比較、分析其語言歷史演變的過程，並對雅安地區的歷史地理通道和移民史進行考察，分析今雅安地區方言的成因，最後認為雅安地區方言是宋元以來四川土著方言「南路話」的分支。

（六）周岷、周及徐（2016a）指出「從古代文獻資料的角度證明了古代四川『蜀語』在明代以後被東來『楚語』替換的歷史」，同時也是從文獻資料的角度證明了「南路話」為四川土著方言，是不同於東來的「湖廣話」。

（七）周岷、周及徐（2016b）報告了一項新發現，該發現突破以前對「南路話」與「湖廣話」的地理分布的認識，原來認為「南路話」主要分布於岷江「以西以南地區」，而該文「以對巴中地區巴州話的新的田野調查為資料」，發現「該方言既有四川『湖廣話』的語音特點，又有『南路話』的語音底層」。這提示我們：一、「南路話」原來的覆蓋面應該是相當的遼闊，它就是四川移民前的土著方言的後裔；二、移民帶來的「湖廣話」對原四川土著的後裔「南路話」的替換或覆蓋並不是那麼徹底，即岷江以東以北地區，原被概括地認為是明清移民帶來的方言區，其方言分布可能並不那麼簡單，有待進一步更加細緻的調查研究。

（八）周及徐（2016）從語言接觸的角度，考察了四川天全話音系的成因。

（九）周及徐、周岷（2017）指出：「接踵而來的劍閣金仙鎮、南部縣伏虎鎮以及巴中市的調查資料告訴我們，入聲獨立，分尖團、分平翹、甚至見系細音字不齶化，這些《蜀語》記錄的語音特徵，都仍然在這些地方保存著。這些在今天四川湖廣話區域中存在著的南路話方言島，在證明著整個四川地區在400年前曾是古代南路話的天下，也證明了《蜀語》記錄的真實性。這些方言點處在山區，交通不便，遠離中心城市，比較封閉，戰亂波及較小，因此古老的方言特徵得以更多地保留下來。它們是現存方言中與《蜀語》音系最相近的方言，它們以自己的音系特徵證明了自己與《蜀語》的親緣關係，證明了它們存在於四川當地久遠的歷史。」這不僅揭示了四川東北部地區被「湖廣話」所覆蓋的區域中存在著保留方言特徵最接近《蜀語》音系的「南路話」方言，而且還試從當地的地理交通情況對這種「南路話」方言島的現象進行解釋。這篇文章為本書的研究提供了重要的線索，比如文章所附「四川東北部方言分布圖」〔註 2〕：

圖 1.1　四川東北部方言分布圖

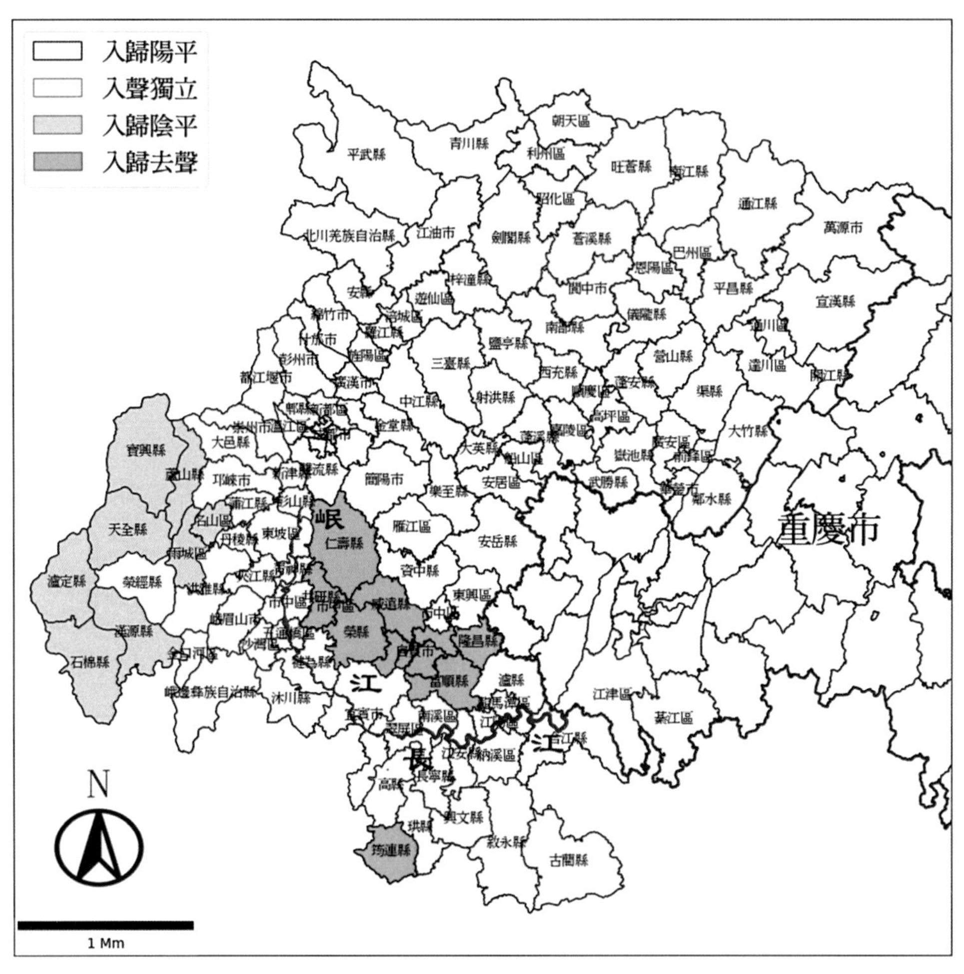


其圖註已經指明「入聲獨立的方言分布於四川東北部山區的一些縣鄉鎮，與岷江沿岸的南路話片遙相呼應」。

三、第三步（方面），即「同時參考近古以來的四川移民史」。

第三步是與第二步相結合進行的，上述所舉論文可證。如：《從移民史和方言分布看四川方言的歷史——兼論「南路話」與「湖廣話」的區別》（周及徐

〔註 2〕該分布示意圖是作者根據周及徐、周岷（2017）的原圖數據，編寫 Python 代碼重新繪製。Python 網址：https://www.python.org/。

2013b）、《從語音特徵看四川重慶「湖廣話」的來源——成渝方言與湖北官話代表點音系特點比較》（周及徐 2012a）這兩篇文章，是對「參考近古以來的四川移民史」的實踐：第一篇，從「移民史」出發結合方言分布情況，考察四川方言的歷史，區別出「南路話」與「湖廣話」兩大音系；第二篇，從語音特徵出發，通過語音特徵比較，修補「移民史」。這對四川方言研究具有方法論上的意義。其他論文見上，茲不贅述。

綜上，我們對四川方言源流的認識，隨著方言田野調查的深入、拓展以及調查技術手段的不斷進步，在不斷地取得新的進展。從崔榮昌（1985）的「元末明初的大移民把以湖北話為代表的官話方言傳播到四川，從而形成了以湖北話為基礎的四川話；清朝前期的大移民則進一步加強了四川話在全省的主導地位，布下了四川話的汪洋大海」，——到持不同觀點的學者，如李藍（1997）認為是原來的四川話改造和影響了移民帶來的方言，而不是移民的方言取代了原有的西南官話，——再到周及徐團隊調查與研究所得的「現代四川方言大致以岷江為界，以東以北地區是明清移民帶來的方言（即湖廣話），以西以南地區則是當地宋元方言的存留（即南路話）」，將四川話分為兩大方言——「南路話」，即原來的四川話；「湖廣話」，即移民帶來的方言。（周及徐 2012a，2012b，2013b）近十年來，周及徐團隊分別從這兩大方言各自的語音演變線索，以及二者之間相互影響的線索，對四川方言的源流進行了較全面的考察與探討，並且這樣的考察與探討還將繼續深入細化。

### 1.1.2 四川方言研究發展趨勢

一、從「普查」到全面深入的研究

近現代四川方言的研究是以 20 世紀三四十年代和五六十年代的「普查」為契機大力發展起來的。兩次調查，共遍及今天四川省的 160 個縣市，為我們保留了四川方言的寶貴資料。但是，「普查」的目的主要是掌握整個四川方言的概況，在細緻性和精密性上都做得還不夠，很多方言點的特徵也沒有被完全調查清楚。

因此，20 世紀 80 年代以來，隨著方言研究的深入，一大批語言學家即展開了從面到點的細緻調查。他們將研究的視角從整個方言區轉移到了具體的方言點，一步步建立起各個方言點的語音體系，並且詳細描述了當地特殊的語音現象，取得了較高的成就，使四川方言研究從「普查」進入到了全面深入調查的新階段。

二、從共時的靜態描寫到歷時的源流研究

早期的四川方言調查，主要是對四川境內某一具體方言點的語音、詞彙、語法進行描寫研究，並將其同普通話或其他某種或多種方言作一定限度的對比研究，即主要還是停留在共時的靜態描寫層面上。近幾十年來，方言學家已經不再滿足於單純的方言描寫，而是逐漸進入了更為深入的解釋說明階段。即利用手中的資料，去探討四川官話方言的歷史來源，並取得了不少成果，如周及徐團隊對四川方言分「湖廣話」與「南路話」的研究，等等。

三、分片區的細密化

根據過去的兩次普查，以入聲的有無和入聲歸併的情況為標準進行分片區，即以西南官話為主，兼顧境內其他方言，點面結合。這一分區標準體現了四川方言主要的區別特徵，因此具有一定的科學性，但由於調查得不夠細緻等因素，在分片區上還有疏漏。這要求我們要根據新的調查研究對過去的分片分區進行調整，使其更加符合語言的實際情況。

四、更深入地展開移民史與四川方言形成的關係的研究

從研究現狀看，這是第三步工作的內容，即「同時參考近古以來的四川移民史」。這部分的研究還相對比較薄弱，主要體現在尚不夠細緻上。從周及徐《從移民史和方言分布看四川方言的歷史——兼論「南路話」與「湖廣話」的區別》（2013b）與《從語音特徵看四川重慶「湖廣話」的來源——成渝方言與湖北官話代表點音系特點比較》（2012a）兩篇文章來看：四川方言的歷史形成研究，離不開移民史的證據；同時，又由於關於移民史的文獻總是粗略的，甚至是有訛誤的，因此，通過實地田野考察所得材料不僅可以使我們瞭解當地方言語音的共時狀況，還能據此以印證、補充和糾正現有的移民史。在四川方言歷史形成研究中，田野調查與移民史是不可分割的，本書即是從移民路線和自然地理特徵對移民分布影響的角度著眼來選擇調查區域的。

## 1.2　本書研究對象、研究方法和研究意義

### 1.2.1　研究對象與內容

通過對四川方言先行研究的梳理可知，我們對四川方言形成歷史的認識，

大致經歷了這樣一個過程：由①四川話即「湖廣話」到②現代四川方言分為「湖廣話」（西南官話岷江以東以北部分）和「南路話」（西南官話岷江以西以南部分）兩個歷史層次。

對於認識②的推出，主要由周及徐根據其團隊近十年來的方言調查和移民史兩方面的資料分析概括而來。其大致地理分布如下〔註3〕：

圖 1.2 「湖廣話」和「南路話」在四川沿岷江地區的分布圖

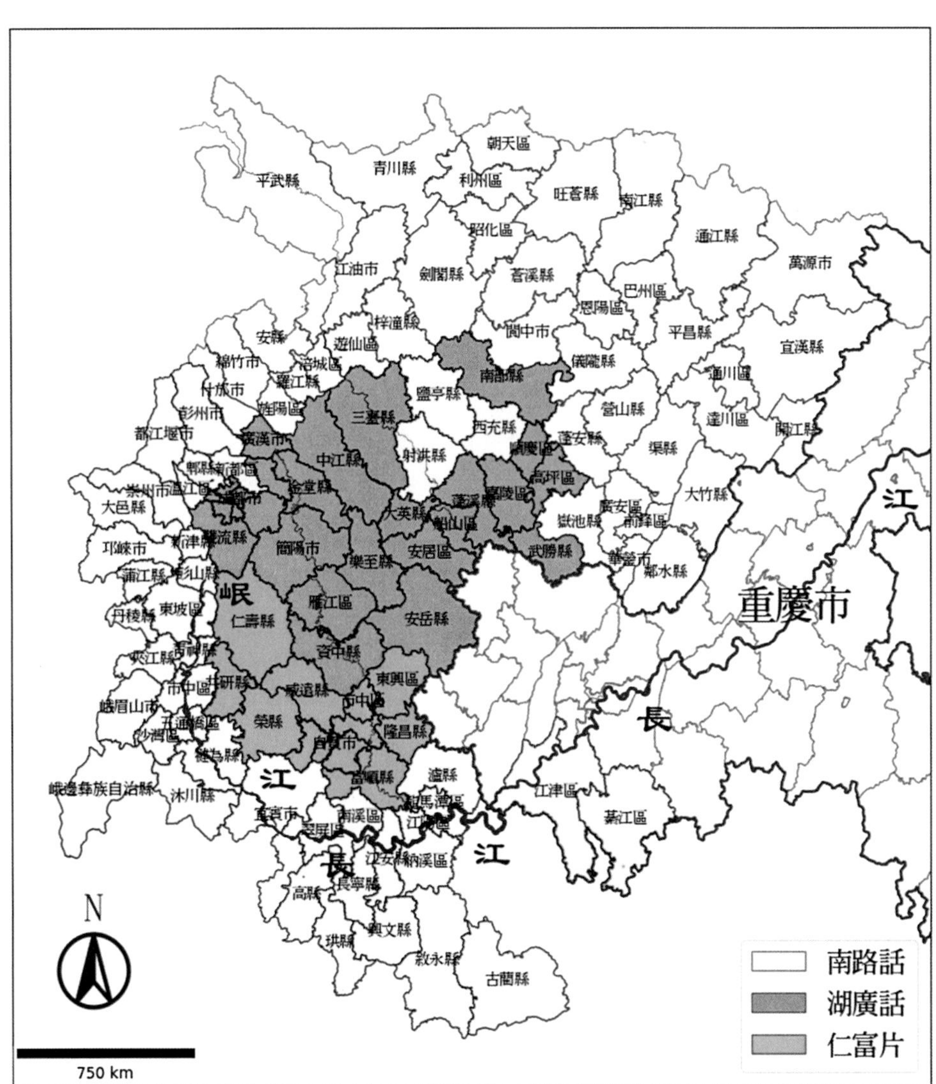


〔註 3〕該分布示意圖是作者根據周及徐（2013b）一文及其所附「湖廣話和南路話在四川沿岷江地區的分布」圖數據，編寫 Python 代碼重新繪製。其中「湖廣話」的區域遠不止本示意圖所示，這裡只是把周及徐（2013b）文中所附分布圖有標記的部分展示出來，此處未做補充，更詳細的分布示意圖見圖 5.1。Python 網址：https://www.python.org/。

從上圖可以看出，根據現有的調查，「湖廣話」與「南路話」在四川的大致分布情況已基本清楚，特別是四川盆地以西以南以及中部地區。又，雖然圖中四川北部、東部有部分地區方言被標注為「湖廣話」，但整個四川的北部、東部地區還存在大片未作標注的地區，暫為空白，比如廣元、巴中、達州等地。當然，在沒有更多的方言調查材料的情況下，我們是不能輕易地憑直覺給出判斷的。周及徐（2013b）這篇文章中所給出的附圖並未完整地畫出四川東部、北部地區的方言分布情況，體現了其嚴謹性。同時，這也指出了這一地區亟待進一步調查與研究，使得該分布圖變得更完整，從而使我們對現代四川方言的分布及其形成歷史獲得更完整的認識。

比較概括的說法是，四川地區岷江以東以北地區為「湖廣話」，岷江以西以南地區為「南路話」。而實際上，我們從上圖也已經看到，在岷江以東以北地區還存在一個「方言島」似的區域——鹽亭、西充、射洪。據四川師範大學張強的碩士學位論文《四川鹽亭等六縣市方言音系調查研究》（2012）顯示，鹽亭、西充、射洪話雖處於「湖廣話」方言的包圍之中，但其音系卻同於「南路話」音系，與「湖廣話」音系不同，形成「方言島」。這一現象，充分顯示了移民帶來的「湖廣話」在四川東部、北部地區的影響並非那麼簡單，有進一步調查研究的必要。

最近在四川東部、北部地區又有新的調查發現，如四川師範大學梁浩在其碩士學位論文《四川省南部縣方言音系及歷史形成研究》（2015）中所報告的關於伏虎鎮、碑院鎮、升鍾鎮以及大坪鎮的調查情況顯示，這些地區都不同程度地保留著「南路話」特徵，如「伏虎話保留古入聲喉塞尾，升鍾、大坪話保留古入聲等」。又周及徐、楊波（2015）對劍閣縣金仙鎮的調查顯示：「金仙話音系具有入聲獨立、分尖團、分平翹舌和見系細音字不齶化（部分）等特徵」，「這些現象提示金仙話是迄今所見的四川境內最為古老的漢語方言，是南路話中早期的層次。」

從鹽亭、西充、射洪以及最近的新發現來看，四川東北部地區的方言分布呈現出錯綜複雜的局面。為理清這種錯綜複雜的局面及其成因，還有待對該地區進行更多的瞭解並取得更多的證據。要達到這一目的，我們必須對這一地區展開更詳細的田野調查，以獲取足夠的方言材料。

我們將最近在四川東部、北部地區取得新發現的調查點的分布繪圖如下〔註4〕：

圖 1.3　四川東部、北部地區取得新發現的調查點分布圖

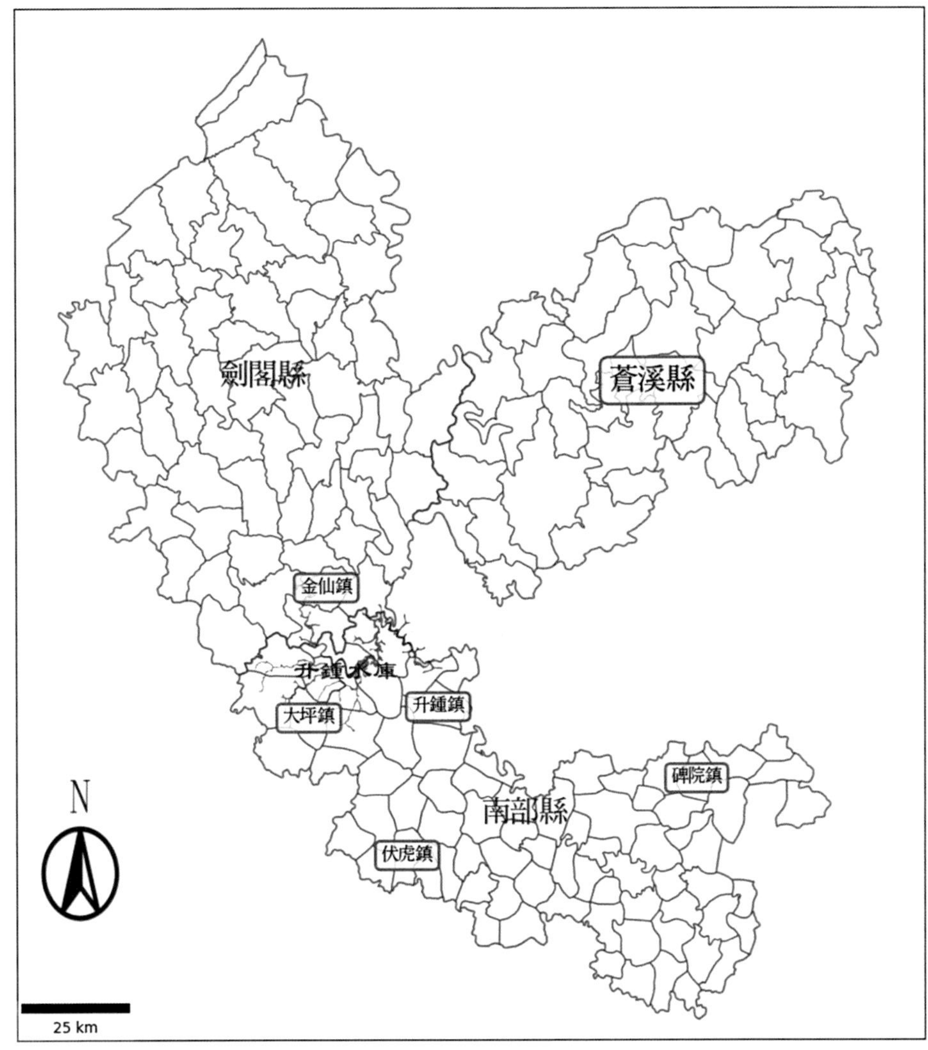


從該分布圖可以看出，這部分已經被調查證實為「南路話」的方言點，在地理分布上大致以升鍾水庫為中心，向四周發散。這為我們對該地區展開更詳細的田野調查提供了布點的線索。

我們將以升鍾水庫為中心的這一地區的自然地理面貌與移民入川的路線結合觀察，如圖〔註5〕：

〔註 4〕該分布示意圖由作者編寫 Python 代碼繪製。Python 網址：https://www.python.org/。

〔註 5〕該地形圖底圖來自 google 地圖，網址為：https://www.google.com/maps/@31.7268927, 106.0727906, 9.25z/data=!5m1!1e4.

圖 1.4　升鍾水庫周邊地形與移民入川兩大通道示意圖

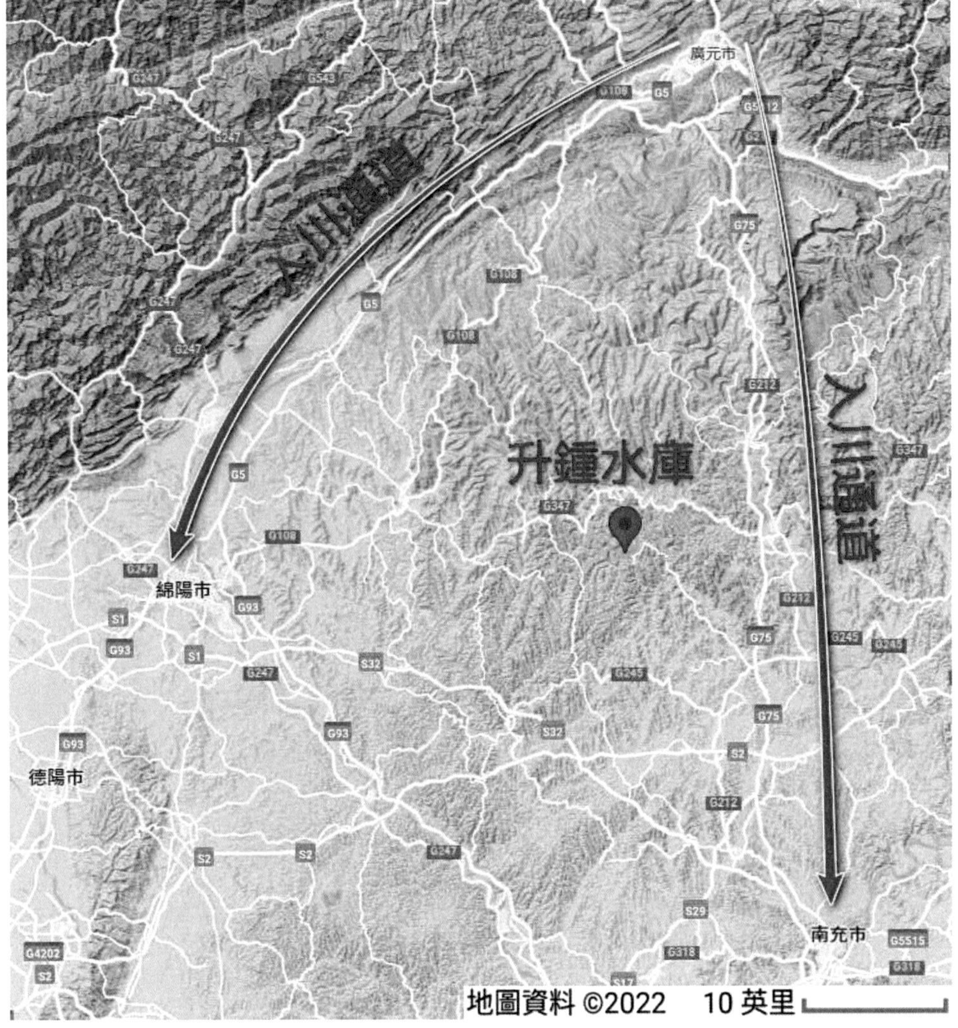


從上圖可以看出，這一地區的地形比較複雜，從明清移民時期的條件來看，當是移民較少涉及的地區，而且兩條入川通道正好將這一地區夾在中間，形成一個三角區。這種特殊的地理位置對其方言的形成與發展將產生較大的影響，最近的新發現即證明了這一點。

根據以上分析，四川東部、北部地區，特別是以升鍾水庫為中心的這一三角區域（即劍閣、南部縣相鄰山區）的方言調查與研究就顯得十分有意義了。本書即是從該地區的方言調查開始並展開的。具體內容如下。

一、本書主要選取了劍閣、南部縣相鄰山區的 13 個鄉鎮作為田野調查對象。通過總結其音系，對當地方言語音作出共時描寫與分析。這 13 個鄉鎮為：劍閣木馬鎮、劍閣鶴齡鎮、劍閣楊村鎮、劍閣白龍鎮（周及徐、楊波調查）、劍閣香沉鎮、劍閣公興鎮、劍閣塗山鄉塗山村、劍閣塗山鄉蘇維村、南部雙峰鄉、南部西河鄉、南部店埡鄉、南部鐵鞭鄉和南部保城鄉。其地理分布如下圖所示，陰影部分即為上述 13 個鄉鎮〔註 6〕：

圖 1.5　劍閣、南部縣相鄰山區的 13 個鄉鎮示意圖

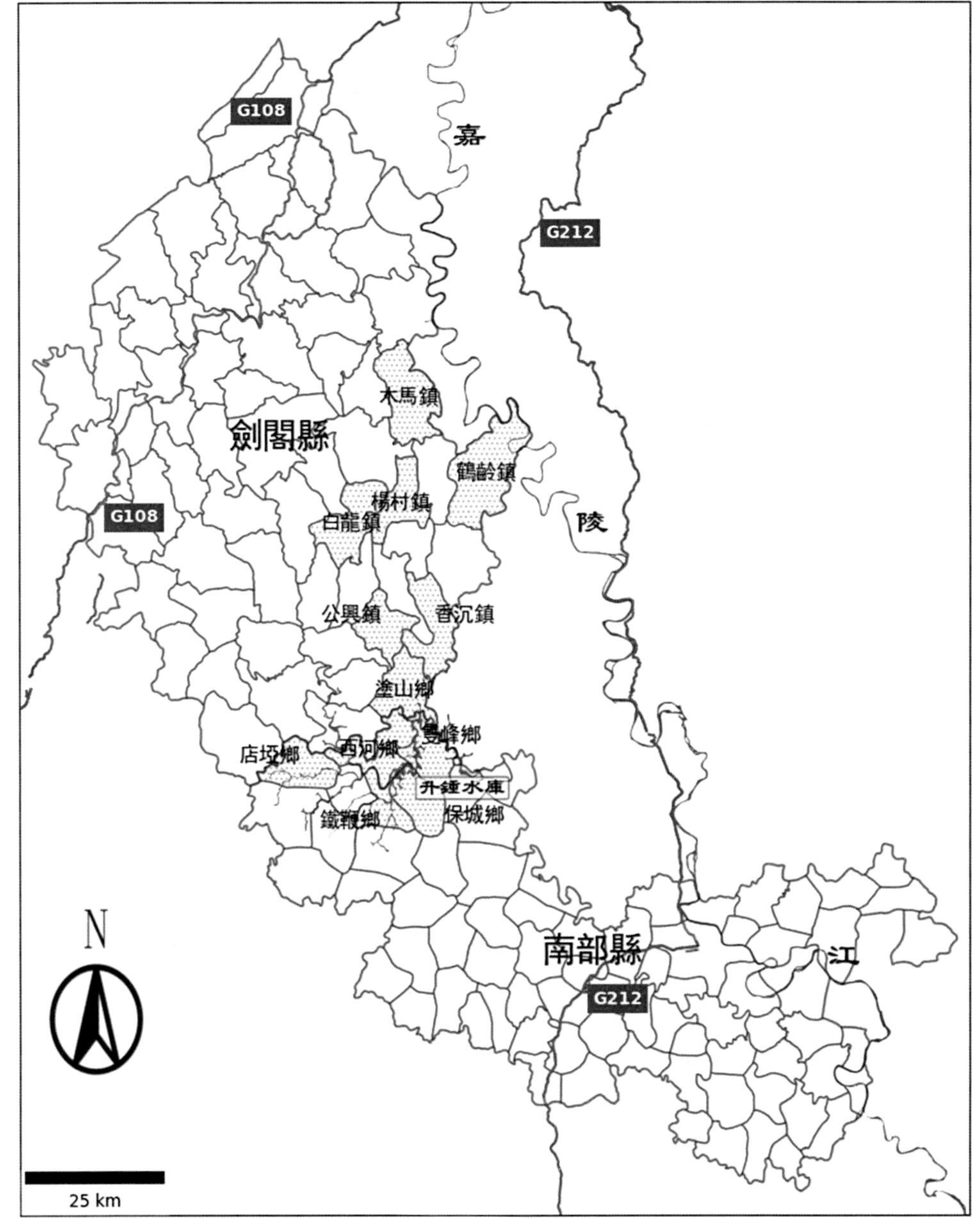


二、結合已有的調查材料與研究成果，運用歷史比較語言學等方法，總結該區域（劍閣、南部縣相鄰山區）的方言特徵。

三、運用語音特徵加權計算模型（周及徐 2012b）和計算機機器學習的算法

〔註 6〕該示意圖由作者編寫 Python 代碼繪製，所有邊界線僅為示意。Python 網址：https://www.python.org/。

模型對劍閣、南部縣相鄰山區方言與「南路話」「湖廣話」之間的關係作計算和分析。

四、通過對劍閣、南部縣相鄰山區方言歷史比較分析，看整個四川方言的歷史層次。

### 1.2.2 研究方法

本書擬使用新的研究手段和方法對四川劍閣、南部縣相鄰山區方言進行田野調查和歷史比較研究。如：

一、運用斐風_田野調查軟件〔註 7〕，進行田野調查錄音。為方言田野調查提供更多可靠的數據信息。

二、運用 Praat 語音處理軟件〔註 8〕提取音頻文件的基頻值，再結合 Python 數據可視化編程，繪製聲調曲線圖；運用 Praat 語音處理軟件提取音頻文件的共振峰，再結合 Python 數據可視化編程繪製聲學元音圖。為各方言點的共時音系描寫提供更客觀的數據與可視化依據。

三、運用方言處理系統、數據庫管理系統（DBMS）與統計分析法去處理研究材料，為同時處理大量數據提供技術支撐。

四、運用歷史比較法，從歷史比較的角度分析研究材料。

五、運用 Python 機器學習算法，對各方言點的語音特徵數據進行分析，從數據出發，使研究更加客觀。

六、運用 Python 地理數據可視化技術，編程實現方言地圖的繪製，為方言特徵的分布情況提供更直觀的呈現方式。

七、文獻材料與活語言材料並舉，考察了四川方言相關史料文獻，如《蜀語》等，為劍閣、南部縣相鄰山區方言的研究提供文獻支撐。

### 1.2.3 研究意義與創新

本書的研究意義主要體現在以下幾個方面。

第一，繼續豐富四川方言的調查資料，為四川方言特徵圖的繪製提供可靠依據。

---

〔註 7〕軟件網址：http://ccdc.fudan.edu.cn/bases/software.jsp。

〔註 8〕軟件網址：https://www.fon.hum.uva.nl/praat/。

第二，用實際的方言點音系調查（13 個鄉鎮）和數據分析證明了四川方言「南路話」和「湖廣話」的兩分格局。

第三，為四川移民史提供更豐富、更具體的語言學證據。

第四，為整個漢語方言學、歷史語言學的研究提供鮮活的語言材料，從而使北方官話方言的研究更加深入。

第五，從材料基礎以及語音演變規律的角度來看，對整個漢語史研究也有著積極的意義。

第六，本書利用關係數據庫和機器學習等技術對方言材料進行大規模統計分析，當具有方法論上的意義。借助數據庫的檢索、統計功能以及 Python 機器學習的強大運算能力，可使一些過去用手工無法發現的統計性規律更快、更精確地浮現出來。

第七，本課題還運用了歷史比較語言學的理論與方法，通過本課題的研究，還可以豐富這些理論，並可以作為檢驗這些理論的可靠的實踐。

本書的創新性，主要體現在兩個方面：第一，研究材料的新，本書所使用的主要的方言材料均為未報告過的最新的田野調查材料；第二，研究方法的新，參看 1.2.2 研究方法的說明。

## 1.3 材料來源

本書所採用的材料來源分為四類。

一是作者分別於 2018 年 6 月和 10 月赴劍閣、南部縣相鄰山區各鄉鎮為期 18 天的田野調查材料，調查地點為：劍閣木馬鎮、劍閣鶴齡鎮、劍閣楊村鎮、劍閣香沉鎮、劍閣公興鎮、劍閣塗山鄉塗山村、劍閣塗山鄉蘇維村、南部雙峰鄉、南部西河鄉、南部店埡鄉、南部鐵鞭鄉和南部保城鄉。

二是周及徐、楊波（2014）的調查錄音材料，如劍閣白龍鎮，後經作者記音整理，現與第一類材料一起提供其完整的音系。

三是周及徐指導的歷屆碩士和博士學位論文。如：饒冬梅（2007）《四川德陽黃許話音系調查研究》、何婉（2008）《四川成都話音系調查研究》、周豔波（2009）《四川彭山方言音系調查研究》、王曉先（2009）《四川新津話音系調查研究》、李兵宜（2009）《四川平樂話音系研究》、李書（2010）《四川樂山等六縣市方言調查研究》、吳紅英（2010）《川西廣漢等五縣市方言音系比較研究》、易傑（2010）《川西大邑等七縣市方言音系調查研究》、劉燕（2011）《四川自貢等八縣市方言音系調查研究》、馬菊（2011）《瀘州等八市縣方言音系調查研究》、康璿（2011）《四川省西昌等七縣市方言音系比較研究》、唐毅（2011）《雅安等八區縣方言音系調查研究》、張馳（2012）《宜賓、瀘州地區數縣市方言音韻結構及其方言地理學研究》、張強（2012）《四川鹽亭等六縣市方言音系調查研究》、畢圓（2012）《四川西南彭州等八區市縣方言音系研究》、劉瓅鴻（2012）《四川峨邊、洪雅等六縣市方言音系研究》、殷科（2013）《西昌話探源——西昌話與近源方言音系的比較》、唐文靜（2013）《四川湖廣話音系中的幾個異質特徵及其意義——以雙流白家話、龍泉柏合話為例》、周穎異（2014）《四川綿陽地區方言音系實驗語音學分析及方言地理學研究》、朱垠穎（2014）《蒲江方言詞彙研究》、李林蔚（2014）《四川越西、甘洛等五縣市方言音系研究》、梁浩（2015）《四川省南部縣方言音系及歷史形成研究》、劉慧（2015）《四川廣安等五縣市方言音系調查研究》、楊波（2016）《四川巴中地區方言音系調查研究》、羅燕（2016）《四川達州地區方言音系調查研究》、何治春（2017）《四川蒼溪方言語音研究》、李敏（2017）《四川南充地區漢語方言音系調查研究》、鄭敏（2017）《四川眉山市、樂山市交界地區方言音系調查研究》，等等。

四是周及徐（2019）主編的《岷江流域方音字彙——20 世紀四川方音大系之一》。

第一、二類調查發音人信息如下：

**表 1.1　劍閣、南部縣相鄰山區方言調查發音人信息表**

| 方言點 | 地　址 | 姓名 | 性別 | 生年 | 年齡 | 職　業 | 文化 |
|---|---|---|---|---|---|---|---|
| 木馬鎮 | 劍閣縣木馬鎮魁陵村 5 組 | 王和春 | 男 | 1948 | 72 | 務農 | 小學 |
| 鶴齡鎮 | 劍閣縣鶴齡鎮金珠村 6 組 | 范坪升 | 男 | 1962 | 58 | 務農 | 高中 |
| 楊村鎮 | 劍閣縣楊村鎮楊村小學 | 苟彥文 | 男 | 1960 | 60 | 小學教師 | 大專 |
| 白龍鎮 | 劍閣縣白龍鎮賽金春風村 3 組 | 楊明富 | 男 | 1941 | 79 | 獸醫 | 小學 |
| 香沉鎮 | 劍閣縣香沉鎮香沉小學 | 宋開武 | 男 | 1953 | 67 | 小學教師 | 中師 |
| 公興鎮 | 劍閣縣公興鎮公興小學 | 羅遠根 | 男 | 1955 | 65 | 小學教師 | 中師 |
| 塗山村 | 劍閣縣塗山鄉塗山村 | 姜志長 | 男 | 1950 | 70 | 小學教師 | 中師 |

| 蘇維村 | 劍閣縣塗山鄉蘇維村 2 組 | 姜廷榮 | 男 | 1944 | 76 | 小學教師 | 中師 |
|---|---|---|---|---|---|---|---|
| 雙峰鄉 | 南部縣雙峰鄉蒲家岸村 4 組 | 蒲潘明 | 男 | 1942 | 78 | 村社幹部 | 高小 |
| 西河鄉 | 南部縣西河鄉高峰村 1 社 | 嚴體狀 | 男 | 1945 | 75 | 廣播站長 | 高中 |
| 店埡鄉 | 南部縣店埡鄉荷花村 | 賈祥昌 | 男 | 1944 | 76 | 花燈傳承人 | 高小 |
| 鐵鞭鄉 | 南部縣鐵鞭鄉復興村 1 社 | 楊正福 | 男 | 1941 | 79 | 小學教師 | 中師 |
| 保城鄉 | 南部縣保城鄉青林寺村 4 組 | 宋邦文 | 男 | 1957 | 63 | 小學教師 | 高中 |

# 2　劍閣、南部縣相鄰山區方言音系

漢語方言研究的第一步工作是田野調查和音系總結。田野調查是為了獲得實地語言樣本，音系總結是對語言樣本的共時描寫。這些工作為後面的歷史比較研究打下基礎。

田野調查所面臨的理論問題，主要是調查方言點的選擇和調查字（詞）表的制定，調查方言點的選擇問題前面已有說明，茲不贅述；字（詞）表的制定，本書以中國社會科學院語言研究所的《方言調查字表》（1981）為藍本，並根據各點自身特點略有增刪。

音系總結所面臨的理論問題，首先是音系類型的選擇。西方音系學在近百年來產生了各種音系學理論和分析模式。〔註 1〕這些音系學理論和分析模式都有各自的實際語言基礎，但至今還沒有哪一種音系類型能適合世界上所有的語言分析，因此，在實際語言樣本面前，選擇一種最合適的、最具解釋性的音系類型作為其分析模式，就顯得尤為重要。就漢語方言而言，中國傳統音韻學是其主要音系類型，它以聲母、韻母和聲調為主要分析模式。用中國傳統音韻學的模式來分析漢語，已經有了很長的歷史，且這種模式對漢語語音現象也具有較強的解釋性。在還沒有產生比中國傳統音韻學對漢語音系分析更成熟的音系類型之前，本章仍選擇中國傳統音韻學為音系總結的基本音系類型。在建立音

〔註 1〕其相關理論與流派，可參看趙忠德、馬秋武（2011）。

位體系的時候，採用了西方音系學中處理音位的基本原則以及實驗語音學的方法。下面即從聲母、韻母、聲調和聲韻配合等幾個方面對各方言點的音系進行總結與分析，例字下加單橫線表示白讀音，加雙橫線表示文讀音。

## 2.1　劍閣木馬鎮話語音系統

### 2.1.1　聲　母

木馬鎮話有聲母 24 個，含 1 個零聲母。

| p 巴病白 | ph 坡皮 | m 媽面末 | f 夫符虎互 | v 文問襪 |
|---|---|---|---|---|
| t 多豆獨 | th 他桃 | n 拿羅厲 | | |
| ts 左酒在集 | tsh 彩妻才齊 | | s 素西色尋 | |
| tʂ 知柱莊棧者直蓋皆 | tʂh 超除窗柴川抗 | | ʂ 史暑食是 | ʐ 仁釀 |
| tɕ 加技極 | tɕh 器其 | ȵ 泥牛 | ɕ 喜匣 | |
| k 哥共 | kh 苦葵 | ŋ 我安 | x 火何或 | |
| ∅ 舞耳午污衛余 | | | | |

### 2.1.2　韻　母

木馬鎮話有韻母 37 個。

| ɿ 斯諮子 | i 借帝比帖習節必力狄 | u 羅部母術幕伏 | iu 女捋戌玉遂 |
|---|---|---|---|
| ʅ 世脂十失食赤 | | | |
| ɚ 兒二耳 | | | |
| ᴀ 那巴法八 | ia 家佳洽瞎 | ua 瓜卦挖 | |
| e 蛇涉設北白 | ie 接迭 | ue 括擴國獲 | yi 靴葉月 |
| o 哥鉢勺 | | | |
| ʊ 盒說出各桌陌屋 | iʊ 掘卒略學域疫局 | | |
| ai 臺排買 | | uai 怪衰 | |
| ei 佩肺悲肥 | | uei 內垂屢 | |
| au 保敲兆 | iau 巧表堯躍 | | |
| əu 豆醜粥虜 | iəu 柳幼 | | |
| an 站閃半版然 | iɛn 介減眼 | uan 段幻串院 | yɛn 全原玄 |
| en 森根肯生尊 | in 林民冰兵 | uən 昏舜葷哄 | yn 旬熏瓊 |
| aŋ 貪寒唐港牡 | iaŋ 亮腔 | uaŋ 官皇爽窗 | |
| oŋ 孟董冬弓茂 | ioŋ 兄雄溶 | | |

### 2.1.3 聲　調

木馬鎮話有單字聲調 5 個。

| 陰平 | 1 | 44 | 巴刀豬哥烏 |
|---|---|---|---|
| 陽平 | 2 | 31 | 婆圖其羅拿 |
| 上聲 | 3 | 351 | 表點展每老 |
| 去聲 | 4 | 324 | 壩定吏並技 |
| 入聲 | 5 | 23 | 八得直及木 |

### 2.1.4 音系說明

（1）聲母 n-有 l 的變體，統一記作 n。聲母 ȵ-後帶有同部位濁擦音，實為 ȵʑ，語圖中則表現為鼻音與元音之間有一段亂紋，且共振峰 F1 與 F2 分布散亂（例見圖 2.1 箭頭所示）。

圖 2.1　劍閣木馬鎮話「宜」ȵi2 的頻譜圖和共振峰圖

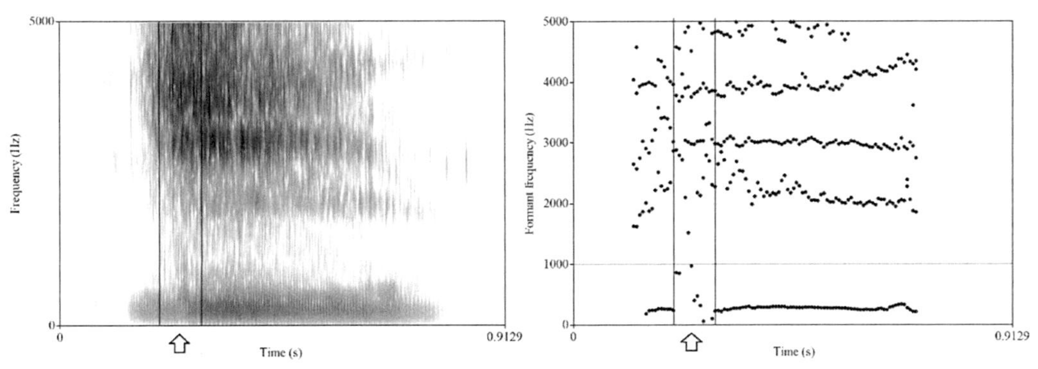


（2）聲母 ts-、tsh-、s-發音部位與普通話同。

（3）聲母 tʂ-、tʂh-、ʂ-發音部位與普通話同，ʐ-有 n-變體，如「儒、乳」的聲母實際更接近 n。

（4）聲母 ŋ-只出現在開口呼前，軟齶阻塞明顯，鼻音氣流弱。

（5）齊齒呼零聲母音節開頭帶有摩擦音 j-，韻母為 i 時最明顯，甚至擦音成分貫穿整個音節，語圖中共振峰 F2 明顯呈現散亂分布，（例見圖 2.2 箭頭所示）記音未標出。撮口呼零聲母音節以 y 開頭，無摩擦。

（6）合口呼零聲母 u 韻母的音節，大多數都以零聲母開頭，部分音節略帶唇齒濁擦音 v，無音位對立，記音未標出；合口呼零聲母以 u 開頭的複韻母音節，部分字 u 讀 v，如「文」ven2，「襪」vᴀ5 等，記音中標出。

圖 2.2　劍閣木馬鎮話「移」i2/ji2 共振峰圖

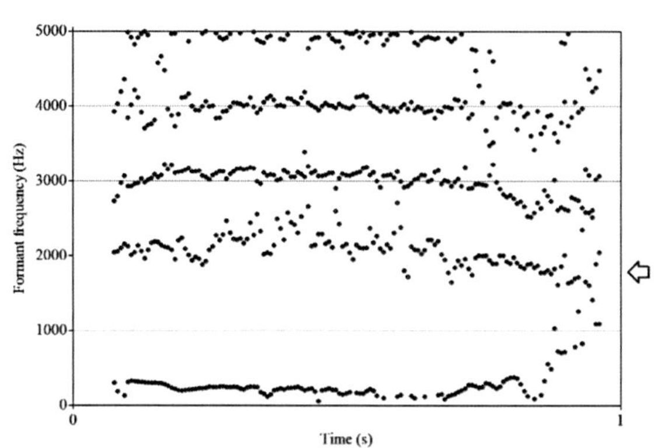


（7）劍閣木馬鎮話有 9 個單元音，為 ᴀ、e、ɚ、ʅ、i、o、ɿ、u、ʊ。其位置見圖 2.3〔註 2〕，日化元音 ɚ，因有滑動段，故未對其作圖（其他點同此）。〔註 3〕

圖 2.3　劍閣木馬鎮話聲學元音散點圖和均值圖

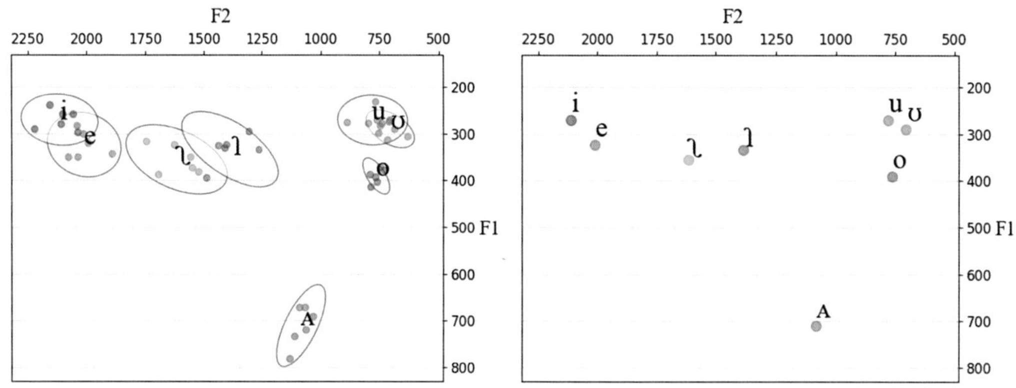


（8）從圖 2.3 的散點圖看，後高元音 u、o 最為集中，其次是 ᴀ，元音三角明顯；u、ʊ 有部分交集；其餘表現較為離散，即舌體不穩定，變體形式較多。

（9）元音 a 作單韻母時偏央，記作 ᴀ；在-an 中偏高為 æ，在-au 和-aŋ 中偏後為ɑ。

（10）元音 e 作單韻母時略偏高，記作 e；在-ie、-en、-ei 中舌位略高為 e；在-ye 中明顯偏高為 i，記作 yi；在-uən 中舌位偏央為 ə；在 ue 中時，舌位較低近於 ɛ。

〔註 2〕元音格局圖的製作，每個單元音選取 6 個代表字，根據聲韻配合關係選擇有代表性的不同音節。即每個單元音的 6 個代表字分別選自與其相配的 p-，t-，k-，n-，l-，tɕ-，tsɿ，tʂʅ 等音節。未選擦音、送氣音字。散點圖置信橢圓的置信水平為 0.95。下同，不復出註。

〔註 3〕見朱曉農（2010：267）。

（11）元音 o 較標準元音低而開；在-əu、-iəu 中，元音展唇而偏央，實際為 ə。

（12）元音 ʊ 作單韻母時略偏高；在聲韻調配合上，和韻母 iʊ 一樣，只出現在入聲音節中。

（13）-an、-uan 的鼻音韻尾弱而短，舌尖未抵上齒齦，實際為-a[n]、-ua[n]。

（14）-en、-in、-uən、-yn 的鼻音韻尾完整、穩固。-aŋ、-iaŋ、-uaŋ 的鼻音韻尾完整。

（15）i 作韻尾時偏低，實際為 e，例如：「代」tai4＝tae4。u 在-au、-iau 中偏低為 ɔ，且使得部分 au 音節單元音化為 ɔ，例如：「毛」mau2＝mɑɔ2＝mɔ2，「票」phiau4＝phiaɔ4＝phiɔ4。-ioŋ 在音系配合上當為撮口呼-yoŋ，實際發音已失去圓唇勢，成為齊齒韻。

（16）韻母-oŋ，在聲母 ph-/f-後有變體 əŋ。

（17）劍閣木馬鎮話聲調類別和調型，見圖 2.4。去聲 324，在語流中往往失去下凹，為 24 調。

圖 2.4　劍閣木馬鎮話聲調均線圖（絕對時長）

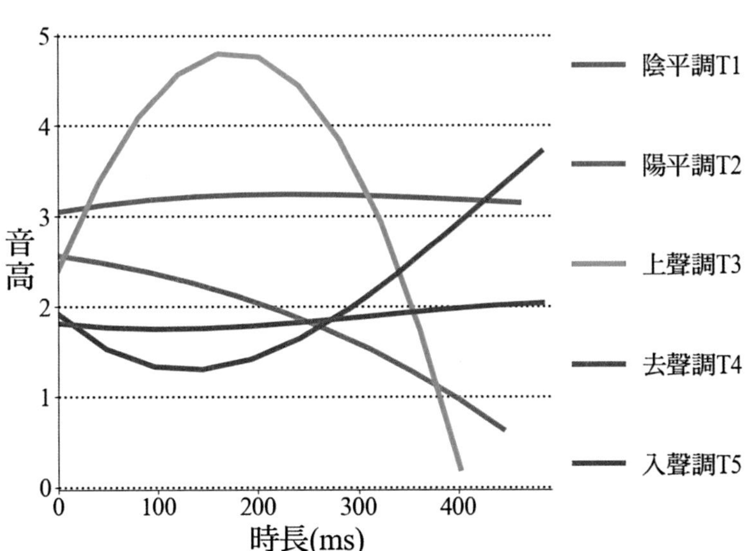

## 2.1.5 聲韻配合表

表 2.1 劍閣木馬鎮話聲韻配合表

| | ɿ | | | | | i | | | | | u | | | | | iu | | | | |
|---|---|---|---|---|---|---|---|---|---|---|---|---|---|---|---|---|---|---|---|---|
| | 陰 | 陽 | 上 | 去 | 入 | 陰 | 陽 | 上 | 去 | 入 | 陰 | 陽 | 上 | 去 | 入 | 陰 | 陽 | 上 | 去 | 入 |
| p | | | | | | 蓖 | | 彼 | 幣 | 筆 | 玻 | | 補 | 布 | | | | | | |
| ph | | | | | | 屄 | 皮 | | 屁 | 僻 | 鋪 | 婆 | 譜 | 鋪 | | | | | | |
| m | | | | | | 眯 | 迷 | 米 | | 密 | | 魔 | 母 | 墓 | | | | | | |
| f | | | | | | | | | | | 夫 | 胡 | 虎 | 付 | 伏 | | | | | |
| v | | | | | | | | | | | | | | | | | | | | |
| t | | | | | | 低 | | 底 | 帝 | 笛 | 都 | | 堵 | 杜 | | | | | | |
| th | | | | | | 梯 | 提 | 體 | 替 | 踢 | | 徒 | 土 | 兔 | | | | | | |
| n | | | | | | | 梨 | 禮 | 例 | 立 | 囉 | 羅 | 魯 | 怒 | 路 | | | 呂 | 慮 | |
| ts | 資 | | 紫 | 自 | | | | 姐 | 借 | 集 | 租 | | 祖 | 做 | | | | | | |
| tsh | 疵 | 雌 | 此 | 次 | | 妻 | 齊 | 且 | 砌 | 七 | 粗 | | 楚 | 醋 | | 蛆 | | 取 | 趣 | |
| s | 斯 | | 死 | 四 | | 西 | 邪 | 寫 | 細 | 習 | 蘇 | | 數 | 素 | | 須 | 徐 | | 絮 | 粟 |
| tʂ | | | | | | | | | | | 豬 | | 煮 | 著 | 逐 | | | | | |
| tʂh | | | | | | | | | | | | 除 | 處 | | | | | | | |
| ʂ | | | | | | | | | | | 書 | 黍 | 鼠 | 樹 | 囑 | | | | | |
| ʐ | | | | | | | | | | | | 如 | 汝 | | | | | | | |
| tɕ | | | | | | 雞 | | 己 | 計 | 急 | | | | | | 居 | | 舉 | 據 | 橘 |
| tɕh | | | | | | 欺 | 棋 | 啟 | 器 | | | | | | | | 渠 | | 去 | |
| ȵ | | | | | | | 泥 | 你 | 膩 | 逆 | | | | | | | | 女 | | |
| ɕ | | | | | | 熙 | 攜 | 喜 | 系 | 穴 | | | | | | 虛 | | 許 | | |
| k | | | | | | | | | | | 姑 | | 古 | 顧 | | | | | | |
| kh | | | | | | | | | | | 枯 | | 苦 | 庫 | 哭 | | | | | |
| ŋ | | | | | | | | | | | | 訛 | | | | | | | | |
| x | | | | | | | | | | | | 禾 | | 賀 | | | | | | |
| ø | | | | | | 醫 | 移 | 以 | 意 | 一 | 烏 | 蛾 | 五 | 誤 | 物 | 淤 | 魚 | 語 | 御 | |

| | ʅ | | | | | ɚ | | | | | A | | | | | ia | | | | |
|---|---|---|---|---|---|---|---|---|---|---|---|---|---|---|---|---|---|---|---|---|
| | 陰 | 陽 | 上 | 去 | 入 | 陰 | 陽 | 上 | 去 | 入 | 陰 | 陽 | 上 | 去 | 入 | 陰 | 陽 | 上 | 去 | 入 |
| p | | | | | | | | | | | 巴 | 爸 | 把 | 壩 | 八 | | | | | |
| ph | | | | | | | | | | | | 耙 | | 帕 | | | | | | |
| m | | | | | | | | | | | 媽 | 麻 | 馬 | 罵 | 抹 | | | | | |
| f | | | | | | | | | | | | | | | 法 | | | | | |

| | | | | | | | | | | | | | | | | | | | | |
|---|---|---|---|---|---|---|---|---|---|---|---|---|---|---|---|---|---|---|---|---|
| v | | | | | | | | | | | | | | | 襪 | | | | | |
| t | | | | | | | | | | | | | 打 | 大 | 答 | | | | | |
| th | | | | | | | | | | | 他 | | | | 踏 | | | | | |
| n | | | | | | | | | | | 垃 | 拿 | 哪 | 那 | 臘 | | | | | |
| ts | | | | | | | | | | | | | 眨 | | 雜 | | | | | |
| tsh | | | | | | | | | | | | 楂 | | | 擦 | | | | | |
| s | | | | | | | | | | | 薩 | | 灑 | | | | | | | |
| tʂ | 知 | | 紙 | 制 | 執 | | | | | | 渣 | | | 炸 | 閘 | | | | | |
| tʂh | 癡 | 池 | 恥 | 飭 | 尺 | | | | | | 叉 | 察 | | 岔 | 插 | | | | | |
| ʂ | 獅 | 時 | 屎 | 世 | 十 | | | | | | 沙 | | | | | | | | | |
| ʐ | | | | | 日 | | | | | | | | | | | | | | | |
| tɕ | | | | | | | | | | | | | | | | 家 | | 假 | 架 | 甲 |
| tɕh | | | | | | | | | | | | | | | | | | | | 恰 |
| ȵ | | | | | | | | | | | | | | | | | | | | |
| ɕ | | | | | | | | | | | | | | | | 蝦 | 霞 | | 下 | 瞎 |
| k | | | | | | | | | | | | | | | | | | | | |
| kh | | | | | | | | | | | | | | | | | | | | |
| ŋ | | | | | | | | | | | | | | | | | | | | |
| x | | | | | | | | | | | 鰕 | | | | | | | | | |
| ∅ | | | | | | | 兒 | 耳 | 二 | | 阿 | | | | | 丫 | 牙 | 雅 | 亞 | 鴨 |

| | ua | | | | | e | | | | | ie | | | | | ue | | | | |
|---|---|---|---|---|---|---|---|---|---|---|---|---|---|---|---|---|---|---|---|---|
| | 陰 | 陽 | 上 | 去 | 入 | 陰 | 陽 | 上 | 去 | 入 | 陰 | 陽 | 上 | 去 | 入 | 陰 | 陽 | 上 | 去 | 入 |
| p | | | | | | | | | | 北 | | | 癟 | | | | | | | |
| ph | | | | | | | | | | 魄 | | | 撇 | | | | | | | |
| m | | | | | | | | | | 麥 | | | | | | | | | | |
| f | | | | | | | | | | | | | | | | | | | | |
| v | | | | | | | | | | | | | | | | | | | | |
| t | | | | | | | | | | 得 | | | | | 迭 | | | | | |
| th | | | | | | | | | | 特 | | | | | 鐵 | | | | | |
| n | | | | | | | | | | 勒 | | | | | 獵 | | | | | |
| ts | | | | | | | | | | 則 | | | | | 接 | | | | | |
| tsh | | | | | | | | | | 測 | | | | | 捷 | | | | | |
| s | | | | | | | | | | 色 | | | | | | | | | | |
| tʂ | 抓 | | 爪 | | 啄 | 遮 | | 者 | | 浙 | | | | | | | | | | |
| tʂh | | | | | | 車 | 宅 | 扯 | | 澈 | | | | | | | | | | |
| ʂ | | | 耍 | | 刷 | 奢 | 蛇 | 捨 | 社 | 舌 | | | | | | | | | | |

| | | | | | | | | | | | | | | | | | | | | |
|---|---|---|---|---|---|---|---|---|---|---|---|---|---|---|---|---|---|---|---|---|
| ʐ | | | | | | | | | | 熱 | | | | | | | | | | |
| tɕ | | | | | | | | | | | | | | | | | | | | |
| tɕh | | | | | | | | | | | | | | | | | | | | |
| ȵ | | | | | | | | | | | | | | | 業 | | | | | |
| ɕ | | | | | | | | | | | | | | | 脅 | | | | | |
| k | 瓜 | | 寡 | 掛 | 刮 | | | | | 格 | | | | | | | | | | 國 |
| kh | 誇 | | 垮 | 跨 | | | | | | 克 | | | | | | | | | | 闊 |
| ŋ | | | | | | | | | | 扼 | | | | | | | | | | |
| x | 花 | 華 | | 化 | 滑 | | | | | 黑 | | | | | | | | | | 或 |
| ∅ | 蛙 | 娃 | 瓦 | | | | | | | | | | 也 | 夜 | | | | | | |

| | yi | | | | | o | | | | | ʊ | | | | | iʊ | | | | |
|---|---|---|---|---|---|---|---|---|---|---|---|---|---|---|---|---|---|---|---|---|
| | 陰 | 陽 | 上 | 去 | 入 | 陰 | 陽 | 上 | 去 | 入 | 陰 | 陽 | 上 | 去 | 入 | 陰 | 陽 | 上 | 去 | 入 |
| p | | | | | | 波 | | 簸 | | | | | | | 博 | | | | | |
| ph | | | | | | 坡 | | 剖 | | | | | | | 潑 | | | | | |
| m | | | | | | 摸 | | 抹 | | | | | | | 木 | | | | | |
| f | | | | | | | | 否 | | | | | | | 佛 | | | | | |
| v | | | | | | | | | | | | | | | | | | | | |
| t | | | | | | 多 | | 朵 | 剁 | | | | | | 獨 | | | | | |
| th | | | | | | 拖 | 駝 | 妥 | 唾 | | | | | | 脫 | | | | | |
| n | | | | | | | 樂 | | 絡 | | | | | | 六 | | | | | 略 |
| ts | | | | | 絕 | | | 左 | 坐 | | | | | | 昨 | | | | | 足 |
| tsh | | | | | | 搓 | | | 錯 | | | | | | 族 | | | | | 雀 |
| s | | | | | 雪 | 蓑 | | 鎖 | | | | | | | 索 | | | | | 肅 |
| tʂ | | | | | 哲 | | | | | | | | | | 卓 | | | | | |
| tʂh | | | | | | | | | | | | | | | 出 | | | | | |
| ʂ | | | | | | | 勺 | | | | | | | | 說 | | | | | |
| ʐ | | | | | | | | | | | | | | | 入 | | | | | |
| tɕ | | | | 歷 | 決 | | | | | | | | | | | | | | | 腳 |
| tɕh | | 瘸 | | | 缺 | | | | | | | | | | | | | | | 曲 |
| ȵ | | | | | | | | | | | | | | | | | | | | |
| ɕ | 靴 | | | | 血 | | | | | | | | | | | | | | | 學 |
| k | | | | | | 歌 | | 果 | 過 | | | | | | 鴿 | | | | | |
| kh | | | | | | 科 | | 可 | 課 | | | | | | 磕 | | | | | |
| ŋ | | | | | | | 齶 | 我 | | | | | | | 惡 | | | | | |
| x | | | | | | 豁 | | 火 | 貨 | | | | | | 活 | | | | | |
| ∅ | 曰 | | 噦 | | 頁 | 窩 | | | 臥 | | | | | | 屋 | | | | | 藥 |

| | ai | | | | | uai | | | | | ei | | | | | uei | | | | |
|---|---|---|---|---|---|---|---|---|---|---|---|---|---|---|---|---|---|---|---|---|
| | 陰 | 陽 | 上 | 去 | 入 | 陰 | 陽 | 上 | 去 | 入 | 陰 | 陽 | 上 | 去 | 入 | 陰 | 陽 | 上 | 去 | 入 |
| p | | | 擺 | 敗 | | | | | | | 悲 | | | 貝 | | | | | | |
| ph | | 排 | | 派 | | | | | | | 批 | 賠 | 丕 | 配 | | | | | | |
| m | | 埋 | 買 | 賣 | | | | | | | | 梅 | 每 | 妹 | | | | | | |
| f | | | | | | | | | | | 非 | 肥 | 匪 | 肺 | | | | | | |
| v | | | | | | | | | | | | | | | | | | | | |
| t | 呆 | | | 代 | | | | | | | | | | 對 | | 堆 | | | 隊 | |
| th | 胎 | 臺 | | 態 | | | | | | | | | | | | 推 | 頹 | 腿 | 退 | |
| n | | 來 | 奶 | 耐 | | | | | | | | | 餒 | | | | 雷 | 屢 | 內 | |
| ts | 災 | | 宰 | 在 | | | | | | | | | | | | | | 嘴 | 罪 | |
| tsh | 猜 | 才 | 彩 | 菜 | | | | | | | 廁 | | | | | 催 | 垂 | | 翠 | |
| s | 腮 | | | 賽 | | | | | | | | | | | 澀 | 雖 | 隨 | 髓 | 歲 | |
| tʂ | 齋 | | | 蓋 | | | | | | | | | | | | 追 | | | 贅 | |
| tʂh | 釵 | 柴 | 楷 | | | 揣 | | 喘 | | | | | | | | 吹 | 錘 | | | |
| ʂ | 篩 | | | 曬 | | 衰 | | | 帥 | | | | | | | | 誰 | 水 | 睡 | |
| ʐ | | | | | | | | | | | | | 惹 | | | | | 蕊 | 銳 | |
| tɕ | | | | | | | | | | | | | | | | | | | | |
| tɕh | | | | | | | | | | | | | | | | | | | | |
| ȵ | | | | | | | | | | | | | | | | | | | | |
| ɕ | | | | | | | | | | | | | | | | | | | | |
| k | 該 | | 改 | | | 乖 | | 枴 | 怪 | | | | | | | 歸 | | 鬼 | 桂 | |
| kh | 開 | | 凱 | 概 | | | | 塊 | 快 | | | | | | | 虧 | 奎 | 傀 | 愧 | |
| ŋ | 哀 | 捱 | 矮 | 愛 | | | | | | | | | | | | | | | | |
| x | | 鞋 | 海 | 害 | | | 淮 | | 壞 | | 駭 | | | | | 灰 | 回 | 悔 | 慧 | |
| ∅ | | | | | | 歪 | | | 外 | | | | | | | 威 | 危 | 委 | 衛 | |

| | au | | | | | iau | | | | | əu | | | | | iəu | | | | |
|---|---|---|---|---|---|---|---|---|---|---|---|---|---|---|---|---|---|---|---|---|
| | 陰 | 陽 | 上 | 去 | 入 | 陰 | 陽 | 上 | 去 | 入 | 陰 | 陽 | 上 | 去 | 入 | 陰 | 陽 | 上 | 去 | 入 |
| p | 包 | | 保 | 報 | | 標 | | 表 | | | | | | | | | | | | |
| ph | 拋 | 袍 | 跑 | 泡 | | 飄 | 瓢 | | 票 | | | | | | | | | | | |
| m | 貓 | 毛 | | 冒 | | | 苗 | 秒 | 廟 | | | | | | | | | | | |
| f | | | | | | | | | | | | | | | | | | | | |
| v | | | | | | | | | | | | | | | | | | | | |
| t | 刀 | | 島 | 稻 | | 雕 | | | 弔 | | 兜 | | 陡 | 豆 | | 丟 | | | | |

| | | | | | | | | | | | | | | | | | | | | |
|---|---|---|---|---|---|---|---|---|---|---|---|---|---|---|---|---|---|---|---|---|
| th | 滔 | 桃 | 討 | 套 | | 挑 | 條 | 糶 | 跳 | | 偷 | 頭 | 抖 | 透 | | | | | | |
| n | 嘮 | 勞 | 老 | 鬧 | | 撩 | 療 | 了 | 料 | | | 樓 | 縷 | 漏 | | 溜 | 流 | 柳 | | |
| ts | 糟 | | 早 | 灶 | | 焦 | | 剿 | | | | | 走 | 奏 | | | | 酒 | 就 | |
| tsh | 操 | 曹 | 草 | 糙 | | 悄 | 樵 | | 俏 | | | 愁 | | 湊 | | 秋 | 囚 | | | |
| s | 騷 | | 嫂 | 潲 | | 宵 | | 小 | 笑 | | 搜 | | 叟 | 瘦 | | 修 | | | 秀 | |
| tʂ | 召 | | 找 | 趙 | | | | | | | 周 | | 肘 | 晝 | | | | | | |
| tʂh | 抄 | 潮 | 炒 | | | | | | | | 抽 | 綢 | 醜 | 臭 | | | | | | |
| ʂ | 稍 | 韶 | 少 | 少 | | | | | | | 收 | | 手 | 受 | | | | | | |
| ʐ | | 饒 | 擾 | | | | | | | | | 柔 | | | | | | | | |
| tɕ | | | | | | 交 | | 狡 | 叫 | | | | | | | 糾 | | 九 | 舊 | |
| tɕh | | | | | | 敲 | 橋 | 巧 | 竅 | | | | | | | | 求 | | | |
| ȵ | | | | | | | | 鳥 | 尿 | | | | | | | | 牛 | 紐 | | |
| ɕ | | | | | | 囂 | | 曉 | 孝 | | | | | | | 休 | | 朽 | 嗅 | |
| k | 高 | | 稿 | 告 | | | | | | | 勾 | | 狗 | 夠 | | | | | | |
| kh | 敲 | | 考 | 靠 | | | | | | | 摳 | | 口 | 寇 | | | | | | |
| ŋ | 爊 | 熬 | 襖 | 懊 | | | | | | | 歐 | | 藕 | 慪 | | | | | | |
| x | 薅 | 毫 | 好 | 好 | | | | | | | | 侯 | 吼 | 後 | | | | | | |
| ∅ | | | | | | 妖 | 遙 | 舀 | 耀 | | | | | | | 幽 | 尤 | 有 | 又 | |

| | an | | | | iɛn | | | | uan | | | | yɛn | | | | en | | | |
|---|---|---|---|---|---|---|---|---|---|---|---|---|---|---|---|---|---|---|---|---|
| | 陰 | 陽 | 上 | 去 | 陰 | 陽 | 上 | 去 | 陰 | 陽 | 上 | 去 | 陰 | 陽 | 上 | 去 | 陰 | 陽 | 上 | 去 |
| p | 班 | | 板 | 辦 | 邊 | | 貶 | 變 | | | | | | | | | 奔 | | 本 | 笨 |
| ph | 攀 | 盤 | | 判 | 偏 | 便 | | 騙 | | | | | | | | | 烹 | 盆 | | 噴 |
| m | | 蠻 | 滿 | 慢 | | 綿 | 免 | 面 | | | | | | | | | | 門 | | 悶 |
| f | 翻 | 凡 | 反 | 泛 | | | | | | | | | | | | | 分 | 焚 | 粉 | 憤 |
| v | | | | | | | | | | | | | | | | | | 文 | 吻 | 問 |
| t | | | | | 顛 | | 點 | 電 | 端 | | 短 | 斷 | | | | | 燈 | | 等 | 頓 |
| th | | | | | 添 | 甜 | 舔 | | | 團 | | | | | | | 吞 | 豚 | | |
| n | | | | | | 連 | 臉 | 練 | | 鸞 | 暖 | 亂 | | | | | | 輪 | 冷 | 嫩 |
| ts | | | | | 尖 | | | 賤 | 鑽 | | | 鑽 | | | | | 尊 | | 怎 | 贈 |
| tsh | | | | | 千 | 潛 | 淺 | 瀙 | | | | 纂 | | 全 | | | 撐 | 存 | | 寸 |
| s | | | | | 仙 | | | 線 | 酸 | | | 算 | 先 | 旋 | 選 | 羨 | 森 | | 損 | |
| tʂ | 沾 | | 斬 | 站 | | | | | 專 | | 轉 | 撰 | | | | | 針 | | 拯 | 鎮 |
| tʂh | | 饞 | | | | | | | 川 | 船 | 鏟 | 串 | | | | | 稱 | 陳 | 懲 | 秤 |
| ʂ | 搧 | 禪 | 陝 | 扇 | | | | | 刪 | | | 涮 | | | | | 深 | 神 | 沈 | 甚 |
| ʐ | | 然 | 染 | | | | | | | | 軟 | | | | | | | 人 | 忍 | 認 |

| | | | | | | | | | | | | | | | | | | | | |
|---|---|---|---|---|---|---|---|---|---|---|---|---|---|---|---|---|---|---|---|---|
| tɕ | | | | | 監 | | 檢 | 界 | | | | | 絹 | | 卷 | 倦 | | | | |
| tɕh | | | | | 謙 | 鉗 | 遣 | 欠 | | | | | 圈 | 權 | 犬 | 勸 | | | | |
| ȵ | | | | | 研 | 閻 | 眼 | 念 | | | | | | | | | | | | |
| ɕ | | | | | | 閒 | 險 | 縣 | | | | | 軒 | 弦 | | | | | | |
| k | | | | | | | | | 關 | | 管 | 貫 | | | | | 跟 | | 耿 | 更 |
| kh | | | | | | | | | 寬 | | 款 | | | | | | 坑 | | 啃 | |
| ŋ | | | | | | | | | | | | | | | | | 恩 | | | 硬 |
| x | | | | | | | | | | 桓 | 緩 | 喚 | | | | | 哼 | 痕 | 很 | 杏 |
| ∅ | | | | | 淹 | 鹽 | 演 | 厭 | 豌 | 玩 | 晚 | 萬 | 冤 | 圓 | 遠 | 願 | | | | |

| | in | | | | uən | | | | yn | | | | aŋ | | | | iaŋ | | | |
|---|---|---|---|---|---|---|---|---|---|---|---|---|---|---|---|---|---|---|---|---|
| | 陰 | 陽 | 上 | 去 | 陰 | 陽 | 上 | 去 | 陰 | 陽 | 上 | 去 | 陰 | 陽 | 上 | 去 | 陰 | 陽 | 上 | 去 |
| p | 兵 | | 柄 | 病 | | | | | | | | | 幫 | | 綁 | 棒 | | | | |
| ph | 拼 | 貧 | 品 | 聘 | | | | | | | | | | 滂 | | 胖 | | | | |
| m | | 民 | 皿 | 命 | | | | | | | | | | 忙 | 蟒 | | | | | |
| f | | | | | | | | | | | | | 方 | 房 | 紡 | 放 | | | | |
| v | | | | | | | | | | | | | | | | | | | | |
| t | 丁 | | 頂 | 定 | | | | | | | | | 單 | | 膽 | 淡 | | | | |
| th | 廳 | 亭 | 挺 | | | | | | | | | | 貪 | 談 | 躺 | 探 | | | | |
| n | | 林 | 嶺 | 另 | | | | | | | | | | 郎 | 婪 | 濫 | | 良 | 輛 | 亮 |
| ts | 精 | | 井 | 盡 | | | | | | | | | 髒 | | 攢 | 贊 | 將 | | 蔣 | 匠 |
| tsh | 青 | 情 | 請 | 浸 | 村 | | | | | | | | 餐 | 殘 | 慘 | 燦 | 槍 | 牆 | 搶 | 嗆 |
| s | 心 | | 醒 | 信 | | | | | | 旬 | | 遜 | 三 | | 散 | 散 | 相 | 翔 | 想 | 象 |
| tʂ | | | | | | | 準 | | | | | | 張 | | 漲 | 丈 | | | | |
| tʂh | | | | | 春 | | 蠢 | | | | | | 昌 | 腸 | 產 | 抗 | | | | |
| ʂ | | | | | | 純 | | 順 | | | | | 山 | 常 | 賞 | 尚 | | | | |
| ʐ | | | | | | | | 閏 | | | | | | | 釀 | 讓 | | | | |
| tɕ | 今 | | 僅 | 敬 | | | | | 軍 | | 錦 | 俊 | | | | | 姜 | | 講 | 降 |
| tɕh | 欽 | 琴 | | 慶 | | | | | 傾 | 群 | 頃 | | | | | | 羌 | 強 | 強 | |
| ȵ | | | | | | | | | | | | | | | | | | 娘 | 仰 | |
| ɕ | 欣 | 形 | | 幸 | | | | | 熏 | | | 訓 | | | | | 香 | 降 | 響 | 向 |
| k | | | | | | | 滾 | 棍 | | | | | 甘 | | 感 | 槓 | | | | |
| kh | | | | | 昆 | | 捆 | | | | | | 糠 | 扛 | 坎 | 看 | | | | |
| ŋ | | | | | | | | | | | | | 安 | 昂 | | 暗 | | | | |
| x | | | | | 昏 | 魂 | 哄 | 混 | | | | | 酣 | 含 | 喊 | 項 | | | | |
| ∅ | 音 | 銀 | 引 | 印 | 溫 | | 穩 | | 暈 | 雲 | 允 | 韻 | | | | | 央 | 羊 | 養 | 樣 |

| | uaŋ | | | | oŋ | | | | ioŋ | | | |
|---|---|---|---|---|---|---|---|---|---|---|---|---|
| | 陰 | 陽 | 上 | 去 | 陰 | 陽 | 上 | 去 | 陰 | 陽 | 上 | 去 |
| p | | | | | 崩 | | | | | | | |
| ph | | | | | | 朋 | 捧 | 碰 | | | | |
| m | | | | | | 萌 | 畝 | 茂 | | | | |
| f | | | | | 風 | 馮 | 諷 | 鳳 | | | | |
| v | | | | | | | | | | | | |
| t | | | | | 東 | | 董 | 凍 | | | | |
| th | | | | | 通 | 同 | 捅 | 痛 | | | | |
| n | | | | | 弄 | 龍 | 壟 | | | | | |
| ts | | | | | 宗 | | 總 | 粽 | | | | |
| tsh | | | | | 蔥 | 從 | | | | | | |
| s | | | | | 松 | | 慫 | 送 | | | | |
| tʂ | 莊 | | | 壯 | 忠 | | 冢 | 眾 | | | | |
| tʂh | 窗 | 床 | 闖 | 創 | 沖 | 蟲 | 寵 | 銃 | | | | |
| ʂ | 霜 | | 爽 | | | | | | | | | |
| ʐ | | | | | | 茸 | 冗 | | | | | |
| tɕ | | | | | | | | | | | | |
| tɕh | | | | | | | | | | 窮 | | |
| ȵ | | | | | | | | | | | | |
| ɕ | | | | | | | | | 兄 | 熊 | | |
| k | 官 | | 廣 | | 公 | | 汞 | 共 | | | | |
| kh | 框 | | | 礦 | 空 | | 孔 | 控 | | | | |
| ŋ | | | | | | | | | | | | |
| x | 荒 | 狂 | 謊 | 況 | 轟 | 洪 | | | | | | |
| ∅ | 汪 | 王 | 網 | 旺 | 翁 | | | 齉 | 庸 | 容 | 勇 | 用 |

## 2.2 劍閣鶴齡鎮話語音系統

### 2.2.1 聲　母

鶴齡鎮話有聲母 25 個，含 1 個零聲母。

| p 爸部白 | ph 屁婆 | m 麻民密 | f 斧伏虎狐 | v 唯晚 |
|---|---|---|---|---|
| t 低杜獨 | th 體徒 | n 那羅例 | | |
| ts 左在展柱集 | tsh 菜才超塵 | | s 鎖色誰 | z 儒釀 |
| tʂ 鎮治逐梓自 | tʂh 超除雌蠶 | | ʂ 死史暑食是 | ʐ 熱染 |

| tɕ 姐淨佳極 | tɕh 妻前器其 | ȵ 尼疑 | ɕ 消喜匣習 | |
|---|---|---|---|---|
| k 古共 | kh 苦葵 | ŋ 艾恩 | x 火禾盒 | |
| ø 巫而午烏雲以 | | | | |

## 2.2.2 韻　母

鶴齡鎮話有韻母 39 個。

| ɿ 此姿子 | i 寫帝李接立七力昔 | u 禾布婦術酌濁伏 | y 居捋橘菊遂 |
|---|---|---|---|
| ʅ 制指汁失值赤 | | | |
| ɚ 兒二耳 | | | |
| ᴀ 他爸答八 | ia 牙佳甲瞎 | ua 瓜蛙滑 | |
| e 涉設得格 | ie 介頁傑 | ue 括擴或獲 | ye 靴雪削 |
| a 白麥革隔 | | uɛ 說國 | |
| o 左墓盒末各卓讀 | io 略學疫曲 | | |
| | iu 局速戌 | | |
| ai 乃楷街 | | uai 塊帥 | |
| ei 蛇倍美 | | uei 罪吹屢 | |
| au 個保敲擾 | iau 交票跳躍 | | |
| əu 多豆醜肉 | iəu 留丟 | | |
| an 斬染半班然 | iɛn 界仙眼 | uan 卵幻川 | yɛn 選原犬 |
| en 針很等庚存 | in 今民冰兵 | uən 昆舜蚊 | yn 均雲瓊 |
| aŋ 男旦幫項 | iaŋ 亮講 | uaŋ 光莊窗 | |
| oŋ 猛通宋弓貿 | ioŋ 兄雄凶容 | | |

## 2.2.3 聲　調

鶴齡鎮話有單字聲調 5 個。

| 陰平 | 1 | 34 | 巴低知姑烏 |
|---|---|---|---|
| 陽平 | 2 | 31 | 平臺求來尼 |
| 上聲 | 3 | 451 | 本底展敏里 |
| 去聲 | 4 | 214 | 貝洞料倍件 |
| 入聲 | 5 | 11 | 筆答值及木 |

## 2.2.4 音系說明

（1）聲母 n-有 l 的變體，統一記作 n。聲母 ȵ-後帶有同部位濁擦音，實為 ȵʑ，語圖中則表現為鼻音與元音之間有一段亂紋，且共振峰 F1 與 F2 分布散亂（例見圖 2.5 箭頭所示）。

圖 2.5　劍閣鶴齡鎮話「尼」ȵi2 的頻譜圖和共振峰圖

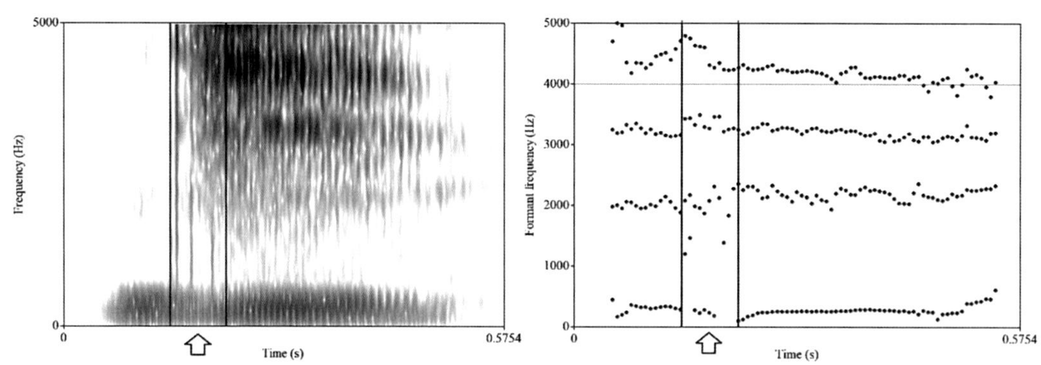


（2）聲母 ts-、tsh-、s-、z-發音部位偏後，舌尖抵上齒齦，介於普通話的舌尖前音和舌尖後音之間。

（3）聲母 tʂ-、tʂh-、ʂ-、ʐ-發音部位比普通話偏前，在部分音節中實際讀音接近 ts-、tsh-、s-、z-。

（4）聲母 ŋ-只出現在開口呼前，軟齶阻塞明顯，鼻音氣流弱。

（5）齊齒呼零聲母音節開頭帶有摩擦音 ʝ-，記音未標出。撮口呼零聲母音節以 y 開頭，無摩擦。

（6）合口呼零聲母 u 韻母的音節，大多數都以零聲母開頭，部分音節略帶唇齒濁擦音 v-，無音位對立，記音未標出；合口呼零聲母以 u 開頭的複韻母音節，部分字 u 讀 v，如「唯」vei2，「晚」vaŋ3 等，音系中記出。

（7）劍閣鶴齡鎮話有 10 個單元音，為 ʌ、e、a、ɚ、ʅ、i、o、ɿ、u、y。其位置，見圖 2.6。

圖 2.6　劍閣鶴齡鎮話聲學元音散點圖和均值圖

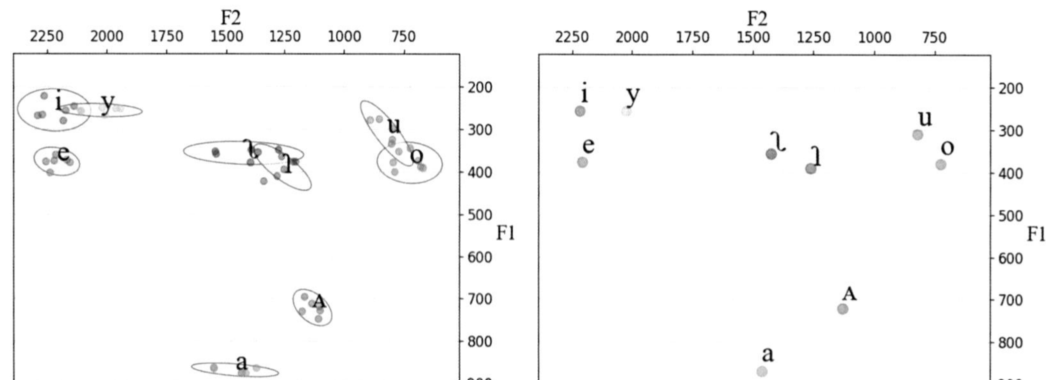


（8）從圖 2.6 的散點圖看，大部分元音分布都比較集中，元音三角明顯；ʅ、ɿ 分布比較靠近，但還是可以分開，又聽感中二者有區分，故處理為兩個音位。

（9）元音 ᴀ 在-an 中偏高為 æ，在-au 和-aŋ 中偏後為ɑ。

（10）元音 e 作單韻母時偏前，記作 e；在 ue 中時，舌位較低近於 ɛ；在-ie、-en、-ei 中舌位較高為 e；在-uən 中舌位偏央。

（11）元音 a 作單韻母時偏低，且只出現在入聲音節中，如「麥」ma5、「白」pa5、「革」ka5 等；在 u 後偏高為 ɛ，韻母 uɛ 同樣只出現在入聲音節中，如「說」suɛ5，「國」kuɛ5 等。

（12）元音 o 比標準元音略後，在-əu、-iəu 中，元音展唇而偏央，實際為 ə。

（13）韻母 iu 只出現在入聲音節中，如「速」ɕiu5、「局」tɕiu5 等。

（14）-an、-uan 的鼻音韻尾弱而短，舌尖未抵上齒齦，實際為-a$^{n}$、-ua$^{n}$。

（15）-en、-in、-uən、-yn 的鼻音韻尾完整、穩固。-aŋ、-iaŋ、-uaŋ 的鼻音韻尾完整。

（16）i 作韻尾時偏低，實際為 e，例如：「來」lai2＝lae2。u 在-au、-iau 中偏低為 ɔ，例如：「保」pau3＝pɑɔ3，「椒」tɕiau1＝tɕiaɔ1。-ioŋ 在音系配合上當為撮口呼-yoŋ，實際發音已失去圓唇勢，成為齊齒韻。

（17）韻母-oŋ，在聲母 ph-/f-後有變體 əŋ。

（18）劍閣鶴齡鎮話聲調類別和調型，見圖 2.7。去聲 214，在語流中往往失去下凹，為 24 調。

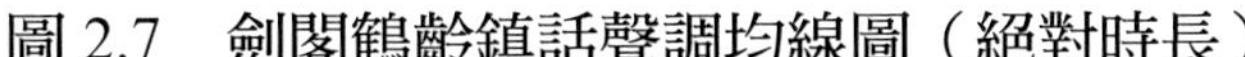
圖 2.7　劍閣鶴齡鎮話聲調均線圖（絕對時長）

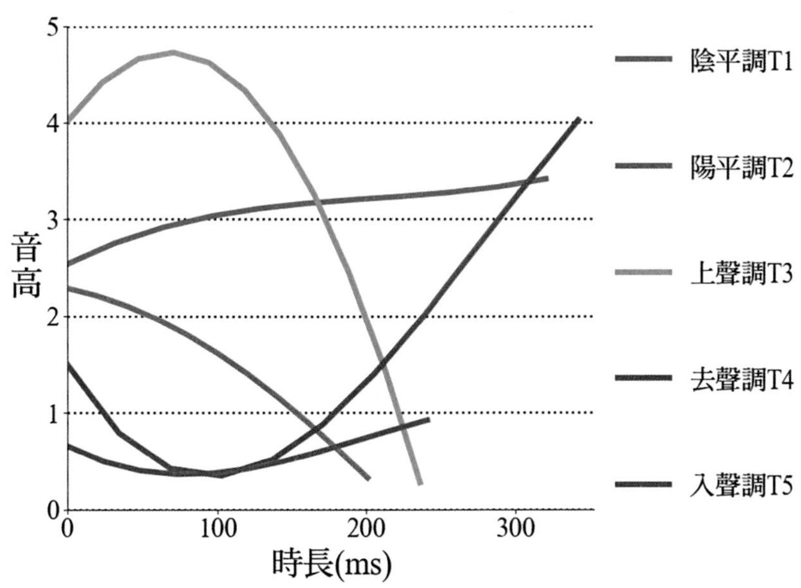

## 2.2.5 聲韻配合表

表 2.2 劍閣鶴齡鎮話聲韻配合表

| | ɿ | | | | | i | | | | | u | | | | | y | | | | |
|---|---|---|---|---|---|---|---|---|---|---|---|---|---|---|---|---|---|---|---|---|
| | 陰 | 陽 | 上 | 去 | 入 | 陰 | 陽 | 上 | 去 | 入 | 陰 | 陽 | 上 | 去 | 入 | 陰 | 陽 | 上 | 去 | 入 |
| p | | | | | | 蓖 | | 彼 | 閉 | 筆 | | | 補 | 布 | | | | | | |
| ph | | | | | | 屄 | 皮 | 鄙 | 屁 | 辟 | 鋪 | 葡 | 譜 | 鋪 | 朴 | | | | | |
| m | | | | | | 眯 | 眉 | 米 | 覓 | 密 | | 模 | 母 | 暮 | 木 | | | | | |
| f | | | | | | | | | | | 夫 | 胡 | 虎 | 戶 | 符 | | | | | |
| v | | | | | | | | | | | | | | | | | | | | |
| t | | | | | | 低 | | 底 | 帝 | 敵 | 都 | | 堵 | 杜 | 毒 | | | | | |
| th | | | | | | 梯 | 提 | 體 | 替 | 笛 | | 徒 | 吐 | 兔 | 突 | | | | | |
| n | | | | | | | 離 | 李 | 例 | 立 | | 盧 | 魯 | 怒 | 律 | | 驢 | 呂 | 慮 | |
| ts | 知 | | 紫 | 智 | 職 | | | | | | 租 | | 祖 | 做 | 卒 | | | | | |
| tsh | 疵 | 侈 | 此 | 次 | | | | | | | 粗 | 廚 | 楚 | 醋 | 促 | | | | | |
| s | 斯 | | | | | | | | | | 蘇 | | | 素 | | | | | | |
| z | | | | | | | | | | | | 儒 | 汝 | 褥 | 辱 | | | | | |
| tʂ | | | | | | | | | | | 朱 | | 主 | 蛀 | 濁 | | | | | |
| tʂh | | | | | | | | | | | 初 | 除 | 杵 | | 族 | | | | | |
| ʂ | | | | | | | | | | | 書 | | 鼠 | 恕 | 束 | | | | | |
| ʐ | | | | | | | | | | | | 如 | | | 入 | | | | | |
| tɕ | | | | | | 雞 | | 姐 | 借 | 集 | | | | | | 居 | | 舉 | 具 | 菊 |
| tɕh | | | | | | 妻 | 齊 | 啟 | 去 | 七 | | | | | | 蛆 | 渠 | 取 | 趣 | 掘 |
| ȵ | | | | | | | 泥 | 你 | 膩 | 聶 | | | | | | | | 女 | | |
| ɕ | | | | | | 西 | 邪 | 寫 | 謝 | 習 | | | | | | 須 | 徐 | 許 | 絮 | 續 |
| k | | | | | | | | | | | 姑 | | 古 | 故 | 骨 | | | | | |
| kh | | | | | | | | | | | 枯 | | 苦 | 庫 | 哭 | | | | | |
| ŋ | | | | | | | | | | | | | | | | | | | | |
| x | | | | | | | | | | | 豁 | 禾 | 火 | 賀 | 忽 | | | | | |
| ∅ | | | | | | 衣 | 夷 | 也 | 義 | 移 | 倭 | 吳 | 五 | 臥 | 物 | 淤 | 魚 | 語 | 浴 | |

| | ʅ | | | | | ɚ | | | | | ᴀ | | | | | ia | | | | |
|---|---|---|---|---|---|---|---|---|---|---|---|---|---|---|---|---|---|---|---|---|
| | 陰 | 陽 | 上 | 去 | 入 | 陰 | 陽 | 上 | 去 | 入 | 陰 | 陽 | 上 | 去 | 入 | 陰 | 陽 | 上 | 去 | 入 |
| p | | | | | | | | | | | 巴 | 爸 | 把 | 壩 | 八 | | | | | |
| ph | | | | | | | | | | | | 爬 | | 怕 | | | | | | |
| m | | | | | | | | | | | 媽 | 麻 | 馬 | 罵 | | | | | | |

| | | | | | | | | | | | | | | | | | | | | |
|---|---|---|---|---|---|---|---|---|---|---|---|---|---|---|---|---|---|---|---|---|
| f | | | | | | | | | | | | | | | 法 | | | | | |
| v | | | | | | | | | | | | | | | | | | | | |
| t | | | | | | | | | | | | | 打 | 大 | 達 | | | | | |
| th | | | | | | | | | | | 他 | | | | 踏 | | | | | |
| n | | | | | | | | | | | 垃 | 拿 | | 那 | 臘 | | | | | |
| ts | | | | | | | | | | | 楂 | | 眨 | 炸 | 雜 | | | | | |
| tsh | | | | | | | | | | | 叉 | 茶 | | 岔 | 擦 | | | | | |
| s | | | | | | | | | | | 沙 | | 灑 | | 薩 | | | | | |
| z | | | | | | | | | | | | | | | | | | | | |
| tʂ | 茲 | | 指 | 制 | 執 | | | | | | | | | | 鍘 | | | | | |
| tʂh | 癡 | 池 | 恥 | 刺 | | | | | | | | | | | 插 | | | | | |
| ʂ | 撕 | 時 | 死 | 世 | 濕 | | | | | | | | 傻 | | 殺 | | | | | |
| ʐ | | | | | 日 | | | | | | | | | | | | | | | |
| tɕ | | | | | | | | | | | | | | | | 家 | | 假 | 嫁 | 甲 |
| tɕh | | | | | | | | | | | | | | | | | | | | 洽 |
| ȵ | | | | | | | | | | | | | | | | | | | | |
| ɕ | | | | | | | | | | | | | | | | 蝦 | 霞 | | 下 | 瞎 |
| k | | | | | | | | | | | | | | | | | | | | |
| kh | | | | | | | | | | | | | | | | | | | | |
| ŋ | | | | | | | | | | | | | | | | | | | | |
| x | | | | | | | | | | | 鰕 | | | | | | | | | |
| ∅ | | | | | | | 兒 | 耳 | 二 | | 阿 | | | | | 丫 | 牙 | 雅 | 亞 | 鴨 |

| | ua | | | | | e | | | | | ie | | | | | ue | | | | |
|---|---|---|---|---|---|---|---|---|---|---|---|---|---|---|---|---|---|---|---|---|
| | 陰 | 陽 | 上 | 去 | 入 | 陰 | 陽 | 上 | 去 | 入 | 陰 | 陽 | 上 | 去 | 入 | 陰 | 陽 | 上 | 去 | 入 |
| p | | | | | | | | | | 北 | | | | | 別 | | | | | |
| ph | | | | | | | | | | 拍 | | | 擘 | | 別 | | | | | |
| m | | | | | | | | | | 墨 | | | | | 滅 | | | | | |
| f | | | | | | | | | | | | | | | | | | | | |
| v | | | | | | | | | | | | | | | | | | | | |
| t | | | | | | | | | | 德 | | | | | 跌 | | | | | |
| th | | | | | | | | | | 特 | | | | | 鐵 | | | | | |
| n | | | | | | | | | | 肋 | | | | | 列 | | | | | |
| ts | | | | | | | | 者 | | 則 | | | | | | | | | | |
| tsh | | | | | | 笡 | | | | 尺 | | | | | | | | | | |
| s | | | | | | | 佘 | | | 色 | | | | | | | | | | |
| z | | | | | | | | | | | | | | | | | | | | |

| tʂ | 抓 | | 爪 | 笊 | | | | | | 哲 | | | | | | | | | | |
|---|---|---|---|---|---|---|---|---|---|---|---|---|---|---|---|---|---|---|---|---|
| tʂh | | | | | | | | | | 吃 | | | | | | | | | | |
| ʂ | | | 耍 | | 刷 | | | | 舍 | 十 | | | | | | | | | | |
| ʐ | | | | | | | | | | 熱 | | | | | | | | | | |
| tɕ | | | | | | | | | | | 皆 | | 解 | 介 | 傑 | | | | | |
| tɕh | | | | | | | | | | | | 瘸 | | | 怯 | | | | | |
| ȵ | | | | | | | | | | | | | | | 業 | | | | | |
| ɕ | | | | | | | | | | | | 諧 | | 懈 | 脅 | | | | | |
| k | 瓜 | | 剮 | 掛 | 刮 | | | | | 格 | | | | | | | | | | 郭 |
| kh | 誇 | | 垮 | 跨 | | | | | | 克 | | | | | | | | | | 闊 |
| ŋ | | | | | | | | | | 額 | | | | | | | | | | |
| x | 花 | 華 | | 化 | 滑 | | | | | 黑 | | | | | | | | | | 或 |
| ∅ | 蛙 | 娃 | 瓦 | 瓦 | 襪 | | | | | | 噎 | | | | 葉 | | | | | |

| | ye | | | | | a | | | | | uɛ | | | | | o | | | | |
|---|---|---|---|---|---|---|---|---|---|---|---|---|---|---|---|---|---|---|---|---|
| | 陰 | 陽 | 上 | 去 | 入 | 陰 | 陽 | 上 | 去 | 入 | 陰 | 陽 | 上 | 去 | 入 | 陰 | 陽 | 上 | 去 | 入 |
| p | | | | | | | | | | 白 | | | | | | 波 | | 簸 | 播 | 薄 |
| ph | | | | | | | | | | | | | | | | 坡 | 婆 | 頗 | 破 | 潑 |
| m | | | | | | | | | | 麥 | | | | | | 摩 | 魔 | 抹 | 墓 | 沒 |
| f | | | | | | | | | | | | | | | | | | 否 | | 福 |
| v | | | | | | | | | | | | | | | | | | | | |
| t | | | | | | | | | | | | | | | | | | 朵 | 舵 | 獨 |
| th | | | | | | | | | | | | | | | | 拖 | 駝 | | | 脫 |
| n | | | | | | | | | | | | | | | | 囉 | 羅 | 裸 | 糯 | 錄 |
| ts | | | | | | | | | | | | | | | | | | 左 | 坐 | 昨 |
| tsh | | | | | | | | | | | | | | | | 搓 | | | 錯 | 出 |
| s | | | | | | | | | | | | | | | 說 | 蓑 | | 鎖 | | 索 |
| z | | | | | | | | | | | | | | | | | | | | 弱 |
| tʂ | | | | | | | | | | | | | | | | | | | | 著 |
| tʂh | | | | | | | | | | | | | | | | | | | | 綽 |
| ʂ | | | | | | | | | | | | | | | | | | 所 | | 叔 |
| ʐ | | | | | | | | | | | | | | | | | | | | |
| tɕ | | | | 噘 | 絕 | | | | | | | | | | | | | | | |
| tɕh | | | | | 缺 | | | | | | | | | | | | | | | |
| ȵ | | | | | | | | | | | | | | | | | | | | |

| | | | | | | | | | | | | | | | | | | | | |
|---|---|---|---|---|---|---|---|---|---|---|---|---|---|---|---|---|---|---|---|---|
| ɕ | 靴 | | | | 雪 | | | | | | | | | | | | | | | |
| k | | | | | | | | | | 革 | | | | | 國 | 歌 | | 果 | 過 | 鴿 |
| kh | | | | | | | | | | | | | | | | 科 | | 可 | | 磕 |
| ŋ | | | | | | | | | | | | | | | | 惡 | | 我 | 坳 | 齶 |
| x | | | | | | | | | | | | | | | | 喝 | | | | 盒 |
| ∅ | 曰 | | | | 月 | | | | | | | | | | | 蝸 | 蛾 | | | 訛 |

| | io | | | | | iu | | | | | ai | | | | | uai | | | | |
|---|---|---|---|---|---|---|---|---|---|---|---|---|---|---|---|---|---|---|---|---|
| | 陰 | 陽 | 上 | 去 | 入 | 陰 | 陽 | 上 | 去 | 入 | 陰 | 陽 | 上 | 去 | 入 | 陰 | 陽 | 上 | 去 | 入 |
| p | | | | | | | | | | | | | 擺 | 敗 | | | | | | |
| ph | | | | | | | | | | | 徘 | 排 | | 派 | | | | | | |
| m | | | | | | | | | | | | 埋 | 買 | 賣 | | | | | | |
| f | | | | | | | | | | | | | | | | | | | | |
| v | | | | | | | | | | | | | | | | | | | | |
| t | | | | | | | | | | | 呆 | | 逮 | 貸 | | | | | | |
| th | | | | | | | | | | | 胎 | 抬 | | 太 | | | | | | |
| n | | | | | 略 | | | | | | | 來 | 乃 | 耐 | | | | | | |
| ts | | | | | | | | | | | 災 | | 宰 | 再 | | | | | | |
| tsh | | | | | | | | | | | 猜 | 財 | 彩 | 菜 | | 揣 | | 喘 | | |
| s | | | | | | | | | | | 腮 | | | 賽 | | | | | 疝 | |
| z | | | | | | | | | | | | | | | | | | | | |
| tʂ | | | | | | | | | | | | | | | | | | | 拽 | |
| tʂh | | | | | | | | | | | | | | | | | | | | |
| ʂ | | | | | | | | | | | | | | | | 衰 | | 摔 | 帥 | |
| ʐ | | | | | | | | | | | | | | | | | | | | |
| tɕ | | | | | 腳 | | | | | 局 | | | | | | | | | | |
| tɕh | | | | | 曲 | | | | | | | | | | | | | | | |
| ȵ | | | | | | | | | | | | | | | | | | | | |
| ɕ | | | | | 學 | | | | | 速 | | | | | | | | | | |
| k | | | | | | | | | | | 該 | | 改 | 蓋 | | 乖 | | 枴 | 怪 | |
| kh | | | | | | | | | | | 開 | | 凱 | 概 | | | | 塊 | 快 | |
| ŋ | | | | | | | | | | | 哀 | 捱 | 矮 | 愛 | | | | | | |
| x | | | | | | | | | | | | 孩 | 海 | 害 | | 歡 | 懷 | | 壞 | |
| ∅ | | | | | 藥 | | | | | | | | | 隘 | | 歪 | | | 外 | |

| | ei | | | | | uei | | | | | au | | | | | iau | | | | |
|---|---|---|---|---|---|---|---|---|---|---|---|---|---|---|---|---|---|---|---|---|
| | 陰 | 陽 | 上 | 去 | 入 | 陰 | 陽 | 上 | 去 | 入 | 陰 | 陽 | 上 | 去 | 入 | 陰 | 陽 | 上 | 去 | 入 |
| p | 杯 | | | 貝 | | | | | | | 包 | | 保 | 報 | | 彪 | | 表 | | |
| ph | 批 | 培 | 丕 | 配 | | | | | | | 抛 | 袍 | 跑 | 泡 | | 飄 | 瓢 | | 漂 | |
| m | | 梅 | 每 | 妹 | | | | | | | 貓 | 矛 | 卯 | 冒 | | | 苗 | 藐 | 廟 | |
| f | 飛 | 肥 | 匪 | 廢 | | | | | | | | | | | | | | | | |
| v | | 唯 | | | | | | | | | | | | | | | | | | |
| t | | | | | | 堆 | | | 對 | | 刀 | | 島 | 稻 | | 雕 | | | 弔 | |
| th | | | | | | 推 | 頹 | 腿 | 退 | | 滔 | 桃 | 討 | 導 | | 挑 | 條 | 糶 | 跳 | |
| n | | | 餒 | | | | 雷 | 屢 | 類 | | 嘮 | 勞 | 老 | 鬧 | | 撩 | 療 | 了 | 料 | |
| ts | 遮 | | | | | | | 嘴 | 罪 | | 糟 | | 早 | 灶 | | | | | | |
| tsh | 車 | | 扯 | | | 催 | 垂 | | 碎 | | 抄 | 曹 | 草 | 糙 | | | | | | |
| s | 賒 | 蛇 | 捨 | 射 | | | 隨 | 水 | | | 捎 | | 嫂 | 哨 | | | | | | |
| z | | | 惹 | | | | | | 銳 | | | | | | | | | | | |
| tʂ | | | | | | 追 | | | 綴 | | | | | 趙 | | | | | | |
| tʂh | | | | | | | 錘 | | | | | | | | | | | | | |
| ʂ | 奢 | | | 社 | | 雖 | 綏 | | 歲 | | 燒 | 韶 | 少 | 少 | | | | | | |
| ʐ | | | | | | | | | | | | 饒 | 擾 | | | | | | | |
| tɕ | | | | | | | | | | | | | | | | 交 | 嚼 | 剿 | 叫 | |
| tɕh | | | | | | | | | | | | | | | | 悄 | 喬 | 巧 | 竅 | |
| ȵ | | | | | | | | | | | | | | | | | | 鳥 | 尿 | |
| ɕ | | | | | | | | | | | | | | | | 肖 | | 曉 | 笑 | |
| k | | | 嗝 | | | 龜 | | 鬼 | 桂 | | 哥 | | 稿 | 個 | | | | | | |
| kh | | | | | | 虧 | 奎 | | 跪 | | 敲 | | 考 | 課 | | | | | | |
| ŋ | | | | | | | | | | | | 熬 | 襖 | 傲 | | | | | | |
| x | | | | | | 灰 | 回 | 毀 | 匯 | | 薅 | 毫 | 好 | 好 | | | | | | |
| ∅ | | | | | | 威 | 惟 | 委 | 衛 | | 凹 | | | 奧 | | 腰 | 堯 | 舀 | 耀 | |

| | əu | | | | | iəu | | | | | an | | | | | iɛn | | | | |
|---|---|---|---|---|---|---|---|---|---|---|---|---|---|---|---|---|---|---|---|---|
| | 陰 | 陽 | 上 | 去 | 入 | 陰 | 陽 | 上 | 去 | 入 | 陰 | 陽 | 上 | 去 | 入 | 陰 | 陽 | 上 | 去 | 入 |
| p | | | | | | | | | | | 班 | | 板 | 辦 | | 邊 | | 貶 | 變 | |
| ph | | | | | | | | | | | 攀 | 盤 | | 判 | | 偏 | 便 | | 遍 | |
| m | | | | | | | | | | | | 饅 | 滿 | 慢 | | | 眠 | 免 | 面 | |
| f | | | | | | | | | | | 翻 | 凡 | 反 | 泛 | | | | | | |
| v | | | | | | | | | | | | | | | | | | | | |

| | | | | | | | | | | | | | | | | | | | | |
|---|---|---|---|---|---|---|---|---|---|---|---|---|---|---|---|---|---|---|---|---|
| t | 多 | | 陡 | 逗 | | 丟 | | | | | | | | | | 顛 | | 點 | 店 | |
| th | 偷 | 頭 | 抖 | 透 | | | | | | | | | | | | 天 | 填 | 舔 | | |
| n | 摟 | 樓 | 摟 | 漏 | | 溜 | 流 | 柳 | | | | | | | | 拈 | 簾 | 臉 | 練 | |
| ts | 周 | | 走 | 奏 | | | | | | | 粘 | | 展 | 站 | | | | | | |
| tsh | | 酬 | | 湊 | | | | | | | | 饞 | | | | | | | | |
| s | 颼 | | | 嗽 | | | | | | | 杉 | | | | | | | | | |
| z | | | | 肉 | | | | | | | | 然 | | | | | | | | |
| tʂ | | | | | | | | | | | 沾 | | 斬 | 棧 | | | | | | |
| tʂh | 抽 | 綢 | 醜 | 驟 | | | | | | | 攙 | 讒 | | 懺 | | | | | | |
| ʂ | 收 | | 手 | 瘦 | | | | | | | 搧 | 蟬 | 陝 | 扇 | | | | | | |
| ʐ | | 柔 | | | | | | | | | | | 冉 | | | | | | | |
| tɕ | | | | | | 鳩 | | 酒 | 就 | | | | | | | 監 | | 減 | 界 | |
| tɕh | | | | | | 秋 | 求 | 瞅 | | | | | | | | 千 | 潛 | 淺 | 欠 | |
| ȵ | | | | | | | 牛 | 紐 | | | | | | | | 研 | 年 | 眼 | 念 | |
| ɕ | | | | | | 修 | 囚 | 朽 | 秀 | | | | | | | 仙 | 賢 | 險 | 餡 | |
| k | 勾 | | 狗 | 夠 | | | | | | | | | | | | | | | | |
| kh | 摳 | | 口 | 寇 | | | | | | | | | | | | | | | | |
| ŋ | 歐 | | 藕 | 慪 | | | | | | | | | | | | | | | | |
| x | | 侯 | 吼 | 候 | | | | | | | | | | | | | | | | |
| ø | 漚 | | 毆 | | | 悠 | 由 | 有 | 又 | | | | | | | 淹 | 言 | 演 | 焰 | |

| | uan | | | | | yɛn | | | | | en | | | | | in | | | | |
|---|---|---|---|---|---|---|---|---|---|---|---|---|---|---|---|---|---|---|---|---|
| | 陰 | 陽 | 上 | 去 | 入 | 陰 | 陽 | 上 | 去 | 入 | 陰 | 陽 | 上 | 去 | 入 | 陰 | 陽 | 上 | 去 | 入 |
| p | | | | | | | | | | | 奔 | | 本 | 笨 | | 彬 | | 柄 | 病 | |
| ph | | | | | | | | | | | 烹 | 彭 | | | | 拼 | 貧 | 品 | 聘 | |
| m | | | | | | | | | | | | 門 | | 悶 | | | 民 | 閩 | 命 | |
| f | | | | | | | | | | | 分 | 墳 | 粉 | 憤 | | | | | | |
| v | | | | | | | | | | | | | | | | | | | | |
| t | 端 | | 短 | 斷 | | | | | | | 燈 | | 等 | 頓 | | 丁 | | 頂 | 定 | |
| th | | 團 | | | | | | | | | 吞 | 藤 | | | | 庭 | 停 | 挺 | 聽 | |
| n | | 鸞 | 暖 | 亂 | | | | | | | | 輪 | 冷 | 嫩 | | | 林 | 領 | 令 | |
| ts | | | | | | | | | | | 針 | | 怎 | 憎 | | | | | | |
| tsh | 川 | 傳 | 鏟 | 篡 | | | | | | | 伸 | 辰 | 懲 | 寸 | | | | | | |
| s | 刪 | | | 蒜 | | | | | | | 僧 | 繩 | | | | | | | | |
| z | | | 軟 | | | | | | | | | 人 | 扔 | | | | | | | |
| tʂ | 磚 | | 轉 | 賺 | | | | | | | 爭 | | 整 | 陣 | | | | | | |

| | | | | | | | | | | | | | | | | | | | | |
|---|---|---|---|---|---|---|---|---|---|---|---|---|---|---|---|---|---|---|---|---|
| tʂh | | | | 串 | | | | | | | 稱 | 沉 | | 趁 | | | | | | |
| ʂ | 拴 | | | 涮 | | | | | | | 森 | 乘 | 沈 | 腎 | | | | | | |
| ʐ | | | 阮 | | | | | | | | | 壬 | 忍 | 認 | | | | | | |
| tɕ | | | | | | 絹 | | 卷 | 倦 | | | | | | | 今 | | 僅 | 晉 | |
| tɕh | | | | | | 圈 | 泉 | 犬 | 勸 | | | | | | | 親 | 晴 | 請 | 慶 | |
| ȵ | | | | | | | | | | | | | | | | | 凝 | | | |
| ɕ | | | | | | 軒 | 玄 | 選 | 旋 | | | | | | | 心 | 型 | 醒 | 信 | |
| k | 關 | | 館 | 貫 | | | | | | | 根 | | 耿 | 更 | | | | | | |
| kh | 寬 | | 款 | | | | | | | | 坑 | | 肯 | | | | | | | |
| ŋ | | | | | | | | | | | 櫻 | | | 硬 | | | | | | |
| x | | 桓 | 緩 | 喚 | | | | | | | 哼 | 痕 | 很 | 杏 | | | | | | |
| ∅ | 豌 | 玩 | 碗 | 萬 | | 冤 | 圓 | 遠 | 願 | | | | | | | 音 | 寅 | 飲 | 陰 | |

| | uən | | | | | yn | | | | | aŋ | | | | | iaŋ | | | | |
|---|---|---|---|---|---|---|---|---|---|---|---|---|---|---|---|---|---|---|---|---|
| | 陰 | 陽 | 上 | 去 | 入 | 陰 | 陽 | 上 | 去 | 入 | 陰 | 陽 | 上 | 去 | 入 | 陰 | 陽 | 上 | 去 | 入 |
| p | | | | | | | | | | | 幫 | | 榜 | 棒 | | | | | | |
| ph | | | | | | | | | | | | 滂 | | 胖 | | | | | | |
| m | | | | | | | | | | | | 忙 | 蟒 | | | | | | | |
| f | | | | | | | | | | | 方 | 妨 | 訪 | 范 | | | | | | |
| v | | | | | | | | | | | | | 晚 | | | | | | | |
| t | 敦 | | | 屯 | | | | | | | 耽 | | 膽 | 旦 | | | | | | |
| th | | 豚 | | | | | | | | | 貪 | 潭 | 躺 | 趟 | | | | | | |
| n | | | | | | | | | | | | 郎 | 嫈 | 浪 | | | 良 | 兩 | 諒 | |
| ts | 遵 | | 準 | | | | | | | | 髒 | | 掌 | 贊 | | | | | | |
| tsh | 春 | | 蠢 | | | | | | | | 餐 | 殘 | 廠 | 燦 | | | | | | |
| s | 孫 | | 榫 | | | | | | | | 桑 | 嘗 | 償 | 上 | | | | | | |
| z | | | | 閏 | | | | | | | | 瓤 | 釀 | 讓 | | | | | | |
| tʂ | | | | | | | | | | | 張 | | 漲 | 帳 | | | | | | |
| tʂh | | | | | | | | | | | 倉 | 腸 | | 悵 | | | | | | |
| ʂ | | 唇 | 省 | 舜 | | | | | | | 三 | 常 | 賞 | | | | | | | |
| ʐ | | | | | | | | | | | | | | | | | | | | |
| tɕ | | | | | | 鈞 | | 迥 | 俊 | | | | | | | 將 | | 蔣 | 匠 | |
| tɕh | | | | | | 傾 | 群 | 頃 | | | | | | | | 槍 | 牆 | 搶 | 嗆 | |
| ȵ | | | | | | | | | | | | | | | | | 娘 | | | |
| ɕ | | | | | | 熏 | 旬 | | 訓 | | | | | | | 相 | 翔 | 想 | 相 | |

| | | | | | | | | | | | | | | | | | | | | |
|---|---|---|---|---|---|---|---|---|---|---|---|---|---|---|---|---|---|---|---|---|
| k | | | 滾 | 棍 | | | | | | | 甘 | | 港 | 槓 | | | | | | |
| kh | 坤 | | 捆 | 困 | | | | | | | 刊 | 扛 | 坎 | 炕 | | | | | | |
| ŋ | | | | | | | | | | | 安 | 昂 | | 案 | | | | | | |
| x | 昏 | 魂 | | 混 | | | | | | | 憨 | 含 | 喊 | 巷 | | | | | | |
| ∅ | 溫 | 文 | 穩 | | | 暈 | 匀 | 永 | 韻 | | 肮 | | | | | 央 | 羊 | 仰 | 樣 | |

| | uaŋ | | | | | oŋ | | | | | ioŋ | | | | |
|---|---|---|---|---|---|---|---|---|---|---|---|---|---|---|---|
| | 陰 | 陽 | 上 | 去 | 入 | 陰 | 陽 | 上 | 去 | 入 | 陰 | 陽 | 上 | 去 | 入 |
| p | | | | | | 繃 | | | | | | | | | |
| ph | | | | | | | 朋 | 捧 | 碰 | | | | | | |
| m | | | | | | 懵 | 萌 | 某 | 茂 | | | | | | |
| f | | | | | | 風 | 馮 | 諷 | 鳳 | | | | | | |
| v | | | | | | | | | | | | | | | |
| t | | | | | | 東 | | 董 | 洞 | | | | | | |
| th | | | | | | 通 | 同 | 桶 | 痛 | | | | | | |
| n | | | | | | | 籠 | 壟 | 弄 | | | | | | |
| ts | | | | | | 宗 | | 冢 | 縱 | | | | | | |
| tsh | | 床 | 撞 | 創 | | 囪 | 叢 | | 銃 | | | | | | |
| s | | | | | | 松 | | | | | | | | | |
| z | | | | | | | | | | | | | | | |
| tʂ | 莊 | | | 壯 | | 鍾 | | 總 | 粽 | | | | | | |
| tʂh | 窗 | | 闖 | | | 蔥 | 蟲 | 寵 | | | | | | | |
| ʂ | 雙 | | 爽 | | | 嵩 | | 慫 | 送 | | | | | | |
| ʐ | | | | | | 冗 | 絨 | | | | | | | | |
| tɕ | | | | | | | | | | | | | | | |
| tɕh | | | | | | | | | | | | 窮 | | | |
| ȵ | | | | | | | | | | | | | | | |
| ɕ | | | | | | | | | | | 兄 | 熊 | | | |
| k | 光 | | 廣 | | | 公 | | 鞏 | 貢 | | | | | | |
| kh | 框 | 狂 | | 曠 | | 空 | | 恐 | 控 | | | | | | |
| ŋ | | | | | | | | | | | | | | | |
| x | 慌 | 黃 | 謊 | 晃 | | 轟 | 弘 | 哄 | | | | | | | |
| ∅ | 汪 | 王 | 網 | 望 | | 翁 | | | 甕 | | 雍 | 容 | 湧 | 用 | |

## 2.3 劍閣楊村鎮話語音系統

### 2.3.1 聲　母

楊村鎮話有聲母 24 個，含 1 個零聲母。

| | | | | |
|---|---|---|---|---|
| p 補倍白 | ph 坡平 | m 馬民密 | f 府父虎胡 | v 襪 |
| t 朵代達 | th 他徒 | n 那盧禮 | | |
| ts 做自雜 | tsh 此才 | | s 蘇色松 | |
| tʂ 株治裝棧者值 | tʂh 醜除初柴昌 | | ʂ 沙書示是 | ʐ 人釀 |
| tɕ 酒聚假極 | tɕh 取錢起期 | ȵ 你牛 | ɕ 細希暇斜 | |
| k 果共 | kh 枯葵 | ŋ 熬哀 | x 灰禾或 | |
| ∅ 侮二午丫羽余 | | | | |

### 2.3.2 韻　母

楊村鎮話有韻母 37 個。

| | | | |
|---|---|---|---|
| ɿ 紫姿思 | i 謝底李立七力席 | u 羅部母出酌鐲木 | y 敘捋橘曲遂 |
| ʅ 逝脂汁實職適 | | | |
| ɚ 爾二耳 | | | |
| ʌ 他巴拉達 | ia 架佳鴨瞎 | ua 化蛙滑 | |
| e 攝設克格 | ie 介帖節 | ue 括擴國獲 | ye 瘸月削 |
| æ 百柏伯白麥革隔 | | | |
| o 我鴿缽各卓 | io 藥學疫育 | | |
| ai 臺楷派 | | uai 乖帥 | |
| ei 者貝美 | | uei 內睡屢 | |
| au 毛包兆 | iau 巧票聊嚼 | | |
| əu 頭醜肉 | iəu 劉幽 | | |
| an 斬冉般班善 | iɛn 監尖甜奸連天 | uan 端頑川 | yɛn 全元先 |
| en 沉痕等生命 | in 心巾鷹兵 | uən 坤順蚊 | yn 循群迥 |
| aŋ 坎但旁項 | iaŋ 想講 | uaŋ 謊忘窗 | |
| oŋ 盟同宗躬貿 | ioŋ 兄雄勇容 | | |

### 2.3.3 聲　調

楊村鎮話有單字聲調 5 個。

| 陰平 | 1 | 44 | 包丹知孤衣 |
|---|---|---|---|
| 陽平 | 2 | 31 | 婆圖其蘿年 |
| 上聲 | 3 | 451 | 保等展馬魯 |
| 去聲 | 4 | 14 | 閉地吏倍技 |
| 入聲 | 5 | 23 | 畢答值傑密 |

### 2.3.4 音系說明

（1）聲母 n-有 l 的變體，統一記作 n。聲母 ȵ-後帶有同部位濁擦音，實為 ȵʑ，語圖中則表現為鼻音與元音之間有一段亂紋，且共振峰 F1 與 F2 分布散亂（例見圖 2.8 箭頭所示）。

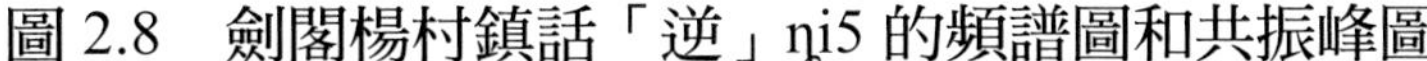

圖 2.8 劍閣楊村鎮話「逆」ȵi5 的頻譜圖和共振峰圖

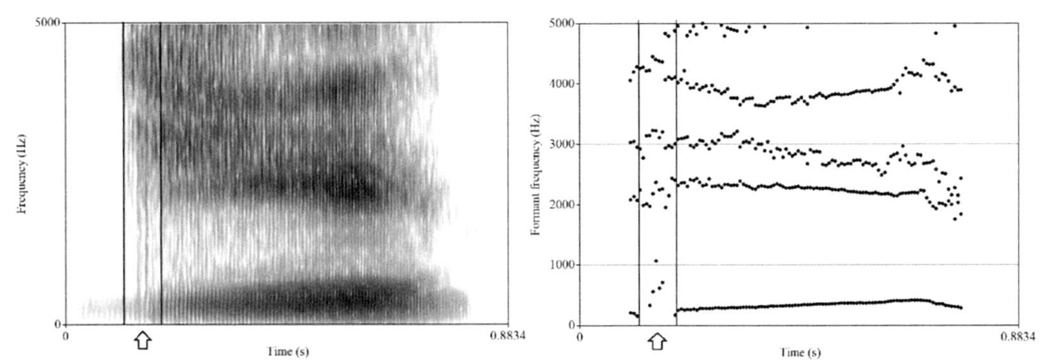


（2）聲母 ts-、tsh-、s-發音部位偏後，舌尖抵上齒齦，介於普通話的舌尖前音和舌尖後音之間。

（3）聲母 tʂ-、tʂh-、ʂ-、ʐ-發音部位與普通話翹舌音同。

（4）聲母 ŋ-只出現在開口呼前，軟齶阻塞明顯，鼻音氣流弱。

（5）齊齒呼零聲母音節開頭帶有摩擦音 j-，韻母為 i 時最明顯，記音未標出。撮口呼零聲母音節以 y 開頭，無摩擦。

（6）合口呼零聲母 u 韻母的音節，大多數都以零聲母開頭，部分音節略帶唇齒濁擦音 v-，無音位對立，記音未標出；合口呼零聲母以 u 開頭的複韻母音節，部分字 u 讀 v，如「襪」vᴀ5 等，音系中記出。

（7）劍閣楊村鎮話有 10 個單元音，為 ᴀ、e、æ、ɚ、ʅ、i、o、ɿ、u、y。其位置見圖 2.9。

圖 2.9　劍閣楊村鎮話聲學元音散點圖和均值圖

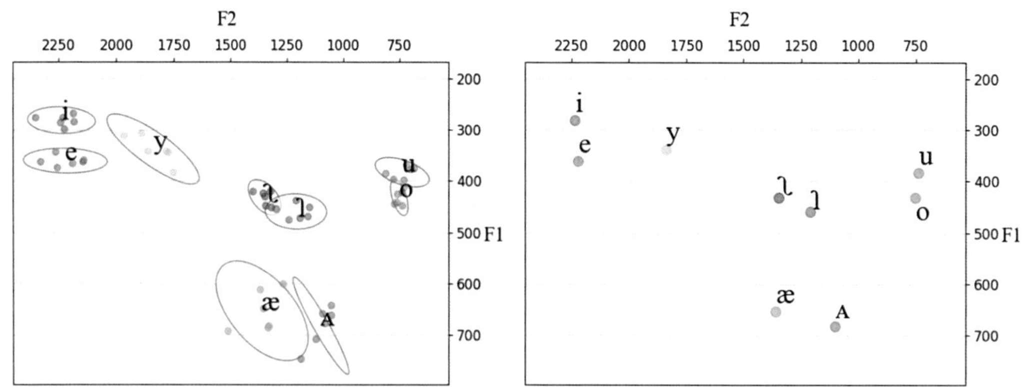


（8）從圖 2.9 的散點圖看，ɿ、ʅ，u、o 各自分布比較靠近但仍可以分開，又聽感中有區分，故處理為獨立音位；i、e、u、o 元音分布比較集中，元音三角明顯；y、æ、ᴀ 分布比較分散，說明發這幾個元音時舌體不穩定，變體形式較多。

（9）元音 a 作單元音時偏央，記作 ᴀ；在-an 中偏高為 æ，在-au 和-aŋ 中偏後為ɑ。

（10）元音 e 作單韻母時偏高，記作 e；在 ue 中時，舌位較低近於 ɛ；在-ie、-en、-ei 中舌位較高為 e；在-uən 中舌位偏央。

（11）元音 æ 比標準元音偏低偏央。

（12）元音 o 比標準元音略低，在-əu、-iəu 中，元音展唇而偏央，實際為 ə。

（13）元音 u 比標準元音略低，近於 ʊ。

（14）-an、-iɛn、-uan 的鼻音韻尾弱而短，舌尖未抵上齒齦，實際為-$a^{n}$、-$i\varepsilon^{n}$、-$ua^{n}$。其中-iɛn 部分字鼻音韻尾丟失，如「鹽」iɛn2＝ie2，因不成系統，故作為音位變體，音系未記出。

（15）-en、-in、-uən、-yn 的鼻音韻尾完整、穩固。-aŋ、-iaŋ、-uaŋ 的鼻音韻尾完整。

（16）i 作韻尾時偏低，實際為 e，例如：「菜」tshai4＝tshae4。u 在-au、-iau 中偏低為 ɔ，例如：「毛」mau2＝mɑɔ2、「表」piau3＝piaɔ3。-ioŋ 在音系配合上當為撮口呼-yoŋ，實際發音已失去圓唇勢，成為齊齒韻。

（17）劍閣楊村話聲調類別和調型，見圖 2.10。去聲 14，聽感有下凹。

圖 2.10 劍閣楊村鎮話聲調均線圖（絕對時長）

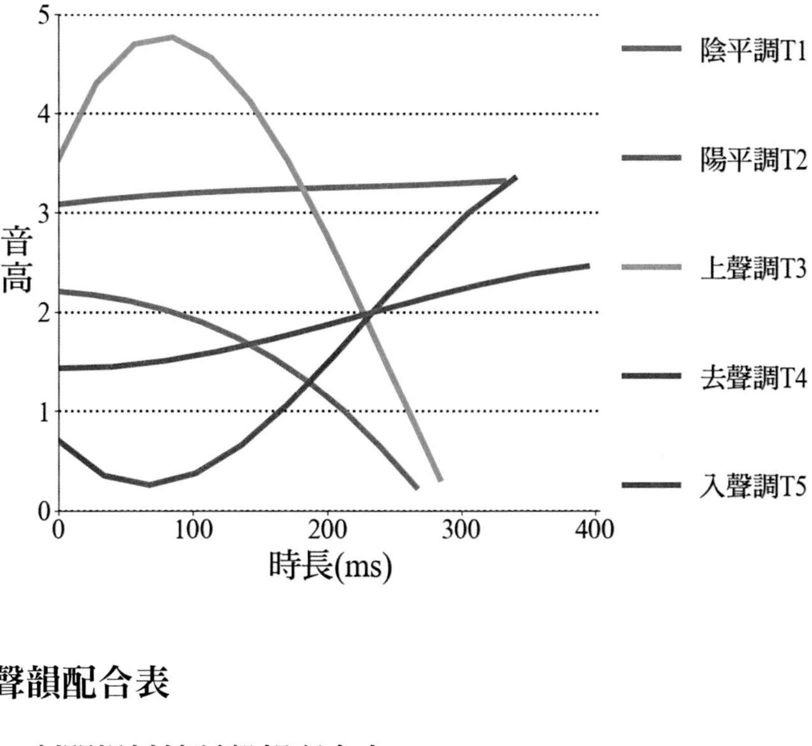


## 2.3.5 聲韻配合表

表 2.3 劍閣楊村鎮話聲韻配合表

| | ɿ | | | | | i | | | | | u | | | | | y | | | | |
|---|---|---|---|---|---|---|---|---|---|---|---|---|---|---|---|---|---|---|---|---|
| | 陰 | 陽 | 上 | 去 | 入 | 陰 | 陽 | 上 | 去 | 入 | 陰 | 陽 | 上 | 去 | 入 | 陰 | 陽 | 上 | 去 | 入 |
| p | | | | | | 蓖 | 璧 | 比 | 閉 | 筆 | 波 | | 簸 | 播 | 不 | | | | | |
| ph | | | | | | 屄 | 皮 | 彼 | 屁 | 劈 | 鋪 | 婆 | 譜 | 破 | 樸 | | | | | |
| m | | | | | | | 迷 | 米 | | 密 | 摩 | 魔 | 母 | 墓 | 沐 | | | | | |
| f | | | | | | | | | | | 夫 | 符 | 虎 | 互 | 複 | | | | | |
| v | | | | | | | | | | | | | | | | | | | | |
| t | | | | | | 低 | 狄 | 底 | 帝 | 笛 | 多 | 讀 | 朵 | 杜 | 毒 | | | | | |
| th | | | | | | 梯 | 題 | 體 | 替 | 踢 | 拖 | 徒 | 土 | 兔 | 突 | | | | | |
| n | | | | | | | 離 | 禮 | 例 | 立 | 囉 | 羅 | 魯 | 怒 | 陸 | | 驢 | 呂 | 慮 | |
| ts | 諮 | | 紫 | 自 | | | | | | | 租 | | 祖 | 做 | 卒 | | | | | |
| tsh | | 詞 | 此 | 次 | | | | | | | 粗 | 族 | | 醋 | | | | | | |
| s | 斯 | | 死 | 四 | | | | | | | 蘇 | | 數 | 素 | | | | | | |
| tʂ | | | | | | | | | | | 朱 | 竹 | 主 | 蛀 | 鐲 | | | | | |
| tʂh | | | | | | | | | | | 初 | 除 | 礎 | 助 | 出 | | | | | |
| ʂ | | | | | | | | | | | 梳 | | 鼠 | 庶 | 叔 | | | | | |
| ʐ | | | | | | | | | | | | 如 | 汝 | | 入 | | | | | |
| tɕ | | | | | | 雞 | 戟 | 姐 | 借 | 集 | | | | | | 居 | 爵 | 舉 | 據 | 橘 |

| | | | | | | | | | | | | | | | | | | | | |
|---|---|---|---|---|---|---|---|---|---|---|---|---|---|---|---|---|---|---|---|---|
| tɕh | | | | | | 妻 | 齊 | 起 | 氣 | 七 | | | | | | 蛆 | 曲 | 取 | 趣 | 屈 |
| ȵ | | | | | | | 泥 | 你 | 膩 | 逆 | | | | | | | | 女 | | |
| ɕ | | | | | | 西 | 斜 | 寫 | 細 | 習 | | | | | | 需 | 徐 | 許 | 序 | 續 |
| k | | | | | | | | | | | 歌 | 谷 | 古 | 固 | 骨 | | | | | |
| kh | | | | | | | | | | | 枯 | 哭 | 苦 | 庫 | 窟 | | | | | |
| ŋ | | | | | | | | | | | | 訛 | | | | | | | | |
| x | | | | | | | | | | | | 禾 | 火 | 賀 | 忽 | | | | | |
| ∅ | | | | | | 醫 | 移 | 以 | 夜 | 一 | 烏 | 蛾 | 五 | 務 | 物 | 淤 | 魚 | 語 | 預 | |

| | ʅ | | | | | ɚ | | | | | A | | | | | ia | | | | |
|---|---|---|---|---|---|---|---|---|---|---|---|---|---|---|---|---|---|---|---|---|
| | 陰 | 陽 | 上 | 去 | 入 | 陰 | 陽 | 上 | 去 | 入 | 陰 | 陽 | 上 | 去 | 入 | 陰 | 陽 | 上 | 去 | 入 |
| p | | | | | | | | | | | 巴 | 爸 | 把 | 壩 | 八 | | | | | |
| ph | | | | | | | | | | | | 爬 | | 帕 | | | | | | |
| m | | | | | | | | | | | 媽 | 麻 | 馬 | 罵 | | | | | | |
| f | | | | | | | | | | | | | | | 法 | | | | | |
| v | | | | | | | | | | | | | | | 襪 | | | | | |
| t | | | | | | | | | | | | | 打 | 大 | 達 | | | | | |
| th | | | | | | | | | | | 他 | | | | 踏 | | | | | |
| n | | | | | | | | | | | 垃 | 拿 | | 那 | 臘 | | | | | |
| ts | | | | | | | | | | | | | 眨 | | 雜 | | | | | |
| tsh | | | | | | | | | | | | | | | 擦 | | | | | |
| s | | | | | | | | | | | 薩 | | 灑 | | | | | | | |
| tʂ | 知 | | 紙 | 制 | 汁 | | | | | | 渣 | | | 乍 | 閘 | | | | | |
| tʂh | 癡 | 池 | 齒 | 翅 | 吃 | | | | | | 叉 | 茶 | | 岔 | 插 | | | | | |
| ʂ | 師 | 時 | 屎 | 世 | 十 | | | | | | 沙 | | | 廈 | 殺 | | | | | |
| ʐ | | | | | 日 | | | | | | | | | | | | | | | |
| tɕ | | | | | | | | | | | | | | | | 家 | | 假 | 架 | 甲 |
| tɕh | | | | | | | | | | | | | | | | | | 洽 | | 恰 |
| ȵ | | | | | | | | | | | | | | | | | | | | |
| ɕ | | | | | | | | | | | | | | | | 蝦 | 霞 | | 下 | 瞎 |
| k | | | | | | | | | | | | | | | | | | | | |
| kh | | | | | | | | | | | | | | | | | | | | |
| ŋ | | | | | | | | | | | | | | | | | | | | |
| x | | | | | | | | | | | | | [illegible] | | | | | | | |
| ∅ | | | | | | | 兒 | 耳 | 二 | | 阿 | | | | | 丫 | 牙 | 雅 | 亞 | 鴨 |

| | ua | | | | | e | | | | | ie | | | | | ue | | | | |
|---|---|---|---|---|---|---|---|---|---|---|---|---|---|---|---|---|---|---|---|---|
| | 陰 | 陽 | 上 | 去 | 入 | 陰 | 陽 | 上 | 去 | 入 | 陰 | 陽 | 上 | 去 | 入 | 陰 | 陽 | 上 | 去 | 入 |
| p | | | | | | | | | | 北 | | | 癟 | | 別 | | | | | |
| ph | | | | | | | | | | 泊 | | | | | 別 | | | | | |
| m | | | | | | | | | | 墨 | | | | | 滅 | | | | | |
| f | | | | | | | | | | | | | | | | | | | | |
| v | | | | | | | | | | | | | | | | | | | | |
| t | | | | | | | | | | 得 | | | | | 跌 | | | | | |
| th | | | | | | | | | | 特 | | | | | 鐵 | | | | | |
| n | | | | | | | | | | 勒 | | | | | 列 | | | | | |
| ts | | | | | | | | | | 則 | | | | | | | | | | |
| tsh | | | | | | 笡 | | | | 廁 | | | | | | | | | | |
| s | | | | | | | | | | 色 | | | | | | | | | | |
| tʂ | 抓 | | 爪 | | | | 褶 | | | 哲 | | | | | | | | | | |
| tʂh | | | | | | | | | | 徹 | | | | | | | | | | |
| ʂ | | | 耍 | | 刷 | | 涉 | | 射 | 舌 | | | | | | | | | | |
| ʐ | | | | | | | | | | 熱 | | | | | | | | | | |
| tɕ | | | | | | | | | | | | | 解 | 界 | 接 | | | | | |
| tɕh | | | | | | | | | | | | | | | 妾 | | | | | |
| ȵ | | | | | | | | | | | | | | | 聶 | | | | | |
| ɕ | | | | | | | | | | | | 諧 | | 懈 | 脅 | | | | | |
| k | 瓜 | | 寡 | 掛 | 刮 | | | | | 格 | | | | | | | | | | 郭 |
| kh | 誇 | | 垮 | 跨 | | | | | | 克 | | | | | | | | | | 闊 |
| ŋ | | | | | | | | | | 軛 | | | | | | | | | | |
| x | 花 | 華 | | 化 | 滑 | | | | | 黑 | | | | | | | | | | 或 |
| ∅ | 蛙 | 娃 | 瓦 | | | | | | | | 噎 | | | | 葉 | | | | | |

| | ye | | | | | æ | | | | | o | | | | | io | | | | |
|---|---|---|---|---|---|---|---|---|---|---|---|---|---|---|---|---|---|---|---|---|
| | 陰 | 陽 | 上 | 去 | 入 | 陰 | 陽 | 上 | 去 | 入 | 陰 | 陽 | 上 | 去 | 入 | 陰 | 陽 | 上 | 去 | 入 |
| p | | | | | | | | | | 百 | 縛 | | | | 博 | | | | | |
| ph | | | | | | | | | | | | | 剖 | 薄 | 潑 | | | | | |
| m | | | | | | | | | | 麥 | 摸 | 寞 | 抹 | | 沒 | | | | | |
| f | | | | | | | | | | | | | 否 | | | | | | | |
| v | | | | | | | | | | | | | | | | | | | | |
| t | | | | | | | | | | | | | | | | | | | | |
| th | | | | | | | | | | | | | | | 奪 | | | | | |

| | | | | | | | | | | | | | | | | | | | | |
|---|---|---|---|---|---|---|---|---|---|---|---|---|---|---|---|---|---|---|---|---|
| n | | | | | | | | | | | | | | 諾 | 落 | | | | | 略 |
| ts | | | | | | | | | | | | | 左 | 座 | 昨 | | | | | |
| tsh | | | | | | | | | | | | | | 錯 | 鑿 | | | | | |
| s | | | | | | | | | | | 蓑 | 率 | 鎖 | | 索 | | | | | |
| tʂ | | | | | | | | | | | | | | | 卓 | | | | | |
| tʂh | | | | | | | | | | | 拙 | | | | 濁 | | | | | |
| ʂ | | | | | | | | | | | | | | | 說 | | | | | |
| ʐ | | | | | | | | | | | | 溺 | | | 若 | | | | | |
| tɕ | | | 蹷 | | 絕 | | | | | | | | | | | | | | | 腳 |
| tɕh | | 瘸 | | | 缺 | | | | | | | | | | | | | | | 雀 |
| ȵ | | | | | | | | | | | | | | | | | | | | |
| ɕ | 靴 | 恤 | | | 雪 | | | | | | | | | | | | | | | 學 |
| k | | | | | | | | | | 革 | 鍋 | 鴿 | | 過 | 割 | | | | | |
| kh | | | | | | | | | | | 科 | | 騍 | | 磕 | | | | | |
| ŋ | | | | | | | | | | | | | 我 | | 惡 | | | | | |
| x | | | | | | | | | | | | 霍 | | | 盒 | | | | | |
| ∅ | | | | | 月 | | | | | | 棵 | | | | | | 虐 | | | 藥 |

| | ai | | | | | uai | | | | | ei | | | | | uei | | | | |
|---|---|---|---|---|---|---|---|---|---|---|---|---|---|---|---|---|---|---|---|---|
| | 陰 | 陽 | 上 | 去 | 入 | 陰 | 陽 | 上 | 去 | 入 | 陰 | 陽 | 上 | 去 | 入 | 陰 | 陽 | 上 | 去 | 入 |
| p | | | 擺 | 拜 | | | | | | | 杯 | | | 貝 | | | | | | |
| ph | | 排 | | 派 | | | | | | | 批 | 培 | 胚 | 配 | | | | | | |
| m | | 埋 | 買 | 賣 | | | | | | | | 梅 | 每 | 妹 | | | | | | |
| f | | | | | | | | | | | 非 | 肥 | 匪 | 廢 | | | | | | |
| v | | | | | | | | | | | | | | | | | | | | |
| t | 呆 | | 逮 | 貸 | | | | | | | | | | | | 堆 | | | 對 | |
| th | 胎 | 臺 | | 太 | | | | | | | | | | | | 推 | 頹 | 腿 | 退 | |
| n | | 來 | 乃 | 耐 | | | | | | | | | | | | | 雷 | 屢 | 內 | |
| ts | 災 | | 宰 | 載 | | | | | | | | | | | | | | 嘴 | 罪 | |
| tsh | 猜 | 才 | 彩 | 菜 | | | | | | | | | | | | 催 | | | 碎 | |
| s | | | | 賽 | | | | | | | | | | | | | 髓 | | 歲 | |
| tʂ | 齋 | | | 債 | | | | | 拽 | | 遮 | | 者 | 蔗 | | 追 | | | 綴 | |
| tʂh | 差 | 豺 | | | | 揣 | | 揣 | | | 車 | | 扯 | | | 吹 | 垂 | | | |
| ʂ | 篩 | | | 曬 | | 衰 | | 摔 | 帥 | | 奢 | 蛇 | 捨 | 射 | | | 誰 | 水 | 睡 | |
| ʐ | | | | | | | | | | | | | 惹 | | | | | | 銳 | |

| | | | | | | | | | | | | | | | | | | | | |
|---|---|---|---|---|---|---|---|---|---|---|---|---|---|---|---|---|---|---|---|---|
| tɕ | | | | | | | | | | | | | | | | | | | | |
| tɕh | | | | | | | | | | | | | | | | | | | | |
| ȵ | | | | | | | | | | | | | | | | | | | | |
| ɕ | | | | | | | | | | | | | | | | | | | | |
| k | 該 | | 改 | 蓋 | | 乖 | | 枴 | 怪 | | | | | | | 圭 | | 軌 | 桂 | |
| kh | 開 | | 凱 | 概 | | | | 塊 | 快 | | | | | | | 虧 | 奎 | 傀 | 潰 | |
| ŋ | 哀 | 捱 | 矮 | 愛 | | | | | | | | | | | | | | | | |
| x | | 鞋 | 海 | 害 | 亥 | | 懷 | | 壞 | | | | | | | 灰 | 回 | 悔 | 會 | |
| ∅ | | | | | | 歪 | | | 外 | | | | | | | 威 | 危 | 委 | 衛 | |

| | au | | | | | iau | | | | | əu | | | | | iəu | | | | |
|---|---|---|---|---|---|---|---|---|---|---|---|---|---|---|---|---|---|---|---|---|
| | 陰 | 陽 | 上 | 去 | 入 | 陰 | 陽 | 上 | 去 | 入 | 陰 | 陽 | 上 | 去 | 入 | 陰 | 陽 | 上 | 去 | 入 |
| p | 包 | | 保 | 報 | | 標 | | 表 | | | | | | | | | | | | |
| ph | 抛 | 袍 | 跑 | 泡 | | 飄 | 瓢 | | 漂 | | | | | | | | | | | |
| m | 貓 | 毛 | 卯 | 帽 | | | 苗 | 秒 | 廟 | | | | | | | | | | 謬 | |
| f | | | | | | | | | | | | | | | | | | | | |
| v | | | | | | | | | | | | | | | | | | | | |
| t | 刀 | | 島 | 稻 | | 雕 | | | 弔 | | 兜 | | 斗 | 豆 | | 丟 | | | | |
| th | 滔 | 桃 | 討 | 套 | | 挑 | 條 | | 跳 | | 偷 | 頭 | 抖 | 透 | | | | | | |
| n | 嘮 | 勞 | 老 | 鬧 | | 撩 | 療 | 了 | 料 | | | 樓 | 縷 | 漏 | | 溜 | 流 | 柳 | | |
| ts | 糟 | | 早 | 灶 | | | | | | | 緅 | | 走 | 奏 | | | | | | |
| tsh | | 曹 | 草 | 糙 | | | | | | | 掫 | | | 湊 | | | | | | |
| s | 騷 | | 嫂 | 潲 | | | | | | | 叟 | | | 嗽 | | | | | | |
| tʂ | 招 | | 找 | 趙 | | | | | | | 周 | | 肘 | 晝 | | | | | | |
| tʂh | 抄 | 潮 | 炒 | | | | | | | | 抽 | 綢 | 醜 | 臭 | | | | | | |
| ʂ | 燒 | 韶 | 少 | 少 | | | | | | | 收 | | 首 | 瘦 | | | | | | |
| ʐ | | 饒 | 繞 | | | | | | | | | 柔 | | 肉 | | | | | | |
| tɕ | | | | | | 郊 | 嚼 | 絞 | 叫 | | | | | | | 糾 | | 酒 | 就 | |
| tɕh | | | | | | 悄 | 樵 | 巧 | 竅 | | | | | | | 秋 | 求 | 瞅 | | |
| ȵ | | | | | | | | 鳥 | 尿 | | | | | | | | 牛 | 紐 | | |
| ɕ | | | | | | 消 | | 曉 | 笑 | | | | | | | 修 | | 朽 | 秀 | |
| k | 高 | | 稿 | 告 | | | | | | | 勾 | | 狗 | 夠 | | | | | | |
| kh | 敲 | | 考 | 靠 | | | | | | | 摳 | | 口 | 寇 | | | | | | |
| ŋ | | 熬 | 襖 | 奧 | | | | | | | 歐 | | 藕 | 慪 | | | | | | |
| x | 薅 | 毫 | 好 | 好 | | | | | | | | 侯 | 吼 | 後 | | | | | | |
| ∅ | | | | | | 妖 | 搖 | 舀 | 要 | | | | | | | 優 | 尤 | 有 | 又 | |

| | an | | | | iɛn | | | | uan | | | | yɛn | | | | en | | | |
|---|---|---|---|---|---|---|---|---|---|---|---|---|---|---|---|---|---|---|---|---|
| | 陰 | 陽 | 上 | 去 | 陰 | 陽 | 上 | 去 | 陰 | 陽 | 上 | 去 | 陰 | 陽 | 上 | 去 | 陰 | 陽 | 上 | 去 |
| p | 班 | | 板 | 辦 | 鞭 | | 貶 | 變 | | | | | | | | | 奔 | | 本 | 笨 |
| ph | 攀 | 盤 | | 盼 | 篇 | 便 | | 騙 | | | | | | | | | 烹 | 盆 | | |
| m | | 蠻 | 滿 | 慢 | | 綿 | 免 | 面 | | | | | | | | | | 門 | | 悶 |
| f | | | | | | | | | | | | | | | | | 分 | 焚 | 粉 | 糞 |
| v | | | | | | | | | | | | | | | | | | | | |
| t | | | | | 顛 | | 點 | 店 | 端 | | 短 | 斷 | | | | | 登 | | 等 | 頓 |
| th | | | | | 添 | 甜 | 舔 | | | 團 | | | | | | | 吞 | 藤 | | |
| n | | | | | | 廉 | 臉 | 練 | | 鸞 | 暖 | 亂 | | | | | | 輪 | 冷 | 嫩 |
| ts | | | | | | | | | 鑽 | | | 鑽 | | | | | 爭 | | 怎 | 贈 |
| tsh | | | | | | | | | | | | 篡 | | | | | 撐 | 存 | | 蹭 |
| s | | | | | | | | | 酸 | | | 算 | | | | | 森 | | | |
| tʂ | 粘 | | 盞 | 站 | | | | | 專 | | 轉 | 撰 | | | | | 針 | | 震 | 鎮 |
| tʂh | | 饞 | | 懺 | | | | | 川 | 椽 | 鏟 | 串 | | | | | 稱 | 沉 | 懲 | 秤 |
| ʂ | 搧 | 蟬 | 陝 | 扇 | | | | | 刪 | | | 蒜 | | | | | 深 | 乘 | 沈 | 腎 |
| ʐ | | 然 | 染 | | | | | | | | 軟 | | | | | | 扔 | 人 | 忍 | 認 |
| tɕ | | | | | 尖 | | 減 | 見 | | | | | 絹 | | 卷 | 倦 | | | | |
| tɕh | | | | | 千 | 潛 | 淺 | 欠 | | | | | 圈 | 全 | 犬 | 勸 | | | | |
| ȵ | | | | | 研 | 閻 | 眼 | 念 | | | | | | | | | | | | |
| ɕ | | | | | 仙 | 嫌 | 險 | 限 | | | | | 軒 | 玄 | 選 | 旋 | | | | |
| k | | | | | | | | | 官 | | 管 | 貫 | | | | | 跟 | | 耿 | 更 |
| kh | | | | | | | | | 寬 | | 款 | | | | | | 坑 | | 肯 | |
| ŋ | | | | | | | | | | | | | | | | | 恩 | | | 硬 |
| x | | | | | | | | | 歡 | 環 | 緩 | 喚 | | | | | 亨 | 莖 | 很 | 杏 |
| ∅ | | | | | 淹 | 鹽 | 演 | 驗 | 豌 | 玩 | 碗 | 院 | 冤 | 員 | 遠 | 願 | | | | |

| | in | | | | uən | | | | yn | | | | aŋ | | | |
|---|---|---|---|---|---|---|---|---|---|---|---|---|---|---|---|---|
| | 陰 | 陽 | 上 | 去 | 陰 | 陽 | 上 | 去 | 陰 | 陽 | 上 | 去 | 陰 | 陽 | 上 | 去 |
| p | 彬 | | 柄 | 病 | | | | | | | | | 幫 | | 榜 | 謗 |
| ph | 拼 | 頻 | 品 | 聘 | | | | | | | | | | 滂 | | 胖 |
| m | | 民 | 閩 | 命 | | | | | | | | | | 忙 | 莽 | |
| f | | | | | | | | | | | | | 翻 | 凡 | 反 | 泛 |
| v | | | | | | | | | | | | | | | | |
| t | 丁 | | 頂 | 定 | 敦 | | | 盾 | | | | | 耽 | | 膽 | 淡 |

| | | | | | | | | | | | | | | | | |
|---|---|---|---|---|---|---|---|---|---|---|---|---|---|---|---|---|
| th | 廳 | 亭 | 挺 | 聽 | | 豚 | | | | | | | 貪 | 潭 | 毯 | 探 |
| n | | 林 | 領 | 另 | | 倫淪 | | | | | | | | 南 | 覽 | 濫 |
| ts | | | | | 尊 | | | | | | | | 髒 | | 攢 | 贊 |
| tsh | | | | | 村 | | | 寸 | | | | | 餐 | 蠶 | 慘 | 燦 |
| s | | | | | 孫 | | 損 | | | | | | 桑 | | 散 | 散 |
| tʂ | | | | | | | 準 | | | | | | 張 | | 漲 | 帳 |
| tʂh | | | | | 春 | 蓴 | 蠢 | | | | | | 昌 | 腸 | 產 | 暢 |
| ʂ | | | | | | 唇 | 舜 | 順 | | | | | 山 | 常 | 賞 | 上 |
| ʐ | | | | | | | | 孕 | | | | | | | 釀 | 讓 |
| tɕ | 今 | | 僅 | 盡 | | | | | 鈞 | | 錦 | 俊 | | | | |
| tɕh | 欽 | 琴 | 請 | 慶 | | | | | 傾 | 群 | 頃 | | | | | |
| ȵ | | 凝 | | | | | | | | | | | | | | |
| ɕ | 心 | 型 | 醒 | 信 | | | | | 熏 | 旬 | | 訓 | | | | |
| k | | | | | | | 滾 | 棍 | | | | | 甘 | | 感 | 槓 |
| kh | | | | | 坤 | | 捆 | 困 | | | | | 刊 | 扛 | 坎 | 抗 |
| ŋ | | | | | | | | | | | | | 安 | 昂 | | 案 |
| x | | | | | 昏 | 魂 | | 混 | | | | | 酣 | 含 | 喊 | 項 |
| ø | 音 | 寅 | 飲 | 印 | 溫 | 文 | 穩 | 問 | 暈 | 雲 | 尹 | 韻 | 庵 | | | |

| | iaŋ | | | | uaŋ | | | | oŋ | | | | ioŋ | | | |
|---|---|---|---|---|---|---|---|---|---|---|---|---|---|---|---|---|
| | 陰 | 陽 | 上 | 去 | 陰 | 陽 | 上 | 去 | 陰 | 陽 | 上 | 去 | 陰 | 陽 | 上 | 去 |
| p | | | | | | | | | 崩 | | | 迸 | | | | |
| ph | | | | | | | | | | 朋 | 捧 | 碰 | | | | |
| m | | | | | | | | | 懵 | 盟 | 畝 | 茂 | | | | |
| f | | | | | | | | | 風 | 馮 | 諷 | 鳳 | | | | |
| v | | | | | | | | | | | | | | | | |
| t | | | | | | | | | 東 | | 董 | 洞 | | | | |
| th | | | | | | | | | 通 | 同 | 桶 | 痛 | | | | |
| n | | 良 | 兩 | 亮 | | | | | 聾 | 龍 | 壟 | 弄 | | | | |
| ts | | | | | | | | | 宗 | | 總 | 縱 | | | | |
| tsh | | | | | | | | | 聰 | 叢 | | | | | | |
| s | | | | | | | | | 松 | | 慫 | 宋 | | | | |
| tʂ | | | | | 莊 | | | 壯 | 鍾 | | 冢 | 眾 | | | | |
| tʂh | | | | | 窗 | 床 | 闖 | 創 | 充 | 從 | 寵 | 銃 | | | | |
| ʂ | | | | | 雙 | | 爽 | | | | | 送 | | | | |
| ʐ | | | | | | | | | | 戎 | 冗 | | | | | |

| | | | | | | | | | | | | | | | | |
|---|---|---|---|---|---|---|---|---|---|---|---|---|---|---|---|---|
| tɕ | 將 | | 講 | 匠 | | | | | | | | | | | | |
| tɕh | 羌 | 牆 | 搶 | 嗆 | | | | | | | | | | 窮 | | |
| ȵ | | 娘 | 仰 | | | | | | | | | | | | | |
| ɕ | 相 | 詳 | 想 | 相 | | | | | | | | | 兄 | 熊 | | |
| k | | | | | 光 | | 廣 | | 公 | | 鞏 | 共 | | | | |
| kh | | | | | 框 | 狂 | | 況 | 空 | | 恐 | 控 | | | | |
| ŋ | | | | | | | | | | | | | | | | |
| x | | | | | 荒 | 黃 | 謊 | | 轟 | 紅 | 哄 | | | | | |
| ∅ | 央 | 羊 | 養 | 樣 | 汪 | 亡 | 網 | 望 | 翁 | | | 顒 | 庸 | 容 | 勇 | 用 |

# 2.4 劍閣白龍鎮話語音系統

## 2.4.1 聲　母

白龍鎮話有聲母 26 個，含 1 個零聲母。

| | | | | |
|---|---|---|---|---|
| p 邦步白 | ph 拍婆 | m 罵敏墨 | f 賦父虎壺 | v 巫舞未文襪 |
| t 低代達 | th 拖提 | n 奴賴例 | | |
| ts 租借罪集 | tsh 醋漆才齊 | | s 蘇寫森徐 | |
| tʂ 追治壯棧朱軸 | tʂh 暢池察柴昌 | | ʂ 使書實樹 | ʐ 認釀 |
| tɕ 寄具及 | tɕh 氣棋 | ȵ 年宜 | ɕ 熙俠 | |
| c 季巨傑 | ch 竅牽慶 | | | |
| k 古共 | kh 考葵 | ŋ 岸暗紐 | x 灰禾獲 | |
| ∅ 亡二雅烏又也 | | | | |

## 2.4.2 韻　母

白龍鎮話有韻母 36 個。

| | | | |
|---|---|---|---|
| ɿ 紫自子 | i 也閉利立七力狄 | u 玻部婦物幕目 | yi 瘸靴 |
| ʅ 勢知十失式尺 | | | |
| ɚ 兒二耳 | | | |
| ᴀ 他怕法八 | ia 牙佳押瞎 | ua 化話挖 | |
| e 舌設得白 | ie 界店接邊迭 | ue 闊擴國獲 | ye 泉袁玄絕削 |
| o 波鴿缽博卓陌縮 | io 倔略學獄 | | |
| | iu 女有卒疫局遂 | | yu 居愚玉 |
| ai 代階街 | | uai 懷帥 | |
| ei 者配美 | | uei 累醉屢 | |

| | | | |
|---|---|---|---|
| ɔ 到敲召 | iɔ 郊秒料躍 | | |
| əu 哥走舟 | iəu 修幼 | | |
| an 站凡判辦煩 | | uan 卵慣專院 | |
| en 深分曾冷輪 | in 心進冰瓶 | uən 困準春 | yn 均運瓊 |
| aŋ 談歎方港牡 | iaŋ 匠講 | uaŋ 皇框窗 | |
| oŋ 萌洞冬馮貿 | ioŋ 兄窮容 | | |

### 2.4.3 聲 調

白龍鎮話有單字聲調 5 個。

| | | | |
|---|---|---|---|
| 陰平 | 1 | 34 | 巴多豬家衣 |
| 陽平 | 2 | 21 | 牌題勤雷男 |
| 上聲 | 3 | 52 | 寶堵展馬李 |
| 去聲 | 4 | 214 | 布豆例部舅 |
| 入聲 | 5 | 23 | 北滴濁及蜜 |

### 2.4.4 音系說明

（1）聲母 n-有 l 的變體，統一記作 n。聲母 ȵ-後帶有同部位濁擦音，實為 ȵʑ，語圖中則表現為鼻音與元音之間有一段亂紋，且共振峰 F1 與 F2 分布散亂（例見圖 2.11 箭頭所示）。

圖 2.11　劍閣白龍鎮話「泥」ȵi2 的頻譜圖和共振峰圖

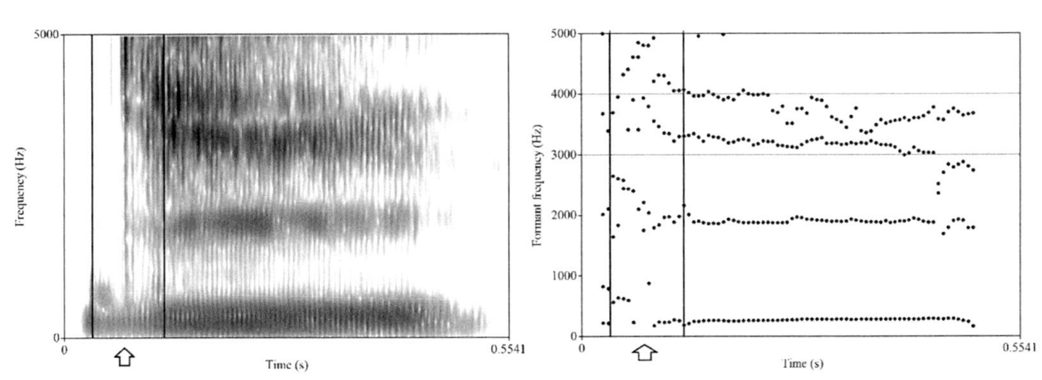


（2）聲母 ts-、tsh-、s-發音部位偏後，舌尖抵上齒齦，介於普通話的舌尖前音和舌尖後音之間。

（3）聲母 tʂ-、tʂh-、ʂ-、ʐ-發音部位與普通話翹舌音同。

（4）聲母 ŋ-只出現在開口呼前，軟齶阻塞明顯，鼻音氣流弱。

（5）齊齒呼零聲母音節開頭帶有摩擦音 ʝ-，韻母為 i 時最明顯，甚至擦音成分貫穿整個音節，語圖中共振峰 F2 明顯呈現散亂分布（例見圖 2.12 箭頭所示），記音未標出。撮口呼零聲母音節以 y 開頭，無摩擦。

圖 2.12　劍閣白龍鎮話「義」i4/ʝi4 共振峰圖

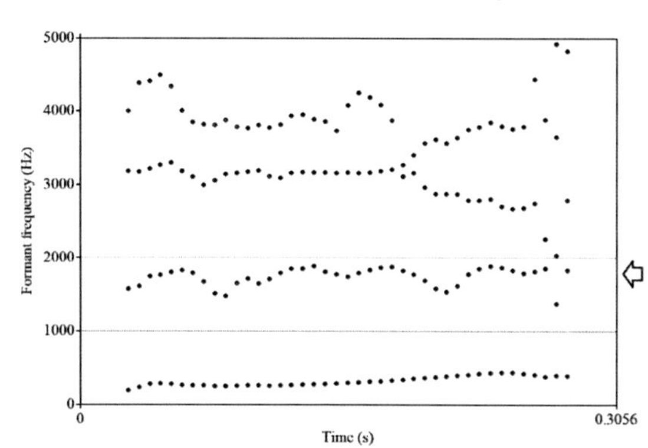


（6）零聲母的 u 韻母音節開頭帶有明顯的唇齒濁擦音 v-，與其他合口呼零聲母韻的音節有明顯的不同，其中有的音節沒有除阻，成為自成音節的 v̩。又合口呼零聲母以 u 開頭的複韻母音節，部分字 u 讀 v，如「文」ven2，「襪」vᴀ5 等。

（7）聲母 c-只與細音相拼。

（8）劍閣白龍鎮話有 9 個單元音，為 ᴀ、e、ɚ、ʅ、i、o、ɔ、ɿ、u。其位置見圖 2.13。

圖 2.13　劍閣白龍鎮話聲學元音散點圖和均值圖

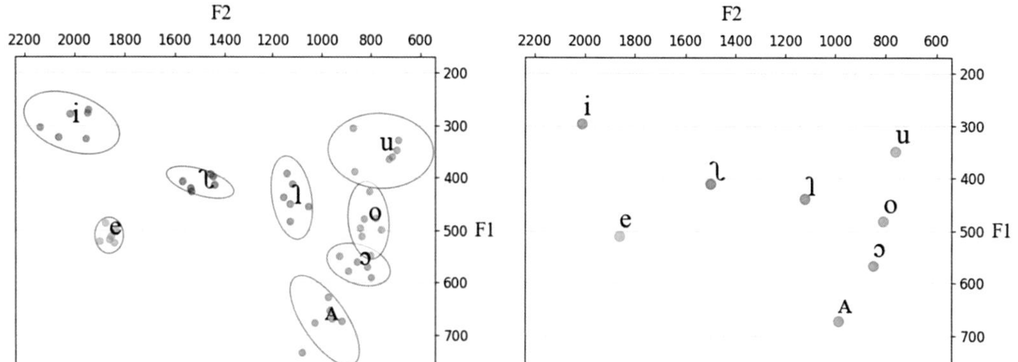


（9）從圖 2.13 的散點圖看，前元音 i、e 最為集中，舌體較穩；其次是舌尖元音 ɿ、ʅ，說明平翹舌分界明顯；後高元音 u、o 較為分散，舌體不穩，變體較多；ᴀ 元音也比較分散，但多數靠後。

（10）元音 a 作單元音時偏後，記作 ʌ；在-an 中偏高為 æ；在-aŋ 中偏後為 ɑ。

（11）元音 e 作單韻母時偏低，記作 e，在 ue 中時，舌位較低近於 ɛ，在-ie、-en、-ei 中舌位較高為 e，在-uən 中舌位偏央。

（12）元音 o 較標準元音低而開；在-əu、-iəu 中，元音展唇而偏央，實際為 ə；在-iəu 中，部分短而弱，實際為-iu。

（13）元音 ɔ，部分音節有ɑɔ 變體，在語圖中可見共振峰 F1、F2 有滑動，例見圖 2.14 所示。

圖 2.14　劍閣白龍鎮話「跑」phɔ3/phɑɔ3 共振峰圖

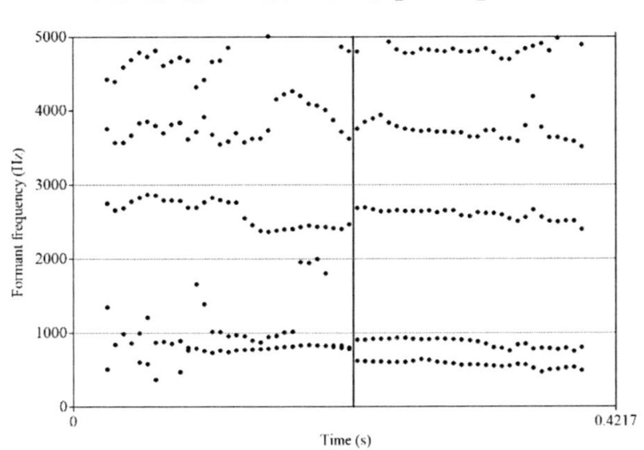


（14）-an、-uan 的鼻音韻尾弱而短，舌尖未抵上齒齦，實際為-$a^n$、-$ua^n$。

（15）-en、-in、-uən、-yn 的鼻音韻尾完整、穩固。-aŋ、-iaŋ、-uaŋ 的鼻音韻尾完整。

（16）i 作韻尾時偏低，實際為 e，例如：「代」tai4＝tae4。-ioŋ 在音系配合上當為撮口呼-yoŋ，實際發音已失去圓唇勢，成為齊齒韻。

（17）韻母-oŋ，在聲母 ph-/f-後有變體 əŋ。

（18）劍閣白龍話聲調類別和調型，見圖 2.15。去聲 214，在語流中往往失去下凹，為 24 調。

圖 2.15　劍閣白龍鎮話聲調均線圖（絕對時長）

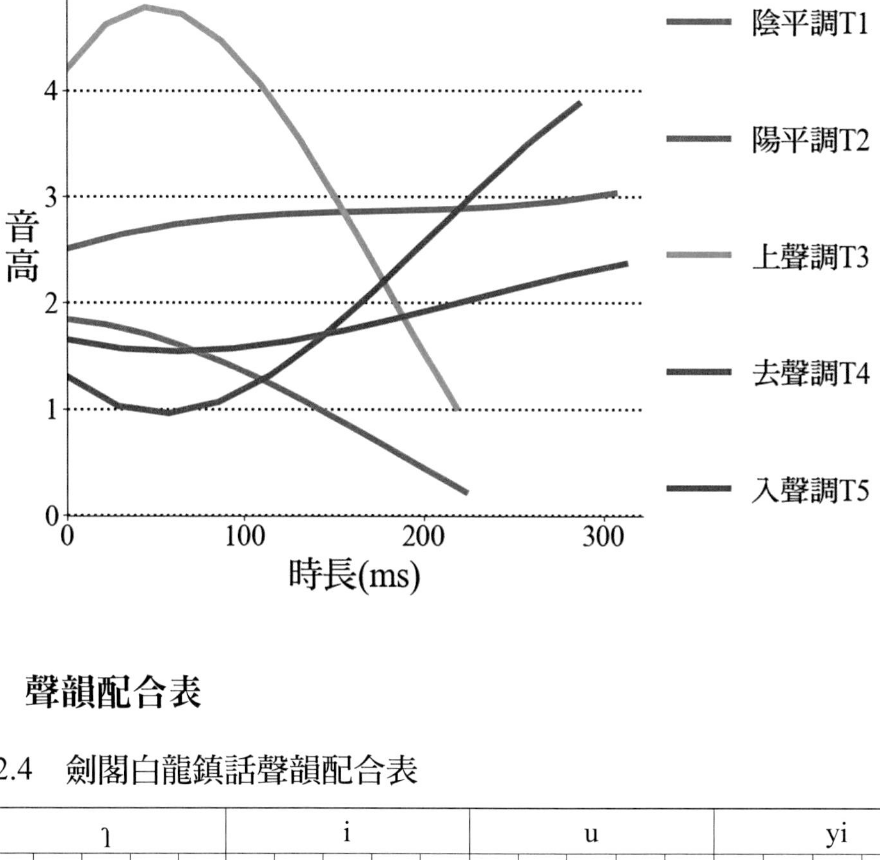


## 2.4.5　聲韻配合表

表 2.4　劍閣白龍鎮話聲韻配合表

| | ɿ | | | | | i | | | | | u | | | | | yi | | | | |
|---|---|---|---|---|---|---|---|---|---|---|---|---|---|---|---|---|---|---|---|---|
| | 陰 | 陽 | 上 | 去 | 入 | 陰 | 陽 | 上 | 去 | 入 | 陰 | 陽 | 上 | 去 | 入 | 陰 | 陽 | 上 | 去 | 入 |
| p | | | | | | 憋 | | 彼 | 閉 | 畢 | 玻 | | 補 | 布 | 不 | | | | | |
| ph | | | | | | 屄 | 皮 | 鄙 | 屁 | 劈 | 坡 | 婆 | 譜 | 破 | 樸 | | | | | |
| m | | | | | | | 迷 | 米 | | 覓 | 摹 | 膜 | 母 | 墓 | 木 | | | | | |
| f | | | | | | | | | | | 夫 | 胡 | 府 | 賦 | 伏 | | | | | |
| v | | | | | | | | | | | 巫 | | 舞 | 務 | 物 | | | | | |
| t | | | | | | 低 | | 底 | 帝 | 敵 | 多 | | 堵 | 杜 | 毒 | | | | | |
| th | | | | | | 梯 | 題 | 體 | 替 | 踢 | 拖 | 徒 | 土 | 兔 | 突 | | | | | |
| n | | | | | | | 犁 | 禮 | 例 | 立 | | 羅 | 努 | 路 | 律 | | | | | |
| ts | 資 | | 紫 | 自 | | | | 姐 | 借 | 積 | 租 | | 左 | 做 | | | | | | |
| tsh | | 雌 | 此 | 次 | | 妻 | 齊 | 且 | 妾 | 七 | 粗 | | 楚 | 醋 | 族 | | | | | |
| s | 斯 | | 死 | 四 | | 西 | 邪 | 寫 | 細 | 息 | 蘇 | | 鎖 | 素 | | | | | | |
| tʂ | | | | | | | | | | | 朱 | | 主 | 注 | 竹 | | | | | |
| tʂh | | | | | | | | | | | | 除 | 處 | 處 | 出 | | | | | |
| ʂ | | | | | | | | | | | 書 | 黍 | 鼠 | 樹 | 叔 | | | | | |
| ʐ | | | | | | | | | | | | 如 | 汝 | 儒 | 肉 | | | | | |

| | | | | | | | | | | | | | | | | | | | | |
|---|---|---|---|---|---|---|---|---|---|---|---|---|---|---|---|---|---|---|---|---|
| tɕ | | | | | | 饑 | | 己 | 計 | 及 | | | | | | | | | | |
| tɕh | | | | | | 欺 | 奇 | 起 | 氣 | | | | | | | | 瘸 | | | |
| ȵ | | | | | | | 泥 | 你 | 膩 | | | | | | | | | | | |
| ɕ | | | | | | 希 | | 喜 | 係 | 夕 | | | | | | 靴 | | | | |
| c | | | | | | 雞 | | | 季 | | | | | | | | | | | |
| ch | | | | | | | | | | | | | | | | | | | | |
| k | | | | | | | | | | | 姑 | | 果 | 過 | 骨 | | | | | |
| kh | | | | | | | | | | | 枯 | | 可 | 課 | 哭 | | | | | |
| ŋ | | | | | | | | | | | | | | | | | | | | |
| x | | | | | | | | | | | | 禾 | 火 | 禍 | 忽 | | | | | |
| Ø | | | | | | 衣 | 爺 | 也 | 意 | 一 | 烏 | 吳 | 五 | 臥 | 屋 | | | | | |

| | ʅ | | | | | ɚ | | | | | ʌ | | | | | ia | | | | |
|---|---|---|---|---|---|---|---|---|---|---|---|---|---|---|---|---|---|---|---|---|
| | 陰 | 陽 | 上 | 去 | 入 | 陰 | 陽 | 上 | 去 | 入 | 陰 | 陽 | 上 | 去 | 入 | 陰 | 陽 | 上 | 去 | 入 |
| p | | | | | | | | | | | 巴 | 爸 | 把 | 壩 | 八 | | | | | |
| ph | | | | | | | | | | | | 拔 | | 怕 | | | | | | |
| m | | | | | | | | | | | 媽 | 麻 | 馬 | 罵 | 抹 | | | | | |
| f | | | | | | | | | | | | | | | 法 | | | | | |
| v | | | | | | | | | | | | | | | 襪 | | | | | |
| t | | | | | | | | | | | | | 打 | 大 | 答 | | | | | |
| th | | | | | | | | | | | 他 | | | | 踏 | | | | | |
| n | | | | | | | | | | | 拉 | 拿 | | 那 | 蠟 | | | | | |
| ts | | | | | | | | | | | | | 眨 | | 雜 | | | | | |
| tsh | | | | | | | | | | | | 搽 | | | 擦 | | | | | |
| s | | | | | | | | | | | | | 灑 | | | | 斜 | | | |
| tʂ | 知 | | 只 | 制 | 汁 | | | | | | 楂 | | | 炸 | 閘 | | | | | |
| tʂh | | 池 | 齒 | | 尺 | | | | | | 叉 | 茶 | | 岔 | 插 | | | | | |
| ʂ | 師 | 時 | 史 | 士 | 實 | | | | | | 沙 | | | | 殺 | | | | | |
| ʐ | | | | | 日 | | | | | | | | | | | | | | | |
| tɕ | | | | | | | | | | | | | | | | 嘉 | | 假 | 架 | 甲 |
| tɕh | | | | | | | | | | | | | | | | | | | | 洽 |
| ȵ | | | | | | | | | | | | | | | | | | | | |
| ɕ | | | | | | | | | | | | | | | | 蝦 | 霞 | | 下 | 瞎 |
| c | | | | | | | | | | | | | | | | 家 | | | | 夾 |
| ch | | | | | | | | | | | | | | | | | | | | |
| k | | | | | | | | | | | | | | | | | | | | |

| | | | | | | | | | | | | | | | | | | | | |
|---|---|---|---|---|---|---|---|---|---|---|---|---|---|---|---|---|---|---|---|---|
| kh | | | | | | | | | | | | | | | | | | | | |
| ŋ | | | | | | | | | | | | | | | | | | | | |
| x | | | | | | | | | | | 呵 | | | 下 | | | | | | |
| ∅ | | | | | | | 兒 | 耳 | 二 | | 阿 | | | | | 丫 | 牙 | 雅 | 壓 | 押 |

| | ua | | | | | e | | | | | ie | | | | | ue | | | | |
|---|---|---|---|---|---|---|---|---|---|---|---|---|---|---|---|---|---|---|---|---|
| | 陰 | 陽 | 上 | 去 | 入 | 陰 | 陽 | 上 | 去 | 入 | 陰 | 陽 | 上 | 去 | 入 | 陰 | 陽 | 上 | 去 | 入 |
| p | | | | | | | | | | 北 | 編 | | 貶 | 變 | 別 | | | | | |
| ph | | | | | | | | | | 魄 | | | | 遍 | 撇 | | | | | |
| m | | | | | | | | | | 墨 | | 棉 | 免 | 面 | 滅 | | | | | |
| f | | | | | | | | | | | | | | | | | | | | |
| v | | | | | | | | | | | | | | | | | | | | |
| t | | | | | | | | | | 德 | 顛 | | 點 | 店 | 跌 | | | | | |
| th | | | | | | | | | | 特 | 天 | 甜 | 舔 | | 鐵 | | | | | |
| n | | | | | | | | | | 肋 | | 簾 | 臉 | 戀 | 獵 | | | | | |
| ts | | | | | | | | | | 則 | 尖 | | 剪 | 箭 | 節 | | | | | |
| tsh | | | | | | | | | | 廁 | 千 | 潛 | 淺 | | 切 | | | | | |
| s | | | | | | | | | | 塞 | 先 | | | 線 | 恤 | | | | | |
| tʂ | 抓 | | 爪 | | 啄 | | | | | 哲 | | | | | | | | | | |
| tʂh | | | | | | | | | | 吃 | | | | | | | | | | |
| ʂ | | | 耍 | | 刷 | | | | | 舌 | | | | | | | | | | |
| ʐ | | | | | | | | | | 熱 | | | | | | | | | | |
| tɕ | | | | | | | | | | | 艱 | | 揀 | 界 | 結 | | | | | |
| tɕh | | | | | | | | | | | 謙 | 鉗 | 遣 | 欠 | 劫 | | | | | |
| ȵ | | | | | | | | | | | 研 | 年 | 碾 | 念 | 業 | | | | | |
| ɕ | | | | | | | | | | | | 咸 | 險 | 懈 | 脅 | | | | | |
| c | | | | | | | | | | | 監 | | 減 | 介 | 傑 | | | | | |
| ch | | | | | | | | | | | 牽 | | | 嵌 | | | | | | |
| k | 瓜 | | 寡 | 掛 | 刮 | | | | | 格 | | | | | | | | | | 國 |
| kh | 誇 | | 垮 | 跨 | | | | | | 刻 | | | | | | | | | | 擴 |
| ŋ | | | | | | | | | | 額 | | | | 驗 | 逆 | | | | | |
| x | 花 | 華 | | 化 | 猾 | | | | | 黑 | | | | | | | | | 獲 | 或 |
| ∅ | 蛙 | | 瓦 | | | | | | | | 淹 | 言 | 演 | 顏 | 頁 | | | | | |

| | ye | | | | | o | | | | | io | | | | | iu | | | | |
|---|---|---|---|---|---|---|---|---|---|---|---|---|---|---|---|---|---|---|---|---|
| | 陰 | 陽 | 上 | 去 | 入 | 陰 | 陽 | 上 | 去 | 入 | 陰 | 陽 | 上 | 去 | 入 | 陰 | 陽 | 上 | 去 | 入 |
| p | | | | | | 波 | | 簸 | 播 | 博 | | | | | | | | | | |
| ph | | | | | | | | | | 潑 | | | | | | | | | | |
| m | | | | | | | 魔 | | | 末 | | | | | | | | | | |
| f | | | | | | | | | | | | | | | | | | | | |
| v | | | | | | | | | | | | | | | | | | | | |
| t | | | | | | | | | | | | | | | | 丟 | | | | |
| th | | | | | | | | | | 託 | | | | | | | | | | |
| n | | | | | | | | | | 洛 | | | | | 略 | | 驢 | 旅 | 慮 | |
| ts | | | | | 絕 | | | | | 昨 | | 爵 | | | | | | | 娶 | 卒 |
| tsh | | 全 | | | | | | | | 鑿 | | | | | 雀 | 蛆 | | 取 | 趣 | |
| s | 鮮 | 涎 | 選 | | 雪 | | | | | 索 | | | | | | | 徐 | | 序 | 俗 |
| tʂ | | | | | | | | | | 桌 | | | | | | | | | | |
| tʂh | | | | | | | | | | 濁 | | | | | | | | | | |
| ʂ | | | | | | | | | | 說 | | | | | | | | | | |
| ʐ | | | | | | | | | | 若 | | | | | | | | | | |
| tɕ | 絹 | | | 倦 | 訣 | | | | | | | | | | 足 | | | | | |
| tɕh | | 權 | 犬 | 勸 | 缺 | | | | | | | | | | 屈 | | | | | 曲 |
| ȵ | | | | | | | | | | | | | | | | | | 女 | | |
| ɕ | 軒 | 玄 | | | | | | | | | | | | | 學 | | | | | 囚 |
| c | | | | 圈 | 決 | | | | | | | | | | 腳 | | | | | 橋 |
| ch | | | | | | | | | | | | | | | | | | | | |
| k | | | | | | | | | | 鴿 | | | | | | | | | | |
| kh | | | | | | | | | | 磕 | | | | | | | | | | |
| ŋ | | | | | | | | 我 | | 齶 | | | | | | | | | | |
| x | | | | | | | | | 豁 | 盒 | | | | | | | | | | |
| ø | 冤 | 元 | 遠 | 願 | 月 | | | | | | | | | | 嶽 | 悠 | 尤 | 友 | 右 | 疫 |

| | yu | | | | | ai | | | | | uai | | | | | ei | | | | |
|---|---|---|---|---|---|---|---|---|---|---|---|---|---|---|---|---|---|---|---|---|
| | 陰 | 陽 | 上 | 去 | 入 | 陰 | 陽 | 上 | 去 | 入 | 陰 | 陽 | 上 | 去 | 入 | 陰 | 陽 | 上 | 去 | 入 |
| p | | | | | | | | 擺 | 敗 | | | | | | | 杯 | | | 貝 | |
| ph | | | | | | | 牌 | | 派 | | | | | | | 批 | 培 | | 配 | |
| m | | | | | | | 埋 | 買 | 邁 | | | | | | | | 媒 | 每 | 妹 | |
| f | | | | | | | | | | | | | | | | 飛 | 肥 | 匪 | 廢 | |
| v | | | | | | | | | | | | | | | | | 微 | | 未 | |

| | | | | | | | | | | | | | | | | | | | | |
|---|---|---|---|---|---|---|---|---|---|---|---|---|---|---|---|---|---|---|---|---|
| t | | | | | | 呆 | | | 帶 | | | | | | | | | | | |
| th | | | | | | 胎 | 抬 | | 太 | | | | | | | | | | | |
| n | | | | | | | 來 | 乃 | 耐 | | | | | | | | | | | |
| ts | | | | 聚 | | 災 | | 宰 | 再 | | | | | | | | | | | |
| tsh | | | | | | 猜 | 材 | 彩 | 菜 | | | | | | | | | | | |
| s | 需 | | | 絮 | | | | | 賽 | | | | | | | | | | | |
| tʂ | | | | | | 齋 | | | 寨 | | | | | 拽 | | 遮 | | 者 | | |
| tʂh | | | | | | 差 | 柴 | | | | 揣 | | 喘 | | | 車 | | 扯 | | |
| ʂ | | | | | | 篩 | | | 曬 | | 衰 | | 摔 | 帥 | | 奢 | 蛇 | 捨 | 社 | |
| ʐ | | | | | | | | | | | | | | | | | | 惹 | | |
| tɕ | 居 | | 舉 | 拒 | | | | | | | | | | | | | | | | |
| tɕh | 驅 | 渠 | | 去 | | | | | | | | | | | | | | | | |
| ȵ | | | | | | | | | | | | | | | | | | | | |
| ɕ | 虛 | | 許 | | | | | | | | | | | | | | | | | |
| c | 拘 | | | 巨 | | | | | | | | | | | | | | | | |
| ch | | | | | | | | | | | | | | | | | | | | |
| k | | | | | | 該 | | 改 | 蓋 | | 乖 | | 拐 | 怪 | | | | | | |
| kh | | | | | | 開 | | 楷 | 概 | | | | 塊 | 快 | | | | | | |
| ŋ | | | | | | 哀 | 挨 | 矮 | 愛 | | | | | | | | | | | |
| x | | | | | | | 鞋 | 海 | 害 | | | 懷 | | 壞 | | | | | | |
| ∅ | | 魚 | 語 | 遇 | | | | | | | 歪 | | | 外 | | | | | | |

| | uei | | | | | ɔ | | | | | iɔ | | | | | əu | | | | |
|---|---|---|---|---|---|---|---|---|---|---|---|---|---|---|---|---|---|---|---|---|
| | 陰 | 陽 | 上 | 去 | 入 | 陰 | 陽 | 上 | 去 | 入 | 陰 | 陽 | 上 | 去 | 入 | 陰 | 陽 | 上 | 去 | 入 |
| p | | | | | | 包 | | 保 | 報 | | 標 | | 表 | | | | | | | |
| ph | | | | | | 抛 | 袍 | 跑 | 泡 | | 飄 | 瓢 | | 票 | | | | | | |
| m | | | | | | | 毛 | | 冒 | | | 苗 | 秒 | 妙 | | | | | | |
| f | | | | | | | | | | | | | | | | | | | | |
| v | | | | | | | | | | | | | | | | | | | | |
| t | 堆 | | | 對 | | 刀 | | 島 | 到 | | 刁 | | | 弔 | | 兜 | | 陡 | 逗 | |
| th | 推 | | 腿 | 退 | | 滔 | 桃 | 討 | 套 | | 挑 | 條 | | 跳 | | 偷 | 頭 | | 透 | |
| n | | 雷 | 呂 | 內 | | 撈 | 勞 | 腦 | 鬧 | | | 聊 | 了 | 尿 | | | 樓 | 摟 | 漏 | |
| ts | | 賊 | 嘴 | 醉 | | 遭 | | 早 | 灶 | | 焦 | 嚼 | 剿 | | | 鄒 | | 走 | | |
| tsh | 崔 | | | 脆 | | | 槽 | 草 | 造 | | 悄 | 樵 | | 俏 | | | 愁 | | 湊 | |
| s | 雖 | 隨 | 髓 | 歲 | | 騷 | | 嫂 | 潲 | | 蕭 | | 小 | 笑 | | 搜 | | 叟 | 瘦 | |
| tʂ | 追 | | | 綴 | | 招 | | 找 | 趙 | | | | | | | 周 | | 肘 | 晝 | |

| | | | | | | | | | | | | | | | | | | | | |
|---|---|---|---|---|---|---|---|---|---|---|---|---|---|---|---|---|---|---|---|---|
| tʂh | 吹 | 錘 | | | | 超 | 朝 | 炒 | | | | | | | | 抽 | 綢 | 醜 | 臭 | |
| ʂ | | 誰 | 水 | 稅 | | 燒 | | 少 | 少 | | | | | | | 收 | | 手 | 獸 | |
| ʐ | | | | 瑞 | | | 饒 | 擾 | | | | | | | | | 柔 | | | |
| tɕ | | | | | | | | | | | 嬌 | | 繳 | 叫 | | | | | | |
| tɕh | | | | | | | | | | | 撬 | 橋 | 巧 | | | | | | | |
| ȵ | | | | | | | | | | | | | 咬 | | | | | | | |
| ɕ | | | | | | | | | | | 僥 | | 曉 | 酵 | | | | | | |
| c | | | | | | | | | | | 交 | | 餃 | 教 | | | | | | |
| ch | | | | | | | | | | | 蹺 | | | 竅 | | | | | | |
| k | 閨 | | 詭 | 桂 | | 高 | | 稿 | 告 | | | | | | | 歌 | | 韭 | 個 | |
| kh | 虧 | 逵 | | 潰 | | 敲 | | 考 | 靠 | | | | | | | 摳 | | 口 | 叩 | |
| ŋ | | | | | | 爊 | 熬 | | 傲 | | | | | | | 歐 | | 藕 | | |
| x | 輝 | 回 | 悔 | 匯 | | 蒿 | 毫 | 好 | 好 | | | | | | | | 侯 | 朽 | 後 | |
| ∅ | 威 | 桅 | 偉 | 胃 | | | | | | | 邀 | 姚 | 舀 | 耀 | | | | | | |

| | iəu | | | | | an | | | | uan | | | | en | | | |
|---|---|---|---|---|---|---|---|---|---|---|---|---|---|---|---|---|---|
| | 陰 | 陽 | 上 | 去 | 入 | 陰 | 陽 | 上 | 去 | 陰 | 陽 | 上 | 去 | 陰 | 陽 | 上 | 去 |
| p | | | | | | 班 | | 板 | 伴 | | | | | 奔 | | 本 | 笨 |
| ph | | | | | | 攀 | 盤 | | 叛 | | | | | 烹 | 盆 | | |
| m | | | | | | | 饅 | 滿 | 慢 | | | | | | 門 | | 悶 |
| f | | | | | | 翻 | 凡 | 反 | 飯 | | | | | 分 | 墳 | 粉 | 糞 |
| v | | | | | | | | | 萬 | | | | | | 文 | | 問 |
| t | | | | | | | | | | 端 | | 短 | 斷 | 登 | | 等 | 頓 |
| th | | | | | | | | | | | 團 | | | 吞 | 藤 | | |
| n | | 留 | 柳 | | | | | | | | | 暖 | 亂 | | 輪 | 冷 | 嫩 |
| ts | | | 酒 | 就 | | | | | | | | | 鑽 | 曾 | | | 贈 |
| tsh | 秋 | | | | | | | | | | | | 篡 | | 存 | | 櫬 |
| s | 修 | | | 秀 | | | | | | 酸 | | | 算 | 僧 | | | |
| tʂ | | | | | | 瞻 | | 展 | 顫 | 磚 | | 轉 | 賺 | 真 | | 振 | 鎮 |
| tʂh | | | | | | | 讒 | | | 川 | 船 | 鏟 | 竄 | 伸 | 沉 | 懲 | 趁 |
| ʂ | | | | | | | 蟬 | 陝 | 善 | 刪 | | | 涮 | 深 | 神 | 審 | 剩 |
| ʐ | | | | | | | 然 | 冉 | | | | 軟 | | | 人 | 忍 | 認 |
| tɕ | | | 九 | 究 | | | | | | | | | | | | | |
| tɕh | 丘 | 求 | | | | | | | | | | | | | | | |
| ȵ | | | 扭 | | | | | | | | | | | | | | |

| | | | | | | | | | | | | | | | | | |
|---|---|---|---|---|---|---|---|---|---|---|---|---|---|---|---|---|---|
| ɕ | 休 | | | | | | | | | | | | | | | | |
| c | 糾 | | | 救 | | | | | | | | | | | | | |
| ch | | | | | | | | | | | | | | | | | |
| k | | | | | | | | | | 關 | | 管 | 貫 | 根 | | 耿 | 更 |
| kh | | | | | | | | | | 寬 | | 款 | | 坑 | | 懇 | |
| ŋ | | 牛 | | | | | | | | | | | | 恩 | | | 硬 |
| x | | | | | | | | | | 歡 | 環 | 緩 | 喚 | 亨 | 莖 | 很 | 恨 |
| ∅ | 優 | | | 幼 | | | | | | 彎 | 完 | 晚 | 院 | | | | |

| | in | | | | uən | | | | yn | | | | aŋ | | | |
|---|---|---|---|---|---|---|---|---|---|---|---|---|---|---|---|---|
| | 陰 | 陽 | 上 | 去 | 陰 | 陽 | 上 | 去 | 陰 | 陽 | 上 | 去 | 陰 | 陽 | 上 | 去 |
| p | 兵 | | 柄 | 病 | | | | | | | | | 幫 | | 榜 | 謗 |
| ph | 拼 | 貧 | 品 | 聘 | | | | | | | | | | 旁 | | 胖 |
| m | | 民 | 閩 | 命 | | | | | | | | | | 忙 | 卯 | |
| f | | | | | | | | | | | | | 方 | 房 | 紡 | 放 |
| v | | | | | | | | | | | | | | | | |
| t | 丁 | | 頂 | 訂 | | | | | | | | | 耽 | | 膽 | 旦 |
| th | 廳 | 停 | 挺 | 聽 | | | | | | | | | 貪 | 談 | 躺 | 探 |
| n | | 靈 | 領 | 吝 | | | | | | | | | | 南 | 覽 | 濫 |
| ts | 精 | | 井 | 晉 | 尊 | | | | | | | 俊 | 臟 | | 攢 | 贊 |
| tsh | 親 | 晴 | 請 | 侵 | 村 | | | 寸 | | | | | 倉 | 殘 | 慘 | 燦 |
| s | 心 | | 醒 | 信 | 孫 | | 損 | | | 循 | | 訊 | 三 | | 傘 | 散 |
| tʂ | | | | | | | 準 | | | | | | 張 | | 盞 | 帳 |
| tʂh | | | | | 春 | | 蠢 | | | | | | 昌 | 腸 | 產 | 暢 |
| ʂ | | | | | | 脣 | | 順 | | | | | 山 | 常 | 賞 | 上 |
| ʐ | | | | | | | | 閏 | | | | | | 瓤 | 釀 | 讓 |
| tɕ | 今 | | 僅 | 競 | | | | | 勻 | | 窘 | 郡 | | | | |
| tɕh | 欽 | 勤 | | | | | | | 傾 | 群 | | | | | | |
| ȵ | | 吟 | | | | | | | | | | | | | | |
| ɕ | 欣 | 形 | | 幸 | | | | | 熏 | | | 訓 | | | | |
| c | 金 | | 警 | 敬 | | | | | 均 | | 錦 | | | | | |
| ch | | | | 慶 | | | | | | | | | | | | |
| k | | | | | | | 滾 | 棍 | | | | | 甘 | | 感 | 扛 |
| kh | | | | | 昆 | | 捆 | 困 | | | | | 康 | | 坎 | 炕 |

| | | | | | | | | | | | | | | | | |
|---|---|---|---|---|---|---|---|---|---|---|---|---|---|---|---|---|
| ŋ | | | | | | | | | | | | | 安 | 昂 | | 岸 |
| x | | | | | 昏 | 魂 | | 混 | | | | | 憨 | 含 | 喊 | 漢 |
| ∅ | 英 | 銀 | 隱 | 應 | 溫 | 刎 | | | 暈 | 雲 | 永 | 運 | | | | |

| | iaŋ | | | | uaŋ | | | | oŋ | | | | ioŋ | | | |
|---|---|---|---|---|---|---|---|---|---|---|---|---|---|---|---|---|
| | 陰 | 陽 | 上 | 去 | 陰 | 陽 | 上 | 去 | 陰 | 陽 | 上 | 去 | 陰 | 陽 | 上 | 去 |
| p | | | | | | | | | | | | | | | | |
| ph | | | | | | | | | | 朋 | 捧 | 碰 | | | | |
| m | | | | | | | | | | 謀 | 畝 | 茂 | | | | |
| f | | | | | | | | | 風 | 馮 | 諷 | 鳳 | | | | |
| v | | | | | | | | | | | | | | | | |
| t | | | | | | | | | 冬 | | 懂 | 凍 | | | | |
| th | | | | | | | | | 通 | 同 | 桶 | 痛 | | | | |
| n | | 良 | 兩 | 亮 | | | | | | 農 | 攏 | 弄 | | | | |
| ts | 將 | | 蔣 | 匠 | | | | | 棕 | | 總 | 縱 | | | | |
| tsh | 槍 | 牆 | 搶 | | | | | | 蔥 | 叢 | | | | | | |
| s | 相 | 祥 | 想 | 像 | | | | | 松 | | 慫 | 宋 | | | | |
| tʂ | | | | | 樁 | | | 壯 | 鍾 | | 冢 | 眾 | | | | |
| tʂh | | | | | 瘡 | 床 | 撞 | 創 | 充 | 蟲 | 寵 | | | | | |
| ʂ | | | | | 霜 | | 爽 | | | | | | | | | |
| ʐ | | | | | | | | | | 絨 | 冗 | | | | | |
| tɕ | 姜 | | | 降 | | | | | | | | | | | | |
| tɕh | 羌 | 強 | | | | | | | | | | | | 窮 | | |
| ȵ | | 娘 | | | | | | | | | | | | | | |
| ɕ | 香 | 降 | 享 | 向 | | | | | | | | | 兄 | 熊 | | |
| c | 江 | | 講 | 糨 | | | | | | | | | | | | |
| ch | | | | | | | | | | | | | | | | |
| k | | | | | 光 | | 廣 | 光 | 公 | | 鞏 | 共 | | | | |
| kh | | | | | 筐 | 狂 | | 況 | 空 | | 孔 | 控 | | | | |
| ŋ | | | | | | | | | | | | | | | | |
| x | | | | | 荒 | 黃 | 謊 | | 轟 | 洪 | 哄 | | | | | |
| ∅ | 央 | 羊 | 養 | 樣 | 汪 | 亡 | 網 | 望 | 翁 | | | 甕 | | 容 | 勇 | 用 |

# 2.5 劍閣香沉鎮話語音系統

## 2.5.1 聲 母

香沉鎮話有聲母 23 個，含 1 個零聲母。

| p 把步白 | ph 破平 | m 買民密 | f 分婦虎壺 | |
|---|---|---|---|---|
| t 端杜達 | th 土甜 | n 腦路梨 | | |
| ts 租罪雜 | tsh 菜財 | | s 四色隨 | |
| tʂ 追住壯州鐲 | tʂh 撤池初柴臭 | | ʂ 雙水食十 | ʐ 人日 |
| tɕ 記舅及 | tɕh 氣棋 | ȵ 年牛 | ɕ 希現 | |
| k 古共 | kh 可狂 | ŋ 岸安 | x 化號活 | |
| ø 霧二魚烏衛余 | | | | |

## 2.5.2 韻 母

香沉鎮話有韻母 35 個。

| ɿ 紫四子尺 | i 姐低寄立七力席 | u 可步婦物摸鐲肉屋 | y 女遇菊曲 |
|---|---|---|---|
| ʅ 池十實食 | | | |
| ɚ 兒二耳 | | | |
| ᴀ 馬拉八格 | ia 牙鴨瞎拍 | ua 瓜話挖 | |
| e 舌設日得尺拍 | ie 戒尖接變列 | ue 闊國或 | ye 全遠雪削 |
| o 躲鴿撥骨各鐲屋 | io 雀學曲 | | |
| | iu 橘 | | |
| ai 來埋街 | | uai 外懷歪 | |
| ei 蛇配飛 | | uei 罪虧屢 | |
| au 毛包照 | iau 交小條 | | |
| əu 個頭肉 | iəu 九幼菊 | | |
| an 衫染判辦戰 | | uan 官短轉 | |
| en 深分等冷輪 | in 心進冰兵 | uən 困準春 | yn 均運永 |
| aŋ 淡單幫項 | iaŋ 匠項 | uaŋ 光霜窗 | |
| oŋ 猛凍冬夢貿 | ioŋ 兄窮容 | | |

## 2.5.3 聲 調

香沉鎮話有單字聲調 5 個。

| 陰平 | 1 | 44 | 包多豬街衣 |
|---|---|---|---|
| 陽平 | 2 | 31 | 牌頭勤雷年 |

| 上聲 | 3 | 53 | 寶賭主馬李 |
|---|---|---|---|
| 去聲 | 4 | 24 | 布豆路被舅 |
| 入聲 | 5 | 22 | 北得十及密 |

### 2.5.4　音系說明

（1）聲母 n-有 l 的變體，統一記作 n。聲母 ȵ-後帶有同部位濁擦音，實為 ȵʑ。

（2）聲母 ts-、tsh-、s-發音部位偏後，舌尖抵上齒齦，介於普通話的舌尖前音和舌尖後音之間。

（3）聲母 tʂ-、tʂh-、ʂ-、ʐ-發音部位與普通話翹舌音同。

（4）聲母 ŋ-只出現在開口呼前，軟齶阻塞明顯，鼻音氣流弱。

（5）合口呼零聲母 u 韻母的音節，大多數都以零聲母開頭，部分音節略帶唇齒濁擦音 v-，無音位對立，記音未標出。

（6）劍閣香沉鎮話有 9 個單元音，為 ᴀ、e、ɚ、ʅ、i、o、ɿ、u、y。其位置見圖 2.16。

圖 2.16　劍閣香沉鎮話聲學元音散點圖和均值圖

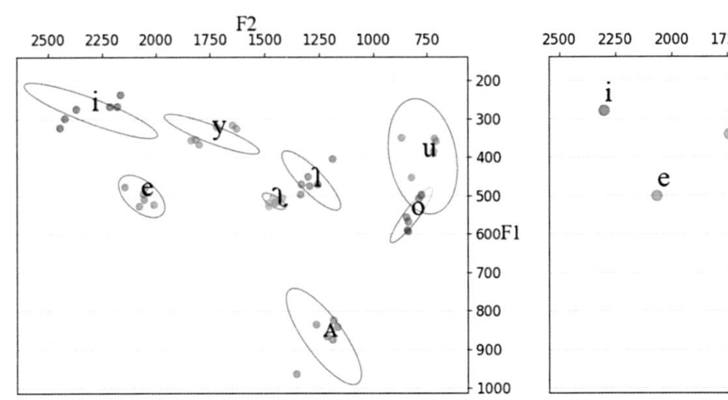


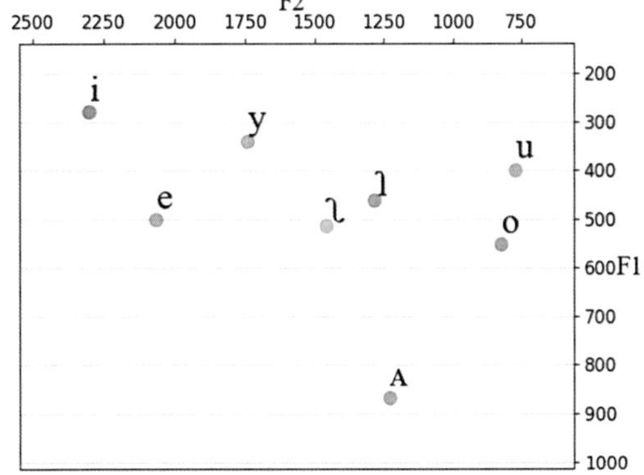


（7）從圖 2.16 的散點圖看，前元音 e 和舌尖元音 ʅ 分布最為集中，舌體較穩；其餘都比較分散，舌體不穩，變體形式較多。

（8）元音 a 作單元音時偏央，記為 ᴀ；在-an 中偏高為 æ；在-aŋ 中偏後為ɑ。

（9）元音 e 作單韻母時為 e，在 ue 中時舌位較低近於 ɛ，在-ie、-en、-ei 中舌位較高為 e，在-uən 中舌位偏央。

（10）元音 o 較標準元音低而開；在-əu、-iəu 中，元音展唇而偏央，實際為 ə。

（11）元音 u 比標準元音低，近於 ʊ。

（12）-an、-uan 的鼻音韻尾弱而短，舌尖未抵上齒齦，實際為-a$^{n}$、-ua$^{n}$。

（13）-en、-in、-uən、-yn 的鼻音韻尾完整、穩固。-aŋ、-iaŋ、-uaŋ 的鼻音韻尾完整。

（14）i 作韻尾時偏低，實際為 e，例如：該 kai1＝kae1。u 在-au、-iau 中偏低為 ɔ，例如：「毛」mau2＝mɑɔ2，「表」piau3＝piaɔ3。-ioŋ 在音系配合上當為撮口呼-yoŋ，實際發音已失去圓唇勢，成為齊齒韻。

（15）韻母-oŋ，在聲母 ph-/f-後有變體 əŋ。

（16）劍閣香沉鎮話聲調類別和調型，見圖 2.17。去聲 24，在聽感上略有下凹。

圖 2.17　劍閣香沉鎮話聲調均線圖（絕對時長）

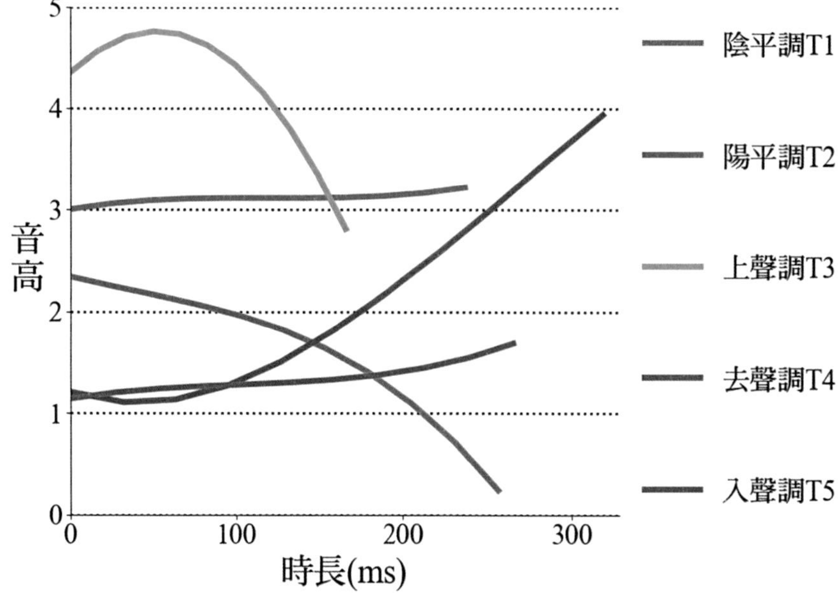


## 2.5.5　聲韻配合表

表 2.5　劍閣香沉鎮話聲韻配合表

| | ɿ | | | | | i | | | | | u | | | | | y | | | | |
|---|---|---|---|---|---|---|---|---|---|---|---|---|---|---|---|---|---|---|---|---|
| | 陰 | 陽 | 上 | 去 | 入 | 陰 | 陽 | 上 | 去 | 入 | 陰 | 陽 | 上 | 去 | 入 | 陰 | 陽 | 上 | 去 | 入 |
| p | | | | | | 憋 | | 比 | 幣 | 筆 | | | | 布 | | | | | | |
| ph | | | | | | | 皮 | | 屁 | | 鋪 | | 譜 | | | | | | | |
| m | | | | | | | 眉 | 米 | | 密 | | | 母 | | 目 | | | | | |

| | | | | | | | | | | | | | | | | | | | | |
|---|---|---|---|---|---|---|---|---|---|---|---|---|---|---|---|---|---|---|---|---|
| f | | | | | | | | | | | | 壺 | 虎 | 戶 | 福 | | | | | |
| t | | | | | | 低 | | | 弟 | 笛 | | | 賭 | 杜 | 毒 | | | | | |
| th | | | | | | 梯 | | | 剃 | 踢 | | 圖 | 土 | | | | | | | |
| n | | | | | | | 犁 | 李 | | 立 | | 奴 | | 路 | 六 | | | 呂 | | |
| ts | 資 | | 紫 | 制 | 汁 | | | | | | 租 | | | 做 | 足 | | | | | |
| tsh | | 遲 | | | 吃 | | | | | | | | | | | | | | | |
| s | 師 | 時 | 死 | 世 | 失 | | | | | | 書 | | 鼠 | | 叔 | | | | | |
| tʂ | | | | | | | | | | | 豬 | | 主 | 柱 | 竹 | | | | | |
| tʂh | | | | | | | | | | | 初 | 除 | | | 出 | | | | | |
| ʂ | | | | | | | | | | | 輸 | | 所 | 樹 | 贖 | | | | | |
| ʐ | | | | | | | | | | | | 如 | | | 肉 | | | | | |
| tɕ | | | | | | 雞 | | 姐 | 記 | 集 | | | | | | | | 舉 | 劇 | 局 |
| tɕh | | | | | | 溪 | 棋 | | 器 | 七 | | | | | | 區 | 渠 | 取 | 去 | 曲 |
| ȵ | | | | | | | 泥 | | | | | | | | | | | 女 | | |
| ɕ | | | | | | 西 | 斜 | 寫 | 謝 | 習 | | | | | | 靴 | 徐 | 許 | | 畜 |
| k | | | | | | | | | | | | | 果 | | 谷 | | | | | |
| kh | | | | | | | | | | | 箍 | | 苦 | 褲 | 哭 | | | | | |
| ŋ | | | | | | | | | | | | | | | | | | | | |
| x | | | | | | | | | | | | | 火 | | | | | | | |
| ∅ | | | | | | 衣 | 爺 | 野 | 意 | 一 | 烏 | 吳 | 武 | 霧 | 物 | | 魚 | 雨 | 遇 | 浴 |

| | ʅ | | | | | ɚ | | | | | A | | | | | ia | | | | |
|---|---|---|---|---|---|---|---|---|---|---|---|---|---|---|---|---|---|---|---|---|
| | 陰 | 陽 | 上 | 去 | 入 | 陰 | 陽 | 上 | 去 | 入 | 陰 | 陽 | 上 | 去 | 入 | 陰 | 陽 | 上 | 去 | 入 |
| p | | | | | | | | | | | 爬 | | 把 | | 八 | | | 扁 | | |
| ph | | | | | | | | | | | | | | | | | | | | 拍 |
| m | | | | | | | | | | | | | 馬 | 罵 | 麥 | | | | | |
| f | | | | | | | | | | | | | | | 法 | | | | | |
| t | | | | | | | | | | | | | 打 | 大 | 搭 | | | | | |
| th | | | | | | | | | | | | | | | 踏 | | | | | |
| n | | | | | | | | | | | 拉 | | | | 蠟 | | | | | |
| ts | | | | | | | | | | | | | | | 雜 | | | | | |
| tsh | | | | | | | | | | | | 茶 | | | 插 | | | | | |
| s | | | | | | | | | | | 沙 | | | | 殺 | | | | | |
| tʂ | | | | | 侄 | | | | | | | | | | | | | | | |
| tʂh | | 池 | | | | | | | | | | | | | | | | | | |
| ʂ | | | | | 十 | | | | | | | | | | | | | | | |

| | | | | | | | | | | | | | | | | | | | | |
|---|---|---|---|---|---|---|---|---|---|---|---|---|---|---|---|---|---|---|---|---|
| ʐ | | | | | 日 | | | | | | | | | | 熱 | | | | | |
| tɕ | | | | | | | | | | | | | | | | | | 假 | 嫁 | 甲 |
| tɕh | | | | | | | | | | | | | | | | | | | | |
| ȵ | | | | | | | | | | | | | | | | | | | | |
| ɕ | | | | | | | | | | | | | | | | 蝦 | | | 下 | 瞎 |
| k | | | | | | | | | | | | | | | 格 | | | | | |
| kh | | | | | | | | | | | | | | | 客 | | | | | |
| ŋ | | | | | | | | | | | | | | | 額 | | | | | |
| x | | | | | | | | | | | | | | | | | | | | |
| ∅ | | | | | | | 兒 | 耳 | 二 | | | | | | | | 牙 | 啞 | | 鴨 |

| | ua | | | | | e | | | | | ie | | | | | ue | | | | |
|---|---|---|---|---|---|---|---|---|---|---|---|---|---|---|---|---|---|---|---|---|
| | 陰 | 陽 | 上 | 去 | 入 | 陰 | 陽 | 上 | 去 | 入 | 陰 | 陽 | 上 | 去 | 入 | 陰 | 陽 | 上 | 去 | 入 |
| p | | | | | | | | | | 北 | | | 扁 | 變 | 別 | | | | | |
| ph | | | | | | | | | | 拍 | | | | 騙 | | | | | | |
| m | | | | | | | | | | 墨 | | 棉 | | 面 | 滅 | | | | | |
| f | | | | | | | | | | | | | | | | | | | | |
| t | | | | | | | | | | 得 | | | 點 | 店 | 跌 | | | | | |
| th | | | | | | | | | | 特 | 添 | 田 | | | 貼 | | | | | |
| n | | | | | | | | | | | | 連 | | | 列 | | | | | |
| ts | | | | | | | | | | 摘 | | | | | | | | | | |
| tsh | | | | | | | | | | 吃 | | | | | | | | | | |
| s | | | | | 刷 | | | | | 色 | | | | | | | | | | |
| tʂ | 抓 | | | | | | | | | 折 | | | | | | | | | | |
| tʂh | | | | | | | | | | 撤 | | | | | | | | | | |
| ʂ | | | | | | | | | | 舌 | | | | | | | | | | |
| ʐ | | | | | | | | | | 日 | | | | | | | | | | |
| tɕ | | | | | | | | | | | 監 | | 剪 | 戒 | 結 | | | | | |
| tɕh | | | | | | | | | | | 牽 | 前 | 淺 | 欠 | 切 | | | | | |
| ȵ | | | | | | | | | | | | 年 | 眼 | 念 | 業 | | | | | |
| ɕ | | | | | | | | | | | 先 | 嫌 | 顯 | 限 | 協 | | | | | |
| k | 瓜 | | | 掛 | 刮 | | | | | 格 | | | | | | | | | | 國 |
| kh | | | | | | | | | | 客 | | | | | | | | | | 闊 |
| ŋ | | | | | | | | | | 額 | | | | | | | | | | |
| x | 花 | 華 | | 化 | 滑 | | | | | 黑 | | | | | | | | | | 或 |
| ∅ | 挖 | | 瓦 | | 襪 | | | | | | 炎 | 言 | | 驗 | 葉 | | | | | |

| | ye | | | | | o | | | | | io | | | | | iu | | | | |
|---|---|---|---|---|---|---|---|---|---|---|---|---|---|---|---|---|---|---|---|---|
| | 陰 | 陽 | 上 | 去 | 入 | 陰 | 陽 | 上 | 去 | 入 | 陰 | 陽 | 上 | 去 | 入 | 陰 | 陽 | 上 | 去 | 入 |
| p | | | | | | | | | | 撥 | | | | | | | | | | |
| ph | | | | | | | 婆 | | 破 | 潑 | | | | | | | | | | |
| m | | | | | | | 磨 | | 磨 | 目 | | | | | | | | | | |
| f | | | | | | | | | | 服 | | | | | | | | | | |
| t | | | | | | 多 | | 躲 | | 讀 | | | | | | | | | | |
| th | | | | | | 拖 | | | | 脫 | | | | | | | | | | |
| n | | | | | | | 鹿 | | | 六 | | | | | | | | | | |
| ts | | | | | | | | 左 | 坐 | 作 | | | | | | | | | | |
| tsh | | | | | | | | | | 族 | | | | | | | | | | |
| s | | | | | | | | 鎖 | | 索 | | | | | | | | | | |
| tʂ | | | | | | | | | | 粥 | | | | | | | | | | |
| tʂh | | | | | | | | | | | | | | | | | | | | |
| ʂ | | | | | | | | | | 屬 | | | | | | | | | | |
| ʐ | | | | | | | | | | 入 | | | | | | | | | | |
| tɕ | | | 卷 | | 絕 | | | | | | | | | | 腳 | | | | | 橘 |
| tɕh | 圈 | 全 | | 勸 | 缺 | | | | | | | | | | 雀 | | | | | |
| ȵ | | | | | | | | | | | | | | | | | | | | |
| ɕ | 鮮 | | 選 | | 雪 | | | | | | | | | | 學 | | | | | |
| k | | | | | | | | | 過 | 鴿 | | | | | | | | | | |
| kh | | | | | | | | | 課 | 哭 | | | | | | | | | | |
| ŋ | | | | | | | | | | 惡 | | | | | | | | | | |
| x | | | | | | | 河 | | 貨 | 盒 | | | | | | | | | | |
| ∅ | 冤 | 圓 | 遠 | 院 | 月 | | 鵝 | | 餓 | 屋 | | | | | 藥 | | | | | |

| | ai | | | | | uai | | | | | ei | | | | | uei | | | | |
|---|---|---|---|---|---|---|---|---|---|---|---|---|---|---|---|---|---|---|---|---|
| | 陰 | 陽 | 上 | 去 | 入 | 陰 | 陽 | 上 | 去 | 入 | 陰 | 陽 | 上 | 去 | 入 | 陰 | 陽 | 上 | 去 | 入 |
| p | | | 擺 | 拜 | | | | | | | 杯 | | | 貝 | | | | | | |
| ph | | 排 | | 派 | | | | | | | | 賠 | | 配 | | | | | | |
| m | | 埋 | 買 | 賣 | | | | | | | | 煤 | | 妹 | | | | | | |
| f | | | | | | | | | | | 飛 | 肥 | | 肺 | | | | | | |
| t | | | | 袋 | | | | | | | | | | | | | | | 對 | |
| th | 胎 | 臺 | | | | | | | | | | | | | | | | | | |
| n | | 來 | | | | | | | | | | | | | | | 雷 | | 類 | |

| | | | | | | | | | | | | | | | | | | | | |
|---|---|---|---|---|---|---|---|---|---|---|---|---|---|---|---|---|---|---|---|---|
| ts | | | | | | | | | | | | | | | | | | 嘴 | 罪 | |
| tsh | | 財 | | 菜 | | | | | | | | | | | | | | | 碎 | |
| s | | | | | | | | | | | | | | | | | 隨 | | 歲 | |
| tʂ | | | | | | | | | | | | | | | | 追 | | | | |
| tʂh | | 柴 | | | | | | | | | 車 | | | | | 吹 | 垂 | | | |
| ʂ | | | | 曬 | | | | | | | | 蛇 | | 射 | | | | 水 | | |
| ʐ | | | | | | | | | | | | | | | | | | | | |
| tɕ | | | | | | | | | | | | | | | | | | | | |
| tɕh | | | | | | | | | | | | | | | | | | | | |
| ȵ | | | | | | | | | | | | | | | | | | | | |
| ɕ | | | | | | | | | | | | | | | | | | | | |
| k | 街 | | 改 | 蓋 | | | | 拐 | 怪 | | | | | | | 規 | | 鬼 | 桂 | |
| kh | 開 | | | | | | | 塊 | 快 | | | | | | | 虧 | | | 跪 | |
| ŋ | | 岩 | 矮 | 愛 | | | | | | | | | | | | | | | | |
| x | | 鞋 | 海 | 害 | | | 懷 | | 壞 | | | | | | | 灰 | 回 | | 會 | |
| ∅ | | | | | | 歪 | | | 外 | | | | | | | | 危 | 尾 | 衛 | |

| | au | | | | | iau | | | | | əu | | | | | iəu | | | | |
|---|---|---|---|---|---|---|---|---|---|---|---|---|---|---|---|---|---|---|---|---|
| | 陰 | 陽 | 上 | 去 | 入 | 陰 | 陽 | 上 | 去 | 入 | 陰 | 陽 | 上 | 去 | 入 | 陰 | 陽 | 上 | 去 | 入 |
| p | 包 | | 寶 | 抱 | | | | 表 | | | | | | | | | | | | |
| ph | | | | 炮 | | | | | 票 | | | | | | | | | | | |
| m | 貓 | 毛 | | 帽 | | | | | 廟 | | | | | | | | | | | |
| f | | | | | | | | | | | | | | | | | | | | |
| t | 刀 | | | 道 | | | | | 釣 | | | | | 豆 | | 丟 | | | | |
| th | | 桃 | 討 | | | | 條 | | | | 偷 | 頭 | 抖 | | | | | | | |
| n | | | 腦 | 鬧 | | | | | 料 | | | 樓 | | | | | 流 | | | 綠 |
| ts | | | 早 | 灶 | | | | | | | | | 走 | | | | | | | |
| tsh | 抄 | | 草 | 造 | | | | | | | | | | 湊 | | | | | | |
| s | | | 嫂 | | | | | | | | | | | | | | | | | |
| tʂ | | | | 照 | | | | | | | 州 | | | | | | | | | |
| tʂh | | 朝 | | | | | | | | | 抽 | 愁 | | 臭 | | | | | | |
| ʂ | 燒 | | | | | | | | | | | | 手 | 瘦 | | | | | | |
| ʐ | | | 繞 | | | | | | | | | | | 肉 | | | | | | |
| tɕ | | | | | | 交 | | | 轎 | | | | | | | | | 酒 | 舅 | 菊 |
| tɕh | | | | | | 敲 | 橋 | | | | | | | | | | 球 | | | |

| | | | | | | | | | | | | | | | | | | | | |
|---|---|---|---|---|---|---|---|---|---|---|---|---|---|---|---|---|---|---|---|---|
| ȵ | | | | | | | 鳥 | | | | | | | | | 牛 | | | | |
| ɕ | | | | | 簫 | | 小 | 笑 | | | | | | | 修 | | | 袖 | | |
| k | 高 | | | | | | | | | 歌 | | 狗 | 個 | | | | | | | |
| kh | | | | 靠 | | | | | | | | 口 | | | | | | | | |
| ŋ | 熬 | | | | | | | | | | | 藕 | | | | | | | | |
| x | | | 好 | 號 | | | | | | | | | 厚 | | | | | | | |
| ∅ | | | | | 腰 | 搖 | | 要 | | | | | | | 優 | 油 | 有 | 右 | 育 | |

| | an | | | | uan | | | | en | | | | in | | | |
|---|---|---|---|---|---|---|---|---|---|---|---|---|---|---|---|---|
| | 陰 | 陽 | 上 | 去 | 陰 | 陽 | 上 | 去 | 陰 | 陽 | 上 | 去 | 陰 | 陽 | 上 | 去 |
| p | 班 | | 板 | 辦 | | | | | | | 本 | | 冰 | | 柄 | 病 |
| ph | | 盤 | | 判 | | | | | | 盆 | | | | 貧 | 品 | |
| m | | | 滿 | 慢 | | | | | | 門 | | | | 民 | | 命 |
| f | | | | | | | | | 分 | 墳 | 粉 | 糞 | | | | |
| t | | | | | 端 | | 短 | 斷 | 燈 | | 等 | 凳 | 釘 | | 頂 | 定 |
| th | | | | | | | | | 吞 | 藤 | | | 廳 | 停 | 挺 | 聽 |
| n | | | | | | | 暖 | 亂 | | 輪 | 冷 | 嫩 | | 林 | 領 | |
| ts | | | | | | | | | 爭 | | | 證 | | | | |
| tsh | | | | | | | | | | 層 | | | | | | |
| s | 衫 | | | | 酸 | | | 算 | 身 | 神 | 筍 | 剩 | | | | |
| tʂ | | | | 戰 | 磚 | | 轉 | 賺 | 針 | | 整 | 鎮 | | | | |
| tʂh | | 纏 | | | | 船 | 鏟 | | | 沉 | | 秤 | | | | |
| ʂ | 杉 | | | 扇 | | | | | 深 | | | | | | | |
| ʐ | | | 染 | | | | 軟 | | | 人 | | 任 | | | | |
| tɕ | | | | | | | | | | | | | 金 | | 緊 | 近 |
| tɕh | | | | | | | | | | | | | 親 | 勤 | | 慶 |
| ȵ | | | | | | | | | | | | | | | | |
| ɕ | | | | | | | | | | | | | 星 | 形 | | 姓 |
| k | | | | | 官 | | | 慣 | 根 | | | 梗 | | | | |
| kh | | | | | 寬 | | | | 坑 | | 肯 | | | | | |
| ŋ | | | | | | | | | 恩 | | | 硬 | | | | |
| x | | | | | 歡 | 還 | | 換 | | 橫 | | 恨 | | | | |
| ∅ | | | | | 彎 | 頑 | 晚 | 萬 | | | | | 音 | 迎 | 引 | 印 |

| | uən | | | | yn | | | | aŋ | | | | iaŋ | | | |
|---|---|---|---|---|---|---|---|---|---|---|---|---|---|---|---|---|
| | 陰 | 陽 | 上 | 去 | 陰 | 陽 | 上 | 去 | 陰 | 陽 | 上 | 去 | 陰 | 陽 | 上 | 去 |
| p | | | | | | | | | 幫 | | 綁 | 棒 | | | | |
| ph | | | | | | | | | | | | 胖 | | | | |
| m | | | | | | | | | | 忙 | | | | | | |
| f | | | | | | | | | 翻 | 房 | 反 | 飯 | | | | |
| t | 蹲 | | | | | | | | 單 | | 膽 | 淡 | | | | |
| th | | | | | | | | | 貪 | 糖 | 毯 | 炭 | | | | |
| n | | | | | | | | | | 南 | 懶 | 爛 | | | 兩 | 亮 |
| ts | | | | | | | | | 張 | | | | | | | |
| tsh | 村 | | | 寸 | | | | | 倉 | 蠶 | | | | | | |
| s | 孫 | 繩 | | | | | | | 三 | | 傘 | | | | | |
| tʂ | | | 準 | | | | | | 章 | | | | | | | |
| tʂh | 春 | 脣 | | | | | | | | 長 | 廠 | 唱 | | | | |
| ʂ | | 脣 | | 順 | | | | | 山 | 嘗 | | 上 | | | | |
| ʐ | | | | 閏 | | | | | | | | 讓 | | | | |
| tɕ | | | | | 軍 | | | 俊 | | | | | 姜 | | 講 | 降 |
| tɕh | | | | | | 裙 | | | | | | | | | 搶 | |
| ȵ | | | | | | | | | | | | | | 娘 | | |
| ɕ | | | | | 熏 | | | | | | | | | 降 | 響 | 像 |
| k | | | 滾 | | | | | | 甘 | | 敢 | | | | | |
| kh | | | | 困 | | | | | 糠 | | | 看 | | | | |
| ŋ | | | | | | | | | 安 | | | 岸 | | | | |
| x | 婚 | 魂 | | | | | | | | 含 | 喊 | 漢 | | | | |
| ∅ | 溫 | 蚊 | | 問 | | 雲 | 永 | 運 | | | | | 秧 | | | 樣 |

| | uaŋ | | | | oŋ | | | | ioŋ | | | |
|---|---|---|---|---|---|---|---|---|---|---|---|---|
| | 陰 | 陽 | 上 | 去 | 陰 | 陽 | 上 | 去 | 陰 | 陽 | 上 | 去 |
| p | | | | | | | | | | | | |
| ph | | | | | 蓬 | 朋 | | | | | | |
| m | | | | | | | 猛 | 夢 | | | | |
| f | | | | | 風 | | | 鳳 | | | | |
| t | | | | | 東 | | 懂 | 洞 | | | | |
| th | | | | | 通 | 銅 | 統 | 痛 | | | | |
| n | | | | | 聾 | 龍 | | 弄 | | | | |
| ts | | | | | | | 種 | 重 | | | | |
| tsh | | | | | 蔥 | | | | | | | |

| s | | | | | 松 | | | 宋 | | | | |
|---|---|---|---|---|---|---|---|---|---|---|---|---|
| tʂ | 裝 | | | 壯 | 終 | | | | | | | |
| tʂh | 瘡 | 床 | 撞 | | 充 | 蟲 | | | | | | |
| ʂ | 雙 | | | | | | | | | | | |
| ʐ | | | | | | | | | | | | |
| tɕ | | | | | | | | | | | | |
| tɕh | | | | | | | | | | 窮 | | |
| ȵ | | | | | | | | | | | | |
| ɕ | | | | | | | | | 兄 | 熊 | | |
| k | 光 | | | | 恭 | | | 共 | | | | |
| kh | 筐 | 狂 | | | | | 孔 | | | | | |
| ŋ | | | | | | | | | | | | |
| x | 慌 | 黃 | | | 烘 | 紅 | | | | | | |
| ∅ | 旺 | 王 | 網 | 旺 | 翁 | | | | | 容 | 擁 | 用 |

## 2.6 劍閣公興鎮話語音系統

### 2.6.1 聲　母

公興鎮話有聲母 24 個，含 1 個零聲母。

| p 把幣白 | ph 破平 | m 罵們麥 | f 分父虎壺 | v 蚊問襪 |
|---|---|---|---|---|
| t 多道達 | th 天田 | n 腦藍李 | | |
| ts 做酒罪集 | tsh 草青財錢 | | s 歲洗色尋 | |
| tʂ 知柱壯指鐲 | tʂh 撤除抄柴尺 | | ʂ 使鼠食時 | ʐ 日釀 |
| tɕ 夠雞舊極 | tɕh 口器期 | ȵ 年嚴 | ɕ 希現厚 | |
| k 果共 | kh 可狂 | ŋ 岸安 | x 火話盒 | |
| ∅ 萬二魚衣衛余 | | | | |

### 2.6.2 韻　母

公興鎮話有韻母 37 個。

| ɿ 紫死子 | i 借低比習篾筆力壁 | u 多布母骨讀 | y 女卒育 |
|---|---|---|---|
| ʅ 世指十失式 | | | |
| ɚ 兒二耳 | | | |
| ᴀ 那馬法八 | ia 牙佳鴨瞎 | ua 瓜掛挖 | |
| æ 涉設物北白 | iæ 葉協列節 | uæ 括郭國或 | yæ 決越月削 |
| e 測 | ie 戒尖天 | | ye 全原先 |

| o 鴿入撥各殼縮 | io 藥學足 | | |
|---|---|---|---|
| ai 開排買 | | uai 怪拐 | |
| ei 蛇配肥直尺 | | uei 罪垂屨 | |
| au 帽敲照 | iau 交小釣 | | |
| əu 歌豆州服 | iu 夠舊幼 | | |
| an 占半班善 | | uan 算關轉院 | |
| en 森身肯生輪 | in 林民冰兵 | uən 困順春繩省 | yn 均熏永 |
| aŋ 貪懶倉棒 | iaŋ 亮講 | uaŋ 光王窗 | |
| oŋ 猛痛冬風茂 | ioŋ 兄雄容 | | |

### 2.6.3 聲　調

公興鎮話有單字聲調 5 個。

| 陰平 | 1 | 45 | 包刀知高衣 |
|---|---|---|---|
| 陽平 | 2 | 31 | 婆圖棋來娘 |
| 上聲 | 3 | 51 | 寶點主米老 |
| 去聲 | 4 | 214 | 貝地路被舅 |
| 入聲 | 5 | 323 | 北得鐲及木 |

### 2.6.4 音系說明

（1）聲母 n-有 l 的變體，統一記作 n。聲母 ŋ̥-後帶有同部位濁擦音，實為 ŋ̥ʑ̥，語圖中則表現為鼻音與元音之間有一段亂紋，且共振峰 F1 與 F2 分布散亂（例見圖 2.18 箭頭所示）。

圖 2.18　劍閣公興鎮話「泥」ŋ̥i2 的頻譜圖和共振峰圖

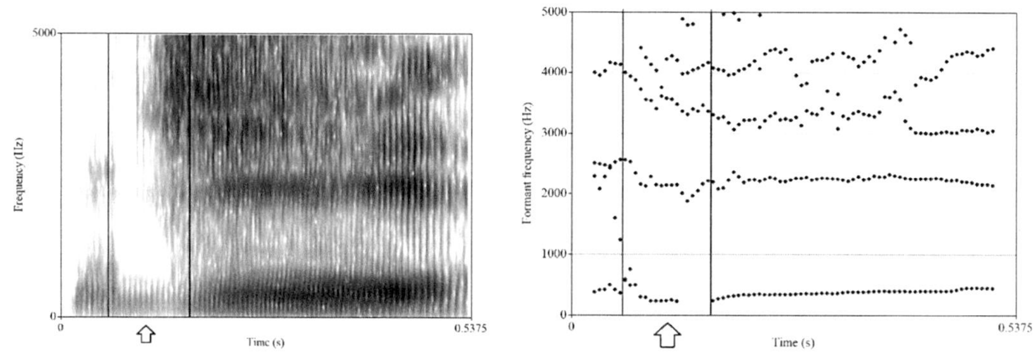

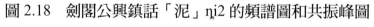

（2）聲母 ts-、tsh-、s-發音部位偏後，舌尖抵上齒齦，介於普通話的舌尖前音和舌尖後音之間。

（3）聲母 tʂ-、tʂh-、ʂ-、ʐ-發音部位與普通話翹舌音同。

（4）聲母 ŋ-只出現在開口呼前，軟齶阻塞明顯，鼻音氣流弱。

（5）合口呼零聲母 u 韻母的音節，大多數都以零聲母開頭，部分音節略帶唇齒濁擦音 v-，無音位對立，記音未標出；合口呼零聲母以 u 開頭的複韻母音節，部分字 u 讀 v，如「蚊」ven2，「襪」vᴀ5 等，記音中標出。

（6）劍閣公興鎮話有 10 個單元音，為 ᴀ、æ、e、ɚ、ʅ、i、o、ɿ、u、y。其位置見圖 2.19。

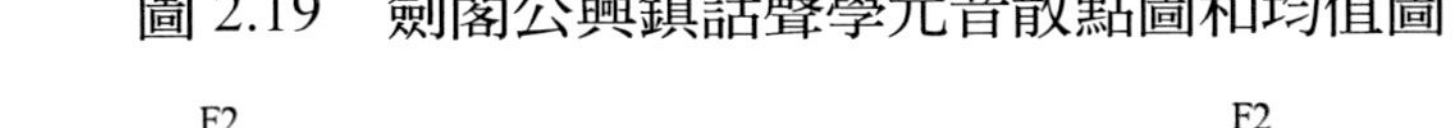
圖 2.19　劍閣公興鎮話聲學元音散點圖和均值圖

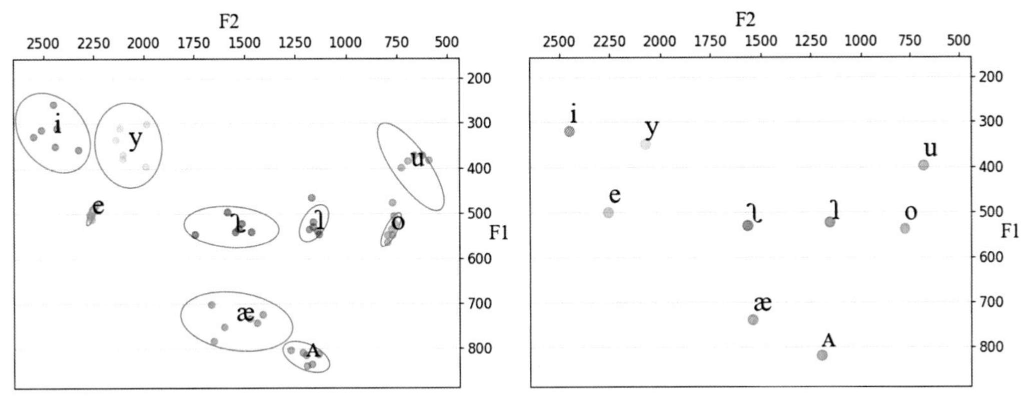


（7）從圖 2.19 的散點圖看，前元音 e 分布最為集中，其次為 i、y、o、ᴀ；其餘都比較分散，舌體不穩，變體形式較多。舌尖元音，明顯呈兩類分布，即平翹舌區分明顯。

（8）元音 a 作單韻母時偏央，記作 ᴀ；在-an 中偏高為 æ，在-au 和-aŋ 中偏後為ɑ。

（9）元音 e 作單韻母時為 e，在 ue 中時舌位較低近於 ɛ，在-ie、-en、-ei 中舌位較高為 e，在-uən 中舌位偏央。

（10）元音 æ 作單韻母時偏央偏低；-æ、-iæ、-uæ、-yæ 在聲韻調配合上，只出現在入聲音節中。

（11）元音 o 較標準元音低而開；在-əu 中，元音展唇而偏央，實際為 ɘ。

（12）-an、-uan 的鼻音韻尾弱而短，舌尖未抵上齒齦，實際為-a$^{n}$、-ua$^{n}$。

（13）-en、-in、-uən、-yn 的鼻音韻尾完整、穩固。-aŋ、-iaŋ、-uaŋ 的鼻音韻尾完整。

（14）i 作韻尾時偏低，實際為 e，例如：來 nai2＝nae2。u 在-au、-iau 中

偏低為 ɔ，例如：「毛」mau2＝mɑɔ2，「票」phiau4＝phiaɔ4。-ioŋ 在音系配合上當為撮口呼-yoŋ，實際發音已失去圓唇勢，成為齊齒韻。

（15）韻母-oŋ，在聲母 ph-/f-後有變體 əŋ。

（16）劍閣公興話聲調類別和調型，見圖 2.20。去聲 214，在語流中往往失去下凹，為 24 調。

圖 2.20　劍閣公興鎮話聲調均線圖（絕對時長）

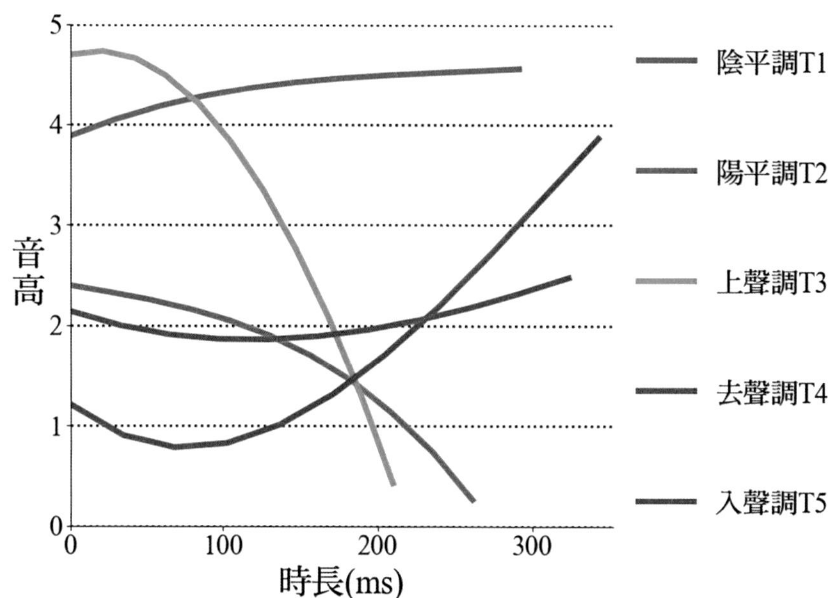


## 2.6.5　聲韻配合表

表 2.6　劍閣公興鎮話聲韻配合表

| | ɿ | | | | | i | | | | | u | | | | | y | | | | |
|---|---|---|---|---|---|---|---|---|---|---|---|---|---|---|---|---|---|---|---|---|
| | 陰 | 陽 | 上 | 去 | 入 | 陰 | 陽 | 上 | 去 | 入 | 陰 | 陽 | 上 | 去 | 入 | 陰 | 陽 | 上 | 去 | 入 |
| p | | | | | | 逼 | | 比 | 幣 | 筆 | | | | 布 | | | | | | |
| ph | | | | | | | 皮 | | 屁 | 劈 | 鋪 | 婆 | 譜 | 破 | | | | | | |
| m | | | | | | | 眉 | 米 | | 密 | 摸 | 磨 | 母 | 磨 | 木 | | | | | |
| f | | | | | | | | | | | | 壺 | 虎 | 戶 | 佛 | | | | | |
| v | | | | | | | | | | | | | | | | | | | | |
| t | | | | | | 低 | | | 弟 | | 多 | | 躲 | 杜 | 讀 | | | | | |
| th | | | | | | 梯 | | | 剃 | 笛 | 拖 | 圖 | 土 | | | | | | | |
| n | | | | | | | 犁 | 李 | | 立 | | 奴 | | 路 | 六 | | | 呂 | | |
| ts | 資 | | 紫 | 字 | | | | 姐 | 借 | 集 | 租 | | 左 | 坐 | | | | | | 卒 |

| | | | | | | | | | | | | | | | | | | | | |
|---|---|---|---|---|---|---|---|---|---|---|---|---|---|---|---|---|---|---|---|---|
| tsh | | 祠 | | | | | | | | 七 | 初 | | | | 族 | | | 取 | | |
| s | 絲 | | 死 | 四 | | 西 | | 寫 | 謝 | 習 | | | 鎖 | 數 | | | 徐 | | | 宿 |
| tʂ | | | | | | | | | | | 豬 | | 主 | 柱 | 竹 | | | | | |
| tʂh | | | | | | | | | | | | 鋤 | | | 出 | | | | | |
| ʂ | | | | | | | | | | | 書 | | 鼠 | 樹 | 叔 | | | | | |
| ʐ | | | | | | | | | | | | 如 | | | | | | | | |
| tɕ | | | | | | 雞 | | 幾 | 寄 | 急 | | | | | | | | 舉 | 句 | 橘 |
| tɕh | | | | | | 溪 | 棋 | | 去 | | | | | | | 區 | 渠 | | | |
| ȵ | | | | | | | 泥 | | | | | | | | | | | 女 | | |
| ɕ | | | | | | 希 | | 喜 | 戲 | | | | | | | 靴 | | 許 | | 畜 |
| k | | | | | | | | | | | | | 果 | 過 | 骨 | | | | | |
| kh | | | | | | | | | | | 箍 | | 苦 | 課 | 哭 | | | | | |
| ŋ | | | | | | | | | | | | | | | | | | | | |
| x | | | | | | | | | | | | 河 | 火 | 貨 | | | | | | |
| ø | | | | | | 衣 | 爺 | 野 | 夜 | 一 | 烏 | 鵝 | 五 | 餓 | 屋 | | 魚 | 雨 | 遇 | 育 |

| | ʅ | | | | | ɚ | | | | | ʌ | | | | | ia | | | | |
|---|---|---|---|---|---|---|---|---|---|---|---|---|---|---|---|---|---|---|---|---|
| | 陰 | 陽 | 上 | 去 | 入 | 陰 | 陽 | 上 | 去 | 入 | 陰 | 陽 | 上 | 去 | 入 | 陰 | 陽 | 上 | 去 | 入 |
| p | | | | | | | | | | | | | 把 | | 八 | | | | | |
| ph | | | | | | | | | | | | 爬 | | | | | | | | |
| m | | | | | | | | | | | | | 馬 | 罵 | | | | | | |
| f | | | | | | | | | | | | | | | 法 | | | | | |
| v | | | | | | | | | | | | | | | 襪 | | | | | |
| t | | | | | | | | | | | | | 打 | 大 | 搭 | | | | | |
| th | | | | | | | | | | | | | | | 踏 | | | | | |
| n | | | | | | | | | | | 拉 | | | | 蠟 | | | | | |
| ts | | | | | | | | | | | | | | | 雜 | | | | | |
| tsh | | | | | | | | | | | | | | | 擦 | | | | | |
| s | | | | | | | | | | | | | | | | | 斜 | | | |
| tʂ | 知 | | 紙 | 制 | 汁 | | | | | | | | | | 閘 | | | | | |
| tʂh | | 池 | | | | | | | | | | 茶 | | | 插 | | | | | |
| ʂ | 師 | 時 | 使 | 世 | 十 | | | | | | 沙 | | | | 殺 | | | | | |
| ʐ | | | | | 日 | | | | | | | | | | | | | | | |
| tɕ | | | | | | | | | | | | | | | | | | 假 | 嫁 | 甲 |
| tɕh | | | | | | | | | | | | | | | | | | | | |

| ȵ | | | | | | | | | | | | | | | | | | | | |
|---|---|---|---|---|---|---|---|---|---|---|---|---|---|---|---|---|---|---|---|---|
| ɕ | | | | | | | | | | | | | | | | 蝦 | | | 下 | 瞎 |
| k | | | | | | | | | | | | | | | | | | | | |
| kh | | | | | | | | | | | | | | | | | | | | |
| ŋ | | | | | | | | | | | | | | | | | | | | |
| x | | | | | | | | | | | | | | | | | | | | |
| ∅ | | | | | | | 兒 | 耳 | 二 | | | | | | | | 牙 | 啞 | | 鴨 |

| | ua | | | | | æ | | | | | iæ | | | | | uæ | | | | |
|---|---|---|---|---|---|---|---|---|---|---|---|---|---|---|---|---|---|---|---|---|
| | 陰 | 陽 | 上 | 去 | 入 | 陰 | 陽 | 上 | 去 | 入 | 陰 | 陽 | 上 | 去 | 入 | 陰 | 陽 | 上 | 去 | 入 |
| p | | | | | | | | | | 北 | | | | | 別 | | | | | |
| ph | | | | | | | | | | 拍 | | | | | | | | | | |
| m | | | | | | | | | | 墨 | | | | | 滅 | | | | | |
| f | | | | | | | | | | | | | | | | | | | | |
| v | | | | | | | | | | 物 | | | | | | | | | | |
| t | | | | | | | | | | 得 | | | | | 跌 | | | | | |
| th | | | | | | | | | | 特 | | | | | 貼 | | | | | |
| n | | | | | | | | | | | | | | | 列 | | | | | |
| ts | | | | | | | | | | 賊 | | | | | 接 | | | | | |
| tsh | | | | | | | | | | 側 | | | | | 切 | | | | | |
| s | | | | | 刷 | | | | | 色 | | | | | | | | | | |
| tʂ | 抓 | | | | | | | | | 摘 | | | | | | | | | | |
| tʂh | | | | | | | | | | 拆 | | | | | | | | | | |
| ʂ | | | | | | | | | | 舌 | | | | | | | | | | |
| ʐ | | | | | | | | | | 熱 | | | | | | | | | | |
| tɕ | | | | | | | | | | | | | | | 傑 | | | | | |
| tɕh | | | | | | | | | | | | | | | | | | | | |
| ȵ | | | | | | | | | | | | | | | 業 | | | | | |
| ɕ | | | | | | | | | | | | | | | 協 | | | | | |
| k | 瓜 | | | 掛 | 刮 | | | | | 隔 | | | | | | | | | | 郭 |
| kh | | | | | | | | | | 客 | | | | | | | | | | 闊 |
| ŋ | | | | | | | | | | 額 | | | | | | | | | | |
| x | 花 | 華 | | 化 | 滑 | | | | | 黑 | | | | | | | | | | 或 |
| ∅ | 挖 | | 瓦 | | | | | | | | | | | | 葉 | | | | | |

| | yæ | | | | | e | | | | | ie | | | | | ye | | | | |
|---|---|---|---|---|---|---|---|---|---|---|---|---|---|---|---|---|---|---|---|---|
| | 陰 | 陽 | 上 | 去 | 入 | 陰 | 陽 | 上 | 去 | 入 | 陰 | 陽 | 上 | 去 | 入 | 陰 | 陽 | 上 | 去 | 入 |
| p | | | | | | | | | | | | | 扁 | 變 | | | | | | |
| ph | | | | | | | | | | | | | | 騙 | | | | | | |
| m | | | | | | | | | | | | 棉 | | 面 | | | | | | |
| f | | | | | | | | | | | | | | | | | | | | |
| v | | | | | | | | | | | | | | | | | | | | |
| t | | | | | | | | | | | | | 點 | 店 | | | | | | |
| th | | | | | | | | | | | 天 | 田 | | | | | | | | |
| n | | | | | | | | | | | | 連 | | | | | | | | |
| ts | | | | | 絕 | | | | | | 尖 | | 剪 | | | | | | | |
| tsh | | | | | | | | | | 測 | 簽 | 錢 | 淺 | | 截 | | 全 | | | |
| s | | | | | 削 | | | | | | | | | | | 先 | | 選 | | |
| tʂ | | | | | | | | | | | | | | | | | | | | |
| tʂh | | | | | | | | | | | | | | | | | | | | |
| ʂ | | | | | | | | | | | | | | | | | | | | |
| ʐ | | | | | | | | | | | | | | | | | | | | |
| tɕ | | | | | 決 | | | | | | 肩 | | 減 | 戒 | | | | 卷 | | |
| tɕh | | | | | 缺 | | | | | | 牽 | 鉗 | | 欠 | | 圈 | 權 | | 勸 | |
| ȵ | | | | | | | | | | | | 年 | 眼 | 驗 | | | | | | |
| ɕ | | | | | | | | | | | | 嫌 | 顯 | 線 | | | | | | 雪 |
| k | | | | | | | | | | | | | | | | | | | | |
| kh | | | | | | | | | | | | | | | | | | | | |
| ŋ | | | | | | | | | | | | | | | | | | | | |
| x | | | | | | | | | | | | | | | | | | | | |
| ∅ | | | | | 月 | | | | | | 炎 | 顏 | | 厭 | | 冤 | 圓 | 遠 | | |

| | o | | | | | io | | | | | ai | | | | | uai | | | | |
|---|---|---|---|---|---|---|---|---|---|---|---|---|---|---|---|---|---|---|---|---|
| | 陰 | 陽 | 上 | 去 | 入 | 陰 | 陽 | 上 | 去 | 入 | 陰 | 陽 | 上 | 去 | 入 | 陰 | 陽 | 上 | 去 | 入 |
| p | | | | | 撥 | | | | | | | | 擺 | 敗 | | | | | | |
| ph | | | | | 潑 | | | | | | | 排 | | 派 | | | | | | |
| m | | | | | 末 | | | | | | | 埋 | 買 | 賣 | | | | | | |
| f | | | | | | | | | | | | | | | | | | | | |
| v | | | | | | | | | | | | | | | | | | | | |
| t | | | | | | | | | | | | | | 袋 | | | | | | |
| th | | | | | 奪 | | | | | | 胎 | 臺 | | | | | | | | |

| | | | | | | | | | | | | | | | | | | | | |
|---|---|---|---|---|---|---|---|---|---|---|---|---|---|---|---|---|---|---|---|---|
| n | | | | | 落 | | | | | | | 來 | | | | | | | | |
| ts | | | | | 作 | | | | | | | | | | | | | | | |
| tsh | | | | 錯 | | | | | | 雀 | | 財 | | 菜 | | | | | | |
| s | | | | | 索 | | | | | | | | | | | | | | | |
| tʂ | | | | | 鐲 | | | | | | | | | | | | | | | |
| tʂh | | | | | | | | | | | | 柴 | | | | | | | | |
| ʂ | | | | | 勺 | | | | | | | | | 曬 | | | | | | |
| ʐ | | | | | 弱 | | | | | | | | | | | | | | | |
| tɕ | | | | | | | | | | 腳 | | | | | | | | | | |
| tɕh | | | | | | | | | | 曲 | | | | | | | | | | |
| ȵ | | | | | | | | | | | | | | | | | | | | |
| ɕ | | | | | | | | | | 學 | | | | | | | | | | |
| k | | | | | 鴿 | | | | | | 街 | | 改 | 蓋 | | | | 拐 | 怪 | |
| kh | | | | | 渴 | | | | | | 開 | | | | | | | 塊 | 快 | |
| ŋ | | | | | 惡 | | | | | | | 岩 | 矮 | 愛 | | | | | | |
| x | | | | | 盒 | | | | | | | 鞋 | 海 | 害 | | | 懷 | | 壞 | |
| ∅ | | | | | | | | | | 藥 | | | | | | 歪 | | | 外 | |

| | ei | | | | | uei | | | | | au | | | | | iau | | | | |
|---|---|---|---|---|---|---|---|---|---|---|---|---|---|---|---|---|---|---|---|---|
| | 陰 | 陽 | 上 | 去 | 入 | 陰 | 陽 | 上 | 去 | 入 | 陰 | 陽 | 上 | 去 | 入 | 陰 | 陽 | 上 | 去 | 入 |
| p | 杯 | | | 貝 | | | | | | | 包 | | 寶 | 抱 | | | | 表 | | |
| ph | | 賠 | | 配 | | | | | | | | | | 炮 | | | | | 票 | |
| m | | 煤 | | 妹 | | | | | | | 貓 | 毛 | | 帽 | | | | | 廟 | |
| f | 飛 | 肥 | | 肺 | | | | | | | | | | | | | | | | |
| v | | | | 味 | | | | | | | | | | | | | | | | |
| t | | | | | | | | | 對 | | 刀 | | | 道 | | | | | 釣 | |
| th | | | | | | | | | | | | 桃 | 討 | | | | 條 | | | |
| n | | | | | | | 雷 | | 類 | | | | 老 | 鬧 | | | | | 料 | |
| ts | | | | | | | | 嘴 | 罪 | | | | 早 | 灶 | | 焦 | | | | |
| tsh | | | | | | | | | 碎 | | | | 草 | 糙 | | | | | | |
| s | | | | | | | 隨 | | 歲 | | | | 嫂 | | | 簫 | | 小 | 笑 | |
| tʂ | | | | | 直 | 追 | | | | | | | 找 | 罩 | | | | | | |
| tʂh | 車 | | | | 尺 | 吹 | 垂 | | | | 抄 | 朝 | | | | | | | | |
| ʂ | | 蛇 | | 射 | 食 | | | 水 | | | 燒 | | | | | | | | | |
| ʐ | | | | | | | | | | | | | 繞 | | | | | | | |

| | | | | | | | | | | | | | | | | | | | | |
|---|---|---|---|---|---|---|---|---|---|---|---|---|---|---|---|---|---|---|---|---|
| tɕ | | | | | | | | | | | | | | | | 交 | | | 轎 | |
| tɕh | | | | | | | | | | | | | | | | | 橋 | | | |
| ȵ | | | | | | | | | | | | | | | | | | 鳥 | | |
| ɕ | | | | | | | | | | | | | | | | | | | 孝 | |
| k | | | | | | 規 | | 鬼 | 桂 | | 高 | | | | | | | | | |
| kh | | | | | | 虧 | | | 跪 | | 敲 | | | 靠 | | | | | | |
| ŋ | | | | | | | | | | | | 熬 | | | | | | | | |
| x | | | | | | 灰 | 回 | | 會 | | | | 好 | 號 | | | | | | |
| ∅ | | | | | | | 危 | | 衛 | | | | | | | 腰 | 搖 | | 要 | |

| | əu | | | | | iu | | | | | an | | | | uan | | | |
|---|---|---|---|---|---|---|---|---|---|---|---|---|---|---|---|---|---|---|
| | 陰 | 陽 | 上 | 去 | 入 | 陰 | 陽 | 上 | 去 | 入 | 陰 | 陽 | 上 | 去 | 陰 | 陽 | 上 | 去 |
| p | | | | | | | | | | | 班 | | 板 | 辦 | | | | |
| ph | | | | | | | | | | | | 盤 | | 判 | | | | |
| m | | | | | 目 | | | | | | | | 滿 | 慢 | | | | |
| f | | | | | 福 | | | | | | | | | | | | | |
| v | | | | | | | | | | | | | | | | | | |
| t | | | | 豆 | | 丟 | | | | | | | | | 端 | | 短 | 斷 |
| th | 偷 | 頭 | 抖 | | | | | | | | | | | | | | | |
| n | | 樓 | | | | | 流 | | | | | | | | | | 暖 | 亂 |
| ts | | | 走 | | | | | 酒 | | | | | | | | | | |
| tsh | | 愁 | | 湊 | | | | | | | | | | | | | | |
| s | | | | 瘦 | | 修 | | | 袖 | | | | | | 酸 | | | 算 |
| tʂ | 州 | | | | | | | | | | | | | 戰 | 磚 | | 轉 | 賺 |
| tʂh | 抽 | 綢 | | 臭 | | | | | | | | 纏 | | | | 船 | | |
| ʂ | | | 手 | 壽 | | | | | | | | | | 善 | | | | |
| ʐ | | | | 肉 | | | | | | | | | 染 | | | | 軟 | |
| tɕ | | | | | | 鉤 | | 狗 | 舊 | | | | | | | | | |
| tɕh | | | | | | | 球 | 口 | | | | | | | | | | |
| ȵ | | | | | | | 牛 | 藕 | | | | | | | | | | |
| ɕ | | | | | | 休 | | | 厚 | | | | | | | | | |
| k | 歌 | | | 個 | | | | | | | | | | | 官 | | | 慣 |
| kh | | | | | | | | | | | | | | | 寬 | | | |
| ŋ | | | | | | | | | | | | | | | | | | |
| x | | | | 後 | | | | | | | | | | | 歡 | 還 | | 換 |
| ∅ | | | | | | 優 | 油 | 有 | 幼 | | | | | | 彎 | 頑 | 晚 | 萬 |

| | en | | | | in | | | | uən | | | | yn | | | | aŋ | | | |
|---|---|---|---|---|---|---|---|---|---|---|---|---|---|---|---|---|---|---|---|---|
| | 陰 | 陽 | 上 | 去 | 陰 | 陽 | 上 | 去 | 陰 | 陽 | 上 | 去 | 陰 | 陽 | 上 | 去 | 陰 | 陽 | 上 | 去 |
| p | | | 本 | | 冰 | | 柄 | 病 | | | | | | | | | 幫 | | 綁 | 棒 |
| ph | | 盆 | | | | 瓶 | 品 | | | | | | | | | | | | | 胖 |
| m | | 門 | | | | 名 | | 命 | | | | | | | | | | 忙 | | |
| f | 分 | 墳 | 粉 | 糞 | | | | | | | | | | | | | 翻 | 房 | 反 | 飯 |
| v | | 蚊 | | 問 | | | | | | | | | | | | | | | | |
| t | 燈 | | 等 | 凳 | 釘 | | 頂 | 定 | | | | | | | | | | | 黨 | 淡 |
| th | 吞 | 藤 | | | 廳 | 停 | 挺 | | | | | | | | | | 貪 | 糖 | 毯 | 炭 |
| n | | 輪 | 冷 | 嫩 | | 林 | 領 | | | | | | | | | | | 南 | 懶 | 爛 |
| ts | 爭 | | | | | | 井 | 進 | | | | | | | | 俊 | | | | |
| tsh | 村 | 層 | | | 青 | | | 浸 | | | | 寸 | | | | | 倉 | 蠶 | | |
| s | 生 | | | | 心 | 尋 | | 姓 | 孫 | | 筍 | | | | | | 三 | | 傘 | |
| tʂ | 貞 | | 整 | 鎮 | | | | | | | 準 | | | | | | 張 | | | |
| tʂh | | 沉 | | 秤 | | | | | 春 | | | | | | | | | 長 | 產 | 唱 |
| ʂ | 深 | 神 | | 剩 | | | | | | 唇 | | 順 | | | | | 山 | 嘗 | | 上 |
| ʐ | | 人 | | 任 | | | | | | | | 閏 | | | | | | | | 讓 |
| tɕ | | | | | 金 | | 緊 | 近 | | | | | 均 | | | | | | | |
| tɕh | | | | | 輕 | 琴 | | 慶 | | | | | | 裙 | | | | | | |
| ȵ | | | | | | | | | | | | | | | | | | | | |
| ɕ | | | | | 新 | 行 | | 興 | | | | | 熏 | | | | | | | |
| k | 根 | | 梗 | | | | | | | | 滾 | | | | | | 肝 | | 敢 | |
| kh | 坑 | | 肯 | | | | | | | | | 困 | | | | | 糠 | | | 看 |
| ŋ | 恩 | | | 硬 | | | | | | | | | | | | | 安 | | | 岸 |
| x | | | | 恨 | | | | | 婚 | 魂 | | | | | | | | 含 | 喊 | 項 |
| ∅ | | | | | 音 | 銀 | 引 | 印 | 溫 | | | | | 榮 | 永 | 運 | | | | |

| | iaŋ | | | | uaŋ | | | | oŋ | | | | ioŋ | | | |
|---|---|---|---|---|---|---|---|---|---|---|---|---|---|---|---|---|
| | 陰 | 陽 | 上 | 去 | 陰 | 陽 | 上 | 去 | 陰 | 陽 | 上 | 去 | 陰 | 陽 | 上 | 去 |
| p | | | | | | | | | | | | | | | | |
| ph | | | | | | | | | | 朋 | | | | | | |
| m | | | | | | | | | | | 猛 | 夢 | | | | |
| f | | | | | | | | | 風 | | | 鳳 | | | | |
| v | | | | | | | | | | | | | | | | |
| t | | | | | | | | | 東 | | 懂 | 洞 | | | | |

| th | | | | | | | | | 通 | 銅 | 統 | 痛 | | | | |
|---|---|---|---|---|---|---|---|---|---|---|---|---|---|---|---|---|
| n | | | 兩 | 亮 | | | | | | 龍 | | 弄 | | | | |
| ts | 漿 | | | 匠 | | | | | | | | 粽 | | | | |
| tsh | | | 搶 | | | | | | 蔥 | | | | | | | |
| s | | | 想 | 像 | | | | | 松 | | | 宋 | | | | |
| tʂ | | | | | 裝 | | | 壯 | 終 | | 種 | 重 | | | | |
| tʂh | | | | | 瘡 | 床 | 撞 | | 充 | 蟲 | | | | | | |
| ʂ | | | | | 霜 | | | | | | | | | | | |
| ʐ | | | | | | | | | | | | | | | | |
| tɕ | 姜 | | 講 | | | | | | | | | | | | | |
| tɕh | | | | | | | | | | | | | | 窮 | | |
| ȵ | | 娘 | | | | | | | | | | | | | | |
| ɕ | | 降 | 響 | 向 | | | | | | | | | 兄 | 熊 | | |
| k | | | | | 光 | | | | 公 | | | 共 | | | | |
| kh | | | | | 筐 | 狂 | | | | | 孔 | | | | | |
| ŋ | | | | | | | | | | | | | | | | |
| x | | | | | 慌 | 黃 | | | 烘 | 紅 | | | | | | |
| ∅ | 秧 | | 癢 | 樣 | | 王 | 網 | 旺 | 翁 | | | | | 容 | 擁 | 用 |

## 2.7 劍閣塗山鄉塗山村話語音系統

### 2.7.1 聲 母

塗山鄉塗山村話有聲母 23 個，含 1 個零聲母。

| p 班步白 | ph 派平 | m 米忙麥 | f 分房虎壺 | |
|---|---|---|---|---|
| t 低豆達 | th 討田 | n 鬧拉李 | | |
| ts 租姐罪集 | tsh 村淺財前 | | s 三寫色尋 | |
| tʂ 豬治裝汁鐲 | tʂh 撤錘抄柴秤 | | ʂ 師書實上 | ʐ 熱釀 |
| tɕ 夠舉舊傑 | tɕh 欠棋 | ȵ 念義 | ɕ 向學厚 | |
| k 古共 | kh 孔狂 | ŋ 硬矮 | x 海害盒 | |
| ∅ 武二魚意右移 | | | | |

### 2.7.2 韻 母

塗山鄉塗山村話有韻母 36 個。

| ɿ 紫四字 | i 寫米移習篾七息笛 | u 鵝布母出屋 | y 魚橘玉 |
|---|---|---|---|
| ʅ 世知十失直尺 | | | |
| ɚ 兒二耳 | | | |
| ʌ 那馬踏八 | ia 嫁佳鴨瞎 | ua 化掛刮 | |
| æ 百 | | uæ 闊郭國或 | |
| e 涉設北格 | ie 戒炎葉奸傑 | | ye 全雪原越先削 |
| o 盒入奪各殼縮 | io 藥學曲 | | |
| | iu 卒育局 | | |
| ai 改排賣 | | uai 懷拐 | |
| ei 蛇妹飛 | | uei 雷水屢 | |
| au 高敲燒 | iau 交笑叫 | | |
| əu 個走州肉 | iəu 厚狗幼 | | |
| an 占盤慢善 | | uan 寬短轉窗 | |
| en 針神肯聲輪 | in 心民冰命 | uən 婚準春繩 | yn 均軍永 |
| aŋ 含看忙棒 | iaŋ 像講 | uaŋ 光霜雙 | |
| oŋ 猛動冬風貿 | ioŋ 兄窮容 | | |

### 2.7.3 聲　調

塗山鄉塗山村話有單字聲調 5 個。

| 陰平 | 1 | 44 | 幫低知根烏 |
|---|---|---|---|
| 陽平 | 2 | 31 | 平甜窮林娘 |
| 上聲 | 3 | 51 | 本典腫滿腦 |
| 去聲 | 4 | 15 | 變豆亮被件 |
| 入聲 | 5 | 11 | 百得鐲及末 |

### 2.7.4 音系說明

（1）聲母 n-有 l 的變體，統一記作 n。聲母 ȵ-後帶有同部位濁擦音，實為 ȵʑ，語圖中則表現為鼻音與元音之間有一段亂紋，且共振峰 F1 與 F2 分布散亂（例見圖 2.21 箭頭所示）。

（2）聲母 ts-、tsh-、s-發音部位偏後，舌尖抵上齒齦，介於普通話的舌尖前音和舌尖後音之間。

（3）聲母 tʂ-、tʂh-、ʂ-、ʐ-發音部位與普通話翹舌音同。

（4）聲母 ŋ-只出現在開口呼前，軟齶阻塞明顯，鼻音氣流弱。

（5）合口呼零聲母 u 韻母的音節，大多數都以零聲母開頭，部分音節略帶唇齒濁擦音 v-，無音位對立，記音未標出。

圖 2.21　劍閣塗山鄉塗山村話「牛」ȵiəu2 的頻譜圖和共振峰圖

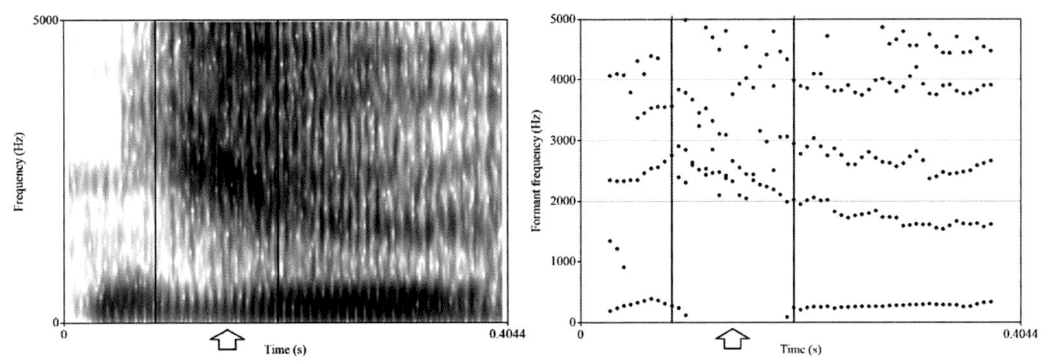


（6）劍閣塗山鄉塗山村話有 10 個單元音，為 ᴀ、æ、e、ɚ、ʅ、i、o、ɿ、u、y。其位置，見圖 2.22。

圖 2.22　劍閣塗山鄉塗山村話聲學元音散點圖和均值圖

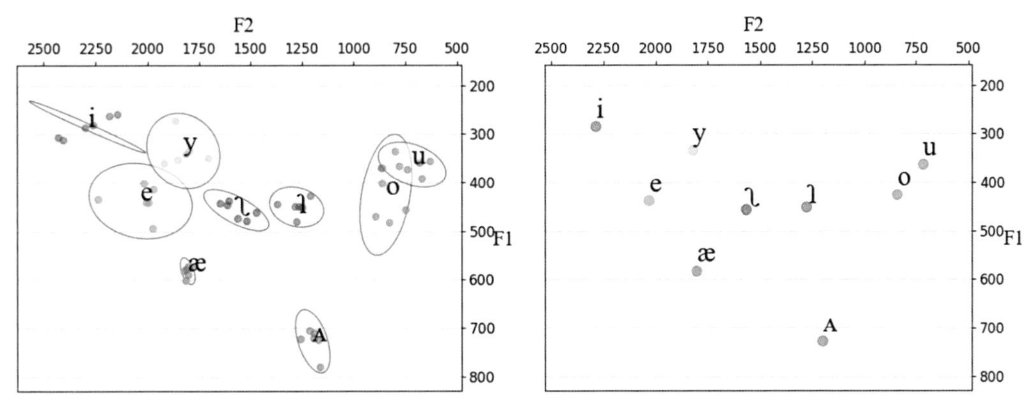


（7）從圖 2.22 的散點圖看，前元音 æ、後高元音 u 分布最集中；其餘都比較分散，舌體不穩，變體形式較多。

（8）元音 a 作單韻母時偏央，記作 ᴀ；在-an 中偏高為 æ，在-au 和-aŋ 中偏後為ɑ。

（9）元音 e 作單韻母時為 e，在 ue 中時舌位較低近於 ɛ，在-ie、-en、-ei 中舌位較高為 e，在-uən 中舌位偏央。

（10）韻母-æ、-uæ 在聲韻調配合上，只出現在入聲音節中。

（11）元音 o 較標準元音略開。在-əu 中，元音展唇而偏央，實際為 ə。

（12）元音 u 較標準元音略低，近於 ʊ。

（13）-an、-uan 的鼻音韻尾弱而短，舌尖未抵上齒齦，實際為-a$^{n}$、-ua$^{n}$。

（14）-en、-in、-uən、-yn 的鼻音韻尾完整、穩固。-aŋ、-iaŋ、-uaŋ 的鼻音韻尾完整。

（15）i 作韻尾時偏低，實際為 e，例如：「袋」tai4＝tae4。u 在-au、-iau 中偏低為 ɔ，例如：「帽」mau4＝mɑɔ4，「票」phiau4＝phiaɔ4。-ioŋ 在音系配合上當為撮口呼-yoŋ，實際發音已失去圓唇勢，成為齊齒韻。

（16）韻母-oŋ，在聲母 ph-/f-後有變體 əŋ。

（17）劍閣塗山鄉塗山村話聲調類別和調型，見圖 2.23。去聲 15，聽感中略有下凹。

圖 2.23　劍閣塗山鄉塗山村話聲調均線圖（絕對時長）

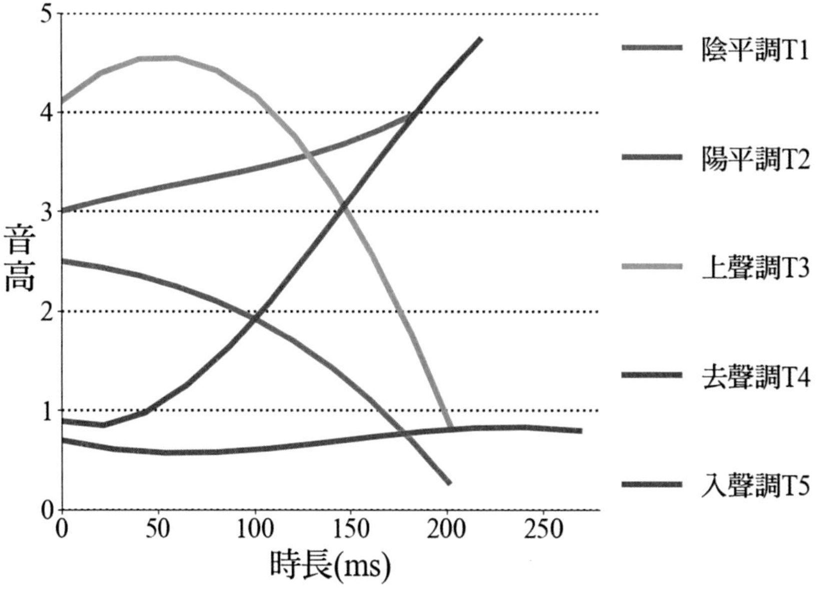


## 2.7.5　聲韻配合表

表 2.7　劍閣塗山鄉塗山村話聲韻配合表

| | ɿ | | | | | i | | | | | u | | | | | y | | | | |
|---|---|---|---|---|---|---|---|---|---|---|---|---|---|---|---|---|---|---|---|---|
| | 陰 | 陽 | 上 | 去 | 入 | 陰 | 陽 | 上 | 去 | 入 | 陰 | 陽 | 上 | 去 | 入 | 陰 | 陽 | 上 | 去 | 入 |
| p | | | | | | 憋 | | 比 | 幣 | 筆 | | | | 步 | | | | | | |
| ph | | | | | | | 皮 | | 屁 | 劈 | 鋪 | 婆 | 譜 | 破 | | | | | | |
| m | | | | | | | 眉 | 米 | | 密 | 摸 | 磨 | 母 | 磨 | 木 | | | | | |

| | | | | | | | | | | | | | | | | | | | | |
|---|---|---|---|---|---|---|---|---|---|---|---|---|---|---|---|---|---|---|---|---|
| f | | | | | | | | | | | | 壺 | 虎 | 婦 | 服 | | | | | |
| t | | | | | | 低 | | | 弟 | 笛 | 多 | | 躲 | 杜 | 毒 | | | | | |
| th | | | | | | 梯 | | | 剃 | 踢 | 拖 | 圖 | 土 | | | | | | | |
| n | | | | | | | 犁 | 李 | | 立 | | 奴 | | 路 | 綠 | | | 呂 | | |
| ts | 資 | | 子 | 字 | | | | 姐 | 借 | 集 | 租 | | 左 | 做 | | | | | | |
| tsh | | 祠 | | | | | | | | 七 | 初 | | | | 族 | | | 取 | | |
| s | 絲 | | 死 | 寺 | | 西 | 斜 | 寫 | 謝 | 習 | | | 鎖 | 數 | | | 徐 | | | |
| tʂ | | | | | | | | | | | 豬 | | 主 | 柱 | 燭 | | | | | |
| tʂh | | | | | | | | | | | | 除 | | | 出 | | | | | |
| ʂ | | | | | | | | | | | 書 | | 鼠 | 豎 | 叔 | | | | | |
| ʐ | | | | | | | | | | | | 如 | | | 褥 | | | | | |
| tɕ | | | | | | 雞 | | 幾 | 記 | 急 | | | | | | | | 舉 | 句 | 橘 |
| tɕh | | | | | | 溪 | 棋 | | 器 | | | | | | | 區 | 渠 | | 去 | |
| ȵ | | | | | | | 泥 | | 義 | | | | | | | | | 女 | | |
| ɕ | | | | | | 希 | | 喜 | 係 | 吸 | | | | | | 靴 | | 許 | | |
| k | | | | | | | | | | | | 箍 | 果 | 過 | 谷 | | | | | |
| kh | | | | | | | | | | | | | 苦 | 褲 | 哭 | | | | | |
| ŋ | | | | | | | | | | | | | | | | | | | | |
| x | | | | | | | | | | | | 河 | 火 | 貨 | | | | | | |
| ∅ | | | | | | 衣 | 移 | 野 | 夜 | 一 | 烏 | 吳 | 五 | 霧 | 物 | | 余 | 雨 | 遇 | |

| | ʅ | | | | | ɚ | | | | | A | | | | | ia | | | | |
|---|---|---|---|---|---|---|---|---|---|---|---|---|---|---|---|---|---|---|---|---|
| | 陰 | 陽 | 上 | 去 | 入 | 陰 | 陽 | 上 | 去 | 入 | 陰 | 陽 | 上 | 去 | 入 | 陰 | 陽 | 上 | 去 | 入 |
| p | | | | | | | | | | | 爬 | | 把 | | 八 | | | | | |
| ph | | | | | | | | | | | | | | | | | | | | |
| m | | | | | | | | | | | | | 馬 | 罵 | | | | | | |
| f | | | | | | | | | | | | | | | 法 | | | | | |
| t | | | | | | | | | | | | | 打 | 大 | 搭 | | | | | |
| th | | | | | | | | | | | | | | | 踏 | | | | | |
| n | | | | | | | | | | | 拉 | | | | 蠟 | | | | | |
| ts | | | | | | | | | | | | | | | 雜 | | | | | |
| tsh | | | | | | | | | | | | | | | 擦 | | | | | |
| s | | | | | | | | | | | | | | | | | | | | |
| tʂ | 知 | | 指 | 制 | 汁 | | | | | | | | | | 閘 | | | | | |
| tʂh | | 池 | | | 吃 | | | | | | | 茶 | | | 插 | | | | | |
| ʂ | 師 | 時 | 使 | 世 | 十 | | | | | | 沙 | | | | 殺 | | | | | |

| | | | | | | | | | | | | | | | | | | | | |
|---|---|---|---|---|---|---|---|---|---|---|---|---|---|---|---|---|---|---|---|---|
| ʐ | | | | | 日 | | | | | | | | | | | | | | | |
| tɕ | | | | | | | | | | | | | | | | | | 假 | 嫁 | 甲 |
| tɕh | | | | | | | | | | | | | | | | | | | | |
| ȵ | | | | | | | | | | | | | | | | | | | | |
| ɕ | | | | | | | | | | | | | | | | 蝦 | | | 下 | 瞎 |
| k | | | | | | | | | | | | | | | | | | | | |
| kh | | | | | | | | | | | | | | | | | | | | |
| ŋ | | | | | | | | | | | | | | | | | | | | |
| x | | | | | | | | | | | | | | | | | | | | |
| ∅ | | | | | | | 兒 | 耳 | 二 | | | | | | | | 牙 | 啞 | | 鴨 |

| | ua | | | | | æ | | | | | uæ | | | | | e | | | | |
|---|---|---|---|---|---|---|---|---|---|---|---|---|---|---|---|---|---|---|---|---|
| | 陰 | 陽 | 上 | 去 | 入 | 陰 | 陽 | 上 | 去 | 入 | 陰 | 陽 | 上 | 去 | 入 | 陰 | 陽 | 上 | 去 | 入 |
| p | | | | | | | | | | 百 | | | | | | | | | | 北 |
| ph | | | | | | | | | | | | | | | | | | | | 拍 |
| m | | | | | | | | | | | | | | | | | | | | 墨 |
| f | | | | | | | | | | | | | | | | | | | | |
| t | | | | | | | | | | | | | | | | | | | | 得 |
| th | | | | | | | | | | | | | | | | | | | | 特 |
| n | | | | | | | | | | | | | | | | | | | | |
| ts | | | | | | | | | | | | | | | | | | | | 賊 |
| tsh | | | | | | | | | | | | | | | | | | | | 測 |
| s | | | | | | | | | | | | | | | | | | | | 色 |
| tʂ | 抓 | | | | | | | | | | | | | | | | | | | 摘 |
| tʂh | | | | | | | | | | | | | | | | | | | | 拆 |
| ʂ | | | | | 刷 | | | | | | | | | | | | | | | 舌 |
| ʐ | | | | | | | | | | | | | | | | | | | | 熱 |
| tɕ | | | | | | | | | | | | | | | | | | | | |
| tɕh | | | | | | | | | | | | | | | | | | | | |
| ȵ | | | | | | | | | | | | | | | | | | | | |
| ɕ | | | | | | | | | | | | | | | | | | | | |
| k | 瓜 | | | 掛 | 刮 | | | | | | | | | | 國 | | | | | 隔 |
| kh | | | | | | | | | | | | | | | 闊 | | | | | 客 |
| ŋ | | | | | | | | | | | | | | | | | | | | 額 |
| x | 花 | 華 | | 話 | 滑 | | | | | | | | | | 或 | | | | | 黑 |
| ∅ | 挖 | | 瓦 | | 襪 | | | | | | | | | | | | | | | |

| | ie | | | | | ye | | | | | o | | | | | io | | | | |
|---|---|---|---|---|---|---|---|---|---|---|---|---|---|---|---|---|---|---|---|---|
| | 陰 | 陽 | 上 | 去 | 入 | 陰 | 陽 | 上 | 去 | 入 | 陰 | 陽 | 上 | 去 | 入 | 陰 | 陽 | 上 | 去 | 入 |
| p | | | 扁 | 變 | 別 | | | | | | | | | | 撥 | | | | | |
| ph | | | | 騙 | | | | | | | | | | | 潑 | | | | | |
| m | | 棉 | | 面 | 滅 | | | | | | | | | | 末 | | | | | |
| f | | | | | | | | | | | | | | | | | | | | |
| t | | | 點 | 店 | 跌 | | | | | | | | | | | | | | | |
| th | 天 | 田 | | | 貼 | | | | | | | | | | 脫 | | | | | |
| n | | 連 | | | 列 | | | | | | | | | | 落 | | | | | |
| ts | 尖 | | 剪 | | 接 | | | | | 絕 | | | | | 作 | | | | | |
| tsh | 簽 | 錢 | 淺 | | 切 | | 全 | | | | | | | 錯 | | | | | | 雀 |
| s | | | | | | 先 | | 選 | | 削 | | | | | 索 | | | | | |
| tʂ | | | | | | | | | | | | | | | 著 | | | | | |
| tʂh | | | | | | | | | | | | | | | | | | | | |
| ʂ | | | | | | | | | | | | | | | 勺 | | | | | |
| ʐ | | | | | | | | | | | | | | | 入 | | | | | |
| tɕ | 肩 | | 減 | 劍 | 傑 | | | 卷 | | 決 | | | | | | | | | | 腳 |
| tɕh | 牽 | 鉗 | | 欠 | | 圈 | 權 | | 勸 | 缺 | | | | | | | | | | 曲 |
| ȵ | | 嚴 | 眼 | 驗 | 業 | | | | | | | | | | | | | | | |
| ɕ | | 嫌 | 顯 | 線 | 協 | | | | | 雪 | | | | | | | | | | 學 |
| k | | | | | | | | | | | | | | | 鴿 | | | | | |
| kh | | | | | | | | | | | | | | | 渴 | | | | | |
| ŋ | | | | | | | | | | | | | | | 惡 | | | | | |
| x | | | | | | | | | | | | | | | 盒 | | | | | |
| ∅ | 煙 | 言 | | 厭 | 葉 | 冤 | 圓 | 遠 | | 月 | | | | | | | | | | 約 |

| | iu | | | | | ai | | | | | uai | | | | | ei | | | | |
|---|---|---|---|---|---|---|---|---|---|---|---|---|---|---|---|---|---|---|---|---|
| | 陰 | 陽 | 上 | 去 | 入 | 陰 | 陽 | 上 | 去 | 入 | 陰 | 陽 | 上 | 去 | 入 | 陰 | 陽 | 上 | 去 | 入 |
| p | | | | | | | | 擺 | 拜 | | | | | | | 杯 | | | 貝 | |
| ph | | | | | | | 排 | | 派 | | | | | | | | 賠 | | 配 | |
| m | | | | | | | 埋 | 買 | 賣 | | | | | | | | 煤 | | 妹 | |
| f | | | | | | | | | | | | | | | | 飛 | 肥 | | 肺 | |
| t | | | | | | | | | 袋 | | | | | | | | | | | |
| th | | | | | | 胎 | 臺 | | | | | | | | | | | | | |
| n | | | | | | | 來 | | | | | | | | | | | | | |

| | | | | | | | | | | | | | | | | | | | | |
|---|---|---|---|---|---|---|---|---|---|---|---|---|---|---|---|---|---|---|---|---|
| ts | | | | | 卒 | | | | | | | | | | | | | | | |
| tsh | | | | | | | 財 | | 菜 | | | | | | | | | | | |
| s | | | | | 宿 | | | | | | | | | | | | | | | |
| tʂ | | | | | | | | | | | | | | | | | | | | |
| tʂh | | | | | | | 柴 | | | | | | | | | 車 | | | | |
| ʂ | | | | | | | | | 曬 | | | | | | | | 蛇 | | 射 | |
| ʐ | | | | | | | | | | | | | | | | | | | | |
| tɕ | | | | | 菊 | | | | | | | | | | | | | | | |
| tɕh | | | | | | | | | | | | | | | | | | | | |
| ȵ | | | | | | | | | | | | | | | | | | | | |
| ɕ | | | | | | | | | | | | | | | | | | | | |
| k | | | | | | 該 | | 改 | 蓋 | | | | 拐 | 怪 | | | | | | |
| kh | | | | | | 開 | | | | | | | 塊 | 快 | | | | | | |
| ŋ | | | | | | | 岩 | 矮 | 愛 | | | | | | | | | | | |
| x | | | | | | | 鞋 | 海 | 害 | | | 懷 | | 壞 | | | | | | |
| ∅ | 浴 | | | | 育 | | | | | | 歪 | | | | | | | | | |

| | uei | | | | | au | | | | | iau | | | | | əu | | | | |
|---|---|---|---|---|---|---|---|---|---|---|---|---|---|---|---|---|---|---|---|---|
| | 陰 | 陽 | 上 | 去 | 入 | 陰 | 陽 | 上 | 去 | 入 | 陰 | 陽 | 上 | 去 | 入 | 陰 | 陽 | 上 | 去 | 入 |
| p | | | | | | 包 | | 寶 | 抱 | | | | 表 | | | | | | | |
| ph | | | | | | | | | 炮 | | | | | 票 | | | | | | |
| m | | | | | | 貓 | 毛 | | 帽 | | | | | 廟 | | | | | | |
| f | | | | | | | | | | | | | | | | | | | | |
| t | | | | 對 | | 刀 | | | 道 | | | | | 釣 | | | | | 豆 | |
| th | | | | | | | 桃 | 討 | | | | 條 | | | | 偷 | 頭 | 抖 | | |
| n | | 雷 | | 類 | | | | 腦 | 鬧 | | | | | 料 | | | 樓 | | | |
| ts | | | 嘴 | 罪 | | | | 早 | 灶 | | 焦 | | | | | | | 走 | | |
| tsh | | | | 碎 | | | | 草 | 糙 | | | | | | | | 愁 | | 湊 | |
| s | | 隨 | | 歲 | | | | 嫂 | | | 簫 | | 小 | 笑 | | | | | 瘦 | |
| tʂ | 追 | | | | | | | 找 | 罩 | | | | | | | 州 | | | | |
| tʂh | 吹 | 垂 | | | | 抄 | 朝 | | | | | | | | | 抽 | 綢 | | 臭 | |
| ʂ | | | 水 | | | 燒 | | | | | | | | | | | | 手 | 壽 | |
| ʐ | | | | | | | | 繞 | | | | | | | | | | | 肉 | |
| tɕ | | | | | | | | | | | 交 | | | 轎 | | | | | | |

| | | | | | | | | | | | | | | | | | | | | |
|---|---|---|---|---|---|---|---|---|---|---|---|---|---|---|---|---|---|---|---|---|
| tɕh | | | | | | | | | | | 橋 | | | | | | | | | |
| ȵ | | | | | | | | | | | | 鳥 | | | | | | | | |
| ɕ | | | | | | | | | | | | | 孝 | | | | | | | |
| k | 規 | | 鬼 | 桂 | | 高 | | | | | | | | | 歌 | | | 個 | | |
| kh | 虧 | | | 跪 | | 敲 | | | 靠 | | | | | | | | 口 | | | |
| ŋ | | | | | | | 熬 | | | | | | | | | | 藕 | | | |
| x | 灰 | 回 | | 會 | | | | 好 | 號 | | | | | | | | | 後 | | |
| ∅ | | 危 | | 位 | | | | | | | 腰 | 搖 | | 要 | | | | | | |

| | iəu | | | | | an | | | | uan | | | | en | | | |
|---|---|---|---|---|---|---|---|---|---|---|---|---|---|---|---|---|---|
| | 陰 | 陽 | 上 | 去 | 入 | 陰 | 陽 | 上 | 去 | 陰 | 陽 | 上 | 去 | 陰 | 陽 | 上 | 去 |
| p | | | | | | 班 | | 板 | 半 | | | | | | | 本 | |
| ph | | | | | | | 盤 | | 判 | | | | | | 盆 | | |
| m | | | | | | | | 滿 | 慢 | | | | | | 門 | | |
| f | | | | | | | | | | | | | | 分 | 墳 | 粉 | 糞 |
| t | 丟 | | | | | | | | | 端 | | 短 | 斷 | 燈 | | 等 | 凳 |
| th | | | | | | | | | | | | | | 吞 | 藤 | | |
| n | | 流 | | | | | | | | | | 暖 | 亂 | | 輪 | 冷 | 嫩 |
| ts | | | 酒 | | | | | | 占 | | | | | 爭 | | | |
| tsh | | | | | | | | | | | | | | 村 | 層 | | 寸 |
| s | 修 | | | 袖 | | | | | | 酸 | | | 算 | 生 | | 省 | |
| tʂ | | | | | | | | | 戰 | 磚 | | 轉 | 賺 | 針 | | 整 | 鎮 |
| tʂh | | | | | | | 纏 | | | 窗 | 船 | 鏟 | | | 沉 | | 秤 |
| ʂ | | | | | | | | | 善 | 閂 | | | | 深 | 神 | | 剩 |
| ʐ | | | | | | | | 染 | | | | 軟 | | | 人 | | 任 |
| tɕ | | | 狗 | 舊 | | | | | | | | | | | | | |
| tɕh | | 球 | | | | | | | | | | | | | | | |
| ȵ | | 牛 | | | | | | | | | | | | | | | |
| ɕ | 休 | | | 厚 | | | | | | | | | | | | | |
| k | | | | | | | | | | 官 | | | 慣 | 根 | | | 梗 |
| kh | | | | | | | | | | 寬 | | | | 坑 | | 肯 | |
| ŋ | | | | | | | | | | | | | | 恩 | | | 硬 |
| x | | | | | | | | | | 歡 | 還 | | 換 | | | | 恨 |
| ∅ | 優 | 油 | 有 | 幼 | | | | | | 彎 | 完 | 晚 | 萬 | | | | |

| | in | | | | uən | | | | yn | | | | aŋ | | | |
|---|---|---|---|---|---|---|---|---|---|---|---|---|---|---|---|---|
| | 陰 | 陽 | 上 | 去 | 陰 | 陽 | 上 | 去 | 陰 | 陽 | 上 | 去 | 陰 | 陽 | 上 | 去 |
| p | 冰 | | 柄 | 病 | | | | | | | | | 幫 | | 綁 | 棒 |
| ph | | 貧 | 品 | | | | | | | | | | | | | 胖 |
| m | | 民 | | 命 | | | | | | | | | | 忙 | | |
| f | | | | | | | | | | | | | 翻 | 房 | 反 | 飯 |
| t | 釘 | | 頂 | 定 | 蹲 | | | | | | | | 單 | | 膽 | 淡 |
| th | 廳 | 停 | 挺 | | | | | | | | | | 貪 | 糖 | 毯 | 炭 |
| n | | 零 | 領 | | | | | | | | | | | 南 | 懶 | 爛 |
| ts | | | 井 | 進 | | | | | | | | 俊 | | | | |
| tsh | 親 | | | 浸 | | | | | | | | | 倉 | 蠶 | | |
| s | 心 | | | 姓 | 孫 | | 筍 | | | 尋 | | | 三 | | 傘 | |
| tʂ | | | | | | | 準 | | | | | | 張 | | | |
| tʂh | | | | | 春 | | | | | | | | | 長 | 產 | 唱 |
| ʂ | | | | | | 脣 | | 順 | | | | | 傷 | 嘗 | | 上 |
| ʐ | | | | | | | | 閏 | | | | | | | | 讓 |
| tɕ | 經 | | 緊 | 勁 | | | | | 均 | | | | | | | |
| tɕh | 輕 | 勤 | | 慶 | | | | | | 裙 | | | | | | |
| ȵ | | | | | | | | | | | | | | | | |
| ɕ | | 形 | | 興 | | | | | 熏 | | | | | | | |
| k | | | | | | | 滾 | | | | | | 甘 | | 感 | |
| kh | | | | | | | | 困 | | | | | 糠 | | | 看 |
| ŋ | | | | | | | | | | | | | 安 | | | 暗 |
| x | | | | | 婚 | 魂 | | | | | | | | 含 | 喊 | 項 |
| ∅ | 音 | 贏 | 引 | 印 | 溫 | 蚊 | | 問 | | 營 | 永 | 運 | | | | |

| | iaŋ | | | | uaŋ | | | | oŋ | | | | ioŋ | | | |
|---|---|---|---|---|---|---|---|---|---|---|---|---|---|---|---|---|
| | 陰 | 陽 | 上 | 去 | 陰 | 陽 | 上 | 去 | 陰 | 陽 | 上 | 去 | 陰 | 陽 | 上 | 去 |
| p | | | | | | | | | | | | | | | | |
| ph | | | | | | | | | | 朋 | | | | | | |
| m | | | | | | | | | | | 猛 | 夢 | | | | |
| f | | | | | | | | | 風 | | | 鳳 | | | | |
| t | | | | | | | | | 東 | | 懂 | 洞 | | | | |
| th | | | | | | | | | 通 | 銅 | 統 | 痛 | | | | |
| n | | | 兩 | 亮 | | | | | 弄 | 龍 | | | | | | |
| ts | 漿 | | | 匠 | | | | | | | | 粽 | | | | |

| | | | | | | | | | | | | | | | | |
|---|---|---|---|---|---|---|---|---|---|---|---|---|---|---|---|---|
| tsh | | | 搶 | | | | | | 蔥 | | | | | | | |
| s | | | 想 | 像 | | | | | 松 | | | 送 | | | | |
| tʂ | | | | | 裝 | | | 壯 | 終 | | 腫 | 重 | | | | |
| tʂh | | | | | 瘡 | 床 | 撞 | | 沖 | 蟲 | | | | | | |
| ʂ | | | | | 霜 | | | | | | | | | | | |
| ʐ | | | | | | | | | | | | | | | | |
| tɕ | 姜 | | 講 | | | | | | | | | | | | | |
| tɕh | | | | | | | | | | | | | | 窮 | | |
| ȵ | | 娘 | | | | | | | | | | | | | | |
| ɕ | | 降 | 響 | 向 | | | | | | | | | 兄 | 熊 | | |
| k | | | | | 光 | | | | 公 | | | 共 | | | | |
| kh | | | | | 筐 | 狂 | | | | | 孔 | | | | | |
| ŋ | | | | | | | | | | | | | | | | |
| x | | | | | 慌 | 黃 | | | 烘 | 紅 | | | | | | |
| ∅ | 秧 | | 癢 | 樣 | | 王 | 網 | 旺 | 翁 | | | | | 容 | 擁 | 用 |

## 2.8 劍閣塗山鄉蘇維村話語音系統

### 2.8.1 聲　母

塗山鄉蘇維村話有聲母 19 個，含 1 個零聲母。

| | | | | |
|---|---|---|---|---|
| p 筆步白 | ph 破盆 | m 買明麥 | f 放父虎壺 | v 味 |
| t 凳豆讀 | th 天圖 | n 鬧路李 | | |
| tʂ 租罪雜豬治裝針鐲 | tʂh 倉財撤除抄柴秤 | | ʂ 死松師書實壽 | ʐ 肉釀 |
| tɕ 姐匠集金舊傑女牛 | tɕh 親前溪橋 | | ɕ 寫徐希學 | |
| k 個共額愛 | kh 困狂 | | x 化回盒 | |
| ∅ 晚二言衣右引 | | | | |

### 2.8.2 韻　母

塗山鄉蘇維村話有韻母 33 個。

| | | | |
|---|---|---|---|
| ʅ 世知紫資子十失直尺 | i 姐低移習篾七息歷 | u 布母出屋 | y 靴魚橘玉 |
| ɚ 兒二耳 | | | |
| ᴀ 那馬搭殺 | ia 嫁佳甲瞎 | ua 化掛刷 | |
| e 蛇涉設墨白 | ie 戒滅業限列 | ue 闊郭國或 | ye 圓雪原越先缺削 |

| o 多盒入活各殼縮 | io 藥學曲 | | |
|---|---|---|---|
| | iu 卒育局 | | |
| ai 菜排派 | | uai 懷拐 | |
| ei 煤飛 | | uei 灰規屢 | |
| au 老包燒 | iau 交要條 | | |
| əu 個夠州 | iəu 流幼 | | |
| an 占染 | | | |
| en 針人剩省輪 | in 金民冰影 | uən 魂準春繩省 | yn 均軍永 |
| aŋ 感限章項 | iaŋ 樣講 | uaŋ 賺短光壯雙 | |
| oŋ 猛公冬充貿 | ioŋ 兄雄容 | | |

### 2.8.3 聲　調

塗山鄉蘇維村話有單字聲調 5 個。

| 陰平 | 1 | 44 | 班東知肝恩 |
|---|---|---|---|
| 陽平 | 2 | 31 | 盆頭窮連娘 |
| 上聲 | 3 | 51 | 板頂準米女 |
| 去聲 | 4 | 215 | 半地浪被舅 |
| 入聲 | 5 | 12 | 北搭鐲傑目 |

### 2.8.4 音系說明

（1）聲母 n-有 l 的變體，統一記作 n。

（2）聲母 tʂ-、tʂh-、ʂ-有少部分 ts-、tsh-、s-變體，二者無音位對立，故統一記為 tʂ-、tʂh-、ʂ-。聲母 tʂ-、tʂh-、ʂ-、ʐ-發音部位與普通話翹舌音同。

（3）齊齒呼零聲母音節開頭帶有摩擦音 j-，韻母為 i 時最明顯，記音未標出。撮口呼零聲母音節以 y 開頭，無摩擦。

（4）合口呼零聲母以 u 開頭的複韻母音節，部分字 u 讀 v，如「襪」vᴀ5 等，音系中記出。

（5）劍閣塗山鄉蘇維村話有 8 個單元音，為 ᴀ、e、ɚ、ʅ、i、o、u、y。其位置，見圖 2.24。

（6）從圖 2.24 的散點圖看，後高元音 u 有一個離群值；其餘元音分布都比較集中，元音三角明顯，即發音人在發這些元音時舌體比較穩固。

圖 2.24　劍閣塗山鄉蘇維村話聲學元音散點圖和均值圖

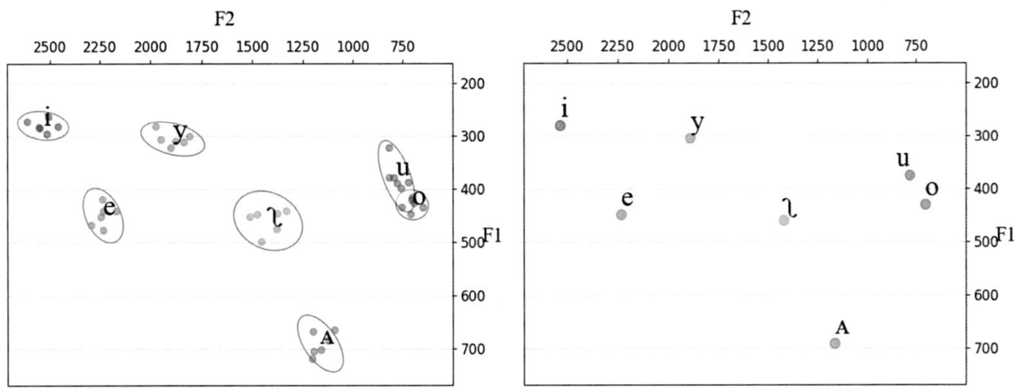


（7）元音 a 作單韻母時偏央，記作 ᴀ；在-an 中偏高為 æ，在-au 和-aŋ 中偏後為ɑ。

（8）元音 e 作單韻母時略低，記作 e；在 ue 中時，舌位較低近於 ɛ，在-ie、-en、-ei 中舌位較高為 e，在-uən 中舌位偏央。

（9）元音 o 較標準元音略後；在-əu 中，元音展唇而偏央，實際為 ə。

（10）元音 u 較標準元音略低，近於 ʊ。

（11）-en、-in、-uən、-yn 的鼻音韻尾完整、穩固；-aŋ、-iaŋ、-uaŋ 的鼻音韻尾完整。

（12）i 作韻尾時偏低，實際為 e，例如：「開」khai1＝khae1。

（13）元音 u 較標準元音低而開，在-au、-iau 中偏低為 ɔ，例如：「號」xau4＝mɑɔ4，「焦」tɕiau1＝tɕiaɔ1。

（14）-ioŋ 在音系配合上當為撮口呼-yoŋ，實際發音已失去圓唇勢，成為齊齒韻。

（15）韻母-oŋ，在聲母 ph-/f-後有變體 əŋ。

（16）劍閣塗山鄉蘇維村話聲調類別和調型，見圖 2.25。去聲 215，在語流中往往失去下凹，為 25 調。

圖 2.25　劍閣塗山鄉蘇維村話聲調均線圖（絕對時長）

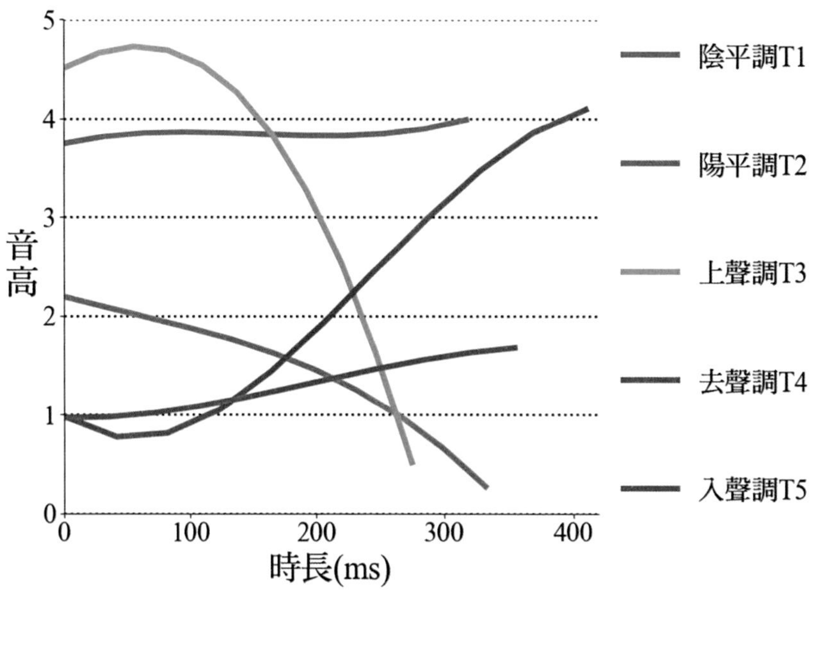


## 2.8.5　聲韻配合表

表 2.8　劍閣塗山鄉蘇維村話聲韻配合表

| | ɿ | | | | | i | | | | | u | | | | | y | | | | |
|---|---|---|---|---|---|---|---|---|---|---|---|---|---|---|---|---|---|---|---|---|
| | 陰 | 陽 | 上 | 去 | 入 | 陰 | 陽 | 上 | 去 | 入 | 陰 | 陽 | 上 | 去 | 入 | 陰 | 陽 | 上 | 去 | 入 |
| p | | | | | | 逼 | | 比 | 幣 | 筆 | | | | 布 | | | | | | |
| ph | | | | | | | 皮 | | 屁 | 劈 | 鋪 | | 譜 | 簿 | | | | | | |
| m | | | | | | | 眉 | 米 | | 密 | | | 母 | | 目 | | | | | |
| f | | | | | | | | | | | | 壺 | 虎 | 戶 | 服 | | | | | |
| v | | | | | | | | | | | | | | | | | | | | |
| t | | | | | | 低 | | | 弟 | | | | 賭 | 杜 | 讀 | | | | | |
| th | | | | | | 梯 | | | 剃 | 笛 | | 圖 | 土 | | | | | | | |
| n | | | | | | | 犁 | 李 | | 立 | | 鑼 | | 路 | 六 | | | 呂 | | |
| tʂ | 知 | | 紫 | 制 | 汁 | | | | | | 租 | | 主 | 做 | 竹 | | | | | |
| tʂh | | 池 | | 刺 | 尺 | | | | | | 初 | 除 | | | 出 | | | | | |
| ʂ | 師 | 時 | 使 | 世 | 十 | | | | | | 輸 | | 鼠 | 樹 | 叔 | | | | | |
| ʐ | | | | | 日 | | | | | | | 如 | 褥 | | 肉 | | | | | |
| tɕ | | | | | | 饑 | 泥 | 姐 | 借 | 集 | | | | | | 鋸 | | 女 | 句 | 橘 |
| tɕh | | | | | | 溪 | 棋 | | 氣 | 七 | | | | | | 區 | 渠 | 取 | 去 | |
| ɕ | | | | | | 希 | | 寫 | 謝 | 習 | | | | | | 靴 | 徐 | 許 | | |
| k | | | | | | | | | | | | | | | 谷 | | | | | |

| | | | | | | | | | | | | | | | | | | | | |
|---|---|---|---|---|---|---|---|---|---|---|---|---|---|---|---|---|---|---|---|---|
| kh | | | | | | | | | | | | | 苦 | 褲 | 哭 | | | | | |
| x | | | | | | | | | | | | | | | | | | | | |
| Ø | | | | | | 衣 | 爺 | 野 | 夜 | 一 | 烏 | 吳 | 武 | 霧 | 物 | | 魚 | 雨 | 遇 | |

| | ɚ | | | | | ᴀ | | | | | ia | | | | | ua | | | | |
|---|---|---|---|---|---|---|---|---|---|---|---|---|---|---|---|---|---|---|---|---|
| | 陰 | 陽 | 上 | 去 | 入 | 陰 | 陽 | 上 | 去 | 入 | 陰 | 陽 | 上 | 去 | 入 | 陰 | 陽 | 上 | 去 | 入 |
| p | | | | | | 爬 | | 把 | | 八 | | | | | | | | | | |
| ph | | | | | | | | | | | | | | | | | | | | |
| m | | | | | | | | 馬 | 罵 | | | | | | | | | | | |
| f | | | | | | | | | | 法 | | | | | | | | | | |
| v | | | | | | | | | | | | | | | | | | | | |
| t | | | | | | | | 打 | 大 | 達 | | | | | | | | | | |
| th | | | | | | | | | | 踏 | | | | | | | | | | |
| n | | | | | | 拉 | | | | 辣 | | | | | | | | | | |
| tʂ | | | | | | | | | | 雜 | | | | | | 抓 | | | | |
| tʂh | | | | | | | 茶 | | | 插 | | | | | | | | | | |
| ʂ | | | | | | 沙 | | | | 殺 | | | | | | | | | | 刷 |
| ʐ | | | | | | | | | | | | | | | | | | | | |
| tɕ | | | | | | | | | | | | | 假 | 嫁 | 甲 | | | | | |
| tɕh | | | | | | | | | | | | | | | | | | | | |
| ɕ | | | | | | | | | | | 蝦 | 斜 | | 夏 | 瞎 | | | | | |
| k | | | | | | | | | | | | | | | | 瓜 | | | 掛 | 刮 |
| kh | | | | | | | | | | | | | | | | | | | | |
| x | | | | | | | | | | | | | | | | 花 | 華 | | 化 | 滑 |
| Ø | | 兒 | 耳 | 二 | | | | | | | | 牙 | 啞 | | 鴨 | 挖 | | 瓦 | | 襪 |

| | e | | | | | ie | | | | | ue | | | | | ye | | | | |
|---|---|---|---|---|---|---|---|---|---|---|---|---|---|---|---|---|---|---|---|---|
| | 陰 | 陽 | 上 | 去 | 入 | 陰 | 陽 | 上 | 去 | 入 | 陰 | 陽 | 上 | 去 | 入 | 陰 | 陽 | 上 | 去 | 入 |
| p | | | | | 北 | | | 扁 | 變 | 滅 | | | | | | | | | | |
| ph | | | | | 拍 | | | | 騙 | | | | | | | | | | | |
| m | | | | | 墨 | | 棉 | | 面 | | | | | | | | | | | |
| f | | | | | | | | | | | | | | | | | | | | |
| v | | | | | | | | | | | | | | | | | | | | |
| t | | | | | 得 | | | 點 | 店 | 跌 | | | | | | | | | | |
| th | | | | | 特 | 天 | 田 | | | 鐵 | | | | | | | | | | |
| n | | | | | | | 連 | | | 列 | | | | | | | | | | |

| tʂ | | | | | 摘 | | | | | | | | | | | | | | | |
|---|---|---|---|---|---|---|---|---|---|---|---|---|---|---|---|---|---|---|---|---|
| tʂh | 車 | | | | 擇 | | | | | | | | | | | | | | | |
| ʂ | | 蛇 | | 射 | 舌 | | | | | | | | | | | | | | | |
| ʐ | | | | | 熱 | | | | | | | | | | | | | | | |
| tɕ | | | | | | 監 | 年 | 眼 | 念 | 業 | | | | | | | | 卷 | 卷 | 絕 |
| tɕh | | | | | | 鉛 | 前 | 淺 | 欠 | 切 | | | | | | 圈 | 全 | | 勸 | 缺 |
| ɕ | | | | | | | 嫌 | 險 | 線 | 協 | | | | | | 先 | | 選 | | 雪 |
| k | | | | | 格 | | | | | | | | | | 國 | | | | | |
| kh | | | | | 刻 | | | | | | | | | | 闊 | | | | | |
| x | | | | | 黑 | | | | | | | | | | 或 | | | | | |
| ø | | | | | | 炎 | 鹽 | | 驗 | 葉 | | | | | | 冤 | 鉛 | 遠 | 院 | 月 |

| | o | | | | | io | | | | | iu | | | | | ai | | | | |
|---|---|---|---|---|---|---|---|---|---|---|---|---|---|---|---|---|---|---|---|---|
| | 陰 | 陽 | 上 | 去 | 入 | 陰 | 陽 | 上 | 去 | 入 | 陰 | 陽 | 上 | 去 | 入 | 陰 | 陽 | 上 | 去 | 入 |
| p | | | | | 剝 | | | | | | | | | | | | | 擺 | 拜 | |
| ph | | 婆 | | 破 | 潑 | | | | | | | | | | | | 排 | | 派 | |
| m | 摸 | 磨 | | 磨 | 末 | | | | | | | | | | | | 埋 | 買 | 賣 | |
| f | | | | | | | | | | | | | | | | | | | | |
| v | | | | | | | | | | | | | | | | | | | | |
| t | 多 | | 躲 | | | | | | | | | | | | | | | | 帶 | |
| th | 拖 | | | | 脫 | | | | | | | | | | | 胎 | 臺 | | | |
| n | | 螺 | | | 落 | | | | | | | | | | | | 來 | | | |
| tʂ | | | | 坐 | 桌 | | | | | | | | | | | | | | | |
| tʂh | | | | 錯 | | | | | | | | | | | | | 財 | | 菜 | |
| ʂ | | | 鎖 | | 索 | | | | | | | | | | | | | | 曬 | |
| ʐ | | | | | 入 | | | | | | | | | | | | | | | |
| tɕ | | | | | | | | | | 足 | | | | | 卒 | | | | | |
| tɕh | | | | | | | | | | 雀 | | | | | | | | | | |
| ɕ | | | | | | | | | | 學 | | | | | 畜 | | | | | |
| k | | | 果 | 過 | 鴿 | | | | | | | | | | | 街 | 岩 | 矮 | 愛 | |
| kh | 箍 | | 可 | 課 | 渴 | | | | | | | | | | | 開 | | | | |
| x | | 河 | 火 | 貨 | 鶴 | | | | | | | | | | | | 還 | 海 | 害 | |
| ø | | 鵝 | | 餓 | | | | | | 藥 | | | | | 育 | | | | | |

| | uai | | | | | ei | | | | | uei | | | | | au | | | | |
|---|---|---|---|---|---|---|---|---|---|---|---|---|---|---|---|---|---|---|---|---|
| | 陰 | 陽 | 上 | 去 | 入 | 陰 | 陽 | 上 | 去 | 入 | 陰 | 陽 | 上 | 去 | 入 | 陰 | 陽 | 上 | 去 | 入 |
| p | | | | | | 杯 | | | 貝 | | | | | | | 包 | | 寶 | 抱 | |
| ph | | | | | | | 賠 | | 配 | | | | | | | | | | 炮 | |
| m | | | | | | | 煤 | | 妹 | | | | | | | 貓 | 毛 | | 帽 | |
| f | | | | | | 飛 | 肥 | | 費 | | | | | | | | | | | |
| v | | | | | | | | | 味 | | | | | | | | | | | |
| t | | | | | | | | | | | | | | 對 | | 刀 | | | 道 | |
| th | | | | | | | | | | | | | | | | | 桃 | 討 | | |
| n | | | | | | | | | | | | 雷 | | 類 | | | | 腦 | 鬧 | |
| tʂ | | | | | | | | | | | 追 | | 嘴 | 罪 | | 朝 | | 早 | 灶 | |
| tʂh | | | | | | | | | | | 吹 | 垂 | | 碎 | | 抄 | 朝 | 草 | 造 | |
| ʂ | | | | | | | | | | | | 隨 | 水 | 歲 | | 燒 | | 嫂 | | |
| ʐ | | | | | | | | | | | | | | | | | | 繞 | | |
| tɕ | | | | | | | | | | | | | | | | | | | | |
| tɕh | | | | | | | | | | | | | | | | | | | | |
| ɕ | | | | | | | | | | | | | | | | | | | | |
| k | | | 拐 | 怪 | | | | | | | 規 | | 鬼 | 桂 | | 熬 | | | | |
| kh | | | 塊 | 快 | | | | | | | 虧 | | | 跪 | | | | | 靠 | |
| x | | 懷 | | 壞 | | | | | | | 灰 | 回 | | 會 | | | | 好 | 好 | |
| ∅ | 歪 | | | 外 | | | | | | | | 危 | 尾 | 位 | | | | | | |

| | iau | | | | | əu | | | | | iəu | | | | | an | | | |
|---|---|---|---|---|---|---|---|---|---|---|---|---|---|---|---|---|---|---|---|
| | 陰 | 陽 | 上 | 去 | 入 | 陰 | 陽 | 上 | 去 | 入 | 陰 | 陽 | 上 | 去 | 入 | 陰 | 陽 | 上 | 去 |
| p | | | 表 | 廟 | | | | | | | | | | | | | | | |
| ph | | | | 票 | | | | | | | | | | | | | | | |
| m | | | | | | | | | | | | | | | | | | | |
| f | | | | | | | | | | | | | | | | | | | |
| v | | | | | | | | | | | | | | | | | | | |
| t | | | | 釣 | | | | | 豆 | | 丟 | | | | | | | | |
| th | | 條 | | | | 偷 | 頭 | 抖 | | | | | | | | | | | |
| n | | | | 料 | | | 樓 | | | | | 流 | | | | | | | |
| tʂ | | | | | | 州 | | 走 | | | | | | | | 粘 | | | 占 |
| tʂh | | | | | | 抽 | 愁 | | 湊 | | | | | | | | | | |
| ʂ | | | | | | | | 手 | 瘦 | | | | | | | | | | |
| ʐ | | | | | | | | | | | | | | | | | | 染 | |

| | | | | | | | | | | | | | | | | | | | |
|---|---|---|---|---|---|---|---|---|---|---|---|---|---|---|---|---|---|---|---|
| tɕ | 交 | | 鳥 | 叫 | | | | | | | | 牛 | 九 | 舊 | | | | | |
| tɕh | 敲 | 橋 | | | | | | | | | | 球 | | | | | | | |
| ɕ | 簫 | | 小 | 孝 | | | | | | | 修 | | | 袖 | | | | | |
| k | | | | | | 歌 | | 藕 | 個 | | | | | | | | | | |
| kh | | | | | | | | 口 | | | | | | | | | | | |
| x | | | | | | | | | 後 | | | | | | | | | | |
| ø | 腰 | 搖 | | 要 | | | | | | | 優 | 油 | 有 | 幼 | | | | | |

| | en | | | | in | | | | uən | | | | yn | | | | aŋ | | | |
|---|---|---|---|---|---|---|---|---|---|---|---|---|---|---|---|---|---|---|---|---|
| | 陰 | 陽 | 上 | 去 | 陰 | 陽 | 上 | 去 | 陰 | 陽 | 上 | 去 | 陰 | 陽 | 上 | 去 | 陰 | 陽 | 上 | 去 |
| p | | | 本 | | 冰 | | 柄 | 病 | | | | | | | | | 班 | | 綁 | 辦 |
| ph | | 盆 | | | | 平 | 品 | | | | | | | | | | | 盤 | | 判 |
| m | | 門 | | | | 名 | | 命 | | | | | | | | | | 忙 | 滿 | 慢 |
| f | 分 | 墳 | 粉 | 糞 | | | | | | | | | | | | | 翻 | 房 | 反 | 犯 |
| v | | | | | | | | | | | | | | | | | | | | |
| t | 燈 | | 等 | 凳 | 釘 | | 頂 | 定 | | | | | | | | | 單 | | 黨 | 淡 |
| th | 吞 | 藤 | | | 廳 | 停 | 挺 | | | | | | | | | | 湯 | 潭 | 毯 | 炭 |
| n | | 輪 | 冷 | 嫩 | | 林 | 領 | | | | | | | | | | | 南 | 懶 | 浪 |
| tʂ | 針 | | 整 | 證 | | | | | | | 準 | | | | | | 章 | | | 戰 |
| tʂh | 村 | 沉 | | 秤 | | | | | 春 | | | 寸 | | | | | 倉 | 蠶 | 廠 | 唱 |
| ʂ | 深 | 神 | 省 | 剩 | | | | | | 唇 | 省 | 順 | | | | | 三 | 嘗 | 傘 | 上 |
| ʐ | | 任 | | 任 | | | | | | | | 閏 | | | | | | | | 讓 |
| tɕ | | | | | 金 | | 緊 | 進 | | | | | 均 | | | 俊 | | | | |
| tɕh | | | | | 親 | 琴 | | 慶 | | | | | | 裙 | | | | | | |
| ɕ | | | | | 心 | 形 | | 姓 | | | | | 熏 | 尋 | | | | | | |
| k | 耕 | | | 硬 | | | | | | | 滾 | | | | | | 甘 | | 感 | 岸 |
| kh | 坑 | | 肯 | | | | | | | | | 困 | | | | | 糠 | | | 看 |
| x | | 橫 | | 恨 | | | | | 婚 | 魂 | | | | | | | | 咸 | 喊 | 項 |
| ø | | | | | 音 | 銀 | 影 | 印 | 溫 | 蚊 | | 問 | | 榮 | 永 | 運 | | | | |

| | iaŋ | | | | uaŋ | | | | oŋ | | | | ioŋ | | | |
|---|---|---|---|---|---|---|---|---|---|---|---|---|---|---|---|---|
| | 陰 | 陽 | 上 | 去 | 陰 | 陽 | 上 | 去 | 陰 | 陽 | 上 | 去 | 陰 | 陽 | 上 | 去 |
| p | | | | | | | | | | | | | | | | |
| ph | | | | | | | | | | 蓬 | | | | | | |
| m | | | | | | | | | | | 猛 | 夢 | | | | |
| f | | | | | | | | | 封 | 縫 | | 鳳 | | | | |
| v | | | | | | | | | | | | | | | | |

| t | | | | | 端 | | 短 | 斷 | 東 | | 懂 | 洞 | | | | |
|---|---|---|---|---|---|---|---|---|---|---|---|---|---|---|---|---|
| th | | | | | | | | | 通 | 銅 | 桶 | 痛 | | | | |
| n | | | 兩 | 亮 | | | 暖 | 亂 | | 濃 | | 弄 | | | | |
| tʂ | | | | | 磚 | | 轉 | 壯 | 終 | | 腫 | 粽 | | | | |
| tʂh | | | | | 窗 | 床 | 鏟 | | 充 | 蟲 | | | | | | |
| ʂ | | | | | 酸 | | | 算 | 松 | | | 宋 | | | | |
| ʐ | | | | | | | 軟 | | | | | | | | | |
| tɕ | 江 | 娘 | 講 | 降 | | | | | | | | | | | | |
| tɕh | | | 搶 | | | | | | | | | | | 窮 | | |
| ɕ | | 降 | 想 | 向 | | | | | | | | | 兄 | 雄 | | |
| k | | | | | 官 | | | 慣 | 宮 | | | 共 | | | | |
| kh | | | | | 寬 | 狂 | | | | | 孔 | | | | | |
| x | | | | | 歡 | 黃 | | 換 | 烘 | 紅 | | | | | | |
| ∅ | 秧 | | 癢 | 樣 | 彎 | 完 | 碗 | 院 | 翁 | | | | | 容 | 擁 | 用 |

## 2.9 南部雙峰鄉話語音系統

### 2.9.1 聲　母

雙峰鄉話有聲母 23 個，含 1 個零聲母。

| p 保部白 | ph 盼平 | m 媽免滅 | f 方負虎互 | v 烏武午 |
|---|---|---|---|---|
| t 堵待狄 | th 討徒 | n 努魯禮 | | |
| ts 早罪株阻主軸 | tsh 寸曹暢初昌 | | s 死疏鼠食蜀 | z 柔釀 |
| tɕ 酒就佳及 | tɕh 取前巧求 | ȵ 念糾牛歐 | ɕ 箱香形習 | |
| dʑ 嚼技妓 | | | | |
| c 金禁競 | | | | |
| k 戈共 | kh 可葵 | ŋ 丐岸暗 | x 貨禾滑 | |
| ∅ 文而語衣羽也 | | | | |

### 2.9.2 韻　母

雙峰鄉話有韻母 38 個。

| ɿ 制斯汁失直尺 | i 爺米移脊集蠍必力昔 | u 鵝部婦物幕木肉 | iu 女律曲遂 |
|---|---|---|---|
| ɚ 兒二耳 | | | |
| ᴀ 他巴答八 | ia 雅佳恰瞎 | ua 瓜蛙挖 | |

| | | | |
|---|---|---|---|
| a 哧 | | uæ 擴廓 | |
| e 者舌跌設列北白 | ie 戒獵歇吉逆 | ue 闊國獲 | ye 雪削 |
| o 多墓鴿入缽脖博卓陌縮 | io 掘略學獄 | | |
| ai 臺階街 | iɛi 諧懈 | uai 怪帥 | |
| ei 配美 | | uei 退規 | |
| au 刀敲兆牡 | iau 交飄弔躍 | | |
| əu 豆舟肉屢 | iəu 勾留幼 | | |
| an 毯艦蟾半限善 | iɛn 減炎添艱連典 | uan 端幻川院 | yɛn 全原玄 |
| en 針吞曾冷輪 | in 心貧冰平 | uən 溫順春哄 | yn 旬君瓊 |
| aŋ 貪旦朗棒 | iaŋ 粱講 | uaŋ 冠晚皇霜窗 | |
| oŋ 盟童冬宮畝 | ioŋ 兄戎容 | | |

## 2.9.3 聲　調

雙峰鄉話有單字聲調 5 個。

| | | | |
|---|---|---|---|
| 陰平 | 1 | 45 | 卑低追哥哀 |
| 陽平 | 2 | 31 | 婆徒其牢娘 |
| 上聲 | 3 | 451 | 彼底展米魯 |
| 去聲 | 4 | 25 | 豹隊路倍技 |
| 入聲 | 5 | 23 | 筆答逐及麥 |

## 2.9.4 音系說明

（1）聲母 n-有 l 的變體，統一記作 n。聲母 ȵ-後帶有同部位濁擦音，實為 ȵʑ，語圖中則表現為鼻音與元音之間有一段亂紋，且共振峰 F1 與 F2 分布散亂（例見圖 2.26 箭頭所示）。

（2）聲母 ts-、tsh-、s-發音部位偏後，舌尖抵上齒齦，介於普通話的舌尖前音和舌尖後音之間。

（3）聲母 ŋ-只出現在開口呼前，軟齶阻塞明顯，鼻音氣流弱。

（4）齊齒呼零聲母音節開頭帶有摩擦音 ʝ-，韻母為 i 時最明顯，記音未標出。撮口呼零聲母音節以 y 開頭，無摩擦。

（5）零聲母的 u 韻母音節開頭帶有明顯的唇齒濁擦音 v-，與其他合口呼零聲母韻的音節有明顯的不同，其中有的音節沒有除阻，成為自成音節的 v̩。

圖 2.26 南部雙峰鄉話「膩」ȵ̥i4 的頻譜圖和共振峰圖

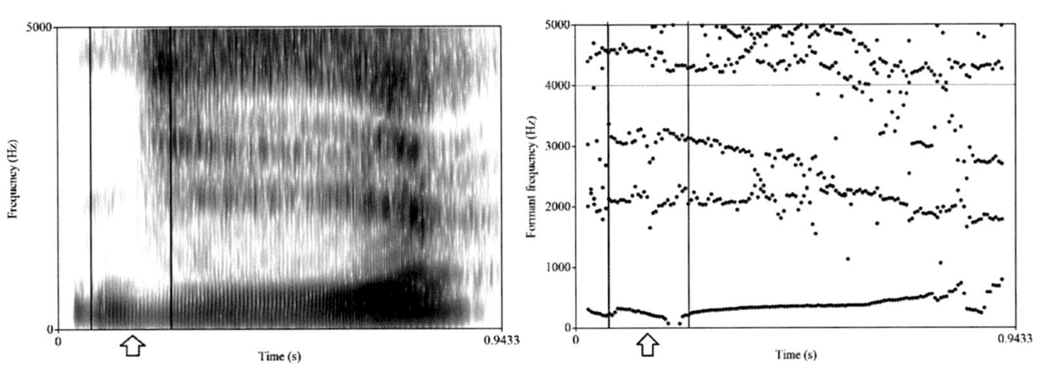


（6）聲母 dʑ-，濁音明顯，為濁塞擦音，語圖中表現為一段濁音槓，例見語圖 2.27。

圖 2.27 南部雙峰鄉話「糾」dʑiəu1 的語圖

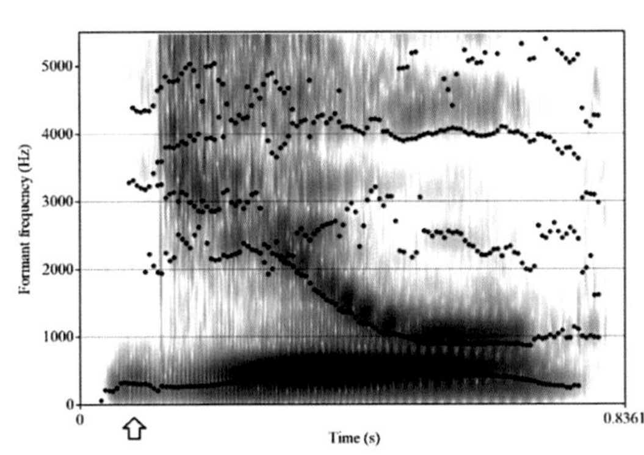


（7）聲母 c-只與細音相拼。

（8）南部雙峰鄉話有 8 個單元音，為ᴀ、a、e、ɚ、i、o、ʅ、u。其位置見圖 2.28。

圖 2.28 南部雙峰鄉話聲學元音散點圖和均值圖

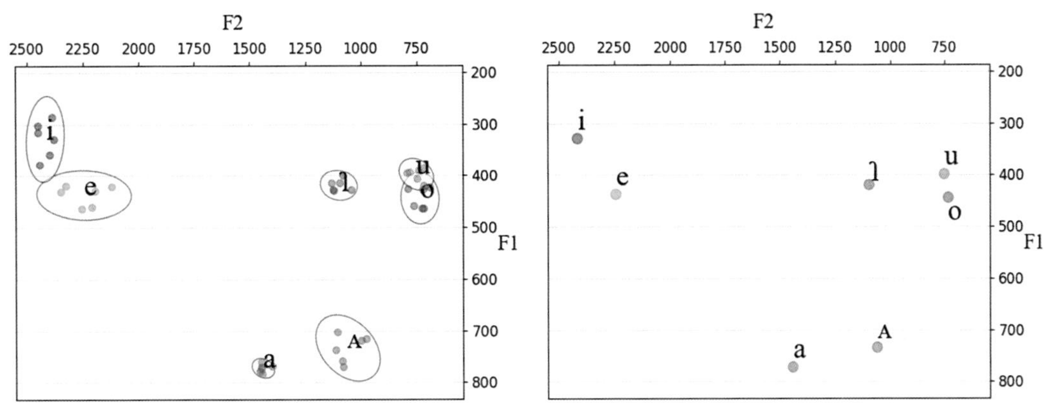


（9）從圖 2.28 的散點圖看，元音 a、ʅ、ᴀ、u、o 的分布相對比較集中；而

前高元音 i、e 分布較分散，即發音時舌體不穩定，有變體形式。

（10）元音 ᴀ，作單元音韻母時偏後；在 iεi 中偏高，記作 ε；在-an 中偏高為 æ；在-aŋ 中偏後為ɑ。

（11）元音 a 作單元音時偏低；在 uæ 中偏高為 æ。在聲韻配合上，韻母 a、uæ 只出現在入聲調音節中。

（12）元音 e 為標準元音；在 ue 中時，舌位較低近於 ε；在-ie、-en、-ei 中舌位較高為 e；在-uən 中舌位偏央為 ə。

（13）元音 o 為標準元音；在-əu、-iəu 中，元音展唇而偏央，實際為 ə。

（14）元音 u 較標準元音低而開，近於 ʊ。

（15）-an、-uan 的鼻音韻尾弱而短，舌尖未抵上齒齦，實際為-a$^{n}$、-ua$^{n}$。

（16）-en、-in、-uən、-yn 的鼻音韻尾完整、穩固；-aŋ、-iaŋ、-uaŋ 的鼻音韻尾完整。

（17）i 作韻尾時偏低，實際為 e，例如：「改」kai3＝kae3。u 在-au、-iau 中偏低為 ɔ，例如：「高」kau1＝kɑɔ1、「肖」ɕiau1＝ɕiaɔ1。-ioŋ 在音系配合上當為撮口呼-yoŋ，實際發音已失去圓唇勢，成為齊齒韻。

（18）韻母-oŋ，在聲母 f-後有變體 əŋ。

（19）南部雙峰鄉話聲調類別和調型，見圖 2.29。去聲 25，聽感中略有下凹。

圖 2.29　南部雙峰鄉話聲調均線圖（絕對時長）

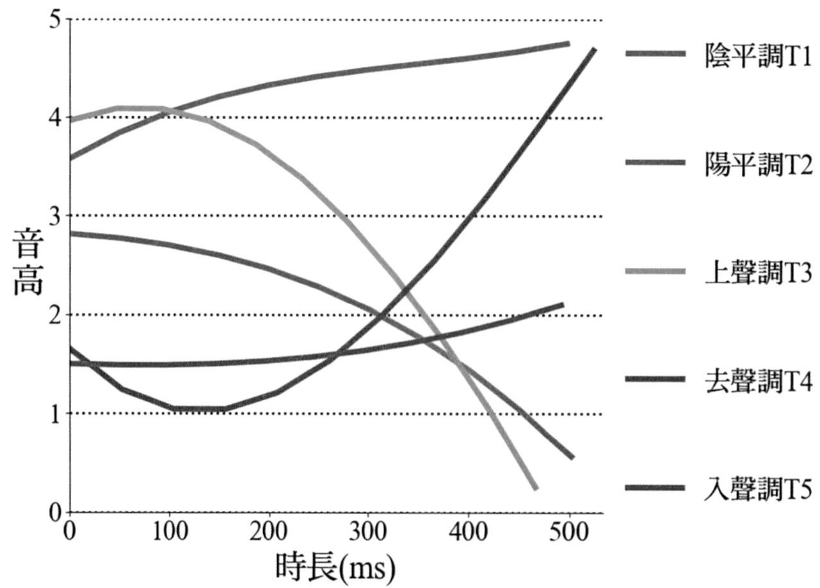

## 2.9.5 聲韻配合表

表 2.9 南部雙峰鄉話聲韻配合表

| | ɿ | | | | | i | | | | | u | | | | | iu | | | | |
|---|---|---|---|---|---|---|---|---|---|---|---|---|---|---|---|---|---|---|---|---|
| | 陰 | 陽 | 上 | 去 | 入 | 陰 | 陽 | 上 | 去 | 入 | 陰 | 陽 | 上 | 去 | 入 | 陰 | 陽 | 上 | 去 | 入 |
| p | | | | | | 蓖 | | 彼 | 幣 | 筆 | | | 補 | 布 | 不 | | | | | |
| ph | | | | | | 屄 | 皮 | 鄙 | 屁 | 闢 | 鋪 | 菩 | 普 | 鋪 | 樸 | | | | | |
| m | | | | | | | 迷 | 米 | 謎 | 蜜 | | 模 | 母 | 暮 | 木 | | | | | |
| f | | | | | | | | | | | 呼 | 胡 | 虎 | 負 | 伏 | | | | | |
| v | | | | | | | | | | | 烏 | 吳 | 五 | 誤 | | | | | | |
| t | | | | | | 低 | | 底 | 帝 | 狄 | 都 | | 堵 | 杜 | 獨 | | | | | |
| th | | | | | | 梯 | 題 | 體 | 替 | 笛 | | 圖 | 土 | 兔 | 凸 | | | | | |
| n | | | | | | | 離 | 禮 | 例 | 力 | | 奴 | 努 | 路 | 六 | | 驢 | 呂 | 慮 | 律 |
| ts | 知 | | 紫 | 制 | 執 | | | | | | 豬 | | 祖 | 助 | 竹 | | | | | |
| tsh | 癡 | 雌 | 齒 | 次 | 尺 | | | | | | 初 | 除 | 楚 | 醋 | 出 | | | | | |
| s | 斯 | 時 | 屎 | 世 | 十 | | | | | | 蘇 | 朔 | 鼠 | 素 | 蜀 | | | | | |
| z | | | | | 日 | | | | | | | 如 | 乳 | | 肉 | | | | | |
| tɕ | | | | | | 雞 | | 己 | 季 | 集 | | | | | | 居 | | 舉 | 句 | 菊 |
| tɕh | | | | | | 妻 | 齊 | 啟 | 氣 | 七 | | | | | | 趨 | 瞿 | 取 | 去 | 曲 |
| ȵ | | | | | | | 泥 | 你 | 膩 | | | | | | | | | 女 | | |
| ɕ | | | | | | 西 | 邪 | 寫 | 細 | 習 | | | | | | 虛 | 徐 | 許 | 敘 | 續 |
| dʑ | | | | | | | | | 技 | | | | | | | | | | | |
| c | | | | | | | | | | | | | | | | | | | | |
| k | | | | | | | | | | | 姑 | | 古 | 故 | 骨 | | | | | |
| kh | | | | | | | | | | | 枯 | | 苦 | 庫 | 哭 | | | | | |
| ŋ | | | | | | | | | | | | | | | | | | | | |
| x | | | | | | | | | | | | 何 | | 荷 | | | | | | |
| ∅ | | | | | | 衣 | 夷 | 也 | 夜 | 乙 | | 蛾 | | 餓 | 物 | 淤 | 魚 | 語 | 遇 | |

| | ɚ | | | | | A | | | | | ia | | | | | ua | | | | |
|---|---|---|---|---|---|---|---|---|---|---|---|---|---|---|---|---|---|---|---|---|
| | 陰 | 陽 | 上 | 去 | 入 | 陰 | 陽 | 上 | 去 | 入 | 陰 | 陽 | 上 | 去 | 入 | 陰 | 陽 | 上 | 去 | 入 |
| p | | | | | | 巴 | 爸 | 把 | 罷 | 八 | | | 癟 | | | | | | | |
| ph | | | | | | | 鈀 | | 怕 | | | | | | | | | | | |
| m | | | | | | 媽 | 痲 | 馬 | 罵 | | | | | | | | | | | |
| f | | | | | | | | | | 法 | | | | | | | | | | |
| v | | | | | | | | | | | | | | | | | | | | |

| t |  |  |  |  |  |  |  | 打 | 大 | 達 |  |  |  |  |  |  |  |  |  |
|---|---|---|---|---|---|---|---|---|---|---|---|---|---|---|---|---|---|---|---|
| th |  |  |  |  |  | 他 |  |  |  | 塔 |  |  |  |  |  |  |  |  |  |
| n |  |  |  |  |  | 拉 | 拿 | 哪 | 那 | 臘 |  |  |  |  |  |  |  |  |  |
| ts |  |  |  |  |  | 渣 |  | 乍 | 炸 | 雜 |  |  |  |  |  | 抓 |  |  |  | 啄 |
| tsh |  |  |  |  |  | 叉 | 茶 |  | 岔 | 插 |  |  |  |  |  |  |  |  |  |
| s |  |  |  |  |  | 沙 |  | 灑 |  | 涉 |  |  |  |  |  |  |  | 耍 |  | 刷 |
| z |  |  |  |  |  |  |  |  |  |  |  |  |  |  |  |  |  |  |  |
| tɕ |  |  |  |  |  |  |  |  |  |  | 家 |  | 假 | 價 | 甲 |  |  |  |  |
| tɕh |  |  |  |  |  |  |  |  |  |  |  |  |  |  | 洽 |  |  |  |  |
| ȵ |  |  |  |  |  |  |  |  |  |  |  |  |  |  |  |  |  |  |  |
| ɕ |  |  |  |  |  |  |  |  |  |  | 蝦 | 霞 |  | 下 | 瞎 |  |  |  |  |
| dʑ |  |  |  |  |  |  |  |  |  |  |  |  |  |  |  |  |  |  |  |
| c |  |  |  |  |  |  |  |  |  |  |  |  |  |  |  |  |  |  |  |
| k |  |  |  |  |  |  |  |  |  |  |  |  |  |  |  | 瓜 |  | 寡 | 卦 | 刮 |
| kh |  |  |  |  |  |  |  |  |  |  |  |  |  |  |  | 誇 |  | 垮 | 跨 |  |
| ŋ |  |  |  |  |  |  |  |  |  |  |  |  |  |  |  |  |  |  |  |
| x |  |  |  |  |  |  |  | ⿰身叚 |  |  |  |  |  |  |  | 花 | 華 |  | 話 | 滑 |
| ∅ |  | 兒 | 爾 | 二 |  | 阿 |  |  |  |  | 丫 | 牙 | 雅 | 亞 | 鴨 | 蛙 | 娃 | 瓦 |  | 襪 |

|  | a |  |  |  |  | uæ |  |  |  |  | e |  |  |  |  | ie |  |  |  |  |
|---|---|---|---|---|---|---|---|---|---|---|---|---|---|---|---|---|---|---|---|---|
|  | 陰 | 陽 | 上 | 去 | 入 | 陰 | 陽 | 上 | 去 | 入 | 陰 | 陽 | 上 | 去 | 入 | 陰 | 陽 | 上 | 去 | 入 |
| p |  |  |  |  |  |  |  |  |  |  |  |  |  |  | 北 |  |  |  |  | 鱉 |
| ph |  |  |  |  |  |  |  |  |  |  |  |  |  |  | 泊 |  |  | 擘 |  |  |
| m |  |  |  |  |  |  |  |  |  |  |  |  |  |  | 麥 |  |  |  |  |  |
| f |  |  |  |  |  |  |  |  |  |  |  |  |  |  |  |  |  |  |  |  |
| v |  |  |  |  |  |  |  |  |  |  |  |  |  |  |  |  |  |  |  |  |
| t |  |  |  |  |  |  |  |  |  |  |  |  |  |  | 德 | 爹 |  |  |  |  |
| th |  |  |  |  |  |  |  |  |  |  |  |  |  |  | 鐵 |  |  |  |  |  |
| n |  |  |  |  |  |  |  |  |  |  |  |  |  |  | 列 |  |  |  |  | 獵 |
| ts |  |  |  |  |  |  |  |  |  |  | 遮 |  | 者 | 蔗 | 責 |  |  |  |  |  |
| tsh |  |  |  |  |  |  |  |  |  |  | 車 |  | 扯 |  | 策 |  |  |  |  |  |
| s |  |  |  |  |  |  |  |  |  |  | 奢 | 蛇 | 捨 | 社 | 舌 |  |  |  |  |  |
| z |  |  |  |  |  |  |  |  |  |  |  |  | 惹 |  | 熱 |  |  |  |  |  |
| tɕ |  |  |  |  |  |  |  |  |  |  |  |  |  |  |  |  |  | 姐 | 借 | 接 |
| tɕh |  |  |  |  |  |  |  |  |  |  |  |  |  |  |  |  |  |  |  | 切 |
| ȵ |  |  |  |  |  |  |  |  |  |  |  |  |  |  |  |  |  |  |  | 逆 |

| | | | | | | | | | | | | | | | | | | | | |
|---|---|---|---|---|---|---|---|---|---|---|---|---|---|---|---|---|---|---|---|---|
| ɕ | | | | | | | | | | | | | | | | | | | | 歇 |
| dʑ | | | | | | | | | | | | | | | | | | | | |
| c | | | | | | | | | | | | | | | | | | | | |
| k | | | | | | | | | | | | | | | 格 | | | | | |
| kh | | | | | | | | | | 擴 | | | | | 克 | | | | | |
| ŋ | | | | | | | | | | | | | | | 額 | | | | | |
| x | | | | | 嚇 | | | | | | | | | | 黑 | | | | | |
| ∅ | | | | | | | | | | | | | | | 業 | 噎 | | | | 葉 |

| | ue | | | | | ye | | | | | o | | | | | io | | | | |
|---|---|---|---|---|---|---|---|---|---|---|---|---|---|---|---|---|---|---|---|---|
| | 陰 | 陽 | 上 | 去 | 入 | 陰 | 陽 | 上 | 去 | 入 | 陰 | 陽 | 上 | 去 | 入 | 陰 | 陽 | 上 | 去 | 入 |
| p | | | | | | | | | | | 波 | | 簸 | 播 | 博 | | | | | |
| ph | | | | | | | | | | | 坡 | 婆 | 頗 | 破 | 潑 | | | | | |
| m | | | | | | | | | | | 摸 | 魔 | 抹 | 墓 | 墨 | | | | | |
| f | | | | | | | | | | | | | | | | | | | | |
| v | | | | | | | | | | | | | | | | | | | | |
| t | | | | | | | | | | | 多 | | 躲 | 剁 | 鐸 | | | | | |
| th | | | | | | | | | | | 拖 | | 妥 | | 脫 | | | | | |
| n | | | | | | | | | | | 囉 | 羅 | 裸 | 糯 | 絡 | | | | | 略 |
| ts | | | | | 拽 | | | | | | | | 左 | 坐 | 昨 | | | | | |
| tsh | | | | | | | | | | | 搓 | | | 銼 | 濁 | | | | | |
| s | | | | | | | | | | | 蓑 | | 瑣 | | 說 | | | | | |
| z | | | | | | | | | | | | | | | 入 | | | | | |
| tɕ | | | | | | | | | 蹷 | 絕 | | | | | | | | | | 腳 |
| tɕh | | | | | | | 瘸 | | | 缺 | | | | | | | | | | 鵲 |
| ȵ | | | | | | | | | | | | | | | | | | | | |
| ɕ | | | | | | 靴 | | | | 雪 | | | | | | | | | | 學 |
| dʑ | | | | | | | | | | | | | | | | | | | | |
| c | | | | | | | | | | | | | | | | | | | | |
| k | | | | | 國 | | | | | | 歌 | | 果 | 個 | 各 | | | | | |
| kh | | | | | 闊 | | | | | | 科 | | 可 | 課 | 磕 | | | | | |
| ŋ | | | | | | | | | | | | 齶 | 我 | | 訛 | | | | | |
| x | | | | | 或 | | | | | | 喝 | 河 | 火 | 貨 | 盒 | | | | | |
| ∅ | | | | | | 曰 | | | | 閱 | 倭 | | | 臥 | 握 | | | | | 藥 |

| | ai | | | | | iɛi | | | | | uai | | | | | ei | | | | |
|---|---|---|---|---|---|---|---|---|---|---|---|---|---|---|---|---|---|---|---|---|
| | 陰 | 陽 | 上 | 去 | 入 | 陰 | 陽 | 上 | 去 | 入 | 陰 | 陽 | 上 | 去 | 入 | 陰 | 陽 | 上 | 去 | 入 |
| p | | | 擺 | 拜 | | | | | | | | | | | | 杯 | | | 貝 | |
| ph | | 牌 | | 派 | | | | | | | | | | | | 批 | 賠 | 胚 | 配 | |
| m | | 埋 | 買 | 賣 | | | | | | | | | | | | | 梅 | 每 | 昧 | |
| f | | | | | | | | | | | | | | | | 飛 | 肥 | 匪 | 廢 | |
| v | | | | | | | | | | | | | | | | | | | | |
| t | 呆 | | 逮 | 代 | | | | | | | | | | | | | | | | |
| th | 胎 | 臺 | | 態 | | | | | | | | | | | | | | | | |
| n | | 來 | 奶 | 耐 | | | | | | | | | | | | | | | | |
| ts | 災 | | 宰 | 再 | | | | | | | | | | | | | | | | |
| tsh | 猜 | 柴 | 彩 | 菜 | | | | | | | | | 喘 | | | | | | | |
| s | 腮 | | | 賽 | | | | | | | 衰 | | 摔 | 帥 | | | | | | |
| z | | | | | | | | | | | | | | | | | | 蕊 | | |
| tɕ | | | | | | | | | | | | | | | | | | | | |
| tɕh | | | | | | | | | | | | | | | | | | | | |
| ȵ | | | | | | | | | | | | | | | | | | | | |
| ɕ | | | | | | | 諧 | | 懈 | | | | | | | | | | | |
| dʑ | | | | | | | | | | | | | | | | | | | | |
| c | | | | | | | | | | | | | | | | | | | | |
| k | 街 | | 改 | 介 | | | | | | | 乖 | | 枴 | 怪 | | | | | | |
| kh | 開 | | 楷 | 概 | | | | | | | | | 塊 | 快 | | | | | | |
| ŋ | 哀 | 挨 | 矮 | 愛 | | | | | | | | | | | | | | | | |
| x | | 孩 | 海 | 害 | | | | | | | | 懷 | | 壞 | | | | | | |
| ∅ | | | 唉 | | | | | | | | 歪 | | | | | | | | | |

| | uei | | | | | au | | | | | iau | | | | | əu | | | | |
|---|---|---|---|---|---|---|---|---|---|---|---|---|---|---|---|---|---|---|---|---|
| | 陰 | 陽 | 上 | 去 | 入 | 陰 | 陽 | 上 | 去 | 入 | 陰 | 陽 | 上 | 去 | 入 | 陰 | 陽 | 上 | 去 | 入 |
| p | | | | | | 包 | | 保 | 豹 | | 標 | | 表 | | | | | | | |
| ph | | | | | | 拋 | 袍 | 跑 | 炮 | | 飄 | 瓢 | | 票 | | | | | | |
| m | | | | | | 貓 | 毛 | 卯 | 冒 | | | 苗 | 秒 | 廟 | | | | | | |
| f | | | | | | | | | | | | | | | | | | | | |
| v | | | | | | | | | | | | | | | | | | | | |
| t | 堆 | | | 對 | | 刀 | | 島 | 道 | | 雕 | | | 弔 | | 兜 | | 陡 | 豆 | |
| th | 推 | 頹 | 腿 | 退 | | 滔 | 桃 | 討 | 套 | | 挑 | 條 | | 跳 | | 偷 | 頭 | 抖 | 透 | |
| n | | 雷 | 儡 | 內 | | 撈 | 勞 | 腦 | 鬧 | | | 遼 | 了 | 料 | | | 樓 | 屢 | 漏 | |

| | | | | | | | | | | | | | | | | | | | | |
|---|---|---|---|---|---|---|---|---|---|---|---|---|---|---|---|---|---|---|---|---|
| ts | 追 | | 嘴 | 罪 | | 遭 | | 早 | 皂 | | | | | | | 周 | | 走 | 晝 | |
| tsh | 催 | 垂 | | 脆 | | 操 | 曹 | 草 | 造 | | | | | | | 抽 | 綢 | 醜 | 湊 | |
| s | 雖 | 隨 | 水 | 歲 | | 騷 | 韶 | 嫂 | 紹 | | | | | | | 收 | | 手 | 售 | |
| z | | | | 銳 | | | 饒 | 擾 | | | | | | | | | 柔 | | 肉 | |
| tɕ | | | | | | | | | | | 交 | | 餃 | 叫 | | | | | | |
| tɕh | | | | | | | | | | | 悄 | 橋 | 巧 | 竅 | | | | | | |
| ȵ | | | | | | | | | | | | | 鳥 | 尿 | | | | | | |
| ɕ | | | | | | | | | | | 肖 | 淆 | 曉 | 笑 | | | | | | |
| dʑ | | | | | | | | | | | | 嚼 | | | | | | | | |
| c | | | | | | | | | | | | | | | | | | | | |
| k | 歸 | | 鬼 | 桂 | | 高 | | 稿 | 告 | | | | | | | | | | | |
| kh | 虧 | 奎 | 傀 | 潰 | | 敲 | | 考 | 靠 | | | | | | | | | | | |
| ŋ | | | | | | 熬 | | 襖 | 傲 | | | | | | | | | | | |
| x | 灰 | 回 | 悔 | 賄 | | 薅 | 毫 | 好 | 好 | | | | | | | | 侯 | 吼 | 厚 | |
| ∅ | 威 | 危 | 委 | 外 | | | | | | | 妖 | 堯 | 舀 | 耀 | | | | | | |

| | iəu | | | | | an | | | | iɛn | | | | uan | | | |
|---|---|---|---|---|---|---|---|---|---|---|---|---|---|---|---|---|---|
| | 陰 | 陽 | 上 | 去 | 入 | 陰 | 陽 | 上 | 去 | 陰 | 陽 | 上 | 去 | 陰 | 陽 | 上 | 去 |
| p | | | | | | 班 | | 板 | 半 | 邊 | | 貶 | 變 | | | | |
| ph | | | | | | 攀 | 盤 | | 叛 | 篇 | 便 | | 騙 | | | | |
| m | | | | | | | 蠻 | 滿 | 慢 | | 眠 | 免 | 面 | | | | |
| f | | | | | | 翻 | 煩 | 反 | 販 | | | | | | | | |
| v | | | | | | | | | | | | | | | | | |
| t | 丟 | | | | | | | | | 顛 | | 點 | 店 | 端 | | 短 | 斷 |
| th | | | | | | | | 毯 | | 天 | 田 | 舔 | | | 團 | | |
| n | 溜 | 流 | 柳 | | | | | | | | 連 | 臉 | 練 | | 鸞 | 暖 | 亂 |
| ts | | | | | | 氈 | | 展 | 棧 | | | | | 鑽 | | 轉 | 鑽 |
| tsh | | | | | | | 殘 | | 懺 | | | | | 川 | 船 | 鏟 | 串 |
| s | | | | | | 搧 | 蟬 | | 善 | | | | | 珊 | | | 算 |
| z | | | | | | | 然 | | | | | | | | | 軟 | |
| tɕ | 臼 | | 酒 | 舊 | | | | | | 尖 | | 減 | 鑒 | | | | |
| tɕh | 秋 | 求 | | | | | | | | 千 | 錢 | 淺 | 欠 | | | | |
| ȵ | 歐 | 牛 | 藕 | 慪 | | | | | | 研 | 嚴 | 眼 | 驗 | | | | |
| ɕ | 修 | 囚 | 朽 | 秀 | | | | | | 仙 | 閒 | 險 | 線 | | | | |
| dʑ | 糾 | | | | | | | | | | | | | | | | |
| c | | | | | | | | | | | | | | | | | |

| k | 勾 | | 狗 | 夠 | | | | | | | | | | 官 | | 管 | 貫 |
|---|---|---|---|---|---|---|---|---|---|---|---|---|---|---|---|---|---|
| kh | 摳 | | 口 | 叩 | | | | 檻 | | | | | | 寬 | | 款 | |
| ŋ | | | | | | | | | 雁 | | | | | | | | |
| x | | | | | | | | | 限 | | | | | 歡 | 桓 | 緩 | 幻 |
| Ø | 優 | 尤 | 有 | 又 | | | | | | 淹 | 鹽 | 演 | 豔 | 彎 | 玩 | 宛 | 院 |

| | yɛn | | | | en | | | | in | | | | uən | | | | yn | | | |
|---|---|---|---|---|---|---|---|---|---|---|---|---|---|---|---|---|---|---|---|---|
| | 陰 | 陽 | 上 | 去 | 陰 | 陽 | 上 | 去 | 陰 | 陽 | 上 | 去 | 陰 | 陽 | 上 | 去 | 陰 | 陽 | 上 | 去 |
| p | | | | | 崩 | | 本 | 笨 | 彬 | | 柄 | 病 | | | | | | | | |
| ph | | | | | 烹 | 盆 | | | 拼 | 貧 | 品 | 聘 | | | | | | | | |
| m | | | | | | 門 | | 悶 | | 名 | 皿 | 命 | | | | | | | | |
| f | | | | | 分 | 焚 | 粉 | 憤 | | | | | | | | | | | | |
| v | | | | | | | | | | | | | | | | | | | | |
| t | | | | | 燈 | | 等 | 頓 | 丁 | | 頂 | 定 | | | | | | | | |
| th | | | | | 吞 | 藤 | | | 廳 | 亭 | 挺 | | | | | | | | | |
| n | | | | | | 輪 | 冷 | 嫩 | | 林 | 嶺 | 另 | | | | | | | | |
| ts | | | | | 針 | | 怎 | 鎮 | | | | | | | 準 | | | | | |
| tsh | | | | | 村 | 陳 | 懲 | 趁 | | | | | 春 | | 蠢 | | | | | |
| s | | | | | 森 | 乘 | 沈 | 甚 | | | | | | 唇 | | 順 | | | | |
| z | | | | | | 人 | 忍 | 認 | | | | | | | | 閏 | | | | |
| tɕ | 絹 | | 卷 | 卷 | | | | | 今 | | 警 | 進 | | | | | 軍 | | 迥 | 俊 |
| tɕh | 圈 | 全 | 犬 | 勸 | | | | | 青 | 琴 | 請 | 慶 | | | | | 頃 | 瓊 | | |
| ȵ | | | | | | | | | | | | | | | | | | | | |
| ɕ | 軒 | 弦 | 選 | 旋 | | | | | 心 | 型 | 醒 | 姓 | | | | | 熏 | 旬 | | 訓 |
| dʑ | | | | | | | | | | | | | | | | | | | | |
| c | | | | | | | | | 金 | | | 競 | | | | | | | | |
| k | | | | | 耕 | | 耿 | | | | | | | | 滾 | 棍 | | | | |
| kh | | | | | 坑 | | 肯 | | | | | | 坤 | | 捆 | 困 | | | | |
| ŋ | | | | | 恩 | | | 硬 | | | | | | | | | | | | |
| x | | | | | 哼 | 痕 | 很 | 杏 | | | | | 昏 | 魂 | 哄 | 混 | | | | |
| Ø | 冤 | 鉛 | 遠 | 願 | | | | | 英 | 吟 | 引 | 印 | 溫 | 文 | 穩 | 問 | | 雲 | 允 | 韻 |

| | aŋ | | | | iaŋ | | | | uaŋ | | | | oŋ | | | | ioŋ | | | |
|---|---|---|---|---|---|---|---|---|---|---|---|---|---|---|---|---|---|---|---|---|
| | 陰 | 陽 | 上 | 去 | 陰 | 陽 | 上 | 去 | 陰 | 陽 | 上 | 去 | 陰 | 陽 | 上 | 去 | 陰 | 陽 | 上 | 去 |
| p | 幫 | | 榜 | 辦 | | | | | | | | | 繃 | | | 迸 | | | | |
| ph | | 龐 | | 盼 | | | | | | | | | | 朋 | 捧 | 碰 | | | | |

| m | | 忙 | 蟒 | | | | | | | | | | 懵 | 盟 | 畝 | 茂 | | | | |
|---|---|---|---|---|---|---|---|---|---|---|---|---|---|---|---|---|---|---|---|---|
| f | 方 | 凡 | 訪 | 範 | | | | | | | | | 風 | 馮 | 諷 | 鳳 | | | | |
| v | | | | | | | | | | | | | | | | | | | | |
| t | 耽 | | 膽 | 宕 | | | | | | | | | 東 | | 董 | 凍 | | | | |
| th | 貪 | 談 | 坦 | 探 | | | | | | | | | 通 | 同 | 桶 | 痛 | | | | |
| n | | 南 | 朗 | 浪 | | 良 | 兩 | 亮 | | | | | | 籠 | 攏 | 弄 | | | | |
| ts | 章 | | 盞 | 贊 | | | | | 莊 | | | 壯 | 舂 | | 總 | 縱 | | | | |
| tsh | 餐 | 蠶 | 廠 | 倡 | | | | | 窗 | 床 | 闖 | 創 | 聰 | 蟲 | 寵 | | | | | |
| s | 三 | 常 | 閃 | 上 | | | | | 雙 | | 爽 | | 松 | | 慫 | 送 | | | | |
| z | | 瓤 | 染 | 讓 | | | | | | | | | 冗 | 茸 | | | | | | |
| tɕ | | | | | 姜 | | 講 | 醬 | | | | | | | | | | | | |
| tɕh | | | | | 羌 | 牆 | 搶 | 嗆 | | | | | | | | | | 窮 | | |
| ȵ | | | | | | 娘 | | | | | | | | | | | | | | |
| ɕ | | | | | 相 | 詳 | 想 | 相 | | | | | | | | | 兄 | 熊 | | |
| dʑ | | | | | | | | | | | | | | | | | | | | |
| c | | | | | | | | | | | | | | | | | | | | |
| k | 柑 | | 感 | 槓 | | | | | 棺 | | 廣 | | 公 | | 鞏 | 共 | | | | |
| kh | 康 | 扛 | 坎 | 抗 | | | | | 筐 | 狂 | | 況 | 空 | | 孔 | 控 | | | | |
| ŋ | 安 | 昂 | | 暗 | | | | | | | | | | | | | | | | |
| x | 憨 | 含 | 喊 | 項 | | | | | 荒 | 黃 | 謊 | | 烘 | 紅 | | 哄 | | | | |
| ∅ | | | | | 央 | 羊 | 養 | 樣 | 豌 | 亡 | 碗 | 望 | 翁 | | | 齆 | 臃 | 容 | 勇 | 用 |

## 2.10 南部西河鄉話語音系統

### 2.10.1 聲　母

西河鄉話有聲母 23 個，含 1 個零聲母。

| p 班幣白 | ph 胖瓶 | m 米棉木 | f 方肥虎胡 | v 巫午烏 |
|---|---|---|---|---|
| t 底稻獨 | th 討徒 | n 努羅離 | | |
| ts 組姐雜靖知治莊狀支逐 | tsh 菜青才前超廚初柴尺 | | s 素寫松席疏始食 | z 汝釀 |
| tɕ 際匠集計技及 | tɕh 取全起期 | ȵ 尼牛厄 | ɕ 鮮詳喜匣 | |
| dʑ 緝 | | | | |
| c 急 | | | | |
| k 姑共 | kh 枯葵 | ŋ 我案紐 | x 漢回或囚 | |
| ∅ 文而衙衣衛移 | | | | |

### 2.10.2 韻 母

西河鄉話有韻母 35 個。

| ʅ 制支執實食赤 | i 姐底技協級穴筆息昔 | u 布母佛毒 | y 蛆趨 |
|---|---|---|---|
| ɚ 兒二耳 | | | |
| ᴀ 他巴答八 | ia 雅佳夾瞎 | ua 寡掛挖 | |
| e 涉設德隔 | ie 葉列逆 | ue 闊擴國獲 | ye 雪削 |
| o 羅墓盒入活骨博卓陌木 | io 倔略學疫菊 | | yi 掘蕨 |
| | iu 女玉遂 | | |
| ai 貸界街 | | uai 乖帥 | |
| ei 者貝費 | | uei 隊垂 | |
| au 道敲照牡 | iau 孝苗跳躍 | | |
| əu 戈頭綢糾屢 | iəu 溝留幼 | | |
| | iɛn 介尖件 | | yɛn 全袁玄 |
| en 審痕騰杏輪 | in 林貧冰兵 | uən 棍醇春 | yn 鈞雲瓊 |
| aŋ 貪蘭忙項 | iaŋ 剛亮講 | uaŋ 段完廣莊窗 | |
| oŋ 焚盟銅農風貿 | ioŋ 兄雄容 | | |

### 2.10.3 聲 調

西河鄉話有單字聲調 5 個。

| 陰平 | 1 | 35 | 包東知姑音 |
|---|---|---|---|
| 陽平 | 2 | 31 | 平桃其盧年 |
| 上聲 | 3 | 52 | 彼堵展美魯 |
| 去聲 | 4 | 214 | 半第利笨技 |
| 入聲 | 5 | 22 | 必答濁傑麥 |

### 2.10.4 音系說明

（1）聲母 n-有 l 的變體，統一記作 n。聲母 ȵ-後帶有同部位濁擦音，實為 ȵʑ，語圖中則表現為鼻音與元音之間有一段亂紋，且共振峰 F1 與 F2 分布散亂（例見圖 2.30 箭頭所示）。

（2）聲母 ts-、tsh-、s-發音部位偏後，舌尖抵上齒齦，介於普通話的舌尖前音和舌尖後音之間。

（3）聲母 ŋ-只出現在開口呼前，軟齶阻塞明顯，鼻音氣流弱。

圖 2.30　南部西河鄉話「膩」n̥i4 的頻譜圖和共振峰圖

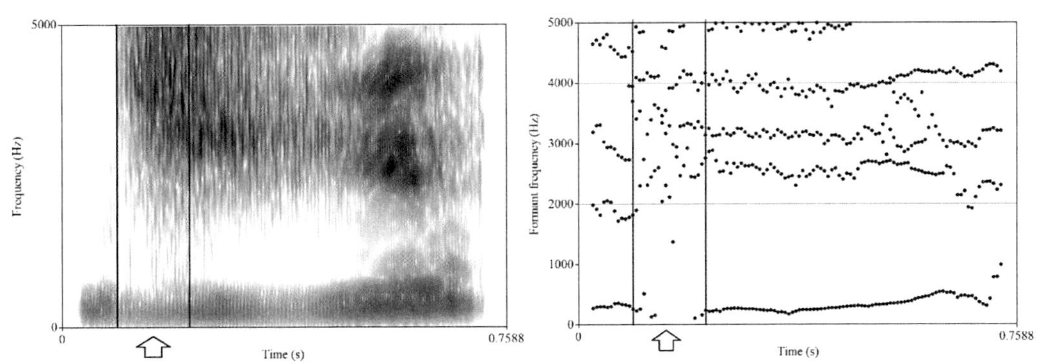


（4）齊齒呼零聲母音節開頭帶有摩擦音 j-，韻母為 i 時最明顯，甚至擦音成分貫穿整個音節，語圖中共振峰 F2 明顯呈現散亂分布（例見圖 2.31 箭頭所示），記音未標出。撮口呼零聲母音節以 y 開頭，無摩擦。

圖 2.31　南部西河鄉話「藝」i4/ji4 共振峰圖

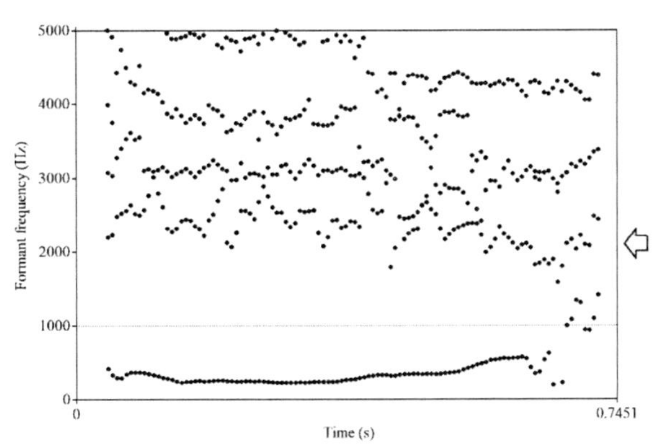


（5）零聲母的 u 韻母音節開頭帶有明顯的唇齒濁擦音 v-，與其他合口呼零聲母韻的音節有明顯的不同，其中有的音節沒有除阻，成為自成音節的 v̩。

（6）聲母 c-只與細音相拼。

（7）聲母 dʑ-，濁音明顯，為濁塞擦音，語圖中表現為一段濁音槓，例見語圖 2.32。

（8）南部西河鄉話有 8 個單元音，為 ᴀ、e、ɚ、i、o、ɿ、u、y。其位置，見圖 2.33。

（9）從圖 2.33 的散點圖看，元音 i、y、ɿ、ᴀ、u、o 的分布比較集中；而前高元音 e 分布較分散，即發音時舌體不穩定，有變體形式。

（10）元音 ᴀ 作單元音時偏後；在-an 中偏高為 æ；在-aŋ 中偏後為ɑ。

（11）元音 e 作單元音時為標準元音；在 ue 中時，舌位較低近於 ε，在-ie、

-en、-ei 中舌位較高為 e；在-uən 中舌位偏央為 ə。

圖 2.32　南部西河鄉話「緝」dʑi5 的語圖

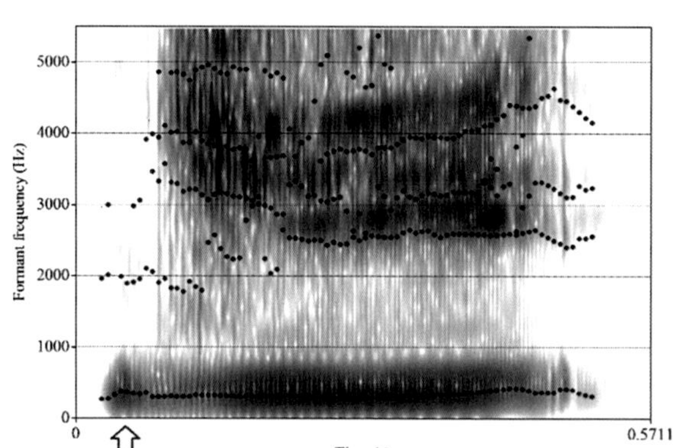


圖 2.33　南部西河鄉話聲學元音散點圖和均值圖

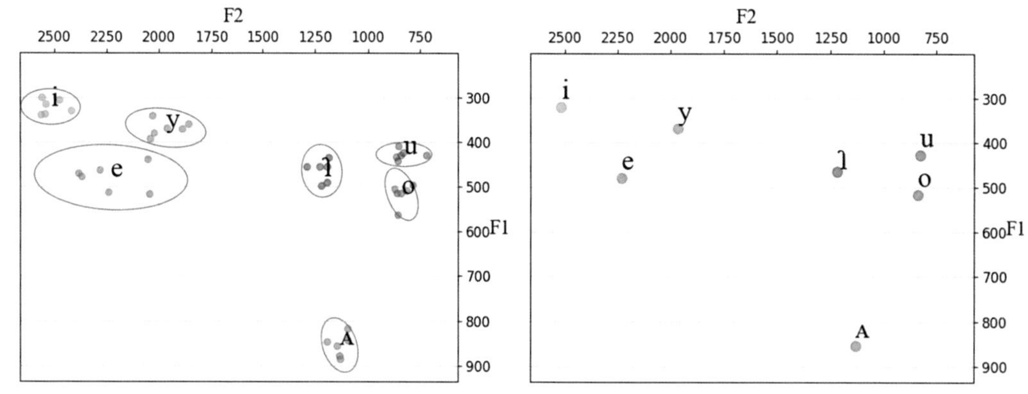


（12）元音 o 作單元音時，較標準元音低而開；在-əu、-iəu 中，元音展唇而偏央，實際為 ə。

（13）元音 u 作單元音時，較標準元音低而開，近於 ʊ；在入聲音節中，單元韻母的 u 後有較短的衍音 o，實際為 uo。

（14）韻母-iu 有變體-yu。

（15）南部西河鄉話無-an、-uan 韻母。

（16）-en、-in、-uən、-yn 的鼻音韻尾完整、穩固；-aŋ、-iaŋ、-uaŋ 的鼻音韻尾完整。

（17）單元音韻母-i 在入聲音節中偏央為 ɪ。

（18）元音 i 作韻尾時偏低，實際為 e，例如：「該」kai1＝kae1。u 在-au、-iau 中偏低為 ɔ，例如：「冒」mau4＝mɑɔ4，「交」tɕiau1＝tɕiaɔ1。-ioŋ 在音系配合上當為撮口呼-yoŋ，實際發音已失去圓唇勢，成為齊齒韻。

（19）韻母-oŋ，在聲母 ph-/f-後有變體 əŋ。

（20）南部西河鄉話聲調類別和調型，見圖 2.34。去聲 214，在語流中往往失去下凹，為 24 調。

圖 2.34　南部西河鄉話聲調均線圖（絕對時長）

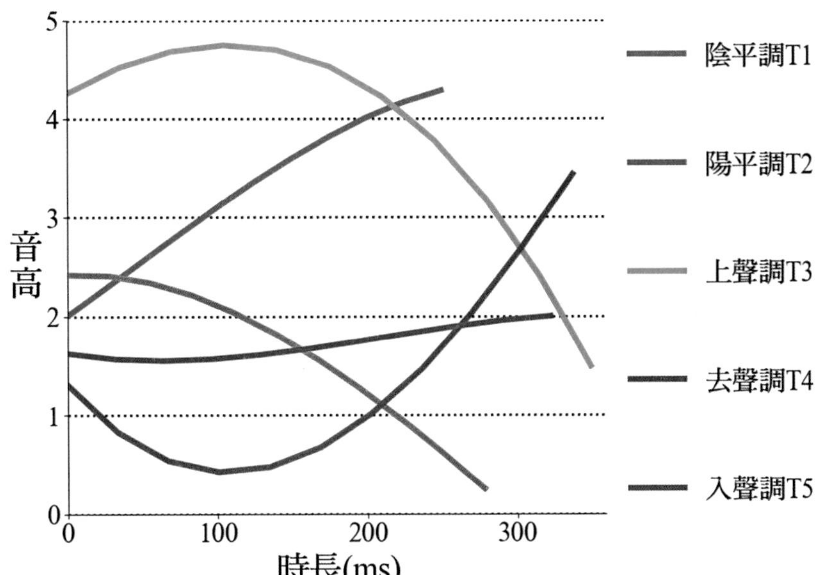


## 2.10.5　聲韻配合表

表 2.10　南部西河鄉話聲韻配合表

| | ɿ | | | | | i | | | | | u | | | | | y | | | | |
|---|---|---|---|---|---|---|---|---|---|---|---|---|---|---|---|---|---|---|---|---|
| | 陰 | 陽 | 上 | 去 | 入 | 陰 | 陽 | 上 | 去 | 入 | 陰 | 陽 | 上 | 去 | 入 | 陰 | 陽 | 上 | 去 | 入 |
| p | | | | | | 蓖 | | 彼 | 幣 | 筆 | | | 補 | 部 | | | | | | |
| ph | | | | | | 屄 | 皮 | 鄙 | 屁 | 闢 | 鋪 | 菩 | 譜 | 鋪 | | | | | | |
| m | | | | | | | 迷 | 米 | 覓 | 蜜 | | 模 | 母 | | | | | | | |
| f | | | | | | | | | | | 呼 | 胡 | 虎 | 戶 | 伏 | | | | | |
| v | | | | | | | | | | | 烏 | 吳 | 五 | 務 | | | | | | |
| t | | | | | | 低 | | 底 | 帝 | 狄 | 都 | | 堵 | 杜 | 獨 | | | | | |
| th | | | | | | 梯 | 題 | 體 | 替 | 踢 | | 圖 | 土 | 兔 | 禿 | | | | | |
| n | | | | | | | 氂 | 禮 | 例 | 立 | | 盧 | 努 | 怒 | | | | | | |
| ts | 之 | | 子 | 自 | 執 | | | 姐 | | | 朱 | | 祖 | 做 | 燭 | | | | | |
| tsh | 癡 | 瓷 | 齒 | 次 | 尺 | | | | | 漆 | 粗 | 除 | 楚 | 醋 | | | | | | |
| s | 私 | 時 | 史 | 世 | 十 | | 斜 | 寫 | 細 | 息 | 蘇 | | 鼠 | 素 | 囑 | | | | | |
| z | | | | | 日 | | | | | | | 如 | 汝 | | | | | | | |

| | | | | | | | | | | | | | | | | | | | | |
|---|---|---|---|---|---|---|---|---|---|---|---|---|---|---|---|---|---|---|---|---|
| tɕ | | | | | | 雞 | | 己 | 技 | 集 | | | | | | | | | | |
| tɕh | | | | | | 妻 | 其 | 啟 | 氣 | 七 | | | | | | 趨 | | | | |
| ȵ | | | | | | | 泥 | 你 | 膩 | | | | | | | | | | | |
| ɕ | | | | | | 西 | 徙 | 洗 | 係 | 習 | | | | | | | | | | |
| dʑ | | | | | | | | | | 緝 | | | | | | | | | | |
| c | | | | | | | | | | 急 | | | | | | | | | | |
| k | | | | | | | | | | | 姑 | | 古 | 故 | | | | | | |
| kh | | | | | | | | | | | 枯 | | 苦 | 庫 | | | | | | |
| ŋ | | | | | | | | | | | | | | | | | | | | |
| x | | | | | | | | | | | 豁 | | | | | | | | | |
| ∅ | | | | | | 衣 | 爺 | 也 | 藝 | 乙 | | | | | | | | | | |

| | ɚ | | | | | ᴀ | | | | | ia | | | | | ua | | | | |
|---|---|---|---|---|---|---|---|---|---|---|---|---|---|---|---|---|---|---|---|---|
| | 陰 | 陽 | 上 | 去 | 入 | 陰 | 陽 | 上 | 去 | 入 | 陰 | 陽 | 上 | 去 | 入 | 陰 | 陽 | 上 | 去 | 入 |
| p | | | | | | 巴 | 爸 | 把 | 壩 | 八 | | | | | | | | | | |
| ph | | | | | | | 耙 | | 帕 | 拔 | | | | | | | | | | |
| m | | | | | | 媽 | 麻 | 馬 | 罵 | | | | | | | | | | | |
| f | | | | | | | | | | 法 | | | | | | | | | | |
| v | | | | | | | | | | | | | | | | | | | | |
| t | | | | | | | | 打 | 大 | 達 | | | | | | | | | | |
| th | | | | | | 他 | | | | 塔 | | | | | | | | | | |
| n | | | | | | 拉 | 拿 | 哪 | 那 | 納 | | | | | | | | | | |
| ts | | | | | | 渣 | | 眨 | 炸 | 雜 | | | | | | 抓 | | | | |
| tsh | | | | | | 叉 | 察 | | | 插 | | | | | | | | | | |
| s | | | | | | 沙 | | 灑 | | 殺 | | | | | | | | 耍 | | 刷 |
| z | | | | | | | | | | | | | | | | | | | | |
| tɕ | | | | | | | | | | | 家 | | 假 | 價 | 甲 | | | | | |
| tɕh | | | | | | | | | | | | | | | 恰 | | | | | |
| ȵ | | | | | | | | | | | | | | | | | | | | |
| ɕ | | | | | | | | | | | 蝦 | 霞 | | 下 | 瞎 | | | | | |
| dʑ | | | | | | | | | | | | | | | | | | | | |
| c | | | | | | | | | | | | | | | | | | | | |
| k | | | | | | | | | | | | | | | | 瓜 | | 寡 | 掛 | 刮 |
| kh | | | | | | 掐 | | | | | | | | | | 誇 | | 垮 | 跨 | |
| ŋ | | | | | | | | | | | | | | | | | | | | |
| x | | | | | | | | 𨉖 | | | | | | | | 花 | 華 | | 化 | 滑 |
| ∅ | | 而 | 耳 | 二 | | 阿 | | | | | 鴉 | 牙 | 雅 | 亞 | 鴨 | 蛙 | 娃 | 瓦 | | 襪 |

| | e | | | | | ie | | | | | ue | | | | | ye | | | | |
|---|---|---|---|---|---|---|---|---|---|---|---|---|---|---|---|---|---|---|---|---|
| | 陰 | 陽 | 上 | 去 | 入 | 陰 | 陽 | 上 | 去 | 入 | 陰 | 陽 | 上 | 去 | 入 | 陰 | 陽 | 上 | 去 | 入 |
| p | | | | | 北 | | | | | 別 | | | | | | | | | | |
| ph | | | | | 魄 | | | | | 別 | | | | | | | | | | |
| m | | | | | 麥 | | | | | 滅 | | | | | | | | | | |
| f | | | | | | | | | | | | | | | | | | | | |
| v | | | | | | | | | | | | | | | | | | | | |
| t | | | | | 德 | | 迭 | | | 疊 | | | | | | | | | | |
| th | | | | | 特 | | 鐵 | | | | | | | | | | | | | |
| n | | | | | 劣 | | | | | 獵 | | | | | | | | | | |
| ts | | | | | 責 | | | | | 節 | | | | | | | | | | 絕 |
| tsh | | | | | 徹 | | | | | 切 | | | | | | | | | | |
| s | | | | | 色 | | | | | | | | | | | | | | | |
| z | | | | | 熱 | | | | | | | | | | | | | | | |
| tɕ | | | | | | | | | | 接 | | | | | | | | | | 決 |
| tɕh | | | | | | | | | | 劫 | | | | | | | 瘸 | | | 缺 |
| ȵ | | | | | | | | | | 業 | | | | | | | | | | |
| ɕ | | | | | | | | | | 歇 | | | | | | | | | | 雪 |
| dʑ | | | | | | | | | | | | | | | | | | | | |
| c | | | | | | | | | | | | | | | | | | | | |
| k | | | | | 格 | | | | | | | | | | 國 | | | | | |
| kh | | | | | 克 | | | | | | | | | | 括 | | | | | |
| ŋ | | | | | 額 | | | | | | | | | | | | | | | |
| x | | | | | 黑 | | | | | | | | | | 或 | | | | | |
| ∅ | | | | | | | | | | 葉 | | | | | | | | | | 閱 |

| | o | | | | | io | | | | | yi | | | | | iu | | | | |
|---|---|---|---|---|---|---|---|---|---|---|---|---|---|---|---|---|---|---|---|---|
| | 陰 | 陽 | 上 | 去 | 入 | 陰 | 陽 | 上 | 去 | 入 | 陰 | 陽 | 上 | 去 | 入 | 陰 | 陽 | 上 | 去 | 入 |
| p | 波 | | 簸 | 播 | 博 | | | | | | | | | | | | | | | |
| ph | 坡 | 婆 | 頗 | 破 | 鈸 | | | | | | | | | | | | | | | |
| m | 摸 | 魔 | 抹 | 墓 | 木 | | | | | | | | | | | | | | | |
| f | | | | | | | | | | | | | | | | | | | | |
| v | | | | | | | | | | | | | | | | | | | | |
| t | 多 | | 朵 | 剁 | 犢 | | | | | | | | | | | | | | | |
| th | 拖 | 駝 | 妥 | 唾 | 脫 | | | | | | | | | | | | | | | |

| | | | | | | | | | | | | | | | | | | | | |
|---|---|---|---|---|---|---|---|---|---|---|---|---|---|---|---|---|---|---|---|---|
| n | 囉 | 羅 | 裸 | 糯 | 律 | | | | | 略 | | | | | | 驢 | 魯 | 慮 | |
| ts | | | 左 | 坐 | 酌 | | | | | 卒 | | | | | | | | | |
| tsh | 搓 | | | 錯 | 濁 | | | | | 雀 | | | | | | | | | |
| s | 蓑 | | 鎖 | | 蜀 | | | | | | | | | | | | | | |
| z | | | | | 入 | | | | | | | | | | | | | | |
| tɕ | | | | | | | | | | 腳 | | | | 蕨 | 掘 | 居 | | 舉 | 句 | |
| tɕh | | | | | | | | | | 曲 | | | | | | 區 | 渠 | 取 | 去 | |
| ȵ | | | | | | | | | | | | | | | | | | 女 | | |
| ɕ | | | | | | | | | | 學 | 靴 | | | | | 虛 | 徐 | 許 | 絮 | |
| dʑ | | | | | | | | | | | | | | | | | | | | |
| c | | | | | | | | | | | | | | | | | | | | |
| k | 歌 | | 果 | 個 | 各 | | | | | | | | | | | | | | | |
| kh | 科 | | 可 | 課 | 磕 | | | | | | | | | | | | | | | |
| ŋ | | | 我 | | 齶 | | | | | | | | | | | | | | | |
| x | 喝 | 禾 | 火 | 賀 | 盒 | | | | | | | | | | | | | | | |
| ∅ | 倭 | 蛾 | | 餓 | 屋 | | | | | 藥 | | | | | | 吁 | 魚 | 語 | 遇 | |

| | ai | | | | | uai | | | | | ei | | | | | uei | | | | |
|---|---|---|---|---|---|---|---|---|---|---|---|---|---|---|---|---|---|---|---|---|
| | 陰 | 陽 | 上 | 去 | 入 | 陰 | 陽 | 上 | 去 | 入 | 陰 | 陽 | 上 | 去 | 入 | 陰 | 陽 | 上 | 去 | 入 |
| p | | | 擺 | 敗 | | | | | | | 悲 | | | 貝 | | | | | | |
| ph | 徘 | 排 | | 派 | | | | | | | 批 | 培 | 丕 | 配 | | | | | | |
| m | | 埋 | 買 | 賣 | | | | | | | | 梅 | 每 | 妹 | | | | | | |
| f | | | | | | | | | | | 飛 | 肥 | 匪 | 費 | | | | | | |
| v | | | | | | | | | | | | | | | | | | | | |
| t | 呆 | | 逮 | 代 | | | | | | | | | | | | 堆 | | | 對 | |
| th | 胎 | 臺 | | 態 | | | | | | | | | | | | 推 | | 腿 | 退 | |
| n | | 來 | 奶 | 耐 | | | | | | | | | | | | | 雷 | 餒 | 內 | |
| ts | 災 | | 宰 | 再 | | | | | 拽 | | 遮 | | 者 | | | 追 | | 嘴 | 醉 | |
| tsh | 猜 | 才 | 彩 | 菜 | | 揣 | | 喘 | | | 車 | | 扯 | | | 催 | 垂 | | 碎 | |
| s | 鰓 | | | 賽 | | 衰 | | 摔 | 帥 | | 奢 | 蛇 | 捨 | 社 | | | 隨 | 水 | 瑞 | |
| z | | | | | | | | | | | | | 惹 | | | | | | 銳 | |
| tɕ | | | | | | | | | | | | | | | | | | | | |
| tɕh | | | | | | | | | | | | | | | | | | | | |
| ȵ | | | | | | | | | | | | | | | | | | | | |
| ɕ | | | | | | | | | | | | | | | | | | | | |
| dʑ | | | | | | | | | | | | | | | | | | | | |
| c | | | | | | | | | | | | | | | | | | | | |

| | | | | | | | | | | | | | | | | | | | | |
|---|---|---|---|---|---|---|---|---|---|---|---|---|---|---|---|---|---|---|---|---|
| k | 街 | | 改 | 屆 | | 乖 | | 枴 | 怪 | | | | | | | 規 | | 軌 | 貴 | |
| kh | 開 | | 楷 | 概 | | | | 塊 | 筷 | | | | | | | 虧 | 奎 | 傀 | 跪 | |
| ŋ | 哀 | 捱 | 矮 | 愛 | | | | | | | | | | | | | | | | |
| x | | 鞋 | 海 | 害 | | | 懷 | | 壞 | | | | | | | 灰 | 回 | 毀 | 慧 | |
| ∅ | | | | | | 歪 | | | | | | | | | | 威 | 危 | 偉 | 胃 | |

| | au | | | | | iau | | | | | əu | | | | | iəu | | | | |
|---|---|---|---|---|---|---|---|---|---|---|---|---|---|---|---|---|---|---|---|---|
| | 陰 | 陽 | 上 | 去 | 入 | 陰 | 陽 | 上 | 去 | 入 | 陰 | 陽 | 上 | 去 | 入 | 陰 | 陽 | 上 | 去 | 入 |
| p | 包 | | 保 | 報 | | 標 | | 表 | | | | | | | | | | | | |
| ph | 拋 | 袍 | 跑 | 炮 | | 飄 | 瓢 | | 票 | | | | | | | | | | | |
| m | 貓 | 毛 | 卯 | 冒 | | | 苗 | 秒 | 廟 | | | | | | | | | | | |
| f | | | | | | | | | | | | | | | | | | | | |
| v | | | | | | | | | | | | | | | | | | | | |
| t | 刀 | | 島 | 盜 | | 雕 | | | 弔 | | 兜 | | 陡 | 豆 | | 丟 | | | | |
| th | 滔 | 桃 | 討 | 套 | | 挑 | 條 | | 跳 | | 偷 | 頭 | 抖 | 透 | | | | | | |
| n | 撈 | 勞 | 腦 | 鬧 | | | 聊 | 了 | 料 | | | 樓 | 屢 | 漏 | | 溜 | 流 | 柳 | | |
| ts | 遭 | | 早 | 趙 | | | | | | | 周 | | 走 | 宙 | | | | 酒 | | |
| tsh | 超 | 曹 | 草 | 造 | | | | | | | 抽 | 綢 | 醜 | 湊 | | 秋 | | | | |
| s | 騷 | 韶 | 少 | 少 | | 宵 | | 曉 | | | 收 | | 手 | 售 | | 羞 | | | 秀 | |
| z | | 饒 | 擾 | | | | | | | | | 柔 | | | | | | | | |
| tɕ | | | | | | 交 | | 餃 | 叫 | | | | | | | 溝 | | 狗 | 舊 | |
| tɕh | | | | | | | 喬 | 巧 | 竅 | | | | | | | 丘 | 求 | | 扣 | |
| ȵ | | | | | | | | 鳥 | 尿 | | | | | | | | 牛 | | | |
| ɕ | | | | | | 肖 | | 小 | 笑 | | | | | | | 休 | 泅 | | 嗅 | |
| dʑ | | | | | | | | | | | | | | | | | | | | |
| c | | | | | | | | | | | | | | | | | | | | |
| k | 高 | | 稿 | 告 | | | | | | | 戈 | | 九 | 購 | | | | | | |
| kh | 敲 | | 考 | 靠 | | | | | | | 摳 | | 口 | 叩 | | | | | | |
| ŋ | 熬 | | 襖 | 傲 | | | | | | | 歐 | | 紐 | 慪 | | | | | | |
| x | 薅 | 毫 | 好 | 好 | | | | | | | | 囚 | 朽 | 厚 | | | | | | |
| ∅ | | | | | | 妖 | 堯 | 舀 | 耀 | | | | | | | 優 | 尤 | 有 | 又 | |

| | iɛn | | | | yɛn | | | | en | | | | in | | | | uən | | | |
|---|---|---|---|---|---|---|---|---|---|---|---|---|---|---|---|---|---|---|---|---|
| | 陰 | 陽 | 上 | 去 | 陰 | 陽 | 上 | 去 | 陰 | 陽 | 上 | 去 | 陰 | 陽 | 上 | 去 | 陰 | 陽 | 上 | 去 |
| p | 邊 | | 扁 | 變 | | | | | 繃 | | 本 | 笨 | 兵 | | 柄 | 病 | | | | |
| ph | 篇 | 便 | | 騙 | | | | | 烹 | 彭 | | | 拼 | 貧 | 品 | 聘 | | | | |

| | | | | | | | | | | | | | | | | | | | | |
|---|---|---|---|---|---|---|---|---|---|---|---|---|---|---|---|---|---|---|---|---|
| m | | 綿 | 免 | 面 | | | | | | 門 | | 悶 | | 民 | 皿 | 命 | | | | |
| f | | | | | | | | | 分 | 墳 | 粉 | 奮 | | | | | | | | |
| v | | | | | | | | | | | | | | | | | | | | |
| t | 顛 | | 點 | 店 | | | | | 燈 | | 等 | 頓 | 丁 | | 鼎 | 定 | | | | |
| th | 天 | 田 | 舔 | | | | | | 吞 | 騰 | | | 廳 | 亭 | 挺 | 聽 | | | | |
| n | | 連 | 臉 | 鏈 | | | | | | 輪 | 冷 | 嫩 | | 靈 | 領 | 另 | | | | |
| ts | 尖 | | 剪 | 箭 | | | | | 爭 | | 怎 | 鄭 | | | | 淨 | | | 準 | |
| tsh | 簽 | 錢 | 淺 | | | 泉 | | | 睜 | 沉 | 懲 | 寸 | 青 | | 寢 | 侵 | 春 | | 蠢 | |
| s | 仙 | | | | | | 選 | | 深 | 乘 | 沈 | 甚 | 星 | | 醒 | 信 | | 唇 | 舜 | 順 |
| z | | | | | | | | | | 人 | 忍 | 認 | | | | | | | | 閏 |
| tɕ | 監 | | 減 | 介 | 絹 | | 卷 | 眷 | | | | | 今 | | 景 | 競 | | | | |
| tɕh | 千 | 潛 | 遣 | 欠 | 圈 | 全 | 犬 | 勸 | | | | | 欽 | 琴 | 請 | 慶 | | | | |
| ȵ | 研 | 閻 | 眼 | 驗 | | | | | | | | | | | 撚 | 佞 | | | | |
| ɕ | | 諧 | 險 | 縣 | 鮮 | 弦 | 癬 | 旋 | | | | | 欣 | 型 | 省 | 幸 | | | | |
| dʑ | | | | | | | | | | | | | | | | | | | | |
| c | | | | | | | | | | | | | | | | | | | | |
| k | | | | | | | | | 根 | | 耿 | 埂 | | | | | | | 滾 | 棍 |
| kh | | | | | | | | | 坑 | | 肯 | | | | | | 坤 | | 捆 | 困 |
| ŋ | | | | | | | | | 恩 | | | 硬 | | | | | | | | |
| x | | | | | | | | | 哼 | 莖 | 很 | 杏 | | | | | 昏 | 魂 | | 混 |
| ∅ | 煙 | 言 | 演 | 厭 | 冤 | 鉛 | 遠 | 願 | | | | | 因 | 寅 | 影 | 印 | 溫 | 文 | 穩 | 問 |

| | yn | | | | aŋ | | | | iaŋ | | | |
|---|---|---|---|---|---|---|---|---|---|---|---|---|
| | 陰 | 陽 | 上 | 去 | 陰 | 陽 | 上 | 去 | 陰 | 陽 | 上 | 去 |
| p | | | | | 班 | | 板 | 辦 | | | | |
| ph | | | | | 攀 | 盤 | | 判 | | | | |
| m | | | | | | 芒 | 滿 | 慢 | | | | |
| f | | | | | 方 | 凡 | 反 | 範 | | | | |
| v | | | | | | | | | | | | |
| t | | | | | 耽 | | 膽 | 淡 | | | | |
| th | | | | | 貪 | 譚 | 躺 | 歎 | | | | |
| n | | | | | | 南 | 覽 | 濫 | | 良 | 輛 | 諒 |
| ts | | | | | 章 | | 盞 | 丈 | | | 槳 | |
| tsh | | | | | 昌 | 蠶 | 廠 | 唱 | | | | |
| s | | | | | 三 | 常 | 傘 | 善 | 相 | 翔 | 想 | 相 |
| z | | | | | | 然 | 染 | 讓 | | | | |

| | | | | | | | | | | | | |
|---|---|---|---|---|---|---|---|---|---|---|---|---|
| tɕ | 軍 | | 迥 | 菌 | | | | | 江 | | 講 | 匠 |
| tɕh | 頃 | 群 | | | | | | | 匡 | 牆 | 搶 | 嗆 |
| ȵ | | | | | | | | | | 娘 | | |
| ɕ | 熏 | 旬 | | 訓 | | | | | 香 | 祥 | 響 | 向 |
| dʑ | | | | | | | | | | | | |
| c | | | | | | | | | | | | |
| k | | | | | 鋼 | | 感 | 槓 | | | | |
| kh | | | | | 堪 | 扛 | 坎 | 抗 | | | | |
| ŋ | | | | | 安 | 昂 | | 岸 | | | | |
| x | | | | | 憨 | 含 | 喊 | 漢 | | | | |
| ∅ | 暈 | 雲 | 允 | 韻 | | | | | 央 | 羊 | 養 | 様 |

| | uaŋ | | | | oŋ | | | | ioŋ | | | |
|---|---|---|---|---|---|---|---|---|---|---|---|---|
| | 陰 | 陽 | 上 | 去 | 陰 | 陽 | 上 | 去 | 陰 | 陽 | 上 | 去 |
| p | | | | | | | | | | | | |
| ph | | | | | | 朋 | 捧 | 碰 | | | | |
| m | | | | | | 盟 | 畝 | 茂 | | | | |
| f | | | | | 風 | 焚 | 諷 | 鳳 | | | | |
| v | | | | | | | | | | | | |
| t | 端 | | 短 | 斷 | 東 | | 董 | 凍 | | | | |
| th | | 團 | | | 通 | 同 | 桶 | 痛 | | | | |
| n | | 鸞 | 暖 | 亂 | | 龍 | 壟 | 弄 | | | | |
| ts | 莊 | | 轉 | 壯 | 鍾 | | 總 | 縱 | | | | |
| tsh | 川 | 椽 | 闖 | 串 | 充 | 叢 | 寵 | 銃 | | | | |
| s | 珊 | | 爽 | 算 | 松 | | 慫 | 宋 | | | | |
| z | | | 軟 | | | 茸 | 冗 | | | | | |
| tɕ | | | | | | | | | | | | |
| tɕh | | | | | | | | | | 窮 | | |
| ȵ | | | | | | | | | | | | |
| ɕ | | | | | | | | | 胸 | 熊 | | |
| dʑ | | | | | | | | | | | | |
| c | | | | | | | | | | | | |
| k | 官 | | 管 | 貫 | 公 | | 汞 | 貢 | | | | |
| kh | 筐 | 狂 | 款 | 況 | 空 | | 孔 | 控 | | | | |
| ŋ | | | | | | | | | | | | |
| x | 歡 | 桓 | 謊 | 幻 | 轟 | 宏 | 哄 | | | | | |
| ∅ | 豌 | 亡 | 網 | 望 | 翁 | | | 齆 | 臃 | 容 | 勇 | 用 |

## 2.11 南部店埡鄉話語音系統

### 2.11.1 聲　母

店埡鄉話有聲母 27 個，含 1 個零聲母。

| p 貝倍白 | ph 滂婆 | m 麻敏密 | f 飛負虎互 | v 烏無誤襪 |
|---|---|---|---|---|
| t 多怠狄 | th 天田 | n 那羅厲 | | |
| ts 再姐在疾 | tsh 採妻財齊 | | s 鎖寫森謝 | |
| tʂ 智稚壯棧支軸 | tʂh 癡除吵柴尺 | | ʂ 師書食樹 | ʐ 人釀 |
| tɕ 佳鉤技及 | tɕh 欠口棋 | ȵ 念牛歐 | ɕ 曉匣 | |
| c 計妓 | ch 去怯 | | ç 歇攜 | |
| k 果共 | kh 課葵 | ŋ 望岸安王 | x 灰朽禾活 | |
| ∅ 忘二魚衣衛移 | | | | |

### 2.11.2 韻　母

店埡鄉話有韻母 38 個。

| ɿ 斯姿子 | i 姐幣技怯集泄筆力夕 | u 布母物膜服 | y 魚愚玉隧 |
|---|---|---|---|
| ʅ 勢知十實直尺吃 | | | |
| ɚ 兒二耳 | | | |
| ᴀ 那巴答八 | ia 牙佳鴨瞎 | ua 誇話挖勺 | |
| e 涉熱德白 | ie 葉傑 | ue 闊曰擴國獲 | ye 曰月倔削 |
| o 歌模鴿入缽骨各駁陌肉 | io 橘略學役局粟 | | |
| | iu 女矩履 | | |
| ai 態階街解 | iɛi 解懈 | uai 懷帥 | |
| ei 社配美吃 | | uei 雷軌 | |
| au 帽敲召 | iau 效苗釣躍 | | |
| əu 偷州肉縷 | iəu 狗囚幼粟 | | |
| an 凡般辦煩 | iɛn 減尖念艱連天 | uan 段關川院 | yɛn 全猿院犬 |
| en 針身蒸生輪 | in 林貧冰兵 | uən 困順春哄 | yn 循雲瓊 |
| aŋ 貪旦剛忙項 | iaŋ 剛諒講 | uaŋ 光爽窗 | |
| oŋ 盟哄冬崇畝 | ioŋ 兄窮容 | | |

### 2.11.3 聲　調

店埡鄉話有單字聲調 5 個。

| 陰平 | 1 | 44 | 疤低知家丫 |
|---|---|---|---|
| 陽平 | 2 | 31 | 脾圖其爐年 |
| 上聲 | 3 | 452 | 板島展馬魯 |
| 去聲 | 4 | 213 | 貝第例部技 |
| 入聲 | 5 | 22 | 博答逐及麥 |

### 2.11.4　音系說明

（1）聲母 n-有 l 的變體，統一記作 n。聲母 ȵ-後帶有同部位濁擦音，實為 ȵʑ，語圖中則表現為鼻音與元音之間有一段亂紋，且共振峰 F1 與 F2 分布散亂（例見圖 2.35 箭頭所示）。

圖 2.35　南部店埡鄉話「泥」ȵi2 的頻譜圖和共振峰圖

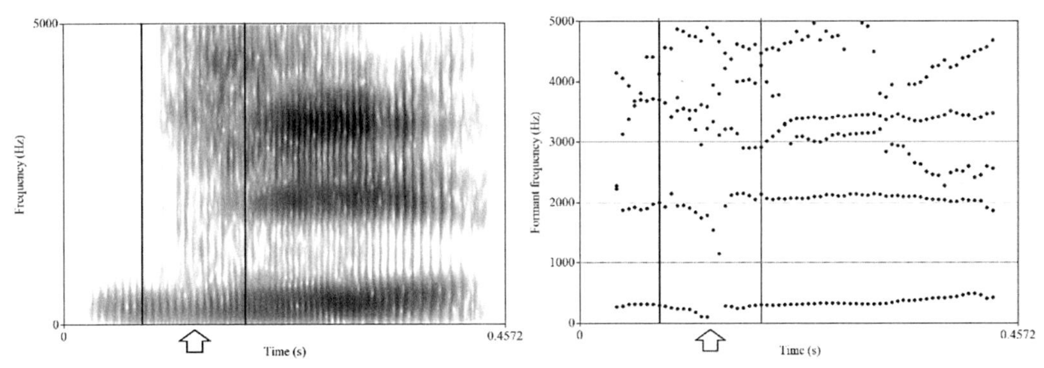

（2）聲母 ts-、tsh-、s-發音部位偏後，舌尖抵上齒齦，介於普通話的舌尖前音和舌尖後音之間。

（3）聲母 tʂ-、tʂh-、ʂ-、ʐ的發音部位，與普通話翹舌音同。

（4）聲母 ŋ-只出現在開口呼前，軟齶阻塞明顯，鼻音氣流弱。

（5）齊齒呼零聲母音節開頭帶有摩擦音 j-，韻母為 i 時最明顯，記音未標出。撮口呼零聲母音節以 y 開頭，無摩擦。

（6）零聲母的 u 韻母音節開頭帶有明顯的唇齒濁擦音 v-，與其他合口呼零聲母韻的音節有明顯的不同，其中有的音節沒有除阻，成為自成音節的 v̩。又合口呼零聲母以 u 開頭的複韻母音節，部分字 u 讀 v，如「襪」有兩讀，既讀 ua5 又讀 vʌ5，二者在語圖上的表現明顯不同，見圖 2.36 所示。

（7）聲母 c-、ch-、ç-只與細音相拼。

圖 2.36　南部店埡鄉話「襪」讀 ua5 與 va5 的頻譜圖

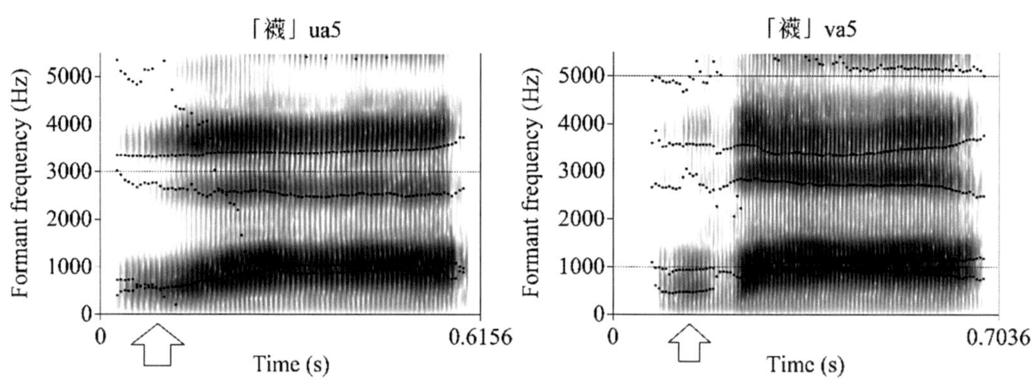


（8）南部店埡鄉話有 9 個單元音，為 ᴀ、e、ɚ、ʅ、i、o、ɿ、u、y。其位置見圖 2.37。

圖 2.37　南部店埡鄉話聲學元音散點圖和均值圖

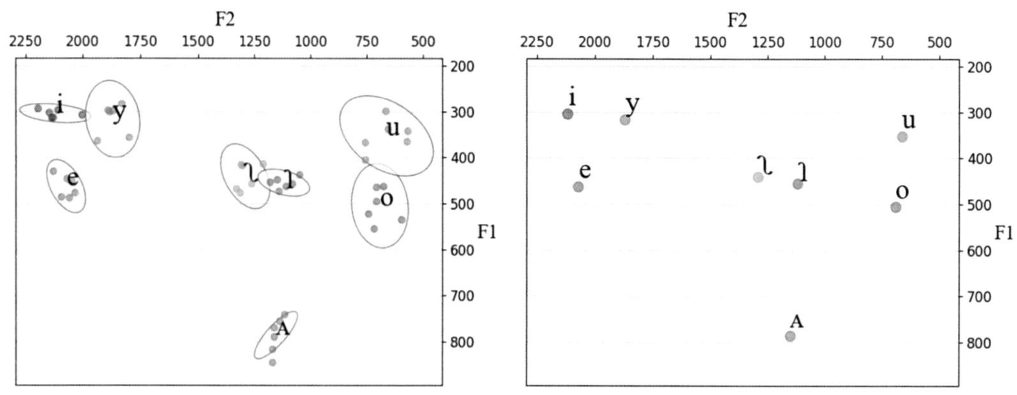


（9）從圖 2.37 的散點圖看，前元音 i、e 的分布比較集中；其餘則分布較分散，即發音時舌體不穩定，有變體形式；央低元音 ᴀ 呈垂直分布，即其變體主要為舌位高低之別。

（10）元音 ᴀ，在-an 中偏高為 æ；在-aŋ 中偏後為ɑ。

（11）元音 e 作單元音時為標準元音 e；在 ue 中時，舌位較低近於 ε；在-ie、-en、-ei 中舌位較高為 e；在-uən 中舌位偏央為 ə。

（12）元音 o 較標準元音低而開；在-əu、-iəu 中，元音展唇而偏央，實際為 ə。

（13）-an、-uan 的鼻音韻尾弱而短，舌尖未抵上齒齦，實際為-a$^{n}$、-ua$^{n}$。

（14）-en、-in、-uən、-yn 的鼻音韻尾完整、穩固；-aŋ、-iaŋ、-uaŋ 的鼻音韻尾完整。

（15）i 作韻尾時偏低，實際為 e，例如：「態」thai4＝thae4。u 在-au、-iau 中偏低為 ɔ，例如：「帽」mau4＝mɑɔ4、「效」ɕiau4＝ɕiaɔ4。-ioŋ 在音系配合上當為撮口呼-yoŋ，實際發音已失去圓唇勢，成為齊齒韻。

（16）韻母 ie 在入聲音節中，其介音-i-短而弱，元音 e 略高近於 ɪ。

（17）韻母-iu 有變體-yu。

（18）韻母-oŋ，在聲母 ph-/f-後有變體 əŋ。

（19）南部店埡鄉話聲調類別和調型，見圖 2.38。去聲 213，在語流中往往失去下凹，為 23 調。

圖 2.38　南部店埡鄉話聲調均線圖（絕對時長）

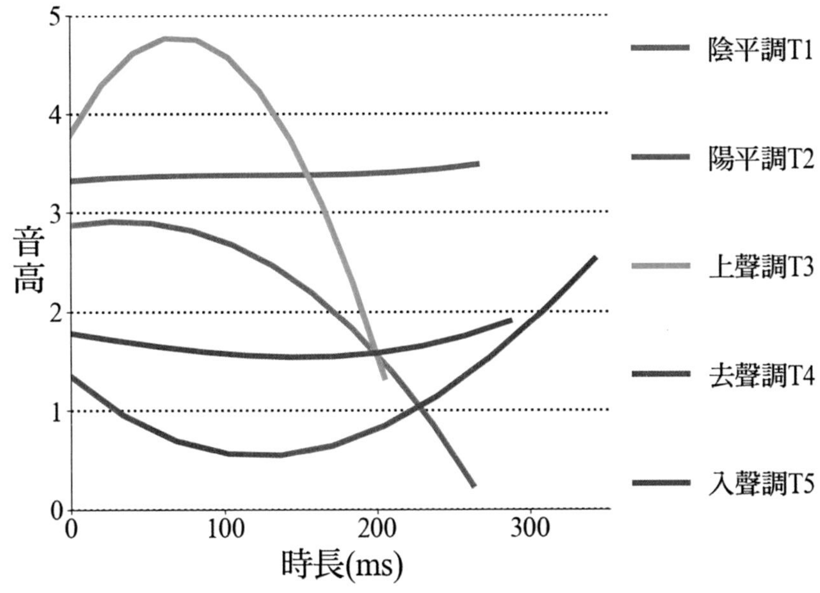


## 2.11.5　聲韻配合表

表 2.11　南部店埡鄉話聲韻配合表

| | ʅ | | | | | i | | | | | u | | | | | y | | | | |
|---|---|---|---|---|---|---|---|---|---|---|---|---|---|---|---|---|---|---|---|---|
| | 陰 | 陽 | 上 | 去 | 入 | 陰 | 陽 | 上 | 去 | 入 | 陰 | 陽 | 上 | 去 | 入 | 陰 | 陽 | 上 | 去 | 入 |
| p | | | | | | 憋 | | 彼 | 閉 | 筆 | 卜 | | 補 | 布 | | | | | | |
| ph | | | | | | 屄 | 皮 | 鄙 | 屁 | 譬 | 鋪 | 葡 | 譜 | 鋪 | | | | | | |
| m | | | | | | | 眉 | 米 | | 密 | | 膜 | 母 | 墓 | | | | | | |
| f | | | | | | | | | | | 夫 | 胡 | 虎 | 戶 | 服 | | | | | |
| v | | | | | | | | | | | 烏 | 吾 | 五 | 誤 | | | | | | |

| | | | | | | | | | | | | | | | | | | | | |
|---|---|---|---|---|---|---|---|---|---|---|---|---|---|---|---|---|---|---|---|---|
| t | | | | | | 低 | | 底 | 帝 | 敵 | 都 | | 堵 | 杜 | | | | | | |
| th | | | | | | 梯 | 題 | 體 | 替 | 踢 | | 徒 | 土 | 兔 | | | | | | |
| n | | | | | | | 離 | 禮 | 麗 | 立 | | 盧 | 努 | 怒 | | | | | | |
| ts | 資 | | 子 | 自 | | | | 姐 | 借 | 集 | 租 | | 組 | 做 | | | | | | |
| tsh | 疵 | 雌 | 此 | 次 | | 妻 | 齊 | | 砌 | 七 | 粗 | | 楚 | 醋 | | | | | | |
| s | 私 | | 死 | 四 | | 西 | 邪 | 寫 | 細 | 習 | 蘇 | | 數 | 素 | | 需 | | | 遂 | |
| tʂ | | | | | | | | | | | 豬 | | 主 | 著 | | | | | | |
| tʂh | | | | | | | | | | | | 除 | 處 | 處 | | | | | | |
| ʂ | | | | | | | | | | | 書 | | 鼠 | 術 | | | | | | |
| ʐ | | | | | | | | | | | | 如 | 汝 | | | | | | | |
| tɕ | | | | | | 雞 | | 紀 | 記 | 急 | | | | | | 居 | | | 句 | 鞠 |
| tɕh | | | | | | 欺 | 其 | 起 | 器 | | | | | | | | 渠 | | | |
| ȵ | | | | | | | 泥 | 你 | 膩 | 逆 | | | | | | | | | | |
| ɕ | | | | | | | | 喜 | | 隙 | | | | | | 虛 | | | | |
| c | | | | | | 饑 | | | 計 | 級 | | | | | | 跔 | | | 據 | |
| ch | | | | | | | | | 去 | | | | | | | | | | | |
| ç | | | | | | 希 | | 嬉 | 係 | 穴 | | | | | | 墟 | | 胥 | | |
| k | | | | | | | | | | | 姑 | | 古 | 故 | | | | | | |
| kh | | | | | | | | | | | 枯 | | 苦 | 庫 | | | | | | |
| ŋ | | | | | | | | | | | | | | | | | | | | |
| x | | | | | | | | | | | | | | | | | | | | |
| ∅ | | | | | | 衣 | 爺 | 也 | 夜 | 一 | | | | | 物 | 迂 | 魚 | 語 | 御 | |

| | ɿ | | | | | ə | | | | | ᴀ | | | | | ia | | | | |
|---|---|---|---|---|---|---|---|---|---|---|---|---|---|---|---|---|---|---|---|---|
| | 陰 | 陽 | 上 | 去 | 入 | 陰 | 陽 | 上 | 去 | 入 | 陰 | 陽 | 上 | 去 | 入 | 陰 | 陽 | 上 | 去 | 入 |
| p | | | | | | | | | | | 巴 | 爸 | 把 | 罷 | 八 | | | | | |
| ph | | | | | | | | | | | | 耙 | | 怕 | | | | | | |
| m | | | | | | | | | | | 媽 | 麻 | 馬 | 罵 | | | | | | |
| f | | | | | | | | | | | | | | | 發 | | | | | |
| v | | | | | | | | | | | | | | | 襪 | | | | | |
| t | | | | | | | | | | | | | 打 | 大 | 達 | | | | | |
| th | | | | | | | | | | | 他 | | | | 塔 | | | | | |
| n | | | | | | | | | | | 垃 | 拿 | | 那 | 辣 | | | | | |
| ts | | | | | | | | | | | | | 眨 | | 雜 | | | | | |
| tsh | | | | | | | | | | | | | | | 擦 | | | | | |

| s | | | | | | | | | | | 薩 | | 灑 | | | | | | | |
|---|---|---|---|---|---|---|---|---|---|---|---|---|---|---|---|---|---|---|---|---|
| tʂ | 脂 | | 只 | 制 | 執 | | | | | | 渣 | | | 炸 | 閘 | | | | | |
| tʂh | 癡 | 池 | 齒 | | 尺 | | | | | | 叉 | 茶 | 茬 | 岔 | 插 | | | | | |
| ʂ | 師 | 時 | 史 | 世 | 十 | | | | | | 沙 | | 傻 | | 殺 | | | | | |
| ʐ | | | | | 日 | | | | | | | | | | | | | | | |
| tɕ | | | | | | | | | | | | | | | | 家 | | 假 | 架 | 甲 |
| tɕh | | | | | | | | | | | | | | | | | | | | 洽 |
| ȵ | | | | | | | | | | | | | | | | | | | | |
| ɕ | | | | | | | | | | | | | | | | 蝦 | 霞 | | 下 | 瞎 |
| c | | | | | | | | | | | | | | | | | | | 嫁 | |
| ch | | | | | | | | | | | | | | | | | | | | |
| ç | | | | | | | | | | | | | | | | | 俠 | | | |
| k | | | | | | | | | | | | | | | | | | | | |
| kh | | | | | | | | | | | | | | | | | | | | |
| ŋ | | | | | | | | | | | | | | | | | | | | |
| x | | | | | | | | | | | [illegible] | | | | | | | | | |
| ∅ | | | | | | | 兒 | 耳 | 二 | | 阿 | | | | | 鴉 | 牙 | 雅 | 壓 | 押 |

| | ua | | | | | e | | | | | ie | | | | | ue | | | | |
|---|---|---|---|---|---|---|---|---|---|---|---|---|---|---|---|---|---|---|---|---|
| | 陰 | 陽 | 上 | 去 | 入 | 陰 | 陽 | 上 | 去 | 入 | 陰 | 陽 | 上 | 去 | 入 | 陰 | 陽 | 上 | 去 | 入 |
| p | | | | | | | | | | 白 | | | | | 別 | | | | | |
| ph | | | | | | | | | | 泊 | | | | | 撇 | | | | | |
| m | | | | | | | | | | 麥 | | | | | 滅 | | | | | |
| f | | | | | | | | | | | | | | | | | | | | |
| v | | | | | | | | | | | | | | | | | | | | |
| t | | | | | | | | | | 得 | | | | | 跌 | | | | | |
| th | | | | | | | | | | 特 | | 鐵 | | | 貼 | | | | | |
| n | | | | | | | | | | 勒 | | | | | 列 | | | | | |
| ts | | | | | | | | | | 則 | | | | | 接 | | | | | |
| tsh | | | | | | | | | | 撤 | | | | | 妾 | | | | | |
| s | | | | | | | | | | 色 | | | | | | | | | | |
| tʂ | 抓 | | 爪 | | 啄 | 遮 | | 者 | | 責 | | | | | | | | | | 綴 |
| tʂh | | | | | | | | | | 擇 | | | | | | | | | | |
| ʂ | | | 耍 | | 刷 | | | | | 舌 | | | | | | | | | | 說 |
| ʐ | | 揉 | | | | | | | | 熱 | | | | | | | | | | |
| tɕ | | | | | | | | | | | | | | | 結 | | | | | |

| | | | | | | | | | | | | | | | | | | | | |
|---|---|---|---|---|---|---|---|---|---|---|---|---|---|---|---|---|---|---|---|---|
| tɕh | | | | | | | | | | | | | | | 劫 | | | | | |
| ȵ | | | | | | | | | | | | | | | 業 | | | | | |
| ɕ | | | | | | | | | | | | | | | 協 | | | | | |
| c | | | | | | | | | | | | | | | | | | | | |
| ch | | | | | | | | | | | | | | | | | | | | |
| ç | | | | | | | | | | | | | | | 歇 | | | | | |
| k | 瓜 | | 寡 | 卦 | 刮 | | | | | 格 | | | | | | | | | | 國 |
| kh | 誇 | | 垮 | 跨 | | | | | | 客 | | | | | | | | | | 闊 |
| ŋ | | 娃 | 瓦 | | | | | | | 額 | | | | | | | | | | |
| x | 花 | 華 | | 化 | 猾 | | | | | 黑 | | | | | | | | | | 或 |
| ø | 蛙 | | 瓦 | | 襪 | | | | | | | | | | 頁 | | | | | 曰 |

| | ye | | | | | o | | | | | io | | | | | iu | | | | |
|---|---|---|---|---|---|---|---|---|---|---|---|---|---|---|---|---|---|---|---|---|
| | 陰 | 陽 | 上 | 去 | 入 | 陰 | 陽 | 上 | 去 | 入 | 陰 | 陽 | 上 | 去 | 入 | 陰 | 陽 | 上 | 去 | 入 |
| p | | | | | | 波 | | 簸 | 播 | 博 | | | | | | | | | | |
| ph | | | | | | 坡 | 婆 | 頗 | 破 | 泊 | | | | | | | | | | |
| m | | | | | | 摸 | 磨 | 抹 | 磨 | 木 | | | | | | | | | | |
| f | | | | | | | | | | 伏 | | | | | | | | | | |
| v | | | | | | | | | | | | | | | | | | | | |
| t | | | | | | 多 | | 朵 | 剁 | 獨 | | | | | | | | | | |
| th | | | | | | 拖 | 駝 | 妥 | 唾 | 脫 | | | | | | | | | | |
| n | | | | | | 囉 | 羅 | 裸 | 糯 | 律 | | | | | 略 | | | 呂 | 濾 | |
| ts | | | | | 絕 | | | 左 | 坐 | 昨 | | | | | 足 | | | | 聚 | |
| tsh | | | | | | 搓 | | | 錯 | 族 | | | | | 雀 | 蛆 | | 取 | 趣 | |
| s | | | | | 雪 | 蓑 | | 鎖 | | 索 | | | | | 續 | 綏 | 徐 | | 絮 | |
| tʂ | | | | | | | | | | 卓 | | | | | | | | | | |
| tʂh | | | | | | | | | | 濁 | | | | | | | | | | |
| ʂ | | | | | | | | | | 屬 | | | | | | | | | | |
| ʐ | | | | | | | | | | 入 | | | | | | | | | | |
| tɕ | | | | | 決 | | | | | | | | | | 腳 | 拘 | | 舉 | 鋸 | |
| tɕh | | | | | 缺 | | | | | | | | | | 曲 | 趨 | 瞿 | | | |
| ȵ | | | | | | | | | | | | | | | | | | 女 | | |
| ɕ | | | | | | | | | | | | | | | 學 | 噓 | | 許 | | |
| c | | | | | | | | | | | | | | | 菊 | | | | | |
| ch | | | | | | | | | | | | | | | | | | | | |
| ç | | | | | | | | | | | | | | | | | | | | |

| | | | | | | | | | | | | | | | | | | | | |
|---|---|---|---|---|---|---|---|---|---|---|---|---|---|---|---|---|---|---|---|---|
| k | | | | | | 歌 | | 果 | 個 | 割 | | | | | | | | | | |
| kh | | | | | | 科 | | 可 | 課 | 渴 | | | | | | | | | | |
| ŋ | | | | | | | 蛾 | 我 | | 齶 | | | | | | | | | | |
| x | | | | | | 喝 | 禾 | 火 | 賀 | 盒 | | | | | | | | | | |
| ø | 曰 | | | | 月 | 倭 | 鵝 | | 臥 | 沃 | | | | | 役 | | | | | |

| | ai | | | | | iɛi | | | | | uai | | | | | ei | | | | |
|---|---|---|---|---|---|---|---|---|---|---|---|---|---|---|---|---|---|---|---|---|
| | 陰 | 陽 | 上 | 去 | 入 | 陰 | 陽 | 上 | 去 | 入 | 陰 | 陽 | 上 | 去 | 入 | 陰 | 陽 | 上 | 去 | 入 |
| p | | | 擺 | 拜 | | | | | | | | | | | | 杯 | | | 貝 | |
| ph | | 牌 | | 派 | | | | | | | | | | | | 批 | 陪 | 胚 | 配 | |
| m | | 埋 | 買 | 賣 | | | | | | | | | | | | | 梅 | 每 | 妹 | 沒 |
| f | | | | | | | | | | | | | | | | 非 | 肥 | 匪 | 吠 | |
| v | | | | | | | | | | | | | | | | | | | 味 | |
| t | 呆 | | | 代 | | | | | | | | | | | | | | | | |
| th | 胎 | 臺 | | 態 | | | | | | | | | | | | | | | | |
| n | | 來 | 奶 | 耐 | | | | | | | | | | | | | | | | |
| ts | 災 | | 宰 | 再 | | | | | | | | | | | | | | | | |
| tsh | 猜 | 財 | 彩 | 菜 | | | | | | | | | | | | | | | | |
| s | 鰓 | | | 賽 | | | | | | | | | | | | | | | | |
| tʂ | 齋 | | | 債 | | | | | | | | | 拽 | | | 蜘 | | | | |
| tʂh | 釵 | 柴 | | | | | | | | | 揣 | | 喘 | | | 車 | | 扯 | | 吃 |
| ʂ | 篩 | | | 曬 | | | | | | | 衰 | | 摔 | 帥 | | 奢 | 蛇 | 捨 | 社 | |
| ʐ | | | | | | | | | | | | | | | | | | 惹 | | |
| tɕ | | | | | | | | 解 | | | | | | | | | | | | |
| tɕh | | | | | | | | | | | | | | | | | | | | |
| ȵ | | | | | | | | | | | | | | | | | | | | |
| ɕ | | | | | | | | | 懈 | | | | | | | | | | | |
| c | | | | | | | | | | | | | | | | | | | | |
| ch | | | | | | | | | | | | | | | | | | | | |
| ç | | | | | | | | | | | | | | | | | | | | |
| k | 皆 | | 改 | 介 | | | | | | | 乖 | | 枴 | 怪 | | | | | | |
| kh | 開 | | 楷 | 溉 | | | | | | | | | 塊 | 快 | | | | | | |
| ŋ | 哀 | 挨 | 矮 | 愛 | | | | | | | | | | | | | | | | |
| x | | 孩 | 海 | 害 | | | | | | | | 懷 | | 壞 | | | | | | |
| ø | | | | | | | | | | | 歪 | | | | | | | | | |

| | uei | | | | | au | | | | | iau | | | | | əu | | | | |
|---|---|---|---|---|---|---|---|---|---|---|---|---|---|---|---|---|---|---|---|---|
| | 陰 | 陽 | 上 | 去 | 入 | 陰 | 陽 | 上 | 去 | 入 | 陰 | 陽 | 上 | 去 | 入 | 陰 | 陽 | 上 | 去 | 入 |
| p | | | | | | 包 | | 寶 | 抱 | | 標 | | 表 | | | | | | | |
| ph | | | | | | 拋 | 袍 | 跑 | 炮 | | 飄 | 瓢 | | 票 | | | | | | |
| m | | | | | | 貓 | 矛 | 卯 | 冒 | | | 苗 | 藐 | 廟 | | | | | | |
| f | | | | | | | | | | | | | | | | | | | | |
| v | | | | | | | | | | | | | | | | | | | | |
| t | 堆 | | | 對 | | 刀 | | 島 | 到 | | 刁 | | | 掉 | | 兜 | | 陡 | 痘 | |
| th | 推 | 頹 | 腿 | 退 | | 滔 | 桃 | 討 | 套 | | 挑 | 條 | | 跳 | | 偷 | 投 | 抖 | 透 | |
| n | | 雷 | 壘 | 類 | | 撈 | 勞 | 腦 | 鬧 | | | 聊 | 了 | 料 | | | 樓 | 屢 | 漏 | |
| ts | | | 嘴 | 醉 | | 遭 | | 早 | 灶 | | 焦 | 嚼 | 剿 | 醮 | | | | 走 | 奏 | |
| tsh | 催 | | | 翠 | | 操 | 曹 | 草 | 造 | | 悄 | 樵 | | 俏 | | | 愁 | | 湊 | |
| s | | 隨 | 髓 | 歲 | | 騷 | | 嫂 | 掃 | | 宵 | | 小 | 笑 | | 搜 | | 叟 | 瘦 | |
| tʂ | 追 | | | 墜 | | 召 | | 找 | 趙 | | | | | | | 周 | | 肘 | 宙 | |
| tʂh | 吹 | 垂 | | | | 超 | 巢 | 炒 | | | | | | | | 抽 | 綢 | 醜 | 臭 | |
| ʂ | | 誰 | 水 | 瑞 | | 燒 | 韶 | 少 | 少 | | | | | | | 收 | | 首 | 受 | |
| ʐ | | | | 銳 | | | 饒 | 擾 | | | | | | | | | 揉 | | 肉 | |
| tɕ | | | | | | | | | | | 交 | | 餃 | 轎 | | | | | | |
| tɕh | | | | | | | | | | | 翹 | 喬 | 巧 | 竅 | | | | | | |
| ȵ | | | | | | | | | | | | | 鳥 | 尿 | | | | | | |
| ɕ | | | | | | | | | | | 囂 | 肴 | 曉 | 孝 | | | | | | |
| c | | | | | | | | | | | | | | 較 | | | | | | |
| ch | | | | | | | | | | | | | | | | | | | | |
| ç | | | | | | | | | | | | | | | | | | | | |
| k | 規 | | 鬼 | 貴 | | 高 | | 稿 | 告 | | | | | | | 勾 | | | 臼 | |
| kh | 虧 | 逵 | 傀 | 跪 | | 敲 | | 考 | 靠 | | | | | | | 丘 | | | | |
| ŋ | | | | | | 熬 | 熬 | 襖 | 傲 | | | | | | | | | | | |
| x | 灰 | 回 | 毀 | 匯 | | 薅 | 毫 | 好 | 好 | | | | | | | | | 朽 | | |
| ∅ | 威 | 危 | 委 | 衛 | | | | | | | 妖 | 堯 | 舀 | 耀 | | | | | | |

| | iəu | | | | | an | | | | iɛn | | | | uan | | | |
|---|---|---|---|---|---|---|---|---|---|---|---|---|---|---|---|---|---|
| | 陰 | 陽 | 上 | 去 | 入 | 陰 | 陽 | 上 | 去 | 陰 | 陽 | 上 | 去 | 陰 | 陽 | 上 | 去 |
| p | | | | | | 班 | | 板 | 辦 | 邊 | | 匾 | 變 | | | | |
| ph | | | | | | 攀 | 盤 | | 盼 | 篇 | 便 | | 騙 | | | | |
| m | | | | 謬 | | | 饅 | 滿 | 慢 | | 棉 | 免 | 面 | | | | |
| f | | | | | | 翻 | 凡 | 反 | 泛 | | | | | | | | |

| | | | | | | | | | | | | | | | | | |
|---|---|---|---|---|---|---|---|---|---|---|---|---|---|---|---|---|---|
| v | | | | | | | | | | | | | | | | | |
| t | 丟 | | | | | | | | | 顛 | | 點 | 店 | 端 | | 短 | 斷 |
| th | | | | | | | | | | 天 | 甜 | 舔 | | | 團 | | |
| n | 溜 | 流 | 柳 | | | | | | | | 連 | 臉 | 練 | | 鸞 | 暖 | 亂 |
| ts | 揪 | | 酒 | 就 | | | | | | 尖 | | 剪 | 箭 | 鑽 | | 撰 | 鑽 |
| tsh | 秋 | | | | | | | | | 千 | 錢 | 淺 | | | | | 竄 |
| s | 修 | 囚 | | 秀 | 粟 | | | | | 仙 | | | 線 | 酸 | | | 蒜 |
| tʂ | | | | | | | | | | | | | | 磚 | | 轉 | 轉 |
| tʂh | | | | | | | | | | | | | | 川 | 船 | 鏇 | 串 |
| ʂ | | | | | | | | | | | | | | 刪 | | | 疝 |
| ʐ | | | | | | | | | | | | | | | | 軟 | |
| tɕ | 勾 | | 狗 | 構 | | | | | | 艱 | | 簡 | 件 | | | | |
| tɕh | 摳 | 求 | 口 | 扣 | | | | | | 牽 | 乾 | 遣 | 欠 | | | | |
| ȵ | 歐 | 牛 | 藕 | 慪 | | | | | | 研 | 年 | 碾 | 念 | | | | |
| ɕ | 休 | 侯 | 吼 | 厚 | | | | | | 鮮 | 閒 | 顯 | 現 | | | | |
| c | 灸 | | 久 | 舊 | | | | | | | | | | | | | |
| ch | | | | | | | | | | | | | | | | | |
| ç | | 猴 | | 嗅 | | | | | | | 弦 | | 縣 | | | | |
| k | | | | | | | | | | | | | | 官 | | 館 | 貫 |
| kh | | | | | | | | | | | | | | 寬 | | 款 | |
| ŋ | | | | | | | | | | | | | | | | | |
| x | | | | | | | | | | | | | | 歡 | 桓 | 緩 | 患 |
| ∅ | 優 | 尤 | 有 | 又 | | | | | | 煙 | 顏 | 眼 | 厭 | 彎 | 玩 | 碗 | 院 |

| | yɛn | | | | en | | | | in | | | | uən | | | | yn | | | |
|---|---|---|---|---|---|---|---|---|---|---|---|---|---|---|---|---|---|---|---|---|
| | 陰 | 陽 | 上 | 去 | 陰 | 陽 | 上 | 去 | 陰 | 陽 | 上 | 去 | 陰 | 陽 | 上 | 去 | 陰 | 陽 | 上 | 去 |
| p | | | | | 奔 | | 本 | 笨 | 兵 | | 柄 | 病 | | | | | | | | |
| ph | | | | | 烹 | 盆 | | 噴 | 拼 | 平 | 品 | 聘 | | | | | | | | |
| m | | | | | | 門 | | 悶 | | 明 | 閩 | 命 | | | | | | | | |
| f | | | | | 分 | 墳 | 粉 | 糞 | | | | | | | | | | | | |
| v | | | | | | 文 | 刎 | 問 | | | | | | | | | | | | |
| t | | | | | 燈 | | 等 | 鄧 | 丁 | | 鼎 | 定 | | | | | | | | |
| th | | | | | 吞 | 騰 | | | 廳 | 亭 | 挺 | 聽 | | | | | | | | |
| n | | | | | | 輪 | 冷 | 嫩 | | 林 | 領 | 另 | | | | | | | | |

| | | | | | | | | | | | | | | | | | | | | |
|---|---|---|---|---|---|---|---|---|---|---|---|---|---|---|---|---|---|---|---|---|
| ts | | | | | 尊 | | 怎 | 贈 | 精 | | 井 | 進 | | | | | | | | 俊 |
| tsh | | 全 | | | 村 | 存 | 逞 | 寸 | 親 | 晴 | 請 | 侵 | 村 | | | 忖 | | | | |
| s | 宣 | | 選 | 楦 | 生 | | 省 | | 心 | 尋 | 省 | 信 | | | 筍 | 馴 | | 旬 | | 遜 |
| tʂ | | | | | 針 | | 整 | 政 | | | | | | | 準 | | | | | |
| tʂh | | | | | 伸 | 沉 | 懲 | 慎 | | | | | 春 | | 蠢 | | | | | |
| ʂ | | | | | 深 | 乘 | 沈 | 聖 | | | | | | 唇 | | 順 | | | | |
| ʐ | | | | | 扔 | 人 | 忍 | 認 | | | | | | | | 閏 | | | | |
| tɕ | 捐 | | 卷 | 倦 | | | | | 今 | | 景 | 勁 | | | | | 君 | 蕈 | 迥 | 菌 |
| tɕh | 圈 | 權 | 犬 | 勸 | | | | | 欽 | 琴 | | 慶 | | | | | 傾 | 瓊 | 頃 | |
| ȵ | | | | | | | | | | 凝 | 拎 | 佞 | | | | | | | | |
| ɕ | 軒 | 旋 | | 旋 | | | | | 馨 | 形 | | 幸 | | | | | 熏 | 詢 | | 訊 |
| c | | | | | | | | | 筋 | | | | | | | | 均 | | | |
| ch | | | | | | | | | | | | | | | | | | | | |
| ç | | | | | | | | | 欣 | 行 | | | | | | | | | | |
| k | | | | | 根 | | 耿 | 埂 | | | | | | | 滾 | 棍 | | | | |
| kh | | | | | 坑 | | 肯 | | | | | | 坤 | 魂 | 捆 | 困 | | | | |
| ŋ | | | | | 恩 | | | 硬 | | | | | | | | | | | | |
| x | | | | | 哼 | 痕 | 很 | 杏 | | | | | 昏 | 餛 | 哄 | 混 | | | | |
| ∅ | 冤 | 猿 | 遠 | 院 | | | | | 殷 | 銀 | 影 | 印 | 溫 | | 穩 | | 暈 | 營 | 允 | 韻 |

| | aŋ | | | | iaŋ | | | | uaŋ | | | | oŋ | | | | ioŋ | | | |
|---|---|---|---|---|---|---|---|---|---|---|---|---|---|---|---|---|---|---|---|---|
| | 陰 | 陽 | 上 | 去 | 陰 | 陽 | 上 | 去 | 陰 | 陽 | 上 | 去 | 陰 | 陽 | 上 | 去 | 陰 | 陽 | 上 | 去 |
| p | 幫 | | 榜 | 棒 | | | | | | | | | 崩 | | | 迸 | | | | |
| ph | | 龐 | | 胖 | | | | | | | | | | 朋 | 捧 | 碰 | | | | |
| m | | 忙 | 莽 | | | | | | | | | | 懵 | 蒙 | 畝 | 茂 | | | | |
| f | 方 | 房 | 紡 | 放 | | | | | | | | | 風 | 馮 | 否 | 鳳 | | | | |
| v | | | | | | | | | | | | | | | | | | | | |
| t | 單 | | 膽 | 宕 | | | | | | | | | 東 | | 董 | 凍 | | | | |
| th | 貪 | 談 | 坦 | 歎 | | | | | | | | | 通 | 同 | 統 | 痛 | | | | |
| n | | 蘭 | 懶 | 爛 | | 良 | 兩 | 亮 | | | | | 聾 | 龍 | 壟 | 弄 | | | | |
| ts | 髒 | | 斬 | 贊 | 將 | | 蔣 | 將 | | | | | 棕 | | 總 | 縱 | | | | |
| tsh | 餐 | 殘 | 慘 | 燦 | 槍 | 牆 | 搶 | 嗆 | | | | | 蔥 | 從 | | | | | | |
| s | 三 | | 傘 | 散 | 相 | 詳 | 想 | 相 | | | | | 松 | | 慫 | 宋 | | | | |
| tʂ | 章 | | 漲 | 棧 | | | | | 妝 | | | 壯 | 鍾 | | 腫 | 眾 | | | | |
| tʂh | 昌 | 饞 | 產 | 暢 | | | | | 窗 | 床 | 闖 | 創 | 充 | 蟲 | 寵 | 銃 | | | | |
| ʂ | 山 | 常 | 閃 | 善 | | | | | 雙 | | 爽 | | | | | | | | | |

| ʐ | | 然 | 染 | 讓 | | | | | | | | | | 茸 | 冗 | | | | | |
|---|---|---|---|---|---|---|---|---|---|---|---|---|---|---|---|---|---|---|---|---|
| tɕ | | | | | 姜 | | 講 | 降 | | | | | | | | | | | | |
| tɕh | | | | | 羌 | 強 | 強 | | | | | | | | | | | 窮 | | |
| ȵ | | | | | | 娘 | | | | | | | | | | | | | | |
| ɕ | | | | | 鄉 | | 響 | | | | | | | | | | 兄 | 熊 | | |
| c | | | | | | | | | | | | | | | | | 龔 | | | |
| ch | | | | | | | | | | | | | | | | | | | | |
| ç | | | | | 香 | 降 | | 向 | | | | | | | | | | | | |
| k | 剛 | | 敢 | 槓 | | | | | 光 | | 廣 | | 公 | | 汞 | 貢 | | | | |
| kh | 刊 | 扛 | 坎 | 抗 | | | | | 筐 | 狂 | | 況 | 空 | | 孔 | 控 | | | | |
| ŋ | 安 | 昂 | | 按 | | | | | 汪 | 王 | | 旺 | | | | | | | | |
| x | 憨 | 寒 | 喊 | 漢 | | | | | 荒 | 皇 | 謊 | | 烘 | 宏 | 哄 | | | | | |
| ∅ | | | | | 央 | 羊 | 養 | 樣 | 枉 | 亡 | 網 | 妄 | 翁 | | | 甕 | 臃 | 容 | 勇 | 用 |

# 2.12 南部鐵鞭鄉話語音系統

## 2.12.1 聲 母

鐵鞭鄉話有聲母 21 個，含 1 個零聲母。

| p 菠幣白 | ph 坡婆 | m 麻慢密 | f 分父虎互 | v 烏武吾 |
|---|---|---|---|---|
| t 多杜達 | th 他圖 | n 腦羅禮 | | |
| ts 資罪知阻支逐 | tsh 雌才醜廚初昌 | | s 素師身神是 | z 人釀 |
| tɕ 酒匠假及 | tɕh 妻錢棄琴 | ȵ 年疑 | ɕ 細許現徐 | |
| k 過共 | kh 庫葵 | ŋ 紐藕安 | x 囚化回或 | |
| ∅ 末二雅衣衛由 | | | | |

## 2.12.2 韻 母

鐵鞭鄉話有韻母 37 個。

| ʅ 勢字十秩直赤 | i 寫底奇頁急節筆力昔 | u 布婦物膜篤履 | |
|---|---|---|---|
| ɚ 兒二耳 | | | |
| ᴀ 他壩答達 | ia 霞佳甲瞎 | ua 寡蛙挖 | |
| æ 咳哲 | | | |
| e 舌熱北白 | | ue 闊擴國獲 | ye 月削 |
| o 左墓盒入缽出博濁木 | io 掘雀學疫局 | | |

| ɤ 歌鴿葛各角 | | | |
|---|---|---|---|
| | iu 女卒玉遂 | | |
| ai 待界街 | iɛi 諧懈 | uai 淮帥 | |
| ei 者貝美 | | uei 碓炊 | |
| au 毛敲照牡 | iau 郊漂條躍 | | |
| əu 可豆舟屢 | iəu 勾留幼 | | |
| an 探咸凡旦限展 | iɛn 監炎甜艱剪田 | uan 暖彎川院 | yɛn 宣原玄 |
| en 針恩凳生蓬侖 | in 臨貧鷹丙 | uən 婚潤蚊哄 | yn 均雲營 |
| aŋ 幫場項 | iaŋ 剛良講 | uaŋ 光爽窗 | |
| oŋ 猛動冬崇貿 | ioŋ 熏兄窮容 | | |

## 2.12.3 聲　調

鐵鞭鄉話有單字聲調 5 個。

| 陰平 | 1 | 45 | 巴丹貞皆丫 |
|---|---|---|---|
| 陽平 | 2 | 31 | 盆途求劉男 |
| 上聲 | 3 | 51 | 本堵展馬李 |
| 去聲 | 4 | 214 | 報第亂罷技 |
| 入聲 | 5 | 33 | 百答逐傑密 |

## 2.12.4 音系說明

（1）聲母 n-有 l 的變體，統一記作 n。聲母 ŋ̡-後帶有同部位濁擦音，實為 ŋ̡ʑ，擦音 ʑ 甚至貫穿整個音節，語圖中則表現為鼻音與元音之間有一段亂紋，且共振峰 F1 與 F2 分布散亂，F2 的散亂分布持續整個音節（例見圖 2.39 箭頭所示）。

圖 2.39　南部鐵鞭鄉話「宜」ŋ̡i2 的頻譜圖和共振峰圖

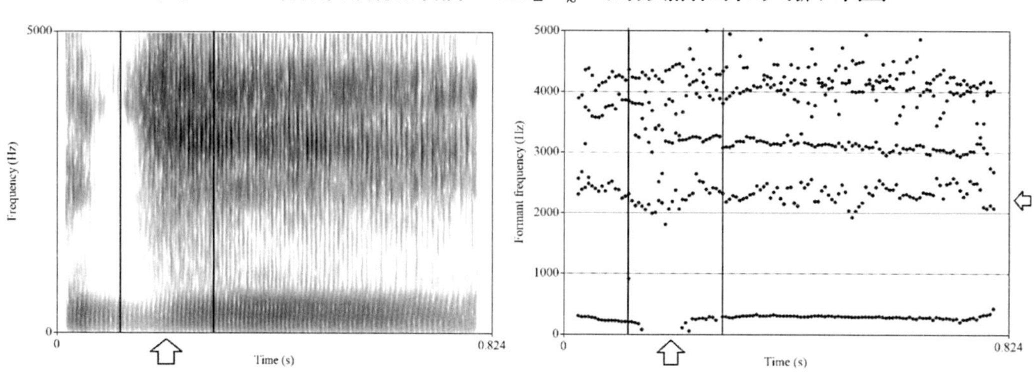

（2）聲母 m-、n-後帶有較明顯的同部位濁塞音，實際為 mb-、nd-，因無音位對立，故處理為音位變體而非獨立音位。

（3）聲母 ts-、tsh-、s-發音部位偏後，舌尖抵上齒齦，介於普通話的舌尖前音和舌尖後音之間。

（4）聲母 ŋ-只出現在開口呼前，軟齶阻塞明顯，鼻音氣流弱。

（5）齊齒呼零聲母音節開頭帶有摩擦音 ʝ-，韻母為 i 時最明顯，記音未標出。撮口呼零聲母音節以 y 開頭，無摩擦。

（6）零聲母的 u 韻母音節開頭帶有明顯的唇齒濁擦音 v-，與其他合口呼零聲母韻的音節有明顯的不同，其中有的音節沒有除阻，成為自成音節的 v̩。圖 2.40「吾」vu2 的語圖顯示 F2 以下基頻脈衝清晰可見，有規律，但 F2 以上脈衝紊亂，無規律；共振峰圖顯示高頻區 F3、F4 紊亂。說明 F2 以上的脈衝已經被唇齒摩擦衝淡了。

圖 2.40　南部鐵鞭鄉話「吾」vu2 的頻譜圖和共振峰圖

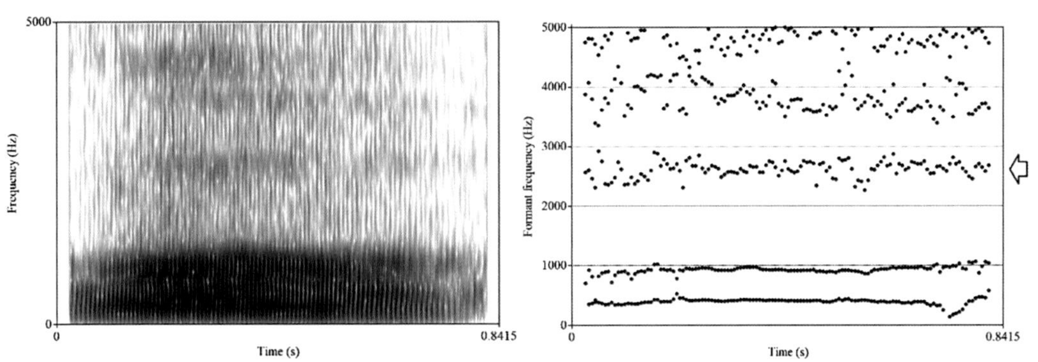


（7）南部鐵鞭鄉話有 9 個單元音，為 ᴀ、æ、e、ɚ、ɤ、i、o、ʅ、u。其位置見圖 2.41。

圖 2.41　南部鐵鞭鄉話聲學元音散點圖和均值圖

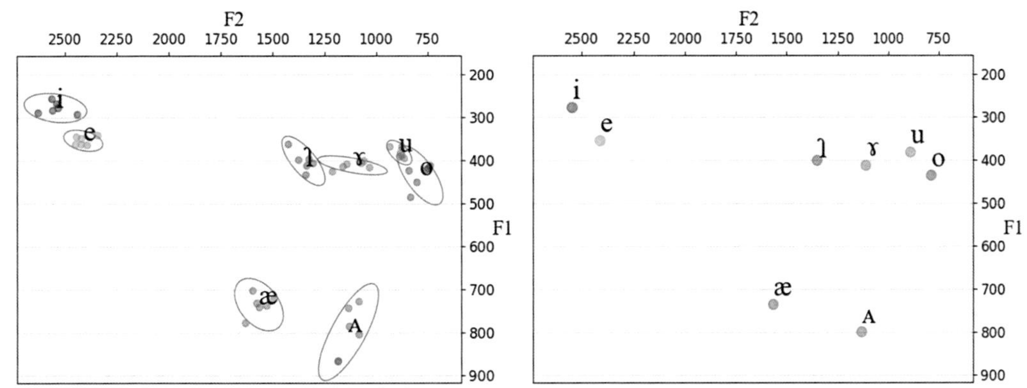

（8）從圖 2.41 的散點圖看，元音 i、e、ɿ、æ、u 的分布比較集中；其餘則分布較分散，即發音時舌體不穩定，有變體形式；其中元音 ɤ 呈水平方向離散分布，即其變體主要為舌位前後之別，而元音 ᴀ 呈垂直離散分布，即其變體主要為舌位高低之別。

（9）元音 ᴀ 作單元音時偏後；在 iɛi 中偏高，記作 ɛ；在-an 中偏高為 æ；在-aŋ 中偏後為ɑ。

（10）元音 æ 作單元音時偏低偏央。

（11）元音 e 作單韻母時偏高，記作 e；在 ue 中時，舌位較低近於 ɛ；在-ie、-en、-ei 中舌位較高為 e；在-uən 中舌位偏央為 ə。

（12）元音 o 為標準元音；在-əu、-iəu 中，元音展唇而偏央，實際為 ə。

（13）元音 ɤ 作單元音時偏央偏高，且只與舌面後音聲母相拼，在部分音節中 ɤ 略有滑動，變為雙元音韻母-ɤu/-əu。

（14）元音 u 較標準元音低而開，近於 ʊ。

（15）-an、-uan 的鼻音韻尾弱而短，舌尖未抵上齒齦，實際為-$a^{n}$、-$ua^{n}$。

（16）-en、-in、-uən、-yn 的鼻音韻尾完整、穩固；-aŋ、-iaŋ、-uaŋ 的鼻音韻尾完整。

（17）i 作韻尾時偏低，實際為 e，例如：「開」khai1＝khae1。u 在-au、-iau 中偏低為 ɔ，例如：「冒」mau4＝mɑɔ4、「交」tɕiau1＝tɕiaɔ1。-ioŋ 在音系配合上當為撮口呼-yoŋ，實際發音已失去圓唇勢，成為齊齒韻。

（17）韻母-oŋ，在聲母 f-後有變體 əŋ。

（18）南部鐵鞭鄉話聲調類別和調型，見圖 2.42。去聲 214 調，在語流中往往失去下凹，為 24 調。

圖 2.42　南部鐵鞭鄉話聲調均線圖（絕對時長）

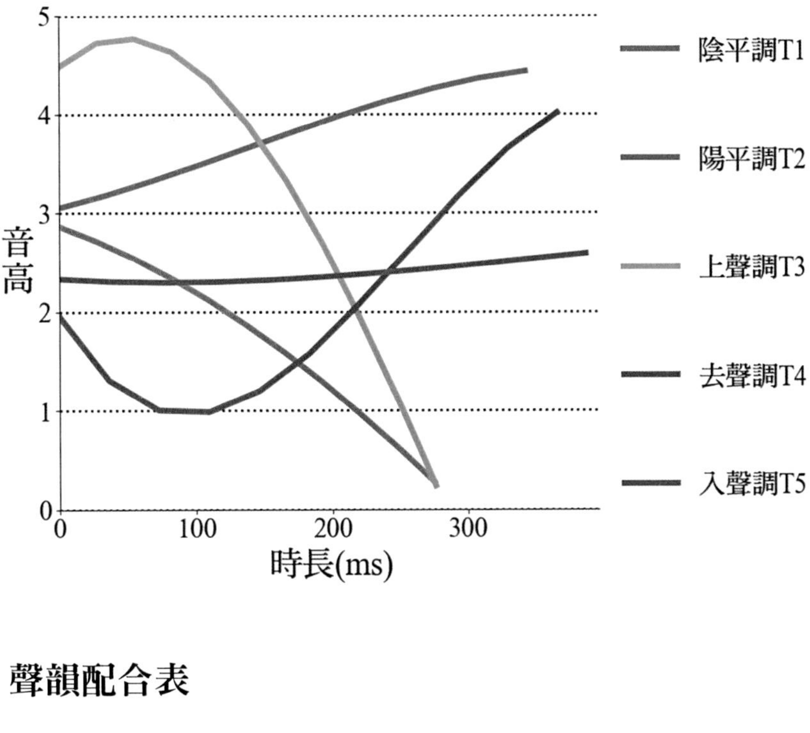


### 2.12.5　聲韻配合表

表 2.12　南部鐵鞭鄉話聲韻配合表

| | ʅ | | | | | i | | | | | u | | | | | ɚ | | | | |
|---|---|---|---|---|---|---|---|---|---|---|---|---|---|---|---|---|---|---|---|---|
| | 陰 | 陽 | 上 | 去 | 入 | 陰 | 陽 | 上 | 去 | 入 | 陰 | 陽 | 上 | 去 | 入 | 陰 | 陽 | 上 | 去 | 入 |
| p | | | | | | 蓖 | | 彼 | 閉 | 筆 | | | 補 | 部 | | | | | | |
| ph | | | | | | 屄 | 皮 | 鄙 | 屁 | 癖 | 鋪 | 葡 | 譜 | 鋪 | 蒲 | | | | | |
| m | | | | | | | 迷 | 米 | 覓 | 密 | | 模 | 母 | | | | | | | |
| f | | | | | | | | | | | 夫 | 胡 | 虎 | 戶 | 佛 | | | | | |
| v | | | | | | | | | | | 烏 | 吳 | 五 | 誤 | | | | | | |
| t | | | | | | 低 | | 底 | 帝 | 蝶 | 都 | | 堵 | 杜 | 督 | | | | | |
| th | | | | | | 梯 | 題 | 體 | 替 | 鐵 | | 圖 | 吐 | 兔 | | | | | | |
| n | | | | | | | 離 | 禮 | 利 | 獵 | | 奴 | 魯 | 怒 | | | | | | |
| ts | 知 | 雉 | 子 | 制 | 汁 | | | | | | 租 | | 組 | 做 | | | | | | |
| tsh | 癡 | 池 | 齒 | 次 | 尺 | | | | | | 粗 | 鋤 | 礎 | 醋 | | | | | | |
| s | 絲 | 時 | 死 | 世 | 十 | | | | | | 蘇 | | 墅 | 素 | | | | | | |
| z | | | | | 日 | | | | | | | 如 | 汝 | | | | | | | |
| tɕ | | | | | | 饑 | | 姐 | 借 | 集 | | | | | | | | | | |
| tɕh | | | | | | 妻 | 其 | 起 | 氣 | 七 | | | | | | | | | | |
| ȵ | | | | | | | 泥 | 你 | | 業 | | | | | | | | | | |
| ɕ | | | | | | 西 | 徙 | 寫 | 細 | 習 | | | | | | | | | | |

| | | | | | | | | | | | | | | | | | | | | |
|---|---|---|---|---|---|---|---|---|---|---|---|---|---|---|---|---|---|---|---|---|
| k | | | | | | | | | | | 姑 | | 古 | 故 | 骨 | | | | | |
| kh | | | | | | | | | | | 枯 | | 苦 | 庫 | 哭 | | | | | |
| ŋ | | | | | | | | | | | | | | | | | | | | |
| x | | | | | | | | | | | | | | | | | | | | |
| ∅ | | | | | | 醫 | 爺 | 也 | 夜 | 乙 | | | | | 物 | | 兒 | 耳 | 二 | |

| | ᴀ | | | | | ia | | | | | ua | | | | | æ | | | | |
|---|---|---|---|---|---|---|---|---|---|---|---|---|---|---|---|---|---|---|---|---|
| | 陰 | 陽 | 上 | 去 | 入 | 陰 | 陽 | 上 | 去 | 入 | 陰 | 陽 | 上 | 去 | 入 | 陰 | 陽 | 上 | 去 | 入 |
| p | 巴 | 爸 | 把 | 罷 | 八 | | | | | | | | | | | | | | | |
| ph | | 耙 | | 怕 | 拔 | | | | | | | | | | | | | | | |
| m | 媽 | 麻 | 馬 | 罵 | | | | | | | | | | | | | | | | |
| f | | | | | 法 | | | | | | | | | | | | | | | |
| v | | | | | | | | | | | | | | | | | | | | |
| t | | | 打 | 大 | 達 | | | | | | | | | | | | | | | |
| th | 他 | | | | 塔 | | | | | | | | | | | | | | | |
| n | 垃 | 拿 | 哪 | 那 | 蠟 | | | | | | | | | | | | | | | |
| ts | 渣 | | 眨 | 榨 | 雜 | | | | | | 抓 | | | | 啄 | | | | | 哲 |
| tsh | 叉 | 茶 | | | 插 | | | | | | | | | | | | | | | |
| s | 沙 | | 傻 | | 殺 | | | | | | | | 耍 | | 刷 | | | | | |
| z | | | | | | | | | | | | | | | | | | | | |
| tɕ | | | | | | 家 | | 假 | 駕 | 甲 | | | | | | | | | | |
| tɕh | | | | | | | | | | 洽 | | | | | | | | | | |
| ȵ | | | | | | | | | | | | | | | | | | | | |
| ɕ | | | | | | 蝦 | 霞 | | 下 | 匣 | | | | | | | | | | |
| k | | | | | | | | | | | 瓜 | | 寡 | 掛 | 刮 | | | | | |
| kh | | | | | | | | | | | 誇 | | 垮 | 跨 | | | | | | 咳 |
| ŋ | | | | | | | | | | | | | | | | | | | | |
| x | | | | | | | | | | | 花 | 華 | | 化 | 滑 | | | | | |
| ∅ | | | | | | 鴉 | 牙 | 雅 | 亞 | 鴨 | 蛙 | 娃 | 瓦 | | 襪 | | | | | |

| | e | | | | | ue | | | | | ye | | | | | o | | | | |
|---|---|---|---|---|---|---|---|---|---|---|---|---|---|---|---|---|---|---|---|---|
| | 陰 | 陽 | 上 | 去 | 入 | 陰 | 陽 | 上 | 去 | 入 | 陰 | 陽 | 上 | 去 | 入 | 陰 | 陽 | 上 | 去 | 入 |
| p | | | | | 北 | | | | | | | | | | | 波 | | 簸 | 播 | 博 |
| ph | | | | | 迫 | | | | | | | | | | | 坡 | 婆 | | 破 | 潑 |
| m | | | | | 麥 | | | | | | | | | | | 摸 | 魔 | 抹 | 墓 | 末 |
| f | | | | | | | | | | | | | | | | | | | | 服 |

| | | | | | | | | | | | | | | | | | | | | |
|---|---|---|---|---|---|---|---|---|---|---|---|---|---|---|---|---|---|---|---|---|
| v | | | | | | | | | | | | | | | | | | | | |
| t | | | | | 得 | | | | | | | | | | | 多 | | 朵 | 剁 | 毒 |
| th | | | | | 特 | | | | | | | | | | | 拖 | 駝 | 妥 | | 突 |
| n | | | | | 勒 | | | | | | | | | | | 囉 | 羅 | 裸 | 糯 | 律 |
| ts | | | | | 責 | | | | | | | | | | | | | 左 | 坐 | 燭 |
| tsh | | | | | 擇 | | | | | | | | | | | 搓 | | | 錯 | 濁 |
| s | | | | 射 | 舌 | | | | | | | | | | | 蓑 | | 瑣 | | 說 |
| z | | | | | 熱 | | | | | | | | | | | | | | | 肉 |
| tɕ | | | | | | | | | | | | | | 蹷 | 絕 | | | | | |
| tɕh | | | | | | | | | | | | | | | 缺 | | | | | |
| ȵ | | | | | | | | | | | | | | | | | | | | |
| ɕ | | | | | | | | | | | 靴 | | | | 雪 | | | | | |
| k | | | 嗝 | | 革 | | | | | 國 | | | | | | 鍋 | | 果 | 過 | 谷 |
| kh | | | | | 克 | | | | | 擴 | | | | | | 顆 | | 棵 | | |
| ŋ | | | | | 額 | | | | | | | | | | | | | | | |
| x | | | | | 黑 | | | | | 或 | | | | | | 喝 | 何 | 火 | 賀 | 盒 |
| ∅ | | | | | | | | | | | 曰 | | | 粵 | 月 | 倭 | 蛾 | 我 | 餓 | 屋 |

| | io | | | | | ɤ | | | | | iu | | | | | ai | | | | |
|---|---|---|---|---|---|---|---|---|---|---|---|---|---|---|---|---|---|---|---|---|
| | 陰 | 陽 | 上 | 去 | 入 | 陰 | 陽 | 上 | 去 | 入 | 陰 | 陽 | 上 | 去 | 入 | 陰 | 陽 | 上 | 去 | 入 |
| p | | | | | | | | | | | | | | | | | | 擺 | 敗 | |
| ph | | | | | | | | | | | | | | | | | 排 | | 派 | |
| m | | | | | | | | | | | | | | | | | 埋 | 買 | 賣 | |
| f | | | | | | | | | | | | | | | | | | | | |
| v | | | | | | | | | | | | | | | | | | | | |
| t | | | | | | | | | | | | | | | | 呆 | | | 帶 | |
| th | | | | | | | | | | | | | | | | 胎 | 臺 | | 太 | |
| n | | | | | | | | | | | | | | | | 奶 | 來 | 乃 | 賴 | |
| ts | | | | | | | | | | | | | | | | 齋 | | 宰 | 再 | |
| tsh | | | | | | | | | | | | | | | | 猜 | 豺 | 彩 | 菜 | |
| s | | | | | | | | | | | | | | | | 篩 | | | 賽 | |
| z | | | | | | | | | | | | | | | | | | | | |
| tɕ | | | | | 足 | | | | | | 居 | | 舉 | 具 | 菊 | | | | | |
| tɕh | | | | | 曲 | | | | | | 驅 | 渠 | 取 | 去 | 屈 | | | | | |
| ȵ | | | | | | | | | | | | | 女 | | | | | | | |
| ɕ | | | | | 學 | | | | | | 虛 | 徐 | 許 | 遂 | | | | | | |

| | | | | | | | | | | | | | | | | | | | | |
|---|---|---|---|---|---|---|---|---|---|---|---|---|---|---|---|---|---|---|---|---|
| k | | | | | | 歌 | | | | 各 | | | | | | 皆 | | 改 | 界 | |
| kh | | | | | | | | | | 磕 | | | | | | 開 | | 楷 | 概 | |
| ŋ | | | | | | | 齶 | | | 惡 | | | | | | 埃 | 捱 | 矮 | 礙 | |
| x | | | | | | | | | | | | | | | | 蝦 | 鞋 | 海 | 害 | |
| ∅ | | | | | 藥 | | | | | | 吁 | 魚 | 語 | 預 | | 哀 | | | 愛 | |

| | iɛi | | | | | uai | | | | | ei | | | | | uei | | | | |
|---|---|---|---|---|---|---|---|---|---|---|---|---|---|---|---|---|---|---|---|---|
| | 陰 | 陽 | 上 | 去 | 入 | 陰 | 陽 | 上 | 去 | 入 | 陰 | 陽 | 上 | 去 | 入 | 陰 | 陽 | 上 | 去 | 入 |
| p | | | | | | | | | | | 悲 | | | 貝 | | | | | | |
| ph | | | | | | | | | | | 批 | 賠 | 胚 | 沛 | | | | | | |
| m | | | | | | | | | | | | 梅 | 每 | 妹 | | | | | | |
| f | | | | | | | | | | | 非 | 肥 | 匪 | 廢 | | | | | | |
| v | | | | | | | | | | | | | | | | | | | | |
| t | | | | | | | | | | | | | | | | 堆 | | | 對 | |
| th | | | | | | | | | | | | | | | | 推 | 頹 | 腿 | 退 | |
| n | | | | | | | | | | | | | | | | | 雷 | 儡 | 內 | |
| ts | | | | | | | | | 拽 | | 遮 | | 者 | 蔗 | | 追 | | 嘴 | 罪 | |
| tsh | | | | | | 揣 | | 喘 | | | 車 | | 扯 | | | 吹 | 垂 | | 碎 | |
| s | | | | | | 衰 | | 摔 | 帥 | | 奢 | 蛇 | 捨 | 射 | | 雖 | 隨 | 水 | 歲 | |
| z | | | | | | | | | | | | | 惹 | | | | | | 銳 | |
| tɕ | | | | | | | | | | | | | | | | | | | | |
| tɕh | | | | | | | | | | | | | | | | | | | | |
| ȵ | | | | | | | | | | | | | | | | | | | | |
| ɕ | | 諧 | | 懈 | | | | | | | | | | | | | | | | |
| k | | | | | | 乖 | | 枴 | 怪 | | | | | | | 歸 | | 鬼 | 貴 | |
| kh | | | | | | | | 塊 | 筷 | | | | | | | 虧 | 逵 | 傀 | 愧 | |
| ŋ | | | | | | | | | | | | | | | | | | | | |
| x | | | | | | | 懷 | | 壞 | | | | | | | 揮 | 回 | 悔 | 匯 | |
| ∅ | | | | | | 歪 | | | 外 | | | | | | | 威 | 桅 | 委 | 衛 | |

| | au | | | | | iau | | | | | əu | | | | | iəu | | | | |
|---|---|---|---|---|---|---|---|---|---|---|---|---|---|---|---|---|---|---|---|---|
| | 陰 | 陽 | 上 | 去 | 入 | 陰 | 陽 | 上 | 去 | 入 | 陰 | 陽 | 上 | 去 | 入 | 陰 | 陽 | 上 | 去 | 入 |
| p | 包 | | 寶 | 報 | | 標 | | 表 | | | | | | | | | | | | |
| ph | 拋 | 袍 | 跑 | 炮 | | 飄 | 瓢 | | 票 | | | | | | | | | | | |
| m | 貓 | 毛 | 卯 | 冒 | | | 描 | 秒 | 廟 | | | | | | | | | | 謬 | |
| f | | | | | | | | | | | | | | | | | | | | |

| v | | | | | | | | | | | | | | | | | | | | |
|---|---|---|---|---|---|---|---|---|---|---|---|---|---|---|---|---|---|---|---|---|
| t | 刀 | | 島 | 道 | | 刁 | | | 弔 | | 兜 | | 陡 | 痘 | | 丟 | | | | |
| th | 滔 | 桃 | 討 | 套 | | 挑 | 條 | | 跳 | | 偷 | 頭 | 抖 | 透 | | | | | | |
| n | 撈 | 牢 | 腦 | 鬧 | | | 遼 | 了 | 料 | | | 樓 | 屢 | 漏 | | 溜 | 劉 | 柳 | | |
| ts | 遭 | | 早 | 趙 | | | | | | | 周 | | 走 | 晝 | | | | | | |
| tsh | 鈔 | 曹 | 草 | 造 | | | | | | | 抽 | 綢 | 醜 | 湊 | | | | | | |
| s | 燒 | 韶 | 少 | 少 | | | | | | | 收 | | 首 | 售 | | | | | | |
| z | | 饒 | 擾 | | | | | | | | | 柔 | | | | | | | | |
| tɕ | | | | | | 郊 | | 餃 | 轎 | | | | | | | 糾 | | 酒 | 舊 | |
| tɕh | | | | | | 悄 | 喬 | 巧 | 竅 | | | | | | | 丘 | 求 | | | |
| ȵ | | | | | | | | 鳥 | 尿 | | | | | | | | 牛 | | | |
| ɕ | | | | | | 肖 | 淆 | 曉 | 笑 | | | | | | | 休 | | | 秀 | |
| k | 高 | | 稿 | 告 | | | | | | | 哥 | | | 個 | | 勾 | | 狗 | 構 | |
| kh | 敲 | | 考 | 靠 | | | | | | | 科 | | 可 | 課 | | | | | | |
| ŋ | 熬 | | 襖 | 傲 | | | | | | | 訛 | | 紐 | 慪 | | | | | | |
| x | 薅 | 毫 | 好 | 好 | | | | | | | | 囚 | 朽 | 後 | | | | | | |
| ∅ | 坳 | | | | | 妖 | 堯 | 舀 | 耀 | | 歐 | | | | | 優 | 尤 | 有 | 又 | |

| | an | | | | iɛn | | | | uan | | | | yɛn | | | | en | | | |
|---|---|---|---|---|---|---|---|---|---|---|---|---|---|---|---|---|---|---|---|---|
| | 陰 | 陽 | 上 | 去 | 陰 | 陽 | 上 | 去 | 陰 | 陽 | 上 | 去 | 陰 | 陽 | 上 | 去 | 陰 | 陽 | 上 | 去 |
| p | 班 | | 板 | 辦 | 邊 | | 貶 | 變 | | | | | | | | | 崩 | | 本 | 笨 |
| ph | 攀 | 盤 | | 盼 | 偏 | 便 | | 片 | | | | | | | | | 烹 | 盆 | | 碰 |
| m | | 蠻 | 滿 | 慢 | | 眠 | 免 | 面 | | | | | | | | | | 門 | | 悶 |
| f | 翻 | 凡 | 反 | 泛 | | | | | | | | | | | | | 分 | 焚 | 粉 | 糞 |
| v | | | | | | | | | | | | | | | | | | | | |
| t | 丹 | | 膽 | 淡 | 顛 | | 點 | 店 | 端 | | 短 | 斷 | | | | | 燈 | | 等 | 頓 |
| th | 貪 | 談 | 坦 | 探 | 天 | 田 | 舔 | | | 團 | | | | | | | 吞 | 騰 | | |
| n | | 藍 | 覽 | 濫 | | 連 | 臉 | 練 | | 鸞 | 暖 | 亂 | | | | | | 輪 | 冷 | 嫩 |
| ts | 沾 | | 盞 | 站 | | | | | 磚 | | 轉 | 撰 | | | | | 針 | | 整 | 正 |
| tsh | 餐 | 蠶 | 產 | 燦 | | | | | 穿 | 船 | 鏟 | 串 | | | | | 村 | 沉 | 懲 | 寸 |
| s | 三 | 蟬 | 閃 | 善 | | | | | 珊 | | | 算 | | | | | 森 | 乘 | 沈 | 甚 |
| z | | 然 | 染 | | | | | | | | 軟 | | | | | | | 人 | 忍 | 認 |
| tɕ | | | | | 尖 | | 踐 | 劍 | | | | | 捐 | | 卷 | 眷 | | | | |
| tɕh | | | | | 簽 | 潛 | 淺 | 欠 | | | | | 圈 | 全 | 犬 | 勸 | | | | |
| ȵ | | | | | 研 | 年 | 眼 | 驗 | | | | | | | | | | | | |

| ɕ | | | | | 仙 | 賢 | 險 | 縣 | | | | | 軒 | 玄 | 選 | 旋 | | | | |
|---|---|---|---|---|---|---|---|---|---|---|---|---|---|---|---|---|---|---|---|---|
| k | 甘 | | 敢 | 幹 | | | | | 官 | | 管 | 貫 | | | | | 跟 | | 耿 | 更 |
| kh | 刊 | | 坎 | 看 | | | | | 寬 | | 款 | | | | | | 坑 | | 懇 | |
| ŋ | 安 | | | 暗 | | | | | | | | | | | | | 恩 | | | 硬 |
| x | 憨 | 含 | 喊 | 漢 | | | | | 歡 | 環 | 緩 | 幻 | | | | | 哼 | 痕 | 很 | 杏 |
| ∅ | | | | | 煙 | 鹽 | 演 | 豔 | 豌 | 玩 | 碗 | 院 | 淵 | 猿 | 遠 | 怨 | | | | |

| | in | | | | uən | | | | yn | | | | aŋ | | | |
|---|---|---|---|---|---|---|---|---|---|---|---|---|---|---|---|---|
| | 陰 | 陽 | 上 | 去 | 陰 | 陽 | 上 | 去 | 陰 | 陽 | 上 | 去 | 陰 | 陽 | 上 | 去 |
| p | 兵 | | 柄 | 病 | | | | | | | | | 幫 | | 榜 | 棒 |
| ph | 拼 | 頻 | 品 | 聘 | | | | | | | | | | 龐 | | 胖 |
| m | | 民 | 皿 | 命 | | | | | | | | | | 忙 | 蟒 | |
| f | | | | | | | | | | | | | 方 | 房 | 訪 | 放 |
| v | | | | | | | | | | | | | | | | |
| t | 丁 | | 鼎 | 定 | | | | | | | | | 當 | | 黨 | 宕 |
| th | 廳 | 亭 | 挺 | | | | | | | | | | 湯 | 堂 | 躺 | 燙 |
| n | | 林 | 領 | 令 | | | | | | | | | | 狼 | 朗 | 浪 |
| ts | | | | | | | 準 | | | | | | 章 | | 掌 | 杖 |
| tsh | | | | | 春 | | 蠢 | | | | | | 倉 | 腸 | 廠 | 唱 |
| s | | | | | | 唇 | | 順 | | | | | 商 | 常 | 賞 | 上 |
| z | | | | | | | | 閏 | | | | | | 瓤 | 壤 | 讓 |
| tɕ | 今 | | 景 | 進 | | | | | 君 | | 迥 | 菌 | | | | |
| tɕh | 欽 | 琴 | 請 | 慶 | | | | | 傾 | 瓊 | | | | | | |
| ȵ | | | 撚 | 吝 | | | | | | | | | | | | |
| ɕ | 心 | 刑 | 醒 | 信 | | | | | 熏 | 旬 | | 訊 | | | | |
| k | | | | | | | 滾 | 棍 | | | | | 缸 | | 港 | 槓 |
| kh | | | | | 坤 | | 捆 | 困 | | | | | 康 | 扛 | 慷 | 抗 |
| ŋ | | | | | | | | | | | | | 肮 | 昂 | | |
| x | | | | | 昏 | 魂 | 哄 | 混 | | | | | 夯 | 杭 | | 項 |
| ∅ | 因 | 銀 | 影 | 映 | 溫 | 文 | 穩 | 問 | | 營 | 永 | 韻 | | | | |

| | iaŋ | | | | uaŋ | | | | oŋ | | | | ioŋ | | | |
|---|---|---|---|---|---|---|---|---|---|---|---|---|---|---|---|---|
| | 陰 | 陽 | 上 | 去 | 陰 | 陽 | 上 | 去 | 陰 | 陽 | 上 | 去 | 陰 | 陽 | 上 | 去 |
| p | | | | | | | | | | | | | | | | |
| ph | | | | | | | | | | 朋 | 捧 | | | | | |

| | | | | | | | | | | | | | | | | |
|---|---|---|---|---|---|---|---|---|---|---|---|---|---|---|---|---|
| m | | | | | | | | | | 蒙 | 畝 | 茂 | | | | |
| f | | | | | | | | | 風 | 馮 | 諷 | 鳳 | | | | |
| v | | | | | | | | | | | | | | | | |
| t | | | | | | | | | 東 | | 董 | 凍 | | | | |
| th | | | | | | | | | 通 | 同 | 統 | 痛 | | | | |
| n | | 良 | 兩 | 亮 | | | | | | 龍 | 攏 | 弄 | | | | |
| ts | | | | | 莊 | | | 壯 | 鍾 | | 總 | 縱 | | | | |
| tsh | | | | | 窗 | 床 | 闖 | 創 | 沖 | 叢 | 寵 | | | | | |
| s | | | | | 雙 | | 爽 | | 松 | | 慫 | 宋 | | | | |
| z | | | | | | | | | | 茸 | 冗 | | | | | |
| tɕ | 姜 | | 講 | 醬 | | | | | | | | | | | | |
| tɕh | 羌 | 牆 | 搶 | 嗆 | | | | | | | | | | 窮 | | |
| ȵ | | 娘 | | | | | | | | | | | | | | |
| ɕ | 香 | 翔 | 想 | 向 | | | | | | | | | 兄 | 雄 | | |
| k | | | | | 光 | | 廣 | | 公 | | 鞏 | 貢 | | | | |
| kh | | | | | 筐 | 狂 | | 曠 | 空 | | 孔 | 控 | | | | |
| ŋ | | | | | | | | | | | | | | | | |
| x | | | | | 荒 | 皇 | 謊 | | 轟 | 宏 | | 哄 | | | | |
| ∅ | 央 | 羊 | 仰 | 樣 | 汪 | 王 | 往 | 旺 | 翁 | | | 甕 | 臃 | 容 | 擁 | 用 |

# 2.13 南部保城鄉話語音系統

## 2.13.1 聲 母

保城鄉話有聲母 26 個，含 1 個零聲母。

| | | | | |
|---|---|---|---|---|
| p 波步白 | ph 帕婆 | m 魔饅滅 | f 夫負虎胡 | v 烏武午勿 |
| pʐ 閉庇幣比 | phʐ 屁枇 | mʐ 米眉篾 | | |
| t 底道獨 | th 他圖 | n 拿盧麗 | | |
| d 盪 | | | | |
| tʂ 祖罪知莊制計技藝軸 | tʂh 妻從醜初昌起奇 | ȵʐ 疑擬 | ʂ 蘇傻書示社喜兮 | ʐ 尾泥如宜醫矣以 |
| tɕ 酒匠家極 | tɕh 取全丘橋 | ȵʑ 尿藕厄 | ɕ 箱香陷 | |
| k 果共 | kh 枯葵 | ŋ 我愛 | x 火禾活 | |
| ∅ 尾二魚幼違余 | | | | |

### 2.13.2 韻 母

保城鄉話有韻母 40 個。

| | | | |
|---|---|---|---|
| ɿ 祭幣知技汁失直易 | i 爺例利協集癟必力昔 | u 土婦物酌讀 | y 戌 |
| ɚ 兒二耳 | | | |
| ᴀ 他壩法八 | ia 丫佳甲瞎 | ua 化蛙挖 | |
| æ 革核 | | uæ 擴 | |
| e 者涉哲北客 | ie 姐頁吸節逆 | ue 闊國獲 | ye 月倔削 |
| o 多墓鴿六缽脖昨琢木 | io 掘略學役獄 | | |
| ɤ 哥歌窠 | | | |
| | iu 女遂卒鬱 | | |
| ai 抬階街 | iɛi 芥懈 | uai 乖衰 | |
| ei 蛇枚美 | | uei 隊垂 | |
| au 毛敲趙牡 | iau 郊漂弔躍 | | |
| əu 戈偷囚粥 | iəu 勾留幼 | | |
| an 男咸凡寒限然 | iɛn 陷尖甜眼連天 | uan 團頑川院 | yɛn 鮮元先 |
| en 深根凳冷尊 | in 林貧冰兵 | uən 坤醇春 | yn 馴熏瓊 |
| aŋ 幫胖 | iaŋ 娘講 | uaŋ 皇爽窗 | |
| oŋ 孟同冬風貿 | ioŋ 兄窮容 | | |

### 2.13.3 聲 調

保城鄉話有單字聲調 5 個。

| | | | |
|---|---|---|---|
| 陰平 | 1 | 35 | 巴刀株家衣 |
| 陽平 | 2 | 31 | 平圖其劉年 |
| 上聲 | 3 | 51 | 板堵展馬旅 |
| 去聲 | 4 | 214 | 輩代吏部件 |
| 入聲 | 5 | 33 | 北得逐及木 |

### 2.13.4 音系說明

（1）南部保城鄉話有三套塞擦音，為不送氣的 pʐ̩-、tʂ-、tɕ-和送氣的 phʐ̩-、tʂh-、tɕh-。

（2）聲母 phʐ̩-，明顯是先送氣後再濁擦，語圖中表現為 p 與 ʐ̩之間有一段表示送氣的亂紋，如圖 2.43。

圖 2.43　南部保城鄉話「屁」phʐʅ4 語音切分圖

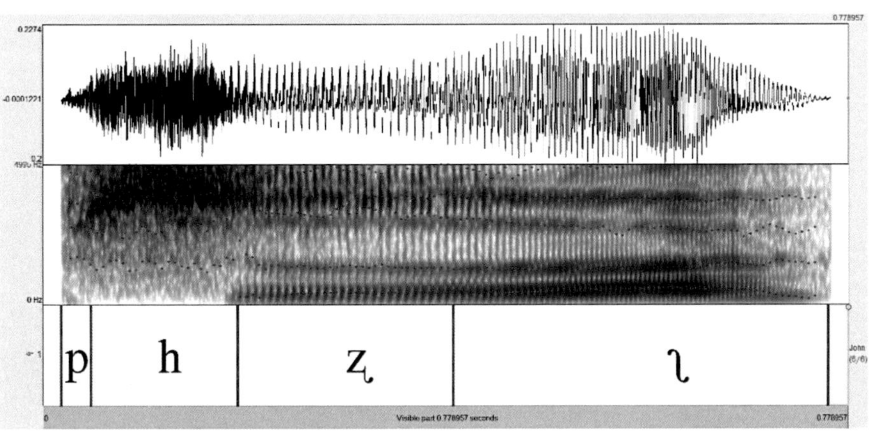


（3）南部保城鄉話有一個濁塞音聲母 d-，語圖中表現為明顯的濁音槓，如圖 2.44 箭頭所示。

圖 2.44　南部保城鄉話「盪」daŋ4 的語圖

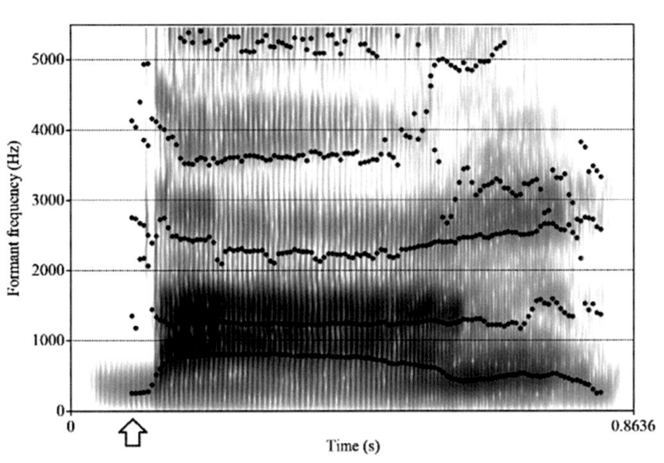


（4）聲母 n-有 l 的變體，統一記作 n。

（5）南部保城鄉話有三套鼻擦音聲母，為 mʐ-、ɳʐ-、ȵʑ-。聲母 mʐ-、ɳʐ-，捲舌明顯，且只與韻母ʅ相拼；聲母 ȵʑ-，濁擦音明顯。

（6）聲母 tʂ-、tʂh-、ʂ-、ʐ-發音部位偏前，介於普通話的舌尖前音和舌尖後音之間。

（7）聲母 ŋ-只出現在開口呼前，軟齶阻塞明顯，鼻音氣流弱。

（8）齊齒呼零聲母音節開頭帶有摩擦音 j-，韻母為 i 時最明顯，記音未標出。撮口呼零聲母音節以 y 開頭，無摩擦。

（9）零聲母的 u 韻母音節開頭帶有明顯的唇齒濁擦音 v-，與其他合口呼零聲母韻的音節有明顯的不同，其中有的音節沒有除阻，成為自成音節的 v̩。

（10）南部保城鄉話有 10 個單元音，為 ᴀ、æ、e、ɚ、ʅ、ɤ、i、o、u、y。其位置，見圖 2.45。

圖 2.45　南部保城鄉話聲學元音散點圖和均值圖

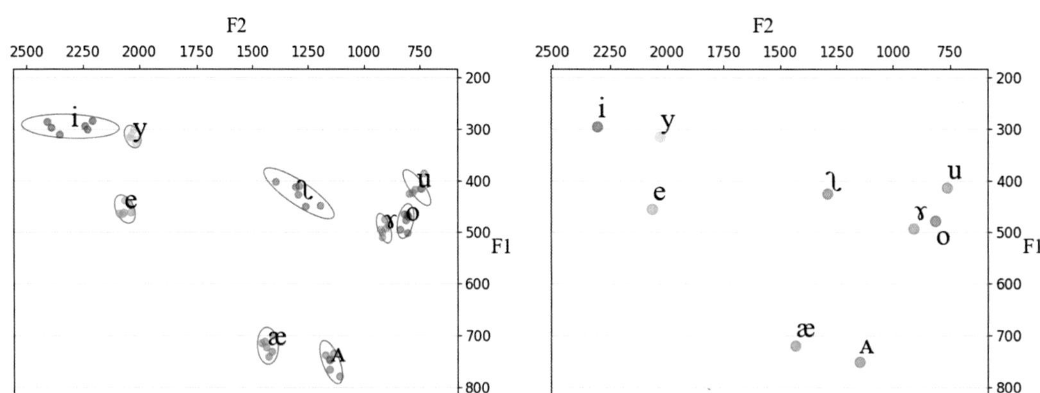


（11）從圖 2.45 的散點圖看，元音 y、e、æ、ᴀ、o、ɤ、u 的分布比較集中；其餘則分布較離散，即發音時舌體不穩定，有變體形式；其中元音 i 呈水平方向離散分布，即其變體主要為舌位前後之別；而元音 ʅ 呈 z 字形離散分布，即其變體既有舌位高低之別，又有舌位前後之別。

（12）元音 ᴀ 在 iɛi 中偏高，記作 ɛ；在-an 中偏高為 æ；在-aŋ 中偏後為ɑ。

（13）元音 æ 作單元音時偏低，近於 a；在 uæ 中為 æ。

（14）元音 e 作單元音時為標準元音；在 ue 中時，舌位較低近於 ɛ；在-ie、-en、-ei 中舌位較高為 e；在-uən 中舌位偏央，為 ə。

（15）元音 o 為標準元音；在-əu、-iəu 中，元音展唇而偏央，實際為 ə。

（16）元音 u 較標準元音低而開，近於 ʊ。

（17）韻母-iu，有變體 yu。

（18）-an、-uan 的鼻音韻尾弱而短，舌尖未抵上齒齦，實際為-a$^n$、-ua$^n$。

（19）-en、-in、-uən、-yn 的鼻音韻尾完整、穩固；-aŋ、-iaŋ、-uaŋ 的鼻音韻尾完整。

（20）元音 i，在入聲音節中略低略松，近於 ɪ。

（21）i 作韻尾時偏低，實際為 e，例如：「代」tai4＝tae4。u 在-au、-iau 中偏低為 ɔ，例如：「保」pau3＝pɑɔ3、「苗」miau2＝miaɔ2。-ioŋ 在音系配合上當為撮口呼-yoŋ，實際發音已失去圓唇勢，成為齊齒韻。

（22）韻母-oŋ，在聲母 f-後有變體 əŋ。

（23）南部保城鄉話聲調類別和調型，見圖 2.46。去聲 214 調，在語流中往往失去下凹，為 24 調。

圖 2.46　南部保城鄉話聲調均線圖（絕對時長）

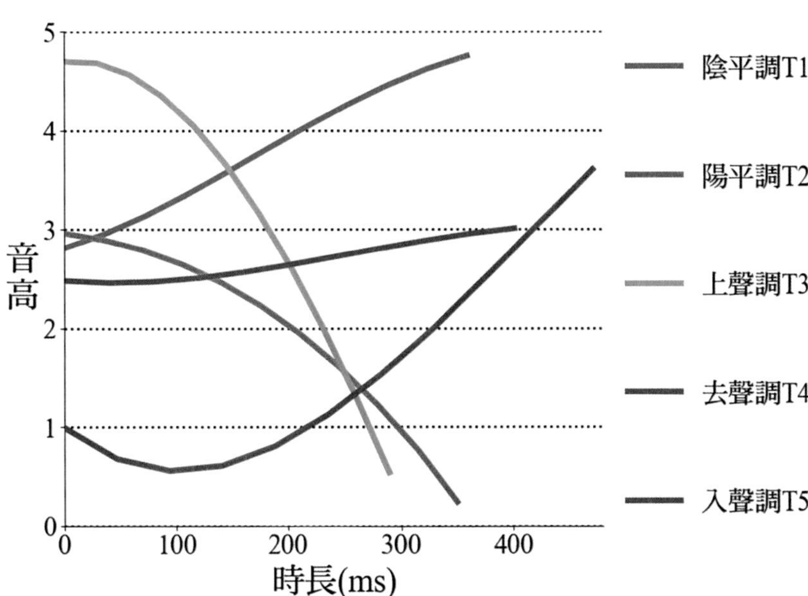


## 2.13.5　聲韻配合表

表 2.13　南部保城鄉話聲韻配合表

| | ʅ | | | | | i | | | | | u | | | | | y | | | | |
|---|---|---|---|---|---|---|---|---|---|---|---|---|---|---|---|---|---|---|---|---|
| | 陰 | 陽 | 上 | 去 | 入 | 陰 | 陽 | 上 | 去 | 入 | 陰 | 陽 | 上 | 去 | 入 | 陰 | 陽 | 上 | 去 | 入 |
| p | | | | | | 鼈 | | 彼 | 蔽 | 必 | | | 補 | 部 | | | | | | |
| ph | | | | | | | 皮 | 鄙 | | 癖 | 鋪 | 葡 | 譜 | 鋪 | 卜 | | | | | |
| m | | | | | | | 糜 | | | 密 | | | 母 | | | | | | | |
| f | | | | | | | | | | | 夫 | 胡 | 虎 | 戶 | 伏 | | | | | |
| v | | | | | | | | | | | 污 | 吳 | 五 | 誤 | 物 | | | | | |
| pʐ | 蓖 | | 比 | 閉 | | | | | | | | | | | | | | | | |
| phʐ | 屄 | 枇 | 痞 | 屁 | | | | | | | | | | | | | | | | |
| mʐ | | 眉 | 米 | | | | | | | | | | | | | | | | | |
| t | | | | | | 低 | | 底 | 帝 | 笛 | 都 | | 堵 | 杜 | 獨 | | | | | |
| th | | | | | | 梯 | 題 | 體 | 替 | 踢 | | 圖 | 吐 | 兔 | 突 | | | | | |
| n | | | | | | | 離 | 禮 | 麗 | 列 | | 奴 | 魯 | 怒 | 律 | | | | | |
| d | | | | | | | | | | | | | | | | | | | | |

| | | | | | | | | | | | | | | | | | | | | |
|---|---|---|---|---|---|---|---|---|---|---|---|---|---|---|---|---|---|---|---|---|
| tʂ | 雞 | | 紫 | 技 | 職 | | | | | | 租 | | 祖 | 做 | 酌 | | | | | |
| tʂh | 妻 | 其 | 啟 | 次 | 尺 | | | | | | 粗 | 除 | 楚 | 醋 | 族 | | | | | |
| ɳʐ | | 呢 | 擬 | | | | | | | | | | | | | | | | | |
| ʂ | 西 | 時 | 屎 | 細 | 食 | | | | | | 蘇 | | 墅 | 素 | 朔 | | | | | |
| ʐ | 衣 | 宜 | 你 | 義 | 日 | | | | | | | 如 | 乳 | 儒 | | | | | | |
| tɕ | | | | | | 姬 | 臍 | | | 極 | | | | | | | | | | |
| tɕh | | | | | | | | | 砌 | 七 | | | | | | | | | | |
| ȵʑ | | | | | | | 倪 | | | 溺 | | | | | | | | | | |
| ɕ | | | | | | 攜 | 媳 | 洗 | 係 | 息 | | | | | | | | | | 戌 |
| k | | | | | | | | | | | 姑 | | 古 | 故 | 骨 | | | | | |
| kh | | | | | | | | | | | 枯 | | 苦 | 庫 | 哭 | | | | | |
| ŋ | | | | | | | | | | | | | | | | | | | | |
| x | | | | | | | | | | | | | | | | | | | | |
| ∅ | | | | | | 椰 | 爺 | 野 | 憶 | 乙 | | | | | 握 | | | | | |

| | ɚ | | | | | ᴀ | | | | | ia | | | | | ua | | | | |
|---|---|---|---|---|---|---|---|---|---|---|---|---|---|---|---|---|---|---|---|---|
| | 陰 | 陽 | 上 | 去 | 入 | 陰 | 陽 | 上 | 去 | 入 | 陰 | 陽 | 上 | 去 | 入 | 陰 | 陽 | 上 | 去 | 入 |
| p | | | | | | 巴 | 爸 | 把 | 壩 | 八 | | | | | | | | | | |
| ph | | | | | | | 爬 | | 怕 | | | | | | | | | | | |
| m | | | | | | 媽 | 麻 | 馬 | 罵 | | | | | | | | | | | |
| f | | | | | | | | | | 法 | | | | | | | | | | |
| v | | | | | | | | | | | | | | | | | | | | |
| pʐ | | | | | | | | | | | | | | | | | | | | |
| phʐ | | | | | | | | | | | | | | | | | | | | |
| mʐ | | | | | | | | | | | | | | | | | | | | |
| t | | | | | | | | 打 | 大 | 達 | | | | | | | | | | |
| th | | | | | | 他 | 沓 | | | 踏 | | | | | | | | | | |
| n | | | | | | 垃 | 拿 | 哪 | 那 | 臘 | | | | | | | | | | |
| d | | | | | | | | | | | | | | | | | | | | |
| tʂ | | | | | | 渣 | | | 榨 | 雜 | | | | | | 抓 | | | | |
| tʂh | | | | | | 叉 | 茶 | | | 擦 | | | | | | | | | | |
| ɳʐ | | | | | | | | | | | | | | | | | | | | |
| ʂ | | | | | | 沙 | | 傻 | | 殺 | | | | | | | | 耍 | | 刷 |
| ʐ | | | | | | | | | | | | | | | | | 揉 | | | |
| tɕ | | | | | | | | | | | 家 | | 假 | 架 | 甲 | | | | | |
| tɕh | | | | | | | | | | | | 跨 | | | 洽 | | | | | |

| | | | | | | | | | | | | | | | | | | | | |
|---|---|---|---|---|---|---|---|---|---|---|---|---|---|---|---|---|---|---|---|---|
| ȵʑ | | | | | | | | | | | | | | | | | | | | |
| ɕ | | | | | | | | | | | 蝦 | 霞 | | 下 | 瞎 | | | | | |
| k | | | | | | | | | | | | | | | | 瓜 | | 剮 | 掛 | 刮 |
| kh | | | | | | | | | | | | | | | | 誇 | | 垮 | | |
| ŋ | | | | | | | | | | | | | | | | | | | | |
| x | | | | | | | | 鰕 | | | | | | | | 花 | 華 | | 化 | 滑 |
| ∅ | | 兒 | 耳 | 二 | | | | | | | 鴉 | 牙 | 雅 | 亞 | 押 | 蛙 | 娃 | 瓦 | 瓦 | 襪 |

| | æ | | | | | uæ | | | | | e | | | | | ie | | | | |
|---|---|---|---|---|---|---|---|---|---|---|---|---|---|---|---|---|---|---|---|---|
| | 陰 | 陽 | 上 | 去 | 入 | 陰 | 陽 | 上 | 去 | 入 | 陰 | 陽 | 上 | 去 | 入 | 陰 | 陽 | 上 | 去 | 入 |
| p | | | | | | | | | | | | | | | 泊 | | | | | |
| ph | | | | | | | | | | | | | | | 迫 | | | | | 擘 |
| m | | | | | | | | | | | | | | | 麥 | | | | | 滅 |
| f | | | | | | | | | | | | | | | | | | | | |
| v | | | | | | | | | | | | | | | | | | | | |
| pʐ | | | | | | | | | | | | | | | | | | | | |
| phʐ | | | | | | | | | | | | | | | | | | | | |
| mʐ | | | | | | | | | | | | | | | | | | | | |
| t | | | | | | | | | | | | | | | 得 | 爹 | | | | 蝶 |
| th | | | | | | | | | | | | | | | 特 | | | | | 鐵 |
| n | | | | | | | | | | | | | | | 勒 | | | | | 獵 |
| d | | | | | | | | | | | | | | | | | | | | |
| tʂ | | | | | | | | | | | 遮 | | 者 | | 摘 | | | | | |
| tʂh | | | | | | | | | | | | | 且 | | 擇 | | | | | |
| ɳʐ | | | | | | | | | | | | | | | | | | | | |
| ʂ | | | | | | | | | | | 奢 | 瑟 | | 射 | 舌 | | | | | |
| ʐ | | | | | | | | | | | | | | | 熱 | | | | | |
| tɕ | | | | | | | | | | | | | | | | | | 姐 | 借 | 節 |
| tɕh | | | | | | | | | | | | | | | | | 茄 | | | 竭 |
| ȵʑ | | | | | | | | | | | | | | | | | | | | 業 |
| ɕ | | | | | | | | | | | | | | | | 些 | 斜 | 寫 | 卸 | 習 |
| k | | | | | 革 | | | | | | | | 嗝 | | 格 | | | | | |
| kh | | | | | | | | | | 擴 | | | | | 克 | | | | | |
| ŋ | | | | | | | | | | | | | | | 額 | | | | | |
| x | | | | | 核 | | | | | | | | | | 黑 | | | | | |
| ∅ | | | | | | | | | | | | | | | | | | | 夜 | 葉 |

| | ue | | | | | ye | | | | | o | | | | | io | | | | |
|---|---|---|---|---|---|---|---|---|---|---|---|---|---|---|---|---|---|---|---|---|
| | 陰 | 陽 | 上 | 去 | 入 | 陰 | 陽 | 上 | 去 | 入 | 陰 | 陽 | 上 | 去 | 入 | 陰 | 陽 | 上 | 去 | 入 |
| p | | | | | | | | | | | 波 | | 簸 | 播 | 博 | | | | | |
| ph | | | | | | | | | | | 坡 | 婆 | 頗 | 破 | 潑 | | | | | |
| m | | | | | | | | | | | 摸 | 魔 | 抹 | 墓 | 木 | | | | | |
| f | | | | | | | | | | | | | | | | | | | | |
| v | | | | | | | | | | | | | | | | | | | | |
| pʐ | | | | | | | | | | | | | | | | | | | | |
| phʐ | | | | | | | | | | | | | | | | | | | | |
| mʐ | | | | | | | | | | | | | | | | | | | | |
| t | | | | | | | | | | | 多 | 鐸 | 朵 | 剁 | | | | | | |
| th | | | | | | | | | | | 拖 | 駝 | 妥 | 唾 | 脫 | | | | | |
| n | | | | | | | | | | | 囉 | 羅 | 裸 | 糯 | 六 | | | | | 略 |
| d | | | | | | | | | | | | | | | | | | | | |
| tʂ | | | | | | | | | | | | | 佐 | 座 | 作 | | | | | |
| tʂh | | | | | | | | | | | 搓 | | 矬 | 錯 | 出 | | | | | |
| ɳʐ | | | | | | | | | | | | | | | | | | | | |
| ʂ | | | | | | | | | | | 唆 | | 鎖 | | 說 | | | | | |
| ʐ | | | | | | | | | | | | | | | 入 | | | | | |
| tɕ | | | | | | | | 憠 | 倔 | 決 | | | | | | | | | | 腳 |
| tɕh | | | | | | | 瘸 | | | 缺 | | | | | | | | | | 屈 |
| ȵʑ | | | | | | | | | | | | | | | | | | | | |
| ɕ | | | | | | 靴 | | | | 雪 | | | | | | | | | | 學 |
| k | | | | | 國 | | | | | | 鍋 | | 果 | 個 | 各 | | | | | |
| kh | | | | | 括 | | | | | | | | 顆 | 磕 | 渴 | | | | | |
| ŋ | | | | | | | | | | | | 齶 | 我 | | 惡 | | | | | |
| x | | | | | 獲 | | | | | | 喝 | 何 | 火 | 賀 | 活 | | | | | |
| ∅ | | | | | | 曰 | 閱 | | | 月 | 倭 | 蛾 | | 臥 | 屋 | | | | | 藥 |

| | ɤ | | | | | iu | | | | | ai | | | | | iɛi | | | | |
|---|---|---|---|---|---|---|---|---|---|---|---|---|---|---|---|---|---|---|---|---|
| | 陰 | 陽 | 上 | 去 | 入 | 陰 | 陽 | 上 | 去 | 入 | 陰 | 陽 | 上 | 去 | 入 | 陰 | 陽 | 上 | 去 | 入 |
| p | | | | | | | | | | | | | 擺 | 拜 | | | | | | |
| ph | | | | | | | | | | | | 牌 | | 派 | | | | | | |
| m | | | | | | | | | | | | 埋 | 買 | 賣 | | | | | | |
| f | | | | | | | | | | | | | | | | | | | | |
| v | | | | | | | | | | | | | | | | | | | | |

| pʐ | | | | | | | | | | | | | | | | | | | | |
|---|---|---|---|---|---|---|---|---|---|---|---|---|---|---|---|---|---|---|---|---|
| phʐ | | | | | | | | | | | | | | | | | | | | |
| mʐ | | | | | | | | | | | | | | | | | | | | |
| t | | | | | | | | | | | 呆 | | 逮 | 代 | | | | | | |
| th | | | | | | | | | | | 胎 | 臺 | | 態 | | | | | | |
| n | | | | | | | | 履 | 慮 | | | 來 | 奶 | 耐 | | | | | | |
| d | | | | | | | | | | | | | | | | | | | | |
| tʂ | | | | | | | | | | | 災 | | 宰 | 再 | | | | | | |
| tʂh | | | | | | | | | | | 猜 | 豺 | 彩 | 菜 | | | | | | |
| ɳʐ | | | | | | | | | | | | | | | | | | | | |
| ʂ | | | | | | | | | | | 鰓 | | | 賽 | | | | | | |
| ʐ | | | | | | | | | | | | | | | | | | | | |
| tɕ | | | | | | 居 | | 舉 | 據 | 卒 | | | | | | 偕 | | | 械 | |
| tɕh | | | | | | 蛆 | 渠 | 取 | 去 | | | | | | | | | | | |
| ȵʑ | | | | | | | | 女 | | | | | | | | | | | | |
| ɕ | | | | | | 虛 | 徐 | 許 | 遂 | 速 | | | | | | | 諧 | | 懈 | |
| k | 哥 | | | | | | | | | | 皆 | | 改 | 蓋 | | | | | | |
| kh | 窠 | | | | | | | | | | 開 | | 楷 | 概 | | | | | | |
| ŋ | | | | | | | | | | | 哀 | 捱 | 矮 | 愛 | | | | | | |
| x | | | | | | | | | | | | 鞋 | 海 | 害 | | | | | | |
| ∅ | | | | | | 淤 | 魚 | 語 | 御 | | | | | 艾 | | | | | | |

| | uai | | | | | ei | | | | | uei | | | | | au | | | | |
|---|---|---|---|---|---|---|---|---|---|---|---|---|---|---|---|---|---|---|---|---|
| | 陰 | 陽 | 上 | 去 | 入 | 陰 | 陽 | 上 | 去 | 入 | 陰 | 陽 | 上 | 去 | 入 | 陰 | 陽 | 上 | 去 | 入 |
| p | | | | | | 悲 | | | 貝 | | | | | | | 包 | | 保 | 豹 | |
| ph | | | | | | 披 | 裴 | 丕 | 配 | | | | | | | 抛 | 袍 | 跑 | 炮 | |
| m | | | | | | | 梅 | 美 | 妹 | | | | | | | 貓 | 茅 | 卯 | 帽 | |
| f | | | | | | 非 | 肥 | 匪 | 肺 | | | | | | | | | | | |
| v | | | | | | | | | | | | | | | | | | | | |
| pʐ | | | | | | | | | | | | | | | | | | | | |
| phʐ | | | | | | | | | | | | | | | | | | | | |
| mʐ | | | | | | | | | | | | | | | | | | | | |
| t | | | | | | | | | | | 堆 | | | 對 | | 刀 | | 島 | 道 | |
| th | | | | | | | | | | | 推 | 頹 | 腿 | 退 | | 滔 | 桃 | 討 | 套 | |
| n | | | | | | | | | | | | 雷 | 儡 | 內 | | 撈 | 勞 | 腦 | 鬧 | |
| d | | | | | | | | | | | | | | | | | | | | |

| | | | | | | | | | | | | | | | | | | | | |
|---|---|---|---|---|---|---|---|---|---|---|---|---|---|---|---|---|---|---|---|---|
| tʂ | | | | 拽 | | | | | | | 追 | | 嘴 | 罪 | | 遭 | | 早 | 趙 | |
| tʂh | 揣 | | | | | 車 | | 扯 | | | 催 | 垂 | | 翠 | | 超 | 曹 | 草 | 造 | |
| ɳʐ | | | | | | | | | | | | | | | | | | | | |
| ʂ | 衰 | | 摔 | 帥 | | | 蛇 | | | | 雖 | 隨 | 水 | 碎 | | 燒 | 韶 | 少 | 少 | |
| ʐ | | | | | | | | 惹 | | | | | 蕊 | 銳 | | | 饒 | 擾 | | |
| tɕ | | | | | | | | | | | | | | | | | | | | |
| tɕh | | | | | | | | | | | | | | | | | | | | |
| ȵʑ | | | | | | | | | | | | | | | | | | | | |
| ɕ | | | | | | | | | | | | | | | | | | | | |
| k | 乖 | | 枴 | 怪 | | | | | | | 閨 | | 鬼 | 桂 | | 高 | | 稿 | 告 | |
| kh | | | 塊 | 筷 | | | | | | | 虧 | 逵 | 傀 | 潰 | | 敲 | | 考 | 靠 | |
| ŋ | | | | | | | | | | | | | | | | 熬 | | 襖 | 奥 | |
| x | | 懷 | | 壞 | | | | | | | 灰 | 回 | 悔 | 匯 | | 薅 | 毫 | 好 | 好 | |
| ∅ | 歪 | | | 外 | | | | | | | 威 | 桅 | 委 | 位 | | | | | | |

| | iau | | | | | əu | | | | | iəu | | | | | an | | | |
|---|---|---|---|---|---|---|---|---|---|---|---|---|---|---|---|---|---|---|---|
| | 陰 | 陽 | 上 | 去 | 入 | 陰 | 陽 | 上 | 去 | 入 | 陰 | 陽 | 上 | 去 | 入 | 陰 | 陽 | 上 | 去 |
| p | 標 | | 表 | | | | | | | | | | | | | 班 | | 板 | 辦 |
| ph | 飄 | 瓢 | | 漂 | | | | | | | | | | | | 攀 | 盤 | | 盼 |
| m | | 苗 | 秒 | 廟 | | | | | | | | | | | | | 蠻 | 滿 | 慢 |
| f | | | | | | | | | | | | | | | | 翻 | 凡 | 反 | 範 |
| v | | | | | | | | | | | | | | | | | | | |
| pʐ | | | | | | | | | | | | | | | | | | | |
| phʐ | | | | | | | | | | | | | | | | | | | |
| mʐ | | | | | | | | | | | | | | | | | | | |
| t | 刁 | | | 弔 | | 兜 | | 陡 | 逗 | | 丟 | | | | | 丹 | | 膽 | 旦 |
| th | 挑 | 條 | | 跳 | | 偷 | 頭 | 抖 | 透 | | | | | | | 貪 | 壇 | 坦 | 歎 |
| n | 撩 | 遼 | 了 | 料 | | 摟 | 樓 | 簍 | 漏 | | 溜 | 留 | 柳 | | | | 蘭 | 懶 | 爛 |
| d | | | | | | | | | | | | | | | | | | | |
| tʂ | | | | | | 周 | | 走 | 紂 | | | | | | | 沾 | | 盞 | 贊 |
| tʂh | | | | | | 抽 | 綢 | 醜 | 湊 | | | | | | | 餐 | 殘 | 產 | 燦 |
| ɳʐ | | | | | | | | | | | | | | | | | | | |
| ʂ | | | | | | 收 | | 守 | 瘦 | | | | | | | 山 | 蟬 | 傘 | 善 |
| ʐ | | | | | | | 柔 | | 肉 | | | | | | | | 然 | 染 | |
| tɕ | 交 | 嚼 | 餃 | 叫 | | | | | | | 勾 | | 酒 | 購 | | | | | |
| tɕh | 悄 | 喬 | 巧 | 竅 | | | | | | | 丘 | 求 | | | | | | | |

| | | | | | | | | | | | | | | | | | | | |
|---|---|---|---|---|---|---|---|---|---|---|---|---|---|---|---|---|---|---|---|
| ȵʑ | | | 鳥 | 尿 | | | | | | | | 牛 | 紐 | | | | | | |
| ɕ | 宵 | 淆 | 曉 | 笑 | | | | | | | 休 | | 朽 | 後 | | | | | |
| k | | | | | | 勾 | | 狗 | 夠 | 口 | | | | | | 肝 | | 感 | 幹 |
| kh | | | | | | 科 | | 可 | 課 | | | | | | | 刊 | | 坎 | 看 |
| ŋ | | | | | | 歐 | | | 慪 | | | | | | | 安 | | | 岸 |
| x | | | | | | | 囚 | 吼 | 後 | | | | | | | 憨 | 寒 | 喊 | 漢 |
| ∅ | 妖 | 堯 | 舀 | 耀 | | | | | | | 優 | 尤 | 有 | 又 | | | | | |

| | iɛn | | | | uan | | | | yɛn | | | | en | | | |
|---|---|---|---|---|---|---|---|---|---|---|---|---|---|---|---|---|
| | 陰 | 陽 | 上 | 去 | 陰 | 陽 | 上 | 去 | 陰 | 陽 | 上 | 去 | 陰 | 陽 | 上 | 去 |
| p | 邊 | | 蝙 | 變 | | | | | | | | | 崩 | | 本 | 笨 |
| ph | 篇 | 便 | | 騙 | | | | | | | | | 烹 | 彭 | | |
| m | | 眠 | 免 | 面 | | | | | | | | | | 門 | | 悶 |
| f | | | | | | | | | | | | | 分 | 墳 | 粉 | 糞 |
| v | | | | | | | | | | | | | | | | |
| pʐ | | | | | | | | | | | | | | | | |
| phʐ | | | | | | | | | | | | | | | | |
| mʐ | | | | | | | | | | | | | | | | |
| t | 顛 | | 典 | 電 | 端 | | 短 | 斷 | | | | | 登 | | 等 | 鄧 |
| th | 天 | 田 | 舔 | | | 團 | | | | | | | 吞 | 藤 | | |
| n | | 連 | 臉 | 練 | | 鸞 | 暖 | 亂 | | | | | | 輪 | 冷 | 嫩 |
| d | | | | | | | | | | | | | | | | |
| tʂ | | | | | 磚 | | 轉 | 撰 | | | | | 正 | | 怎 | 政 |
| tʂh | | | | | 川 | 船 | 鏟 | 串 | | | | | 村 | 層 | 懲 | 蹭 |
| ɳʐ | | | | | | | | | | | | | | | | |
| ʂ | | | | | 珊 | | | 算 | | | | | 身 | 乘 | 損 | 腎 |
| ʐ | | | | | | | 阮 | | | | | | 扔 | 人 | 忍 | 認 |
| tɕ | 尖 | | 減 | 見 | | | | | 捐 | | 卷 | 眷 | | | | |
| tɕh | 千 | 錢 | 淺 | 欠 | | | | | 圈 | 全 | 犬 | 勸 | | | | |
| ȵʑ | 研 | 年 | 眼 | 驗 | | | | | | | | | | | | |
| ɕ | 仙 | 賢 | 顯 | 線 | | | | | 先 | 旋 | 選 | 旋 | | | | |
| k | | | | | 官 | | 管 | 貫 | | | | | 跟 | | 耿 | 更 |
| kh | | | | | 寬 | | 款 | 攢 | | | | | 坑 | | 肯 | |
| ŋ | | | | | | | | | | | | | 恩 | | | 硬 |
| x | | | | | 歡 | 環 | 緩 | 幻 | | | | | 哼 | 痕 | 很 | 恨 |
| ∅ | 煙 | 顏 | 演 | 豔 | 豌 | 玩 | 碗 | 院 | 冤 | 元 | 遠 | 怨 | | | | |

| | in | | | | uən | | | | yn | | | | aŋ | | | |
|---|---|---|---|---|---|---|---|---|---|---|---|---|---|---|---|---|
| | 陰 | 陽 | 上 | 去 | 陰 | 陽 | 上 | 去 | 陰 | 陽 | 上 | 去 | 陰 | 陽 | 上 | 去 |
| p | 兵 | | 柄 | 病 | | | | | | | | | 幫 | | 綁 | 棒 |
| ph | 拼 | 平 | 品 | 聘 | | | | | | | | | | 龐 | | 胖 |
| m | | 民 | 閩 | 命 | | | | | | | | | | 忙 | 蟒 | |
| f | | | | | | | | | | | | | 方 | 房 | 訪 | 放 |
| v | | | | | | | | | | | | | | | | |
| pʐ | | | | | | | | | | | | | | | | |
| phʐ | | | | | | | | | | | | | | | | |
| mʐ | | | | | | | | | | | | | | | | |
| t | 丁 | | 頂 | 定 | | | | | | | | | 襠 | | 黨 | 宕 |
| th | 廳 | 亭 | 挺 | 聽 | | 屯 | | | | | | | 湯 | 堂 | 躺 | 趟 |
| n | | 靈 | 領 | 令 | | | | | | | | | | 郎 | 囊 | 浪 |
| d | | | | | | | | | | | | | | | | 盪 |
| tʂ | | | | | | | 準 | 圳 | | | | | 章 | | 掌 | 障 |
| tʂh | | | | | 春 | | 蠢 | | | | | | 昌 | 腸 | 廠 | 唱 |
| ɳʐ | | | | | | | | | | | | | | | | |
| ʂ | | | | | | 唇 | | 順 | | | | | 商 | 常 | 賞 | 上 |
| ʐ | | | | | | | | 閏 | | | | | | 瓤 | 壤 | 讓 |
| tɕ | 巾 | | 井 | 近 | | | | | 鈞 | | 郡 | 菌 | | | | |
| tɕh | 親 | 勤 | 請 | 慶 | | | | | 傾 | 瓊 | | | | | | |
| ȵʑ | | | | 吝 | | | | | | | | | | | | |
| ɕ | 星 | 刑 | 醒 | 信 | | | | | 熏 | 荀 | | 訓 | | | | |
| k | | | | | | | 滾 | 棍 | | | | | 肛 | | 港 | 槓 |
| kh | | | | | 坤 | | 捆 | 困 | | | | | 康 | 扛 | | 抗 |
| ŋ | | | | | | | | | | | | | 肮 | 昂 | | |
| x | | | | | 昏 | 魂 | | 餛 | | | | | 夯 | 含 | | 項 |
| Ø | 因 | 寅 | 引 | 映 | 溫 | 文 | 吻 | 問 | | 雲 | 永 | 韻 | | | | |

| | iaŋ | | | | uaŋ | | | | oŋ | | | | ioŋ | | | |
|---|---|---|---|---|---|---|---|---|---|---|---|---|---|---|---|---|
| | 陰 | 陽 | 上 | 去 | 陰 | 陽 | 上 | 去 | 陰 | 陽 | 上 | 去 | 陰 | 陽 | 上 | 去 |
| p | | | | | | | | | 崩 | | | | | | | |
| ph | | | | | | | | | | 朋 | 捧 | 碰 | | | | |
| m | | | | | | | | | 懵 | 蒙 | 畝 | 貿 | | | | |
| f | | | | | | | | | 風 | 馮 | 諷 | 鳳 | | | | |
| v | | | | | | | | | | | | | | | | |

| pʐ | | | | | | | | | | | | | | | | |
|---|---|---|---|---|---|---|---|---|---|---|---|---|---|---|---|---|
| phʐ | | | | | | | | | | | | | | | | |
| mʐ | | | | | | | | | | | | | | | | |
| t | | | | | | | | | 東 | | 懂 | 洞 | | | | |
| th | | | | | | | | | 通 | 同 | 桶 | 痛 | | | | |
| n | | 良 | 輛 | 諒 | | | | | | 籠 | 攏 | 弄 | | | | |
| d | | | | | | | | | | | | | | | | |
| tʂ | | | | | 妝 | | | 壯 | 鍾 | | 總 | 縱 | | | | |
| tʂh | | | | | 窗 | 床 | 闖 | 創 | 蔥 | 叢 | 寵 | | | | | |
| ɳʐ | | | | | | | | | | | | | | | | |
| ʂ | | | | | 雙 | | 爽 | | 松 | | 慫 | 宋 | | | | |
| ʐ | | | | | | | | | | 茸 | | | | | | |
| tɕ | 江 | | 蔣 | 匠 | | | | | | | | | | | | |
| tɕh | 羌 | 牆 | 搶 | 嗆 | | | | | | | | | | 窮 | | |
| ȵʑ | | 娘 | | | | | | | | | | | | | | |
| ɕ | 香 | 翔 | 響 | 向 | | | | | | | | | 凶 | 雄 | | |
| k | | | | | 光 | | 廣 | | 公 | | 汞 | 貢 | | | | |
| kh | | | | | 筐 | 狂 | | 況 | 空 | | 孔 | 控 | | | | |
| ŋ | | | | | | | | | | | | | | | | |
| x | | | | | 荒 | 皇 | 謊 | | 轟 | 紅 | 哄 | 哄 | | | | |
| ∅ | 央 | 羊 | 仰 | 樣 | 汪 | 亡 | 網 | 望 | 翁 | | | | 臃 | 容 | 勇 | 用 |

# 3　劍閣、南部縣相鄰山區方言音系共時比較

上一章對劍閣、南部縣相鄰山區方言的 13 個鄉鎮代表點的音系分別做了總結。本章則在前面各點音系總結的基礎上對其作共時比較，進一步探討劍閣、南部縣相鄰山區方言在音系上的共性與特性。與前面音系總結一樣，此處也採取分聲母、韻母和聲調的模式作比較分析。

## 3.1　聲母共時比較

聲母共時比較，主要比較各方言點聲母的共時分布情況。比較項的選取，主要參考各方言點間具有差異的地方。首先體現在數量分布上，又分總體數量和單類聲母數量；其次體現在一些特殊聲母的有無上。總結如下。

表 3.1　劍閣、南部縣相鄰山區方言聲母共時特徵比較表

| 方言點 | 聲母數 | 塞音（套） | 塞擦音（套） | 鼻音（套） | 鼻擦音（套） | 分 ts、tʂ | c-聲母 |
|---|---|---|---|---|---|---|---|
| 木馬鎮 | 24 | 3 | 3 | 4 | 0 | 分 | 無 |
| 鶴齡鎮 | 25 | 3 | 3 | 4 | 0 | 分 | 無 |
| 楊村鎮 | 24 | 3 | 3 | 4 | 0 | 分 | 無 |
| 白龍鎮 | 26 | 4 | 3 | 4 | 0 | 分 | 有 |

| 香沉鎮 | 23 | 3 | 3 | 4 | 0 | 分 | 無 |
|---|---|---|---|---|---|---|---|
| 公興鎮 | 24 | 3 | 3 | 4 | 0 | 分 | 無 |
| 塗山村 | 23 | 3 | 3 | 4 | 0 | 分 | 無 |
| 蘇維村 | 19 | 3 | 2 | 2 | 0 | 不分 | 無 |
| 雙峰鄉 | 23 | 4 | 3（含 dʑ） | 4 | 0 | 不分 | 有 |
| 西河鄉 | 23 | 4 | 3（含 dʑ） | 4 | 0 | 不分 | 有 |
| 店埡鄉 | 27 | 4 | 3 | 4 | 0 | 分 | 有 |
| 鐵鞭鄉 | 21 | 3 | 2 | 4 | 0 | 不分 | 無 |
| 保城鄉 | 26 | 4（含 d） | 3 | 3 | 3 | 不分 | 無 |

一、將 13 個方言點的聲母個數做成柱狀圖，如下：

圖 3.1　劍閣、南部縣相鄰山區 13 個方言點聲母個數柱狀圖

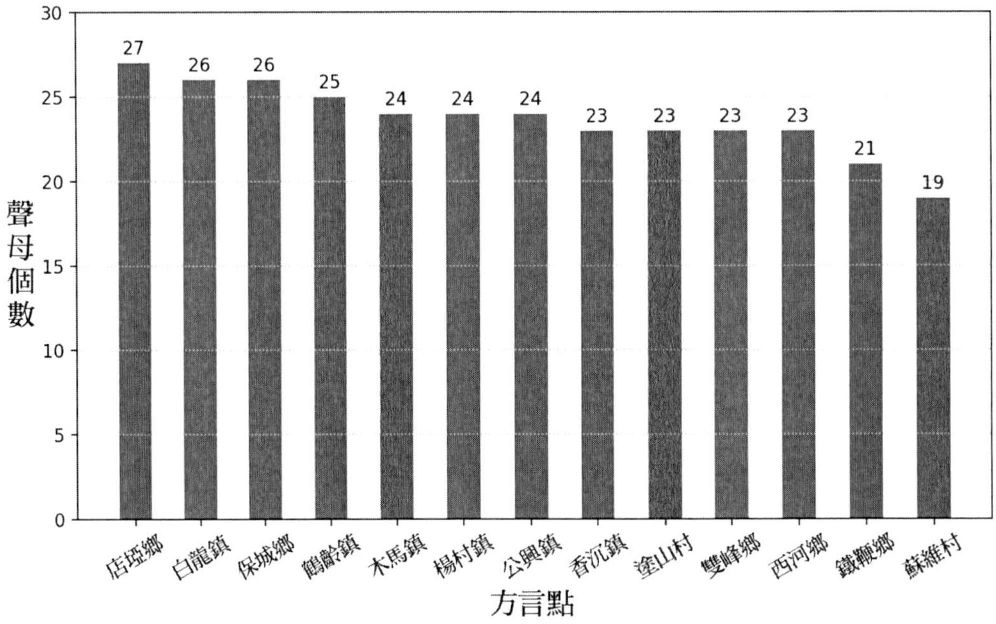

從上表和柱狀圖可知，劍閣、南部縣相鄰山區方言的聲母個數的平均值約為 23.69，標準差約為 2.1364，各點聲母數量呈較離散分布。聲母個數最多的為南部店埡鄉（有 27 個），最少的為劍閣塗山鄉蘇維村（有 19 個），二者相差 8 個聲母；店埡鄉與蘇維村相比，在塞音聲母上多 1 套，在塞擦音聲母上多 1 套，在鼻音聲母上多 2 套。

二、在塞音聲母上，南部保城鄉有一個孤立的濁塞音聲母 d-。

三、據上表塞擦音聲母的分布情況來看，劍閣塗山鄉蘇維村和南部鐵鞭鄉比較一致，都為 2 套，即不區分 ts、tʂ，為同一類型。但二者又有不同，蘇維村

更多為 tʂ，鐵鞭鄉則一致為 ts。又南部雙峰鄉和南部西河鄉都各有一個孤立的濁塞擦音聲母 dʑ-；除了 dʑ，二者也只有 2 套塞擦音，也不區分 ts、tʂ，且都為 ts。

四、據上表鼻音聲母的分布情況來看，劍閣塗山鄉蘇維村與其他點不同，只有 2 個，與其他點相比無 ȵ、ŋ 二聲母，從前面音系總結中的聲母例字來看，其他點的 ȵ 聲母在蘇維村讀了 tɕ，如「女、牛」等；其他點的 ŋ 聲母在蘇維村讀了 k，如「額、愛」等。

五、據上表鼻擦音聲母的分布情況看，南部保城鄉與其他點不同，有 3 套鼻擦音，而其他點均無。

## 3.2 韻母共時比較

韻母共時比較，主要比較各方言點韻母的共時分布情況。比較項的選取，同樣主要參考各方言點間具有差異的地方。首先體現在數量分布上，又分韻母數量和單元音數量；其次體現在一些特殊韻母的有無上，如有些只出現在入聲音節中的韻母 æ/a/uæ 等。總結如下：

表 3.2 劍閣、南部縣相鄰山區方言韻母共時特徵比較表

| 方言點 | 韻母數 | 元音數 | æ/a/uæ 韻母 | y 韻母 | an/uan 韻母 | iɛn/yɛn 韻母 |
|---|---|---|---|---|---|---|
| 木馬鎮 | 37 | 9 | 無 | 無 | 有 | 有 |
| 鶴齡鎮 | 39 | 10 | 有 | 有 | 有 | 有 |
| 楊村鎮 | 37 | 10 | 有 | 有 | 有 | 有 |
| 白龍鎮 | 36 | 9 | 無 | 無 | 有 | 無 |
| 香沉鎮 | 35 | 9 | 無 | 有 | 有 | 無 |
| 公興鎮 | 37 | 10 | 有 | 有 | 有 | 無 |
| 塗山村 | 36 | 10 | 有 | 有 | 有 | 無 |
| 蘇維村 | 33 | 8 | 無 | 有 | 有 | 無 |
| 雙峰鄉 | 38 | 8 | 有 | 無 | 有 | 有 |
| 西河鄉 | 35 | 8 | 無 | 有 | 無 | 有 |
| 店埡鄉 | 38 | 9 | 無 | 有 | 有 | 有 |
| 鐵鞭鄉 | 37 | 9 | 有 | 無 | 有 | 有 |
| 保城鄉 | 40 | 10 | 有 | 有 | 有 | 有 |

一、將 13 個方言點的韻母個數和元音個數做成柱狀圖，如下：

圖 3.2　劍閣、南部縣相鄰山區 13 個方言點的韻母個數和元音個數柱狀圖

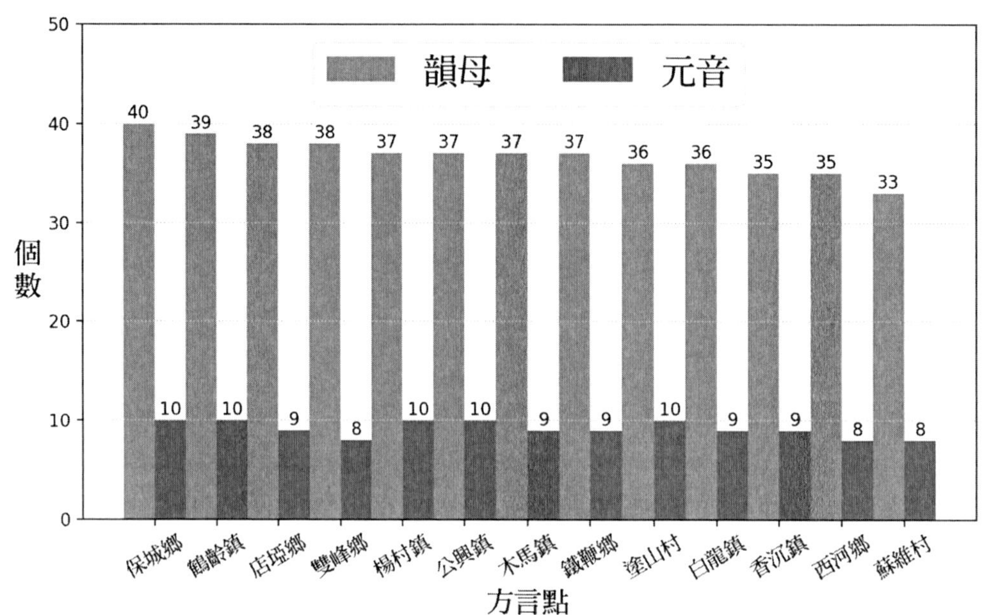


從上表和柱狀圖可知，劍閣、南部縣相鄰山區方言的韻母個數的平均值約為 36.769，標準差約為 1.8328；元音個數的平均值約為 9.15，標準差約為 0.8。總體上各點離散度比較低，分布相對均衡。韻母個數最多的為南部保城鄉（有 40 個），最少的為劍閣蘇維村（有 33 個），相差 7 個韻母。

二、據上一章音系描述來看，韻母 æ/a/uæ 在聲韻調配合上主要出現在入聲音節中，為入聲韻。雖然劍閣、南部縣相鄰山區方言 13 個點都有入聲調，但同時又有該入聲韻的只有劍閣鶴齡鎮、劍閣楊村鎮、劍閣公興鎮、劍閣塗山鄉塗山村、南部雙峰鄉、南部鐵鞭鄉以及南部保城鄉 7 個點，其餘 6 點無。

三、據上一章音系描述來看，韻母 y 和 iu 在不少點並不共存，從上表的統計可知，無 y 韻母的有 4 個點，它們是劍閣木馬鎮、劍閣白龍鎮、南部雙峰鄉和南部鐵鞭鄉。

四、南部西河鄉無 an/uan 韻母，據上一章音系描述，其他點讀 an/uan 的在西河鄉讀了 aŋ/uaŋ，如「貪／段」等，其他點雖然也有類似的語音現象，但都沒有西河鄉這樣徹底。

五、據上表可知，有 5 個方言點無 iɛn/yɛn 韻母，且它們全部位於劍閣縣，為白龍鎮、香沉鎮、公興鎮、塗山鄉塗山村和塗山鄉蘇維村。據上一章音系描述，其他點讀 iɛn/yɛn 韻的在該 5 個點都讀了 ie/ye 韻，如「店／袁」等，即該 5 個點 iɛn/yɛn 韻在鼻音丟失後讀入了無鼻音尾的 ie/ye 韻。

## 3.3　聲調共時比較

據上一章的音系描述，劍閣、南部縣相鄰山區方言 13 個點都有 5 個聲調，其差異主要表現在調值上。

表 3.3　劍閣、南部縣相鄰山區方言聲調比較表

| 方言點 | 聲調個數 | 各聲調調值 | | | | |
|---|---|---|---|---|---|---|
| | | 陰平 | 陽平 | 上聲 | 去聲 | 入聲 |
| 木馬鎮 | 5 | 44 | 31 | 351 | 324 | 23 |
| 鶴齡鎮 | 5 | 34 | 31 | 451 | 214 | 11 |
| 楊村鎮 | 5 | 44 | 31 | 451 | 14 | 23 |
| 白龍鎮 | 5 | 34 | 21 | 52 | 214 | 23 |
| 香沉鎮 | 5 | 44 | 31 | 53 | 24 | 22 |
| 公興鎮 | 5 | 45 | 31 | 51 | 214 | 323（>33/23） |
| 塗山村 | 5 | 44 | 31 | 51 | 15 | 11 |
| 蘇維村 | 5 | 44 | 31 | 51 | 215 | 12 |
| 雙峰鄉 | 5 | 45 | 31 | 451 | 25 | 23 |
| 西河鄉 | 5 | 35 | 31 | 52 | 214 | 22 |
| 店埡鄉 | 5 | 44 | 31 | 452 | 213 | 22 |
| 鐵鞭鄉 | 5 | 45 | 31 | 51 | 214 | 33 |
| 保城鄉 | 5 | 35 | 31 | 51 | 214 | 33 |
| 成都市〔註 1〕 | 4 | 35 | 31 | 52 | 212 | 31 |

一、從陰平調的調值看，各點大致可分三類，即高平調、中升調和高升調。

二、從陽平調的調值看，各點比較一致，除了白龍鎮為低降調外，都為中降調。

三、從上聲調的調值看，各點比較一致，主要為高降調，部分點略帶拱調。劍閣香沉鎮因上聲調時長最短（見圖 2.17），導致下降不徹底，從而形成 53 調。

四、從去聲調的調值看，下凹明顯的點則為凹調，下凹不明顯的點則為低升調。在語流中，下凹不明顯，為低升調。

五、從入聲調的調值看，主要為低平和中平調，少數略帶升勢。劍閣公興鎮的 323 調，從圖 2.20 來看，下凹不明顯，總體比較平緩，近於 33 或 23 調。

〔註 1〕成都市語音材料來自於周及徐（2019），下同，不復出註。

## 3.4 劍閣、南部縣相鄰山區方言在共時音系上的相關性

將前面聲母、韻母和聲調比較數據中的有關特徵匯總起來，如下表〔註2〕：

表 3.4 劍閣、南部縣相鄰山區方言音系共時比較數據匯總表

| 方言點 | 木馬 | 鶴齡 | 楊村 | 白龍 | 香沉 | 公興 | 塗山 | 蘇維 | 雙峰 | 西河 | 店埡 | 鐵鞭 | 保城 |
|---|---|---|---|---|---|---|---|---|---|---|---|---|---|
| 分 ts、tʂ | 1 | 1 | 1 | 1 | 1 | 1 | 1 | 0 | 0 | 0 | 1 | 0 | 0 |
| 有 c 聲母 | 0 | 0 | 0 | 1 | 0 | 0 | 0 | 0 | 1 | 1 | 1 | 0 | 0 |
| 有 æ/a | 0 | 1 | 1 | 0 | 0 | 1 | 1 | 0 | 1 | 0 | 0 | 1 | 1 |
| 有 y | 0 | 1 | 1 | 0 | 1 | 1 | 1 | 1 | 0 | 1 | 1 | 0 | 1 |
| 有 an/uan | 1 | 1 | 1 | 1 | 1 | 1 | 1 | 1 | 1 | 0 | 1 | 1 | 1 |
| 有 iɛn/yɛn | 1 | 1 | 1 | 0 | 0 | 0 | 0 | 0 | 1 | 1 | 1 | 1 | 1 |
| 調類〔註3〕 | 1 | 1 | 1 | 1 | 1 | 1 | 1 | 1 | 1 | 1 | 1 | 1 | 1 |

### 3.4.1 從歐氏距離看其相關性

歐氏距離，亦稱歐幾里得度量（euclidean metric），指在 m 維空間中兩個點之間的真實距離，或者向量的自然長度（即該點到原點的距離）。在二維和三維空間中的歐氏距離就是兩點之間的實際距離。（Van der Heijden, F. & Duin, Robert & Ridder, D. & Tax, David 2004）歐氏距離定義為兩個向量之間差的平方和再開方。歐氏距離得分定義為 1/（1+歐氏距離），其結果是一個介於 0 和 1 之間的浮點數值，值越接近於 1，其相似程度越高，反之越接近於 0，相似程度越低。

根據表 3.4 計算出劍閣、南部縣相鄰山區方言各點的音系之間的歐氏距離得分矩陣如下：

| | 木馬 | 鶴齡 | 楊村 | 白龍 | 香沉 | 公興 | 塗山 | 蘇維 | 雙峰 | 西河 | 店埡 | 鐵鞭 | 保城 |
|---|---|---|---|---|---|---|---|---|---|---|---|---|---|
| 木馬 | — | 0.414 | 0.414 | 0.414 | 0.414 | 0.366 | 0.366 | 0.366 | 0.366 | 0.333 | 0.414 | 0.414 | 0.366 |
| 鶴齡 | 0.414 | — | **1** | 0.333 | 0.414 | 0.5 | 0.5 | 0.366 | 0.366 | 0.333 | 0.414 | 0.414 | 0.5 |
| 楊村 | 0.414 | **1** | — | 0.333 | 0.414 | 0.5 | 0.5 | 0.366 | 0.366 | 0.333 | 0.414 | 0.414 | 0.5 |
| 白龍 | 0.414 | 0.333 | 0.333 | — | 0.414 | 0.366 | 0.366 | 0.366 | 0.366 | 0.333 | 0.414 | 0.333 | 0.309 |
| 香沉 | 0.414 | 0.414 | 0.414 | 0.414 | — | 0.5 | 0.5 | 0.5 | 0.309 | 0.333 | 0.414 | 0.333 | 0.366 |
| 公興 | 0.366 | 0.5 | 0.5 | 0.366 | 0.5 | — | **1** | 0.414 | 0.333 | 0.309 | 0.366 | 0.366 | 0.414 |

〔註 2〕為了方便計算，這裡將原表中的是／否、有／無，分別用 1／0 來表示。
〔註 3〕調類一行，1 代表有 5 個聲調，0 代表有 4 個聲調。

| | | | | | | | | | | | | | |
|---|---|---|---|---|---|---|---|---|---|---|---|---|---|
| 塗山 | 0.366 | 0.5 | 0.5 | 0.366 | 0.5 | **1** | — | 0.414 | 0.333 | 0.309 | 0.366 | 0.366 | 0.414 |
| 蘇維 | 0.366 | 0.366 | 0.366 | 0.366 | 0.5 | 0.414 | 0.414 | — | 0.333 | 0.366 | 0.366 | 0.366 | 0.414 |
| 雙峰 | 0.366 | 0.366 | 0.366 | 0.366 | 0.309 | 0.333 | 0.333 | 0.333 | — | 0.366 | 0.366 | 0.5 | 0.414 |
| 西河 | 0.333 | 0.333 | 0.333 | 0.333 | 0.333 | 0.309 | 0.309 | 0.366 | 0.366 | — | 0.414 | 0.333 | 0.366 |
| 店埡 | 0.414 | 0.414 | 0.414 | 0.414 | 0.414 | 0.366 | 0.366 | 0.366 | 0.366 | 0.414 | — | 0.333 | 0.366 |
| 鐵鞭 | 0.414 | 0.414 | 0.414 | 0.333 | 0.333 | 0.366 | 0.366 | 0.366 | 0.5 | 0.333 | 0.333 | — | 0.5 |
| 保城 | 0.366 | 0.5 | 0.5 | 0.309 | 0.366 | 0.414 | 0.414 | 0.414 | 0.414 | 0.366 | 0.366 | 0.5 | — |

在上述所選的特徵下，據歐氏距離得分：一、劍閣縣鶴齡鎮與劍閣縣楊村鎮之間、劍閣縣公興鎮與劍閣縣塗山鄉塗山村之間的相似度為 1；二、其餘各點之間的相似度值均未超過 0.5。即劍閣、南部縣相鄰山區方言音系少數點之間在絕對結構分布上相似度較高，而大多數點在絕對結構分布上相似度較低。亦即，從細節上看，劍閣、南部縣相鄰山區各方言點音系在共時層面上更多呈現出差異性，各點音系各有其特點。

### 3.4.2 從皮氏距離看其相關性

皮氏距離得分，即皮爾遜相關係數（Pearson correlation coefficient），又稱皮爾遜積矩相關係數（Pearson product-moment correlation coefficient，簡稱 PPMCC 或 PCCs），是用於度量兩個變量之間的相關程度，其值介於-1 與 1 之間。它是由卡爾・皮爾遜從弗朗西斯・高爾頓在 19 世紀 80 年代提出的一個相似卻又稍有不同的想法演變而來的。這個相關係數也稱作「皮爾遜積矩相關係數」，定義為兩個變量之間的協方差和標準差的商。

根據表 3.4 計算出劍閣、南部縣相鄰山區方言各點的音系之間的皮氏距離得分矩陣如下：

| | 木馬 | 鶴齡 | 楊村 | 白龍 | 香沉 | 公興 | 塗山 | 蘇維 | 雙峰 | 西河 | 店埡 | 鐵鞭 | 保城 |
|---|---|---|---|---|---|---|---|---|---|---|---|---|---|
| 木馬 | — | 0.471 | 0.471 | 0.417 | 0.417 | 0.091 | 0.091 | 0.167 | 0.091 | -0.167 | 0.471 | 0.417 | 0.091 |
| 鶴齡 | 0.471 | — | **1** | -0.354 | 0.471 | **0.645** | **0.645** | 0.354 | -0.258 | -0.354 | -0.167 | 0.471 | **0.645** |
| 楊村 | 0.471 | **1** | — | -0.354 | 0.471 | **0.645** | **0.645** | 0.354 | -0.258 | -0.354 | -0.167 | 0.471 | **0.645** |
| 白龍 | 0.417 | -0.354 | -0.354 | — | 0.417 | 0.091 | 0.091 | 0.167 | 0.091 | -0.167 | 0.471 | -0.167 | -0.548 |
| 香沉 | 0.417 | 0.471 | 0.471 | 0.417 | — | **0.73** | **0.73** | 0.75 | -0.548 | -0.167 | 0.471 | -0.167 | 0.091 |
| 公興 | 0.091 | **0.645** | **0.645** | 0.091 | **0.73** | — | **1** | 0.548 | -0.4 | -0.548 | -0.258 | 0.091 | 0.3 |

| 塗山 | 0.091 | **0.645** | **0.645** | 0.091 | **0.73** | **1** | — | 0.548 | -0.4 | -0.548 | -0.258 | 0.091 | 0.3 |
|---|---|---|---|---|---|---|---|---|---|---|---|---|---|
| 蘇維 | 0.167 | 0.354 | 0.354 | 0.167 | **0.75** | 0.548 | 0.548 | — | -0.091 | 0.167 | 0.354 | 0.167 | 0.548 |
| 雙峰 | 0.091 | -0.258 | -0.258 | 0.091 | -0.548 | -0.4 | -0.4 | -0.091 | — | 0.091 | -0.258 | **0.73** | 0.3 |
| 西河 | -0.167 | -0.354 | -0.354 | -0.167 | -0.167 | -0.548 | -0.548 | 0.167 | 0.091 | — | 0.471 | -0.167 | 0.091 |
| 店埡 | 0.471 | -0.167 | -0.167 | 0.471 | 0.471 | -0.258 | -0.258 | 0.354 | -0.258 | 0.471 | — | -0.354 | -0.258 |
| 鐵鞭 | 0.417 | 0.471 | 0.471 | -0.167 | -0.167 | 0.091 | 0.091 | 0.167 | **0.73** | -0.167 | -0.354 | — | **0.73** |
| 保城 | 0.091 | **0.645** | **0.645** | -0.548 | 0.091 | 0.3 | 0.3 | 0.548 | 0.3 | 0.091 | -0.258 | **0.73** | — |

在上述所選的特徵下，據皮氏距離得分：

一、劍閣縣鶴齡鎮與劍閣縣楊村鎮之間、劍閣縣公興鎮與劍閣縣塗山鄉塗山村之間的相似度得分均為 1。

二、劍閣、南部縣相鄰山區方言音系的皮氏距離相似度得分超過 0.6 的，比較集中的分布在上表大致以蘇維村為界的左上角。也就是說劍閣縣內部各方言音系之間在共時層面上具有較高的相似性。

三、從上表看，劍閣、南部縣相鄰山區方言音系的皮氏距離相似度得分還存在不少負值，它們主要分布在上表大致以蘇維村為界的下邊和右邊。也就是說南部縣內部各方言音系之間、南部縣與劍閣縣各方言音系之間在共時層面上具有一定的差異性。

## 3.5 小　結

通過劍閣、南部縣相鄰山區方言的 13 個代表點的音系共時比較，可知：

一、劍閣、南部縣相鄰山區方言，聲母總體呈現較離散的分布，即存在一定的差異性。聲母差別是這些方言點內部比較明顯的差別所在。

二、劍閣、南部縣相鄰山區方言，其韻母和單元音的分布上呈現較集中、均衡的分布。

三、劍閣、南部縣相鄰山區方言的 13 個代表點聲母和韻母在個數上的分布如下圖所示：

圖 3.3　劍閣、南部縣相鄰山區 13 個方言點聲母和韻母數量分布及回歸分析圖

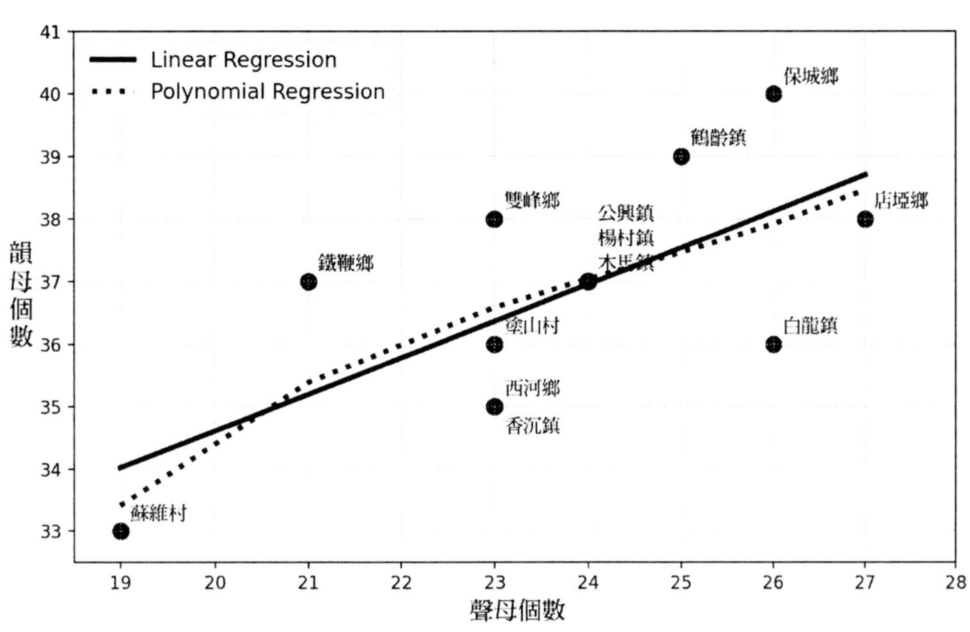


從散點圖可知劍閣、南部縣相鄰山區方言的聲母和韻母在個數上總體呈上升趨勢，即存在一定的正比關係；通過對這些點的數據進行線性回歸（線性擬合）〔註 4〕之後可得到上圖中的實線，該實線顯示聲母、韻母在個數上呈正比關係；通過對這些點的數據進行多項式回歸（多項式擬合）〔註 5〕之後可得到上圖中的虛線，該虛線顯示聲母、韻母在個數上呈正比關係。

四、劍閣、南部縣相鄰山區方言的 13 個代表點聲母和元音在個數上的分布如下圖所示：

〔註 4〕此處的線性回歸（Linear Regression），採用 scikit-learn 機器學習線性模型算法庫 linear_model 中的 LinearRegression 模型進行回歸運算。下同，不復出註。

〔註 5〕此處的多項式回歸（Polynomial Regression），採用 scikit-learn 機器學習線性模型算法庫 linear_model 中的 LinearRegression 模型以及 preprocessing 的 PolynomialFeatures 通過管線 pipeline 組合進行回歸運算。PolynomialFeatures 的 degree 參數為 2，即用二項式進行回歸。下同，不復出註。

圖 3.4 劍閣、南部縣相鄰山區 13 個方言點聲母和元音數量分布及回歸分析圖

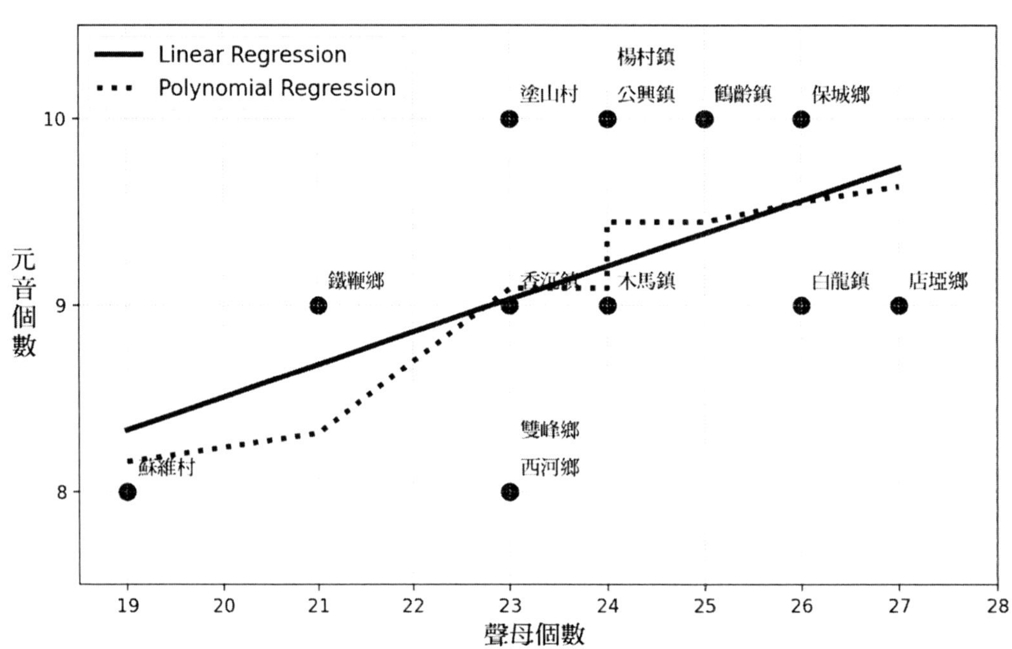


從散點圖可知劍閣、南部縣相鄰山區方言的聲母和元音在個數上總體呈上升趨勢，即存在一定的正比關係；通過對這些點的數據進行線性回歸（線性擬合）之後可得到上圖中的實線，該實線顯示聲母、元音在個數上呈正比關係；通過對這些點的數據進行多項式回歸（多項式擬合）之後可得到上圖中的虛線，該虛線顯示聲母、元音在個數上呈正比關係，但在上升到一定程度之後，則不再上升，而是保持一定的平衡。

五、劍閣、南部縣相鄰山區方言的 13 個代表點韻母和元音在個數上的分布如下圖所示：

圖 3.5 劍閣、南部縣相鄰山區 13 個方言點韻母和元音數量分布及回歸分析圖

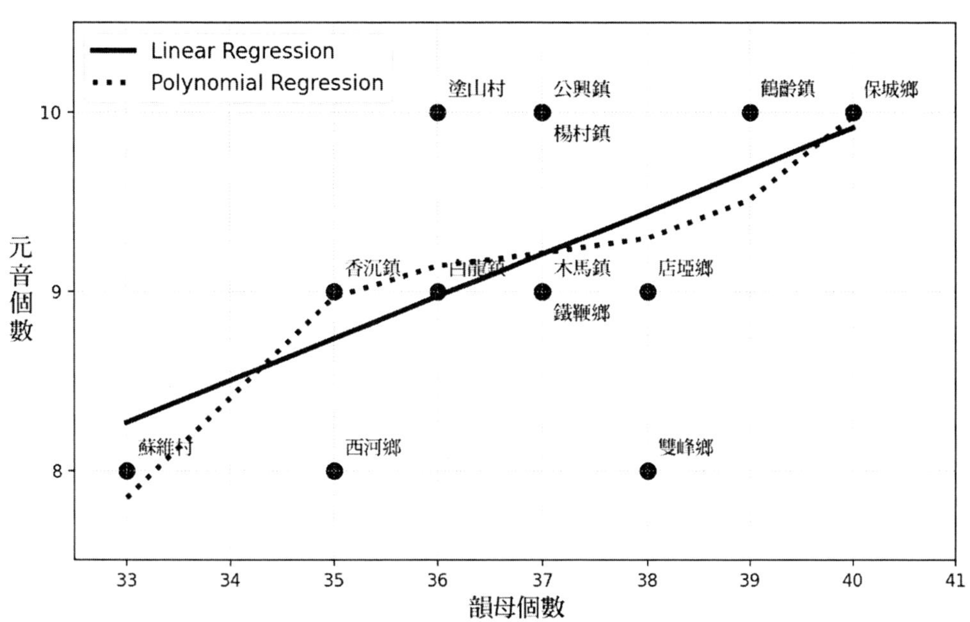


從散點圖可知劍閣、南部縣相鄰山區方言的韻母和元音在個數上總體呈上升趨勢，即存在一定的正比關係；通過對這些點的數據進行線性回歸（線性擬合）之後可得到上圖中的實線，該實線顯示韻母、元音在個數上呈正比關係；通過對這些點的數據進行多項式回歸（多項式擬合）〔註 6〕之後可得到上圖中的虛線，該虛線顯示韻母、元音在個數上呈正比關係，但表現並不平滑，呈階梯式上升。

六、劍閣、南部縣相鄰山區方言在調類分布上各點完全一致，都是 5 個調類，都有入聲調；在調值上各點略有差異。

七、從歐幾里得距離得分構成的各點相關性矩陣來看，劍閣、南部縣相鄰山區方言之間在音系的絕對結構上各具特點；而從皮爾遜距離得分構成的各點相關性矩陣來看，劍閣、南部縣相鄰山區方言之間在音系的相對結構上有較大的一致性。也就是說劍閣、南部縣相鄰山區方言音系在細節上存在差異，而在總體上則是高度一致。

〔註 6〕此處的多項式回歸（Polynomial Regression），當 PolynomialFeatures 的 degree 參數設置為 2 時，其與線性回歸的實線完全重合，故此處設置為 3，即用三項式進行回歸。

# 4　劍閣、南部縣相鄰山區方言語音特徵

漢語方言研究的第二步是語音特徵分析。語音特徵分析是對語言樣本的歷時描寫與分析。

語音特徵分析所面臨的理論問題，首先是對語音特徵的選取問題。語音特徵，主要從語音的歷時（縱向）與共時（橫向）比較中獲得。漢語方言的語音特徵，主要是從對以《切韻》音系為代表的中古漢語音系與現代漢語方言音系的比較中獲得。這項工作在以前的研究中已多有體現，如侯精一在《現代漢語方言概論》（2002）中論述了方言特點選取的準則，並選了 13 條語音特徵來分析西南官話；周及徐在《南路話和湖廣話的語音特點——兼論四川兩大方言的歷史關係》（2012b）一文中選了 21 條語音特徵來分析四川方言，等等。本章即以劍閣、南部縣相鄰山區方言的歷史比較為基礎，結合已有的經驗來選取語音特徵，並分聲母特徵、韻母特徵及聲調特徵三大類（這種分類分析又被稱為語音類型分析）逐一討論。

## 4.1 聲母特徵

### 4.1.1 古非曉組今讀

表 4.1 古非曉組今讀例字表

| 方言點 | 例字 | | | | | | | | | | |
|---|---|---|---|---|---|---|---|---|---|---|---|
| | 付 | 虎 | 火 | 福 | 忽 | 飛 | 灰 | 分 | 婚 | 犯 | 歡 |
| | 非遇去 | 曉姥上 | 曉果上 | 非屋入 | 曉沒入 | 非微平 | 曉灰平 | 非文平 | 曉魂平 | 奉范上 | 曉桓平 |
| 木馬鎮 | fu4 | fu3 | xo3 | fʊ5 | fu5 | fei1 | xuei1 | fen1 | xuən1 | fan4 | xuaŋ1 |
| 鶴齡鎮 | fu4 | fu3 | xu3 | fo5 | xu5 | fei1 | xuei1 | fen1 | xuən1 | faŋ4 | xuai1 |
| 楊村鎮 | fu4 | fu3 | xu3 | fu2 | xu5 | fei1 | xuei1 | fen1 | xuən1 | faŋ4 | xuan1 |
| 白龍鎮 | fu4 | fu3 | xu3 | fu5 | xu5 | fei1 | xuei1 | fen1 | xuən1 | fan4 | xuan1 |
| 香沉鎮 | fu4 | fu3 | xu3 | fo5<br>fu5 | xo5<br>xu5 | fei1 | xuei1 | fen1 | xuən1 | faŋ4 | xuan1 |
| 公興鎮 | fu4 | fu3 | xu3 | fəu5 | fəu5 | fei1 | xuei1 | fen1 | xuən1 | faŋ4 | xuan1 |
| 塗山村 | fu4 | fu3 | xu3 | fu5 | fu5 | fei1 | xuei1 | fen1 | xuən1 | faŋ4 | xuan1 |
| 蘇維村 | fu4 | fu3 | xo3 | fu5 | fu5 | fei1 | xuei1 | fen1 | xuən1 | faŋ4 | xuaŋ1 |
| 雙峰鄉 | fu4 | fu3 | xo3 | fu5 | fu5 | fei1 | xuei1 | fen1 | xuən1 | faŋ4 | xuan1 |
| 西河鄉 | fu4 | fu3 | xo3 | fu5 | xo5 | fei1 | xuei1 | fen1 | xuən1 | faŋ4 | xuaŋ1 |
| 店埡鄉 | fu4 | fu3 | xo3 | fo5 | xo5 | fei1 | xuei1 | fen1 | xuən1 | fan4 | xuan1 |
| 鐵鞭鄉 | fu4 | fu3 | xo3 | fo5 | xo5 | fei1 | xuei1 | fen1 | xuən1 | fan4 | xuan1 |
| 保城鄉 | fu4 | fu3 | xo3 | fu5 | fu5 | fei1 | xuei1 | fen1 | xuən1 | fan4 | xuan1 |
| 成都市〔註 1〕 | fu4 | fu3 | xo3 | fu2 | fu2 | fei1 | xuei1 | fen1 | xuən1 | fan4 | xuan1 |

現代漢語北京話（普通話）中的 x、f 聲母在中古音中各有其來源，且不相混：x 聲母系來自中古曉 h、匣 ɦ 二母；f 聲母系來自中古非 pf、敷 pfh、奉 bv 三母。x、f 相混，主要體現在兩個角度：①古非組今讀 f，古曉組字在 u 前是否也讀 f，讀 f（X>f）則相混，讀 x 則不相混；②古曉組今讀 x，古非組字在 u 前是否讀 x，讀 x（F>x）則相混，讀 f 則不相混。

從上表可知，劍閣、南部縣相鄰山區方言的 x、f 相混，主要體現在第①的 X>f，且古曉組字在 u 前讀 x、f 的情況可分為 5 類，表解如下：

〔註 1〕成都市話語音材料主要來自於周及徐（2019），下同，不復出註。

表 4.2　劍閣、南部縣相鄰山區方言古非曉組今讀分混表

| u 在音節中的位置 | u 韻的中古來源 | 古曉組今讀 | 代表方言點 | 類 | 備　註 |
|---|---|---|---|---|---|
| u 作介音 | 所有來源 | x | 所有點 | 1 | |
| u 作主元音 | 舒聲非果攝來源 | f | 所有點 | 2 | |
| | 舒聲果攝來源 | x | 鶴齡鎮、楊村鎮、白龍鎮、香沉鎮、公興鎮、塗山村 | 3 | 其餘各點的 u 韻母無果攝來源。 |
| | 入聲來源 | x | 鶴齡鎮、楊村鎮、白龍鎮、香沉鎮 | 4 | 西河鄉、店埡鄉和鐵鞭鄉讀 x，但韻母為 o 而非 u。 |
| | | f | 木馬鎮、雙峰鄉、保城鄉 | 5 | |

何大安（2004：121～150）將西南地區的古非曉組的混讀情況分為四種類型以及兩種變體，涵蓋了 X>f 與 F>x 兩種相混方向。其中 RA 類和 RA’ 類即屬於 X>f：

RA　X ＜ f/__u
　　　　x

RA’　X ＜ f/__u〔+緊〕
　　　　x

並指出其特徵為「元音 u 之前的 x、F 都讀成了 f（或 ɸ），但是介音 u 之前的 X，今讀仍是 x 或 h」（何大安 2004：127）。RA’ 類考慮到了入聲的情況，〔+緊〕表示非入聲。但即便如此，其分類尚未涵蓋劍閣、南部縣相鄰山區方言所表現的所有現象，如，同樣是舒聲，劍閣、南部縣相鄰山區方言分非果攝來源和果攝來源兩種情況。

孫越川（2011）從感知語音學的角度認為「非組 f 和曉組 x 存在互變關係，韻母元音 u 由於具有『鈍』的聲學特徵，且涉及舌根和唇兩個收緊點，經前腔過濾，唇收緊點的感知響度易被放大，因此 x 更容易在 u 前被錯誤感知為唇音 f」。上文已經提及劍閣、南部縣相鄰山區方言的 x、f 相混，確實主要體現在 X >f，印證了孫越川給出的解釋。但其解釋亦未能覆蓋劍閣、南部縣相鄰山區方言的所有現象，如，同樣是舒聲 u，劍閣、南部縣相鄰山區方言分非果攝來源和果攝來源兩種情況。

也就是說，古非曉組今讀的分混，劍閣、南部縣相鄰山區方言分非果攝來源和果攝來源兩種情況的這一現象，何大安給出的類型未能涵蓋，孫越川給出

的演變解釋也不夠全面。即這一現象可以補充何大安給出的類型，同時也需要我們給出新的演變解釋。

對於劍閣、南部縣相鄰山區方言古曉組在 u 作主元音的果攝來源音節前並不輕唇化為 f 的原因，當與古曉組輕唇化和果攝元音後高化為 u 的演變先後時間有關，即古曉組輕唇化的完成先于果攝元音後高化為 u 的出現。周及徐（2012b）將四川話果攝一等的演變做了兩種解釋：

| | | 中古 | | 近代 | | 現代 |
|---|---|---|---|---|---|---|
| 湖廣話： | 果一 | ɑ/uɑ | ——> | o | ——> | o |
| 南路話： | 果一 | ɑ/uɑ | ——> | u | ——> | u/ɯ |

即果攝元音後高化為 u 出現在近代。因此，古曉組輕唇化的現象當在近代之前就已經完成，此後當果攝元音後高化為 u 時，古曉組則不再輕唇化為 f。至少劍閣、南部縣相鄰山區方言是這樣。

根據表 4.2，繪製出劍閣、南部縣相鄰山區方言古非曉組分混特徵地圖〔註 2〕：

圖 4.1　劍閣、南部縣相鄰山區方言古非曉組分混特徵示意圖

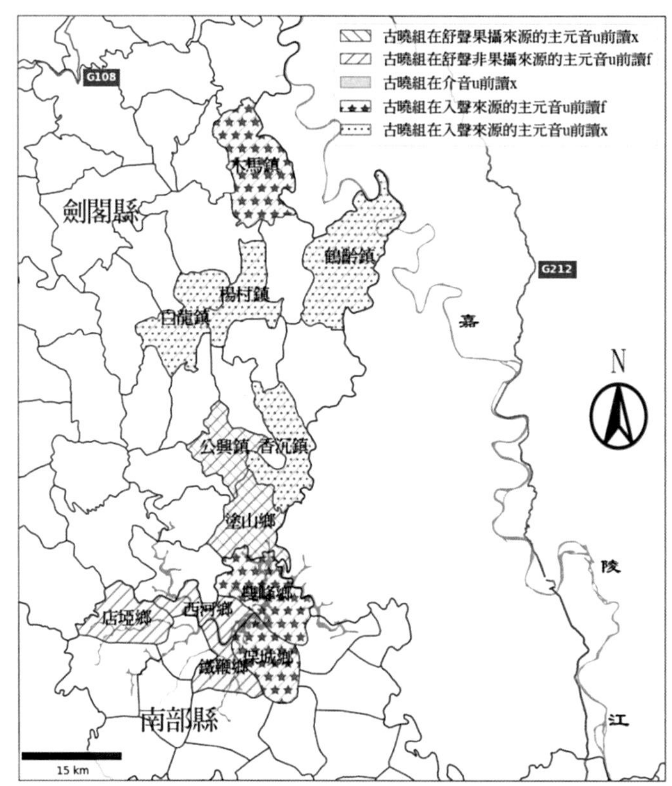


〔註 2〕該特徵圖由作者編寫 Python 代碼繪製，圖中所有邊界線僅為示意。Python 網址：https://www.python.org/。

### 4.1.2　古知莊章組今讀

討論古知莊章組今讀情況，即討論平翹舌聲母在方言音系中的分布。「研究平翹舌聲母在方言音系中的分布，有助於瞭解方言在語音歷史發展中的演變和繼承關係，從而使我們有更多的語言學依據，對今天的方言間的關係做出更深入的說明，為方言分區提供更明確的歷史語言學的證據」(周及徐 2013a)。因此本書亦將古知莊章組今讀作為劍閣、南部縣相鄰山區方言的一條語音特徵來討論。

從第二章的語音系統來看，本書所調查的劍閣、南部縣相鄰山區方言在平翹舌聲母的分布上，總體可分為兩類：一類為不分平翹，一類為分平翹。

不分平翹的有劍閣塗山鄉蘇維村、南部雙峰鄉、南部西河鄉、南部鐵鞭鄉和南部保城鄉 5 個方言點。這些不分平翹的方言中又可分為兩類：一類如劍閣塗山鄉蘇維村和南部保城鄉，精組、知系統一讀作翹舌音的 tʂ-、tʂh-、ʂ-；另一類如南部雙峰鄉、南部西河鄉和南部鐵鞭鄉，精組、知系統一讀作平舌音的 ts-、tsh-、s-。不分平翹舌聲母的方言點在古知莊章組今讀上無差別，分布類型單一，即要麼全讀翹舌要麼全讀平舌，茲不贅述。

分平翹的有劍閣木馬鎮、劍閣鶴齡鎮、劍閣楊村鎮、劍閣白龍鎮、劍閣香沉鎮、劍閣公興鎮、劍閣塗山鄉塗山村和南部店埡鄉 8 個方言點。本小節主要討論分平翹舌聲母方言的知莊章組今讀情況。

表 4.3　古知莊章組今讀例字表

| | | | 木馬鎮 | 鶴齡鎮 | 楊村鎮 | 白龍鎮 | 香沉鎮 | 公興鎮 | 塗山村 | 店埡鄉 | 成都市 |
|---|---|---|---|---|---|---|---|---|---|---|---|
| 知組 | 茶 | 澄麻 | tʂhᴀ2 | tshᴀ2 | tʂhᴀ2 | tʂhᴀ2 | tshᴀ2 | tʂhᴀ2 | tʂhᴀ2 | tʂhᴀ2 | tsha2 |
| | 除 | 澄魚 | tʂhu2 | tʂhu2 | tʂhu2 | tʂhu2 | tʂhu2 | tʂhu2 | tʂhu2 | tʂhu2 | tshu2 |
| | 豬 | 知魚 | tʂu1 | tʂu1 | tʂu1 | tʂu1 | tʂu1 | tʂu1 | tʂu1 | tʂu1 | tsu1 |
| | 滯 | 澄祭 | tʂʅ4 | tʂhʅ2 | tsɿ4 | tshɿ4 | tʂhʅ4 | tʂhʅ4 | tʂhʅ4 | tshɿ4 | tshɿ4 |
| | 知 | 知支 | tʂʅ1 | tsɿ1 | tʂʅ1 | tʂʅ1 | tsɿ1 | tʂʅ1 | tʂʅ1 | tʂʅ1 | tsɿ1 |
| | 遲 | 澄脂 | tʂhʅ2 | tʂhʅ2 | tʂhʅ2 | tʂhʅ2 | tshɿ2 | tʂhʅ2 | tʂhʅ2 | tʂhʅ2 | tshɿ2 |
| | 治 | 澄志 | tʂʅ4 | tʂʅ4 | tʂʅ4 | tʂʅ4 | tsɿ4 | tʂʅ4 | tʂʅ4 | tʂʅ4 | tsɿ4 |
| | 朝 | 澄宵 | tʂhau2 | tshau2 | tʂhau2 | tʂhɔ2 | tʂhau2 | tʂhau2 | tʂhau2 | tʂhau2 | tshau2 |
| | 抽 | 徹尤 | tʂhəu1 | tʂhəu1 | tʂhəu1 | tʂhəu1 | tʂhəu1 | tʂhəu1 | tʂhəu1 | tʂhəu1 | tshəu1 |

| | | | | | | | | | | | |
|---|---|---|---|---|---|---|---|---|---|---|---|
| | 賺 | 澄陷 | tʂuan4 | tʂuan4 | tʂuan4 | tʂuan4 | tʂuan4 | tʂuan4 | tʂuan4 | tʂuan4 | tsuan4 |
| | 沉 | 澄侵 | tʂhen2 | tʂhen2 | tʂhen2 | tʂhen2 | tʂhen2 | tʂhen2 | tʂhen2 | tʂhen2 | tshen2 |
| | 撤 | 徹薛 | tʂhe5 | tʂhe5 | tʂhe5 | tshe5 | tʂhe5 | tʂhæ5 | tʂhe5 | tshe5 | tshe2 |
| | 鎮 | 知震 | tʂen4 | tʂen4 | tʂen4 | tʂen4 | tʂen4 | tʂen4 | tʂen4 | tʂen4 | tsen4 |
| | 張 | 知陽 | tʂaŋ1 | tʂaŋ1 | tʂaŋ1 | tʂaŋ1 | tsaŋ1 | tʂaŋ1 | tʂaŋ1 | tʂaŋ1 | tsaŋ1 |
| | 樁 | 知江 | tʂuaŋ1 | tʂuaŋ1 | tʂuaŋ1 | tʂuaŋ1 | tʂuaŋ1 | tʂuaŋ1 | tʂuaŋ1 | tʂuaŋ1 | tsuaŋ1 |
| | 直 | 澄職 | tʂʅ5 | tʂʅ5 | tʂʅ5 | tʂʅ5 | tsɿ5 | tʂei5 | tʂʅ5 | tʂʅ5 | tsɿ2 |
| | 中 | 知東 | tʂoŋ1 | tʂoŋ1 | tʂoŋ1 | tʂoŋ1 | tʂoŋ1 | tʂoŋ1 | tʂoŋ1 | tʂoŋ1 | tsoŋ1 |
| 莊組 | 沙 | 生麻 | ʂA1 | sA1 | ʂA1 | ʂA1 | sA1 | ʂA1 | ʂA1 | ʂA1 | sa1 |
| | 初 | 初魚 | tshu1 | tʂhu1 | tʂhu1 | tshu1 | tʂhu1 | tshu1 | tshu1 | tshu1 | tshu1 |
| | 所 | 生語 | so3 | ʂo3 | ʂu3 | su3 | ʂu3 | su3 | su3 | so3 | so3 |
| | 數 | 生虞 | su3<br>su4 | ʂu3<br>ʂu4 | su3<br>su4 | su3<br>su4 | ʂu3<br>ʂu4 | su3<br>su4 | su3<br>su4 | su3<br>su4 | su3<br>su4 |
| | 柴 | 崇佳 | tʂhai2 | tshai2 | tʂhai2 | tʂhai2 | tʂhai2 | tʂhai2 | tʂhai2 | tʂhai2 | tshai2 |
| | 師 | 生脂 | ʂʅ1 | ʂʅ1 | ʂʅ1 | ʂʅ1 | sɿ1 | ʂʅ1 | ʂʅ1 | ʂʅ1 | sɿ1 |
| | 事 | 崇志 | ʂʅ4 | ʂʅ4 | ʂʅ4 | ʂʅ4 | sɿ4 | ʂʅ4 | ʂʅ4 | ʂʅ4 | sɿ4 |
| | 抄 | 初肴 | tʂhau1 | tshau1 | tʂhau1 | tʂhɔ1 | tshau1 | tʂhau1 | tʂhau1 | tʂhau1 | tshau1 |
| | 愁 | 崇尤 | tshəu2 | tʂhəu2 | tʂhəu2 | tshəu2 | tʂhəu2 | tshəu2 | tshəu2 | tshəu2 | tshəu2 |
| | 插 | 初洽 | tʂhA5 | tʂhA5 | tʂhA5 | tʂhA5 | tshA5 | tʂhA5 | tʂhA5 | tʂhA5 | tsha2 |
| | 參 | 生侵 | sen1 | ʂen1 | sen1 | tshaŋ1 | ʂen1 | sen1 | sen1 | sen1 | sen1 |
| | 殺 | 生黠 | ʂA1 | ʂA5 | ʂA5 | ʂA5 | sA5 | ʂA5 | ʂA5 | ʂA5 | sa2 |
| | 裝 | 莊陽 | tʂuaŋ1 | tʂuaŋ1 | tʂuaŋ1 | tʂuaŋ1 | tʂuaŋ1 | tʂuaŋ1 | tʂuaŋ1 | tʂuaŋ1 | tsuaŋ1 |
| | 雙 | 生江 | ʂuaŋ1 | ʂuaŋ1 | ʂuaŋ1 | ʂuaŋ1 | ʂuaŋ1 | ʂuaŋ1 | ʂuaŋ1 | ʂuaŋ1 | suaŋ1 |
| | 色 | 生職 | se5 | se5 | se5 | se5 | se5 | sæ5 | se5 | se5 | se2 |
| | 生 | 生庚 | sen1 | ʂen1 | sen1 | sen1 | sen1 | sen1 | sen1 | sen1 | sen1 |
| | 縮 | 生屋 | siʊ5 | ʂo5 | so5 | so5 | so5 | so5 | so5 | so5 | so2 |
| 章組 | 車 | 昌麻 | tʂhe1 | tshei1 | tʂhei1 | tʂhei1 | tʂei1 | tʂhei1 | tʂhei1 | tʂhei1 | tshe1 |
| | 射 | 船禡 | ʂe4 | ʂei4 | ʂe4 | ʂei4 | ʂei4 | ʂei4 | ʂei4 | ʂei4 | se4 |
| | 書 | 書魚 | ʂu1 | ʂu1 | ʂu1 | ʂu1 | su1 | ʂu1 | ʂu1 | ʂu1 | su1 |
| | 制 | 章祭 | tʂʅ4 | tʂʅ4 | tʂʅ4 | tʂʅ4 | tsɿ4 | tʂʅ4 | tʂʅ4 | tʂʅ4 | tsɿ4 |
| | 紙 | 章紙 | tʂʅ3 | tsɿ3 | tʂʅ3 | tʂʅ3 | tsɿ3 | tʂʅ3 | tʂʅ3 | tʂʅ3 | tsɿ3 |
| | 水 | 書旨 | ʂuei3 | suei3 | ʂuei3 | ʂuei3 | ʂuei3 | ʂuei3 | ʂuei3 | ʂuei3 | suei3 |
| | 吹 | 昌支 | tʂhuei1 | tshuei1 | tʂhuei1 | tʂhuei1 | tʂhuei1 | tʂhuei1 | tʂhuei1 | tʂhuei1 | tshuei1 |
| | 照 | 章笑 | tʂau4 | tsau4 | tʂau4 | tʂɔ4 | tʂau4 | tʂau4 | tʂau4 | tʂau4 | tsau4 |
| | 州 | 章尤 | tʂəu1 | tsəu1 | tʂəu1 | tʂəu1 | tʂəu1 | tʂəu1 | tʂəu1 | tʂəu1 | tsəu1 |
| | 占 | 章鹽 | tʂan4 | tsan4 | tʂan1 | tʂan4 | tʂan4 | tʂan4 | tsan4 | tʂaŋ4 | tsan4 |

| | | | | | | | | | | | |
|---|---|---|---|---|---|---|---|---|---|---|---|
| | 針 | 章侵 | tʂen1 | tsen1 | tʂen1 | tʂen1 | tʂen1 | tʂen1 | tʂen1 | tʂen1 | tsen1 |
| | 舌 | 船薛 | ʂe5 | ʂe5 | ʂe5 | ʂe5 | ʂe5 | ʂæ5 | ʂe5 | ʂe5 | se2 |
| | 善 | 禪獮 | ʂan4 | ʂan4 | ʂan4 | ʂan4 | ʂan4 | ʂan4 | ʂan4 | ʂaŋ4 | san4 |
| | 準 | 章準 | tʂuən3 | tsuən3 | tʂuən3 | tʂuən3 | tʂuən3 | tʂuən3 | tʂuən3 | tʂuən3 | tsuən3 |
| | 章 | 章陽 | tʂaŋ1 | tʂaŋ1 | tʂaŋ1 | tʂaŋ1 | tʂaŋ1 | tʂaŋ1 | tʂaŋ1 | tʂaŋ1 | tsaŋ1 |
| | 食 | 船職 | ʂʅ5 | ʂʅ5 | ʂʅ5 | ʂʅ5 | ʂʅ5 | ʂei5 | ʂʅ5 | ʂʅ5 | sɿ2 |
| | 整 | 章靜 | tʂen3 | tʂen3 | tʂen3 | tʂen3 | tʂen3 | tʂen3 | tʂen3 | tʂen3 | tsen3 |
| | 叔 | 書屋 | ʂʊ5 | ʂo5 | ʂu5 | ʂu5 | su5 | ʂu5 | ʂu5 | ʂo5 | su2 |

據上表可知，以上 8 個分平翹的方言點中，知三章組幾乎全部讀翹舌的 tʂ、tʂh、ʂ（僅少數例外），與普通話一致，茲不贅述；而知二和莊組則平翹分布比較複雜。

周及徐（2013a）通過分析自貢、西昌和宜賓三點知二莊組的平翹舌分布，認為四川西南地區方言知二和莊組「高元音韻前變平舌，低元音韻前變翹舌」。既然四川西南地區有此規律，那麼位於四川北部、東部地區的劍閣、南部縣相鄰山區方言在知二莊組聲母的平翹舌分布上是否也符合此規律呢？參考周及徐（2013a）的分析過程，首先將劍閣、南部縣相鄰山區分平翹舌方言的平翹舌聲母在知二和莊組字的分布情況表解如下：

### 表 4.4　劍閣、南部縣相鄰山區分平翹舌方言平翹舌聲母在知二和莊組字的分布

| | | | 知二<br>3（2）+18（6）<br>＝21 | 莊二<br>11（6）+58（4）<br>＝69 | 莊三<br>31（2）+25（12）<br>＝56 |
|---|---|---|---|---|---|
| 木馬鎮 | 平舌 | ts | | 爭（眨） | 臻皺滓阻 |
| | | tsh | 撐（搽戳） | （參篡） | 參 en 助測襯 en 崇愁初楚礎驟(參 aŋ 滲 aŋ） |
| | | s | | 生牲甥省（灑潲傻） | 參 en 率 ʊ 色澀瑟森蔬疏梳漱數搜餿縮所 |
| | 翹舌 | tʂ | （摘）樁站罩卓桌啄琢綻賺濁 | （責窄）債蘸鍘乍渣齋札箚炸詐榨斬盞爪捉棧鐲寨閘 | （鄒側）妝莊裝壯狀 |
| | | tʂh | （拆澤擇宅橙）茶撞 | （冊策）巢查叉差釵抄鈔窗杈插岔鏟吵炒柴攙豺讒察 | （鋤）揣瘡闖創 |
| | | ʂ | | 沙紗山刪杉衫梢筲雙殺曬疝拴閂刷涮 | （師士仕事獅史使駛柿）衰帥霜爽 |

| | | | 知二<br>8（3）+12（2）<br>＝20 | 莊二<br>45（43）+29（9）<br>＝74 | 莊三<br>17（1）+40（29）<br>＝57 |
|---|---|---|---|---|---|
| 鶴齡鎮 | 平舌 | ts | 摘 | 責（眨債蘸乍查渣齋札劄炸詐榨盞寨閘） | 臻皺滓鄒側 |
| | | tsh | 拆澤擇宅（搽戳茶） | 冊（巢參篡查叉差釵抄鈔杈岔鑔吵炒柴豺饞察） | 助參 en 測襯 en 楚礎揣創滲 en（參 aŋ） |
| | | s | | （灑潲沙紗刪杉衫筲曬疝） | 色瑟 |
| | 翹舌 | tʂ | 樁站罩卓桌啄琢綻賺濁 | （爭窄箏）鍘劄斬爪捉棧鐲 | （阻）妝莊裝壯狀 |
| | | tʂh | （撐橙） | （策）窗插攙讒 | （愁驟崇初鋤）瘡闖 |
| | | ʂ | | （參生牲甥省）山梢雙殺拴閂刷涮傻 | （參 en 率 o/uai 澀森師士仕事瘦蔬疏梳漱數搜餿縮所獅史使駛柿）衰帥霜爽 |

| | | | 知二<br>1+20（6）＝21 | 莊二<br>11（6）+62（6）＝73 | 莊三<br>17（1）+41（28）＝58 |
|---|---|---|---|---|---|
| 楊村鎮 | 平舌 | ts | | 爭（眨） | 皺阻 |
| | | tsh | 撐 | （參篡） | 參 en 側測崇滲 en（參 aŋ） |
| | | s | | 參 en 生牲甥（灑潲傻） | 參 en 率 o 色澀森漱數餿縮 |
| | 翹舌 | tʂ | （摘宅）樁站罩卓桌啄琢綻賺 | （責窄箏）債蘸鍘乍查渣齋抓札劄炸詐榨斬盞爪捉棧鐲寨閘 | （臻滓鄒驟）妝莊裝壯狀 |
| | | tʂh | （拆澤擇橙）搽戳茶濁撞 | （冊策）查叉差釵抄鈔窗杈插岔鑔吵炒柴攙豺讒饞察 | （助襯愁初鋤楚礎）揣瘡闖創 |
| | | ʂ | | （省）沙紗山刪杉衫梢筲雙殺曬疝拴閂刷涮 | （率 uai 瑟師士仕事瘦蔬疏梳搜所獅史使駛柿）衰帥霜爽 |

| | | | 知二<br>1（1）+20（7）<br>＝21 | 莊二<br>12（8）+50（4）<br>＝62 | 莊三<br>31（2）+24（11）<br>＝55 |
|---|---|---|---|---|---|
| 白龍鎮 | 平舌 | ts | | 爭（眨爪） | 臻皺滓鄒阻 |
| | | tsh | （搽） | （巢參篡） | 助側廁測襯崇愁初楚礎（參滲 aŋ） |

| | | s | | 生牲省（灑豬傻） | 率 o 色澀瑟森瘦蔬疏梳漱數搜縮所 |
|---|---|---|---|---|---|
| | 翹舌 | tʂ | （摘）樁站罩卓桌啄琢綻賺 | （責窄）債蘸乍齋抓札劄炸詐榨斬盞爪捉棧鐲寨閘 | 妝莊裝壯狀 |
| | | tʂh | （撐拆澤擇宅橙）戳茶濁撞 | （冊）查叉差抄鈔窗插岔鑔炒柴攙讒產察 | （搊鋤）揣瘡闖創 |
| | | ʂ | | （甥）沙紗山刪杉梢雙殺煞曬拴刷涮 | （師虱士仕事獅史使柿）衰帥霜爽 |

| | | | 知二<br>5（2）+4＝9 | 莊二<br>13（8）+11（1）＝24 | 莊三<br>9+11（7）＝20 |
|---|---|---|---|---|---|
| 香沉鎮 | 平舌 | ts | 摘（罩） | 爭窄（札閘） | 側 |
| | | tsh | 拆擇（茶） | 策（抄插） | 測 |
| | | s | | 生省（沙衫殺刷） | 色師虱事縮使柿 |
| | 翹舌 | tʂ | 樁桌賺 | 抓鐲 | 裝壯 |
| | | tʂh | 撞 | 窗鑔柴產 | （愁初鋤）瘡 |
| | | ʂ | | （參 en）山杉雙曬 | （參 en 瘦數所）霜 |

| | | | 知二<br>0+9（3）＝9 | 莊二<br>5（1）+19（2）＝24 | 莊三<br>10+10（6）＝20 |
|---|---|---|---|---|---|
| 公興鎮 | 平舌 | ts | | 爭 | |
| | | tsh | | | 側測愁初 |
| | | s | | 參 en 生省（刷） | 參 en 色瘦數縮所 |
| | 翹舌 | tʂ | （摘）樁罩桌賺 | （窄）抓札鐲閘 | 裝壯 |
| | | tʂh | （拆擇）茶撞 | （策）抄窗插鑔柴產 | （鋤）瘡 |
| | | ʂ | | 沙山杉衫雙殺曬 | （師虱事使柿）霜 |

| | | | 知二<br>0+9（3）＝9 | 莊二<br>5+20（1）＝25 | 莊三<br>10+10（6）＝20 |
|---|---|---|---|---|---|
| 塗山村 | 平舌 | ts | | 爭窄 | |
| | | tsh | | | 側測愁初 |
| | | s | | 參 en 生省 | 參 en 色瘦數縮所 |
| | 翹舌 | tʂ | （摘）樁罩桌賺 | 抓札鐲閘 | 裝壯 |
| | | tʂh | （拆擇）茶撞 | （策）抄窗插鑔柴產 | （鋤）瘡 |
| | | ʂ | | 沙山杉衫雙殺曬閂刷 | （師虱事使柿）霜 |

| | | | 知二<br>1+21（6）＝22 | 莊二<br>16（9）+54（4）＝70 | 莊三<br>28（2）+30（16）＝58 |
|---|---|---|---|---|---|
| 店埡鄉 | 平舌 | ts | | 爭窄箏（眨斬） | 阻側 |
| | | tsh | 拆 | （參簒捉攙豺） | 助側測崇愁初楚驟（參 aŋ 滲 aŋ） |
| | | s | | 參 en 生牲省（灑涮） | 參 en 率 o 色澀瑟森瘦蔬疏梳漱數搜餿縮所 |
| | 翹舌 | tʂ | （摘）站罩卓桌啄琢賺濁 | （責）債蘸鍘乍渣齋抓札笊炸盞爪捉棧鐲寨閘 | （臻皺滓鄒）妝莊裝壯狀 |
| | | tʂh | （撐澤擇宅橙）搩卓綻戳茶濁撞 | （冊策）巢查叉差釵抄鈔窗杈插岔鏟吵炒柴讒饞察 | （櫬鋤礎）揣瘡闖創 |
| | | ʂ | | （甥）潲沙紗山刪衫梢筲雙殺曬疝拴刷傻 | （師士仕事獅史使駛柹）率 uai 衰帥霜爽 |

據表 4.4，知二、莊二、莊三在劍閣、南部縣相鄰山區分平翹方言平翹舌聲母占比分布情況，分別見圖 4.2：

圖 4.2　知二、莊二、莊三在劍閣、南部縣相鄰山區分平翹方言讀平翹舌聲母的占比分布柱狀圖

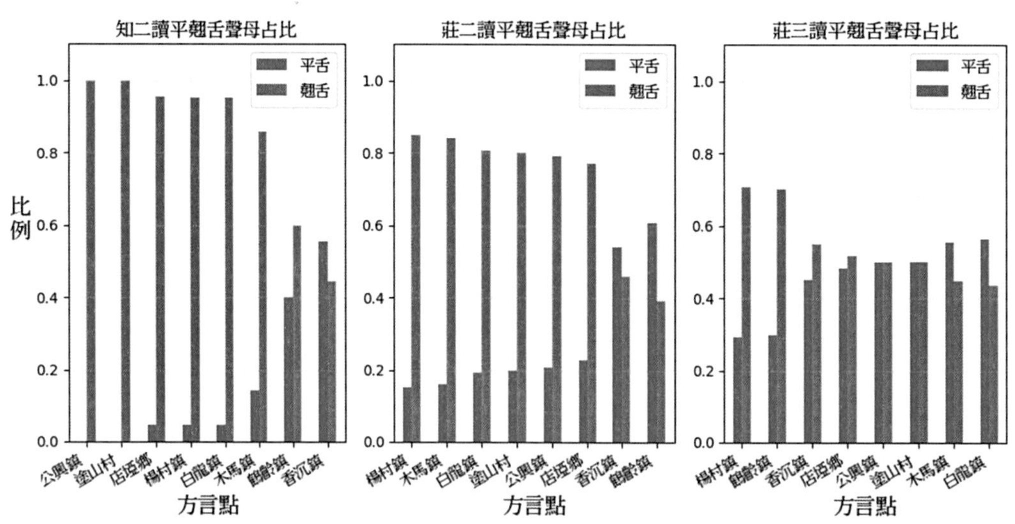


從圖 4.2 來看，知二、莊二在鶴齡鎮和香沉鎮 2 個方言點的平翹舌聲母分布比較均勻，幾乎各占一半；而在其他 6 個方言點中則主要為翹舌聲母。莊三在楊村鎮和鶴齡鎮 2 個方言點主要為翹舌聲母外，在其餘 6 個方言點平翹舌聲母分布均勻，幾乎各占一半。總的來看似乎知二、莊二在這一地區讀平翹舌聲母的占比分布比較一致，而莊三則與知二、莊二不同。

以上是知二莊組在劍閣、南部縣相鄰山區方言平翹舌讀音的占比分布情況，要弄清楚知二、莊組平翹舌讀音的分布規律，需要進一步考察其在各韻攝上的分布，對表 4.4 進行概括如下：

| 方言點 | 知二 | 莊二 | 莊三 |
|---|---|---|---|
| 木馬鎮 | 讀平舌有 3 字：<br>梗攝字 1 個；<br>非梗攝字 2 個。 | 讀平舌有 11 字：<br>梗攝字 5 個；<br>非梗攝字 6 個，<br>為假蟹效咸深山攝的字。 | 讀平舌有 31 字：<br>遇止流深臻曾攝字 29 個；<br>非遇止流深臻曾攝字 2 個。 |
| | 讀翹舌有 18 字：<br>非梗攝字 12 個；<br>梗攝字 6 個。 | 讀翹舌有 58 字：<br>非梗攝字 54 個；<br>梗攝字 4 個。 | 讀翹舌有 25 字：<br>宕攝和止攝合口字 13 個；<br>非宕攝和止攝合口字 12 個。 |
| 鶴齡鎮 | 讀平舌有 8 字：<br>梗攝字 5 個；<br>非梗攝字 3 個。 | 讀平舌有 45 字：<br>梗攝字 2 個；<br>非梗攝字 43 個。 | 讀平舌有 17 字：<br>遇止流深臻曾攝字 16 個；<br>非遇止流深臻曾攝字 1 個。 |
| | 讀翹舌有 12 字：<br>非梗攝字 10 個；<br>梗攝字 2 個。 | 讀翹舌有 29 字：<br>非梗攝字 20 個；<br>梗攝字 9 個。 | 讀翹舌有 40 字：<br>宕攝和止攝合口字 11 個；<br>非宕攝和止攝合口字 29 個。 |
| 楊村鎮 | 讀平舌有 1 字：<br>梗攝字 1 個；<br>非梗攝字 0 個。 | 讀平舌有 11 字：<br>梗攝字 5 個；<br>非梗攝字 6 個。 | 讀平舌有 17 字：<br>遇止流深臻曾攝字 16 個；<br>非遇止流深臻曾攝字 1 個。 |
| | 讀翹舌有 20 字：<br>非梗攝字 14 個；<br>梗攝字 6 個。 | 讀翹舌有 62 字：<br>非梗攝字 56 個；<br>梗攝字 6 個。 | 讀翹舌有 41 字：<br>宕攝和止攝合口字 13 個；<br>非宕攝和止攝合口字 28 個。 |
| 白龍鎮 | 讀平舌有 1 字：<br>梗攝字 0 個；<br>非梗攝字 1 個。 | 讀平舌有 12 字：<br>梗攝字 4 個；<br>非梗攝字 8 個。 | 讀平舌有 31 字：<br>遇止流深臻曾攝字 29 個；<br>非遇止流深臻曾攝字 2 個。 |
| | 讀翹舌有 20 字：<br>非梗攝字 13 個；<br>梗攝字 7 個。 | 讀翹舌有 50 字：<br>非梗攝字 46 個；<br>梗攝字 4 個。 | 讀翹舌有 24 字：<br>宕攝和止攝合口字 13 個；<br>非宕攝和止攝合口字 11 個。 |
| 香沉鎮 | 讀平舌有 5 字：<br>梗攝字 3 個；<br>非梗攝字 2 個。 | 讀平舌有 13 字：<br>梗攝字 5 個；<br>非梗攝字 8 個。 | 讀平舌有 9 字：<br>止深臻曾攝字 9 個；<br>非止深臻曾攝字 0 個。 |
| | 讀翹舌有 4 字：<br>非梗攝字 4 個；<br>梗攝字 0 個。 | 讀翹舌有 11 字：<br>非梗攝字 10 個；<br>梗攝字 1 個。 | 讀翹舌有 11 字：<br>宕攝字 4 個；<br>非宕攝字 7 個。 |
| 公興鎮 | 讀平舌有 0 字：<br>梗攝字 0 個；<br>非梗攝字 0 個。 | 讀平舌有 5 字：<br>梗攝字 4 個；<br>非梗攝字 1 個。 | 讀平舌有 10 字：<br>遇流深曾攝字 10 個；<br>非遇流深曾攝字 0 個。 |

| | | | |
|---|---|---|---|
| | 讀翹舌有 9 字：<br>非梗攝字 6 個；<br>梗攝字 3 個。 | 讀翹舌有 19 字：<br>非梗攝字 17 個；<br>梗攝字 2 個。 | 讀翹舌有 10 字：<br>宕攝字 4 個；<br>非宕攝字 6 個。 |
| 塗山村 | 讀平舌有 0 字：<br>梗攝字 0 個；<br>非梗攝字 0 個。 | 讀平舌有 5 字：<br>梗攝字 5 個；<br>非梗攝字 0 個。 | 讀平舌有 10 字：<br>遇流深曾攝字 10 個；<br>非遇流深曾攝字 0 個。 |
| | 讀翹舌有 9 字：<br>非梗攝字 6 個；<br>梗攝字 3 個。 | 讀翹舌有 20 字：<br>非梗攝字 19 個；<br>梗攝字 1 個。 | 讀翹舌有 10 字：<br>宕攝字 4 個；<br>非宕攝字 6 個。 |
| 店埡鄉 | 讀平舌有 1 字：<br>梗攝字 1 個；<br>非梗攝字 0 個。 | 讀平舌有 16 字：<br>梗攝字 7 個；<br>非梗攝字 9 個。 | 讀平舌有 28 字：<br>遇止流深臻曾攝字 26 個；<br>非遇止流深臻曾攝字 2 個。 |
| | 讀翹舌有 21 字：<br>非梗攝字 15 個；<br>梗攝字 6 個。 | 讀翹舌有 54 字：<br>非梗攝字 50 個；<br>梗攝字 4 個。 | 讀翹舌有 30 字：<br>宕攝和止攝合口字 14 個；<br>非宕攝和止攝合口字 16 個。 |

上表反映出知二、莊組在劍閣、南部縣相鄰山區分平翹方言中的分布比較離散，無一定的規律性。為了進一步分析知二、莊組的分布規律，我們參照周及徐（2013a）提出的「高元音韻前變平舌，低元音韻前變翹舌」規律，按高元音與低元音的分布進一步劃分上表：

| 方言點 | 知二 | 莊二 | 莊三 |
|---|---|---|---|
| 木馬鎮 | 梗攝 7 字，平舌 1 字，翹舌 6 字。<br>非梗攝 14 字，平舌 2 字，翹舌 12 字。 | 梗攝 9 字，平舌 5 字，翹舌 4 字。<br>非梗攝 60 字，平舌 6 字，翹舌 54 字。 | 遇止流深臻曾攝 41 字，平舌 29 字，翹舌 12 字。<br>宕攝和止攝合口 15 字，平舌 2 字，翹舌 13 字。 |
| 鶴齡鎮 | 梗攝 7 字，平舌 5 字，翹舌 2 字。<br>非梗攝 13 字，平舌 3 字，翹舌 10 字。 | 梗攝 11 字，平舌 2 字，翹舌 9 字。<br>非梗攝 63 字，平舌 43 字，翹舌 20 字。 | 遇止流深臻曾攝 45 字，平舌 16 字，翹舌 29 字。<br>宕攝和止攝合口 12 字，平舌 1 字，翹舌 11 字。 |
| 楊村鎮 | 梗攝 7 字，平舌 1 字，翹舌 6 字。<br>非梗攝 14 字，平舌 0 字，翹舌 14 字。 | 梗攝 11 字，平舌 5 字，翹舌 6 字。<br>非梗攝 62 字，平舌 6 字，翹舌 56 字。 | 遇止流深臻曾攝 44 字，平舌 16 字，翹舌 28 字。<br>宕攝和止攝合口 14 字，平舌 1 字，翹舌 13 字。 |
| 白龍鎮 | 梗攝 7 字，平舌 0 字，翹舌 7 字。<br>非梗攝 14 字，平舌 1 字，翹舌 13 字。 | 梗攝 8 字，平舌 4 字，翹舌 4 字。<br>非梗攝 54 字，平舌 8 字，翹舌 46 字。 | 遇止流深臻曾攝 40 字，平舌 29 字，翹舌 11 字。<br>宕攝和止攝合口 15 字，平舌 2 字，翹舌 13 字。 |
| 香沉鎮 | 梗攝 3 字，平舌 3 字，翹舌 0 字。<br>非梗攝 6 字，平舌 2 字，翹舌 4 字。 | 梗攝 6 字，平舌 5 字，翹舌 1 字。<br>非梗攝 18 字，平舌 8 字，翹舌 10 字。 | 遇止流深臻曾攝 16 字，平舌 9 字，翹舌 7 字。<br>宕攝 4 字，平舌 0 字，翹舌 4 字。 |

| 公興鎮 | 梗攝 3 字，平舌 0 字，翹舌 3 字。<br>非梗攝 6 字，平舌 0 字，翹舌 6 字。 | 梗攝 6 字，平舌 4 字，翹舌 2 字。<br>非梗攝 18 字，平舌 1 字，翹舌 17 字。 | 遇止流深臻曾攝 16 字，平舌 10 字，翹舌 6 字。<br>宕攝 4 字，平舌 0 字，翹舌 4 字。 |
|---|---|---|---|
| 塗山村 | 梗攝 3 字，平舌 0 字，翹舌 3 字。<br>非梗攝 6 字，平舌 0 字，翹舌 6 字。 | 梗攝 6 字，平舌 5 字，翹舌 1 字。<br>非梗攝 19 字，平舌 0 字，翹舌 19 字。 | 遇止流深臻曾攝 16 字，平舌 10 字，翹舌 6 字。<br>宕攝 4 字，平舌 0 字，翹舌 4 字。 |
| 店埡鄉 | 梗攝 7 字，平舌 1 字，翹舌 6 字。<br>非梗攝 15 字，平舌 0 字，翹舌 15 字。 | 梗攝 11 字，平舌 7 字，翹舌 4 字。<br>非梗攝 59 字，平舌 9 字，翹舌 50 字。 | 遇止流深臻曾攝 42 字，平舌 26 字，翹舌 16 字。<br>宕攝和止攝合口 16 字，平舌 2 字，翹舌 14 字。 |

據上表可知：

一、知二梗攝字（高元音韻），除了鶴齡鎮和香沉鎮，其餘各點均為讀翹舌的比例更大，且白龍鎮、公興鎮和塗山村三點無例外的都讀翹舌，而鶴齡鎮雖然其音系為分平翹，但實際上它的這種分平翹在分布上很不平衡，正處在逐漸趨於不分平翹的過程中，說明知二梗攝字（高元音韻）在劍閣、南部縣相鄰山區分平翹的方言中更傾向於讀翹舌；知二非梗攝字（低元音韻），各點均為讀翹舌的比例更大，且楊村鎮、公興鎮、塗山村和店埡鄉四點無例外的都讀翹舌，說明知二非梗攝字（低元音韻）在劍閣、南部縣相鄰山區分平翹的方言中更傾向於讀翹舌。即知二字在劍閣、南部縣相鄰山區分平翹方言中的分布以讀翹舌為主，部分例外，不符合「高元音韻前變平舌，低元音韻前變翹舌」（周及徐 2013a）的規律。如圖 4.3 所示：

圖 4.3　知二讀平翹舌在高低元音韻前的占比分布柱狀圖

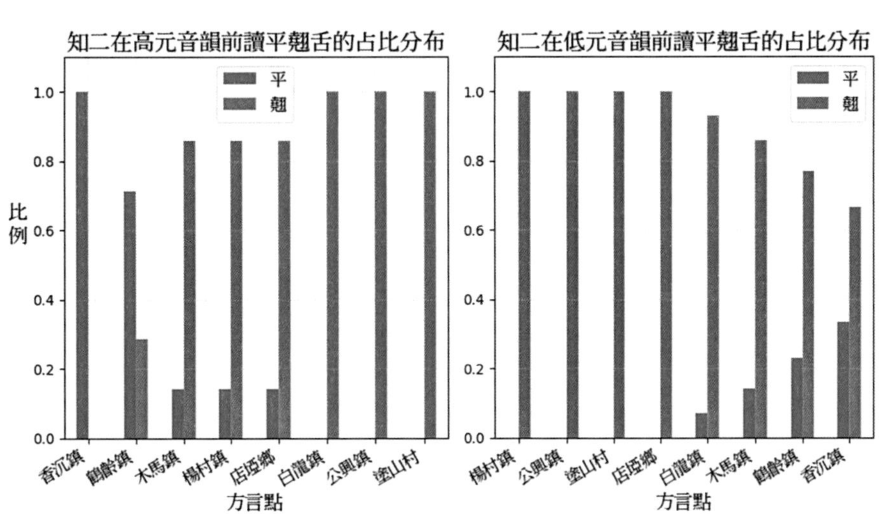

二、莊二梗攝字（高元音韻），各點讀平翹舌分布比較均勻，無規律可循，其中鶴齡鎮以讀翹舌居多，香沉鎮和塗山村則以讀平舌居多；莊二非梗攝字（低元音韻），除鶴齡鎮外，各點以讀翹舌的比例更大，其中塗山村無例外地讀翹舌，鶴齡鎮的情況上文已有說明，茲不贅述。即莊二字在劍閣、南部縣相鄰山區分平翹方言中的分布比較離散，不完全符合「高元音韻前變平舌，低元音韻前變翹舌」（周及徐 2013a）的規律，但有這方面的趨勢，見圖 4.4：

圖 4.4　莊二讀平翹舌在高低元音韻前的占比分布柱狀圖

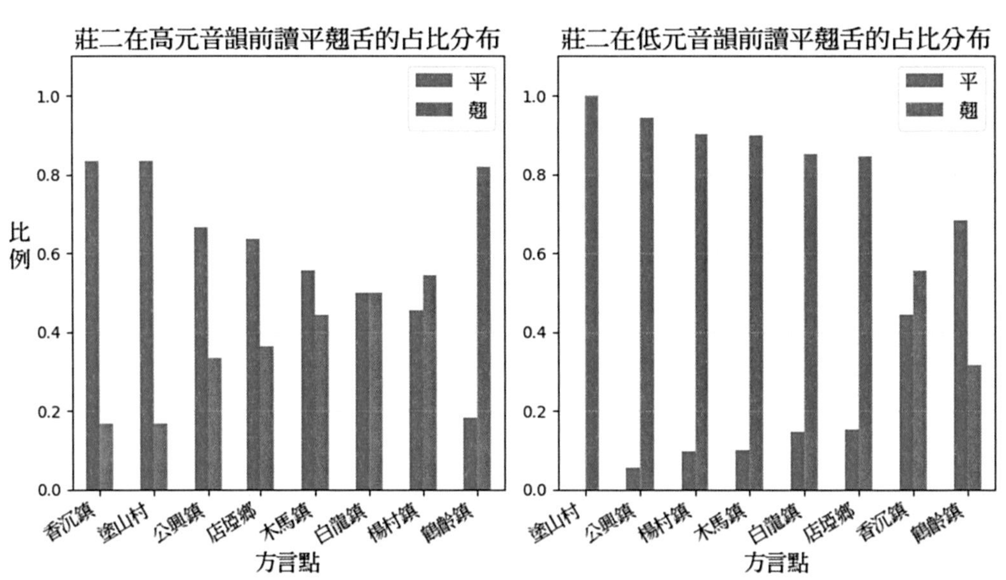


三、莊三遇止流深臻曾攝字（高元音韻），除了鶴齡鎮和楊村鎮，其餘各點均為讀平舌的比例更大，但例外字也不少，鶴齡鎮和楊村鎮則為讀翹舌的比例更大，但例外字也不少，說明莊三遇止流深臻曾攝字（高元音韻）在劍閣、南部縣相鄰山區分平翹的方言中讀平翹不定，無規律；莊三宕攝和止攝合口字（低元音韻），各點均為讀翹舌的比例更大，且香沉鎮、公興鎮、塗山村三點無例外的都讀翹舌，其他各點的例外字最多的為 2 個，說明莊三非遇止流深臻曾攝字（低元音韻），在劍閣、南部縣相鄰山區分平翹的方言中以讀翹舌為主。即莊三字在劍閣、南部縣相鄰山區分平翹方言中的分布，不完全符合「高元音韻前變平舌，低元音韻前變翹舌」（周及徐 2013a）的規律，但有這方面的趨勢，見圖 4.5：

圖 4.5　莊三讀平翹舌在高低元音韻前的占比分布柱狀圖

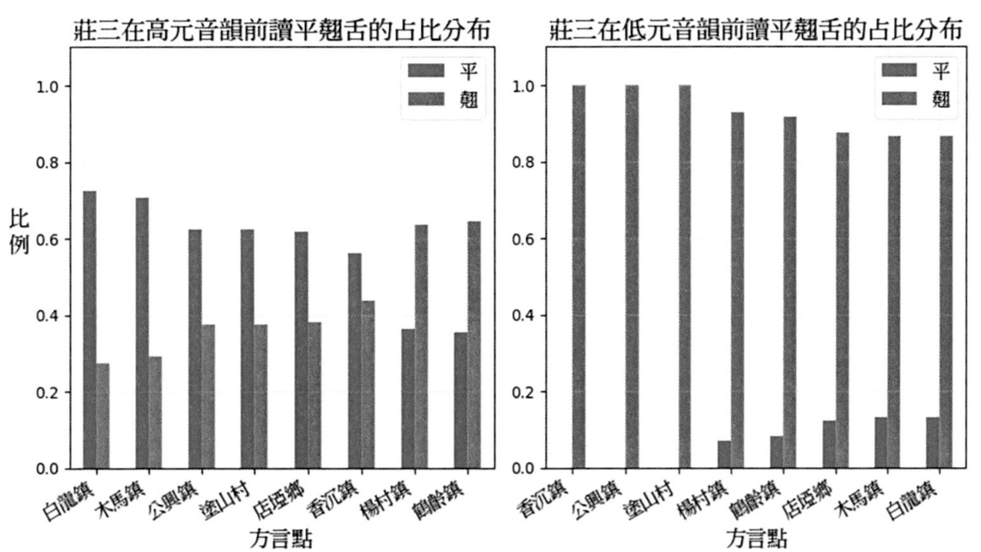


也就是說，劍閣、南部縣相鄰山區分平翹方言的知莊章組的分布主要為：一，知二、知三、章組字讀翹舌的 tʂ 組；二，莊二非梗攝字讀翹舌的 tʂ 組，梗攝字則讀平翹不定；三，莊三宕攝和止攝合口讀翹舌的 tʂ 組，遇止流深臻曾攝則讀平翹不定；四，知莊章組字以讀翹舌的 tʂ 組為主，其中知二、莊組部分字讀平翹不定，無一定規律。

熊正輝（1990）將分 ts tʂ 的北方官話歸納為濟南、昌徐、南京三種基本類型：「（一）濟南型，以濟南話為代表。濟南型知莊章三組字今全讀 tʂ 組聲母，沒有例外……（二）昌徐型，以昌黎話和徐州話為代表。昌徐型今讀開口呼的字，知組二等讀 ts 組，三等讀 tʂ 組，莊組全讀 ts 組；章組除止攝開口三等讀 ts 組，其他全讀 tʂ 組……（三）南京型，以南京話為代表。南京型莊組三等的字除了止攝合口和宕攝讀 tʂ 組，其他全讀 ts 組；其他知莊章組字除了梗攝二等讀 ts 組，其他全讀 tʂ 組。」周及徐（2013a）指出四川自貢、西昌、宜賓話與南京型比較接近，但也有自己的特徵。通過上述對劍閣、南部縣相鄰山區分 ts tʂ 的方言的分析可知，劍閣、南部縣相鄰山區分 ts tʂ 的方言與濟南型、昌徐型或南京型都存在差異，並且與四川西南地區的 ts tʂ 分布類型也不接近。相比較而言其與南京型存在著一定的聯繫，是否為南京型的某個變體，有待進一步分析與研究。

### 4.1.3　古泥來母今讀

《四川方言調查報告》（楊時逢 1984）收 134 個方言點，將四川方言分為四區。報告稱第一區有部分方言點（如成都、南充、名山等）泥來母在洪音前混讀，在細音前還區分；第二、三、四區的方言點（如灌縣、江津、井研、遂寧等）泥來母無論洪細均混。又《四川方言音系》（郝錫炯、甄尚靈、陳紹齡 1960）認為「四川話在開口合口兩呼韻母前不分 nl」，「但是在齊齒撮口兩呼韻母前，情況就比較複雜」，分甲乙丙三派，甲派分 n ȵ，乙派不分 n ȵ（有 ȵ，其中 n ȵ 都包含有來泥疑母字），丙派也不分 n ȵ（無 ȵ，其中 n 僅含來母字，泥疑母字念零聲母）。孫越川（2011）指出「四川西南官話中的泥來母並不是簡單的自由變體混讀，而是存在複雜的演變分布」。周及徐（2012b）指出「（川西南路話、瀘州、成都）泥來母一、二等字相混，三、四等字區分，形成 l-/n-與 ȵ-對立」，即「泥來母洪混細分」。以上研究報告均指出古泥來母今讀，在四川並不是簡單的相混，而是有其自身的分混規律。本節即探討劍閣、南部縣相鄰山區方言的古泥來母今讀分混情況。

表 4.5　劍閣、南部縣相鄰山區方言古泥來母今讀例字表

| 方言點 | 例字 | | | | | | | | | |
|---|---|---|---|---|---|---|---|---|---|---|
| | 鑼 | 腦 | 藍 | 難 | 呂 | 女 | 連 | 年 | 亮 | 娘 |
| | 來歌 | 泥晧 | 來談 | 泥寒 | 來語 | 泥語 | 來仙 | 泥先 | 來漾 | 泥陽 |
| 木馬鎮 | nu2 | nau3 | naŋ2 | naŋ2 | niu3 | ȵiu3 | niɛn2 | ȵiɛn2 | niaŋ4 | ȵiaŋ2 |
| 鶴齡鎮 | no2 | nau3 | naŋ2 | naŋ2 | ny3 | ȵy3 | niɛn2 | ȵiɛn2 | niaŋ4 | ȵiaŋ2 |
| 楊村鎮 | nu2 | nau3 | naŋ2 | naŋ2 | ny3 | ȵy3 | niɛn2 | ȵiɛn2 | niaŋ4 | ȵiaŋ2 |
| 白龍鎮 | nu2 | nɔ3 | naŋ2 | naŋ2 | nuei3 | ȵiu3 | nie2 | ȵie2 | niaŋ4 | ȵiaŋ2 |
| 香沉鎮 | no2 | nau3 | naŋ2 | naŋ2 | ny3 | ȵy3 | nie2 | ȵie2 | niaŋ4 | ȵiaŋ2 |
| 公興鎮 | nu2 | nau3 | naŋ2 | naŋ2 | ny3 | ȵy3 | nie2 | ȵie2 | niaŋ4 | ȵiaŋ2 |
| 塗山村 | nu2 | nau3 | naŋ2 | naŋ2 | ny3 | ȵy3 | nie2 | ȵie2 | niaŋ4 | ȵiaŋ2 |
| 蘇維村 | nu2 | nau3 | naŋ2 | naŋ2 | ny3 | tɕy3 | nie2 | tɕie2 | niaŋ4 | tɕiaŋ2 |
| 雙峰鄉 | no2 | nau3 | naŋ2 | naŋ2 | niu3 | ȵiu3 | niɛn2 | ȵiɛn2 | niaŋ4 | ȵiaŋ2 |
| 西河鄉 | no2 | nau3 | naŋ2 | naŋ2 | niu3 | ȵiu3 | niɛn2 | ȵiɛn2 | niaŋ4 | ȵiaŋ2 |
| 店埡鄉 | no2 | nau3 | naŋ2 | naŋ2 | niu3 | ȵiu3 | niɛn2 | ȵiɛn2 | niaŋ4 | ȵiaŋ2 |
| 鐵鞭鄉 | no2 | nau3 | nan2 | nan2 | nu3 | ȵiu3 | niɛn2 | ȵiɛn2 | niaŋ4 | ȵiaŋ2 |
| 保城鄉 | no2 | nau3 | nan2 | nan2 | nu3 | ȵʑiu3 | niɛn2 | ȵʑiɛn2 | niaŋ4 | ȵʑiaŋ2 |
| 成都市 | no2 | nau3 | nan2 | nan2 | ny3 | ȵy3 | niɛn2 | ȵiɛn2 | niaŋ4 | ȵiaŋ2 |

孫越川（2011）將四川方言泥來母分合情況分為四類，表解如下：

|  | 洪　音 | 細　音 |  |
|---|---|---|---|
|  |  | 齊齒呼 | 撮口呼 |
| 一 | 泥來母混讀為 l | 泥來母混讀為 l | 泥來母混讀為 l |
|  | 泥來母混讀為 n | 泥來母混讀為 n | 泥來母混讀為 n |
| 二 | 泥來母混讀為 n/l | 來母混讀為 n/l，<br>泥母讀 ȵ | 來母混讀為 n/l，<br>泥母讀 ȵ |
|  | 泥來母混讀為 n/l | 來母混讀為 n/l，<br>泥母讀∅ | 來母混讀為 n/l，<br>泥母讀∅ |
| 三 | 泥來母混讀為 n/l | 泥來母混讀為 n/l | 來母混讀為 n/l，<br>泥母讀 ȵ |
| 四 | 泥來母混讀為 n/l | 來母混讀為 n/l，<br>泥母讀 ȵ | 泥來母混讀為 n/l |

結合表 4.5 可知：

一、劍閣、南部縣相鄰山區方言中，除了蘇維村外，其餘各點都符合第二類的第一小類，即泥來母在洪音前全混為 n，而在細音前則分為 n ȵ。其中保城鄉的 ȵʑ 實際可看作 ȵ 的一種變體，ȵʑ、ȵ 在保城鄉音系中不構成對立。

二、蘇維村的泥來母在洪音前全混為 n，無音位對立；在細音前則有音位對立，表現為來母讀 n 泥母讀 tɕ，即連 nie2≠年 tɕie2。

蘇維村的分混類型，在以往的四川方言調查研究中尚未見報告，為新發現。又何治春（2017）報告了蒼溪喚馬鎮在細音前「泥母字系統讀舌面後鼻音 ŋ（ȵ）」。因此我們將孫越川（2011）的四個分類中的第二類進行補充，如下表：

|  | 洪　音 | 細　音 |  |
|---|---|---|---|
|  |  | 齊齒呼 | 撮口呼 |
| 一 | 泥來母混讀為 l | 泥來母混讀為 l | 泥來母混讀為 l |
|  | 泥來母混讀為 n | 泥來母混讀為 n | 泥來母混讀為 n |
| 二 | 泥來母混讀為 n/l | 來母混讀為 n/l，<br>泥母讀 ȵ | 來母混讀為 n/l，<br>泥母讀 ȵ |
|  | 泥來母混讀為 n/l | 來母混讀為 n/l，<br>泥母讀∅ | 來母混讀為 n/l，<br>泥母讀∅ |
|  | 泥來母混讀為 n/l | 來母混讀為 n/l，<br>泥母讀 ŋ | 來母混讀為 n/l，<br>泥母讀 ŋ |
|  | **泥來母混讀為 n/l** | **來母混讀為 n/l，<br>泥母讀 tɕ** | **來母混讀為 n/l，<br>泥母讀 tɕ** |

| 三 | 泥來母混讀為 n/l | 泥來母混讀為 n/l | 來母混讀為 n/l，<br>泥母讀 ȵ |
|---|---|---|---|
| 四 | 泥來母混讀為 n/l | 來母混讀為 n/l，<br>泥母讀 ȵ | 泥來母混讀為 n/l |

## 4.1.4 古微母今讀

表 4.6 劍閣、南部縣相鄰山區方言古微母今讀例字表

| 方言點 | 例字 | | | | | | | | | |
|---|---|---|---|---|---|---|---|---|---|---|
| | 武 | 霧 | 尾 | 味 | 問 | 物 | 晚 | 襪 | 網 | 望 |
| | 微麌 | 微遇 | 微尾 | 微未 | 微問 | 微物 | 微阮 | 微月 | 微養 | 微漾 |
| 木馬鎮 | u3 | u4 | uei3 | uei4 | ven4 | u5 | uan3 | vʌ5 | uaŋ3 | uaŋ4 |
| 鶴齡鎮 | u3 | u4 | uei3<br>i3 | uei4 | men4 | u5 | vaŋ3 | ua5 | uaŋ3 | uaŋ4 |
| 楊村鎮 | u3 | u4 | uei3 | uei4 | uən4 | u5 | uan3 | vʌ5 | uaŋ3 | uaŋ4 |
| 白龍鎮 | vu3 | vu4 | uei3 | vei4 | ven4 | vu5 | uan3 | vʌ5 | uaŋ3 | uaŋ4 |
| 香沉鎮 | u3 | u4 | uei3 | uei4 | uən4 | u5 | uan3 | ua5 | uaŋ3 | uaŋ4 |
| 公興鎮 | u3 | u4 | i3 | vei4 | ven4 | væ5 | uan3 | vʌ5 | uaŋ3 | uaŋ4 |
| 塗山村 | u3 | u4 | i3 | uei4 | uən4 | u5 | uan3 | ua5 | uaŋ3 | uaŋ4 |
| 蘇維村 | u3 | u4 | uei3<br>i3 | vei4 | uən4 | u5 | uaŋ3 | ua5 | uaŋ3 | uaŋ4 |
| 雙峰鄉 | vu3 | vu4 | uei3<br>i3 | uei4 | uən4 | u5 | uaŋ3 | ua5 | uaŋ3 | uaŋ4 |
| 西河鄉 | vu3 | vu4 | uei3<br>i3 | uei4 | uən4 | o5 | uaŋ3 | ua5 | uaŋ3 | uaŋ4 |
| 店埡鄉 | vu3 | vu4 | uei3<br>i3 | vei4 | ven4 | o5u5 | uan3 | vʌ5<br>ua5 | uaŋ3 | ŋuaŋ4 |
| 鐵鞭鄉 | vu3 | vu4 | uei3<br>i3 | uei4 | uən4 | u5 | uan3 | ua5 | uaŋ3 | uaŋ4 |
| 保城鄉 | vu3 | vu4 | uei3<br>ʐʅ3 | uei4 | uən4 | vu5 | uan3 | ua5 | uaŋ3 | uaŋ4 |
| 成都市 | vu3 | vu4 | uei3 | uei4 | uən4 | vu2<br>o2 | uan3 | ua2 | uaŋ3 | uaŋ4 |

劍閣、南部縣相鄰山區方言古微母今有 v、∅、ʐ、m 和 ŋ 五讀，其分布情況為：

一、成都點微母在陰聲韻單元音韻母-u 前讀 v，其餘都讀零聲母。劍閣、南部縣相鄰山區方言中，只有保城鄉與成都點表現一致。這是 u 元音擦化的結果，鄭張尚芳（2017）在分析方言元音推移後續類型時，於「（甲）不裂化音的繼續高化」條下列「擦化」小條，並舉例「u→ʋ→v̩ 溫州『烏侮伏』」，雖然例

子為溫州方言，但該演變類型是一致的。

二、香沉鎮和塗山鄉塗山村兩個點，微母統一讀零聲母。

三、其餘各點微母讀 v 的分布總的來說比較離散，無一定規律，比如楊村鎮只有一個「襪」字讀 v，鶴齡鎮只有一個「晚」字讀 v 等。

四、鶴齡鎮「問」字讀 men4，為音變滯後導致的存古現象。微母是中古後期從明母分化出來的，其中古構擬音為 ɱ，明母中古構擬音為 m，因此現代漢語方言中微母仍然讀 m，當是音變滯後的結果。

五、店埡鄉的「望」讀 ŋuaŋ4，即微母讀 ŋ。據調查，店埡鄉微母讀 ŋ，即此一字。從其出現在韻母-uaŋ 音節中來看，我們推測此處的 ŋ-聲母與古微母的歷史演變無關，應是受-ŋ 韻尾的同化作用增生的，是一種語流音變的結果。

六、保城鄉除了讀 v、∅外，還有一個 ʐ 讀音。該 ʐ 讀音主要分布在單元音韻母音節中，如韻母 ʅ。下文在討論古影母三、四等今讀和古云以母今讀時，我們指出在保城鄉影、云、以母都有 ʐ 的讀音，其中影母：ʔi>hi/ɦi>ɕi/ʑi>ʐʅ；云母：ɦi>ɕi/ʑi>ʐʅ；以母：ji>ɕi/ʑi>ʐʅ。（見 4.1.5.2、4.1.6）那麼保城鄉微母是否也有類似的演變呢？據分析，保城鄉微母讀 ʐ，不太像是歷史演變的結果，而更像是類推的結果。依據如下：（一）據調查，保城鄉微母讀 ʐ，只「尾」一字，為孤立現象，不具備規律性；（二）微母中古音 ɱ，為唇音，離翹舌音 ʐ 較遠；（三）由於影、云、以母在保城鄉中與-i 韻母相拼時，基本都讀了 ʐʅ，即保城鄉讀∅i 音節的字基本沒有，有個別都是受外界影響而產生的，亦即當微母零聲母化為∅i 音節後就立即向 ʐʅ 音節看齊，並類推讀為 ʐʅ。

## 4.1.5 古影疑母今讀

### 4.1.5.1 古影疑母開口一、二等今讀

表 4.7 劍閣、南部縣相鄰山區方言古影疑母開口一、二等今讀例字表

| 方言點 | 例字 | | | | | | | | | |
|---|---|---|---|---|---|---|---|---|---|---|
| | 愛 | 啞 | 我 | 牙 | 矮 | 岩 | 歐 | 咬 | 惡 | 眼 |
| | 影代 | 影馬 | 疑哿 | 疑麻 | 影蟹 | 疑銜 | 影厚 | 疑巧 | 影鐸 | 疑產 |
| 木馬鎮 | ŋai4 | ia3 | ŋo3 | ia2 | ŋai3 | ŋai2 | ŋəu1 | ŋ̡iau3 | ŋʊ5 | ŋ̡iɛn3 |
| 鶴齡鎮 | ŋai4 | ia3 | ŋo3 | ia2 | ŋai3 | ŋai2 | ŋəu1 | ŋ̡iau3 | ŋo5 | ŋ̡iɛn3 |
| 楊村鎮 | ŋai4 | ia3 | ŋo3 | ia2 | ŋai3 | ŋai2 | ŋəu1 | ŋ̡iau3 | ŋo5 | ŋ̡iɛn3 |

| 白龍鎮 | ŋai4 | ia3 | ŋo3 | ia2 | ŋai3 | ŋai2 | ŋəu1 | ȵiɔ3 | ŋo5 | ȵie3 |
|---|---|---|---|---|---|---|---|---|---|---|
| 香沉鎮 | ŋai4 | ia3 | o3 | ia2 | ŋai3 | ŋai2 | ŋəu1 | ȵiau3 | ŋo5 | ȵie3 |
| 公興鎮 | ŋai4 | ia3 | u3 | ia2 | ŋai3 | ŋai2 | ŋəu1 | ȵiau3 | ŋo5 | ȵie3 |
| 塗山村 | ŋai4 | ia3 | u3 | ia2 | ŋai3 | ŋai2 | ŋəu1 | ȵiau3 | ŋo5 | ȵie3 |
| 蘇維村 | kai4 | ia3 | o3 | ia2 | kai3 | kai2 | kəu1 | ȵiau3 | ko5 | tɕie3 |
| 雙峰鄉 | ŋai4 | ia3 | ŋo3 | ia2 | ŋai3 | ŋai2 | ȵiəu1 | ȵiau3 | ŋo5 | ȵiɛn3 |
| 西河鄉 | ŋai4 | ia3 | ŋo3 | ia2 | ŋai3 | ŋai2 | ŋəu1 | ȵiau3 | ŋo5 | ȵiɛn3 |
| 店埡鄉 | ŋai4 | ia3 | ŋo3 | ia2 | ŋai3 | ŋai2 | ȵiəu1 | ȵiau3 | ŋo5 | iɛn3 |
| 鐵鞭鄉 | ai4 | ia3 | o3 | ia2 | ŋai3 | ŋai2 | əu1 | ȵiau3 | ŋɤ5 | ȵiɛn3 |
| 保城鄉 | ŋai4 | ia3 | ŋo3 | ia2 | ŋai3 | ŋai2 | ŋəu1 | ȵʑiau3 | ŋo5 | ȵʑiɛn3 |
| 成都市 | ŋai4 | ia3 | ŋo3 | ia2 | ŋai3 | ŋai2<br>iɛn2 | ŋəu1 | ŋau3<br>ȵiau3 | ŋo2 | iɛn3 |

劍閣、南部縣相鄰山區方言古影疑母開口一、二等今有∅、ȵ、ȵʑ、ŋ、k、tɕ六讀，其分布情況為：

一、除蘇維村，劍閣、南部縣相鄰山區方言古影疑母今有∅、ȵ、ȵʑ、ŋ 四讀（其中保城鄉的 ȵʑ 可看作 ȵ 的變體，實際為∅、ȵ/ȵʑ、ŋ 三讀）。一等讀 ŋ 為主，少數例外，如香沉鎮、公興鎮、塗山村、鐵鞭鄉部分一等字讀零聲母∅，又雙峰鄉和店埡鄉「歐」字讀 ȵ。二等疑母字有∅、ȵ/ȵʑ、ŋ 三讀，其中洪音讀 ŋ，細音讀∅、ȵ/ȵʑ；二等影母字有∅、ŋ 兩讀，洪音讀 ŋ，細音讀∅，無 ȵ/ȵʑ 一讀。影疑母今讀分布存在較大的一致性，又影母開口一、二等今讀大多都同於疑母，即影母開口一、二等的歷史演變中有ʔ>ŋ 這樣一個過程。據此可將劍閣、南部縣相鄰山區方言（除蘇維村外）古影疑母開口一、二等的音變鏈描述如下：

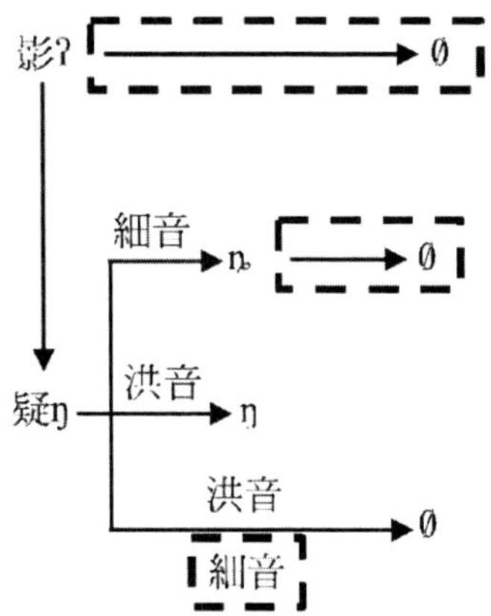


二、雙峰鄉和店埡鄉「歐」字讀 ȵ，當是後期的變化。趙雯（2011）報告了鹽亭方言「流攝見組一等字舌根音聲母與-i-介音拼讀的現象」，同時指出「（該

現象）江蘇南部、浙江、江西南部等地均有分布」，認為「i 介音的產生是元音裂變的結果，故此類一等韻帶介音的現象也稱為元音裂化」。麥耘（2013）指出：「軟齶輔音與硬齶過渡音具有親和性，例如在 k-等聲母後面衍生-i-介音比其他聲母更常見」，並用語音實驗證明「從軟齶輔音到元音之間的自然過渡音是-ɨ-。軟齶聲母與-i-介音的紐帶正是-ɨ-，即自然的過渡音轉化成介音。」即是說流攝一等字的-i-介音，不管是元音裂變的結果，還是從軟齶輔音到元音之間產生的自然過渡音的結果，其產生都是後期增生的，亦即雙峰鄉、店埡鄉的「歐」ȵiəu1，並不是簡單的由影母ʔ一步到位變來的，而是經歷了這樣一個演化過程：ʔəu>ŋəu>（ŋɨəu>）ŋiəu>ȵiəu。

三、k、tɕ 二讀只在蘇維村出現。蘇維村古影疑母今讀∅、k、tɕ，其中∅、k 一、二等均有；tɕ 主要出現在二等細音前。見系二等齶化是漢語方言的普遍現象，中古二等韻有介音 ɣ/ɯ，即 kɣ-/kɯ->ki->tɕi-。蘇維村古影疑母開口一、二等的音變鏈可描述如下：

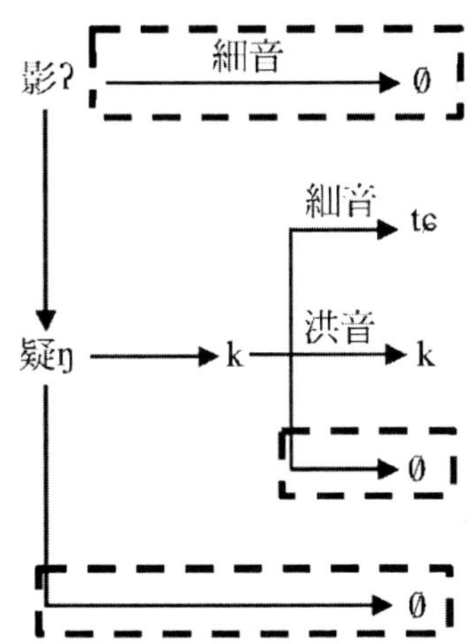


又，蘇維村古影疑母讀 tɕi-，可與其泥來母、見母等的今讀情況結合來看，詳細見後面的討論。

#### 4.1.5.2　古影疑母開口三、四等今讀

表 4.8　劍閣、南部縣相鄰山區方言古影疑母開口三、四等今讀例字表

| 方言點 | 例字 | | | | | | | | | |
|---|---|---|---|---|---|---|---|---|---|---|
| | 迎 | 藝 | 意 | 腰 | 牛 | 優 | 業 | 厭 | 言 | 煙 |
| | 疑庚 | 疑祭 | 影志 | 影宵 | 疑尤 | 影尤 | 疑業 | 影豔 | 疑元 | 影先 |
| 木馬鎮 | yn2 | i4 | i4 | iau1 | ȵiəu2 | iəu1 | ȵie5 | iɛn4 | iɛn2 | iɛn1 |

| 鶴齡鎮 | in2 | i4 | i4 | iau1 | ȵiəu2 | iəu1 | ȵie5 | iɛn4 | iɛn2 | iɛn1 |
|---|---|---|---|---|---|---|---|---|---|---|
| 楊村鎮 | in2 | i4 | i4 | iau1 | ȵiəu2 | iəu1 | ȵie5 | iɛn4 | iɛn2 | iɛn1 |
| 白龍鎮 | in2 | i4 | i4 | iɔ1 | ŋiəu2 | iəu1 | ȵie5 | ie4 | ie2 | ie1 |
| 香沉鎮 | in2 | i4 | i4 | iau1 | ȵiəu2 | iəu1 | ȵie5 | ie4 | ie2 | ie1 |
| 公興鎮 | in2 | i4 | i4 | iau1 | ȵiu2 | iu1 | ȵiæ5 | ie4 | ie2 | ie1 |
| 塗山村 | in2 | i4 | i4 | iau1 | ȵiəu2 | iəu1 | ȵie5 | ie4 | ie2 | ie1 |
| 蘇維村 | in2 | i4 | i4 | iau1 | tɕiəu2 | iəu1 | tɕie5 | ie4 | ie2 | ie1 |
| 雙峰鄉 | in2 | i4 | i4 | iau1 | ȵiəu2 | iəu1 | e5 | iɛn4 | iɛn2 | iɛn1 |
| 西河鄉 | in2 | i4 | i4 | iau1 | ȵiəu2 | iəu1 | ȵie5 | iɛn4 | iɛn2 | iɛn1 |
| 店埡鄉 | in2 | i4 | i4 | iau1 | ȵiəu2 | iəu1 | ȵie5 | iɛn4 | iɛn2 | iɛn1 |
| 鐵鞭鄉 | in2 | i4 | i4 | iau1 | ȵiəu2 | iəu1 | ȵi5 | iɛn4 | iɛn2 | iɛn1 |
| 保城鄉 | in2 | tʂʅ4 | ʐʅ4 | iau1 | ȵʑiəu2 | iəu1 | ȵʑie5 | iɛn4 | iɛn2 | iɛn1 |
| 成都市 | in2 | ȵi4<br>i4 新 | i4 | iau1 | ȵiəu2 | iəu1 | ȵie2 | iɛn4 | iɛn2 | iɛn1 |

劍閣、南部縣相鄰山區方言古影疑母開口三、四等今有∅、ȵ、ȵʑ、ŋ、tɕ、tʂ、ʐ七讀，其分布情況為：

一、木馬鎮、鶴齡鎮、楊村鎮、香沉鎮、公興鎮、塗山村、雙峰鄉、西河鄉、店埡鄉和鐵鞭鄉古影疑母開口三、四等主要讀∅、ȵ兩個聲母，其中影母全部讀∅聲母；疑母則∅、ȵ兩讀，無一定規律。

二、白龍鎮古影疑母開口三、四等主要讀∅、ŋ、ȵ三個聲母，其中影母全部讀∅聲母；疑母則∅、ŋ、ȵ三讀。疑母的中古音為 ŋ，即疑母讀 ȵ是後期演變產生的，亦即疑母三、四等（細音）有：ŋi->ȵi-這樣一個演變過程。白龍鎮疑母三、四等現有 ŋ、ȵ兩讀，即說明白龍鎮疑母三、四等的 ŋi->ȵi-這一演變過程尚未徹底完成，而是正處在這個過程中的某個階段。在這一點上，相對於其他鄉鎮，白龍鎮的語音演變相對滯後。

三、蘇維村古影疑母開口三、四等主要讀∅、tɕ 兩個聲母，其中影母全部讀∅聲母；疑母則∅、tɕ 兩讀。在討論古影疑母開口一、二等時，我們分析了蘇維村疑母的音變過程：ŋ->k-，ki->tɕi-。（見 4.1.5.1 的討論）三、四等字今讀細音，即蘇維村古疑母開口三、四等今讀表現與其開口二等一致，茲不贅述。

四、保城鄉古影疑母開口三、四等主要讀∅、ȵʑ、tʂ、ʐ四個聲母，其中影母有∅、ʐ兩讀；疑母則∅、ȵʑ、tʂ 三讀。先說影母，保城鄉影母開口三、四等讀 ʐ 主要在其韻母為單元音韻母時，如韻母 ʅ；其餘韻母前則讀∅。再說疑母，保城鄉疑母開口三、四等讀 tʂ 主要在其韻母為單元音韻母時，如韻母 ʅ；其餘韻母前∅、ȵʑ 兩讀，無一定規律。

通過比較，保城鄉古影疑母開口三、四等今讀 ʐ、tʂ 的字在其他幾個點中均讀零聲母的 i。從蘇維村我們知道疑母 ŋ-可以向見母 k-演變，又 ki-可齶化為 tɕi-。漢語中古音的章組今讀翹舌音，即是由 tɕ 組變 tʂ 組，因此我們認為保城鄉疑母開口三、四等的 tʂ 即是由 tɕ 演變而來的。即疑母：ŋi>ki>tɕi>tʂʅ。古影母則可向曉 h/匣母 ɦ 演變，比如影母「穢」，今普通話讀入曉匣母，又 hi/ɦi>ɕi/ʑi，同樣可類比漢語中古音的章組今讀翹舌音，則古影母：ʔi>hi/ɦi>ɕi/ʑi>ʐʅ。

#### 4.1.5.3 古影疑母合口一、二、三、四等今讀

表 4.9 劍閣、南部縣相鄰山區方言古影疑母合口一、二、三、四等今讀例字表

| 方言點 | 例字 | | | | | | | |
|---|---|---|---|---|---|---|---|---|
| | 烏 | 汪 | 挖 | 冤 | 淵 | 吳 | 瓦 | 危 |
| | 影模平 | 影唐平 | 影鎋入 | 影元平 | 影先平 | 疑模平 | 疑馬上 | 疑支平 |
| 木馬鎮 | u1 | uaŋ1 | ua1 | yɛn1 | yɛn1 | u2 | ua3 | uei2 |
| 鶴齡鎮 | u1 | uaŋ1 | ua1 | yɛn1 | yɛn1 | u2 | ua3<br>ua4 | uei2 |
| 楊村鎮 | u1 | uaŋ1 | ua1 | yɛn1 | yɛn1 | u2 | ua3 | uei2 |
| 白龍鎮 | u1 | uaŋ1 | ua1 | ye1 | ye1 | u2 | ua3 | uei2 |
| 香沉鎮 | u1 | uaŋ1 | ua1 | ye1 | — | u2 | ua3 | uei2 |
| 公興鎮 | u1 | uaŋ1 | ua1 | ye1 | — | u2 | ua3 | uei2 |
| 塗山村 | u1 | uaŋ1 | ua1 | ye1 | — | u2 | ua3 | uei2 |
| 蘇維村 | u1 | uaŋ1 | ua1 | ye1 | — | u2 | ua3 | uei2 |
| 雙峰鄉 | vu1 | uaŋ1 | ua1 | yɛn1 | yɛn1 | vu2 | ua3 | uei2 |
| 西河鄉 | vu1 | uaŋ1 | ua1 | yɛn1 | yɛn1 | vu2 | ua3 | uei2 |
| 店埡鄉 | vu1 | ŋuaŋ1 | ua1 | yɛn1 | yɛn1 | vu2 | ŋua3<br>ua3 | uei2 |
| 鐵鞭鄉 | vu1 | uaŋ1 | ua1 | yɛn1 | yɛn1 | vu2 | ua3 | uei2 |
| 保城鄉 | vu1 | uaŋ1 | ua1 | yɛn1 | yɛn1 | vu2 | ua3<br>ua4 | uei2 |
| 成都市 | vu1 | uaŋ1 | ua1 | yɛn1 | yɛn1 | vu2 | ua3<br>ua4 | uei2 |

劍閣、南部縣相鄰山區方言古影疑母合口一、二、三、四等今有Ø、v、ŋ 三讀，其分布情況為：

一、木馬鎮、鶴齡鎮、楊村鎮、白龍鎮、香沉鎮、公興鎮、塗山鄉塗山村和塗山鄉蘇維村的古影疑母合口一、二、三、四等今讀Ø聲母，無例外。

二、雙峰鄉、西河鄉、店埡鄉、鐵鞭鄉和保城鄉古影疑母合口一、二、三、四等，在單韻母-u 前讀 v 聲母，在其他韻母前讀Ø聲母。據前文的音系說明可知：這些點的「零聲母的 u 韻母音節開頭帶有明顯的唇齒濁擦音 v，與其他合口呼零聲母韻的音節有明顯的不同，其中有的音節沒有除阻，成為自成音節的 v̩」。即 v 聲母一讀是零聲母在 u 韻母前擦化（鄭張尚芳 2017）而來的，亦即：ʔu/ŋu> Øu> vu。

三、店埡鄉的「汪」ŋuaŋ1，即古影母合口讀 ŋ-。上文在討論影母開口一、二等今讀時，我們得到「影母開口一、二等今讀大多都同於疑母，即影母開口一、二等的歷史演變中有ʔ->ŋ-這樣一個過程」的結論。（見 4.1.5.1）這裡進一步可以得知影母讀同於疑母（ʔ->ŋ-）不僅在開口有，合口也有。亦即影母讀入疑母（ʔ->ŋ-），在劍閣、南部縣相鄰山區方言的某個歷史時期當是普遍現象。又店埡鄉的「瓦」有 ŋua3、ua3 兩讀，即古疑母合口今讀 ŋ-或Ø-聲母，亦即店埡鄉古疑母合口正處在 ŋ-> Ø-的過程中。

## 4.1.6 古云以母今讀

表 4.10 劍閣、南部縣相鄰山區方言古云以母今讀例字表

| 方言點 | 例字 | | | | | | | | | |
|---|---|---|---|---|---|---|---|---|---|---|
| | 王 | 雨 | 永 | 衛 | 越 | 爺 | 余 | 移 | 油 | 育 |
| | 云陽 | 云麌 | 云梗 | 云祭 | 云月 | 以麻 | 以魚 | 以支 | 以尤 | 以屋 |
| 木馬鎮 | uaŋ2 | iu3 | yn3 | uei4 | yi5 | i5 | iu2 | i2 | iəu2 | iʊ5 |
| 鶴齡鎮 | uaŋ2 | y3 | yn3 | uei4 | ye5 | i2 | y2 | i5 | iəu2 | io5 |
| 楊村鎮 | uaŋ2 | y3 | yn3 | uei4 | ye5 | i2 | y2 | i2 | iəu2 | io5 |
| 白龍鎮 | uaŋ2 | yu3 | yn3 | uei4 | ye5 | i2 | yu2 | i5 | iu2 | iu5 |
| 香沉鎮 | uaŋ2 | y3 | yn3 | uei4 | ye5 | i2 | y2 | i2 | iəu2 | iəu5 |
| 公興鎮 | uaŋ2 | y3 | yn3 | uei4 | yæ5 | i2 | y2 | i5 | iu2 | y5 |
| 塗山村 | uaŋ2 | y3 | yn3 | uei4 | ye5 | i2 | y2 | i2 | iəu2 | iu5 |
| 蘇維村 | uaŋ2 | y3 | yn3 | uei4 | ye5 | i2 | y2 | i5 | iəu2 | iu5 |

| 雙峰鄉 | uaŋ2 | iu3 | yn3 | uei4 | ye5 | i2 | iu2 | i2 | iəu2 | io5 |
|---|---|---|---|---|---|---|---|---|---|---|
| 西河鄉 | uaŋ2 | iu3 | yn3 | uei4 | ye5 | i2 | iu2 | i2 | iəu2 | io5 |
| 店埡鄉 | ŋuaŋ2 | y3 | yn3 | uei4 | ye5 | i2 | y2 | i2 | iəu2 | io5 |
| 鐵鞭鄉 | uaŋ2 | iu3 | yn3 | uei4 | ye5 | i2 | iu2 | i2 | iəu2 | io5 |
| 保城鄉 | uaŋ2 | iu3 | yn3 | uei4 | ye5 | i2 | iu2 | ʐʅ2 | iəu2 | io5 |
| 成都市 | uaŋ2 | y3 | yn3<br>ioŋ3 新 | uei4 | ye2 | ie2 | y2 | i2 | iəu2 | io2<br>y2 新 |

總的來說，劍閣、南部縣相鄰山區方言各點古云以母，除少數例外字，如「雄熊」「銳孕」等，今讀以零聲母∅為主。

店埡鄉的「王」讀 ŋuaŋ2，即云母讀 ŋ。據調查，云母字中店埡鄉還有一個「旺」字的聲母也讀 ŋ。即店埡鄉的云母讀 ŋ，只出現在韻母 uaŋ 音節中。這種分布十分單一，且不普遍，因此聲母 ŋ-當與古云母的歷史演變無關，而當是受 -ŋ 韻尾的同化作用增生的，是一種語流音變的結果。

保城鄉古云以母除了讀零聲母外，在其他點讀單韻母 i 的音節中讀 ʐ 聲母，如云母的「矣」ʐʅ3、以母的「移」ʐʅ2 等。在討論古影疑母今讀時，我們指出保城鄉古影母的演變過程為：ʔi>hi/ɦi>ɕi/ʑi>ʐʅ。（見 4.1.5.2）云母的中古構擬音為 ɦ，即云母：ɦi>ɕi/ʑi>ʐʅ。以母的中古構擬音為 j，j 擦化即為 ɕi/ʑi，即以母：ji>ɕi/ʑi>ʐʅ。

### 4.1.7 古日母今讀

表 4.11　劍閣、南部縣相鄰山區方言古日母今讀例字表

| 方言點 | 例字 | | | | | | | | |
|---|---|---|---|---|---|---|---|---|---|
| | 如 | 兒 | 二 | 耳 | 繞 | 軟 | 讓 | 熱 | 肉 |
| | 日魚平 | 日支平 | 日至去 | 日止上 | 日笑去 | 日獮上 | 日漾去 | 日薛入 | 日屋入 |
| 木馬鎮 | ʐu2 | ɚ2 | ɚ4 | ɚ3 | ʐau3 | ʐuan3 | ʐaŋ4 | ʐe5 | ʐʊ5 |
| 鶴齡鎮 | ʐu2 | ɚ2 | ɚ4 | ɚ3 | ʐau3 | zuan3 | zaŋ4 | ʐe5 | zəu4 |
| 楊村鎮 | ʐu2 | ɚ2 | ɚ4 | ɚ3 | ʐau3 | ʐuan3 | ʐaŋ4 | ʐe5 | ʐəu4 |
| 白龍鎮 | ʐu2 | ɚ2 | ɚ4 | ɚ3 | ʐɔ3 | ʐuan3 | ʐaŋ4 | ʐe5 | ʐu5 |
| 香沉鎮 | ʐu2 | ɚ2 | ɚ4 | ɚ3 | ʐau3 | ʐuan3 | ʐaŋ4 | ʐʌ5 | ʐəu4<br>ʐu5 |
| 公興鎮 | ʐu2 | ɚ2 | ɚ4 | ɚ3 | ʐau3 | ʐuan3 | ʐaŋ4 | ʐæ5 | ʐəu4 |
| 塗山村 | ʐu2 | ɚ2 | ɚ4 | ɚ3 | ʐau3 | ʐuan3 | ʐaŋ4 | ʐe5 | ʐəu4 |
| 蘇維村 | ʐu2 | ɚ2 | ɚ4 | ɚ3 | ʐau3 | ʐuaŋ3 | ʐaŋ4 | ʐe5 | ʐu5 |

| 雙峰鄉 | zu2 | ɚ2 | ɚ4 | ɚ3 | zau3 | zuan3 | zaŋ4 | ze5 | zu5<br>zəu4 |
|---|---|---|---|---|---|---|---|---|---|
| 西河鄉 | zu2 | ɚ2 | ɚ4 | ɚ3 | zau3 | zuaŋ3 | zaŋ4 | ze5 | zo5 |
| 店埡鄉 | ʐu2 | ɚ2 | ɚ4 | ɚ3 | ʐau3 | ʐuan3 | ʐaŋ4 | ʐe5 | ʐo5<br>ʐəu4 |
| 鐵鞭鄉 | zu2 | ɚ2 | ɚ4 | ɚ3 | zau3 | zuan3 | zaŋ4 | ze5 | zo5 |
| 保城鄉 | ʐu2 | ɚ2 | ɚ4 | ɚ3 | ʐau3 | ʐuan3 | ʐaŋ4 | ʐe5 | ʐəu4 |
| 成都市 | zu2 | ɚ2 | ɚ4 | ɚ3 | zau3<br>sau4 新 | zuan3 | zaŋ4 | ze2 | zəu4<br>zu2 舊 |

劍閣、南部縣相鄰山區方言古日母今有Ø、z、ʐ三讀，其分布情況為：

一、各點日母止攝都讀零聲母Ø，如上表中的「兒、二、耳」等。

二、除止攝外，日母讀 z 的點為雙峰鄉、西河鄉、鐵鞭鄉，該三點為不分平翹舌，並以讀平舌聲母為主的方言點，即整個音系中無翹舌音聲母。

三、除止攝外，日母讀 ʐ 的點為木馬鎮、楊村鎮、白龍鎮、香沉鎮、公興鎮、塗山鄉塗山村、塗山鄉蘇維村、店埡鄉和保城鄉 9 個。其中塗山鄉蘇維村和保城鄉兩點為不分平翹舌，並以讀翹舌聲母為主的方言點，即其整個音系中無平舌音聲母。其餘 7 個點均為分平翹舌的方言點。

四、除止攝外，日母有 z、ʐ 兩讀的點為鶴齡鎮。從音系上看，鶴齡鎮是分平翹的方言，但其在分平翹上又有部分已經混淆了。這說明鶴齡鎮分平翹的音系分布正在發生著改變，即逐漸向不分平翹演變。

## 4.1.8 古精組今讀

### 4.1.8.1 古精組聲母今洪音前的讀音

表 4.12 劍閣、南部縣相鄰山區方言古精組聲母今洪音前的讀音例字表

| 方言點 | 例字 | | | | | | | | |
|---|---|---|---|---|---|---|---|---|---|
| | 租 | 左 | 草 | 錯 | 絲 | 三 | 酸 | 層 | 隨 |
| | 精模平 | 精哿上 | 清晧上 | 清鐸入 | 心之平 | 心談平 | 心桓平 | 從登平 | 邪支平 |
| 木馬鎮 | tsu1 | tso3 | tshau3 | tsho4 | sɿ1 | saŋ1 | suan1 | tshen2 | suei2 |
| 鶴齡鎮 | tsu1 | tso3 | tshau3 | tsho4 | ʂʅ1 | ʂaŋ1 | suan1 | tshen2 | suei2 |
| 楊村鎮 | tsu1 | tso3 | tshau3 | tshu4 | sɿ1 | saŋ1 | suan1 | tshen2 | suei2 |
| 白龍鎮 | tsu1 | tsu3 | tshɔ3 | tshu4 | sɿ1 | saŋ1 | suan1 | tshen2 | suei2 |
| 香沉鎮 | tsu1 | tso3 | tshau3 | tsho4 | sɿ1 | saŋ1 | suan1 | tshen2 | suei2 |

| 公興鎮 | tsu1 | tsu3 | tshau3 | tsho4 | sɿ1 | saŋ1 | suan1 | tshen2 | suei2 |
|---|---|---|---|---|---|---|---|---|---|
| 塗山村 | tsu1 | tsu3 | tshau3 | tsho4 | sɿ1 | saŋ1 | suan1 | tshen2 | suei2 |
| 蘇維村 | tʂu1 | tʂu3 | tʂhau3 | tʂho4 | ʂʅ1 | ʂaŋ1 | ʂuaŋ1 | tʂhen2 | ʂuei2 |
| 雙峰鄉 | tsu1 | tso3 | tshau3 | tsho4 | sɿ1 | saŋ1 | suan1 | tshen2 | suei2 |
| 西河鄉 | tsu1 | tso3 | tshau3 | tsho4 | sɿ1 | saŋ1 | suaŋ1 | tshen2 | suei2 |
| 店埡鄉 | tsu1 | tso3 | tshau3 | tsho4 | sɿ1 | saŋ1 | suan1 | tshen2 | suei2 |
| 鐵鞭鄉 | tsu1 | tso3 | tshau3 | tsho4 | sɿ1 | san1 | suan1 | tshen2 | suei2 |
| 保城鄉 | tʂu1 | tʂo3 | tʂhau3 | tʂho4 | ʂʅ1 | ʂan1 | ʂuan1 | tʂhen2 | ʂuei2 |
| 成都市 | tsu1 | tso3 | tshau3 | tsho4 | sɿ1 | san1 | suan1 | tshen2 | suei2 |

劍閣、南部縣相鄰山區方言古精組聲母今洪音前讀音的分布如下：

一、今洪音前，劍閣、南部縣相鄰山區各方言點，除鶴齡點外的古精組聲母統一讀 ts-、tsh-、s-（音系不分平翹舌，以讀平舌音為主的方言點）或 tʂ-、tʂh-、ʂ-（音系不分平翹舌，以讀翹舌為主的方言點）。

二、鶴齡點的古精組聲母今洪音前平翹舌混讀。前文在討論鶴齡鎮古日母今讀的分布情況時指出「鶴齡鎮分平翹的音系分布正在發生著改變，即向不分平翹逐漸演變」。此處鶴齡點古精組聲母今洪音前平翹舌混讀的現象，即是這種演變過程的體現。這種正處在由分平翹向不分平翹演變過程中的方言，其平翹分布往往表現出無規律性，而且是平是翹也表現出不穩定性，即逐漸向自由變體發展，最後定型。

#### 4.1.8.2 古精組聲母今細音前的讀音

表 4.13 劍閣、南部縣相鄰山區方言古精組聲母今細音前的讀音例字表

| 方言點 | 例字 | | | | | | | | | |
|---|---|---|---|---|---|---|---|---|---|---|
| | 姐 | 槳 | 七 | 西 | 小 | 息 | 齊 | 前 | 集 | 習 |
| | 精馬 | 精陽 | 清質 | 心齊 | 心小 | 心職 | 從齊 | 從先 | 從緝 | 邪緝 |
| 木馬鎮 | tsi3 | tsiaŋ4 | tshi5 | si1 | siau3 | si5 | tshi2 | tshiɛn2 | tsi5 | si5 |
| 鶴齡鎮 | tɕi3 | tɕiaŋ1 | tɕhi5 | ɕi1 | ɕiau3 | ɕi5 | tɕhi2 | tɕhiɛn2 | tɕi5 | ɕi5 |
| 楊村鎮 | tɕi3 | tɕiaŋ3 | tɕhi5 | ɕi1 | ɕiau3 | ɕi5 | tɕhi2 | tɕhiɛn2 | tɕi5 | ɕi5 |
| 白龍鎮 | tsi3 | tsiaŋ4 | tshi5 | si1 | siɔ3 | si5 | tshi2 | tshie2 | tsi5 | si5 |
| 香沉鎮 | tɕi3 | tɕiaŋ3 | tɕhi5 | ɕi1 | ɕiau3 | ɕi5 | — | tɕhie2 | tɕi5 | ɕi5 |
| 公興鎮 | tsi3 | tsiaŋ1 | tshi5 | si1 | siau3 | si5 | — | tshie2 | tsi5 | si5 |
| 塗山村 | tsi3 | tsiaŋ1 | tshi5 | si1 | siau3 | si5 | — | tshie2 | tsi5 | si5 |

| | | | | | | | | | | |
|---|---|---|---|---|---|---|---|---|---|---|
| 蘇維村 | tɕi3 | tɕiaŋ1 | tɕhi5 | ɕi1 | ɕiau3 | ɕi5 | — | tɕhie2 | tɕi5 | ɕi5 |
| 雙峰鄉 | tɕie3 | tɕiaŋ4 | tɕhi5 | ɕi1 | ɕiau3 | ɕi5 | tɕhi2 | tɕhiɛn2 | tɕi5 | ɕi5 |
| 西河鄉 | tsi3 | tɕiaŋ3 | tɕhi5 | ɕi1 | ɕiau3 | si5 | tɕhi2 | tshiɛn2 | tɕi5 | ɕi5 |
| 店埡鄉 | tsi3 | tsiaŋ1 | tshi5 | si1 | siau3 | si5 | tshi2 | tshiɛn2 | tsi5 | si5 |
| 鐵鞭鄉 | tɕi3 | tɕiaŋ4 | tɕhi5 | ɕi1 | ɕiau3 | ɕi5 | tɕhi2 | tɕhiɛn2 | tɕi5 | ɕi5 |
| 保城鄉 | tɕie3 | tɕiaŋ4 | tɕhi5 | ʂʅ1 | ɕiau3 | ɕi5 | tʂhʅ2 | tɕhiɛn2 | tɕi5 | ɕie5 |
| 成都市 | tɕie3 | tɕiaŋ1<br>tɕiaŋ4 | tɕhi2 | ɕi1 | ɕiau3 | ɕi2<br>ɕie2 | tɕhi2 | tɕhiɛn2 | tɕi2<br>tɕie2 | ɕi2<br>ɕie2 |

劍閣、南部縣相鄰山區方言古精組聲母今細音前讀音的分布如下：

一、鶴齡鎮、楊村鎮、香沉鎮、塗山鄉蘇維村、雙峰鄉和鐵鞭鄉 6 方言點的古精組聲母今細音前均齶化為 tɕ-、tɕh-、ɕ-。

二、木馬鎮、白龍鎮、公興鎮、塗山鄉塗山村和店埡鄉 5 方言點的古精組聲母今細音前均不齶化，讀為 ts-、tsh-、s-。

三、西河鄉古精組聲母今細音前的讀音多數已經齶化為 tɕ-、tɕh-、ɕ-，少數未齶化，依然讀 ts-、tsh-、s-，如「姐」tsi3、「息」si5 等。實際上，在田野調查的過程中，發音人在這類字的讀音上已經表現出自由變讀的特徵，即西河鄉古精組聲母在今細音前的讀音正處在由未齶化向齶化演變的過程中。

四、保城鄉古精組聲母今細音前大多數已經齶化為 tɕ-、tɕh-、ɕ-。部分字讀了 tʂ-、tʂh-、ʂ-，如「齊」tʂhʅ2、「西」ʂʅ1 等。在討論古影疑母開口三、四等今讀時，我們指出「保城鄉疑母開口三、四等的 tʂ 即是由 tɕ 演變而來的」，且其分布是「主要在其韻母為單元音韻母時，如韻母 ʅ」。（見 4.1.5.2）據調查，保城鄉古精組聲母今細音前讀 tʂ-、tʂh-、ʂ-的這類音節的聲韻配合與保城鄉疑母開口三、四等讀 tʂ 的聲韻配合表現一致，因此我們認為保城鄉古精組今細音前部分字所讀的 tʂ-、tʂh-、ʂ-當由 tɕ-、tɕh-、ɕ-演變而來，是後期的演變結果。即保城鄉古精組聲母今細音前的演變如下：

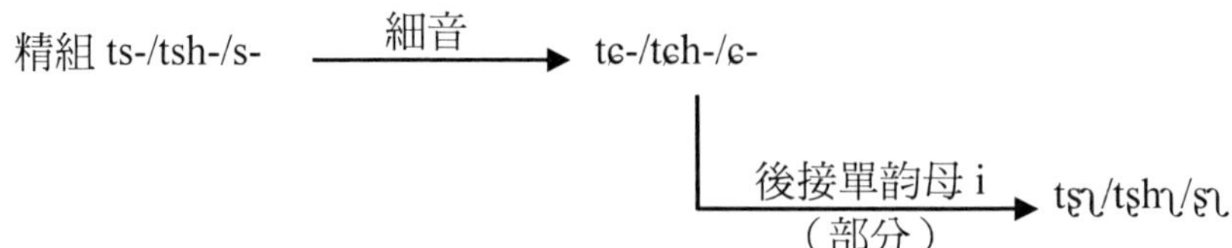

## 4.1.9 古見組今讀

### 4.1.9.1 古見曉組聲母今洪音前的讀音

表 4.14 劍閣、南部縣相鄰山區方言古見曉組聲母今洪音前的讀音例字表

| 方言點 | 例字 | | | | | | | | | |
|---|---|---|---|---|---|---|---|---|---|---|
| | 瓜 | 肝 | 可 | 寬 | 櫃 | 共 | 花 | 漢 | 魂 | 活 |
| | 見麻 | 見寒 | 溪哿 | 溪桓 | 群至 | 群用 | 曉麻 | 曉翰 | 匣魂 | 匣末 |
| 木馬鎮 | kua1 | kaŋ1 | kho3 | khuan1 | kuei4 | koŋ4 | xua1 | xaŋ4 | xuən2 | xʊ5 |
| 鶴齡鎮 | kua1 | kaŋ1 | kho3 | khuan1 | kuei4 | koŋ4 | xua1 | xaŋ4 | xuən2 | xo5 |
| 楊村鎮 | kua1 | kaŋ1 | khu3 | khuan1 | kuei4 | koŋ4 | xua1 | xaŋ4 | xuən2 | xo5 |
| 白龍鎮 | kua1 | kaŋ1 | khu3 | khuan1 | kuei4 | koŋ4 | xua1 | xaŋ4 | xuən2 | xo5 |
| 香沉鎮 | kua1 | kaŋ1 | khu3 | khuan1 | kuei4 | koŋ4 | xua1 | xaŋ4 | xuən2 | xo5 |
| 公興鎮 | kua1 | kaŋ1 | khu3 | khuan1 | kuei4 | koŋ4 | xua1 | xaŋ4 | xuən2 | xo5 |
| 塗山村 | kua1 | kaŋ1 | khu3 | khuan1 | kuei4 | koŋ4 | xua1 | xaŋ4 | xuən2 | xo5 |
| 蘇維村 | kua1 | kaŋ1 | kho3 | khuaŋ1 | kuei4 | koŋ4 | xua1 | xaŋ4 | xuən2 | xo5 |
| 雙峰鄉 | kua1 | kaŋ1 | kho3 | khuan1 | kuei4 | koŋ4 | xua1 | xaŋ4 | xuən2 | xo5 |
| 西河鄉 | kua1 | kaŋ1 | kho3 | khuaŋ1 | kuei4 | koŋ4 | xua1 | xaŋ4 | xuən2 | xo5 |
| 店埡鄉 | kua1 | kaŋ1 | kho3 | khuan1 | kuei4 | koŋ4 | xua1 | xaŋ4 | khuən2 | xo5 |
| 鐵鞭鄉 | kua1 | kan1 | khəu3 | khuan1 | kuei4 | koŋ4 | xua1 | xan4 | xuən2 | xo5 |
| 保城鄉 | kua1 | kan1 | khəu3 | khuan1 | kuei4 | koŋ4 | xua1 | xan4 | xuən2 | xo5 |
| 成都市 | kua1 | kan1 | kho3 | khuan1 | kuei4 | koŋ4 | xua1 | xan4 | xuən2 | xo2 |

劍閣、南部縣相鄰山區方言古見曉組聲母（疑母已單獨討論，茲不贅述，見 4.1.5）今洪音前讀音的分布如下：

一、劍閣、南部縣相鄰山區各方言點的古見、溪、群母今洪音前一致讀 k-/kh-。

二、劍閣、南部縣相鄰山區各方言點（除店埡鄉外）古曉、匣母今洪音前一致讀 x-/f-（詳見 4.1.1 節古非曉組今讀的討論）。

三、店埡鄉古曉、匣母今洪音前以讀 x-/f-為主，部分字讀 k-/kh-。其中 kh- 這一讀音，可能是因發音部位接近而訛。這一現象在四川其他地區也有，比如「渾身」的「渾」，四川普遍讀作 khuen2。且從日語漢字音來看，古曉、匣母字在日語中都讀入見、群母，為 k-、g-，如「花」ka（か）、「魂」gon（ごん）等，已經成為了一條規律。

### 4.1.9.2 古見曉組聲母今細音前的讀音

表 4.15　劍閣、南部縣相鄰山區方言古見曉組聲母今細音前的讀音例字表

| 方言點 | 例字 | | | | | | | | | | | |
|---|---|---|---|---|---|---|---|---|---|---|---|---|
| | 季 | 計 | 金 | 急 | 慶 | 去 | 傑 | 妓 | 競 | 歇 | 攜 | 形 |
| | 見至 | 見霽 | 見侵 | 見緝 | 溪映 | 溪御 | 群薛 | 群紙 | 群映 | 曉月 | 匣齊 | 匣青 |
| 木馬鎮 | tɕi4 | tɕi4 | tɕin1 | tɕi5 | tɕhin4 | tɕhiu4 | tɕi5 | tɕi4 | tɕin4 | ɕi5 | ɕi2 | ɕin2 |
| 鶴齡鎮 | tɕi4 | tɕi4 | tɕin1 | tɕi5 | tɕhin4 | tɕhi4 | tɕie5 | tɕi4 | tɕin4 | ɕie5 | ɕi1 | ɕin2 |
| 楊村鎮 | tɕi4 | tɕi4 | tɕin1 | tɕi5 | tɕhin4 | tɕhy4 | tɕie5 | tɕi4 | tɕin4 | ɕie5 | ɕi1 | ɕin2 |
| 白龍鎮 | ci4 | tɕi4 | cin1 | tɕi5 | chin4 | tɕhyu4<br>tɕyu4 | cie5 | tɕi4 | tɕin4 | ɕie5 | ɕi1 | ɕin2 |
| 香沉鎮 | tɕi4 | tɕi4 | tɕin1 | tɕi5 | tɕhin4 | tɕhy4 | tɕie5 | tɕi4 | tɕin4 | ɕie5 | ɕi1 | ɕin2 |
| 公興鎮 | tɕi4 | tɕi4 | tɕin1 | tɕi5 | tɕhin4 | tɕhi4 | tɕiæ5 | tɕi4 | tɕin4 | ɕiæ5 | ɕi1 | ɕin2 |
| 塗山村 | tɕi4 | tɕi4 | tɕin1 | tɕi5 | tɕhin4 | tɕhy4 | tɕie5 | tɕi4 | tɕin4 | ɕie5 | ɕi1 | ɕin2 |
| 蘇維村 | tɕi4 | tɕi4 | tɕin1 | tɕi5 | tɕhin4 | tɕhy4 | tɕie5 | tɕi4 | tɕin4 | ɕie5 | ɕi1 | ɕin2 |
| 雙峰鄉 | tɕi4 | tɕi4 | cin1 | tɕi5 | tɕhin4 | tɕhiu4 | tɕie5 | dʑi4 | cin4 | ɕie5 | ɕi1 | ɕin2 |
| 西河鄉 | tɕi4 | tɕi4 | tɕin1 | ci5 | tɕhin4 | tɕhiu4 | tɕie5 | tɕi4 | tɕin4 | ɕie5 | ɕi1 | ɕin2 |
| 店埡鄉 | tɕi4 | ci4 | tɕin1 | tɕi5 | tɕhin4 | chi4 | tɕie5 | ci4 | tɕin4 | çie5 | çi1 | ɕin2 |
| 鐵鞭鄉 | tɕi4 | tɕi4 | tɕin1 | tɕi5 | tɕhin4 | tɕhiu4 | tɕi5 | tɕi4 | tɕin4 | ɕi5 | ɕi1 | ɕin2 |
| 保城鄉 | tʂʅ4 | tʂʅ4 | tɕin1 | tɕi5 | tɕhin4 | tɕhiu4 | tɕie5 | tʂʅ4 | tɕin4 | ɕie5 | ɕi1 | ɕin2 |
| 成都市 | tɕi4 | tɕi4 | tɕin1 | tɕi2<br>tɕie2 | tɕhin4 | tɕhy4<br>tɕhie4 | tɕie2 | tɕi4 | tɕin4 | ɕie2 | ɕi2 | ɕin2 |

劍閣、南部縣相鄰山區方言古見曉組聲母（疑母已單獨討論，茲不贅述，見 4.1.5）今細音前讀音的分布如下：

一、木馬鎮、鶴齡鎮、楊村鎮、香沉鎮、公興鎮、塗山鄉塗山村、塗山鄉蘇維村以及鐵鞭鄉 8 個方言點的古見曉組聲母今細音前均已齶化為 tɕ-、tɕh-、ɕ-。

二、白龍鎮、雙峰鄉和西河鄉的古曉匣母今細音前均齶化為 ɕ-。而古見、溪、群母今細音前部分齶化為 tɕ-（dʑ-）、tɕh-；部分並未齶化，音 c-、ch-；但各點在齶化與未齶化的分布與數量上並無一致表現，呈離散分布，無一定規律性。

三、店埡鄉的古見、溪、群母今細音前部分齶化為 tɕ-（dʑ-）、tɕh-；部分並未齶化，音 c-、ch-。且曉、匣母今細音前也是部分齶化為 ɕ-；部分並未齶化，音 ç-。與白龍鎮、雙峰鄉、西河鄉相比，同樣，各點在齶化與未齶化的分布與數量上並無一致表現，呈離散分布，無一定規律性。

何治春（2017）在討論蒼溪方言時，曾對蒼溪方言中的這種未齶化字在數量上通過統計分析，認為未齶化字的「數量和韻母介音有關係」。

四、保城鄉古見曉組聲母今細音前大多數已經齶化為 tɕ-、tɕh-、ɕ-。部分字讀了 tʂ-、tʂh-、ʂ-，如「季、計、妓」tʂʅ4 等。在討論古精組今細音前的讀音時，我們指出「保城鄉古精組今細音前部分字所讀的 tʂ-、tʂh-、ʂ-當由 tɕ-、tɕh-、ɕ-演變而來，是後期的演變結果」。（見 4.1.8.2）類比古精組今讀的情況，可知保城鄉古見曉組聲母今細音前讀 tʂ-、tʂh-、ʂ-亦當是由 tɕ-、tɕh-、ɕ-演變而來：

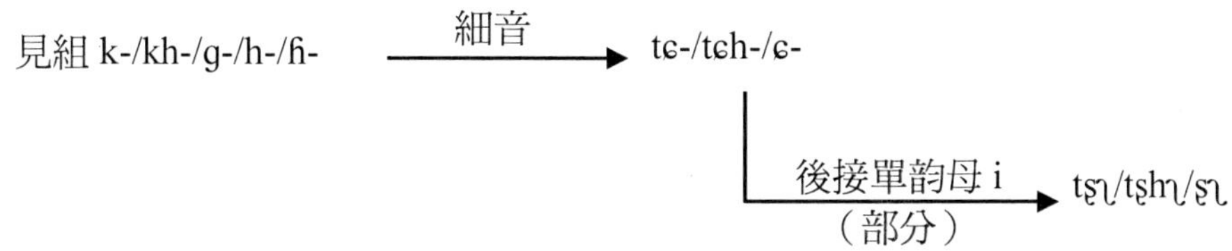


五、木馬鎮見系蟹攝一、二等部分字讀 tʂ，如：

表 4.16　劍閣木馬鎮見系蟹攝一、二等部分字讀 tʂ 例字表

| 方言點 | 例　字 | | | | | | |
|---|---|---|---|---|---|---|---|
| | 蓋 | 皆 | 介 | 界 | 届 | 戒 | 揩 |
| | 見泰去 | 見皆平 | 見怪去 | 見怪去 | 見怪去 | 見怪去 | 溪皆平 |
| 木馬鎮 | tʂai4 | tʂai1 | tɕiɛn4 | tɕiɛn4 | tʂai4 | tɕiɛn4 | tʂhai1 |
| 成都市 | kai4 | tɕiɛi1 | tɕiɛi4 | tɕiɛi4 | tɕiɛi4 | tɕiɛi4 | khai1 |

這類現象與保城鄉的見曉組聲母今細音前讀 tʂ-、tʂh-、ʂ-類似，但其分布沒有保城鄉廣泛。我們推測這是一種倒推而訛的現象。木馬鎮是分尖團的方言，tsi-和 tɕi-兩類音在木馬鎮方言內部是區分的，但其周圍不少方言點以及四川強勢方言成都話都已經不分尖團了，tsi-已經齶化並混讀入了 tɕi-，木馬鎮話不免也會受到強勢方言的影響，不分尖團的方言對分尖團的方言的強勢影響，往往會打亂分尖團方言的尖團音的自然分類。也就是說分尖團的方言在對應不分尖團的方言的 tɕi-類音時，往往總會去做一區分，即總想將不分尖團方言的 tɕi-分成 tsi-和 tɕi-兩類，由於人們的方言發音是經驗習得的結果，而不是基於古音規律來的，所以這種強行區分，即倒推，實際上是很容易推錯的。木馬鎮的見系蟹攝一、二等部分字讀 tʂ 即是這種倒推出錯的結果。

## 4.2 韻母特徵

### 4.2.1 陰聲韻

#### 4.2.1.1 果攝字今讀

表 4.17 劍閣、南部縣相鄰山區方言果攝字今讀例字表

| 方言點 | 例字 | | | | | | | | | | |
|---|---|---|---|---|---|---|---|---|---|---|---|
| | 婆 | 磨 | 多 | 拖 | 鑼 | 鎖 | 歌 | 個 | 可 | 貨 | 禍 |
| | 並戈 | 明戈 | 端歌 | 透歌 | 來歌 | 心果 | 見歌 | 見箇 | 溪哿 | 曉過 | 匣果 |
| 木馬鎮 | phu2 | mu2<br>mu4 | to1 | tho1 | nu2 | so3 | ko1 | ku4 | kho3 | xo4 | xo4 |
| 鶴齡鎮 | pho2 | mo2<br>mo4 | təu1 | tho1 | no2 | so3 | ko1 | kau4 | kho3 | xu4 | xu4 |
| 楊村鎮 | phu2 | mu2<br>mu4 | tu1 | thu1 | nu2 | so3 | ku1 | ko4 | khu3 | xu4 | xu4 |
| 白龍鎮 | phu2 | mu2<br>mu4 | tu1 | thu1 | nu2 | su3 | kəu1 | kəu4 | khu3 | xu4 | xu4 |
| 香沉鎮 | pho2 | mo2<br>mo4 | to1 | tho1 | no2 | so3 | kəu1 | kəu4 | khu3 | xo4 | xo4 |
| 公興鎮 | phu2 | mu2<br>mu4 | tu1 | thu1 | nu2 | su3 | kəu1 | kəu4 | khu3 | xu4 | xu4 |
| 塗山村 | phu2 | mu2<br>mu4 | tu1 | thu1 | nu2 | su3 | kəu1 | kəu4 | khu3 | xu4 | xu4 |
| 蘇維村 | pho2 | mo2<br>mo4 | to1 | tho1 | nu2 | ʂo3 | kəu1 | kəu4 | kho3 | xo4 | xo4 |
| 雙峰鄉 | pho2 | mo2<br>mo4 | to1 | tho1 | no2 | so3 | ko1 | ko4 | kho3 | xo4 | xo4 |
| 西河鄉 | pho2 | mo2<br>mo4 | to1 | tho1 | no2 | so3 | ko1 | ko4 | kho3 | xo4 | xo4 |
| 店埡鄉 | pho2 | mo2<br>mo4 | to1 | tho1 | no2 | so3 | ko1 | ko4 | kho3 | xo4 | xo4 |
| 鐵鞭鄉 | pho2 | mo2<br>mo4 | to1 | tho1 | no2 | so3 | kɤ1 | kəu4 | khəu3 | xo4 | xo4 |
| 保城鄉 | pho2 | mo2<br>mo4 | to1 | tho1 | no2 | ʂo3 | kɤ1 | ko4 | khəu3 | xo4 | xo4 |
| 成都市 | pho2 | mo2<br>mo4 | to1 | tho1 | no2 | so3 | ko1 | ko4 | kho3 | xo4 | xo4 |

果攝字今讀，以成都話為代表的成渝話全部讀-o，而劍閣、南部縣相鄰山區方言則有-o、-u、-əu、-au、-ɤ 五個讀音，呈較複雜分布：

一、雙峰鄉、西河鄉和店埡鄉 3 方言點果攝字的讀音同成渝話，全讀-o。

二、木馬鎮、楊村鎮果攝字為-o、-u 兩讀，木馬鎮以讀-o 為主，而楊村鎮以讀-u 為主。

三、白龍鎮、公興鎮和塗山鄉塗山村 3 方言點果攝字為-u、-əu 兩讀，3 方言點均以讀-u 為主，-əu 只出現在舌根音後，如「個歌」。

四、香沉鎮和塗山鄉蘇維村果攝字為-o、-u、-əu 三讀。2 方言點均以讀-o 為主，-əu 只出現在舌根音後，如「個歌」。

五、鐵鞭鄉和保城鄉果攝字為-o、-ɤ、-əu 三讀。2 方言點均以讀-o 為主，-ɤ、-əu 只出現在舌根音後，如「歌」「個可」。

六、鶴齡鎮果攝字為-o、-u、-əu、-au 四讀。以讀-o 為主；-əu 出現在端母後，如「多」；-au 出現在舌根音後，如「個」。

鄭張尚芳在《漢語方言元音大推移及後續變化的類型》（2017）一文分析了「漢語語音史上的元音大推移現象」，並給出了「漢語方言史上主要元音高化推移和高頂分裂示意圖（蘇州雙峰潮州又新生 u>əu）」，如下：

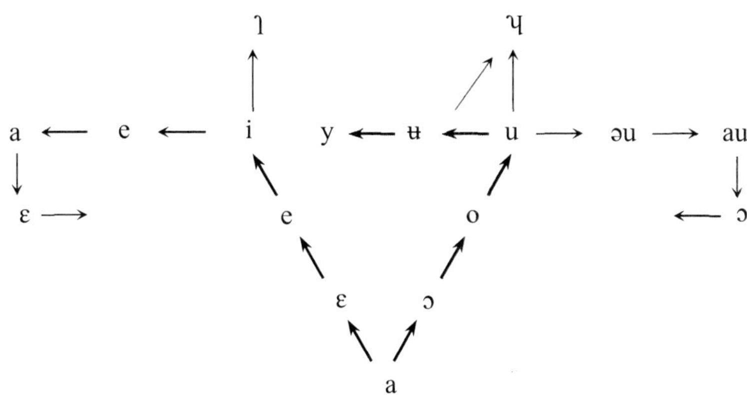


對於 u>əu>au（i>ei>ai），鄭張尚芳（2017）進一步指出其裂化的過程：「高元音裂化形成複合元音，前音來自插增的過渡音，自然是短音，它進一步低化也符合 Labov 短音低化律 2A。但隨著開口度的增大，更形成使原元音弱降為韻尾的前響複合元音」。

果攝字在中古為低元音的ɑ，而劍閣、南部縣相鄰山區方言的 o、u、əu、au、ɤ 五個讀音均處在半高、高元音位置。由ɑ到 o、u、əu、au、ɤ，即果攝字元音出現了從低至高的推移，符合鄭張尚芳（2017）所提出的元音大推移路線。同時，劍閣、南部縣相鄰山區方言果攝的 o、u、əu、au、ɤ 五個讀音也為鄭張尚芳（2017）所提出的元音大推移路線提供了更多鮮活的實際語言材料。

借助鄭張尚芳（2017）的示意圖，可將劍閣、南部縣相鄰山區方言果攝的音變鏈繪製如下：

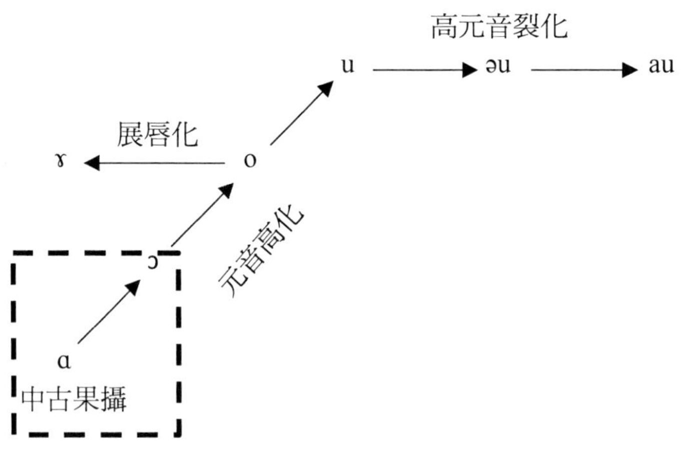


據上圖可知，雙峰鄉、西河鄉和店埡鄉 3 方言點果攝字全讀 o，當是處在該音變鏈比較早的形式，且內部演變已處於完成狀態，表現比較穩定。其餘各點的內部演變正處在高化、裂化和展唇化的過程之中，表現不穩定，在演變的道路上既有滯後也有超前，即在同一個共時平面裡呈現出了不同的歷史層次。

七、我們說劍閣、南部縣相鄰山區方言果攝字讀 u 是由 o 進一步高化而產生的後起讀音，除了上述音變鏈規律證據外，還有一條證據，即我們在討論聲母的古非曉組今讀分布時，發現古非曉組今讀的分混，劍閣、南部縣相鄰山區方言分非果攝來源和果攝來源兩種情況。這兩種情況是：（一）古曉組在 u 作主元音、舒聲非果攝來源音節前讀 f，與非組混；（二）古曉組在 u 作主元音、舒聲果攝來源音節前讀 x，與非組分。也就是說劍閣、南部縣相鄰山區方言的古非曉組今讀在果攝讀 u 韻母的音節前區分，在其他韻攝來源的 u 韻母前相混。這至少說明果攝讀 u 當與其他韻攝讀 u 並不在同一歷史階段，即二者的出現在時間上當有先後之別，果攝讀 u 比起其他韻攝讀 u 要更晚，詳細見 4.1.1。

#### 4.2.1.2 假攝三等字今讀

表 4.18 劍閣、南部縣相鄰山區方言假攝三等字今讀例字表

| 方言點 | 例字 | | | | | | | | | |
|---|---|---|---|---|---|---|---|---|---|---|
| | 姐 | 借 | 寫 | 斜 | 謝 | 爺 | 夜 | 野 | 蛇 | 射 |
| | 精馬 | 精禡 | 心馬 | 邪麻 | 邪禡 | 以麻 | 以禡 | 以馬 | 船麻 | 船禡 |
| 木馬鎮 | tsi3 | tsi4 | si3 | si2 | si4 | i5 | ie4 | ie3 | ʂe2 | ʂe4 |

| 鶴齡鎮 | tɕi3 | tɕi4 | ɕi3 | ɕi2 | ɕi4 | i2 | i4 | i3 | sei2 | sei4 |
|---|---|---|---|---|---|---|---|---|---|---|
| 楊村鎮 | tɕi3 | tɕi4 | ɕi3 | ɕi2 | ɕi4 | i2 | i4 | i3 | ʂei2 | ʂei4 |
| 白龍鎮 | tsi3 | tsi4 | si3 | sia2 | si4 | i2 | i4 | i3 | ʂei2 | ʂei4 |
| 香沉鎮 | tɕi3 | tɕi4 | ɕi3 | ɕi2 | ɕi4 | i2 | i4 | i3 | ʂei2 | ʂei4 |
| 公興鎮 | tsi3 | tsi4 | si3 | sia2 | si4 | i2 | i4 | i3 | ʂei2 | ʂei4 |
| 塗山村 | tsi3 | tsi4 | si3 | si2 | si4 | i2 | i4 | i3 | ʂei2 | ʂei4 |
| 蘇維村 | tɕi3 | tɕi4 | ɕi3 | ɕia2 | ɕi4 | i2 | i4 | i3 | ʂe2 | ʂe4 |
| 雙峰鄉 | tɕie3 | tɕie4 | ɕi3 | ɕia2 | ɕi4 | i2 | i4 | i3 | se2 | se4 |
| 西河鄉 | tsi3 | tɕi4 | si3 | si2 | si4 | i2 | i4 | i3 | sei2 | sei4 |
| 店埡鄉 | tsi3 | tsi4 | si3 | ɕia2 | si4 | i2 | i4 | i3 | ʂei2 | ʂei4 |
| 鐵鞭鄉 | tɕi3 | tɕi4 | ɕi3 | ɕia2 | ɕi4 | i2 | i4 | i3 | sei2 | sei4 |
| 保城鄉 | tɕie3 | tɕie4 | ɕie3 | ɕie2 | ɕie4 | i2 | ie4 | i3 | ʂei2 | ʂe4 |
| 成都市 | tɕie3 | tɕie4 | ɕie3 | ɕie2<br>ɕia2 | ɕie4 | ie2 | ie4 | ie3 | se2 | se4 |

假攝三等精組見系字今讀，以成都話為代表的成渝話讀-ie，而劍閣、南部縣相鄰山區方言則有-i、-ie 兩個讀音，且多數點讀 i；假攝三等章組字今讀，以成都話為代表的成渝話讀-e，而劍閣、南部縣相鄰山區方言則有-ei、-e 兩讀，且多數點讀-ei。具體分布如下：

一、鶴齡鎮、楊村鎮、白龍鎮、香沉鎮、公興鎮、塗山鄉塗山村、塗山鄉蘇維村、西河鄉、店埡鄉和鐵鞭鄉 10 方言點假攝三等精組見系字今讀-i。「斜」為生活常用詞，音-ia，為音變滯後。

二、木馬鎮和雙峰鄉 2 方言點假攝三等精組見系字今有-i、-ie 兩讀，以讀-i 為主。

三、保城鄉假攝三等精組見系字今有-ie、-i 兩讀，以讀-ie 為主。

四、鶴齡鎮、楊村鎮、白龍鎮、香沉鎮、公興鎮、塗山鄉塗山村、西河鄉、店埡鄉和鐵鞭鄉 9 方言點假攝三等章組字今讀-ei。

五、保城鄉假攝三等章組字今有-ei、-e 兩讀。

六、木馬鎮、塗山鄉蘇維村和雙峰鄉 3 方言點假攝三等章組字今讀-e。

#### 4.2.1.3 遇攝字今讀

劍閣、南部縣相鄰山區方言遇攝一等字，遇攝三等幫系、知系字讀-u。而遇攝三等泥精組、見系字今讀表現比較複雜，見下表：

表 4.19　劍閣、南部縣相鄰山區方言遇攝字今讀例字表

| 方言點 | 例字 | | | | | | | | | |
|---|---|---|---|---|---|---|---|---|---|---|
| | 女 | 呂 | 慮 | 濾 | 屢 | 娶 | 絮 | 居 | 區 | 雨 |
| | 泥語 | 來語 | 來御 | 來御 | 來遇 | 清遇 | 心御 | 見魚 | 溪虞 | 云麌 |
| 木馬鎮 | ȵiu3 | niu3 | niu4 | niu4 | nuei3 | tshiu3 | siu4 | tɕiu1 | tshiu1 | iu3 |
| 鶴齡鎮 | ȵy3 | ny3 | ny4 | ny4 | nuei3 | tɕhy3 | ɕy4 | tɕy1 | tɕhy1 | y3 |
| 楊村鎮 | ȵy3 | ny3 | ny4 | ny4 | nuei3 | tɕhy3 | ɕy4 | tɕy1 | tɕhy1 | y3 |
| 白龍鎮 | ȵiu3 | nuei3 | niu4 | niu4 | nuei3 | tsiu4 | syu4 | tɕyu1 | tɕhyu1 | yu3 |
| 香沉鎮 | ȵy3 | ny3 | ny4 | ny4 | nuei3 | tɕhy3 | ɕy4 | tɕy1 | tɕhy1 | y3 |
| 公興鎮 | ȵy3 | ny3 | ny4 | ny4 | nuei3 | tɕhy3 | ɕy4 | tɕy1 | tɕhy1 | y3 |
| 塗山村 | ȵy3 | ny3 | ny4 | ny4 | nuei3 | tɕhy3 | ɕy4 | tɕy1 | tɕhy1 | y3 |
| 蘇維村 | tɕy3 | ny3 | ny4 | ny4 | nuei3 | tɕhy3 | ɕy4 | tɕy1 | tɕhy1 | y3 |
| 雙峰鄉 | ȵiu3 | niu3 | niu4 | niu4 | nəu3 | tɕhiu3 | ɕiu4 | tɕiu1 | tɕhiu1 | iu3 |
| 西河鄉 | ȵiu3 | niu3 | niu4 | niu4 | nəu3 | tɕhiu3 | ɕiu4 | tɕiu1 | tɕhiu1 | iu3 |
| 店埡鄉 | ȵiu3 | niu3 | niu4 | niu4 | nəu3 | tshiu3 | siu4 | tɕy1 | tɕhiu1 | y3 |
| 鐵鞭鄉 | ȵiu3 | nu3 | nu4 | nu4 | nəu3 | tɕhiu3 | ɕiu4 | tɕiu1 | tɕhiu1 | iu3 |
| 保城鄉 | ȵʑiu3 | nu3 | niu4 | nu4 | nu3 | tɕhiu3 | ɕiu4 | tɕiu1 | tɕhiu1 | iu3 |
| 成都市 | ȵy3 | ny3 | ny4 | ny4 | nuei3<br>ny3 新 | tɕhy3<br>tɕy4 舊 | suei4<br>ɕy4 新 | tɕy1 | tɕhy1 | y3 |

據上表可知劍閣、南部縣相鄰山區方言遇攝三等泥精組、見系字今主要有-y、-yu、-iu、-u、-əu、-uei 六個讀音。

一、香沉鎮、公興鎮、塗山鄉塗山村和塗山鄉蘇維村遇攝三等泥精組、見系字今讀-y。

二、鶴齡鎮和楊村鎮遇攝三等泥精組、見系字今主讀-y、-uei。-uei 主要出現在來母，如「屢」。

三、木馬鎮遇攝三等泥精組、見系字今主讀-iu、-uei。-uei 主要出現在來母，如「屢」。

四、白龍鎮遇攝三等泥精組、見系字今主讀-iu、-yu、-uei。-uei 主要出現在來母，如「呂屢」。-iu、-yu 的分布無規律。

五、雙峰鄉和西河鄉遇攝三等泥精組、見系字今主讀-iu、-əu。-əu 主要出現在來母，如「屢」。

六、店埡鄉遇攝三等泥精組、見系字今主讀-iu、-y、-əu。-əu 主要出現在來母，如「屢」。-iu 的分布比-y 廣。

七、鐵鞭鄉遇攝三等泥精組、見系字今主讀-iu、-u、-əu。-əu 主要出現在來母，如「屢」。-u 的分布與-əu 類似，也是主要出現在來母，且比-əu 的分布要廣，如「呂慮濾」。

八、保城鄉遇攝三等泥精組、見系字今主讀-iu、-u。-u 主要出現在來母，如「呂濾屢」。

其中，讀-uei 的如「呂屢」以及成都點的「絮」，同於止攝合口。張光宇（2006）稱之為「魚入之微」。何治春（2017）猜測「這可能是四川西南官話中的一個層次」，但並未作進一步論證。

劍閣、南部縣相鄰山區方言有 7 個方言點的遇攝三等泥精組、見系字主要讀-iu。這實際上是音變滯後的存古現象。鄭張尚芳（2017）在討論「方言的元音推移後續類型」時，指出「單化」的演變，並說「虞 ɨu>iu>y 雖是單化，按主元音也是前化」。不僅說明了遇攝三等字讀-iu 要比-y 更早，而且還指出了遇攝三等字的音變過程：

魚 iʌ（ɨɯ）/ 虞 io（ɨu）>ɨu>iu/yu>y（鄭張尚芳 2017）

劍閣、南部縣相鄰山區方言有 2 個方言點的遇攝三等泥精組、見系字有-u 讀音，有 4 個方言點的遇攝三等泥精組、見系字有-əu 讀音，其中有 1 個方言點-u、-əu 並存，且-u、-əu 出現的條件一致。何治春（2017）報告了蒼溪方言也有這樣的讀音，並猜測「讀 əu 可能是受了聲符的影響」，至於讀-u 並沒有討論。讀-əu 是否是受了聲符的影響呢？實際上，從劍閣、南部縣相鄰山區方言遇攝三等泥精組、見系字-u、-əu 讀音出現條件一致的分布來看，-u、-əu 兩讀當存在一定的聯繫，二者並不是孤立的。上文在討論果攝字今讀時，已經指出 u 元音可裂化為 əu（見 4.2.1.1），即此處讀 əu 當是讀 u 裂化而來。至於 u 的讀音，鄭張尚芳（2017）已經指出「魚韻 a>漢 ɯɐ>六朝 iʌ>唐 ɨɤ>近古 ɨɯ>近代 iu>現代 y、u」。而且中古與「呂、慮、濾」同音的「廬」，北京話（普通話）也音-u。

#### 4.2.1.4　蟹攝字今讀

表 4.20　劍閣、南部縣相鄰山區方言蟹攝字今讀例字表

| 方言點 | 開口例字 | | | | | | | | |
|---|---|---|---|---|---|---|---|---|---|
| | 胎 | 貝 | 排 | 買 | 敗 | 幣 | 制 | 世 | 米 |
| | 透咍平 | 幫泰去 | 並皆平 | 明蟹上 | 幫夬去 | 並祭去 | 章祭去 | 書祭去 | 明薺上 |
| 木馬鎮 | thai1 | pei4 | phai2 | mai3 | pai4 | pi4 | tʂʅ4 | ʂʅ4 | mi3 |

| | | | | | | | | |
|---|---|---|---|---|---|---|---|---|
| 鶴齡鎮 | thai1 | pei4 | phai2 | mai3 | pai4 | pi4 | tʂʅ4 | ʂʅ4 | mi3 |
| 楊村鎮 | thai1 | pei4 | phai2 | mai3 | pai4 | pi4 | tʂʅ4 | ʂʅ4 | mi3 |
| 白龍鎮 | thai1 | pei4 | phai2 | mai3 | pai4 | pi4 | tʂʅ4 | ʂʅ4 | mi3 |
| 香沉鎮 | thai1 | pei4 | phai4 | mai3 | pai4 | pi4 | tsɿ4 | sɿ4 | mi3 |
| 公興鎮 | thai1 | pei4 | phai2 | mai3 | pai4 | pi4 | tʂʅ4 | ʂʅ4 | mi3 |
| 塗山村 | thai1 | pei4 | phai2 | mai3 | pai4 | pi4 | tʂʅ4 | ʂʅ4 | mi3 |
| 蘇維村 | thai1 | pei4 | phai2 | mai3 | pai4 | pi4 | tʂʅ4 | ʂʅ4 | mi3 |
| 雙峰鄉 | thai1 | pei4 | phai2 | mai3 | pai4 | pi4 | tsɿ4 | sɿ4 | mi3 |
| 西河鄉 | thai1 | pei4 | phai2 | mai3 | pai4 | pi4 | tsɿ4 | sɿ4 | mi3 |
| 店埡鄉 | thai1 | pei4 | phai2 | mai3 | pai4 | pi4 | tʂʅ4 | ʂʅ4 | mi3 |
| 鐵鞭鄉 | thai1 | pei4 | phai2 | mai3 | pai4 | pi4 | tsɿ4 | sɿ4 | mi3 |
| 保城鄉 | thai1 | pei4 | phai2 | mai3 | pai4 | pʐʅ4 | tʂʅ4 | ʂʅ4 | mʐʅ3 |
| 成都市 | thai1 | pei4 | phai2 | mai3 | pai4 | pi4 | tsɿ4 | sɿ4 | mi3 |

| 方言點 | 合口例字 | | | | | | | | |
|---|---|---|---|---|---|---|---|---|---|
| | 杯 | 雷 | 外 | 怪 | 歪 | 掛 | 話 | 歲 | 桂 |
| | 幫灰平 | 來灰平 | 疑泰去 | 見怪去 | 曉佳平 | 見卦去 | 匣夬去 | 心祭去 | 見霽去 |
| 木馬鎮 | pei1 | nuei2 | uai4 | kuai4 | uai1 | kua4 | xua4 | suei4 | kuei4 |
| 鶴齡鎮 | pei1 | nuei2 | uai4 | kuai4 | uai1 | kua4 | xua4 | ʂuei4 | kuei4 |
| 楊村鎮 | pei1 | nuei2 | uai4 | kuai4 | uai1 | kua4 | xua4 | suei4 | kuei4 |
| 白龍鎮 | pei1 | nuei2 | uai4 | kuai4 | uai1 | kua4 | xua4 | suei4 | kuei4 |
| 香沉鎮 | pei1 | nuei2 | uai4 | kuai4 | uai1 | kua4 | xua4 | suei4 | kuei4 |
| 公興鎮 | pei1 | nuei2 | uai4 | kuai4 | uai1 | kua4 | xua4 | suei4 | kuei4 |
| 塗山村 | pei1 | nuei2 | uei4 | kuai4 | uai1 | kua4 | xua4 | suei4 | kuei4 |
| 蘇維村 | pei1 | nuei2 | uei4<br>uai4 | kuai4 | uai1 | kua4 | xua4 | ʂuei4 | kuei4 |
| 雙峰鄉 | pei1 | nuei2 | uei4 | kuai4 | uai1 | kua4 | xua4 | suei4 | kuei4 |
| 西河鄉 | pei1 | nuei2 | uei4 | kuai4 | uai1 | kua4 | xua4 | suei4 | kuei4 |
| 店埡鄉 | pei1 | nuei2 | uei4 | kuai4 | uai1 | khua4 | xua4 | suei4 | kuei4 |
| 鐵鞭鄉 | pei1 | nuei2 | uai4 | kuai4 | uai1 | kua4 | xua4 | suei4 | kuei4 |
| 保城鄉 | pei1 | nuei2 | uai4<br>uei4 | kuai4 | uai1 | kua4 | xua4 | ʂuei4 | kuei4 |
| 成都市 | pei1 | nuei2 | uai4<br>uei4 口 | kuai4 | uai1<br>uai3 口 | kua4 | xua4 | suei4 | kuei4 |

劍閣、南部縣相鄰山區方言蟹攝字今讀情況總體分布如下：

一、開口一等，幫組字讀-ei，其他聲母字讀-ai；開口二等，見系字外均讀-ai；開口三等，知系字讀-ɿ、-ʅ，其他聲母字讀-i；開口四等字讀-i。

二、合口一等，幫組字讀-ei，其他聲母字以讀-uei 為主，少數字讀-uai，如「塊」。合口二等以讀-uai 為主，少數讀-ua，如「卦畫」等。合口三等，幫組字讀-ei，其他聲母字讀-uei。合口四等字讀-uei。

三、保城鄉蟹攝開口三、四等幫精見組字讀-ʅ，如「幣」pʐʅ4、「祭」tʂʅ4、「雞」tʂʅ1 等。

四、蟹攝開口二等見系字分為齶化和未齶化兩類。齶化以讀-ie 為主，部分讀-iɛn，疑母的「涯」讀-ia；未齶化讀-ai。齶化讀-iɛn 的主要分布在木馬鎮、鶴齡鎮和西河鄉。見下表：

表 4.21 劍閣、南部縣相鄰山區方言蟹攝開口二等見系字今讀例字表

| 方言點 | 例字 | | | | | | | |
|---|---|---|---|---|---|---|---|---|
| | 皆 | 介 | 界 | 屆 | 戒 | 揩 | 涯 | 捱 |
| | 見皆平 | 見怪去 | 見怪去 | 見怪去 | 見怪去 | 溪皆平 | 疑佳平 | 疑佳平 |
| 木馬鎮 | tʂai1 | tɕiɛn4 | tɕiɛn4 | tʂai4 | tɕiɛn4 | tʂhai1 | ia2 | ŋai2 |
| 鶴齡鎮 | tɕie1 | tɕie4 | tɕiɛn4 | kai4 | tɕie4 | khai1 | ia2 | ŋai2 |
| 楊村鎮 | kai1 | tɕie4 | tɕie4 | tɕie4 | tɕie4 | khai1 | ia2 | ŋai2 |
| 白龍鎮 | kai1 | cie4 | tɕie4 | tɕie4 | cie4 | khai1 | ŋai2 | ŋai2 |
| 香沉鎮 | kai1 | tɕie4 | tɕie4 | tɕie4 | tɕie4 | khai1 | ia2 | ŋai2 |
| 公興鎮 | kai1 | tɕie4 | tɕie4 | tɕie4 | tɕie4 | khai1 | ia2 | ŋai2 |
| 塗山村 | kai1 | tɕie4 | tɕie4 | tɕie4 | tɕie4 | khai1 | ia2 | ŋai2 |
| 蘇維村 | kai1 | tɕie4 | tɕie4 | tɕie4 | tɕie4 | khai1 | ia2 | ŋai2 |
| 雙峰鄉 | kai1 | kai4 | kai4 | kai4 | tɕie4 | khai1 | ia1 | ŋai2 |
| 西河鄉 | ɕiɛn2 | tɕiɛn4 | kai4 | kai4 | tɕiɛn4 | khai1 | ia2 | ŋai2 |
| 店埡鄉 | kai1 | kai4 | kai4 | kai4 | kai4 | khai1 | ia2 | ŋai2 |
| 鐵鞭鄉 | kai1 | kai4 | kai4 | kai4 | kai4 | khai1 | ia1 | ŋai2 |
| 保城鄉 | kai1 | kai4 | kai4 | kai4 | kai4 | khai1 | ia1 | ŋai2 |
| 成都市 | tɕiɛi1 | tɕiɛi4 | tɕiɛi4 | tɕiɛi4 | tɕiɛi4 | khai1 | ia2 | ŋai2 |

#### 4.2.1.5 止攝字今讀

一、劍閣、南部縣相鄰山區方言止攝開口幫組字讀-i、-ei（保城鄉例外，讀-ʅ）；精組字讀-ɿ（蘇維村和保城鄉例外，讀-ʅ）；知系字讀-ʅ（不分平翹的點除了蘇維村和保城鄉外，讀-ɿ），個別莊組字不規則地讀-ɿ（見 4.1.2 的討論）；日母字讀捲舌元音-ɚ。如：

表 4.22　劍閣、南部縣相鄰山區方言止攝開口今讀例字表

| 方言點 | 例字 | | | | | | | | | | | |
|---|---|---|---|---|---|---|---|---|---|---|---|---|
| | 比 | 地 | 資 | 指 | 二 | 器 | 碑 | 兒 | 義 | 李 | 記 | 耳 |
| | 幫旨 | 定至 | 精脂 | 章旨 | 日至 | 溪至 | 幫支 | 日支 | 疑寘 | 來止 | 見志 | 日止 |
| 木馬鎮 | pi3 | ti4 | tsɿ1 | tʂʅ3 | ɚ4 | tɕhi4 | pei1 | ɚ2 | i4 | ni3 | tɕi4 | ɚ3 |
| 鶴齡鎮 | pi3 | ti4 | tsɿ1 | tʂʅ3 | ɚ4 | tɕhi4 | pei1 | ɚ2 | i4 | ni3 | tɕi4 | ɚ3 |
| 楊村鎮 | pi3 | ti4 | tsɿ1 | tʂʅ3 | ɚ4 | tɕhi4 | pei1 | ɚ2 | i4 | ni3 | tɕi4 | ɚ3 |
| 白龍鎮 | pi3 | ti4 | tsɿ1 | tʂʅ3 | ɚ4 | tɕhi4 | pei1 | ɚ2 | i4 | ni3 | tɕi4 | ɚ3 |
| 香沉鎮 | pi3 | ti4 | tsɿ1 | tsɿ3 | ɚ4 | tɕhi4 | pei1 | ɚ2 | i4 | ni3 | tɕi4 | ɚ3 |
| 公興鎮 | pi3 | ti4 | tsɿ1 | tʂʅ3 | ɚ4 | tɕhi4 | pei1 | ɚ2 | i4 | ni3 | tɕi4 | ɚ3 |
| 塗山村 | pi3 | ti4 | tsɿ1 | tʂʅ3 | ɚ4 | tɕhi4 | pei1 | ɚ2 | ȵi4 | ni3 | tɕi4 | ɚ3 |
| 蘇維村 | pi3 | ti4 | tʂʅ1 | tʂʅ3 | ɚ4 | tɕhi4 | pei1 | ɚ2 | i4 | ni3 | tɕi4 | ɚ3 |
| 雙峰鄉 | pi3 | ti4 | tsɿ1 | tsɿ3 | ɚ4 | tɕhi4 | pei1 | ɚ2 | i4 | ni3 | tɕi4 | ɚ3 |
| 西河鄉 | pi3 | ti4 | tsɿ1 | tsɿ3 | ɚ4 | tɕhi4 | pei1 | ɚ2 | i4 | ni3 | tɕi4 | ɚ3 |
| 店埡鄉 | pi3 | ti4 | tsɿ1 | tʂʅ3 | ɚ4 | tɕhi4 | pei1 | ɚ2 | ȵi4 | ni3 | tɕi4 | ɚ3 |
| 鐵鞭鄉 | pi3 | ti4 | tsɿ1 | tsɿ3 | ɚ4 | tɕhi4 | pei1 | ɚ2 | i4 | ni3 | tɕi4 | ɚ3 |
| 保城鄉 | pzʅ3 | ti4 | tʂʅ1 | tʂʅ3 | ɚ4 | tʂhʅ4 | pei1 | ɚ2 | zʅ4 | ni3 | tʂʅ4 | ɚ3 |
| 成都市 | pi3 | ti4 | tsɿ1 | tsɿ3 | ɚ4 | tɕhi4 | pei1 | ɚ2 | ȵi4<br>i4 新 | ni3 | tɕi4 | ɚ3 |

二、劍閣、南部縣相鄰山區方言止攝合口幫組字讀-ei（唇音不分開合口）；泥精組、知章組字讀-uei；莊組字讀-uai；見系字以讀-uei 為主，少數讀-i（另，保城鄉這類字部分讀-ʅ，如「尾」zʅ3，見 4.1.4 古微母今讀的討論）。如：

表 4.23　劍閣、南部縣相鄰山區方言止攝合口今讀表

| 方言點 | 例字 | | | | | | | | | | | |
|---|---|---|---|---|---|---|---|---|---|---|---|---|
| | 醉 | 類 | 追 | 帥 | 龜 | 季 | 嘴 | 垂 | 規 | 飛 | 尾 | 鬼 |
| | 精至 | 來至 | 知脂 | 生至 | 見脂 | 見至 | 精紙 | 禪支 | 見支 | 非微 | 微尾 | 見尾 |
| 木馬鎮 | tsuei4 | nuei4 | tʂuei1 | ʂuai4 | kuei1 | tɕi4 | tsuei3 | tshuei2 | kuei1 | fei1 | uei3 | kuei3 |
| 鶴齡鎮 | tsuei4 | nuei4 | tʂuei1 | ʂuai4 | kuei1 | tɕi4 | tsuei3 | tshuei2 | kuei1 | fei1 | uei3<br>i3 | kuei3 |
| 楊村鎮 | tsuei4 | nuei4 | tʂuei1 | ʂuai4 | kuei1 | tɕi4 | tsuei3 | tʂhuei2 | kuei1 | fei1 | uei3 | kuei3 |
| 白龍鎮 | tsuei4 | nuei4 | tʂuei1 | ʂuai4 | kuei1 | ci4 | tsuei3 | tʂhuei2 | kuei1 | fei1 | uei3 | kuei3 |
| 香沉鎮 | tsuei4 | nuei4 | tʂuei1 | ʂuai4 | kuei1 | tɕi4 | tsuei3 | tʂhuei2 | kuei1 | fei1 | uei3 | kuei3 |
| 公興鎮 | tsuei4 | nuei4 | tʂuei1 | ʂuai4 | kuei1 | tɕi4 | tsuei3 | tʂhuei2 | kuei1 | fei1 | i3 | kuei3 |
| 塗山村 | tsuei4 | nuei4 | tʂuei1 | ʂuai4 | kuei1 | tɕi4 | tsuei3 | tʂhuei2 | kuei1 | fei1 | i3 | kuei3 |
| 蘇維村 | tʂuei4 | nuei4 | tʂuei1 | ʂuai4 | kuei1 | tɕi4 | tʂuei3 | tʂhuei2 | kuei1 | fei1 | uei3<br>i3 | kuei3 |

| | | | | | | | | | | | |
|---|---|---|---|---|---|---|---|---|---|---|---|
| 雙峰鄉 | tsuei4 | nuei4 | tsuei1 | suai4 | kuei1 | tɕi4 | tsuei3 | tshuei2 | kuei1 | fei1 | uei3<br>i3 | kuei3 |
| 西河鄉 | tsuei4 | nuei4 | tsuei1 | suai4 | kuei1 | tɕi4 | tsuei3 | tshuei2 | kuei1 | fei1 | uei3<br>i3 | kuei3 |
| 店埡鄉 | tsuei4 | nuei4 | tʂuei1 | ʂuai4 | kuei1 | tɕi4 | tsuei3 | tʂhuei2 | kuei1 | fei1 | uei3<br>i3 | kuei3 |
| 鐵鞭鄉 | tsuei4 | nuei4 | tsuei1 | suai4 | kuei1 | tɕi4 | tsuei3 | tshuei2 | kuei1 | fei1 | uei3<br>i3 | kuei3 |
| 保城鄉 | tʂuei4 | nuei4 | tʂuei1 | ʂuai4 | kuei1 | tʂʅ4 | tʂuei3 | tʂhuei2 | kuei1 | fei1 | uei3<br>ʐʅ3 | kuei3 |
| 成都市 | tsuei4 | nuei4 | tsuei1 | suai4 | kuei1 | tɕi4 | tsuei3 | tshuei2 | kuei1 | fei1 | uei3 | kuei3 |

其中「尾」有 uei3、i3 兩讀。讀 i3，明代李實《蜀語》有「尾曰已巴」條。周及徐認為「今湖廣話多說『尾巴』。南路話多說『已巴』，同李氏語」。（周岷，周及徐 2016a）

三、劍閣、南部縣相鄰山區方言止攝合口的泥組字讀合口，與北京話（普通話）讀開口不同，類似的還有蟹攝合口字，如：

表 4.24　劍閣、南部縣相鄰山區方言蟹攝合口與止攝合口泥組字今讀比較表

| 方言點 | 例　字 | | | | | | |
|---|---|---|---|---|---|---|---|
| | 蟹　攝 | | | | 止　攝 | | |
| | 雷 | 儡 | 累 | 內 | 累 | 壘 | 淚 |
| | 來灰平 | 來灰平 | 來隊去 | 泥隊去 | 來紙上 | 來旨上 | 來至去 |
| 木馬鎮 | nuei2 | nuei3 | nuei4 | nuei4 | nuei3 | nuei3 | nuei4 |
| 鶴齡鎮 | nuei2 | nuei3 | nuei4 | nuei4 | nuei3 | nuei3 | nuei4 |
| 楊村鎮 | nuei2 | nuei3 | nuei4 | nuei4 | nuei3 | nuei3 | nuei4 |
| 白龍鎮 | nuei2 | nuei3 | nuei4 | nuei4 | nuei3 | nuei3 | nuei4 |
| 香沉鎮 | nuei2 | nuei3 | nuei4 | nuei4 | nuei3 | nuei3 | nuei4 |
| 公興鎮 | nuei2 | nuei3 | nuei4 | nuei4 | nuei3 | nuei3 | nuei4 |
| 塗山村 | nuei2 | nuei3 | nuei4 | nuei4 | nuei3 | nuei3 | nuei4 |
| 蘇維村 | nuei2 | nuei3 | nuei4 | nuei4 | nuei3 | nuei3 | nuei4 |
| 雙峰鄉 | nuei2 | nuei3 | nuei4 | nuei4 | nuei3 | nuei3 | nuei4 |
| 西河鄉 | nuei2 | nuei3 | nuei4 | nuei4 | nuei3 | nuei3 | nuei4 |
| 店埡鄉 | nuei2 | nuei3 | nuei4 | nuei4 | nuei3 | nuei3 | nuei4 |
| 鐵鞭鄉 | nuei2 | nuei3 | nuei4 | nuei4 | nuei3 | nuei3 | nuei4 |
| 保城鄉 | nuei2 | nuei3 | nuei4 | nuei4 | nuei3 | nuei3 | nuei4 |
| 成都市 | nuei2 | nuei3 | nuei4 | nuei4 | nuei3 | nuei3 | nuei4 |

從上表我們可以看到，不僅劍閣、南部縣相鄰山區方言都讀合口，成都話

也讀合口。實際上，這組字在四川話中普遍都讀合口。張光宇（2006）將齊微韻介音的消失分為五個類型，代表漢語方言合口介音消失的五個階段：（一）長治型，即唇音合口消失，餘保留；（二）忻州型，即唇音、泥母合口消失，餘保留；（三）北京型，即唇音、泥來母合口消失，餘保留；（四）臨清型，即唇音、泥來端透定母合口消失，餘保留；（五）武漢型，即唇音、端組、泥組、精組聲母合口消失，餘保留。並認為「漢語方言合口介音的消失循唇、舌、齒、牙、喉的順序次第展開」，即「合口韻的開口化運動起於唇音聲母，然後循 n>l>t/th >ts/tsh/s 的方向推展」。從這幾個類型（階段）來看，總體上可以將劍閣、南部縣相鄰山區方言歸於長治型〔註 3〕，即處在第一個階段；而北京話（普通話）已經處於第三個階段。但劍閣、南部縣相鄰山區方言中也有例外，比如木馬鎮蟹攝合口一等端組字就有開口化的，如「對」tei4、「碓」tei4，見下表：

表 4.25　劍閣、南部縣相鄰山區方言蟹攝合口一等端組字今讀例字表

| 方言點 | 例字 | | | | | | | |
|---|---|---|---|---|---|---|---|---|
| | 堆 | 腿 | 對 | 碓 | 推 | 退 | 隊 | 兌 |
| | 端灰平 | 透賄上 | 端隊去 | 端隊去 | 透灰平 | 透隊去 | 定隊去 | 定泰去 |
| 木馬鎮 | tuei1 | thuei3 | tei4 | tei4 | thuei1 | thuei4 | tuei4 | tuei4 |
| 鶴齡鎮 | tuei1 | thuei3 | tuei4 | tuei4 | thuei1 | thuei4 | tuei4 | tuei4 |
| 楊村鎮 | tuei1 | thuei3 | tuei4 | tuei4 | thuei1 | thuei4 | tuei4 | tuei4 |
| 白龍鎮 | tuei1 | thuei3 | tuei4 | tuei4 | thuei1 | thuei4 | tuei4 | tuei4 |
| 香沉鎮 | tuei1 | thuei3 | tuei4 | tuei4 | thuei1 | thuei4 | tuei4 | tuei4 |
| 公興鎮 | tuei1 | thuei3 | tuei4 | tuei4 | thuei1 | thuei4 | tuei4 | tuei4 |
| 塗山村 | tuei1 | thuei3 | tuei4 | tuei4 | thuei1 | thuei4 | tuei4 | tuei4 |
| 蘇維村 | tuei1 | thuei3 | tuei4 | tuei4 | thuei1 | thuei4 | tuei4 | tuei4 |
| 雙峰鄉 | tuei1 | thuei3 | tuei4 | tuei4 | thuei1 | thuei4 | tuei4 | tuei4 |
| 西河鄉 | tuei1 | thuei3 | tuei4 | tuei4 | thuei1 | thuei4 | tuei4 | tuei4 |
| 店埡鄉 | tuei1 | thuei3 | tuei4 | tuei4 | thuei1 | thuei4 | tuei4 | tuei4 |
| 鐵鞭鄉 | tuei1 | thuei3 | tuei4 | tuei4 | thuei1 | thuei4 | tuei4 | tuei4 |
| 保城鄉 | tuei1 | thuei3 | tuei4 | tuei4 | thuei1 | thuei4 | tuei4 | tuei4 |
| 成都市 | tuei1 | thuei3 | tuei4 | tuei4 | thuei1 | thuei4 | tuei4 | tuei4 |

雖然只有木馬鎮一個點有部分字蟹攝合口一等端組字讀了開口，但這一現

〔註 3〕何治春（2017）在討論四川蒼溪方言時，將蒼溪方言也歸於長治型。

象並不是偶然的。周及徐（2012b）指出四川話中蟹攝合口一等端組字「總起來是：川西南路話讀開口，成渝話讀合口。樂山、瀘州話同成渝話」。這說明木馬鎮話在這一點上與「川西南路話」有相似的表現，二者可能存在一定的聯繫。也說明了張光宇（2006）提出的五種類型或五個階段在整個四川話中並不完全是循序逐漸出現的，即整個四川話不能用其中的某一個類型來概括，亦即整個四川話內部並不是統一的，而是存在差異的。

四、劍閣、南部縣相鄰山區方言止攝合口的精組字還有部分讀 y/iu。

表 4.26 劍閣、南部縣相鄰山區方言止攝合口精組字今讀例字表

| 方言點 | 例字 | | | |
|---|---|---|---|---|
| | 雖 | 穗 | 遂 | 隧 |
| | 心脂平 | 邪至去 | 邪至去 | 邪至去 |
| 木馬鎮 | suei1 | siu4 | siu4 | siu4 |
| 鶴齡鎮 | ʂuei1 | ɕy4 | ɕy4 | ɕy4 |
| 楊村鎮 | ɕy1 | ɕy4 | ɕy4 | ɕy4 |
| 白龍鎮 | suei1 | siu4 | siu4 | siu4 |
| 香沉鎮 | ɕy1 | ɕy4 | ɕy4 | ɕy4 |
| 公興鎮 | sy1 | sy4 | sy4 | sy4 |
| 塗山村 | sy1 | sy4 | sy4 | sy4 |
| 蘇維村 | ɕy1 | ɕy4 | ɕy4 | ɕy4 |
| 雙峰鄉 | suei1 | ɕiu4 | ɕiu4 | ɕiu4 |
| 西河鄉 | ɕiu1 | ɕiu4 | ɕiu4 | ɕiu4 |
| 店埡鄉 | sy1 | sy4 | sy4 | sy4 |
| 鐵鞭鄉 | suei1 | ɕiu4 | ɕiu4 | ɕiu4 |
| 保城鄉 | ʂuei1 | ʂuei4 | ɕiu4 | ɕiu4 |
| 成都市 | ɕy1<br>suei1 新 | ɕy4<br>suei4 新 | ɕy4<br>suei4 新 | ɕy4<br>suei4 新 |

即劍閣、南部縣相鄰山區方言止攝合口部分精組字讀入遇攝，亦即「支微入魚（虞）」，這一現象廣泛存在於漢語方言中。〔註 4〕關於「支微入魚」這一

〔註 4〕如：顧黔，通泰方言韻母研究——共時分布及歷時溯源〔J〕，中國語文，1997(03)：192～201；顧黔，長江中下游沿岸方言「支微入魚」的地理分布及成因〔J〕，語言研究，2016，36（01）：20～25；王軍虎，晉陝甘方言的「支微入魚」現象和唐五代西北方音〔J〕，中國語文，2004（03）：267～271+288；劉勳寧，一個中原官話中曾

現象的產生，王軍虎（2004）指出晉陝甘方言白讀層的「支微入魚」當與唐五代西北方音有繼承關係。劉勳寧（2005）對此提出不同的看法，認為「這是以中原官話為標準語的漢語中曾經存在過的一個語音層次，曾經影響了很多方言的讀音，只是在後來的漢語標準語由中原官話向北方官話轉移中逐漸消退了」。即中原官話的「支微入魚」通過文教方式影響晉陝甘方言，後來在敦煌文獻中反映出來。顧黔（2016）從方言地理學的角度對長江中下游的「支微入魚」現象進行了考察，指出長江中下游中部「支微入魚」的斷裂帶是中原地區人口南遷造成的。鄭偉（2016/2018）則認為這一現象是語言自身演變的結果。何治春（2017）在討論蒼溪方言時，指出蒼溪方言「支微入魚」的字有尖音的讀法，從而認為①「『支微入魚』這一現象進入四川要早於四川地區分尖團開始消失時」；又通過《蜀語》的「遂讀同歲」，指出四川方言「蟹合入魚」的現象，並通過說明 sy4/siu4>ɕy4 是自然演變，從而②否定周岷、周及徐（2016a）提出的「遂」的讀音從明代至今有三個層次的第二個層次，最後認為這是自身演變的結果。何治春（2017）指出的①，在劍閣、南部縣相鄰山區方言中是普遍現象，大部分都沒有齶化，仍然保持尖音讀法。但何治春（2017）指出的②，有待商榷。第一，雖然可以認為「支微入魚」早於分尖團開始消失時，但這並不能證明《蜀語》時代「遂」就已「入魚」，即《蜀語》的「遂讀同歲」並不能說明「歲」讀「入魚」。第二，周岷、周及徐（2016a）提出的三個層次：一，「遂、歲」同音；二，「遂」音 ɕy4，為「湖廣話」強力影響而替換的結果；三，「遂」又音 sui4，是今普通話影響的結果。且周文在指出第二個層次時，特意強調了「遂」字是地名用字，不輕易改變。顯然何文沒有考慮這一點。第三，既然「遂讀同歲」不能證明「歲」讀「入魚」，那麼就不能混淆 sui 和 siu 的演變，即要取消周文中的第二個層次，光說明「siu>ɕy 很自然」顯然是不夠的。也就是說，四川話的「支微入魚」是自身演變的結果，尚證據不足；而周岷、周及徐（2016a）提出的「被『湖廣話』強力影響而替換」的說法則更具說服力。

---

經存在過的語音層次〔J〕，語文研究，2005（01）：49～52；鄭偉，現代方言「支微入虞」的相對年代〔A〕，中國語言學會，中國語言學報（第十八期）〔C〕，中國語言學會：商務印書館有限公司，2016：9；鄭偉，現代方言「支微入虞」的相對年代〔J〕，中國語言學報，2018（00）：159～167。

#### 4.2.1.6 流攝字今讀

表 4.27 劍閣、南部縣相鄰山區方言流攝字今讀例字表

| 方言點 | 例字 | | | | | | | | | |
|---|---|---|---|---|---|---|---|---|---|---|
| | 某 | 畝 | 牡 | 茂 | 貿 | 母 | 陡 | 富 | 流 | 醜 |
| | 明厚 | 明厚 | 明厚 | 明候 | 明候 | 明厚 | 端厚 | 非宥 | 來尤 | 徹有 |
| 木馬鎮 | moŋ3 | moŋ3 | maŋ3 | moŋ4 | moŋ4 | mu3 | təu3 | fu4 | niəu2 | tʂhəu3 |
| 鶴齡鎮 | moŋ3 | moŋ3 | mu3 | moŋ4 | moŋ4 | mu3 | təu3 | fu4 | niəu2 | tʂhəu3 |
| 楊村鎮 | moŋ3 | moŋ3 | mu3 | moŋ4 | moŋ4 | mu3 | təu3 | fu4 | niəu2 | tʂhəu3 |
| 白龍鎮 | moŋ3 | moŋ3 | maŋ3 | moŋ4 | moŋ4 | mu3 | təu3 | fu4 | niəu2 | tʂhəu3 |
| 香沉鎮 | moŋ3 | moŋ3 | mu3 | moŋ4 | moŋ4 | mu3 | təu3 | fu4 | niəu2 | tʂhəu3 |
| 公興鎮 | moŋ3 | moŋ3 | mu3 | moŋ4 | moŋ4 | mu3 | təu3 | fu4 | niu2 | tʂhəu3 |
| 塗山村 | moŋ3 | moŋ3 | mu3 | moŋ4 | moŋ4 | mu3 | təu3 | fu4 | niəu2 | tʂhəu3 |
| 蘇維村 | moŋ3 | moŋ3 | mu3 | moŋ4 | moŋ4 | mu3 | təu3 | fu4 | niəu2 | tʂhəu3 |
| 雙峰鄉 | moŋ3 | moŋ3 | mau3 | moŋ4 | moŋ4 | mu3 | təu3 | fu4 | niəu2 | tshəu3 |
| 西河鄉 | moŋ3 | moŋ3 | mau3 | moŋ4 | moŋ4 | mu3 | təu3 | fu4 | niəu2 | tshəu3 |
| 店埡鄉 | moŋ3 | moŋ3 | moŋ3 | moŋ4 | moŋ4 | mu3 | təu3 | fu4 | niəu2 | tʂhəu3 |
| 鐵鞭鄉 | moŋ3 | moŋ3 | mau3 | moŋ4 | moŋ4 | mu3 | təu3 | fu4 | niəu2 | tshəu3 |
| 保城鄉 | moŋ3 | moŋ3 | mau3 | moŋ4 | moŋ4 | mu3 | təu3 | fu4 | niəu2 | tʂhəu3 |
| 成都市 | moŋ3 | moŋ3 | mu3 | moŋ4<br>mau4 新 | moŋ4<br>mau4 新 | mu3 | təu3 | fu4 | niəu2 | tshəu3 |

一、劍閣、南部縣相鄰山區方言流攝一等，明母字大多數讀-oŋ（含部分三等明母字，如「謀」），其次讀-u，再次讀-au，另白龍鎮和木馬鎮又音-aŋ，如「牡」maŋ3。其他聲母後讀-əu。

流攝一等明母讀入通攝，即-oŋ。這在四川話裡是普遍現象，分布十分廣泛。我們通過觀察「牡」字在劍閣、南部縣相鄰山區方言中的不同讀音，可知這是演變的結果。「牡」在劍閣、南部縣相鄰山區方言中的讀音有 u、au、aŋ、oŋ 四讀。流攝一等侯韻，其中古構擬音為 əu（鄭張尚芳 2013：246），又鄭張尚芳（2017）指出：「『侯』韻吳音、朝鮮皆為 u、漢音為 ou、越南為 ɐu，連起來正反映 o>əu>ɐu 的高化分裂過程」。我們結合「牡」字在劍閣、南部縣相鄰山區方言的各種讀音，可以繼續補充這一高化分裂過程：o>u>əu>ɐu/au。這還只是一個階段，代表點有雙峰、西河、鐵鞭和保城鄉等。侯韻在劍閣、南部縣相鄰山區方言的演變並沒有結束，還有後續，即進一步由 au 向 aŋ 變化。u 與 ŋ 因

發音部位接近，再加上唇音聲母 m-對韻尾 u 的異化作用，最終使得 au>aũ>aŋ，代表點為木馬鎮和白龍鎮。au>aũ>aŋ，這一過程與日本漢字音的演變正好相反，比如通攝舒聲日本吳音為 uũ>u，漢音為 ou（平山久雄 2005：68）。侯韻在劍閣、南部縣相鄰山區方言的演變還有後續，即由 aŋ>oŋ，最終形成流攝一等明母讀入通攝的分布局面。也就是說，通過考察「牡」字在劍閣、南部縣相鄰山區方言的讀音分布，我們可以推知流攝一等明母讀入通攝，這一四川方言中的普遍現象當是自身演變的結果，其音變鏈大致為：o>u>əu>ɐu/au>aŋ>oŋ。

二、劍閣、南部縣相鄰山區方言流攝三等，非組字（明母除外）讀-u，知系字讀-əu，其他聲母字讀-iəu（變體-iu）。

## 4.2.2 陽聲韻

### 4.2.2.1 咸山攝舒聲字今讀

咸山攝舒聲開口的一等字、二等（除見系外）字、三等知系字以及咸攝合口三等字在劍閣、南部縣相鄰山區方言，除鐵鞭鄉和保城鄉外以讀-aŋ 為主，少數字讀-an，其中塗山鄉蘇維村、雙峰鄉、西河鄉以及店埡鄉讀-aŋ 在聲韻配合分布上最廣，覆蓋面最大，又木馬鎮山攝四等有部分字讀-iaŋ，如「肩」tɕiaŋ1 等；在鐵鞭鄉和保城鄉統讀-an。

咸山攝舒聲開口的二等見系字、三等（除知系外）字以及四等字在木馬鎮、鶴齡鎮、楊村鎮、雙峰鄉、西河鄉、店埡鄉、鐵鞭鄉以及保城鄉讀-iɛn；在白龍鎮、香沉鎮、公興鎮、塗山鄉塗山村以及塗山鄉蘇維村讀-ie。如：

表 4.28　劍閣、南部縣相鄰山區方言咸攝舒聲字、山攝舒聲開口字今讀例字表

| 方言點 | 咸攝舒聲例字 | | | | | | | |
|---|---|---|---|---|---|---|---|---|
| | 貪 | 喊 | 減 | 占 | 尖 | 點 | 甜 | 犯 |
| | 透覃 | 曉敢 | 見豏 | 章鹽 | 精鹽 | 端忝 | 定添 | 奉范 |
| 木馬鎮 | thaŋ1 | xaŋ3 | tɕiɛn3 | tʂan4 | tsiɛn1 | tiɛn3 | thiɛn2 | fan4 |
| 鶴齡鎮 | thaŋ1 | xaŋ3 | tɕiɛn3 | tsan4 | tɕiɛn1 | tiɛn3 | thiɛn2 | faŋ4 |
| 楊村鎮 | thaŋ1 | xaŋ3 | tɕiɛn3 | tʂan1 | tɕiɛn1 | tiɛn3 | thiɛn2 | faŋ4 |
| 白龍鎮 | thaŋ1 | xaŋ3 | cie3 | tʂan4 | tsie1 | tie3 | thie2 | fan4 |
| 香沉鎮 | thaŋ1 | xaŋ3 | tɕie3 | tʂan4 | tɕie1 | tie3 | thie2 | faŋ4 |

| 公興鎮 | thaŋ1 | xaŋ3 | tɕie3 | tʂan4 | tsie1 | tie3 | thie2 | faŋ4 |
|---|---|---|---|---|---|---|---|---|
| 塗山村 | thaŋ1 | xaŋ3 | tɕie3 | tsan4 | tsie1 | tie3 | thie2 | faŋ4 |
| 蘇維村 | thaŋ1 | xaŋ3 | tɕie3 | tʂan4 | tɕie1 | tie3 | thie2 | faŋ4 |
| 雙峰鄉 | thaŋ1 | xaŋ3 | tɕiɛn3 | tsaŋ4 | tɕiɛn1 | tiɛn3 | thiɛn2 | faŋ4 |
| 西河鄉 | thaŋ1 | xaŋ3 | tɕiɛn3 | tsaŋ4 | tsiɛn1 | tiɛn3 | thiɛn2 | faŋ4 |
| 店埡鄉 | thaŋ1 | xaŋ3 | tɕiɛn3 | tʂaŋ4 | tsiɛn1 | tiɛn3 | thiɛn2 | fan4 |
| 鐵鞭鄉 | than1 | xan3 | tɕiɛn3 | tsan4 | tɕiɛn1 | tiɛn3 | thiɛn2 | fan4 |
| 保城鄉 | than1 | xan3 | tɕiɛn3 | tʂan4 | tɕiɛn1 | tiɛn3 | thiɛn2 | fan4 |
| 成都市 | than1 | xan3 | tɕiɛn3 | tsan4 | tɕiɛn1 | tiɛn3 | thiɛn2 | fan4 |

| 方言點 | 山攝舒聲開口例字 | | | | | | | |
|---|---|---|---|---|---|---|---|---|
| | 蘭 | 辦 | 山 | 奸 | 善 | 變 | 天 | 肩 |
| | 來寒 | 並襉 | 生山 | 見寒 | 禪獮 | 幫線 | 透先 | 見先 |
| 木馬鎮 | naŋ2 | pan4 | ʂaŋ1 | tɕiɛn1 | ʂan4 | piɛn4 | thiɛn1 | tɕiaŋ1 |
| 鶴齡鎮 | naŋ2 | pan4 | ʂaŋ1 | tɕiɛn1 | ʂan4 | piɛn4 | thiɛn1 | tɕiɛn1 |
| 楊村鎮 | naŋ2 | pan4 | ʂaŋ1 | tɕiɛn1 | ʂan4 | piɛn4 | thiɛn1 | tɕiɛn1 |
| 白龍鎮 | naŋ2 | pan4 | ʂaŋ1 | cie1 | ʂan4 | pie4 | thie1 | tɕie1 |
| 香沉鎮 | naŋ2 | pan4 | ʂaŋ1 | tɕie1 | ʂan4 | pie4 | thie1 | tɕie1 |
| 公興鎮 | naŋ2 | pan4 | ʂaŋ1 | tɕie1 | ʂan4 | pie4 | thie1 | tɕie1 |
| 塗山村 | naŋ2 | pan4 | ʂaŋ1 | tɕie1 | ʂan4 | pie4 | thie1 | tɕie1 |
| 蘇維村 | naŋ2 | paŋ4 | ʂaŋ1 | tɕie1 | ʂaŋ4 | pie4 | thie1 | tɕie1 |
| 雙峰鄉 | naŋ2 | paŋ4 | saŋ1 | tɕiɛn1 | san4 | piɛn4 | thiɛn1 | tɕiɛn1 |
| 西河鄉 | naŋ2 | paŋ4 | saŋ1 | tɕiɛn1 | saŋ4 | piɛn4 | thiɛn1 | tɕiɛn1 |
| 店埡鄉 | naŋ2 | pan4 | ʂaŋ1 | tɕiɛn1 | ʂaŋ4 | piɛn4 | thiɛn1 | tɕiɛn1 |
| 鐵鞭鄉 | nan2 | pan4 | san1 | tɕiɛn1 | san4 | piɛn4 | thiɛn1 | tɕiɛn1 |
| 保城鄉 | nan2 | pan4 | ʂan1 | tɕiɛn1 | ʂan4 | piɛn4 | thiɛn1 | tɕiɛn1 |
| 成都市 | nan2 | pan4 | san1 | tɕiɛn1 | san4 | piɛn4 | thiɛn1 | tɕiɛn1 |

山攝舒聲合口的一等字、二等字以及三等知系字在劍閣、南部縣相鄰山區方言的塗山鄉塗山村和西河鄉兩點中讀-uaŋ，其餘各點讀-uan。

山攝舒聲合口的三等（除知系外）字及其四等字在木馬鎮、鶴齡鎮、楊村鎮、雙峰鄉、西河鄉、店埡鄉、鐵鞭鄉以及保城鄉讀-yɛn，部分四等字讀-iɛn；在白龍鎮、香沉鎮、公興鎮、塗山鄉塗山村以及塗山鄉蘇維村讀-ye，部分四等字讀-ie。如：

表 4.29　劍閣、南部縣相鄰山區方言山攝舒聲合口字今讀例字表

| 方言點 | 例　字 | | | | | |
|---|---|---|---|---|---|---|
| | 端 | 關 | 選 | 船 | 縣 | 犬 |
| | 端桓 | 見刪 | 心獮 | 船仙 | 匣先 | 溪銑 |
| 木馬鎮 | tuan1 | kuan1 | syɛn3 | tʂhuan2 | ɕiɛn4 | tɕhyɛn3 |
| 鶴齡鎮 | tuan1 | kuan1 | ɕyɛn3 | tshuan2 | ɕiɛn4 | tɕhyɛn3 |
| 楊村鎮 | tuan1 | kuan1 | ɕyɛn3 | tʂhuan2 | ɕiɛn4 | tɕhyɛn3 |
| 白龍鎮 | tuan1 | kuan1 | sye3 | tʂhuan2 | ɕie4 | tɕhye3 |
| 香沉鎮 | tuan1 | kuan1 | ɕye3 | tʂhuan2 | ɕie4 | tɕhye3 |
| 公興鎮 | tuan1 | kuan1 | sye3 | tʂhuan2 | ɕie4 | tɕhye3 |
| 塗山村 | tuan1 | kuan1 | sye3 | tʂhuan2 | ɕie4 | tɕhye3 |
| 蘇維村 | tuaŋ1 | kuaŋ1 | ɕye3 | tʂhuaŋ2 | ɕie4 | tɕhye3 |
| 雙峰鄉 | tuan1 | kuan1 | ɕyɛn3 | tshuan2 | ɕiɛn4 | tɕhyɛn3 |
| 西河鄉 | tuaŋ1 | kuaŋ1 | syɛn3 | tshuaŋ2 | ɕiɛn4 | tɕhyɛn3 |
| 店埡鄉 | tuan1 | kuan1 | syɛn3 | tʂhuan2 | çiɛn4 | tɕhyɛn3 |
| 鐵鞭鄉 | tuan1 | kuan1 | ɕyɛn3 | tshuan2 | ɕiɛn4 | tɕhyɛn3 |
| 保城鄉 | tuan1 | kuan1 | ɕyɛn3 | tʂhuan2 | ɕiɛn4 | tɕhyɛn3 |
| 成都市 | tuan1 | kuan1 | ɕyɛn3 | tshuan2 | ɕiɛn4 | tɕhyɛn3 |

#### 4.2.2.2　深臻攝舒聲字今讀

表 4.30　劍閣、南部縣相鄰山區方言深臻攝舒聲字今讀例字表

| 方言點 | 深臻攝舒聲開口例字 | | | | | | | | |
|---|---|---|---|---|---|---|---|---|---|
| | 品 | 沉 | 尋 | 根 | 鎮 | 貧 | 鄰 | 進 | 勤 |
| | 滂寢 | 澄侵 | 邪侵 | 見痕 | 知震 | 並真 | 來真 | 精震 | 群欣 |
| 木馬鎮 | phin3 | tʂhen2 | syn2 | ken1 | tʂen4 | phin2 | nin2 | tsin4 | tɕhin2 |
| 鶴齡鎮 | phin3 | tʂhen2 | ɕin2 | ken1 | tʂen4 | phin2 | nin2 | tɕin4 | tɕhin2 |
| 楊村鎮 | phin3 | tʂhen2 | ɕyn2 | ken1 | tʂen4 | phin2 | nin2 | tɕin4 | tɕhin2 |
| 白龍鎮 | phin3 | tʂhen2 | syn2 | ken1 | tʂen4 | phin2 | nin2 | tsin4 | tɕhin2 |
| 香沉鎮 | phin3 | tʂhen2 | ɕin2 | ken1 | tʂen4 | phin2 | nin2 | tɕin4 | tɕhin2 |
| 公興鎮 | phin3 | tʂhen2 | sin2 | ken1 | tʂen4 | phin2 | nin2 | tsin4 | tɕhin2 |
| 塗山村 | phin3 | tʂhen2 | syn2 | ken1 | tʂen4 | phin2 | nin2 | tsin4 | tɕhin2 |
| 蘇維村 | phin3 | tʂhen2 | ɕin2<br>ɕyn2 | ken1 | tʂen4 | phin2 | nin2 | tɕin4 | tɕhin2 |

| 雙峰鄉 | phin3 | tshen2 | ɕin2<br>suən2 | ken1 | tsen4 | phin2 | nin2 | tɕin4 | tɕhin2 |
|---|---|---|---|---|---|---|---|---|---|
| 西河鄉 | phin3 | tshen2 | ɕyn2 | ken1 | tsen4 | phin2 | nin2 | tɕin4 | tɕhin2 |
| 店埡鄉 | phin3 | tʂhen2 | sin2 | ken1 | tʂen4 | phin2 | nin2 | tsin4 | tɕhin2 |
| 鐵鞭鄉 | phin3 | tshen2 | ɕyn2 | ken1 | tsen4 | phin2 | nin2 | tɕin4 | tɕhin2 |
| 保城鄉 | phin3 | tʂhen2 | ɕyn2 | ken1 | tʂen4 | phin2 | nin2 | tɕin4 | tɕhin2 |
| 成都市 | phin3 | tshen2 | ɕyn2 | ken1 | tsen4 | phin2 | nin2 | tɕin4 | tɕhin2 |

| 方言點 | 臻攝舒聲合口例字 | | | | | | | | |
|---|---|---|---|---|---|---|---|---|---|
| | 本 | 盾 | 分 | 文 | 輪 | 困 | 準 | 俊 | 均 |
| | 幫混 | 定混 | 非文 | 微文 | 來諄 | 溪慁 | 章準 | 精稕 | 見諄 |
| 木馬鎮 | pen3 | ten4 | fen1 | ven2 | nen2 | xuən4 | tʂuən3 | tɕyn4 | tɕyn1 |
| 鶴齡鎮 | pen3 | ten4<br>tuən4 | fen1 | uən2 | nen2 | khuən4 | tsuən3 | tɕyn4 | tɕyn1 |
| 楊村鎮 | pen3 | ten4<br>tuən4 | fen1 | uən2 | nen2 | khuən4 | tʂuən3 | tɕyn4 | tɕyn1 |
| 白龍鎮 | pen3 | ten4 | fen1 | ven2 | nen2 | khuən4 | tʂuən3 | tsyn4 | cyn1 |
| 香沉鎮 | pen3 | ten4 | fen1 | uən2 | nen2 | khuən4 | tʂuən3 | tɕyn4 | tɕyn1 |
| 公興鎮 | pen3 | ten4 | fen1 | uən2 | nen2 | khuən4 | tʂuən3 | tsyn4 | tɕyn1 |
| 塗山村 | pen3 | ten4 | fen1 | uən2 | nen2 | khuən4 | tʂuən3 | tsyn4 | tɕyn1 |
| 蘇維村 | pen3 | ten4 | fen1 | uən2 | nen2 | khuən4 | tʂuən3 | tɕyn4 | tɕyn1 |
| 雙峰鄉 | pen3 | ten4 | fen1 | uən2 | nen2 | khuən4 | tsuən3 | tɕyn4 | tɕyn1 |
| 西河鄉 | pen3 | ten4 | fen1 | uən2 | nen2 | khuən4 | tsuən3 | tɕyn4 | tɕyn1 |
| 店埡鄉 | pen3 | ten4 | fen1 | ven2 | nen2 | khuən4 | tʂuən3 | tsyn4 | cyn1 |
| 鐵鞭鄉 | pen3 | ten4 | fen1 | uən2 | nen2 | khuən4 | tsuən3 | tɕyn4 | tɕyn1 |
| 保城鄉 | pen3 | ten4 | fen1 | uən2 | nen2 | khuən4 | tʂuən3 | tɕyn4 | tɕyn1 |
| 成都市 | pen3 | ten4 | fen1 | uən2 | nen2 | khuən4 | tsuən3 | tɕyn4 | tɕyn1 |

一、深臻攝舒聲開口三等知系字，臻攝舒聲開口一等字，臻攝舒聲合口一等字（除見系外）、三等非組（微母部分點例外）端組泥組字均讀-en。

二、深臻攝舒聲開口三等字（除知系外）讀-in。

三、臻攝舒聲合口一等見系字、三等知系字讀-uən；合口三等精組見系字讀-yn。

四、臻攝舒聲合口一、三等合口介音丟失明顯：

表 4.31　劍閣、南部縣相鄰山區方言臻攝舒聲合口一、三等合口介音丟失例字表

| 方言點 | 例 字 | | | | | | | | |
|---|---|---|---|---|---|---|---|---|---|
| | 墩 | 盾 | 論 | 尊 | 寸 | 孫 | 輪 | 遵 | 筍 |
| | 端魂 | 定混 | 來慁 | 精魂 | 清慁 | 心魂 | 來諄 | 精諄 | 心準 |
| 木馬鎮 | ten1 | ten4 | nen4 | tsen1 | tshen4 | sen1 | nen2 | tsen1 | sen3 |
| 鶴齡鎮 | ten1 | ten4<br>tuən4 | nen4 | tsen1 | tshen4 | suən1 | nen2 | tsuən1 | ʂen3 |
| 楊村鎮 | ten1 | ten4<br>tuən4 | nen4 | tsuən1 | tshuən4 | suən1 | nen2 | tsuən1 | suən3 |
| 白龍鎮 | ten1 | ten4 | nen4 | tsuən1 | tshuən4 | suən1 | nen2 | tsuən1 | suən3 |
| 香沉鎮 | ten1 | ten4 | nen4 | tsuən1 | tshuən4 | suən1 | nen2 | tsuən1 | sen3 |
| 公興鎮 | ten1 | ten4 | nen4 | tsuən1 | tshuən4 | suən1 | nen2 | tsuən1 | suən3 |
| 塗山村 | ten1 | ten4 | nen4 | tsen1 | tshen4 | suən1 | nen2 | tsen1 | suən3 |
| 蘇維村 | ten3 | ten4 | nen4 | tsen1 | tʂhuən4 | ʂen1 | nen2 | tsen1 | ʂen3 |
| 雙峰鄉 | ten1 | ten4 | nen4 | tsen1 | tshen4 | sen1 | nen2 | tsen1 | sen3 |
| 西河鄉 | ten1 | ten4 | nen4 | tsen1 | tshen4 | sen1 | nen2 | tsen1 | sen3 |
| 店埡鄉 | ten1 | ten4 | nen4 | tsen1 | tshen4 | sen1 | nen2 | tsen1 | sen3<br>suən3 |
| 鐵鞭鄉 | ten1 | ten4 | nen4 | tsen1 | tshen4 | sen1 | nen2 | tsen1 | sen3 |
| 保城鄉 | ten3 | ten4 | nen4 | tʂen1 | tʂhen4 | ʂen1 | nen2 | tʂen1 | ʂen3 |
| 成都市 | ten1 | ten4 | nen4 | tsen1 | tshen4 | sen1 | nen2 | tsen1 | sen3 |

合口介音的丟失，在漢語方言裡是一普遍現象，張光宇（2006）將 uei、uən、uan、uaŋ 四個韻母的合口介音消失的次序分為四個類型：一、信陽型，涵蓋上述四個韻母；二、武漢型，uei、uən、uan 開口化，uaŋ 不變；三、鎮遠型，僅 uei、uən 開口化；四、成都型，只有臻攝合口端精兩組讀開口呼。並將四種類型按演進次序排序為：成都型、鎮遠型、武漢型、信陽型。從上表可知，劍閣、南部縣相鄰山區方言臻攝合口端精兩組以讀開口為主，近於成都型。又我們在 3.2.1.5 中討論劍閣、南部縣相鄰山區方言齊微韻合口介音的消失情況時，雖然認為這一地區的方言屬於長治型，即唇音合口消失，餘保留，但同時也指出木馬鎮有例外，即木馬鎮蟹攝合口一等端組字有開口化的，如「對」tei4、「碓」tei4 等。也就是說劍閣、南部縣相鄰山區方言合口介音消失情況當處在成都型與鎮遠型之間，有向鎮遠型演進的趨勢。

#### 4.2.2.3 宕江攝舒聲字今讀

宕攝舒聲開口的一等字、三等知章組字，合口的三等非組（微母除外）字以及江攝舒聲幫泥組、部分見系字讀-aŋ。

宕攝舒聲開口精泥組見系字、江攝舒聲部分見系字讀-iaŋ。

宕攝舒聲開口三等莊組字、合口一等字、合口三等微母字以及江攝舒聲知莊組字讀-uaŋ。如：

表 4.32 劍閣、南部縣相鄰山區方言宕江攝舒聲字今讀例字表

| 方言點 | 例字 | | | | | | | | | | | |
|---|---|---|---|---|---|---|---|---|---|---|---|---|
| | 幫 | 姜 | 張 | 裝 | 慌 | 方 | 網 | 筐 | 邦 | 雙 | 江 | 項 |
| | 幫唐 | 見陽 | 知陽 | 莊陽 | 曉唐 | 非陽 | 微養 | 溪陽 | 幫江 | 生江 | 見江 | 匣講 |
| 木馬鎮 | paŋ1 | tɕiaŋ1 | tʂaŋ1 | tʂuaŋ1 | xuaŋ1 | faŋ1 | uaŋ3 | khuaŋ1 | paŋ1 | ʂuaŋ1 | tɕiaŋ1 | xaŋ4 |
| 鶴齡鎮 | paŋ1 | tɕiaŋ1 | tʂaŋ1 | tʂuaŋ1 | xuaŋ1 | faŋ1 | uaŋ3 | khuaŋ1 | paŋ1 | ʂuaŋ1 | tɕiaŋ1 | xaŋ4 |
| 楊村鎮 | paŋ1 | tɕiaŋ1 | tʂaŋ1 | tʂuaŋ1 | xuaŋ1 | faŋ1 | uaŋ3 | khuaŋ1 | paŋ1 | ʂuaŋ1 | tɕiaŋ1 | xaŋ4 |
| 白龍鎮 | paŋ1 | tɕiaŋ1 | tʂaŋ1 | tʂuaŋ1 | xuaŋ1 | faŋ1 | uaŋ3 | khuaŋ1 | paŋ1 | ʂuaŋ1 | ciaŋ1 | xaŋ4 |
| 香沉鎮 | paŋ1 | tɕiaŋ1 | tsaŋ1 | tʂuaŋ1 | xuaŋ1 | faŋ1 | uaŋ3 | khuaŋ1 | paŋ1 | ʂuaŋ1 | tɕiaŋ1 | ɕiaŋ4<br>xaŋ4 |
| 公興鎮 | paŋ1 | tɕiaŋ1 | tʂaŋ1 | tʂuaŋ1 | xuaŋ1 | faŋ1 | uaŋ3 | khuaŋ1 | paŋ1 | ʂuaŋ1 | tɕiaŋ1 | xaŋ4 |
| 塗山村 | paŋ1 | tɕiaŋ1 | tʂaŋ1 | tʂuaŋ1 | xuaŋ1 | faŋ1 | uaŋ3 | khuaŋ1 | paŋ1 | ʂuaŋ1 | tɕiaŋ1 | xaŋ4 |
| 蘇維村 | paŋ1 | tɕiaŋ1 | tʂaŋ1 | tʂuaŋ1 | xuaŋ1 | faŋ1 | uaŋ3 | khuaŋ1 | paŋ1 | ʂuaŋ1 | tɕiaŋ1 | xaŋ4 |
| 雙峰鄉 | paŋ1 | tɕiaŋ1 | tsaŋ1 | tsuaŋ1 | xuaŋ1 | faŋ1 | uaŋ3 | khuaŋ1 | paŋ1 | suaŋ1 | tɕiaŋ1 | xaŋ4 |
| 西河鄉 | paŋ1 | tɕiaŋ1 | tsaŋ1 | tsuaŋ1 | xuaŋ1 | faŋ1 | uaŋ3 | khuaŋ1 | paŋ1 | suaŋ1 | tɕiaŋ1 | xaŋ4 |
| 店埡鄉 | paŋ1 | tɕiaŋ1 | tʂaŋ1 | tʂuaŋ1 | xuaŋ1 | faŋ1 | uaŋ3 | khuaŋ1 | paŋ1 | ʂuaŋ1 | tɕiaŋ1 | xaŋ4 |
| 鐵鞭鄉 | paŋ1 | tɕiaŋ1 | tsaŋ1 | tsuaŋ1 | xuaŋ1 | faŋ1 | uaŋ3 | khuaŋ1 | paŋ1 | suaŋ1 | tɕiaŋ1 | xaŋ4 |
| 保城鄉 | paŋ1 | tɕiaŋ1 | tʂaŋ1 | tʂuaŋ1 | xuaŋ1 | faŋ1 | uaŋ3 | khuaŋ1 | paŋ1 | ʂuaŋ1 | tɕiaŋ1 | xaŋ4 |
| 成都市 | paŋ1 | tɕiaŋ1 | tsaŋ1 | tsuaŋ1 | xuaŋ1 | faŋ1 | uaŋ3 | khuaŋ1 | paŋ1 | suaŋ1 | tɕiaŋ1 | ɕiaŋ4<br>xaŋ4 |

#### 4.2.2.4 曾梗攝舒聲字今讀

一、曾攝舒聲開口的一等字、三等知章組字，梗攝舒聲開口二等泥知莊組及部分幫組字（如「彭」等），梗攝舒聲開口三等知章組字讀-en。

二、曾攝舒聲開口三等幫泥組見系字，梗攝舒聲開口二等少數見系字（如「鸚」等），梗攝舒聲開口三等幫精組見系字，梗攝舒聲開口四等字讀-in。

三、曾攝舒聲合口一等字（如「弘」），梗攝舒聲開口二等部分幫組字（如「猛」等），梗攝舒聲合口二等部分字（如「轟」等）讀-oŋ。

四、梗攝舒聲合口二等部分字讀-en、-uən、-uan，如「橫」等。梗攝舒聲合口三等見系字多數讀-yn，少數讀-in，「兄」讀-ioŋ。梗攝舒聲合口四等字讀-yn。

表 4.33　劍閣、南部縣相鄰山區方言曾梗攝舒聲字今讀例字表

| 方言點 | 曾攝舒聲例字 | | | | | | |
|---|---|---|---|---|---|---|---|
| | 燈 | 朋 | 冰 | 興 | 秤 | 繩 | 弘 |
| | 端登 | 並登 | 幫蒸 | 曉蒸 | 昌證 | 船蒸 | 匣登 |
| 木馬鎮 | ten1 | phoŋ2 | pin1 | ɕin1 | tʂhen4 | ʂen2 | xoŋ2 |
| 鶴齡鎮 | ten1 | phoŋ2 | pin1 | ɕin1 | tshen4 | sen2 | xoŋ2 |
| 楊村鎮 | ten1 | phoŋ2 | pin1 | ɕin1 | tʂhen4 | ʂuən2 | xoŋ2 |
| 白龍鎮 | ten1 | phoŋ2 | pin1 | ɕin1 | tʂhen4 | ʂuən2 | xoŋ2 |
| 香沉鎮 | ten1 | poŋ2 | pin1 | ɕin1 | tʂhen4 | suən2 | xoŋ2 |
| 公興鎮 | ten1 | phoŋ2 | pin1 | ɕin1 | tʂhen4 | ʂuən2 | xoŋ2 |
| 塗山村 | ten1 | phoŋ2 | pin1 | ɕin1 | tʂhen4 | ʂuən2 | xoŋ2 |
| 蘇維村 | ten1 | phoŋ2 | pin1 | ɕin1 | tʂhen4 | ʂuən2 | xoŋ2 |
| 雙峰鄉 | ten1 | phoŋ2 | pin1 | ɕin1 | tshen4 | suən2 | xoŋ2 |
| 西河鄉 | ten1 | phoŋ2 | pin1 | ɕin1 | tshen4 | suən2 | xoŋ2 |
| 店埡鄉 | ten1 | phoŋ2 | pin1 | ɕin1 | tʂhen4 | ʂuən2 | xoŋ2 |
| 鐵鞭鄉 | ten1 | phoŋ2 | pin1 | ɕin1 | tshen4 | suən2 | xoŋ2 |
| 保城鄉 | ten1 | phoŋ2 | pin1 | ɕin1 | tʂhen4 | ʂuən2 | xoŋ2 |
| 成都市 | ten1 | phoŋ2 | pin1 | ɕin1 | tshen4 | suən2 | xoŋ2 |

| 方言點 | 梗攝舒聲開口例字 | | | | | | | |
|---|---|---|---|---|---|---|---|---|
| | 猛 | 耕 | 鸚 | 兵 | 井 | 鏡 | 整 | 定 |
| | 明梗 | 見耕 | 影耕 | 幫庚 | 精靜 | 見映 | 章靜 | 定徑 |
| 木馬鎮 | moŋ3 | ken1 | in1 | pin1 | tsin3 | tɕin4 | tʂen3 | tin4 |
| 鶴齡鎮 | moŋ3 | ken1 | in1 | pin1 | tɕin3 | tɕin4 | tʂen3 | tin4 |
| 楊村鎮 | moŋ3 | ken1 | in1 | pin1 | tɕin3 | tɕin4 | tʂen3 | tin4 |
| 白龍鎮 | moŋ3 | ken1 | in1 | pin1 | tsin3 | tɕin4 | tʂen3 | tin4 |
| 香沉鎮 | moŋ3 | ken1 | in1 | pin1 | tɕin3 | tɕin4 | tʂen3 | tin4 |
| 公興鎮 | moŋ3 | ken1 | in1 | pin1 | tsin3 | tɕin4 | tʂen3 | tin4 |
| 塗山村 | moŋ3 | ken1 | in1 | pin1 | tsin3 | tɕin4 | tʂen3 | tin4 |
| 蘇維村 | moŋ3 | ken1 | in1 | pin1 | tɕin3 | tɕin4 | tʂen3 | tin4 |
| 雙峰鄉 | moŋ3 | ken1 | in1 | pin1 | tɕin3 | tɕin4 | tsen3 | tin4 |
| 西河鄉 | moŋ3 | ken1 | in1 | pin1 | tɕin3 | tɕin4 | tsen3 | tin4 |
| 店埡鄉 | moŋ3 | ken1 | in1 | pin1 | tsin3 | tɕin4 | tʂen3 | tin4 |
| 鐵鞭鄉 | moŋ3 | ken1 | in1 | pin1 | tɕin3 | tɕin4 | tsen3 | tin4 |
| 保城鄉 | moŋ3 | ken1 | in1 | pin1 | tɕin3 | tɕin4 | tʂen3 | tin4 |
| 成都市 | moŋ3 | ken1 | in1 文<br>ŋen1 白 | pin1 | tɕin3 | tɕin4 | tsen3 | tin4 |

| 方言點 | 梗攝舒聲合口例字 | | | | | | |
|---|---|---|---|---|---|---|---|
| | 橫 | 轟 | 兄 | 永 | 頃 | 螢 | 迥 |
| | 匣庚 | 曉耕 | 曉庚 | 云梗 | 溪清 | 匣青 | 匣迥 |
| 木馬鎮 | xuən2 | xoŋ1 | ɕioŋ1 | yn3 | tɕhyn3 | in2 | tɕyn3 |
| 鶴齡鎮 | xen2<br>xuən2 | xoŋ1 | ɕioŋ1 | yn3 | tɕhyn3 | yn2 | tɕyn3 |
| 楊村鎮 | xen2<br>xuən2 | xoŋ1 | ɕioŋ1 | yn3 | tɕhyn3 | yn2 | tɕyn3 |
| 白龍鎮 | xuən2 | xoŋ1 | ɕioŋ1 | yn3 | tɕhyn3 | yn2 | tɕyn3 |
| 香沉鎮 | xuən2<br>xen2 | xoŋ1 | ɕioŋ1 | yn3 | tɕhyn3 | yn2 | tɕyn3 |
| 公興鎮 | xuən2 | xoŋ1 | ɕioŋ1 | yn3 | tɕhyn3 | yn2 | tɕyn3 |
| 塗山村 | xuən2 | xoŋ1 | ɕioŋ1 | yn3 | tɕhyn3 | yn2 | tɕyn3 |
| 蘇維村 | xen2 | xoŋ1 | ɕioŋ1 | yn3 | tɕhyn3 | yn2 | tɕyn3 |
| 雙峰鄉 | xuan2 | xoŋ1 | ɕioŋ1 | yn3 | tɕhyn1 | yn2 | tɕyn3 |
| 西河鄉 | xuən2 | xoŋ1 | ɕioŋ1 | yn3 | tɕhyn1 | yn2 | tɕyn3 |
| 店埡鄉 | xuən2<br>xuan2 | xoŋ1 | ɕioŋ1 | yn3 | tɕhyn3 | yn2 | tɕyn3 |
| 鐵鞭鄉 | xuən2 | xoŋ1 | ɕioŋ1 | yn3 | tɕhyn1 | yn2 | tɕyn3 |
| 保城鄉 | xuən2 | xoŋ1 | ɕioŋ1 | yn3 | tɕhyn1 | yn2 | tɕyn3 |
| 成都市 | xen2 文<br>xuən2 白<br>xuan2 口 | xoŋ1 | ɕioŋ1 | yn3<br>ioŋ3 新 | tɕhyn1<br>tɕhyn3 | yn2<br>in2 新 | tɕyn3 |

#### 4.2.2.5 通攝舒聲字今讀

表 4.34 劍閣、南部縣相鄰山區方言通攝舒聲字今讀例字表

| 方言點 | 例 字 | | | | | | | | | | |
|---|---|---|---|---|---|---|---|---|---|---|---|
| | 蓬 | 東 | 哄 | 冬 | 宋 | 風 | 蟲 | 窮 | 封 | 腫 | 凶 |
| | 並東 | 端東 | 曉東 | 端冬 | 心宋 | 非東 | 澄東 | 群東 | 非鍾 | 章腫 | 曉鍾 |
| 木馬鎮 | phoŋ2 | toŋ1 | xuən3 | toŋ1 | soŋ4 | foŋ1 | tʂhoŋ2 | tɕhioŋ2 | foŋ1 | tʂoŋ3 | ɕioŋ1 |
| 鶴齡鎮 | phoŋ2 | toŋ1 | xoŋ3 | toŋ1 | ʂoŋ4 | foŋ1 | tʂhoŋ2 | tɕhioŋ2 | foŋ1 | tsoŋ3 | ɕioŋ1 |
| 楊村鎮 | phoŋ2 | toŋ1 | xoŋ3 | toŋ1 | soŋ4 | foŋ1 | tʂhoŋ2 | tɕhioŋ2 | foŋ1 | tʂoŋ3 | ɕioŋ1 |
| 白龍鎮 | phoŋ2 | toŋ1 | xoŋ3 | toŋ1 | soŋ4 | foŋ1 | tʂhoŋ2 | tɕhioŋ2 | foŋ1 | tʂoŋ3 | ɕioŋ1 |
| 香沉鎮 | phoŋ2 | toŋ1 | xoŋ3 | toŋ1 | soŋ4 | foŋ1 | tʂhoŋ2 | tɕhioŋ2 | foŋ1 | tsoŋ3 | ɕioŋ1 |
| 公興鎮 | phoŋ2 | toŋ1 | xoŋ3 | toŋ1 | soŋ4 | foŋ1 | tʂhoŋ2 | tɕhioŋ2 | foŋ1 | tʂoŋ3 | ɕioŋ1 |
| 塗山村 | phoŋ2 | toŋ1 | xoŋ3 | toŋ1 | soŋ4 | foŋ1 | tʂhoŋ2 | tɕhioŋ2 | foŋ1 | tʂoŋ3 | ɕioŋ1 |

| 蘇維村 | phoŋ2 | toŋ1 | xoŋ3 | toŋ1 | ʂoŋ4 | foŋ1 | tʂhoŋ2 | tɕhioŋ2 | foŋ1 | tʂoŋ3 | ɕioŋ1 |
|---|---|---|---|---|---|---|---|---|---|---|---|
| 雙峰鄉 | phoŋ2 | toŋ1 | xuən3 | toŋ1 | soŋ4 | foŋ1 | tshoŋ2 | tɕhioŋ2 | foŋ1 | tsoŋ3 | ɕioŋ1 |
| 西河鄉 | phoŋ2 | toŋ1 | xoŋ3 | toŋ1 | soŋ4 | foŋ1 | tshoŋ2 | tɕhioŋ2 | foŋ1 | tsoŋ3 | ɕioŋ1 |
| 店埡鄉 | phoŋ2 | toŋ1 | xoŋ3<br>xuən3 | toŋ1 | soŋ4 | foŋ1 | tʂhoŋ2 | tɕhioŋ2 | foŋ1 | tʂoŋ3 | ɕioŋ1 |
| 鐵鞭鄉 | phen2 | toŋ1 | xuən3 | toŋ1 | soŋ4 | foŋ1 | tshoŋ2 | tɕhioŋ2 | foŋ1 | tsoŋ3 | ɕioŋ1 |
| 保城鄉 | phoŋ2 | toŋ1 | xoŋ3 | toŋ1 | ʂoŋ4 | foŋ1 | tʂhoŋ2 | tɕhioŋ2 | foŋ1 | tʂoŋ3 | ɕioŋ1 |
| 成都市 | phoŋ2 | toŋ1 | xoŋ3 | toŋ1 | soŋ4 | foŋ1 | tshoŋ2 | tɕhioŋ2 | foŋ1 | tsoŋ3 | ɕioŋ1 |

一、通攝舒聲一等字在劍閣、南部縣相鄰山區方言中以讀-oŋ 為主；其中鐵鞭鄉部分字讀-en，如「蓬」phen2；又木馬鎮、雙峰鄉、店埡鄉和鐵鞭鄉部分字讀-uən，如「哄」xuən3。

二、通攝舒聲三等字在劍閣、南部縣相鄰山區方言中表現較一致：非組、泥精組、知章組讀-oŋ；見系為-oŋ、-ioŋ 兩讀，見組以讀-oŋ 為主，影組以讀-ioŋ 為主。

## 4.2.3 入聲韻

### 4.2.3.1 咸山攝入聲字今讀

一、在劍閣、南部縣相鄰山區方言中，咸山攝入聲開口一等端泥精組字、咸山攝入聲合口三等非組字，讀-ᴀ。咸山攝入聲開口一等見系字讀-o/-ʊ、-au、-ɤ，如「盒」，木馬鎮音 xʊ5，其餘點音 xo5；「割」，木馬鎮音 kʊ5，鶴齡鎮音 kau4，鐵鞭鄉音 kɤ5，其餘各點音 ko5。其中鶴齡鎮讀-au，是後起的變化，是由-o/-ʊ 進一步高化裂化再低化的結果；鐵鞭鄉讀-ɤ 是由-o/-ʊ 進一步展唇化的結果，這類音變可參看 4.2.1.1 對果攝字今讀的討論。

二、在劍閣、南部縣相鄰山區方言中，咸山攝入聲開口二等幫知莊組字讀-ᴀ，見系字讀-ia。這是典型的見系二等齶化現象。

三、木馬鎮、鶴齡鎮、楊村鎮、白龍鎮、香沉鎮、塗山鄉塗山村、塗山鄉蘇維村、雙峰鄉、西河鄉、店埡鄉和保城鄉的咸山攝入聲開口三、四等，幫端見系字讀-ie，部分字讀-i、-e；知系字讀-e，少數例外，如木馬鎮的「哲」讀 tʂyi5。鐵鞭鄉的咸山攝入聲開口三、四等，幫端見系字統一讀-i；知系字白讀為-æ，文讀為-e，其中白讀音-æ 的分布已經大幅縮小，僅剩不成系統的部分字。公興鎮的咸山攝入聲開口三、四等，幫端見系字統一讀-iæ；知系字讀-æ。

四、山攝入聲合口一等字、合口三等知系字在劍閣、南部縣相鄰山區方言中，木馬鎮讀-ʊ，其他各點讀-o；部分字如「說」，鶴齡鎮讀-uɛ，店埡鄉-o、-ue兩讀。

五、山攝入聲合口二等字讀-ua。

六、山攝入聲合口三、四等精組、見系字在劍閣、南部縣相鄰山區方言中，木馬鎮讀-yi，公興鎮讀-yæ，其餘各點讀-ye。

表 4.35　劍閣、南部縣相鄰山區方言咸山攝入聲字今讀例字表

| 方言點 | 咸攝入聲例字 | | | | | | | | | | |
|---|---|---|---|---|---|---|---|---|---|---|---|
| | 搭 | 盒 | 蠟 | 插 | 夾 | 鴨 | 折 | 接 | 業 | 貼 | 法 |
| | 端合 | 匣合 | 來盍 | 初洽 | 見洽 | 影狎 | 章葉 | 精葉 | 疑業 | 透帖 | 非乏 |
| 木馬鎮 | tA5 | xʊ5 | nA5 | tʂhA5 | tɕia5 | ia5 | tʂe5 | tsie5 | ȵie5 | thi5 | fA5 |
| 鶴齡鎮 | tA5 | xo5 | nA5 | tʂhA5 | tɕia5 | ia5 | tʂe5 | tɕi5 | ȵie5 | thie5 | fA5 |
| 楊村鎮 | tA5 | xo5 | nA5 | tʂhA5 | tɕia5 | ia5 | tʂe5 | tɕie5 | ȵie5 | thie5 | fA5 |
| 白龍鎮 | tA5 | xo5 | nA5 | tʂhA5 | cia5<br>tɕia5 | ia5 | tʂe5 | tsie5 | ȵie5 | thie5 | fA5 |
| 香沉鎮 | tA5 | xo5 | nA5 | tshA5 | tɕia5 | ia5 | tʂe5 | tɕie5 | ȵie5 | thie5 | fA5 |
| 公興鎮 | tA5 | xo5 | nA5 | tʂhA5 | tɕia5 | ia5 | tʂæ5 | tsiæ5 | ȵiæ5 | thiæ5 | fA5 |
| 塗山村 | tA5 | xo5 | nA5 | tʂhA5 | tɕia5 | ia5 | tʂe5 | tsie5 | ȵie5 | thie5 | fA5 |
| 蘇維村 | tA5 | xo5 | nA5 | tʂhA5 | tɕia5 | ia5 | tʂe5 | tɕie5 | tɕie5 | thie5 | fA5 |
| 雙峰鄉 | tA5 | xo5 | nA5 | tshA5 | tɕia5 | ia5 | tse5 | tɕie5 | e5 | the5 | fA5 |
| 西河鄉 | tA5 | xo5 | nA5 | tshA5 | tɕia5 | ia5 | tse5 | tɕie5 | ȵie5 | ti5 | fA5 |
| 店埡鄉 | tA5 | xo5 | nA5 | tʂhA5 | tɕia5 | ia5 | tʂe5 | tsie5 | ȵie5 | thie5 | fA5 |
| 鐵鞭鄉 | tA5 | xo5 | nA5 | tshA5 | tɕia5 | ia5 | tse5 | tɕi5 | ȵi5 | thi5 | fA5 |
| 保城鄉 | tA5 | xo5 | nA5 | tʂhA5 | tɕia5 | ia5 | tʂe5 | tɕie5 | ȵʑie5 | thie5 | fA5 |
| 成都市 | tA2 | xo2 | nA2 | tshA2 | tɕia2 | ia2 | tse2 | tɕie2 | ȵie2 | thie2 | fA2 |

| 方言點 | 山攝入聲開口例字 | | | | | | | |
|---|---|---|---|---|---|---|---|---|
| | 擦 | 割 | 八 | 瞎 | 哲 | 舌 | 歇 | 鐵 |
| | 清曷 | 見曷 | 幫黠 | 曉鎋 | 知薛 | 船薛 | 曉月 | 透屑 |
| 木馬鎮 | tshA5 | kʊ5 | pA5 | ɕia5 | tʂyi5 | ʂe5 | ɕi5 | thie5 |
| 鶴齡鎮 | tshA5 | kau4 | pA5 | ɕia5 | tʂe5 | ʂe5 | ɕie5 | thie5 |
| 楊村鎮 | tshA5 | ko5 | pA5 | ɕia5 | tʂe5 | ʂe5 | ɕie5 | thie5 |
| 白龍鎮 | tshA5 | ko5 | pA5 | ɕia5 | tʂe5 | ʂe5 | ɕie5 | thie5 |
| 香沉鎮 | tshA2 | ko5 | pA5 | ɕia5 | tʂe5 | ʂe5 | ɕie5 | thie5 |

| 公興鎮 | tshA5 | ko5 | pA5 | ɕia5 | tʂæ5 | ʂæ5 | ɕiæ5 | thiæ5 |
|---|---|---|---|---|---|---|---|---|
| 塗山村 | tshA5 | ko5 | pA5 | ɕia5 | tʂe5 | ʂe5 | ɕie5 | thie5 |
| 蘇維村 | tʂhA5 | ko5 | pA5 | ɕia5 | tʂe5 | ʂe5 | ɕie5 | thie5 |
| 雙峰鄉 | tshA5 | ko5 | pA5 | ɕia5 | tse5 | se5 | ɕie5 | the5 |
| 西河鄉 | tshA5 | ko5 | pA5 | ɕia5 | tse5 | se5 | ɕie5 | thie2 |
| 店埡鄉 | tshA5 | ko5 | pA5 | ɕia5 | tʂe5 | ʂe5 | çie5 | thie2 |
| 鐵鞭鄉 | tshA5 | kɤ5 | pA5 | ɕia5 | tsæ5 | se5 | ɕi5 | thi5 |
| 保城鄉 | tʂhA5 | ko5 | pA5 | ɕia5 | tʂe5 | ʂe5 | ɕie5 | thie5 |
| 成都市 | tshA2 | ko2<br>ke4 俗 | pA2 | ɕia2 | tse2 | se2 | ɕie2 | thie2 |

| 方言點 | 山攝入聲合口例字 | | | | | | | |
|---|---|---|---|---|---|---|---|---|
| | 脫 | 滑 | 刷 | 雪 | 說 | 發 | 月 | 缺 |
| | 透末 | 匣黠 | 生鎋 | 心薛 | 書薛 | 非月 | 疑月 | 溪屑 |
| 木馬鎮 | thʊ5 | xua5 | ʂua5 | syi5 | ʂʊ5 | fA5 | yi5 | tɕhyi5 |
| 鶴齡鎮 | tho5 | xua5 | ʂua5 | ɕye5 | suɛ5 | fA5 | ye5 | tɕhye5 |
| 楊村鎮 | tho5 | xua5 | ʂua5 | ɕye5 | ʂo5 | fA5 | ye5 | tɕhye5 |
| 白龍鎮 | tho5 | xua5 | ʂua5 | sye5 | ʂo5 | fA5 | ye5 | tɕhye5 |
| 香沉鎮 | tho5 | xua5 | sua5 | ɕye5 | ʂo5 | fA5 | ye5 | tɕhye5 |
| 公興鎮 | tho5 | xua5 | sua5 | ɕye5 | ʂo5 | fA5 | yæ5 | tɕhyæ5 |
| 塗山村 | tho5 | xua5 | ʂua5 | ɕye5 | ʂo5 | fA5 | ye5 | tɕhye5 |
| 蘇維村 | tho5 | xua5 | ʂua5 | ɕye5 | ʂo5 | fA5 | ye5 | tɕhye5 |
| 雙峰鄉 | tho5 | xua5 | sua5 | ɕye5 | so5 | fA5 | ye5 | tɕhye5 |
| 西河鄉 | tho5 | xua5 | sua5 | ɕye5 | so5 | fA5 | ye5 | tɕhye5 |
| 店埡鄉 | tho5 | xua5 | ʂua5 | sye5 | to5<br>ʂue5 | fA5 | ye5 | tɕhye5 |
| 鐵鞭鄉 | tho5 | xua5 | sua5 | ɕye5 | so5 | fA5 | ye5 | tɕhye5 |
| 保城鄉 | tho5 | xua5 | ʂua5 | ɕye5 | ʂo5 | fA5 | ye5 | tɕhye5 |
| 成都市 | tho2 | xua2 | sua2 | ɕye2 | so2 | fA2 | ye2 | tɕhye2 |

#### 4.2.3.2 深臻攝入聲字今讀

一、劍閣、南部縣相鄰山區方言中，深臻攝入聲開口三等莊組字，木馬鎮讀-ei，其餘各點讀-e；知章組字讀-ɿ/ʅ，其他組字讀-i，其中雙峰鄉「吉」讀-ie是白讀音，又「入」讀-ʊ/-u/-o為例外。

二、臻攝入聲合口一等字，木馬鎮、鶴齡鎮、楊村鎮、白龍鎮和保城鄉讀-u，香沉鎮、公興鎮、塗山鄉塗山村、塗山鄉蘇維村、西河鄉、店埡鄉和鐵鞭鄉讀-o。雙峰鄉則-u、-o 兩讀。

三、劍閣、南部縣相鄰山區方言中，臻攝入聲合口三等非組、知系字主要有-u、-o 兩讀，但與一等的-u、-o 兩讀無嚴格對應，即在分布上不成系統，又公興鎮「物」讀 væ5。泥組來母字有-ʊ、-u、-iu、-o 四讀，其中-ʊ、-o 可歸為一類。見系字主要有-iu、-y、-io、-iʊ 四讀，少數字讀-i（如保城鄉「橘」讀 tɕi5）。

表 4.36　劍閣、南部縣相鄰山區方言深臻攝入聲字今讀例字表

| 方言點 | 例字 | | | | | | | |
|---|---|---|---|---|---|---|---|---|
| | 立 | 十 | 澀 | 入 | 急 | 筆 | 七 | 質 |
| | 來緝 | 禪緝 | 生緝 | 日緝 | 見緝 | 幫質 | 清質 | 章質 |
| 木馬鎮 | ni5 | ʂʅ5 | sei5 | ʐʊ5 | tɕi5 | pi5 | tshi5 | tʂʅ5 |
| 鶴齡鎮 | ni5 | ʂe5 | ʂe5 | ʐu5 | tɕi5 | pi5 | tɕhi5 | tʂʅ5 |
| 楊村鎮 | ni5 | ʂʅ5 | se5 | ʐu5 | tɕi5 | pi5 | tɕhi5 | tʂʅ5 |
| 白龍鎮 | ni5 | ʂʅ5 | se5 | ʐu5 | tɕi5 | pi5 | tshi5 | tʂʅ5 |
| 香沉鎮 | ni5 | ʂʅ5 | se5 | ʐo5 | tɕi5 | pi5 | tɕhi5 | tʂʅ5 |
| 公興鎮 | ni5 | ʂʅ5 | se5 | ʐo5 | tɕi5 | pi5 | tshi5 | tʂʅ5 |
| 塗山村 | ni5 | ʂʅ5 | se5 | ʐo5 | tɕi5 | pi5 | tshi5 | tʂʅ5 |
| 蘇維村 | ni5 | ʂʅ5 | ʂe5 | ʐo5 | tɕi5 | pi5 | tɕhi5 | tʂʅ5 |
| 雙峰鄉 | ni5 | sɿ5 | se5 | zo5 | tɕi5 | pi5 | tɕhi5 | tsɿ5 |
| 西河鄉 | ni5 | sɿ5 | se5 | zo5 | ci5 | pi5 | tɕhi5 | tsɿ5 |
| 店埡鄉 | ni5 | ʂʅ5 | se5 | ʐo5 | tɕi5 | pi5 | tshi5 | tʂʅ5 |
| 鐵鞭鄉 | ni5 | sɿ5 | se5 | zo5 | tɕi5 | pi5 | tɕhi5 | tsɿ5 |
| 保城鄉 | ni5 | ʂʅ5 | ʂe5 | ʐo5 | tɕi5 | pi5 | tɕhi5 | tʂʅ5 |
| 成都市 | ni2 | sɿ2 | se2 | zu2 | tɕi2<br>tɕie2 舊 | pi2 | tɕhi2 | tsɿ2<br>tsɿ2 |

| 方言點 | 例字 | | | | | | | |
|---|---|---|---|---|---|---|---|---|
| | 吉 | 突 | 忽 | 律 | 出 | 橘 | 物 | 屈 |
| | 見質 | 定沒 | 曉沒 | 來術 | 昌術 | 見術 | 微物 | 溪物 |
| 木馬鎮 | tɕi5 | thu2 | fu5 | nʊ5 | tʂhʊ5 | tɕiu5 | u5 | tɕhiʊ5 |
| 鶴齡鎮 | tɕi5 | thu5 | xu5 | nu5 | tsho5 | tɕy5 | u5 | tɕhio5 |
| 楊村鎮 | tɕi5 | thu5 | xu5 | nu2 | tʂhu5 | tɕy5 | u5 | tɕhy5 |
| 白龍鎮 | tɕi5 | thu5 | xu5 | nu5 | tʂhu5 | ciu5 | vu5 | tɕhio5 |
| 香沉鎮 | tɕi5 | tho5 | xo5 | nu5 | tʂhu5 | tɕiu5 | u5 | tɕhiu5 |
| 公興鎮 | tɕi5 | tho5 | xo5 | nu5 | tʂhu5 | tɕy5 | væ5 | tɕhy5 |

| 塗山村 | tɕi5 | tho5 | xo5 | nu5 | tʂhu5 | tɕy5 | u5 | tɕhy5 |
|---|---|---|---|---|---|---|---|---|
| 蘇維村 | tɕi5 | tho5 | xo5 | nu5 | tʂhu5 | tɕy5 | u5 | tɕhy5 |
| 雙峰鄉 | tɕie5 | tho5 | fu5 | niu5 | tshu5 | tɕiu5 | u5 | tɕhiu5 |
| 西河鄉 | tɕi5 | tho5 | xo5 | no5 | tsho5 | tɕio5 | o5 | tɕhio5 |
| 店埡鄉 | tɕi5 | tho5 | xo5 | no5 | tʂho5 | tɕio5 | o5<br>u5 | tɕhio5 |
| 鐵鞭鄉 | tɕi5 | tho5 | xo5 | no5 | tsho5 | tɕiu5 | u5 | tɕhiu5 |
| 保城鄉 | tɕi5 | thu5 | fu5 | nu5 | tʂho5 | tɕi5 | vu5 | tɕhio5 |
| 成都市 | tɕie2<br>tɕi2 新 | thu2 | fu2 | nu2<br>ny2 新 | tshu2<br>tsho2 舊 | tɕy2 | vu2<br>o2 舊 | tɕhio2<br>tɕhy2 新 |

#### 4.2.3.3 宕江攝入聲字今讀

一、劍閣、南部縣相鄰山區方言中，宕攝入聲開口一等字，宕攝入聲開口三等知系字，江攝入聲開口二等幫知莊組字，木馬鎮讀-ʊ，其他點讀-o；鐵鞭鄉「各」讀-ɤ是 o 元音受聲母影響展唇化的結果。

二、劍閣、南部縣相鄰山區方言中，宕攝入聲開口三等泥精組見系字，江攝入聲開口二等見系字，木馬鎮讀-iʊ，其他點讀-io。少數字例外，如「削」在木馬鎮讀-yi，在公興鎮讀-yæ，在其他各點讀-ye。

三、劍閣、南部縣相鄰山區方言中，宕攝入聲合口一等見系字，雙峰鄉和保城鄉讀-uæ，其他點讀-ue。

表 4.37　劍閣、南部縣相鄰山區方言宕江攝入聲字今讀例字表

| 方言點 | 例字 | | | | | | | | | | | |
|---|---|---|---|---|---|---|---|---|---|---|---|---|
| | 薄 | 落 | 索 | 各 | 雀 | 著 | 藥 | 擴 | 剝 | 桌 | 覺 | 學 |
| | 並鐸 | 來鐸 | 心鐸 | 見鐸 | 精藥 | 澄藥 | 以藥 | 溪鐸 | 幫覺 | 知覺 | 見覺 | 匣覺 |
| 木馬鎮 | pʊ5 | nʊ5 | sʊ5 | kʊ5 | tshiʊ5 | tʂʊ5 | iʊ5 | khue5 | pʊ5 | tʂʊ5 | tɕiʊ5 | ɕiʊ5 |
| 鶴齡鎮 | po5 | no5 | so5 | ko5 | tɕhio5 | tʂo5 | io5 | khue5 | po5 | tʂo5 | tɕio5 | ɕio5 |
| 楊村鎮 | po5 | no5 | so5 | ko5 | tɕhio5 | tʂo5 | io5 | khue5 | po5 | tʂo5 | tɕio5 | ɕio5 |
| 白龍鎮 | po5 | no5 | so5 | ko5 | tshio5 | tʂo5 | io5 | khue5 | po5 | tʂo5 | cio5 | ɕio5 |
| 香沉鎮 | po5 | no5 | so5 | ko5 | tɕhio5 | tso5 | io5 | khue5 | po5 | tʂo5 | tɕio5 | ɕio5 |
| 公興鎮 | po5 | no5 | so5 | ko5 | tshio5 | tʂo5 | io5 | khue5 | po5 | tʂo5 | tɕio5 | ɕio5 |
| 塗山村 | po5 | no5 | so5 | ko5 | tshio5 | tʂo5 | io5 | khue5 | po5 | tʂo5 | tɕio5 | ɕio5 |
| 蘇維村 | po5 | no5 | ʂo5 | ko5 | tɕhio5 | tʂo4 | io5 | khue5 | po5 | tʂo5 | tɕio5 | ɕio5 |
| 雙峰鄉 | po5 | no5 | so5 | ko5 | tɕhio5 | tso5 | io5 | khuæ5 | po5 | tso5 | tɕio5 | ɕio5 |
| 西河鄉 | po5 | no5 | so5 | ko5 | tshio5 | tso5 | io5 | khue5 | po5 | tso5 | tɕio5 | ɕio5 |

| | | | | | | | | | | | | |
|---|---|---|---|---|---|---|---|---|---|---|---|---|
| 店埡鄉 | po5 | no5 | so5 | ko5 | tshio5 | tʂo5 | io5 | khue5 | po5 | tʂo5 | tɕio5 | ɕio5 |
| 鐵鞭鄉 | po5 | no5 | so5 | kɤ5 | tɕhio5 | tso5 | io5 | khue5 | po5 | tso5 | tɕio5 | ɕio5 |
| 保城鄉 | po5 | no5 | ʂo5 | ko5 | tɕhio5 | tʂo5 | io5 | khuæ5 | po5 | tʂo5 | tɕio5 | ɕio5 |
| 成都市 | po2 | no2 | so2 | ko2 | tɕhio2 | tso2 | io2 | khue2 | po2 | tso2 | tɕio2 | ɕio2 |

#### 4.2.3.4 曾攝入聲字今讀

一、劍閣、南部縣相鄰山區方言中，曾攝入聲開口一等字，公興鎮讀-æ，其他點讀-e。

二、劍閣、南部縣相鄰山區方言中，曾攝入聲開口三等，幫泥精組見系字讀-i；知章組字，公興鎮讀-ei，其他點讀-ɿ/-ʅ；莊組字，公興鎮-æ、-e 兩讀，其他點讀-e。

三、劍閣、南部縣相鄰山區方言中，曾攝入聲合口一等見系字，公興鎮和塗山鄉塗山村讀-uæ，鶴齡鎮-uɛ、-ue 兩讀，其他點讀-ue。

四、劍閣、南部縣相鄰山區方言中，曾攝入聲合口三等見系字，木馬鎮讀-iʊ，其他點讀-io。

表 4.38 劍閣、南部縣相鄰山區方言曾攝入聲字今讀例字表

| 方言點 | 例字 | | | | | | | | | | | |
|---|---|---|---|---|---|---|---|---|---|---|---|---|
| | 北 | 得 | 黑 | 力 | 直 | 測 | 色 | 食 | 極 | 國 | 或 | 域 |
| | 幫德 | 端德 | 曉德 | 來職 | 澄職 | 初職 | 生職 | 船職 | 群職 | 見德 | 匣職 | 云職 |
| 木馬鎮 | pe5 | te5 | xe5 | ni5 | tʂʅ5 | tshe5 | se5 | ʂʅ5 | tɕi5 | kue5 | xue5 | iʊ5 |
| 鶴齡鎮 | pe5 | te5 | xe5 | ni5 | tʂʅ5 | tshe5 | se5 | ʂʅ5 | tɕi5 | kuɛ5 | xue5 | io5 |
| 楊村鎮 | pe5 | te5 | xe5 | ni5 | tʂʅ5 | tshe5 | se5 | ʂʅ5 | tɕi5 | kue5 | xue5 | io5 |
| 白龍鎮 | pe5 | te5 | xe5 | ni5 | tʂʅ5 | tshe5 | se5 | ʂʅ5 | tɕi5 | kue5 | xue5 | io5 |
| 香沉鎮 | pe5 | te5 | xe5 | ni5 | tsɿ5 | tshe5 | se5 | ʂʅ5 | tɕi5 | kue5 | xue5 | io5 |
| 公興鎮 | pæ5 | tæ5 | xæ5 | ni5 | tʂei5 | tshe5 | sæ5 | ʂei5 | tɕi5 | kuæ5 | xuæ5 | io5 |
| 塗山村 | pe5 | te5 | xe5 | ni5 | tʂʅ5 | tshe5 | se5 | ʂʅ5 | tɕi5 | kuæ5 | xuæ5 | io5 |
| 蘇維村 | pe5 | te5 | xe5 | ni5 | tʂʅ5 | tʂhe5 | ʂe5 | ʂʅ5 | tɕi5 | kue5 | xue5 | io5 |
| 雙峰鄉 | pe5 | te5 | xe5 | ni5 | tsɿ5 | tshe5 | se5 | sɿ5 | tɕi5 | kue5 | xue5 | io5 |
| 西河鄉 | pe5 | te5 | xe5 | ni5 | tsɿ5 | tshe5 | se5 | sɿ5 | tɕi5 | kue5 | xue5 | io5 |
| 店埡鄉 | pe5 | te5 | xe5 | ni5 | tʂʅ5 | tshe5 | se5 | ʂʅ5 | tɕi5 | kue5 | xue5 | io5 |
| 鐵鞭鄉 | pe5 | te5 | xe5 | ni5 | tsɿ5 | tshe5 | se5 | sɿ5 | tɕi5 | kue5 | xue5 | io5 |
| 保城鄉 | pe5 | te5 | xe5 | ni5 | tʂʅ5 | tʂhe5 | ʂe5 | ʂʅ5 | tɕi5 | kue5 | xue5 | io5 |
| 成都市 | pe2 | te2 | xe2 | ni2 | tsɿ2 | tshe2 | se2 | sɿ2 | tɕi2<br>tɕie2 舊 | kue2 | xue2 | io2<br>y2 新 |

#### 4.2.3.5 梗攝入聲字今讀

一、劍閣、南部縣相鄰山區方言中，梗攝入聲開口二等字，鶴齡鎮白讀-a，文讀-e；楊村鎮白讀-æ，文讀-e；香沉鎮白讀-ᴀ，文讀-e；公興鎮讀-æ；其他各點讀-e。

二、劍閣、南部縣相鄰山區方言中，梗攝入聲開口三等，幫精見組字主要讀-i，知章組字主要讀-ɿ/-ʅ。見組字，在鶴齡鎮、白龍鎮、雙峰鄉、西河鄉和保城鄉還有白讀-ie。知章組字，香沉鎮有白讀音-e，公興鎮有白讀音-ei。

三、劍閣、南部縣相鄰山區方言中，梗攝入聲開口四等字，主要讀-i。店埡鄉有白讀音-ie。

四、劍閣、南部縣相鄰山區方言中，梗攝入聲合口二等字讀-ue（公興鎮讀-uæ）。

五、劍閣、南部縣相鄰山區方言中，梗攝入聲合口三等字，木馬鎮讀-iʊ，白龍鎮讀-iu，其他各點讀-io。

表 4.39　劍閣、南部縣相鄰山區方言梗攝入聲字今讀例字表

| 方言點 | 例字 | | | | | | | | | | | |
|---|---|---|---|---|---|---|---|---|---|---|---|---|
| | 白 | 額 | 麥 | 碧 | 逆 | 席 | 石 | 益 | 壁 | 笛 | 獲 | 役 |
| | 並陌 | 疑陌 | 明麥 | 幫昔 | 疑陌 | 邪昔 | 禪昔 | 影昔 | 幫錫 | 定錫 | 匣麥 | 以昔 |
| 木馬鎮 | pe5 | ŋe5 | me5 | pi5 | ȵi5 | si5 | ʂʅ5 | i5 | pi5 | ti5 | xue5 | iʊ5 |
| 鶴齡鎮 | pa5 | ŋe5 | ma5 | pi5 | ȵie5 | ɕi5 | ʂʅ5 | i5 | pi5 | thi5 | xue5 | io5 |
| 楊村鎮 | pæ5 | ŋe5 | mæ5 | pi5 | ȵi5 | ɕi5 | ʂʅ5 | i5 | pi5 | ti5 | xue5 | io5 |
| 白龍鎮 | pe5 | ŋe5 | me5 | pi5 | ŋie5 | si5 | ʂʅ5 | i5 | pi5 | thi2 | xue4 | iu5 |
| 香沉鎮 | pe5 | ŋe5<br>ŋᴀ5 | me5<br>mᴀ5 | pi5 | ȵi5 | ɕi5 | sɿ5<br>se5 | i5 | pi5 | ti5 | xue5 | io5 |
| 公興鎮 | pæ5 | ŋæ5 | mæ5 | pi5 | ȵi5 | si5 | ʂei5 | i5 | pi5 | thi5 | xuæ5 | io5 |
| 塗山村 | pe5 | ŋe5 | me5 | pi5 | ȵi5 | si5 | ʂʅ5 | i5 | pi5 | ti5 | xue5 | io5 |
| 蘇維村 | pe5 | ke5 | me5 | pi5 | tɕi5 | ɕi5 | ʂʅ5 | i5 | pi5 | thi5 | xue5 | io5 |
| 雙峰鄉 | pe5 | ŋe5 | me5 | pi5 | ȵie5 | ɕi5 | sɿ5 | i5 | pi5 | thi5 | xue5 | io5 |
| 西河鄉 | pe5 | ŋe5 | me5 | pi5 | ȵie5 | si5 | sɿ5 | i5 | pi5 | ti5 | xue5 | io5 |
| 店埡鄉 | pe5 | ŋe5 | me5 | pi5 | ȵi5 | si5 | ʂʅ5 | i5 | pi5 | tie5 | xue5 | io5 |
| 鐵鞭鄉 | pe5 | ŋe5 | me5 | pi5 | ȵi2 | ɕi5 | sɿ5 | i5 | pi5 | ti5 | xue5 | io5 |
| 保城鄉 | pe5 | ŋe5 | me5 | pi5 | ȵʑie5 | ɕi5 | ʂʅ5 | i5 | pi5 | ti5 | xue5 | io5 |
| 成都市 | pe2 | ŋe2 | me2 | pi2 | ȵi2<br>ȵie2 舊 | ɕi2 | sɿ2 | i2 | pi2 | ti2 | xue2 | io2 |

#### 4.2.3.6　通攝入聲字今讀

一、劍閣、南部縣相鄰山區方言中，通攝入聲一等字，通攝入聲三等幫泥組、章組字，木馬鎮讀-ʊ；鐵鞭鄉讀-o；公興鎮-u、-əu 兩讀，əu 當為 u 的高化裂化的結果；鶴齡鎮、香沉鎮、西河鄉、店埡鄉和保城鄉-o、-u 兩讀，其中店埡鄉多數讀-o、少數讀-u，香沉鎮「綠」為-o、-iəu 兩讀；其他點讀-u。從這個分布來看，o 當是這一地區的舊讀層次，後經歷了高化和裂化，高化到 u，再由 u 裂化到 əu，即 o>u>əu。

二、劍閣、南部縣相鄰山區方言中，通攝入聲三等精見組字，木馬鎮讀-iʊ；西河鄉和店埡鄉讀-io；白龍鎮、塗山鄉塗山村、塗山鄉蘇維村、雙峰鄉、鐵鞭鄉和保城鄉-io、-iu 兩讀，其中保城鄉多數讀-io、少數讀-iu；楊村鎮、公興鎮-io、-y 兩讀；鶴齡鎮-io、-iu、-y 三讀；香沉鎮-io、-iəu、-y 三讀。從這個分布來看，io 當是這一地區的舊讀層次，後經歷了元音高化、裂化（以及元音單化？），即 io>iʊ>iu>iəu（>y？〔註 5〕）。

表 4.40　劍閣、南部縣相鄰山區方言通攝入聲字今讀例字表

| 方言點 | 通攝一等入聲例字 | | | | |
|---|---|---|---|---|---|
| | 木 | 讀 | 族 | 谷 | 毒 |
| | 明屋 | 定屋 | 從屋 | 見屋 | 定沃 |
| 木馬鎮 | mʊ5 | tʊ5 | tshʊ5 | kʊ5 | tʊ5 |
| 鶴齡鎮 | mu5 | to5 | tʂhu5 | ku5 | tu5 |
| 楊村鎮 | mu5 | tu2 | tshu2 | ku2 | tu5 |
| 白龍鎮 | mu5 | tu5 | tshu5 | ku5 | tu5 |
| 香沉鎮 | mo5 | to5 | tsho5 | ku5 | to5<br>tu5 |
| 公興鎮 | mu5 | tu5 | tshu5 | ku5 | tu5 |
| 塗山村 | mu5 | tu5 | tshu5 | ku5 | tu5 |
| 蘇維村 | mu5 | tu5 | tʂhu5 | ku5 | tu5 |
| 雙峰鄉 | mu5 | tu5 | tshu5 | ku5 | tu5 |
| 西河鄉 | mo5 | tu5 | tsho5 | ko5 | tu5 |
| 店埡鄉 | mo5 | to5 | tsho5 | ko5 | to5 |
| 鐵鞭鄉 | mo5 | to5 | tsho5 | ko5 | to5 |
| 保城鄉 | mo5 | tu5 | tʂhu5 | ko5 | tu5 |
| 成都市 | mu2<br>mu4 口 | tu2 | tɕhio2<br>tsu2 新 | ku2 | tu2 |

〔註 5〕y 也可能是外來的音，而不是內部演變的結果。

| 方言點 | 通攝三等入聲例字 | | | | | | | | |
|---|---|---|---|---|---|---|---|---|---|
| | 服 | 六 | 菊 | 育 | 綠 | 足 | 續 | 燭 | 局 |
| | 奉屋 | 來屋 | 見屋 | 以屋 | 來燭 | 精燭 | 邪燭 | 章燭 | 群燭 |
| 木馬鎮 | fʊ5 | nʊ5 | tɕiʊ5 | iʊ5 | nʊ5 | tsiʊ5 | siʊ5 | tʂʊ5 | tɕiʊ5 |
| 鶴齡鎮 | fu5 | no5 | tɕy5 | io5 | no5 | tɕio5 | ɕy5<br>ɕio5 | tsu5 | tɕiu5 |
| 楊村鎮 | fu2 | nu5 | tɕy5 | io5 | nu5 | tʂu5 | ɕy5 | tʂu2 | tɕy5 |
| 白龍鎮 | fu5 | nu5 | ciu5 | iu5 | nu5 | tɕio5 | siu5 | tʂu5 | ciu5 |
| 香沉鎮 | fo5<br>fu5 | no5<br>nu5 | tɕiəu5<br>tɕy5 | iəu5 | no5<br>niəu5 | tsu5 | ɕy5 | tʂo5<br>tʂu5 | tɕy5<br>tɕio5 |
| 公興鎮 | fəu5 | nu5 | tɕy5 | y5 | nu5 | tɕio5 | ɕy5 | tʂu5 | tɕy5 |
| 塗山村 | fu5 | nu5 | tɕiu5 | iu5 | nu5 | tɕio5 | ɕiu5 | tʂu5 | tɕiu5 |
| 蘇維村 | fu5 | nu5 | tɕiu5 | iu5 | nu5 | tɕio5 | ɕiu5 | tʂu5 | tɕiu5 |
| 雙峰鄉 | fu5 | nu5 | tɕiu5 | io5 | nu5 | tɕiu5 | ɕiu5 | tsu5 | tɕiu5 |
| 西河鄉 | fu5 | no5 | tɕio5 | io5 | no5 | tɕio5 | ɕio5 | tsu5 | tɕio5 |
| 店埡鄉 | fu5 | no5 | cio5 | io5 | no5 | tsio5 | sio5 | tʂo5 | tɕio5 |
| 鐵鞭鄉 | fo5 | no5 | tɕiu5 | io5 | no5 | tɕio5 | ɕio5 | tso5 | tɕio5 |
| 保城鄉 | fu5 | no5 | tɕio5 | io5 | no5 | tɕio5 | ɕiu5<br>ɕio5 | tʂo5 | tɕio5 |
| 成都市 | fu2 | nu2<br>niəu2 新 | tɕy2 | io2<br>y2 新 | nu2<br>ny2 新 | tɕio2<br>tsu2 新 | ɕio2<br>ɕy2 新 | tsu2 | tɕy2 |

## 4.3 聲調特徵

### 4.3.1 調類古今對應

劍閣、南部縣相鄰山區方言各點古今調類對應情況如下：

表 4.41 劍閣、南部縣相鄰山區方言古今調類對應表

| 方言點 | 調 類 | | | | | | | |
|---|---|---|---|---|---|---|---|---|
| | 平清 | 平濁 | 上清次 | 上全濁 | 去清 | 去濁 | 入清 | 入濁 |
| 木馬鎮 | 陰平 | 陽平 | 上聲 | 去聲 | | | 入聲 | |
| 鶴齡鎮 | 陰平 | 陽平 | 上聲 | 去聲 | | | 入聲 | |
| 楊村鎮 | 陰平 | 陽平 | 上聲 | 去聲 | | | 入聲 | |
| 白龍鎮 | 陰平 | 陽平 | 上聲 | 去聲 | | | 入聲 | |
| 香沉鎮 | 陰平 | 陽平 | 上聲 | 去聲 | | | 入聲 | |

| 公興鎮 | 陰平 | 陽平 | 上聲 | 去聲 | 入聲 |
|---|---|---|---|---|---|
| 塗山村 | 陰平 | 陽平 | 上聲 | 去聲 | 入聲 |
| 蘇維村 | 陰平 | 陽平 | 上聲 | 去聲 | 入聲 |
| 雙峰鄉 | 陰平 | 陽平 | 上聲 | 去聲 | 入聲 |
| 西河鄉 | 陰平 | 陽平 | 上聲 | 去聲 | 入聲 |
| 店埡鄉 | 陰平 | 陽平 | 上聲 | 去聲 | 入聲 |
| 鐵鞭鄉 | 陰平 | 陽平 | 上聲 | 去聲 | 入聲 |
| 保城鄉 | 陰平 | 陽平 | 上聲 | 去聲 | 入聲 |
| 成都市 | 陰平 | 陽平 | 上聲 | 去聲 | 陽平 |

劍閣、南部縣相鄰山區方言的 13 個點的入聲獨立成調，與成都的入聲歸陽平明顯不同。其餘各調的歸派與成都點同。

### 4.3.2 各點單字聲調調值分布

劍閣、南部縣相鄰山區方言單字聲調調值對應表見 3.3 聲調共時比較一節。各點的單字聲調調值具有如下特徵：

一、劍閣、南部縣相鄰山區方言的聲調調值，總的來說比較一致。

二、劍閣、南部縣相鄰山區方言的陰平調，以高平為主，略帶上升趨勢。

三、劍閣、南部縣相鄰山區方言的陽平調，以中降為主，白龍鎮為低降調 21。

四、劍閣、南部縣相鄰山區方言的上聲調，多數為拱調，部分為高降調。

五、劍閣、南部縣相鄰山區方言的去聲調，以凹調為主，少數為升調；在語流中，往往失去下凹，為低升調。

六、劍閣、南部縣相鄰山區方言的入聲調，以低平為主，部分中平調，少數略帶升勢。劍閣、南部縣相鄰山區方言入聲調的時長都比較長。

七、除了入聲獨立成調外，其餘各調調值都近於成都點調值。

## 4.4 小　結

本章通過歷史比較，對劍閣、南部縣相鄰山區方言的語音特徵進行了分析，現總結如下：

一、古非曉組字在-u 韻母前的分混表現較為複雜，可分為 3 種類型。根據-u 韻母的中古來源，可分為 3 種情況：（一）曉組字在舒聲非果攝來源的-u 韻母前，各點均讀 f-，與非組混；（二）曉組字在舒聲果攝來源的-u 韻母前，鶴齡鎮、楊村鎮、白龍鎮、香沉鎮、公興鎮、塗山鄉塗山村 6 方言點讀 x-（其餘各點-u 韻母的舒聲來源無果攝），與非組不混；（三）曉組字在入聲來源的-u 韻母前，鶴齡鎮、楊村鎮、白龍鎮、香沉鎮 4 方言點讀 x-，木馬鎮、雙峰鄉、保城鄉 3 方言點讀 f-。

二、分平翹舌的方言點居多。分平翹的有劍閣木馬鎮、劍閣鶴齡鎮、劍閣楊村鎮、劍閣白龍鎮、劍閣香沉鎮、劍閣公興鎮、劍閣塗山鄉塗山村和南部店埡鄉 8 個方言點。不分平翹舌的有劍閣塗山鄉蘇維村、南部雙峰鄉、南部西河鄉、南部鐵鞭鄉和南部保城鄉 5 個方言點。說明這一地區早先都是分平翹舌的，由分走向混，是符合邏輯與事實的；反過來，由混走向分，雖然在漢語方言裡存在「魯奇規律（ruki-rule）」（張光宇 2008），但卻並不存在分得那麼整齊有規律的。

三、泥來母一、二等字相混，三、四等字區分，即洪混細分。泥來母在洪音前，各點全混為 n；在細音前，蘇維村表現為來母讀 n、泥母讀 tɕ（即：連 nie2 ≠年 tɕie2），其餘則表現為來母讀 n、泥母讀 ȵ。

四、微母有 v、∅兩讀。保城鄉在陰聲韻單元音韻母 u 前讀 v，其餘都讀零聲母；香沉鎮和塗山鄉塗山村 2 方言點，統一讀零聲母；其餘各點微母讀 v、∅ 的分布比較離散，無一定規律。

五、古影疑母以讀∅、ȵ、ŋ 為主。其中蘇維村讀音比較特殊，有∅、k、tɕ 三讀，其中∅、k 一、二等均有；tɕ 主要出現在二、三、四等，即今細音前。

六、保城鄉微、影、云、以母都有 ʐ的讀音。其中影母：ʔi>hi/ɦi>ɕi/ʑi>ʐʅ；云母：ɦi>ɕi/ʑi>ʐʅ；以母：ji>ɕi/ʑi>ʐʅ；微母為類推音變。詳見下第二十三條的論述。

七、日母止攝各點都讀零聲母∅；止攝外，讀 z/ʐ。

八、有接近一半的方言點分尖團。分尖團的方言點：木馬鎮、白龍鎮、公興鎮、塗山鄉塗山村、店埡鄉和西河鄉，共 6 個；不分尖團的方言點：鶴齡鎮、楊村鎮、香沉鎮、塗山鄉蘇維村、雙峰鄉、鐵鞭鄉和保城鄉，共 7 個。

九、果攝字讀音分布也比較離散，有 o、u、əu、au、ɤ 五個讀音，但果攝一等端系韻母為-u 分布比較普遍。果攝全部讀 o 的有雙峰鄉、西河鄉和店埡鄉 3 方言點；果攝一等端系韻母為-u，見系為-əu 的有：木馬鎮、楊村鎮、白龍鎮、公興鎮、塗山鄉塗山村、香沉鎮、塗山鄉蘇維村、鶴齡鎮 8 方言點；果攝一等端系韻母為-o，見系為-ɤ、-əu、au 的有鐵鞭鄉和保城鄉 2 方言點。

十、假攝三等精組見系字韻母讀-i。

十一、遇攝一等字，遇攝三等幫系知系字讀-u；遇攝三等泥精組見系字主要有-y、-yu、-iu、-u、-əu、-uei 六個讀音，這六個讀音實為不同歷史層次在共時地理分布上的表現。

十二、蟹攝開口三、四等字、止攝開口三等字，保城鄉以讀-ʅ 為主，其餘各點以讀-i 為主。

十三、流攝一等，明母字大多數讀-oŋ（含部分三等明母字，如「謀」），其次讀-u，再次讀-au，另白龍鎮和木馬鎮又音-aŋ，如「牡」maŋ3。其他聲母字讀-əu。這些讀音是自身演變的結果，其音變鏈大致為：o>u>əu>ɐu/au>aŋ>oŋ。

十四、咸山攝舒聲大都讀入宕江攝舒聲。咸山攝舒聲開口的一等字、二等字（除見系外）、三等知系字以及咸攝合口三等字，除鐵鞭鄉和保城鄉外，以讀-aŋ 為主。其中塗山鄉蘇維村、雙峰鄉、西河鄉以及店埡鄉讀-aŋ 在聲韻配合分布上最廣，覆蓋面最大，又木馬鎮山攝四等有部分字讀-iaŋ，如「肩」tɕiaŋ1 等；而在鐵鞭鄉和保城鄉統一讀-an。山攝舒聲合口一等字、二等字、三等知系字在塗山鄉塗山村和西河鄉兩點中讀-uaŋ，其餘各點讀-uan。

十五、咸山攝舒聲今細音字鼻音尾多丟失。咸山攝舒聲開口二等見系字、三等字（除知系外）及四等字在白龍鎮、香沉鎮、公興鎮、塗山鄉塗山村以及塗山鄉蘇維村 5 方言點鼻音尾丟失，讀-ie；其餘點保持鼻音尾，讀-iɛn。山攝舒聲合口三等字（除知系外）、四等字在白龍鎮、香沉鎮、公興鎮、塗山鄉塗山村以及塗山鄉蘇維村 5 方言點鼻音尾丟失，讀-ye，部分四等字讀-ie；其餘點鼻音尾保持，讀-yɛn，部分四等字讀-iɛn。

十六、臻攝舒聲合口一、三等字合口-u-介音丟失明顯，當處在成都型與鎮遠型之間，有向鎮遠型演進的趨勢。

十七、咸山攝入聲開口一等端泥精組字、咸山攝入聲合口三等非組字讀-ᴀ。咸山攝入聲開口一等見系字讀-o/-ʊ、-au、-ɤ。鐵鞭鄉的咸山攝入聲開口三、四等，知系字白讀為-æ，文讀為-e。公興鎮的咸山攝入聲開口三、四等，幫端見系字統一讀-iæ；知系字讀-æ。山攝入聲合口一等字、合口三等知系字在木馬鎮讀-ʊ，其他各點讀-o。山攝入聲合口三、四等精組見系字在木馬鎮讀-yi，公興鎮讀-yæ，其餘各點讀-ye。

十八、深臻攝入聲開口三等莊組字，木馬鎮讀-ei，其餘各點讀-e。臻攝入聲合口一等字，木馬鎮、鶴齡鎮、楊村鎮、白龍鎮和保城鄉讀-u，香沉鎮、公興鎮、塗山鄉塗山村、塗山鄉蘇維村、西河鄉、店埡鄉和鐵鞭鄉讀-o。雙峰鄉則-u、-o 兩讀。臻攝入聲合口三等非組知系字主要有-u、-o 兩讀，但與一等的-u、-o 兩讀無嚴格對應，即在分布上不成系統，又公興鎮「物」讀 væ5，比較特殊；泥組來母字有-ʊ、-u、-iu、-o 四讀，其中-ʊ、-o 可歸為一類；見系字主要有-iu、-y、-io、-iʊ 四讀，少數讀-i（如保城鄉「橘」讀 tɕi5）。

十九、曾攝入聲開口一等字，公興鎮讀-æ，其他點讀-e。曾攝入聲開口三等知章組字，公興鎮讀-ei，其他點讀-ɿ/-ʅ；莊組字，公興鎮-æ、-e 兩讀，其他點讀-e。曾攝入聲合口一等見系字，公興鎮和塗山鄉塗山村讀-uæ，鶴齡鎮-uɛ、-ue 兩讀，其他點讀-ue。曾攝入聲合口三等見系字，木馬鎮讀-iʊ，其他點讀-io。

二十、梗攝入聲開口二等字有文白異讀，如：鶴齡鎮白讀-a，文讀-e；楊村鎮白讀-æ，文讀-e；香沉鎮白讀-ᴀ，文讀-e。梗攝入聲開口三等見組字，在鶴齡鎮、白龍鎮、雙峰鄉、西河鄉和保城鄉讀-ie；知章組字，香沉鎮讀-e，公興鎮讀-ei。梗攝入聲開口四等字，店埡鄉部分字讀-ie。梗攝入聲合口二等字，公興鎮讀-uæ。梗攝入聲合口三等字，木馬鎮讀-iʊ，白龍鎮讀-iu，其他讀-io。

二十一、通攝入聲一等字，通攝入聲三等幫泥組章組字，有-u、-əu、-o、-ʊ 等讀音，以讀 u 為主：木馬鎮讀-ʊ；鐵鞭鄉讀-o；公興鎮-u、-əu 兩讀；鶴齡鎮、香沉鎮、西河鄉、店埡鄉和保城鄉-o、-u 兩讀；其他點讀-u。o 為這一地區的舊讀層次，後經歷了高化和裂化，高化到 u，再由 u 裂化到 əu，即 o>u>əu。又通攝入聲三等精見組字，有-io、-iʊ、-iu、-iəu、-y 等讀音：木馬鎮讀-iʊ；西河鄉和店埡鄉讀-io；白龍鎮、塗山鄉塗山村、塗山鄉蘇維村、雙峰鄉、鐵鞭鄉和保城鄉-io、-iu 兩讀；楊村鎮、公興鎮-io、-y 兩讀；鶴齡鎮-io、-iu、-y 三讀；香沉鎮-io、-iəu、-y 三讀。io 當是這一地區的舊讀層次，後經歷了元音高化、裂化（以及元音單化？），即 io>iʊ>iu>iəu（>y？）。

二十二、劍閣、南部縣相鄰山區方言 13 個代表點均有 5 個聲調（陰平、陽平、上聲、去聲、入聲），古入聲字今讀入聲調，即入聲獨立。

二十三、保城鄉古影云以母，除零聲母外，在其他點讀單韻母 i 的音節中讀ʐ聲母，如「意」ʐʅ4、「矣」ʐʅ3、「移」ʐʅ2 等。保城鄉古精組聲母洪音前全部、細音前部分讀了 tʂ-、tʂh-、ʂ-，如「左」tʂo3、「齊」tʂhʅ2、「西」ʂʅ1 等。又保城鄉見組（含疑母）開口三、四等有 tʂ 一讀，如「雞」tʂʅ1、「藝」tʂʅ4 等。且保城鄉古精組聲母今細音前讀 tʂ-、tʂh-、ʂ-的這類音節的聲韻配合與保城鄉見組讀 tʂ-、tʂh-、ʂ-的聲韻配合表現一致。在前面的討論中，我們認為古影母：ʔi >hi/ɦi>ɕi/ʑi>ʐʅ，古云母：ɦi>ɕi/ʑi>ʐʅ，古以母：ji>ɕi/ʑi>ʐʅ，因此，古精組、見組的 tʂ-、tʂh-、ʂ-當由 tɕ-、tɕh-、ɕ-演變而來，是後期的變化結果。此外保城鄉幫組蟹攝開口三、四等字讀 pʐ-、phʐ-，如「幣」pʐʅ4 等。

歷史語言學中有一條捲舌化規律，稱「魯奇規律」(ruki-rule)。張光宇(2008)用該規律來考察漢語方言，指出「繼莊章知組之後，漢語語音史又再度發生捲舌化運動：精組在洪音之前，見曉組在細音之前。前者一步完成，後者先經舌面化再變捲舌」。其根據出現條件分為四個類型，如下表：

| 類　型 | 來　源 | 條件粗分 | 條件細分 |
|---|---|---|---|
| 晉城型 | 精組 | 洪音 | 開口呼、合口呼 |
| 中陽型 | 精組 | 洪音 | 合口呼 |
| 桐城型 | 見曉組 | 細音 | 撮口呼 |
| 萬榮型 | 見曉組 | 細音 | 齊齒呼 |

保城鄉上述特徵，符合這一「魯奇規律」。精組近於「晉城型」，但又不限於洪音，還有部分細音齊齒呼；見曉組近於「萬榮型」，為細音齊齒呼。又，保城鄉的這個特徵分布比張光宇總結的這四個類型還要廣，除了精組、見曉組外，還有影云以母以及幫組。保城鄉的這一特徵可獨立為一個類型，可補充張光宇的上述四分類型。

劍閣、南部縣相鄰山區方言中除了保城鄉有上述「魯奇規律」外，木馬鎮也有所表現。木馬鎮見系蟹攝一、二等部分字讀 tʂ，如「蓋」tʂai4 等(見 4.1.9.2)。該現象與保城鄉的見組聲母今細音前讀 tʂ-、tʂh-、ʂ-類似，但其分布沒有保城鄉廣泛。我們推測這是一種倒推而訛的現象。實際與張光宇總結的「萬榮型」接近。

# 5　劍閣、南部縣相鄰山區方言的歷史層次

在方言語音特徵分析之後，為方言歷史層次分析，即方言形成史研究。本章在上一章語音特徵分析的基礎上對劍閣、南部縣相鄰山區方言作歷史層次分析。

歷史層次分析所面臨的理論問題，首先是確定各方言特徵的年代先後問題。語音特徵在不同方言點的分布，實即方言的歷史演變在現時地理上的投影。也就是說，我們如果能夠確定各方言特徵出現的年代，即可理出方言的歷史層次。

周及徐（2013b）指出研究四川方言的歷史形成，需結合四川方言調查資料和近古以來的四川移民史資料。並在這兩項資料的基礎上，對四川方言的歷史形成提出了不同於前人的研究結論，認為現代四川方言大致以岷江為界，以東以北地區是明清移民帶來的方言（「湖廣話」），以西以南地區則是當地宋元方言的存留（「南路話」）。

隨著對《蜀語》（一部反映明代四川方音詞彙的專著）音系研究的深入，我們對《蜀語》的音類及其構擬都有了更新更可靠的認識，且這部專著所反映的方言歷史年代也是確定的，因此我們可以將《蜀語》音系作為時間的尺子來衡量現代四川各方言點音系的歷史層次。

周及徐（2013b）的研究將四川方言（除方言島外）總體分為「湖廣話」

和「南路話」兩大歷史層次。本章將劍閣、南部縣相鄰山區方言與四川方言的「南路話」和「湖廣話」進行比較，並結合《蜀語》音系考察其歷史層次。

## 5.1 「南路話」「湖廣話」及其與《蜀語》的關係

### 5.1.1 《蜀語》音系

《蜀語》為明遂寧人李實所著，後李調元收入《函海》刊行於世。據光緒三年重修《遂寧縣志》及《蜀語序》記載，李實為四川遂寧人，「明崇禎十六年（1643 年）進士，十七年離鄉任吳地長洲縣令。次年明朝覆亡去官，寄居吳門 30 年。78 歲卒，終身未還鄉」。（張一舟 1994；周岷、周及徐 2016a）《蜀語》一書記錄並考訂了明末四川方音詞語 570 餘條，清末民初張慎儀在《蜀方言·凡例》中指出：「揚子《方言》採異國殊語，不限一域；斷域為書，始於明李實《蜀語》。」（紀國泰 2007）即該書當為我國現存第一部「斷域為書」的方音詞彙著作。〔註 1〕其成書時間，據傅定淼（1987）考證為「清康熙十四年至康熙三十一年的十八年之內」，並將《蜀語》列為清代著作。雖然書是清代寫就，但從該書的性質來看，實際上《蜀語》記錄的當是 1644 年以前的四川遂寧當地的音系，即周岷、周及徐（2016a）認為的「李實在吳地寫成的《蜀語》，是張獻忠屠遂寧以及四川戰亂之前的遂寧方言」。

甄尚靈、張一舟（1992）參照以《廣韻》為基礎的中古音系對《蜀語》音類進行了歸納，又參照今遂寧話的音值對《蜀語》音系進行了構擬。其聲類歸納如下：

一、《蜀語》聲類二十：p ph m f t th n l ts tsh s tʂ tʂh ʂ ʐ k kh ŋ x Ø。並指出：①全濁聲母清化；②微母影母相混；③見系細音字和精組細音字分而不混；④知照組聲母合併為一類；⑤疑母一分為二。

二、《蜀語》韻類三十九：a ia ua o io e ie ue ye ɿ ʅ i u iu y au iau əu iəu ai iai uai ei uei an ian uan yan ən in uən yn aŋ iaŋ uaŋ əŋ iŋ oŋ ioŋ。並指出：①〔-m〕尾韻併入〔-n〕尾韻〔註 2〕；②塞音韻尾消失。

三、《蜀語》聲調分平上去入，而平聲又分清濁。

〔註 1〕見黎新第（1987）和杜克華、陳靜（2002）。

〔註 2〕該結論又見黃尚軍（1995）。

甄尚靈、張一舟（1992）的以上構擬，實際上是以現代遂寧話作為模板的。周及徐、周岷（2017）對甄尚靈、張一舟的構擬，從構擬方法和比較材料上提出了不同的意見，指出「按照歷史語言學的方法，應用多個相近的方言比較，考慮其差異形成的原因，分析其演變規律，來進行構擬」。並運用新的田野調查資料對《蜀語》音系重新進行了考察，得到新的認識：在聲母系統上，廣元市劍閣縣金仙鎮話的聲母系統與《蜀語》最相似；在韻母系統上，以崇州話、金仙話和伏虎話為一組的韻母系統比以成都話、遂寧話為一組的韻母系統與《蜀語》更吻合。

### 5.1.2 「南路話」與「湖廣話」

對四川方言源流的研究，隨著方言田野調查的深入、拓展以及調查技術手段的不斷進步，在不斷地取得新的進展。從崔榮昌（1985）認為的「元末明初的大移民把以湖北話為代表的官話方言傳播到四川，從而形成了以湖北話為基礎的四川話；清朝前期的大移民則進一步加強了四川話在全省的主導地位，布下了四川話的汪洋大海」。到持不同觀點的學者，如李藍（1997）認為是原來的四川話改造和影響了移民帶來的方言，而不是移民的方言取代了原有的西南官話。再到周及徐近十年來調查與研究所得的「現代四川方言大致以岷江為界，以東以北地區是明清移民帶來的方言，以西以南地區則是當地宋元方言的存留」〔註 3〕。周及徐近十年來的調查與研究，將四川話分為了兩大方言：「湖廣話」與「南路話」，並圍繞著這兩大方言，分別從二者各自的語音演變線索，以及二者之間相互影響的線索，對四川方言的源流進行考察。

周及徐（2013b）具體指出，「湖廣話」指以成都、重慶兩地的方言為代表，並通行於成渝地區的方言，在語音、詞彙上，具有西南官話的共同特徵；在地理分布上，整個四川盆地，除去岷江西南以及沱江西南的部分，都是「湖廣話」地區。「南路話」指岷江以西及以南，特別是成都西南一帶的方言，在語音、詞彙上具有自己的特徵，最明顯不同於「湖廣話」的語音特徵為入聲獨立；在地理分布上，沿岷江以西一直向南分布，經樂山、宜賓直至瀘州地區，再折向東北進入今重慶市境內。

〔註 3〕見周及徐（2012b、2013b）等。

### 5.1.3 「南路話」「湖廣話」與《蜀語》音系的關係

據周及徐、周岷（2017）的研究，《蜀語》音系在聲母系統上，與廣元市劍閣縣金仙鎮話的聲母系統最相似；在韻母系統上，與以崇州話、金仙話和伏虎話為一組的韻母系統更吻合。周及徐（2013b）已將崇州話歸為「南路話」，又楊波、周及徐（2015）指出金仙鎮話「是南路話中早期的層次」，又梁浩（2015）指出伏虎鎮話「不同程度保留著底層『南路話』的特徵」，即《蜀語》音系是與「南路話」音系相聯繫的，亦即《蜀語》和「南路話」為一脈相承關係，當是四川方言的古代層次。而「湖廣話」，為明清湖廣移民帶來的方言，當是四川方言的後起層次，與《蜀語》分屬不同的歷史層次。

## 5.2 從語音特徵看劍閣、南部縣相鄰山區方言的類屬

科學研究始於分類。研究劍閣、南部縣相鄰山區方言在四川地區的類屬，首先要面臨的理論問題是分類標準的問題。侯精一在《現代漢語方言概論》（2002：11）中說：「作為方言分區的依據，只有語言的特點才是唯一的標準。」其中「方言分區」實際就是對方言進行分類，「語言的特點」實際上指的就是語音的特點。研究劍閣、南部縣相鄰山區方言的類屬，其分類標準也就是其語音特徵。

在上一節，我們結合已有的調查與研究，總結了四川兩大方言及其與《蜀語》音系的關係。本節即從劍閣、南部縣相鄰山區方言的語音特徵出發，通過語音特徵加權計算模型〔註 4〕和計算機「機器學習」算法模型兩種手段，考察劍閣、南部縣相鄰山區方言與四川方言的兩大方言及《蜀語》之間的關係，並據此確定劍閣、南部縣相鄰山區方言的類屬與歷史層次。

### 5.2.1 語音特徵的選取

關於語音特徵的選取問題，我們在第 4 章已有所討論，但第 4 章的討論主要集中在語音特徵的全面性上，目的是能更全面地反映劍閣、南部縣相鄰山區方言的語音特徵。本節要討論的語音特徵將用於考察劍閣、南部縣相鄰山區方言與「南路話」、《蜀語》音系以及「湖廣話」之間的親疏遠近關係，因此本節的語音特徵的選取將在第 4 章所討論的語音特徵中取捨。如何取捨？是否有標

〔註 4〕該計算模型見周及徐（2012b）。

準？這其實是一大難點：取少了，則體現不出其區分度，用於「機器學習」算法，則表現為「欠擬合」；取多了，則不僅冗餘，而且容易陷於細碎以致重點難以突出，用於「機器學習」算法，則表現為「過擬合」。

本節在語音特徵的選取上，採取兩種處理方式：第一，對用於語音特徵加權計算模型的部分，主要採用周及徐（2012b）所用的 21 條語音特徵，這是出於經驗的考慮。第二，對用於計算機「機器學習」算法模型的部分，在 21 條語音特徵的基礎上略有修改。

### 5.2.2 語音特徵的權重

周及徐（2012b）在分析「南路話」與「湖廣話」的相似度時，指出在漢語中，聲母、韻母和聲調的出現頻率並不一樣，即「某個音位（包括調位）出現頻率越高，它在音系特點中所占的比重就越大，方言特徵的表現也越明顯」，故引進權重值。由於本節的語音特徵加權計算模型部分，在語音特徵的選取上採用了周及徐（2012b）的 21 條語音特徵，為保持計算過程的一致性，故在這部分內容中，我們同樣採用周及徐（2012b）引進的權重值。

對用於計算機「機器學習」算法模型部分，我們將採取兩種嘗試：一、繼續使用周及徐（2012b）引進的權重值，即對數據特徵的重要性進行人為的干預；二、不使用權重值，讓機器學習根據數據特徵在無人為干預的情況下自行計算。後比較這兩種嘗試的結果，分析劍閣、南部縣相鄰山區方言的類屬。

### 5.2.3 從語音特徵加權計算模型看劍閣、南部縣相鄰山區方言的類屬

周及徐（2012b）對「川西南路話」的語音特徵進行了總結，得出如下 21 條語音特徵：

1. 古曉組字-u 韻前讀為 f-。
2. ts-與 tʂ-相混。
3. 古泥母三、四等字讀 ȵ-，其餘泥來母讀 n-/l-。
4. 臻攝一、三等端泥精組合口失去-u-介音。
5. 蟹攝舒聲合口一等端組、山攝端泥組字讀開口。
6. 果攝一等元音為-u，見系為-u/-ɯ/-ɤ。

7. 麻三精組見系字韻母讀-i。

8.「者遮」讀-ai。

9. 模韻幫系端組字（老派）讀-o。

10. 咸山宕攝入聲一等開口見系讀-ə/-e。

11. 咸山開口入聲一、二、三等幫端知系字讀-æ。

12. 曾一、梗二開口入聲幫端知見系字讀-æ。

13. 深臻曾梗入聲二、三等開口莊組讀-æ。

14. 山攝合口三、四等、宕開二、三等入聲精組見系字讀-io。

15. 臻攝入聲合口一、三等幫知系端泥組讀-o。

16. 臻攝入聲合口三等精見組讀-io。

17. 深臻曾梗入聲三、四等開口幫端系讀-ie；與咸山攝三、四等開口幫端見系同。

18. 深臻曾梗入聲三等開口知章組字讀央元音-ɘ/ə/-ʅ。

19. 曾梗入聲三等合口見系、通入三精組見系讀-io。

20. 通攝入聲幫知系、端泥組讀-o。

21. 入聲獨立，不歸陽平。

本節首先以此21條為基礎，考察劍閣、南部縣相鄰山區方言與「川西南路話」和「湖廣話」之間的類屬關係。以上21條語音特徵，以其序號為代表，表解劍閣、南部縣相鄰山區方言的語音特點比較如下〔註5〕：

**表5.1　劍閣、南部縣相鄰山區方言、「川西南路話」、成都話語音特徵比較表**

| 方言點 | 特徵 | | | | | | | | | | | | | | | | | | | | |
|---|---|---|---|---|---|---|---|---|---|---|---|---|---|---|---|---|---|---|---|---|---|
| | 1 | 2 | 3 | 4 | 5 | 6 | 7 | 8 | 9 | 10 | 11 | 12 | 13 | 14 | 15 | 16 | 17 | 18 | 19 | 20 | 21 |
| 木馬 | + | − | + | + | − | + | + | − | − | − | − | − | − | ± | − | + | − | − | + | + | + |
| 鶴齡 | ± | − | + | + | − | + | + | − | − | − | − | + | ± | ± | − | + | − | − | + | ± | + |
| 楊村 | ± | − | + | + | − | + | + | − | − | − | − | + | ± | ± | − | − | − | − | + | − | + |
| 白龍 | ± | − | + | + | − | + | + | − | − | − | − | − | − | ± | − | + | − | − | + | − | + |
| 香沉 | ± | − | + | + | − | + | + | − | − | − | − | + | ± | ± | + | − | − | − | + | ± | + |
| 公興 | ± | − | + | + | − | + | + | − | − | − | + | + | ± | ± | + | − | − | − | + | − | + |

〔註5〕表中「－」表示該方言點不具備某項語音特點，「＋」表示該方言點具備某項語音特點，「±」表示該方言點部分具備某一項語音特點。

| 塗山 | ± | － | ＋ | ＋ | － | ＋ | ＋ | － | － | － | － | － | － | ± | ＋ | － | － | － | ＋ | － | ＋ |
|---|---|---|---|---|---|---|---|---|---|---|---|---|---|---|---|---|---|---|---|---|---|
| 蘇維 | ＋ | ＋ | ＋ | ＋ | － | ＋ | ＋ | － | － | － | － | － | － | ± | ＋ | － | － | － | ＋ | － | ＋ |
| 雙峰 | ＋ | ＋ | ＋ | ＋ | － | － | ＋ | － | － | － | － | － | － | ± | ± | － | ± | － | ＋ | － | ＋ |
| 西河 | ＋ | ＋ | ＋ | ＋ | － | － | ＋ | － | － | － | － | － | － | ± | ＋ | ＋ | － | － | ＋ | ± | ＋ |
| 店埡 | ＋ | － | ＋ | ＋ | － | － | ＋ | － | － | － | － | － | － | ± | ＋ | ＋ | － | － | ＋ | ± | ＋ |
| 鐵鞭 | ＋ | ＋ | ＋ | ＋ | － | ± | ＋ | － | － | － | ＋ | － | － | ± | ＋ | － | － | － | ＋ | ＋ | ＋ |
| 保城 | ＋ | ＋ | ＋ | ＋ | － | ± | ＋ | － | － | － | － | － | － | ± | － | ＋ | － | － | ＋ | ± | ＋ |
| 川西南路 | ＋ | ＋ | ＋ | ＋ | ＋ | ＋ | ＋ | ＋ | ＋ | ＋ | ＋ | ＋ | ＋ | ＋ | ＋ | ＋ | ＋ | ＋ | ＋ | ＋ | ＋ |
| 成都 | ＋ | ＋ | ＋ | ＋ | － | － | － | － | － | － | － | － | － | － | － | ＋ | ＋ | － | ＋ | － | － |
| 北京 | － | － | ± | － | － | ± | － | － | － | ＋ | － | － | － | － | － | － | － | － | ± | － | ± |

同樣我們根據周及徐（2012b）提出的計算方法，全排每兩個方言點之間的相似語音特徵數值及其權重數值累計，如下表：

### 表 5.2　劍閣、南部縣相鄰山區方言、「川西南路話」、成都話語音特徵數及權重數值表

| 方言點 | 相似特徵數 | 加權相似點條和加權值 | 相似特徵權重數 |
|---|---|---|---|
| 木馬鎮——鶴齡鎮 | 17 | 2 / 3 / 21；1＋1＋7＝9 | 17＋9＝26 |
| 木馬鎮——楊村鎮 | 16 | 2 / 3 / 21；1＋1＋7＝9 | 16＋9＝25 |
| 木馬鎮——白龍鎮 | 19 | 2 / 3 / 21；1＋1＋7＝9 | 19＋9＝28 |
| 木馬鎮——香沉鎮 | 15 | 2 / 3 / 21；1＋1＋7＝9 | 15＋9＝24 |
| 木馬鎮——公興鎮 | 14 | 2 / 3 / 21；1＋1＋7＝9 | 14＋9＝23 |
| 木馬鎮——塗山村 | 17 | 2 / 3 / 21；1＋1＋7＝9 | 17＋9＝26 |
| 木馬鎮——蘇維村 | 17 | 1 / 3 / 21；1＋1＋7＝9 | 17＋9＝26 |
| 木馬鎮——雙峰鄉 | 15 | 1 / 3 / 21；1＋1＋7＝9 | 15＋9＝24 |
| 木馬鎮——西河鄉 | 17 | 1 / 3 / 21；1＋1＋7＝9 | 17＋9＝26 |
| 木馬鎮——店埡鄉 | 18 | 1 / 2 / 3 / 21；1＋1＋1＋7＝10 | 18＋10＝28 |
| 木馬鎮——鐵鞭鄉 | 16 | 1 / 3 / 21；1＋1＋7＝9 | 16＋9＝25 |
| 木馬鎮——保城鄉 | 18 | 1 / 3 / 21；1＋1＋7＝9 | 18＋9＝27 |
| 木馬鎮——川西南路話 | 9 | 1 / 3 / 21；1＋1＋7＝9 | 9＋9＝18 |
| 木馬鎮——成都市 | 14 | 1 / 3；1＋1＝2 | 14＋2＝16 |
| 木馬鎮——北京 | 10 | 2；1＝1 | 10＋1＝11 |
| 鶴齡鎮——楊村鎮 | 19 | 1 / 2 / 3 / 21；1＋1＋1＋7＝10 | 19＋10＝29 |
| 鶴齡鎮——白龍鎮 | 18 | 1 / 2 / 3 / 21；1＋1＋1＋7＝10 | 18＋10＝28 |

| | | | |
|---|---|---|---|
| 鶴齡鎮——香沉鎮 | 19 | 1／2／3／21；1＋1＋1＋7＝10 | 19＋10＝29 |
| 鶴齡鎮——公興鎮 | 17 | 1／2／3／21；1＋1＋1＋7＝10 | 17＋10＝27 |
| 鶴齡鎮——塗山村 | 16 | 1／2／3／21；1＋1＋1＋7＝10 | 16＋10＝26 |
| 鶴齡鎮——蘇維村 | 14 | 3／21；1＋7＝8 | 14＋8＝22 |
| 鶴齡鎮——雙峰鄉 | 12 | 3／21；1＋7＝8 | 12＋8＝20 |
| 鶴齡鎮——西河鄉 | 15 | 3／21；1＋7＝8 | 15＋8＝23 |
| 鶴齡鎮——店埡鄉 | 16 | 2／3／21；1＋1＋7＝9 | 16＋9＝25 |
| 鶴齡鎮——鐵鞭鄉 | 12 | 3／21；1＋7＝8 | 12＋8＝20 |
| 鶴齡鎮——保城鄉 | 16 | 3／21；1＋7＝8 | 16＋8＝24 |
| 鶴齡鎮——川西南路話 | 8 | 3／21；1＋7＝8 | 8＋8＝16 |
| 鶴齡鎮——成都市 | 11 | 3；1＝1 | 11＋1＝12 |
| 鶴齡鎮——北京 | 8 | 2；1＝1 | 8＋1＝9 |
| 楊村鎮——白龍鎮 | 18 | 1／2／3／21；1＋1＋1＋7＝10 | 18＋10＝28 |
| 楊村鎮——香沉鎮 | 19 | 1／2／3／21；1＋1＋1＋7＝10 | 19＋10＝29 |
| 楊村鎮——公興鎮 | 19 | 1／2／3／21；1＋1＋1＋7＝10 | 19＋10＝29 |
| 楊村鎮——塗山村 | 18 | 1／2／3／21；1＋1＋1＋7＝10 | 18＋10＝28 |
| 楊村鎮——蘇維村 | 16 | 3／21；1＋7＝8 | 16＋8＝24 |
| 楊村鎮——雙峰鄉 | 14 | 3／21；1＋7＝8 | 14＋8＝22 |
| 楊村鎮——西河鄉 | 13 | 3／21；1＋7＝8 | 13＋8＝21 |
| 楊村鎮——店埡鄉 | 14 | 2／3／21；1＋1＋7＝9 | 14＋9＝23 |
| 楊村鎮——鐵鞭鄉 | 13 | 3／21；1＋7＝8 | 13＋8＝21 |
| 楊村鎮——保城鄉 | 14 | 3／21；1＋7＝8 | 14＋8＝22 |
| 楊村鎮——川西南路話 | 7 | 3／21；1＋7＝8 | 7＋8＝15 |
| 楊村鎮——成都市 | 11 | 3；1＝1 | 11＋1＝12 |
| 楊村鎮——北京 | 10 | 2；1＝1 | 10＋1＝11 |
| 白龍鎮——香沉鎮 | 16 | 1／2／3／21；1＋1＋1＋7＝10 | 16＋10＝26 |
| 白龍鎮——公興鎮 | 16 | 1／2／3／21；1＋1＋1＋7＝10 | 16＋10＝26 |
| 白龍鎮——塗山村 | 19 | 1／2／3／21；1＋1＋1＋7＝10 | 19＋10＝29 |
| 白龍鎮——蘇維村 | 17 | 3／21；1＋7＝8 | 17＋8＝25 |
| 白龍鎮——雙峰鄉 | 15 | 3／21；1＋7＝8 | 15＋8＝23 |
| 白龍鎮——西河鄉 | 16 | 3／21；1＋7＝8 | 16＋8＝24 |
| 白龍鎮——店埡鄉 | 17 | 2／3／21；1＋1＋7＝9 | 17＋9＝26 |
| 白龍鎮——鐵鞭鄉 | 14 | 3／21；1＋7＝8 | 14＋8＝22 |
| 白龍鎮——保城鄉 | 17 | 3／21；1＋7＝8 | 17＋8＝25 |
| 白龍鎮——川西南路話 | 7 | 3／21；1＋7＝8 | 7＋8＝15 |

| 白龍鎮——成都市 | 14 | 3；1=1 | 14+1=15 |
|---|---|---|---|
| 白龍鎮——北京 | 11 | 2；1=1 | 11+1=12 |
| 香沉鎮——公興鎮 | 19 | 1／2／3／21；1+1+1+7=10 | 19+10=29 |
| 香沉鎮——塗山村 | 18 | 1／2／3／21；1+1+1+7=10 | 18+10=28 |
| 香沉鎮——蘇維村 | 16 | 3／21；1+7=8 | 16+8=24 |
| 香沉鎮——雙峰鄉 | 13 | 3／21；1+7=8 | 13+8=21 |
| 香沉鎮——西河鄉 | 15 | 3／21；1+7=8 | 15+8=23 |
| 香沉鎮——店埡鄉 | 16 | 2／3／21；1+1+7=9 | 16+9=25 |
| 香沉鎮——鐵鞭鄉 | 14 | 3／21；1+7=8 | 14+8=22 |
| 香沉鎮——保城鄉 | 14 | 3／21；1+7=8 | 14+8=22 |
| 香沉鎮——川西南路話 | 8 | 3／21；1+7=8 | 8+8=16 |
| 香沉鎮——成都市 | 9 | 3；1=1 | 9+1=10 |
| 香沉鎮——北京 | 8 | 2；1=1 | 8+1=9 |
| 公興鎮——塗山村 | 18 | 1／2／3／21；1+1+1+7=10 | 18+10=28 |
| 公興鎮——蘇維村 | 16 | 3／21；1+7=8 | 16+8=24 |
| 公興鎮——雙峰鄉 | 13 | 3／21；1+7=8 | 13+8=21 |
| 公興鎮——西河鄉 | 13 | 3／21；1+7=8 | 13+8=21 |
| 公興鎮——店埡鄉 | 14 | 2／3／21；1+1+7=9 | 14+9=23 |
| 公興鎮——鐵鞭鄉 | 15 | 3／21；1+7=8 | 15+8=23 |
| 公興鎮——保城鄉 | 12 | 3／21；1+7=8 | 12+8=20 |
| 公興鎮——川西南路話 | 9 | 3／21；1+7=8 | 9+8=17 |
| 公興鎮——成都市 | 9 | 3；1=1 | 9+1=10 |
| 公興鎮——北京 | 8 | 2；1=1 | 8+1=9 |
| 塗山村——蘇維村 | 19 | 3／21；1+7=8 | 19+8=27 |
| 塗山村——雙峰鄉 | 16 | 3／21；1+7=8 | 16+8=24 |
| 塗山村——西河鄉 | 16 | 3／21；1+7=8 | 16+8=24 |
| 塗山村——店埡鄉 | 17 | 2／3／21；1+1+7=9 | 17+9=26 |
| 塗山村——鐵鞭鄉 | 16 | 3／21；1+7=8 | 16+8=24 |
| 塗山村——保城鄉 | 15 | 3／21；1+7=8 | 15+8=23 |
| 塗山村——川西南路話 | 7 | 3／21；1+7=8 | 7+8=15 |
| 塗山村——成都市 | 12 | 3；1=1 | 12+1=13 |
| 塗山村——北京 | 11 | 2；1=1 | 11+1=12 |
| 蘇維村——雙峰鄉 | 18 | 1／2／3／21；1+1+1+7=10 | 18+10=28 |
| 蘇維村——西河鄉 | 18 | 1／2／3／21；1+1+1+7=10 | 18+10=28 |
| 蘇維村——店埡鄉 | 17 | 1／3／21；1+1+7=9 | 17+9=26 |

| | | | |
|---|---|---|---|
| 蘇維村——鐵鞭鄉 | 18 | 1／2／3／21；1＋1＋1＋7＝10 | 18＋10＝28 |
| 蘇維村——保城鄉 | 17 | 1／2／3／21；1＋1＋1＋7＝10 | 17＋10＝27 |
| 蘇維村——川西南路話 | 9 | 1／2／3／21；1＋1＋1＋7＝10 | 9＋10＝19 |
| 蘇維村——成都市 | 14 | 1／2／3；1＋1＋1＝3 | 14＋3＝17 |
| 蘇維村——北京 | 10 | 0 | 10＋0＝10 |
| 雙峰鄉——西河鄉 | 17 | 1／2／3／21；1＋1＋1＋7＝10 | 17＋10＝27 |
| 雙峰鄉——店埡鄉 | 16 | 1／3／21；1＋1＋7＝9 | 16＋9＝25 |
| 雙峰鄉——鐵鞭鄉 | 16 | 1／2／3／21；1＋1＋1＋7＝10 | 16＋10＝26 |
| 雙峰鄉——保城鄉 | 16 | 1／2／3／21；1＋1＋1＋7＝10 | 16＋10＝26 |
| 雙峰鄉——川西南路話 | 7 | 1／2／3／21；1＋1＋1＋7＝10 | 7＋10＝17 |
| 雙峰鄉——成都市 | 15 | 1／2／3；1＋1＋1＝3 | 15＋3＝18 |
| 雙峰鄉——北京 | 9 | 0 | 9＋0＝9 |
| 西河鄉——店埡鄉 | 20 | 1／3／21；1＋1＋7＝9 | 20＋9＝29 |
| 西河鄉——鐵鞭鄉 | 17 | 1／2／3／21；1＋1＋1＋7＝10 | 17＋10＝27 |
| 西河鄉——保城鄉 | 19 | 1／2／3／21；1＋1＋1＋7＝10 | 19＋10＝29 |
| 西河鄉——川西南路話 | 9 | 1／2／3／21；1＋1＋1＋7＝10 | 9＋10＝19 |
| 西河鄉——成都市 | 15 | 1／2／3；1＋1＋1＝3 | 15＋3＝18 |
| 西河鄉——北京 | 8 | 0 | 8＋0＝8 |
| 店埡鄉——鐵鞭鄉 | 16 | 1／3／21；1＋1＋7＝9 | 16＋9＝25 |
| 店埡鄉——保城鄉 | 18 | 1／3／21；1＋1＋7＝9 | 18＋9＝27 |
| 店埡鄉——川西南路話 | 8 | 1／3／21；1＋1＋7＝9 | 8＋9＝17 |
| 店埡鄉——成都市 | 14 | 1／3；1＋1＝2 | 14＋2＝16 |
| 店埡鄉——北京 | 9 | 2；1＝1 | 9＋1＝10 |
| 鐵鞭鄉——保城鄉 | 17 | 1／2／3／21；1＋1＋1＋7＝10 | 17＋10＝27 |
| 鐵鞭鄉——川西南路話 | 10 | 1／2／3／21；1＋1＋1＋7＝10 | 10＋10＝20 |
| 鐵鞭鄉——成都市 | 12 | 1／2／3；1＋1＋1＝3 | 12＋3＝15 |
| 鐵鞭鄉——北京 | 9 | 0 | 9＋0＝9 |
| 保城鄉——川西南路話 | 8 | 1／2／3／21；1＋1＋1＋7＝10 | 8＋10＝18 |
| 保城鄉——成都市 | 15 | 1／2／3；1＋1＋1＝3 | 15＋3＝18 |
| 保城鄉——北京 | 10 | 0 | 10＋0＝10 |
| 川西南路話——成都市 | 7 | 1／2／3；1＋1＋1＝3 | 7＋3＝10 |
| 川西南路話——北京 | 1 | 0 | 1＋0＝1 |
| 成都市——北京 | 11 | 0 | 11＋0＝11 |

我們再將上表的相似語音特徵權重數做成「劍閣、南部縣相鄰山區方言、『川西南路話』、成都話語音特徵（權重數值）比較表」，如下：

表 5.3　劍閣、南部縣相鄰山區方言、「川西南路話」、成都話語音特徵（權重數值）比較表

| | 木馬 | 鶴齡 | 楊村 | 白龍 | 香沉 | 公興 | 塗山 | 蘇維 | 雙峰 | 西河 | 店埡 | 鐵鞭 | 保城 | 南路 | 成都 | 北京 |
|---|---|---|---|---|---|---|---|---|---|---|---|---|---|---|---|---|
| 木馬 | — | 26 | 25 | 28 | 24 | 23 | 26 | 26 | 24 | 26 | 28 | 25 | 27 | 18 | 16 | 11 |
| 鶴齡 | 26 | — | 29 | 28 | 29 | 27 | 26 | 22 | 20 | 23 | 25 | 20 | 24 | 16 | 12 | 9 |
| 楊村 | 25 | 29 | — | 28 | 29 | 29 | 28 | 24 | 22 | 21 | 23 | 21 | 22 | 15 | 12 | 11 |
| 白龍 | 28 | 28 | 28 | — | 26 | 26 | 29 | 25 | 23 | 24 | 26 | 22 | 25 | 15 | 15 | 12 |
| 香沉 | 24 | 29 | 29 | 26 | — | 29 | 28 | 24 | 21 | 23 | 25 | 22 | 22 | 16 | 10 | 9 |
| 公興 | 23 | 27 | 29 | 26 | 29 | — | 28 | 24 | 21 | 21 | 23 | 23 | 20 | 17 | 10 | 9 |
| 塗山 | 26 | 26 | 28 | 29 | 28 | 28 | — | 27 | 24 | 24 | 26 | 24 | 23 | 15 | 13 | 12 |
| 蘇維 | 26 | 22 | 24 | 25 | 24 | 24 | 27 | — | 28 | 28 | 26 | 28 | 27 | 19 | 17 | 10 |
| 雙峰 | 24 | 20 | 22 | 23 | 21 | 21 | 24 | 28 | — | 27 | 25 | 26 | 26 | 17 | 18 | 9 |
| 西河 | 26 | 23 | 21 | 24 | 23 | 21 | 24 | 28 | 27 | — | 29 | 27 | 29 | 19 | 18 | 8 |
| 店埡 | 28 | 25 | 23 | 26 | 25 | 23 | 26 | 26 | 25 | 29 | — | 25 | 27 | 17 | 16 | 10 |
| 鐵鞭 | 25 | 20 | 21 | 22 | 22 | 23 | 24 | 28 | 26 | 27 | 25 | — | 27 | 20 | 15 | 9 |
| 保城 | 27 | 24 | 22 | 25 | 22 | 20 | 23 | 27 | 26 | 29 | 27 | 27 | — | 18 | 18 | 10 |
| 川西南路 | 18 | 16 | 15 | 15 | 16 | 17 | 15 | 19 | 17 | 19 | 17 | 20 | 18 | — | 10 | 1 |
| 成都 | 16 | 12 | 12 | 15 | 10 | 10 | 13 | 17 | 18 | 18 | 16 | 15 | 18 | 10 | — | 11 |
| 北京 | 11 | 9 | 11 | 12 | 9 | 9 | 12 | 10 | 9 | 8 | 10 | 9 | 10 | 1 | 11 | — |

上表中每兩方言間相似語音特徵權重數值與最大值（31）的百分比，即是方言間「語音特徵相似度」，以此做出「劍閣、南部縣相鄰山區方言、『川西南路話』、成都話語音相似度表」，如下：

表 5.4　劍閣、南部縣相鄰山區方言、「川西南路話」、成都話語音相似度表

| | 木馬 | 鶴齡 | 楊村 | 白龍 | 香沉 | 公興 | 塗山 | 蘇維 | 雙峰 | 西河 | 店埡 | 鐵鞭 | 保城 | 南路 | 成都 | 北京 |
|---|---|---|---|---|---|---|---|---|---|---|---|---|---|---|---|---|
| 木馬 | — | 84% | 81% | 90% | 77% | 74% | 84% | 84% | 77% | 84% | 90% | 81% | 87% | 58% | 52% | 35% |
| 鶴齡 | 84% | — | 94% | 90% | 94% | 87% | 84% | 71% | 65% | 74% | 81% | 65% | 77% | 52% | 39% | 29% |
| 楊村 | 81% | 94% | — | 90% | 94% | 94% | 90% | 77% | 71% | 68% | 74% | 68% | 71% | 48% | 39% | 35% |
| 白龍 | 90% | 90% | 90% | — | 84% | 84% | 94% | 81% | 74% | 77% | 84% | 71% | 81% | 48% | 48% | 39% |
| 香沉 | 77% | 94% | 94% | 84% | — | 94% | 90% | 77% | 68% | 74% | 81% | 71% | 71% | 52% | 32% | 29% |
| 公興 | 74% | 87% | 94% | 84% | 94% | — | 90% | 77% | 68% | 68% | 74% | 74% | 65% | 55% | 32% | 29% |
| 塗山 | 84% | 84% | 90% | 94% | 90% | 90% | — | 87% | 77% | 77% | 84% | 77% | 74% | 48% | 42% | 39% |

| | | | | | | | | | | | | | | | | |
|---|---|---|---|---|---|---|---|---|---|---|---|---|---|---|---|---|
| 蘇維 | 84% | 71% | 77% | 81% | 77% | 77% | 87% | — | 90% | 90% | 84% | 90% | 87% | 61% | 55% | 32% |
| 雙峰 | 77% | 65% | 71% | 74% | 68% | 68% | 77% | 90% | — | 87% | 81% | 84% | 84% | 55% | 58% | 29% |
| 西河 | 84% | 74% | 68% | 77% | 74% | 68% | 77% | 90% | 87% | — | 94% | 87% | 94% | 61% | 58% | 26% |
| 店埡 | 90% | 81% | 74% | 84% | 81% | 74% | 84% | 84% | 81% | 94% | — | 81% | 87% | 55% | 52% | 32% |
| 鐵鞭 | 81% | 65% | 68% | 71% | 71% | 74% | 77% | 90% | 84% | 87% | 81% | — | 87% | 65% | 48% | 29% |
| 保城 | 87% | 77% | 71% | 81% | 71% | 65% | 74% | 87% | 84% | 94% | 87% | 87% | — | 58% | 58% | 32% |
| 川西南路 | 58% | 52% | 48% | 48% | 52% | 55% | 48% | 61% | 55% | 61% | 55% | 65% | 58% | — | 32% | 3% |
| 成都 | 52% | 39% | 39% | 48% | 32% | 32% | 42% | 55% | 58% | 58% | 52% | 48% | 58% | 32% | — | 35% |
| 北京 | 35% | 29% | 35% | 39% | 29% | 29% | 39% | 32% | 29% | 26% | 32% | 29% | 32% | 3% | 35% | — |

以「川西南路話」與其他各點的 21 條語音特徵相比較，能反映出這些方言之間相對的語音差別。相似度越大，二者間的語音特點差別越小，方言間關係越近；相似度越小，二者間的語音特點相差越大，方言間關係越遠。分析上表可知：

「川西南路話」與劍閣、南部縣相鄰山區方言的相似度在 48%～65%之間，其平均值約為 55%。「川西南路話」與成都話的相似度為 32%。兩相比較，「川西南路話」與劍閣、南部縣相鄰山區方言的相似度高於「川西南路話」與成都話的相似度。也就是說，在劍閣、南部縣相鄰山區方言和成都話中，劍閣、南部縣相鄰山區方言更接近「川西南路話」。其中特別是蘇維村、西河鄉、鐵鞭鄉，與「川西南路話」最近，其相似度都大於 60%。

劍閣、南部縣相鄰山區方言與成都話的相似度在 32%～58%之間，其平均值約為 47%，比起劍閣、南部縣相鄰山區方言與「川西南路話」的平均值為 55%的相似度來要低，即劍閣、南部縣相鄰山區方言與「川西南路話」的相似度要高於劍閣、南部縣相鄰山區方言與成都話的相似度。其中香沉鎮和公興鎮與成都話的相似度僅 32%，即成都話與劍閣、南部縣相鄰山區方言的語音差別大；「川西南路話」與成都話的相似度也僅為 32%，即成都話與「川西南路話」的語音差別大。語音差別越大的方言，其歷史距離越遠。

劍閣、南部縣相鄰山區方言內部的相似度在 65%～94%之間，其平均值約為 74.88%。這是一個較高的相似度，說明劍閣、南部縣相鄰山區方言的語音差別較小，其歷史距離很近。亦即，劍閣、南部縣相鄰山區方言內部應當屬於同一方言分區。又因其與「川西南路話」的相似度更高，所以劍閣、南部縣相鄰山區方言當與「川西南路話」在歷史層次上有更多的聯繫。

方言間的相似度都沒有能達到 100%的，說明「川西南路話」與劍閣、南部縣相鄰山區方言都各自有了不同程度的變化。即使是劍閣、南部縣相鄰山區方言內部，相似度最低為 65%，最高為 94%，也都沒有達到 100%的，這說明劍閣、南部縣相鄰山區方言內部也都出現了不同程度的變化。

### 5.2.4 從機器學習計算模型看劍閣、南部縣相鄰山區方言的類屬

機器學習主要解決「回歸」「分類」和「聚類」三大問題。「回歸」主要用於預測，「分類」和「聚類」用於分類：「分類」屬於有監督機器學習，「聚類」屬於無監督機器學習。我們這裡運用計算機輔助計算分析，也主要是為分析劍閣、南部縣相鄰山區方言的類屬問題提供參考。本節分兩部分進行討論分析：第一部分，延續語音特徵加權計算模型，使用相同的特徵數據，但使用不同的計算方式，用數學上的相關性矩陣算法來計算分析其結果，並與語音特徵加權計算模型相比較；第二部分，先收集歷史數據（即已經發表了的調查點的數據），再訓練機器學習模型，最後使用該模型對劍閣、南部相鄰山區方言特徵數據作分析。

#### 5.2.4.1 從相關性矩陣看劍閣、南部縣相鄰山區方言的類屬

本節主要使用表 5.1 的數據作為計算依據，考察各方言點的 21 條語音特徵分布總體上的相似性，其數學原理實質上是比較各點在 21 條語音特徵分布上的距離與趨勢關係，但表 5.1 中「川西南路話」在 21 條語音特徵上都有分布，並不完全適用於這裡的計算和比較，因此我們這裡再增加一條「分尖團」作為第 22 條語音特徵。修改後的語音特徵比較表如下：

表 5.5 劍閣、南部縣相鄰山區方言、「川西南路話」、成都話語音特徵比較表

| 方言點 | 特徵 | | | | | | | | | | | | | | | | | | | | | |
|---|---|---|---|---|---|---|---|---|---|---|---|---|---|---|---|---|---|---|---|---|---|---|
| | 1 | 2 | 3 | 4 | 5 | 6 | 7 | 8 | 9 | 10 | 11 | 12 | 13 | 14 | 15 | 16 | 17 | 18 | 19 | 20 | 21 | 22 |
| 木馬 | ＋ | － | ＋ | ＋ | － | ＋ | ＋ | － | － | － | － | － | － | ± | － | ＋ | － | － | ＋ | ＋ | ＋ | ＋ |
| 鶴齡 | ± | － | ＋ | ＋ | － | ＋ | ＋ | － | － | － | － | ＋ | ± | ± | － | ＋ | － | － | ＋ | ± | ＋ | ＋ |
| 楊村 | ± | － | ＋ | ＋ | － | ＋ | ＋ | － | － | － | － | ＋ | ± | ± | － | － | － | － | ＋ | － | ＋ | － |
| 白龍 | ± | － | ＋ | ＋ | － | ＋ | ＋ | － | － | － | － | － | － | ± | － | ＋ | － | － | ＋ | － | ＋ | ＋ |
| 香沉 | ± | － | ＋ | ＋ | － | ＋ | ＋ | － | － | － | － | ＋ | ± | ± | ＋ | － | － | － | ＋ | ± | ＋ | － |
| 公興 | ± | － | ＋ | ＋ | － | ＋ | ＋ | － | － | － | ＋ | ＋ | ± | ± | ＋ | － | － | － | ＋ | － | ＋ | ＋ |

| 塗山 | ± | － | ＋ | ＋ | － | ＋ | ＋ | － | － | － | － | － | － | ± | ＋ | － | － | － | ＋ | － | ＋ | ＋ |
|---|---|---|---|---|---|---|---|---|---|---|---|---|---|---|---|---|---|---|---|---|---|---|
| 蘇維 | ＋ | ＋ | ＋ | ＋ | － | ＋ | ＋ | － | － | － | － | － | － | ± | ＋ | － | － | － | ＋ | － | ＋ | － |
| 雙峰 | ＋ | ＋ | ＋ | ＋ | － | － | ＋ | － | － | － | － | － | － | ± | ± | － | ± | － | ＋ | － | ＋ | － |
| 西河 | ＋ | ＋ | ＋ | ＋ | － | － | ＋ | － | － | － | － | － | － | ± | ＋ | ＋ | － | － | ＋ | ± | ＋ | ＋ |
| 店埡 | ＋ | － | ＋ | ＋ | － | － | ＋ | － | － | － | － | － | － | ± | ＋ | ＋ | － | － | ＋ | ± | ＋ | ＋ |
| 鐵鞭 | ＋ | ＋ | ＋ | ＋ | － | ± | ＋ | － | － | － | ＋ | － | － | ± | ＋ | － | － | － | ＋ | ＋ | ＋ | － |
| 保城 | ＋ | ＋ | ＋ | ＋ | － | ± | ＋ | － | － | － | － | － | － | ± | － | ＋ | － | － | ＋ | ± | ＋ | － |
| 川西南路 | ＋ | ＋ | ＋ | ＋ | ＋ | ＋ | ＋ | ＋ | ＋ | ＋ | ＋ | ＋ | ＋ | ＋ | ＋ | ＋ | ＋ | ＋ | ＋ | ＋ | ＋ | － |
| 成都 | ＋ | ＋ | ＋ | ＋ | － | － | － | － | － | － | － | － | － | － | － | ＋ | ＋ | － | ＋ | － | － | － |
| 北京 | － | － | ± | － | － | ± | － | － | － | ＋ | － | － | － | － | － | － | － | － | ± | － | ± | － |

又表 5.5 的數據為正負符號標簽，無法直接用於計算，因此，我們首先利用 Python 機器學習包 sklearn 中的 preprocessing 之 LabelEncoder 類對表 5.5 的內容作文本標簽編碼，編碼結果如下：

表 5.6　劍閣、南部縣相鄰山區方言、「川西南路話」、成都話語音特徵比較編碼表

| 方言點 | 特徵 | | | | | | | | | | | | | | | | | | | | | |
|---|---|---|---|---|---|---|---|---|---|---|---|---|---|---|---|---|---|---|---|---|---|---|
| | 1 | 2 | 3 | 4 | 5 | 6 | 7 | 8 | 9 | 10 | 11 | 12 | 13 | 14 | 15 | 16 | 17 | 18 | 19 | 20 | 21 | 22 |
| 木馬 | 0 | 1 | 0 | 0 | 1 | 0 | 0 | 1 | 1 | 1 | 1 | 1 | 1 | 2 | 1 | 0 | 1 | 1 | 0 | 0 | 0 | 0 |
| 鶴齡 | 2 | 1 | 0 | 0 | 1 | 0 | 0 | 1 | 1 | 1 | 1 | 0 | 2 | 2 | 1 | 0 | 1 | 1 | 0 | 2 | 0 | 0 |
| 楊村 | 2 | 1 | 0 | 0 | 1 | 0 | 0 | 1 | 1 | 1 | 1 | 0 | 2 | 2 | 1 | 1 | 1 | 1 | 0 | 1 | 0 | 1 |
| 白龍 | 2 | 1 | 0 | 0 | 1 | 0 | 0 | 1 | 1 | 1 | 1 | 1 | 1 | 2 | 1 | 0 | 1 | 1 | 0 | 1 | 0 | 0 |
| 香沉 | 2 | 1 | 0 | 0 | 1 | 0 | 0 | 1 | 1 | 1 | 1 | 0 | 2 | 2 | 0 | 1 | 1 | 1 | 0 | 2 | 0 | 1 |
| 公興 | 2 | 1 | 0 | 0 | 1 | 0 | 0 | 1 | 1 | 1 | 0 | 0 | 2 | 2 | 0 | 1 | 1 | 1 | 0 | 1 | 0 | 0 |
| 塗山 | 2 | 1 | 0 | 0 | 1 | 0 | 0 | 1 | 1 | 1 | 1 | 1 | 1 | 2 | 0 | 1 | 1 | 1 | 0 | 1 | 0 | 0 |
| 蘇維 | 0 | 0 | 0 | 0 | 1 | 0 | 0 | 1 | 1 | 1 | 1 | 1 | 1 | 2 | 0 | 1 | 1 | 1 | 0 | 1 | 0 | 1 |
| 雙峰 | 0 | 0 | 0 | 0 | 1 | 1 | 0 | 1 | 1 | 1 | 1 | 1 | 1 | 2 | 2 | 1 | 2 | 1 | 0 | 1 | 0 | 1 |
| 西河 | 0 | 0 | 0 | 0 | 1 | 1 | 0 | 1 | 1 | 1 | 1 | 1 | 1 | 2 | 0 | 0 | 1 | 1 | 0 | 2 | 0 | 0 |
| 店埡 | 0 | 1 | 0 | 0 | 1 | 1 | 0 | 1 | 1 | 1 | 1 | 1 | 1 | 2 | 0 | 0 | 1 | 1 | 0 | 2 | 0 | 0 |
| 鐵鞭 | 0 | 0 | 0 | 0 | 1 | 2 | 0 | 1 | 1 | 1 | 0 | 1 | 1 | 2 | 0 | 1 | 1 | 1 | 0 | 0 | 0 | 1 |
| 保城 | 0 | 0 | 0 | 0 | 1 | 2 | 0 | 1 | 1 | 1 | 1 | 1 | 1 | 2 | 1 | 0 | 1 | 1 | 0 | 2 | 0 | 1 |
| 川西南路 | 0 | 0 | 0 | 0 | 0 | 0 | 0 | 0 | 0 | 0 | 0 | 0 | 0 | 0 | 0 | 0 | 0 | 0 | 0 | 0 | 0 | 1 |
| 成都 | 0 | 0 | 0 | 0 | 1 | 1 | 1 | 1 | 1 | 1 | 1 | 1 | 1 | 1 | 1 | 0 | 0 | 1 | 0 | 1 | 1 | 1 |
| 北京 | 1 | 1 | 2 | 1 | 1 | 2 | 1 | 1 | 1 | 0 | 1 | 1 | 1 | 1 | 1 | 1 | 1 | 1 | 2 | 1 | 2 | 1 |

再將表 5.6 的內容用於相關性矩陣計算，主要用 Python 數值計算庫 Numpy

中的 corrcoef 函數計算，並取其輔對角線上的值，組成相關性矩陣，保留兩位小數，可得下表：

表 5.7　劍閣、南部縣相鄰山區方言、「川西南路話」、成都話語音特徵相關性矩陣

| | 木馬 | 鶴齡 | 楊村 | 白龍 | 香沉 | 公興 | 塗山 | 蘇維 | 雙峰 | 西河 | 店埡 | 鐵鞭 | 保城 | 南路 | 成都 | 北京 |
|---|---|---|---|---|---|---|---|---|---|---|---|---|---|---|---|---|
| 木馬 | — | 0.53 | 0.53 | 0.71 | 0.37 | 0.47 | 0.58 | 0.66 | 0.65 | 0.58 | 0.64 | 0.46 | 0.47 | -0.22 | 0.36 | -0.48 |
| 鶴齡 | 0.53 | — | 0.87 | 0.87 | 0.87 | 0.83 | 0.77 | 0.46 | 0.39 | 0.6 | 0.63 | 0.11 | 0.45 | -0.23 | 0.19 | -0.45 |
| 楊村 | 0.53 | 0.87 | — | 0.78 | 0.91 | 0.87 | 0.78 | 0.56 | 0.46 | 0.39 | 0.41 | 0.28 | 0.32 | 0.06 | 0.11 | -0.53 |
| 白龍 | 0.71 | 0.87 | 0.78 | — | 0.71 | 0.75 | 0.88 | 0.5 | 0.44 | 0.55 | 0.59 | 0.21 | 0.4 | -0.26 | 0.17 | -0.51 |
| 香沉 | 0.37 | 0.87 | 0.91 | 0.71 | — | 0.88 | 0.81 | 0.62 | 0.32 | 0.55 | 0.58 | 0.25 | 0.39 | 0.06 | 0.1 | -0.48 |
| 公興 | 0.47 | 0.83 | 0.87 | 0.75 | 0.88 | — | 0.85 | 0.51 | 0.27 | 0.45 | 0.49 | 0.35 | 0.23 | -0.21 | -0.03 | -0.43 |
| 塗山 | 0.58 | 0.77 | 0.78 | 0.88 | 0.81 | 0.85 | — | 0.63 | 0.33 | 0.55 | 0.59 | 0.32 | 0.29 | -0.26 | 0.01 | -0.51 |
| 蘇維 | 0.66 | 0.46 | 0.56 | 0.5 | 0.62 | 0.51 | 0.63 | — | 0.68 | 0.76 | 0.69 | 0.63 | 0.62 | 0.14 | 0.42 | -0.51 |
| 雙峰 | 0.65 | 0.39 | 0.46 | 0.44 | 0.32 | 0.27 | 0.33 | 0.68 | — | 0.6 | 0.52 | 0.6 | 0.74 | 0.06 | 0.41 | -0.38 |
| 西河 | 0.58 | 0.6 | 0.39 | 0.55 | 0.55 | 0.45 | 0.55 | 0.76 | 0.6 | — | 0.95 | 0.56 | 0.86 | -0.22 | 0.52 | -0.3 |
| 店埡 | 0.64 | 0.63 | 0.41 | 0.59 | 0.58 | 0.49 | 0.59 | 0.69 | 0.52 | 0.95 | — | 0.5 | 0.8 | -0.24 | 0.43 | -0.32 |
| 鐵鞭 | 0.46 | 0.11 | 0.28 | 0.21 | 0.25 | 0.35 | 0.32 | 0.63 | 0.6 | 0.56 | 0.5 | — | 0.65 | 0.12 | 0.37 | -0.14 |
| 保城 | 0.47 | 0.45 | 0.32 | 0.4 | 0.39 | 0.23 | 0.29 | 0.62 | 0.74 | 0.86 | 0.8 | 0.65 | — | 0.07 | 0.64 | -0.2 |
| 川西南路 | -0.22 | -0.23 | 0.06 | -0.26 | 0.06 | -0.21 | -0.26 | 0.14 | 0.06 | -0.22 | -0.24 | 0.12 | 0.07 | — | 0.15 | -0.07 |
| 成都 | 0.36 | 0.19 | 0.11 | 0.17 | 0.1 | -0.03 | 0.01 | 0.42 | 0.41 | 0.52 | 0.43 | 0.37 | 0.64 | 0.15 | — | -0.22 |
| 北京 | -0.48 | -0.45 | -0.53 | -0.51 | -0.48 | -0.43 | -0.51 | -0.51 | -0.38 | -0.3 | -0.32 | -0.14 | -0.2 | -0.07 | -0.22 | — |

從該相關性矩陣來看，劍閣、南部縣相鄰山區方言內部的語音特徵相似度相對較高，而其與「川西南路話」、成都話以及北京話的相似度都比較低，與北京話的相似度最低。其與「川西南路話」的相似度之所以低，主要是由於這裡的「川西南路話」不是具體的方言點，而是多個方言點的總括，是一抽象的方言概念，而本節選擇的特徵也主要是為「川西南路話」量身而選，所以用相關性矩陣來考察一個抽象的方言概念的特徵與具體方言點的特徵的相似度有其侷限性。但這並不影響其他具體方言點之間的相似度比較，比如劍閣、南部縣相鄰山區內部方言點的相似度比較，劍閣、南部縣相鄰山區方言各點與成都話、北京話的比較。從該相關性矩陣來看，劍閣、南部縣相鄰山區方言內部具有高度一致性，當屬於同一方言區；劍閣、南部縣相鄰山區方言各點與成都話和北京話都具有較低的相似度，說明三者的距離較遠，當屬於三個不同的方言區。

至於劍閣、南部縣相鄰山區方言與「南路話」的關係，我們將在下一小節用具體的「南路話」方言點的語音特徵來作分析。

### 5.2.4.2　從機器學習的分類算法看劍閣、南部縣相鄰山區方言的類屬

要運用機器學習，則需要歷史數據。本書使用的數據來源為已經發表了的期刊論文或碩博士論文。歷史數據選取 7 個「湖廣話」代表點：成都、重慶、達縣、開江、宣漢、渠縣、萬源；10 個「南路話」代表點：崇州、彭州、邛崍、大邑、蒲江、新津、都江堰河東（下表簡稱「河東」）、都江堰河西（下表簡稱「河西」）、樂山、瀘州。〔註 6〕依照表 5.5 總結如下：

表 5.8　「南路話」與「湖廣話」語音特徵比較歷史數據表

| 方言點 | 特徵 | | | | | | | | | | | | | | | | | | | | | | 類屬 |
|---|---|---|---|---|---|---|---|---|---|---|---|---|---|---|---|---|---|---|---|---|---|---|---|
| | 1 | 2 | 3 | 4 | 5 | 6 | 7 | 8 | 9 | 10 | 11 | 12 | 13 | 14 | 15 | 16 | 17 | 18 | 19 | 20 | 21 | 22 | |
| 成都 | ＋ | ＋ | ＋ | ＋ | － | － | － | － | － | － | － | － | － | － | － | ＋ | ＋ | － | ＋ | － | － | － | 湖廣 |
| 樂山 | ＋ | ＋ | － | ＋ | － | － | ＋ | － | ＋ | ＋ | ＋ | ＋ | ＋ | ＋ | ＋ | － | ＋ | ＋ | ＋ | ＋ | ＋ | － | 南路 |
| 瀘州 | ＋ | ＋ | ＋ | ＋ | － | － | ＋ | － | ＋ | ＋ | － | － | － | － | － | － | ＋ | ＋ | ＋ | － | ＋ | － | 南路 |
| 重慶 | ＋ | ＋ | － | ＋ | － | － | － | － | － | － | － | － | － | － | － | － | － | － | － | － | － | － | 湖廣 |
| 彭州 | ＋ | ＋ | ＋ | ＋ | － | － | － | ＋ | － | － | － | － | － | ＋ | ＋ | ＋ | ＋ | ＋ | ＋ | ＋ | ＋ | － | 南路 |
| 河東 | ＋ | ＋ | ＋ | ＋ | － | － | ＋ | ＋ | － | ＋ | － | ＋ | － | ＋ | ＋ | ＋ | ＋ | ＋ | ＋ | ＋ | ＋ | － | 南路 |
| 河西 | ＋ | ＋ | ＋ | ＋ | ＋ | ＋ | ＋ | ＋ | － | ＋ | ＋ | ＋ | ＋ | ＋ | ＋ | ＋ | ＋ | ＋ | ＋ | ＋ | ＋ | － | 南路 |
| 邛崍 | ＋ | ＋ | ＋ | ＋ | ＋ | － | ＋ | ＋ | － | ＋ | ＋ | ＋ | ＋ | ＋ | ＋ | ＋ | ＋ | ＋ | ＋ | ＋ | ＋ | － | 南路 |
| 崇州 | ＋ | ＋ | ＋ | ＋ | ＋ | ＋ | ＋ | ＋ | － | ＋ | ＋ | ＋ | ＋ | ＋ | ＋ | ＋ | ＋ | ＋ | ＋ | ＋ | ＋ | － | 南路 |
| 大邑 | ＋ | ＋ | ＋ | ＋ | ＋ | － | ＋ | ＋ | － | ＋ | ＋ | ＋ | ＋ | ＋ | ＋ | ＋ | ＋ | ＋ | ＋ | ＋ | ＋ | － | 南路 |
| 蒲江 | ＋ | ＋ | ＋ | ＋ | ＋ | － | ＋ | ＋ | ＋ | ＋ | ＋ | ＋ | ＋ | ＋ | ＋ | ＋ | ＋ | ＋ | ＋ | ＋ | ＋ | － | 南路 |
| 新津 | ＋ | ＋ | ＋ | ＋ | ＋ | ＋ | ＋ | ＋ | － | ＋ | ＋ | ＋ | ＋ | ＋ | ＋ | ＋ | ＋ | ＋ | ＋ | ＋ | ＋ | － | 南路 |
| 達縣 | － | ＋ | － | ＋ | － | － | － | － | － | － | － | － | － | － | － | － | － | － | － | － | － | － | 湖廣 |
| 開江 | － | ＋ | － | ＋ | － | － | － | － | － | － | － | － | － | － | － | － | － | － | － | － | － | － | 湖廣 |
| 宣漢 | － | ＋ | － | ＋ | － | － | － | － | － | － | － | － | － | － | － | － | － | － | － | － | － | － | 湖廣 |
| 渠縣 | ＋ | ＋ | ＋ | ＋ | － | － | － | － | － | － | － | － | － | － | － | － | － | － | － | － | － | － | 湖廣 |
| 萬源 | ＋ | － | ＋ | ＋ | － | － | － | － | － | － | － | － | － | － | － | － | － | － | － | － | － | ＋ | 湖廣 |

同樣，我們需要首先利用 Python 機器學習包 sklearn 中的 preprocessing 之 LabelEncoder 類對表 5.6 的內容作文本標簽編碼，編碼結果如下：

表 5.9　「南路話」與「湖廣話」語音特徵比較歷史數據文本標簽編碼表

| 方言點 | 特徵 | | | | | | | | | | | | | | | | | | | | | | 類屬 |
|---|---|---|---|---|---|---|---|---|---|---|---|---|---|---|---|---|---|---|---|---|---|---|---|
| | 1 | 2 | 3 | 4 | 5 | 6 | 7 | 8 | 9 | 10 | 11 | 12 | 13 | 14 | 15 | 16 | 17 | 18 | 19 | 20 | 21 | 22 | |
| 成都 | 0 | 0 | 0 | 0 | 1 | 1 | 1 | 1 | 1 | 1 | 1 | 1 | 1 | 1 | 1 | 0 | 0 | 1 | 0 | 1 | 1 | 1 | 1 |

〔註 6〕成都、樂山、瀘州、重慶的數據來自周及徐（2012b）；彭州、都江堰河東、都江堰河西、邛崍、崇州、大邑、浦江、新津的數據來自畢圓（2012）；達縣、開江、宣漢、渠縣、萬源的數據來自羅燕（2016）。

| 樂山 | 0 | 0 | 1 | 0 | 1 | 1 | 0 | 1 | 0 | 0 | 0 | 0 | 0 | 0 | 0 | 1 | 0 | 0 | 0 | 0 | 0 | 1 | 0 |
|---|---|---|---|---|---|---|---|---|---|---|---|---|---|---|---|---|---|---|---|---|---|---|---|
| 瀘州 | 0 | 0 | 0 | 0 | 1 | 1 | 0 | 1 | 0 | 0 | 1 | 1 | 1 | 1 | 1 | 1 | 0 | 0 | 0 | 1 | 0 | 1 | 0 |
| 重慶 | 0 | 0 | 1 | 0 | 1 | 1 | 1 | 1 | 1 | 1 | 1 | 1 | 1 | 1 | 1 | 1 | 1 | 1 | 1 | 1 | 1 | 1 | 1 |
| 彭州 | 0 | 0 | 0 | 0 | 1 | 1 | 1 | 0 | 1 | 1 | 1 | 1 | 1 | 0 | 0 | 0 | 0 | 0 | 0 | 0 | 0 | 1 | 0 |
| 河東 | 0 | 0 | 0 | 0 | 1 | 1 | 0 | 0 | 1 | 0 | 1 | 0 | 1 | 0 | 0 | 0 | 0 | 0 | 0 | 0 | 0 | 1 | 0 |
| 河西 | 0 | 0 | 0 | 0 | 0 | 0 | 0 | 0 | 1 | 0 | 0 | 0 | 0 | 0 | 0 | 0 | 0 | 0 | 0 | 0 | 0 | 1 | 0 |
| 邛崍 | 0 | 0 | 0 | 0 | 0 | 1 | 0 | 0 | 1 | 0 | 0 | 0 | 0 | 0 | 0 | 0 | 0 | 0 | 0 | 0 | 0 | 1 | 0 |
| 崇州 | 0 | 0 | 0 | 0 | 0 | 0 | 0 | 0 | 1 | 0 | 0 | 0 | 0 | 0 | 0 | 0 | 0 | 0 | 0 | 0 | 0 | 1 | 0 |
| 大邑 | 0 | 0 | 0 | 0 | 0 | 1 | 0 | 0 | 1 | 0 | 0 | 0 | 0 | 0 | 0 | 0 | 0 | 0 | 0 | 0 | 0 | 1 | 0 |
| 浦江 | 0 | 0 | 0 | 0 | 0 | 1 | 0 | 0 | 0 | 0 | 0 | 0 | 0 | 0 | 0 | 0 | 0 | 0 | 0 | 0 | 0 | 1 | 0 |
| 新津 | 0 | 0 | 0 | 0 | 0 | 0 | 0 | 0 | 1 | 0 | 0 | 0 | 0 | 0 | 0 | 0 | 0 | 0 | 0 | 0 | 0 | 1 | 0 |
| 達縣 | 1 | 0 | 1 | 0 | 1 | 1 | 1 | 1 | 1 | 1 | 1 | 1 | 1 | 1 | 1 | 1 | 1 | 1 | 1 | 1 | 1 | 1 | 1 |
| 開江 | 1 | 0 | 1 | 0 | 1 | 1 | 1 | 1 | 1 | 1 | 1 | 1 | 1 | 1 | 1 | 1 | 1 | 1 | 1 | 1 | 1 | 1 | 1 |
| 宣漢 | 1 | 0 | 1 | 0 | 1 | 1 | 1 | 1 | 1 | 1 | 1 | 1 | 1 | 1 | 1 | 1 | 1 | 1 | 1 | 1 | 1 | 1 | 1 |
| 渠縣 | 0 | 0 | 0 | 0 | 1 | 1 | 1 | 1 | 1 | 1 | 1 | 1 | 1 | 1 | 1 | 1 | 1 | 1 | 1 | 1 | 1 | 1 | 1 |
| 萬源 | 0 | 1 | 0 | 0 | 1 | 1 | 1 | 1 | 1 | 1 | 1 | 1 | 1 | 1 | 1 | 1 | 1 | 1 | 1 | 1 | 1 | 0 | 1 |

我們這裡的計算操作過程是，將該表的前 22 列作為輸入樣本，將最後一列作為輸出樣本，用於機器學習算法模型的訓練集，並獲得分類模型，然後我們將表 5.6 所有劍閣、南部縣相鄰山區的方言點數據的 22 列作為輸入集，用上述獲得的分類模型進行分類。

我們這裡對表 5.6 的數據作了預處理，因為表 5.8 中沒有「±」符號，那麼將其用於機器學習所得的模型當然也無法識別和處理「±」符號，因此，我們結合劍閣、南部縣相鄰山區方言這部分語音特徵的實際情況，統一將其歸為「+」，之後再重新進行文本標簽編碼，最後再將其結果用於分類。重新編碼後的結果如下：

**表 5.10　劍閣、南部縣相鄰山區方言用於機器學習分類的語音特徵標簽編碼表**

| 方言點 | 特徵 | | | | | | | | | | | | | | | | | | | | | |
|---|---|---|---|---|---|---|---|---|---|---|---|---|---|---|---|---|---|---|---|---|---|---|
| | 1 | 2 | 3 | 4 | 5 | 6 | 7 | 8 | 9 | 10 | 11 | 12 | 13 | 14 | 15 | 16 | 17 | 18 | 19 | 20 | 21 | 22 |
| 木馬 | 0 | 1 | 0 | 0 | 1 | 0 | 0 | 1 | 1 | 1 | 1 | 1 | 1 | 0 | 1 | 0 | 1 | 1 | 0 | 0 | 0 | 0 |
| 鶴齡 | 0 | 1 | 0 | 0 | 1 | 0 | 0 | 1 | 1 | 1 | 1 | 0 | 0 | 0 | 1 | 0 | 1 | 1 | 0 | 0 | 0 | 0 |
| 楊村 | 0 | 1 | 0 | 0 | 1 | 0 | 0 | 1 | 1 | 1 | 1 | 0 | 0 | 0 | 1 | 1 | 1 | 1 | 0 | 1 | 0 | 1 |
| 白龍 | 0 | 1 | 0 | 0 | 1 | 0 | 0 | 1 | 1 | 1 | 1 | 1 | 1 | 0 | 1 | 0 | 1 | 1 | 0 | 1 | 0 | 0 |
| 香沉 | 0 | 1 | 0 | 0 | 1 | 0 | 0 | 1 | 1 | 1 | 1 | 0 | 0 | 0 | 0 | 1 | 1 | 1 | 0 | 0 | 0 | 1 |
| 公興 | 0 | 1 | 0 | 0 | 1 | 0 | 0 | 1 | 1 | 1 | 0 | 0 | 0 | 0 | 0 | 1 | 1 | 1 | 0 | 1 | 0 | 0 |

| | | | | | | | | | | | | | | | | | | | | | |
|---|---|---|---|---|---|---|---|---|---|---|---|---|---|---|---|---|---|---|---|---|---|
| 塗山 | 0 | 1 | 0 | 0 | 1 | 0 | 0 | 1 | 1 | 1 | 1 | 1 | 1 | 0 | 0 | 1 | 1 | 1 | 0 | 1 | 0 | 0 |
| 蘇維 | 0 | 0 | 0 | 0 | 1 | 0 | 0 | 1 | 1 | 1 | 1 | 1 | 1 | 0 | 0 | 1 | 1 | 1 | 0 | 1 | 0 | 1 |
| 雙峰 | 0 | 0 | 0 | 0 | 1 | 1 | 0 | 1 | 1 | 1 | 1 | 1 | 1 | 0 | 0 | 1 | 0 | 1 | 0 | 1 | 0 | 1 |
| 西河 | 0 | 0 | 0 | 0 | 1 | 1 | 0 | 1 | 1 | 1 | 1 | 1 | 1 | 0 | 0 | 0 | 1 | 1 | 0 | 0 | 0 | 0 |
| 店埡 | 0 | 1 | 0 | 0 | 1 | 1 | 0 | 1 | 1 | 1 | 1 | 1 | 1 | 0 | 0 | 0 | 1 | 1 | 0 | 0 | 0 | 0 |
| 鐵鞭 | 0 | 0 | 0 | 0 | 1 | 0 | 0 | 1 | 1 | 1 | 0 | 1 | 1 | 0 | 0 | 1 | 1 | 1 | 0 | 0 | 0 | 1 |
| 保城 | 0 | 0 | 0 | 0 | 1 | 0 | 0 | 1 | 1 | 1 | 1 | 1 | 1 | 0 | 1 | 0 | 1 | 1 | 0 | 0 | 0 | 1 |

我們編寫代碼，分別使用了樸素貝葉斯分類器，即使用 Python 機器學習庫 sklearn 中 naive_bayes 庫中的 GaussianNB（高斯分布樸素貝葉斯分類器）類和支持向量機（SVM）分類器，即使用 Python 機器學習庫 sklearn 中 svm 庫中的基於徑向基核函數（rbf）的支持向量機分類器 SVC 類，來訓練歷史數據，並分別獲得兩個分類模型，再分別將兩個分類模型運用於劍閣、南部縣相鄰山區的方言點數據，得到的分類結果是一致的。這裡用基於徑向基核函數（rbf）的支持向量機分類器 SVC 類所得的分類結果來作分析，因為該模型為每個分類結果提供了置信概率矩陣。結果如下：

表 5.11　劍閣、南部縣相鄰山區方言基於支持向量機分類器的語音特徵分類表

| 方言點 | 分類結果 | | 置信概率 | | |
|---|---|---|---|---|---|
| | 類標簽 | 真實類 | 0 類 | 1 類 | 置信概率差 |
| 木馬 | 0 | 南路話 | 0.574509981 | 0.425490019 | 0.149019962 |
| 鶴齡 | 0 | 南路話 | 0.576370783 | 0.423629217 | 0.152741565 |
| 楊村 | 0 | 南路話 | 0.548349232 | 0.451650768 | 0.096698464 |
| 白龍 | 1 | 湖廣話 | 0.464577022 | 0.535422978 | -0.070845956 |
| 香沉 | 0 | 南路話 | 0.741965122 | 0.258034878 | 0.483930243 |
| 公興 | 0 | 南路話 | 0.644354149 | 0.355645851 | 0.288708299 |
| 塗山 | 0 | 南路話 | 0.643781299 | 0.356218701 | 0.287562599 |
| 蘇維 | 0 | 南路話 | 0.653672104 | 0.346327896 | 0.307344208 |
| 雙峰 | 0 | 南路話 | 0.69592951 | 0.30407049 | 0.39185902 |
| 西河 | 0 | 南路話 | 0.683233436 | 0.316766564 | 0.366466871 |
| 店埡 | 0 | 南路話 | 0.677998018 | 0.322001982 | 0.355996036 |
| 鐵鞭 | 0 | 南路話 | 0.747755463 | 0.252244537 | 0.495510926 |
| 保城 | 0 | 南路話 | 0.583953266 | 0.416046734 | 0.167906533 |

據基於高斯分布的樸素貝葉斯分類器和基於徑向基核函數的支持向量機分類器的分類結果，除了白龍鎮點外，其他點都劃歸於「南路話」類。

關於白龍鎮的分類結果，我們先看其置信概率，劃分到「湖廣話」的置信概率為 0.535422978，而被劃分到「南路話」的置信概率為 0.464577022，白龍鎮兩邊置信概率差的絕對值為 0.070845956，比其他幾個方言點的置信概率差的絕對值都要小，這相對於計算機機器學習算法存在的誤差來說，幾乎可以忽略。也就是說白龍鎮的語音特徵在上述兩種分類器算法中位於「南路話」與「湖廣話」的分界線上。

## 5.3 小　結

經過幾代學者的不斷努力，我們終於對四川方言的歷史形成過程有了比較客觀全面的認識。從具體的方言調查入手，獲取第一手材料，在客觀材料數據的支撐下，四川方言中的「南路話」和「湖廣話」兩大方言格局逐漸明晰。且隨著調查的不斷深入，材料的不斷豐富，「南路話」和「湖廣話」兩大方言格局的地理分布也逐漸明晰。「南路話」和「湖廣話」兩大方言格局，除了鮮活的語言材料支撐之外，我們還有文獻可據，比如《蜀語》。通過將《蜀語》音系與「南路話」和「湖廣話」進行比較分析，發現《蜀語》在聲母系統上，與廣元市劍閣縣金仙鎮話的聲母系統最相似；在韻母系統上，與以崇州話、金仙話和伏虎話為一組的韻母系統更吻合。而崇州話、金仙話、伏虎話都屬於「南路話」層次，即《蜀語》音系和「南路話」為一脈相承，是四川方言的古代層次。而「湖廣話」則為明清湖廣移民帶來的方言，是四川方言的後起層次。

在上述大背景下，我們從不同的角度，運用不同的方法考察了劍閣、南部縣相鄰山區方言的類屬問題。

一、運用語音特徵加權計算模型分析可知：（一）「川西南路話」與劍閣、南部縣相鄰山區方言的相似度要高於「川西南路話」與成都話的相似度。即劍閣、南部縣相鄰山區方言與「川西南路話」在歷史層次上有更多的聯繫；（二）各方言點間的相似度都沒有達到 100%的，說明「川西南路話」與劍閣、南部縣相鄰山區方言都各自有了不同程度的變化；（三）劍閣、南部縣相鄰山區方言內部其相似度也沒有達到 100%，說明劍閣、南部縣相鄰山區方言內部也出現了不同程度的變化。

二、運用數學上的相關性矩陣計算模型分析可知：（一）劍閣、南部縣相鄰山區方言內部的語音特徵相似度相對較高，屬於同一方言區；（二）劍閣、南部縣相鄰山區方言各點與成都話和北京話都具有較低的相似度，說明三者屬於三個不同的方言區。

三、運用基於高斯分布的樸素貝葉斯分類器和基於徑向基核函數的支持向量機分類器的分類模型分析可知：除了白龍鎮外，其他劍閣、南部縣相鄰山區方言點都歸「南路話」類，而白龍鎮則位於「南路話」與「湖廣話」的分界線上。

綜上，在四川方言的「南路話」和「湖廣話」兩大方言格局中，劍閣、南部縣相鄰山區方言屬於「南路話」一類。因此我們可以將圖 1.2（見 1.2.1）的分布做一更新〔註 7〕，如下：

圖 5.1 「湖廣話」和「南路話」在四川分布的更新示意圖

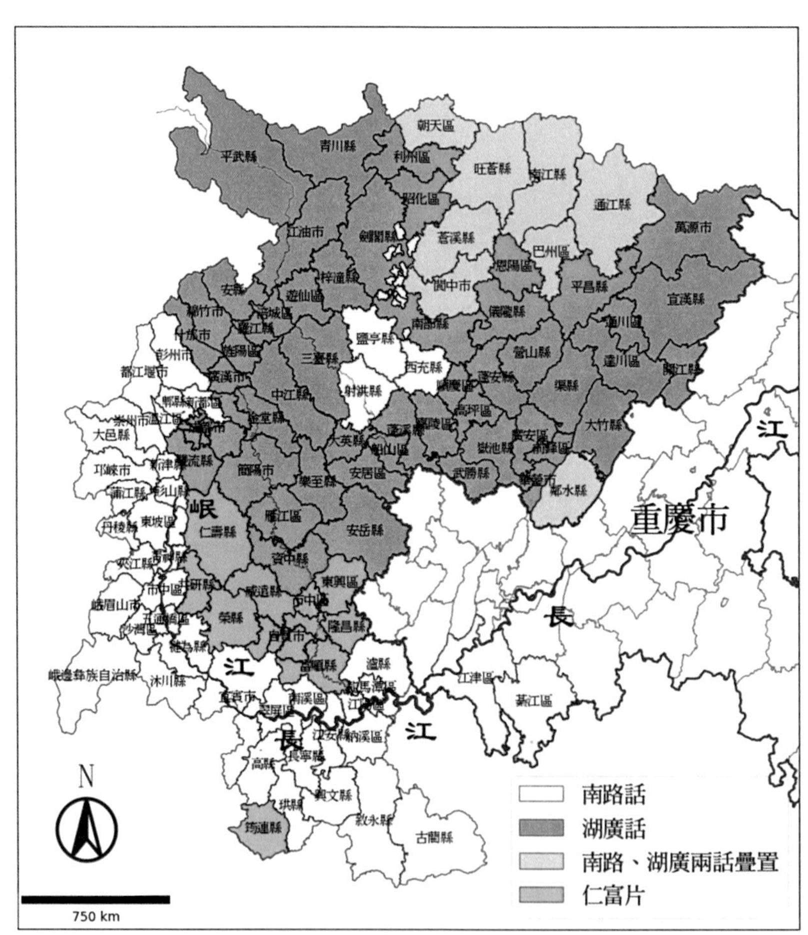


〔註 7〕其中岷江沿岸的數據見周及徐（2013b）等，射洪縣、鹽亭縣、西充縣的數據見張強（2015）等，南部縣伏虎鎮的數據見梁浩（2015），閬中市的數據見龍揚洋（2014），巴中市的數據見周岷、周及徐（2016b），鄰水縣的數據見劉慧（2015），蒼溪縣的數據見何治春（2017），朝天區的數據見張明（2020），旺蒼縣的數據見周夏冰（2019），劍閣、南部縣 13 個鄉鎮的數據見本書。

與圖 1.2 相比，原來全部被標記為「湖廣話」的南部縣，根據田野調查證據，當作更細的劃分，至少從本書的數據來看，南部縣山區特別是沿著升鍾水庫一帶的鄉鎮當劃分到「南路話」區；劍閣縣，根據本書的田野調查證據，其東邊和南邊的鄉鎮當劃分到「南路話」區，而且其南邊的鄉鎮也是處於山區並沿升鍾水庫一帶分布。

四川「南路話」分布，在加入劍閣、南部縣相鄰山區方言數據之後，已經從原來的「大致以岷江為界……以西以南地區」（周及徐 2012a，2012b，2013b）逐漸往北往東延伸。這證實了在四川東部北部存在「南路話」方言島，而「這些在今天四川湖廣話區域中存在著的南路話方言島，在證明著整個四川地區在 400 年前曾是古代南路話的天下」。（周及徐、周岷 2017）

# 6 結　論

本書對劍閣、南部縣相鄰山區方言採取以鄉鎮為基本單位的方式進行了比較全面細緻的田野調查，並報告了這一地區 13 個方言點的方言音系，總結了這一地區的語音特徵，從這一地區方言語音特徵分析了其在四川方言「南路話」和「湖廣話」兩大方言格局中的地位。

首先，除了音系報告之外，本書還從共時比較的角度對劍閣、南部縣相鄰山區方言做了比較分析，在共時層面上：

一、聲母總體呈現較離散的分布，即存在一定的差異性。聲母差別是這些方言點內部比較明顯的差別所在。

二、韻母和單元音呈現較一致的分布。

三、調類上各點分布完全一致，都是 5 個調類，都有入聲調。

四、據歐幾里得距離得分和皮爾遜距離得分，劍閣、南部縣相鄰山區方言音系在細節上存在差異，但在總體上則是高度一致的。

其次，在上述音系分析的基礎上，本書還從歷史比較的角度分析了劍閣、南部縣相鄰山區方言的語音特徵。

一、古非曉組字在-u 韻母前的分混表現為 5 種類型，見 4.1.1 的分析。其中非曉組的分混在是否為果攝來源的-u 前具有不同的表現，這一現象的發現，對我們認識「南路話」果攝讀-u 這一特徵出現的歷史時期具有重要意義。即果攝讀 u 是由 o 進一步高化而產生的後起讀音。

二、分平翹的方言點居多。分平翹的有 8 個方言點，不分平翹的有 5 個方言點。「川西南路話」是不分平翹舌的，所以屬於「南路話」的劍閣、南部縣相鄰山區方言存在分平翹舌這一特徵，為早期「南路話」有分平翹舌的特徵增加了一份證據。

三、泥來母一、二等字相混，三、四等字區分，即洪混細分。其中，蘇維村在細音前表現為來母讀 n、泥母讀 tɕ（即：連 nie2≠年 tɕie2），這是一項比較特殊的語音演變，四川其他地區尚未見報告。

四、古影疑母以讀∅、ȵ、ŋ 為主。其中蘇維村讀音比較特殊，有∅、k、tɕ 三讀，其中∅、k 一、二等均有；tɕ 主要出現在二、三、四等，即今細音前。蘇維村這一條與上一條泥來母的語音演變一樣在四川方言中比較特別，四川其他地區尚未見報告。

五、有接近一半的方言點分尖團。「川西南路話」大都不分尖團，所以屬於「南路話」的劍閣、南部縣相鄰山區方言存在分尖團這一特徵，為早期「南路話」有分尖團的特徵增加了一份證據。而且劍閣木馬鎮、劍閣白龍鎮、劍閣公興鎮、劍閣塗山鄉塗山村和南部店埡鄉 5 個方言點是分尖團和分平翹舌同時存在的。

六、果攝字讀音分布也比較離散，有-o、-u、-əu、-au、-ɤ 五個讀音，但果攝一等端系韻母為-u 分布比較普遍。果攝一等讀-u，這也是「川西南路話」的一大特徵。

七、假攝三等精組見系字韻母讀-i。這也是「川西南路話」的一大特徵。

八、咸山攝舒聲大都讀入宕江攝舒聲。這是劍閣、南部相鄰山區方言的一大特點，在這一地區分布比較廣泛。

九、咸山攝舒聲今細音字鼻音尾多丟失。這一點在其他地區的「南路話」也有分布。

十、咸山攝入聲開口一等端泥精組字、咸山攝入聲合口三等非組字，讀-ᴀ。咸山攝入聲開口一等見系字讀-o/-ʊ、-au、-ɤ。鐵鞭鄉在咸山攝入聲開口三、四等，知系字白讀為-æ，文讀為-e。公興鎮在咸山攝入聲開口三、四等，幫端見系字統一讀-iæ；知系字讀-æ。山攝入聲合口一等字、合口三等知系字在木馬鎮讀-ʊ，其他各點讀-o。山攝入聲合口三、四等精組見系字在木馬鎮讀-yi，公興鎮讀-yæ，其餘各點讀-ye。

十一、曾攝入聲開口一等字，公興鎮讀-æ，其他點讀-e。曾攝入聲開口三等知章組字，公興鎮讀-ei，其他點讀-ɿ/-ʅ；莊組字，公興鎮-æ、-e 兩讀，其他點讀-e。曾攝入聲合口一等見系字，公興鎮和塗山鄉塗山村讀-uæ，鶴齡鎮-uɛ、-ue 兩讀，其他點讀-ue。曾攝入聲合口三等見系字，木馬鎮讀-iʊ，其他點讀-io。

十二、梗攝入聲開口二等有文白異讀，如：鶴齡鎮白讀-a，文讀-e；楊村鎮白讀-æ，文讀-e；香沉鎮白讀-ᴀ，文讀-e。梗攝入聲開口三等見組字，在鶴齡鎮、白龍鎮、雙峰鄉、西河鄉和保城鄉讀-ie；知章組字，香沉鎮讀-e，公興鎮讀-ei。梗攝入聲開口四等字，店埡鄉部分讀-ie。梗攝入聲合口二等字，公興鎮讀-uæ。梗攝入聲合口三等字，木馬鎮讀-iʊ，白龍鎮讀-iu，其他各點讀-io。

以上三點是這一地區入聲韻留存的表現。

十三、有 5 個聲調（陰平、陽平、上聲、去聲、入聲），古入聲字今讀入聲調，即入聲獨立。這是「南路話」與「湖廣話」最具區分度的一條特徵。

除了上述具有共性的特徵外，該地區還有些方言點表現出一些比較獨特的語音特徵，比如保城鄉有古影云以母，在其他點讀單韻母-i 的音節中讀 ʐ-聲母；古精組聲母洪音前全部、細音前部分讀了 tʂ-、tʂh-、ʂ-；見曉組（含疑母）開口三、四等讀 tʂ-、tʂh-、ʂ-，等等，在 4.4 中我們專門指出這是一種「魯奇規律（ruki-rule）」，而且還指出保城鄉的這一特徵因分布廣，可獨立為一個類型，可補充張光宇的四分類型。又比如木馬鎮見系蟹攝一、二等部分字讀 tʂ，在 4.1.9.2 中，我們指出這是倒推而訛的現象，在 4.4 中我們進一步將該現象與保城鄉的見曉組聲母今細音前讀 tʂ-、tʂh-、ʂ-進行類比分析，並指出這與張光宇總結的「萬榮型」「魯奇規律」接近。

最後，我們分析了「南路話」「湖廣話」及其與《蜀語》的關係，指出四川方言存在兩大方言格局——「南路話」與「湖廣話」。

在語音特徵分析的基礎上，我們除了運用語音特徵加權計算模型之外，還嘗試以機器學習的新計算模型來對劍閣、南部縣相鄰山區方言在上述兩大方言格局的大背景下的分類情況作了分析，幾種不同的計算結果都顯示劍閣、南部縣相鄰山區方言屬於「南路話」。四川「南路話」分布，在加入劍閣、南部縣相鄰山區方言數據之後，已經從原來的「大致以岷江為界……以西以南地區」（周及徐 2012a，2012b，2013b）逐漸往北往東延伸。（見圖 5.1）這證實了在四川東部北部存在「南路話」方言島，而「這些在今天四川湖廣話區域中存在著的南路話方言島，在證明著整個四川地區在 400 年前曾是古代南路話的天下」。（周及徐、周岷 2017）

本書做了些新的嘗試，自然也將存在不少問題與不足。從以下幾點來進行說明。

一、調查點覆蓋面有限，我們雖然儘量選取具有代表性的點，但百密一疏，總會有遺漏。這一地區的調查面還有待進一步擴大，使得圖 5.1 的分布劃分更細緻更精確。

二、調查詞表的覆蓋面也有限：首先，調查內容主要限於字音，詞彙和語法調查缺，有待後續繼續調查；其次，調查字表的制定雖然是根據《方言調查字表》（中國社會科學院語言研究所 1981）中的常用的三千八百餘字構成，但尚有不少有音無字的方言信息無法調查到。

三、本書中機器學習等新方法的運用是通過寫編程序代碼讓計算機根據特定的算法來完成的，不少算法公式都已經被程序包封裝了，而純算法的描寫與分析不是本書的內容，這裡未詳加介紹，故而導致計算模型缺乏直觀性。

四、機器學習對數據量有一定的要求，顯然我們這裡的數據量是比較小的，也就是說在數據量比較小的情況下，再優秀的機器學習算法都會出現誤差。所以本書只是努力做一嘗試，等以後真正構建起了四川方言語音特徵大數據之後，再來運用這些方法，其結果將會更加令人信服。

# 參考文獻

## 一、專著類


1. 北京大學中國語言文學系語言學教研室主編、王福堂修訂，漢語方音字彙（第二版重排本）〔M〕，北京：語文出版社，2003 年。
2. 貝先明、向檸，實驗語音學的基本原理與 praat 軟件操作〔M〕，長沙：湖南師範大學出版社，2016 年。
3. 彼得．賴福吉著、張維佳譯，語音學教程（第五版）〔M〕，北京：北京大學出版社，2011 年。
4. 蔡蓮紅、孔江平，現代漢語音典〔M〕，北京：清華大學出版社，2014 年。
5. 崔榮昌，四川境內的客方言〔M〕，成都：巴蜀書社，2011 年。
6. 崔榮昌，四川邛崍油榨方言記〔M〕，成都：巴蜀書社，2010 年。
7. 戴慶廈、汪鋒，語言類型學的基本方法與理論框架〔M〕，北京：商務印書館，2014 年。
8. 〔丹麥〕佩特生著、錢晉華譯，十九世紀歐洲語言學史〔M〕，北京：世界圖書出版公司，2010 年。
9. 〔法〕梅耶著、岑麒祥譯，歷史語言學中的比較方法〔M〕，北京：世界圖書出版公司，2008 年。
10. 顧黔、〔美〕R. V. Simmons，漢語方言共同音系研究〔M〕，南京：南京大學出版社，2014 年。
11. 何大安，規律與方向——變遷中的音韻結構〔M〕，北京：北京大學出版社，2004 年。
12. 侯精一，現代漢語方言概論〔M〕，上海：上海教育出版社，2002 年。
13. 紀國泰，《蜀方言》疏證補〔M〕，成都：巴蜀書社，2007 年。

14. 李小凡、項夢冰，漢語方言學基礎教程〔M〕，北京：北京大學出版社，2010 年。
15. 林燾、王理嘉著（王韞佳、王理嘉增訂），語音學教程〔M〕，北京：北京大學出版社，2013 年。
16. 〔美〕Lyle Campbell，歷史語言學導論（第二版）〔M〕，北京：世界圖書出版公司，2008 年。
17. 潘悟雲，漢語歷史音韻學〔M〕，上海：上海教育出版社，2000 年。
18. 平山久雄，平山久雄語言學論文集〔M〕，北京：商務印書館，2005 年。
19. 石鋒，語音格局——語音學與音系學的交匯點〔M〕，北京：商務印書館，2008 年。
20. 徐通鏘，歷史語言學〔M〕，北京：商務印書館，1991 年。
21. 楊時逢，四川方言調查報告〔M〕，中央研究院歷史語言研究所，1984 年。
22. 〔英〕R.L Trask，歷史比較語言學詞典〔M〕，北京：世界圖書出版公司，2011 年。
23. 游汝傑，方言接觸論稿〔M〕，上海：復旦大學出版社，2016 年。
24. 趙忠德、馬秋武，西方音系學理論與流派〔M〕，北京：商務印書館，2011 年。
25. 鄭張尚芳，鄭張尚芳語言學論文集（上、下冊）〔M〕，北京：中華書局，2012 年。
26. 鄭張尚芳，上古音系（第二版）〔M〕，上海：上海教育出版社，2013 年。
27. 中國社會科學院語言研究所，方言調查字表（修訂本）〔M〕，北京：商務印書館，1981 年。
28. 周及徐，戎夏探源與語言歷史文化研究〔M〕，北京：商務印書館，2015a 年。
29. 周及徐，岷江流域方音字彙——20 世紀四川方音大系之一〔M〕，成都：四川大學出版社，2019 年。
30. 朱曉農，語音學〔M〕，北京：商務印書館，2010 年。
31. Van der Heijden, F. & Duin, Robert & Ridder, D. & Tax, David, Classification, Parameter Estimation and State Estimation: An Engineering Approach Using MATLAB, *John Wiley and Sons,* ISBN 0-470-09013-8, 2004。

## 二、期刊論文類

1. 崔榮昌，四川方言的形成〔J〕，方言，1985（1）：6～14。
2. 崔榮昌、李錫梅，四川境內的「老湖廣話」〔J〕，方言，1986（03）：188～197。
3. 崔榮昌，四川樂至縣「靖州腔」音系〔J〕，方言，1988（01）：42～51。
4. 崔榮昌，四川達縣「長沙話」記略〔J〕，方言，1989（01）：20～29。
5. 崔榮昌，四川方言研究史上的豐碑——讀《四川方言調查報告》〔J〕，四川大學學報（哲學版），1993a（1）：71～79。
6. 崔榮昌，四川湘語記略〔J〕，方言，1993b（04）：278～283。
7. 崔榮昌，四川方言研究述評〔J〕，中國語文，1994（06）：419～429。
8. 崔榮昌，巴蜀語言的分化融合與發展〔J〕，四川師範大學學報，1997（1）：102～109。
9. 杜克華、陳靜，《蜀語》——中國現存第一部斷域方言詞典〔J〕，文史雜誌，2002（05）：18～21。

10. 傅定淼，《蜀語》成書年代考〔J〕，辭書研究，1987（05）：91～92＋62。
11. 顧黔，通泰方言韻母研究——共時分布及歷時溯源〔J〕，中國語文，1997（03）：192～201。
12. 顧黔，長江中下游沿岸方言「支微入魚」的地理分布及成因〔J〕，語言研究，2016，36（01）：20～25。
13. 郝錫炯、胡淑禮，關於四川方言的語音分區問題〔J〕，四川大學學報，1985（2）：71～86。
14. 郝錫炯、甄尚靈、陳紹齡，四川方言音系〔J〕，四川大學學報，1960（3）。
15. 何婉，成都郊區方言中的南路話底層——以郫縣雍渡村話音系為例〔C〕//語言歷史論叢（第十輯），2017（00）：145～172。
16. 何治春，四川長寧話音系及其聲學特徵〔C〕//語言歷史論叢（第九輯），2016（00）：257～274。
17. 黄尚軍，蜀方言、麻城話與成都話〔J〕，文史雜誌，1992（06）：36～37。
18. 黄尚軍，四川民俗與四川方言〔J〕，文史雜誌，1994a（02）：46～48。
19. 黄尚軍，四川話部分詞語本字考〔J〕，川東學刊，1994b（03）：72～76。
20. 黄尚軍，《蜀語》所反映的明代四川方音的兩個特徵〔J〕，方言，1995（04）：296～297。
21. 黄尚軍，湖廣移民對四川方言形成的影響〔J〕，川東學刊，1997（01）：55～58。
22. 黄尚軍，四川話民俗詞語舉例〔J〕，方言，1998（04）：304～306。
23. 黄尚軍，成都話音系〔J〕，西華大學學報（哲學社會科學版），2006。
24. 黄尚軍、曾為志，四川新都客家話音系〔J〕，重慶三峽學院學報，2007。
25. 黄雪貞，成都市郊龍潭寺的客家話〔J〕，方言，1986（02）：116～122。
26. 黎新第，《蜀語》——「斷域為書」的方言詞典〔J〕，辭書研究，1987（05）：84～90。
27. 李藍，六十年來西南官話的調查與研究〔J〕，方言，1997（04）：249～257。
28. 李林蔚，四川甘洛縣與成都、樂山等周圍五地方言音系特徵比較研究〔C〕//語言歷史論叢（第八輯），2015（00）：368～392。
29. 李敏，四川南充禮樂鄉音系特點〔C〕//語言歷史論叢（第九輯），2016（00）：275～286。
30. 劉慧，顧縣話音系及其特點〔C〕//語言歷史論叢（第八輯），2015（00）：393～412。
31. 劉勳寧，一個中原官話中曾經存在過的語音層次〔J〕，語文研究，2005（01）：49～52。
32. 麥耘，軟齶輔音與硬齶過渡音的親和性——一項語音演化研究〔J〕，方言，2013（03）：258～270。
33. 饒冬梅，四川中江話非曉組字演化分析〔C〕//語言歷史論叢（第八輯），2015（00）：166～177。
34. 王軍虎，晉陝甘方言的「支微入魚」現象和唐五代西北方音〔J〕，中國語文，2004（03）：267～271＋288。

35. 熊正輝，官話區方言分 ts tʂ 的類型〔J〕，方言，1990（01）：3～12。
36. 楊波、周及徐，劍閣縣金仙鎮方言音系〔C〕//語言歷史論叢（第八輯），2015（00）：328～343。
37. 楊波，川北巴中、劍閣等地話部分知系字讀齦音與川西南自貢、西昌話之對比〔C〕//語言歷史論叢（第九輯），2016（00）：243～256。
38. 袁雪梅，近代成都話舌尖前音和舌尖後音聲母分布研究〔C〕//語言歷史論叢（第九輯），2016（00）：128～143。
39. 張光宇，漢語方言合口介音消失的階段性〔J〕，中國語文，2006（04）：346～358＋384。
40. 張光宇，漢語方言的魯奇規律：現代篇〔J〕，語言研究，2008（02）：8～16。
41. 張強，四川鹽亭射洪西充方言島〔C〕//語言歷史論叢（第八輯），2015（00）：344～367。
42. 張強，四川遂寧話韻尾-n 變-i 現象〔C〕//語言歷史論叢（第九輯），2016（00）：236～242。
43. 張一舟，《蜀語》音注材料分析〔J〕，語言研究，1994（增刊）。
44. 甄尚靈、張一舟，《蜀語》詞語的記錄方式〔J〕，方言，1992（01）：23～30。
45. 鄭偉，現代方言「支微入虞」的相對年代〔J〕，中國語言學報，2018（00）：159～167。
46. 鄭張尚芳，漢語方言元音大推移及後續變化的類型〔C〕//語言歷史論叢（第十輯），2017（00）：24～37。
47. 周及徐，20 世紀成都話音變研究——成都話在普通話影響下的語音變化及規律〔J〕，四川師範大學學報（社會科學版），2001（04）：47～59。
48. 周及徐，巴蜀方言中「雖遂」等字的讀音及歷史演變〔J〕，中華文化論壇，2005（04）：103～105。
49. 周及徐，從語音特徵看四川重慶「湖廣話」的來源——成渝方言與湖北官話代表點音系特點比較〔J〕，四川師範大學學報（社會科學版），2012a，39（03）：94～101。
50. 周及徐，南路話和湖廣話的語音特點——兼論四川兩大方言的歷史關係〔J〕，語言研究，2012b，32（03）：65～77。
51. 周及徐，四川自貢、西昌話的平翹舌聲母分布〔J〕，四川師範大學學報（社會科學版），2013a，40（05）：166～171。
52. 周及徐，從移民史和方言分布看四川方言的歷史——兼論「南路話」與「湖廣話」的區別〔J〕，語言研究，2013b，33（01）：52～59。
53. 周及徐，四川雅安地區方言的歷史形成及其與地理和移民的關係〔J〕，四川師範大學學報（社會科學版），2014，41（06）：89～95。
54. 周及徐，四川青衣江下游地區方言語音特徵及其歷史形成〔C〕//語言歷史論叢（第八輯），2015b（00）：111～139。
55. 周及徐，藏語對漢語方言音系的影響——以四川天全話為例〔J〕，民族語文，2016（06）：79～83。

56. 周及徐、周岷，《蜀語》與今四川南路話音系——古方言文獻與當代田野調查的對應〔J〕，語言研究，2017，37（02）：62～69。
57. 周岷、周及徐，從明代《蜀語》詞彙看四川方言的變遷〔J〕，語文研究，2016a（03）：23～26。
58. 周岷、周及徐，田野調查的新發現：四川巴州話——保存入聲調的方言〔J〕，四川師範大學學報（社會科學版），2016b，43（06）：166～172。
59. 周亞歐，雙流金橋方言音系及實驗語音學分析〔C〕//語言歷史論叢（第十輯），2017（00）：184～202。
60. 左福光，四川省宜賓王場方言記略〔J〕，方言，1995（01）：51～62。

## 三、學位論文類

1. 畢圓，四川西南彭州等八區市縣方言音系研究〔D〕，四川師範大學，2012 年。
2. 何婉，四川成都話音系調查研究〔D〕，四川師範大學，2008 年。
3. 何治春，四川蒼溪方言語音研究〔D〕，四川師範大學，2017 年。
4. 康璿，四川省西昌等七縣市方言音系比較研究〔D〕，四川師範大學，2011 年。
5. 李兵宜，四川平樂話音系研究〔D〕，四川師範大學，2009 年。
6. 李林蔚，四川越西、甘洛等五縣市方言音系研究〔D〕，四川師範大學，2014 年。
7. 李敏，四川南充地區漢語方言音系調查研究〔D〕，四川師範大學，2017 年。
8. 李書，四川樂山等六縣市方言調查研究〔D〕，四川師範大學，2010 年。
9. 梁浩，四川省南部縣方言音系及歷史形成研究〔D〕，四川師範大學，2015 年。
10. 劉慧，四川廣安等五縣市方言音系調查研究〔D〕，四川師範大學，2015 年。
11. 劉瓅鴻，四川峨邊、洪雅等六縣市方言音系研究〔D〕，四川師範大學，2012 年。
12. 劉燕，四川自貢等八縣市方言音系調查研究〔D〕，四川師範大學，2011 年。
13. 龍揚洋，閬中方言語音研究〔D〕，北京語言大學，2014 年。
14. 羅燕，四川達州地區方言音系調查研究〔D〕，四川師範大學，2016 年。
15. 馬菊，瀘州等八市縣方言音系調查研究〔D〕，四川師範大學，2011 年。
16. 饒冬梅，四川德陽黃許話音系調查研究〔D〕，四川師範大學，2007 年。
17. 孫越川，四川西南官話語音研究〔D〕，浙江大學，2011 年。
18. 唐文靜，四川湖廣話音系中的幾個異質特徵及其意義——以雙流白家話、龍泉柏合話為例〔D〕，四川師範大學，2013 年。
19. 唐毅，雅安等八區縣方言音系調查研究〔D〕，四川師範大學，2011 年。
20. 王曉先，四川新津話音系調查研究〔D〕，四川師範大學，2009 年。
21. 吳紅英，川西廣漢等五縣市方言音系比較研究〔D〕，四川師範大學，2010 年。
22. 肖俊，四川客家話的變化與語言環境——以西昌和成都兩地客話為例〔D〕，四川師範大學，2013 年。
23. 楊波，四川巴中地區方言音系調查研究〔D〕，四川師範大學，2016 年。
24. 楊榮華，四川安岳大平話音系研究〔D〕，四川師範大學，2006 年。
25. 易傑，川西大邑等七縣市方言音系調查研究〔D〕，四川師範大學，2010 年。

26. 殷科，西昌話探源——西昌話與近源方言音系的比較〔D〕，四川師範大學，2013年。
27. 張明，四川廣元市朝天區方言語音研究〔D〕，四川師範大學，2020年。
28. 張馳，宜賓、瀘州地區數縣市方言音韻結構及其方言地理學研究〔D〕，四川師範大學，2012年。
29. 張強，四川鹽亭等六縣市方言音系調查研究〔D〕，四川師範大學，2012年。
30. 趙雯，鹽亭方言語音的年齡差異研究〔D〕，南開大學，2011年。
31. 鄭敏，四川眉山市、樂山市交界地區方言音系調查研究〔D〕，四川師範大學，2017年。
32. 周豔波，四川彭山方言音系調查研究〔D〕，四川師範大學，2009年。
33. 周夏冰，四川旺蒼縣方言音系調查研究〔D〕，四川師範大學，2019年。
34. 周穎異，四川綿陽地區方言音系實驗語音學分析及方言地理學研究〔D〕，四川師範大學，2014年。
35. 朱垠穎，蒲江方言詞彙研究〔D〕，四川師範大學，2014年。

# 後　記

本書是基於我在四川師範大學攻讀第一個博士學位的學位論文修訂而成。數據調查完成於 2018 年，論文寫作完成於 2020 年初。論文所附的「致謝」大致記錄了我攻讀第一個博士學位的經歷，現略作修改後摘錄至此作為後記。

由古典文獻學轉入現代音韻學及方言學研究，這是我自我超越的第二次嘗試。第一次是由外語（日語）學習者到文史學習者的轉變。第一次轉變的結果是一篇文獻學（域外漢學）碩士論文；第二次轉變的結果是這篇語言學博士論文。

兩次轉變，即是兩次知識結構和思維方式的轉變。對我而言，學習就是自我改變，沒有自我改變的學習都是毫無意義的。這兩次轉變的經歷，都增加了我生命的密度。第一次轉變的經驗已記錄於碩士論文，這裡主要記錄第二次轉變的經歷。

首先要感謝我的博士生導師周及徐教授，是周老師給了我第二次轉變的機會！碩士畢業後，我退出了碩士生導師的研究項目，開始變得迷茫，人生沒有了方向感。一次偶然，一位語言學的學妹（郭梓君）與我討論日語，談到了日語的漢字音。當她談及漢語中古音與日本漢字音的對應規律，並用國際音標做出推演時，我隨即被震驚到了——這些對應規律直接解決了我碩士論文中未能解決的問題。學妹見我對此很感興趣，便向我推薦了她的導師周及徐教授。

於是，我放棄就業，放棄立即考博的機會，沉下心來，作為編外人員去旁聽周老師的音韻學和方言學課程，一聽就是一年。這一年裡，周老師對我這個旁聽生甚是照顧，對我的任何問題都耐心解答，甚至還根據我的學習進度推薦閱讀書目，就這樣，我在課堂上跟隨周老師學習了漢語中古音和方言學等知識。第二年，周老師沒有博士生招生名額，這意味著我將繼續再做一年旁聽生，這一年裡我開始研讀漢語上古音方面的書籍，在周老師的指導下，我比較完整地學習了漢語上古音系統（鄭張—潘系統）。這兩年純粹的讀書經歷，使我步入了語言學的殿堂，領略了語言學的魅力——從語言學的角度看問題，更能從紛繁複雜的現象中發現其背後的邏輯聯繫與規律！這也讓我深刻地體會到語言學是一個值得我奮鬥一生的方向。第三年，我考取了周及徐老師的博士研究生，正式成為一名語言學的學生。在學習語言學的過程中，我深刻認識到計算機技術對語言研究的作用。博士入學前，在周老師的鼓勵下，我又去達內科技集團（成都）接受C/C++軟件工程師的培訓，學習形式為全日制，為期5個月；博士入學後，我又繼續在達內科技集團接受「Python與人工智慧」課程的培訓。以上這些學習經歷，時時刻刻都在改變著我的知識結構和思維方式。

上述學習經歷還只是書齋生活的延續，語言學的真正魅力實際上還在於田野調查。讀博期間，我大部分精力都放在跟導師一起做田野調查上，這也給了我一種很不一樣的生活經歷。走出書齋，走出故紙堆，進入田野，進入活的語言環境。這些經歷也時時刻刻都在改變著我的知識結構和思維方式。說到田野，要感謝我的發音人們，是他們的支持與鼓勵，才使我獲得了如此多鮮活的語言材料；還要感謝張明、李勤兩位師妹，多虧有她們的協助，調查才能順利完成，才使我有了這樣一篇博士學位論文。

感謝我的家人為我的學習提供物質基礎(特別是我的姑媽陳磊，不僅資助了我的生活費，還在成都無償提供了一套房子借住)，沒有他們的支持，我將寸步難行。特別是入學前那旁聽生涯的兩年，要是沒有家人的支持（這段時間，我弟弟陳雲用他剛工作的那點微薄收入解決了我大部分的伙食費），我也很難堅持到底。感謝我的夫人盧婷，是她挑起了家庭的重擔，使我有充足的時間完成學業！

我不知道自己在語言學這個領域裡能走多遠，但我走得很快樂！

以上便是原論文所附「致謝」部分（略有增刪）。時間過得很快，轉眼兩年過去了，而我在復旦大學攻讀第二個博士學位（漢藏語言學方向）的學習生涯也過去了一半。感謝花木蘭文化事業有限公司為我提供本書的出版機會；感謝四川師範大學文學院博士生周亞歐、王倩，北京語言大學中華文化研究院博士生王欣璐，復旦大學中國語言文學系博士生青梅拉姆以及同門好友楊波對本書的細心校對；感謝豫章師範學院外國語學院講師王雅琪和復旦大學中國語言文學系青年副研究員葉婧婷對本書英文摘要的修改！本書的出版，也算是對我攻讀第一個博士學位那段經歷有了一個交代。

陳　鵬

2022 年 3 月 8 日

於上海復旦大學東亞語言數據中心